O ORÁCULO DO PÁSSARO PRETO

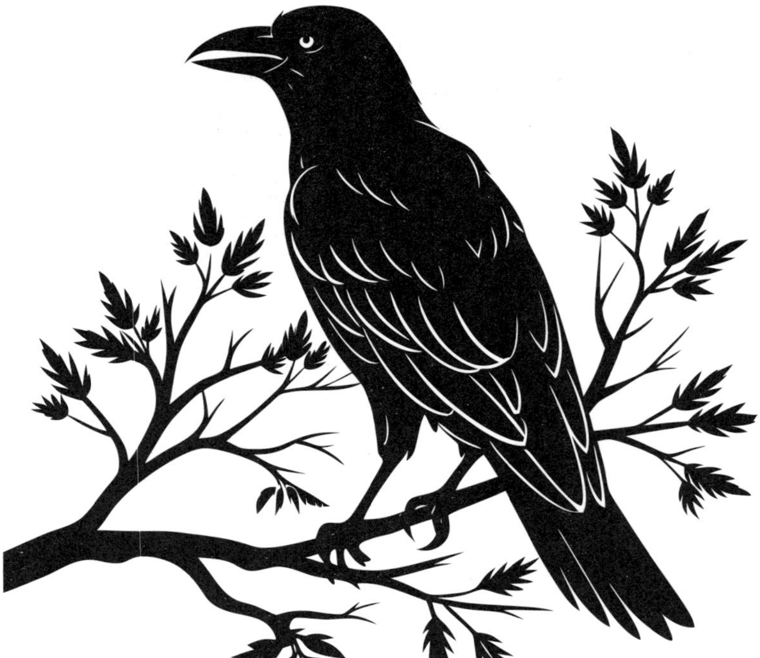

Deborah Harkness

O ORÁCULO DO PÁSSARO PRETO

Tradução de
CAROL CHRISTO

Rocco

Título original
THE BLACK BIRD ORACLE
A Novel

Copyright © 2024 *by* Deborah Harkness

Todos os direitos reservados incluindo o de reprodução no todo ou em parte sob qualquer forma.

Website da autora: www.deborahharkness.com

Imagens de miolo: Vecteezy, Freepik, PNG Wing

Direitos para a língua portuguesa reservados com exclusividade para o Brasil à
EDITORA ROCCO LTDA.
Rua Evaristo da Veiga, 65 – 11º andar
Passeio Corporate – Torre 1
20031-040 – Rio de Janeiro – RJ
Tel.: (21) 3525-2000 – Fax: (21) 3525-2001
rocco@rocco.com.br

Printed in Brazil/Impresso no Brasil

Preparação de originais
DANIEL MOREIRA SAFADI

CIP-BRASIL. CATALOGAÇÃO NA PUBLICAÇÃO
SINDICATO NACIONAL DOS EDITORES DE LIVROS, RJ

H245o

Harkness, Deborah
 O oráculo do pássaro preto / Deborah Harkness ; tradução Carol Christo. - 1. ed. - Rio de Janeiro : Rocco, 2025.

 Tradução de: The black bird oracle : a novel
 ISBN 978-65-5532-512-6
 ISBN 978-65-5595-323-7 (recurso eletrônico)

 1. Ficção americana. I. Christo, Carol. II. Título.

24-95061
CDD: 813
CDU: 82-3(73)

Gabriela Faray Ferreira Lopes - Bibliotecária - CRB-7/6643

Esta é uma obra de ficção. Todos os incidentes, diálogos e personagens, com exceção dos historicamente conhecidos e figuras públicas, são produtos da imaginação da autora ou foram usados de forma fictícia, sem intenção de retratá-los como real. Onde as figuras históricas e públicas da vida real aparecem, as situações, incidentes e diálogos relativos a essas pessoas são fictícios e sem a intenção de descrever acontecimentos reais ou mudar a natureza fictícia da obra. Para todos os outros aspectos, qualquer semelhança com pessoas vivas ou não é mera coincidência.

*Para Tonya e Tracy,
que compreendem a magia dos gêmeos.*

ÁRVORE GENEALÓGICA DAS FAMÍLIAS DE CLERMONT E BISHOP

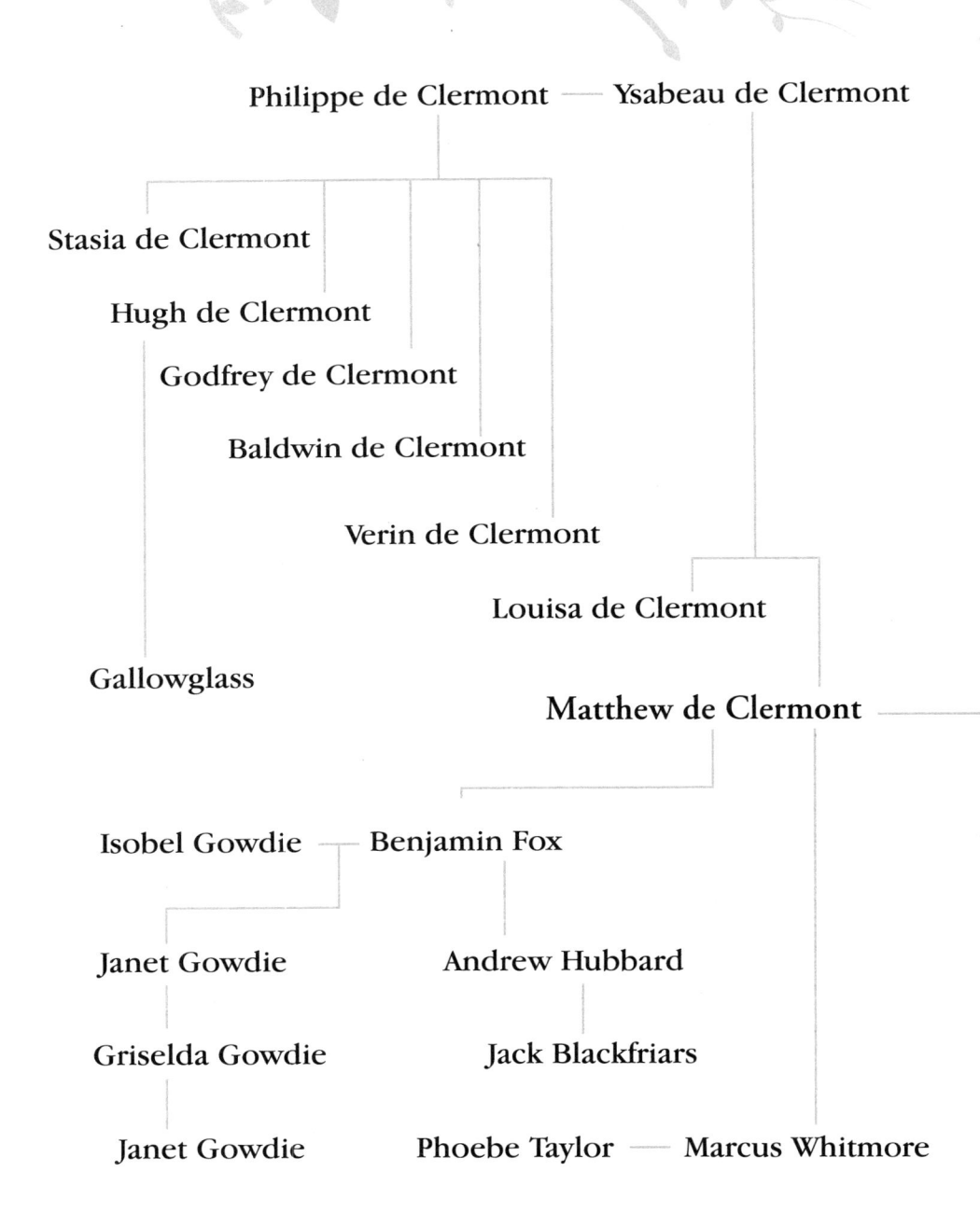

Philippe de Clermont — Ysabeau de Clermont

- Stasia de Clermont
- Hugh de Clermont
- Godfrey de Clermont
- Baldwin de Clermont
- Verin de Clermont
  - Gallowglass
- Louisa de Clermont
- Matthew de Clermont

Isobel Gowdie — Benjamin Fox

- Janet Gowdie
  - Griselda Gowdie
    - Janet Gowdie
- Andrew Hubbard
  - Jack Blackfriars
  - Phoebe Taylor — Marcus Whitmore

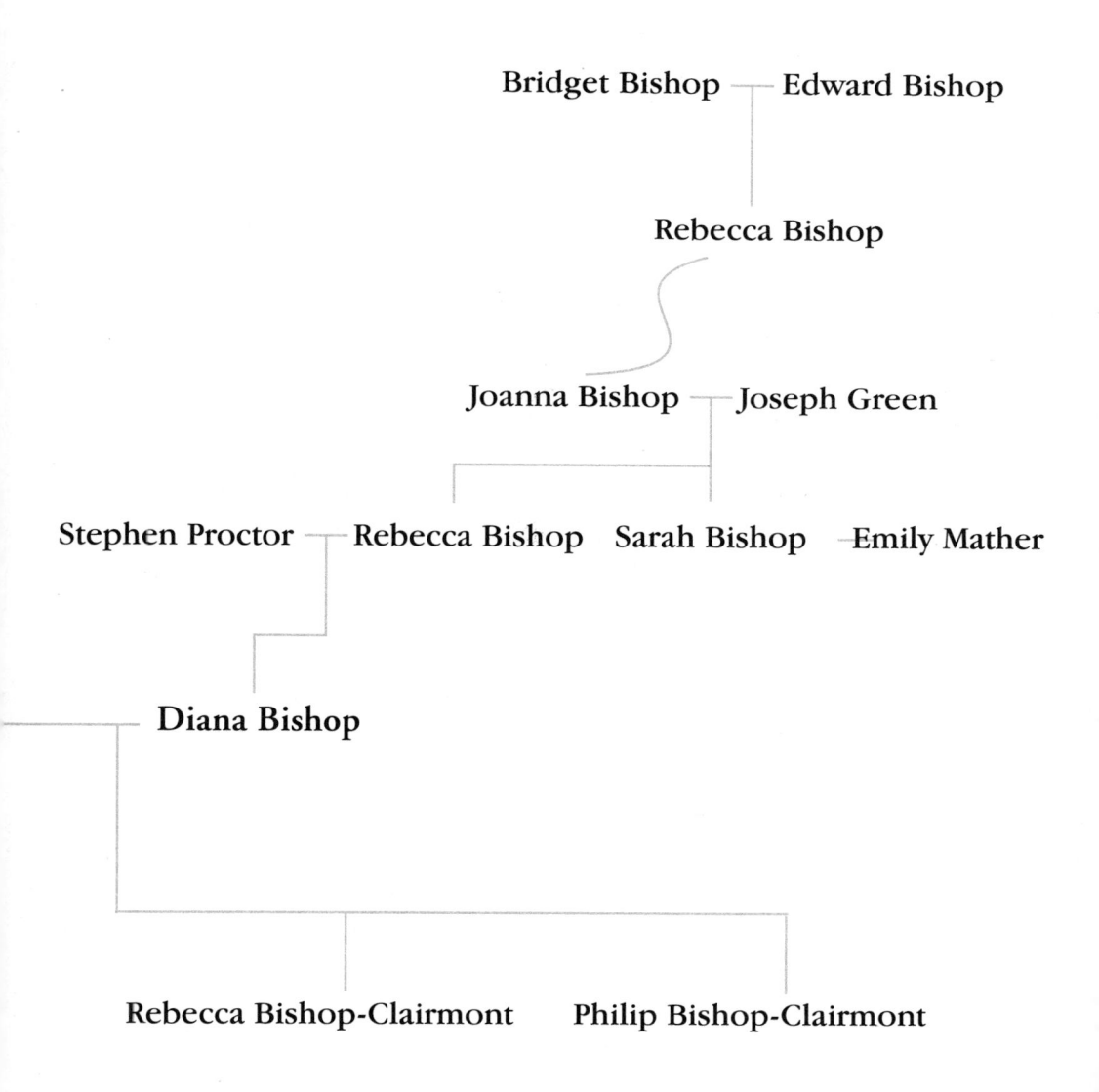

Bridget Bishop —— Edward Bishop
                      │
              Rebecca Bishop
                      │
         Joanna Bishop —— Joseph Green
                      │
Stephen Proctor —— Rebecca Bishop   Sarah Bishop —— Emily Mather
         │
    Diana Bishop
         │
Rebecca Bishop-Clairmont   Philip Bishop-Clairmont

Com osso de garça e asa de coruja,
No silêncio do abutre, os corvos entoam uma canção só sua.
Por ausência e desejo, sangue e temor,
A descoberta das bruxas os trará com fervor.
Quatro gotas de sangue em uma pedra sagrada
Prenunciaram este momento antes de sua chegada.
Três famílias em alegria e em luta se unirão,
E o oráculo do pássaro preto testemunharão.
Duas crianças, brilhantes como Lua e Sol,
Unirão Escuridão, Luz e Sombra em uma só.

PARTE UM

Capítulo 1

Em toda alma existe um lugar reservado para a Sombra.
O meu estava bem escondido, oculto em um ponto cego nos recônditos da minha memória, coberto por um ferimento que eu acreditava estar cicatrizado há muito tempo.
Então, os corvos vieram para New Haven, carregando um convite que nem eu nem a Sombra poderíamos recusar.

O convite chegou numa sexta-feira, no final de maio.
– Ei, professora Bishop! Acabei de colocar sua última correspondência na caixa de correio.
O caminho familiar me distraiu. Eu voltava para casa do meu escritório em Yale, ouvindo com atenção parcial a conversa animada de Becca enquanto o resto da minha mente vagava. Eu não tinha percebido que havíamos chegado ao portão de ferro ornamentado da nossa casa na Orange Street, nem que a carteira, Brenda, estava saindo da propriedade.
– Obrigada, Brenda – falei com um pequeno sorriso. O calor estava insuportável. Era sempre assim em New Haven na época das formaturas, o que causava muita irritação, becas acadêmicas úmidas e longas filas para cafés gelados nas diversas cafeterias da cidade.
– Você deve estar animada para voltar à Inglaterra, Becca – disse ela. Brenda já estava usando chapéu e short do uniforme dos correios, preparada para as temperaturas mais quentes de New Haven e a umidade altíssima.
– Estou! – Becca saltitou para provar. – É a primeira viagem da Tamsy, e vou mostrar *tudo* a ela.

Tamsy era uma adição recente à família: uma das bonecas de época que tinham se tornado moda entre o público menor de treze anos. Marcus e sua companheira, Phoebe, haviam escolhido a boneca da era colonial para Becca por causa de seu carinho pela casa dele em Hadley e pelo encanto que demonstrava pelas histórias que ele contava sobre crescer lá nas décadas de 1760 e 1770. Embora a fabricante tivesse dado outro nome à boneca, Becca a rebatizou no instante em que viu os olhos verdes e o cabelo ruivo dela espiando pelo círculo transparente da caixa.

Desde que a ganhara, a imaginação ativa de Becca estava totalmente envolvida com Tamsy e seu mundo. Ela viera acompanhada de várias roupas e acessórios que ajudavam Becca a lhe dar vida, incluindo um cavalo chamado Penny. Tamsy também estava bem equipada com móveis para a casa. Matthew acrescentara a eles uma pequena réplica da cadeira Windsor da casa de Marcus, que pertencera ao *Grand-père* Philippe, e uma versão em miniatura de um baú pintado de Hadley, como o que Phoebe usava para guardar roupas de cama. O baú tinha uma pequena fechadura, e Becca já havia arrumado as roupas de Tamsy, seus livros escolares, sua pena e tinteiro, e sua coleção de chapéus para a viagem à Inglaterra.

Brenda acenou para Tamsy, que pendia da mão de Becca. Ela se virou para mim.

– Você deve estar animada para voltar à sua pesquisa também.

No final de cada ano letivo, Matthew e eu levávamos as crianças para a Inglaterra, onde passávamos os meses de verão em nossa casa em Woodstock. Ficava a apenas alguns quilômetros de Oxford, o que me deixava perto da principal biblioteca da universidade e possibilitava que Matthew trabalhasse em seu tranquilo laboratório, sem interrupções de colegas ou estudantes de pós-graduação. Becca e seu irmão, Pip, tinham hectares de terras para explorar, centenas de árvores para escalar e uma casa cheia de curiosidades e livros que os deixavam ocupados durante as inevitáveis chuvas de verão. Fazíamos viagens à França para ver a mãe de Matthew, Ysabeau, em longos e preguiçosos fins de semana, e tínhamos a oportunidade de conviver mais com Marcus e Phoebe, que passariam parte do verão em Londres.

Eu mal podia esperar para embarcar no avião e deixar Yale, New Haven e o semestre de primavera para trás. A perspectiva de um novo projeto de pesquisa focado nas esposas e irmãs dos primeiros membros da Sociedade Real me atraía, e eu estava ansiosa para colocar as mãos em manuscritos e livros raros.

— Imagino que você tenha muito a fazer até amanhã — comentou Brenda.

Ela não tinha ideia! Não havíamos preparado as malas, as plantas da casa ainda estavam lá dentro, e não organizadas na varanda dos fundos para que os vizinhos pudessem regá-las, e eu ainda tinha pelo menos três pilhas de roupa para lavar antes de podermos ir.

— Verifiquei de novo suas correspondências. No que depender do correio de New Haven, você está pronta para decolar — anunciou Brenda, encerrando nossa conversa.

— Obrigada — respondi, tirando Tamsy das mãos de Becca e colocando-a em pé na minha bolsa, junto com as correspondências do campus.

— Divirta-se com Pip, Becca. Vejo vocês em agosto. — Brenda ajustou a alça grossa da bolsa.

— Tchau! — despediu-se Becca, acenando para a silhueta de Brenda, que se afastava.

Afaguei o cabelo brilhante dela, preto-azulado e iridescente como a asa de um corvo. Becca se parecia tanto com Matthew — toda feita de linhas longas e contrastes, com pele clara e sobrancelhas marcantes. Eram semelhantes também no temperamento, com aquela confiança reservada que podia explodir em emoções fortes num piscar de olhos. Pip se parecia mais comigo. À vontade para expressar seus sentimentos e rápido para chorar, ele tinha minha constituição robusta, cabelo claro como fios de cobre e uma constelação de sardas no nariz.

— Temos *muita* coisa para fazer, pequena — falei. — Começando por cuidar da Ardwinna e do Apollo e organizar toda essa correspondência.

Depois disso, a casa precisaria estar impecável — uma tarefa assustadora. Minha casa na Court Street era pequena demais para acomodar um vampiro, uma bruxa, duas crianças Nascidas Brilhantes, um grifo e um cão de caça. Por isso, o filho de Matthew, Marcus, nos oferecera sua casa palaciana na Orange Street. Ele a comprara pouco antes da Guerra Civil, quando estudava medicina em Yale e mogno e recepções formais estavam na moda. Cada superfície na casa era polida, entalhada ou ambos. Era um pesadelo manter tudo limpo, e os quartos espaçosos logo se preenchiam com a desordem da vida moderna.

Apesar de seu tamanho grande e aparência formal, a casa se revelara surpreendentemente adequada à vida em família, com varandas amplas e cobertas que proporcionavam um lugar para as crianças brincarem em dias de chuva; um quintal reservado onde o grifo Apollo, o familiar de Philip, e minha lebréu escocesa, Ardwinna, podiam participar das brincadeiras dos gêmeos; e vários quartos no andar de baixo que antes eram destinados aos residentes, de acordo com o gênero e a função. A princípio, a casa de Marcus parecia grandiosa demais para nosso pequeno grupo de vampiros e bruxas, mas as famílias têm uma forma de se expandir para preencher o espaço que lhes é dado. O que pensávamos ser uma estadia temporária se transformou em anos de residência permanente.

Becca, que estava sintonizada com minhas mudanças de humor, sentiu minha ansiedade aumentar.

– Não se preocupe, mamãe. Vou te ajudar. – Ela puxou do bolso de trás um *kazoo* azul no tom de Yale que havia encontrado no escritório, na esperança de elevar meus ânimos enquanto caminhávamos os últimos metros até em casa. O estranho guincho do *kazoo* perturbou os pássaros nas árvores próximas. Eles levantaram voo com um bater de asas irritado, a revoada de formas escuras e trinados estridentes protestando contra a interrupção em sua rotina sonolenta da tarde.

Protegi os olhos, hipnotizada pela nuvem escura de pássaros que subia e descia nas correntes de ar úmido. Becca também estava fascinada com a visão, os olhos arregalados cheios de deslumbramento.

Um único pássaro se separou da formação, sua sombra se projetando sobre nossas mãos entrelaçadas. O contorno da cabeça e do bico curvado se estendeu pelo caminho, apontando para a porta da frente.

De repente, uma brisa fria soprou, e estremeci. Curiosa para saber o que havia causado a queda de temperatura, olhei para cima, esperando ver nuvens encobrirem o sol brilhante.

Em vez disso, todas as cores haviam desaparecido do mundo. O estuque amarelado da casa, o dossel verde das árvores, as manchas azuis dos altos caules de delfínios e lírio-germânico nas bordas perenes – tudo fora reduzido a tons de cinza, como uma fotografia desbotada de Londres em um dia nublado nos anos 1940. Minha perspectiva também estava alterada: a casa parecia muito alta e larga, e as árvores, muito baixas. O petricor substituíra os habituais aromas verdes do verão, junto com um toque sulfuroso de enxofre. Os sons habituais da vizinhança – trânsito, o canto dos pássaros, o zumbido dos cortadores de grama – estavam todos altos demais, assim como o batimento do meu coração, quando uma sensação sinistra me atingiu.

Um poder latente e ominoso inundou minhas veias em resposta à onda de energia mágica que nos mantinha em seu manto sem cor. Puxei Becca para mais perto, protegendo-a com meu corpo.

O pássaro solitário planando acima de nós despencou no chão à nossa frente, com as asas estendidas e a cabeça inclinada para o lado, em um ângulo que mostrava que seu pescoço se quebrara com o impacto. O bico preto e curvado e a plumagem arrepiada no pescoço indicavam se tratar de um corvo.

O farfalhar das asas dos pássaros encheu meus ouvidos enquanto os companheiros do corvo se acomodavam nos galhos da árvore próxima, manchas escuras no mundo fantasmagórico que se destacavam em nítido contraste, como uma fileira de silhuetas recortadas de papel preto. Não havia apenas alguns corvos, mas dezenas deles.

Passou pela minha mente tudo que eu sabia sobre o significado dos corvos – mágico, mítico e alquímico. Mensageiros entre os mortos e os vivos, eles muitas vezes simbolizam o primeiro passo na transformação alquímica que leva à pedra filosofal.

Algumas tradições os ligavam ao poder da profecia. O significado de um deles cair morto diante de você, eu não podia imaginar – mas certamente não era um sinal de boa sorte.

Uma poça de sangue vermelho e espesso se espalhou na calçada sob o corpo do corvo. Com a liberação da força vital do pássaro, a cor lentamente cobriu de novo os arredores. O short jeans de Becca voltou a ser azul. As flores na minha blusa ficaram de um rosa e amarelo vibrantes. Os lírios retornaram ao seu índigo habitual.

– Aquele pássaro está morto, não está? – Becca espiou da proteção dos meus braços o corvo que jazia imóvel diante de nós, com os olhos abertos e vidrados. As narinas dela dilataram com o cheiro do sangue, e uma expressão de fome passou por seu rosto, fazendo-a parecer um vampiro. Ela havia exigido sangue quando bebê e, embora sua avidez tivesse diminuído com o tempo, o cheiro metálico ainda despertava sua necessidade.

– Sim. – O sangue se espalhando confirmava isso, e não havia motivo para evitar a verdade.

– Quando o pássaro morreu, por que as cores também morreram? – Os olhos de Becca estavam tão arregalados quanto os do pássaro morto. Em suas profundezas, havia uma faísca escura que eu não tinha visto antes.

— O que quer dizer? — perguntei com cuidado, sem querer abrandar a resposta dela com minhas próprias reações aos eventos da tarde.

— Tudo ficou cinza, como as cinzas na lareira — explicou Becca. — Você não viu?

Eu assenti, surpresa por minha filha também ter notado. Os poderes de observação de Becca perdiam apenas para os de Matthew, mas, ao contrário de Pip, ela não costumava estar sintonizada com as forças mágicas que pairavam ao seu redor.

— Foi magia? — perguntou. — Não parecia a sua magia, mamãe.

— Sim, querida, acho que foi, sim — respondi.

Qualquer que fosse a magia que visitara nosso bairro em New Haven, havia recuado agora. Mesmo assim, eu queria estar segura em casa, longe do pássaro morto e da sombra escura que ele havia lançado sobre mim e minha filha.

Antes que eu pudesse levar Becca até lá, a horda de corvos empoleirados nas árvores começou um coro pesaroso. Sua canção era composta por trinados de dor, grasnados gorgolejantes, risadinhas guturais e clamores roucos. Um corvo particularmente grande levantou voo. O movimento lento e pesado de suas asas silenciou os demais. Ele abriu o bico e soltou um som de sinos, agudo e ressoante, substituindo os trinados de luto e desespero.

O corvo tinha um tamanho considerável e pousou com segurança na calçada diante de nós, leve e firme. As penas do pássaro brilhavam com um preto profundo e um toque de azul mais escuro que me lembrava o cabelo de Becca, e seu pescoço se expandiu como se vestisse um colarinho preto. Com um estalo do bico imponente, ele inclinou a cabeça.

Becca devolveu o gesto. Cautelosamente, ela se aproximou do pássaro.

— Cuidado — murmurei, incerta sobre as intenções do animal.

Os corvos nas árvores trinaram com fortes *crá, crás*, indignados por alguém pensar que eles fariam mal a uma criança.

Becca se agachou ao lado do pássaro morto. Seu companheiro enérgico deu alguns pulos com os dois pés para encurtar a distância entre eles e, então, pavoneou-se para a frente e para trás, emitindo um fluxo crescente de chilros. Ele pegou algo do bico do corvo morto e deixou cair diante dela.

Não tilintou como metal, mas o aro redondo sugeria que era um anel — um que só serviria em um dedo muito fino.

— Não toque nisso! — gritei. Minha tia, Sarah Bishop, me ensinou a nunca tocar em um objeto mágico não identificado, e, na maioria das vezes, eu obedecia às regras dela.

Mas nossa filha era um tanto mais rebelde.

– Obrigada – disse Becca ao corvo, deslizando o anel sobre a mão. Ele deixava marcas do sangue do pássaro enquanto deslizava por seu dedo.

O corvo piou em resposta, e Becca ouviu com atenção, acenando com a cabeça como se entendesse o que ele estava dizendo. Tamsy observava o corvo da minha bolsa, piscando lentamente de vez em quando, como se estivesse tentando se manter acordada.

Enquanto Becca e o corvo conversavam, uma sensação de formigamento no meu polegar esquerdo e a ruga entre minhas sobrancelhas me diziam que a magia estranha não havia recuado, afinal. Apenas mudara para algo igualmente desconhecido. Tentei sondar a natureza dela, enviando sinais inquisitivos na esperança de identificá-la, mas era turva e nebulosa, sem intenções claras ou estrutura discernível. Também tinha um cheiro estranho, uma mistura de sal marinho, pinho, bérberis e enxofre.

– Sinto muito que sua amiga tenha morrido – disse Becca, quando o corvo finalmente ficou em silêncio. – Você deve estar triste.

A cabeça do corvo subia e descia em sintonia, com piados guturais que faziam as penas de seu pescoço se destacarem ainda mais, como um porco-espinho.

– Vamos enterrá-la no quintal. – Becca fez o sinal da cruz, como Matthew havia ensinado. – Eu prometo.

O voto solene de Becca era um grande compromisso para uma pessoa tão jovem. Com todo o encantamento que se desenrolava ao nosso redor, os corvos não tinham vindo para a Orange Street por acaso.

Alguém os enviara, e eles vieram trazendo um presente para minha filha. Eu aprendi da maneira difícil que presentes mágicos sempre vêm com condições.

– Vamos entrar e dar aos pássaros um momento com sua amiga – sugeri gentilmente, ainda querendo estar dentro de casa, menos vulnerável ao feitiço complexo que estava se desenrolando. Estendi a mão e Becca a segurou.

– Não podemos! Temos que ficar até que os amigos dela a louvem com cantos em seu último voo, mamãe – explicou Becca, levantando-se.

Como se fosse um sinal, os corvos empoleirados nos galhos começaram outro lamento assombroso, soando como ossos contra madeira, cheio de tristeza e anseio. Era um privilégio ouvir a vida interior desses magníficos pássaros. A emoção subiu à minha garganta enquanto eu também sentia a perda deles.

Becca apertou minha mão com mais força enquanto os pássaros cantavam. Lágrimas pesadas caíam de seus olhos e, embora tentasse enxugá-las, elas se misturavam com o sangue do corvo morto, formando poças claras e salinas na mancha escurecida ao redor do pássaro.

Os corvos alçaram voo, sua canção de luto se transformando em um canto de esperança enquanto as badaladas dos sinos preenchiam o ar mais uma vez. Os pássaros voavam e giravam sobre sua irmã caída, as penas brilhando com um esplendor sobrenatural.

– Obrigada por trazer a mensagem dela – disse Becca ao corvo solitário que permaneceu. – Eu não vou esquecer.

Com algumas batidas poderosas das asas, o corvo se juntou ao restante da horda – embora esse não parecesse o termo coletivo mais preciso com base no que havíamos acabado de testemunhar. Juntos, os pássaros subiram cada vez mais, até que não passassem de pontos pretos contra o céu.

– Qual foi a mensagem do pássaro, Becca? – perguntei, olhando com preocupação para o corvo morto.

– Ele me disse que era hora de voltar para casa e me deu isto. – Becca estendeu o dedo indicador esquerdo.

Examinei o anel o melhor que pude, dado que estava manchado de sangue e tinha grumos de terra presos a ele. Estava escurecido pelo tempo em alguns pontos, mas branco como osso em outros. A superfície era perfurada, e uma fibra escura e rudimentar se entrelaçava entre os buracos.

– Mas já estamos em casa. É muito triste que a amiga dele tenha morrido entregando uma mensagem da qual não precisávamos. – As lágrimas de Becca recomeçaram enquanto olhava para mim. – Foi minha culpa ela ter morrido?

– Claro que não. – Abracei-a. – O corvo só não calculou bem a distância até o chão.

Becca fungou.

– Vamos – eu disse, firme. – Vamos entrar.

– Mas o pássaro – protestou Becca, colocando todo o seu peso na tentativa de resistir.

– Seu pai vai cuidar dele – falei.

As cores retornaram ao mundo, e os sons e cheiros de um verão em New Haven voltaram a preencher meu nariz, em vez da estranha mistura que acompanhava os corvos. Mas não havia como negar que algo tinha acontecido em Orange Street naquele momento. Algo mágico que era tão desconhecido quanto esquisito.

Depois que passamos pela entrada fresca da casa com seus pisos de mármore e pés-direitos altos, soltei um suspiro silencioso e me escorei na porta fechada. Minha bolsa lotada escorregou do ombro, juntando-se à correspondência aos meus pés, entregue pela fenda de latão. Tamsy caiu da bolsa, e Becca correu para pegá-la.

Os olhos de Becca estavam fixos em mim. Ela era uma criança atenta, e pouco escapava de sua percepção, fosse um rato no jardim em busca de comida ou as emoções das pessoas ao seu redor.

– Você precisa de uma xícara de chá? – perguntou.

Todos na família sabiam que o jeito mais rápido de acalmar meus nervos era colocar um livro em uma das minhas mãos e uma xícara de chá na outra.

– Com certeza! – Abri um sorriso. – E você parece que precisa de um lanche. Manteiga de amendoim e maçã fatiada?

Era o lanche favorito de Becca, as fatias crocantes de maçã proporcionando o acompanhamento perfeito para a pasta cremosa e salgada.

– Sim, por favor – disse ela de forma solene, seu humor ainda afetado pela morte do corvo.

Peguei a correspondência e a bolsa, e seguimos direto para a cozinha. O cômodo ensolarado de fundos era meu espaço favorito na casa de Marcus, o único que não era totalmente forrado com papel de parede e cheio de carpetes e cortinas. Como o propósito de uma cozinha de vampiro era o conforto, e não a preparação de alimentos e seu consumo, era projetada por questões estéticas, e não pelas necessidades práticas de um cozinheiro. Como resultado, o cômodo parecia mais um espaço de convivência, com assentos amplos e iluminação cálida e convidativa. Os armários eram pintados de um alegre tom de azul que lembrava ovo de pato e tinham vidro nas portas superiores, exibindo louças e uma grande seleção de taças de vinho reluzentes.

Ardwinna e Apollo estavam isolados na antiga sala de costura, ao lado da cozinha. Apollo usava o feitiço de disfarce que eu criara para ele, que o fazia parecer um grande labrador amarelo.

Eles nos receberam com seu próprio coro de latidos e grunhidos.

– Por que você não leva os animais lá pra fora? – sugeri a Becca, que ainda me observava como um falcão. Minhas mãos tremiam enquanto eu deixava a correspondência e a bolsa na mesa da cozinha. Agora que o momento estranho com os pássaros havia passado e a adrenalina estava saindo do meu corpo, me dei conta da tensão que estivera sentindo.

— Tá bom, mamãe. — Becca abriu a porta e levou Ardwinna e Apollo até o quintal para esticarem as pernas e pegarem mensagens deixadas pelos outros animais da vizinhança.

Levei a chaleira à pia enquanto pensava no presente do corvo e sua mensagem estranha sobre voltar para casa. Fiquei tão absorta tentando lembrar cada detalhe da magia misteriosa que se instalara ao nosso redor que esqueci de remover a tampa, e a água a atingiu com tanta força que respingou em mim, nas bancadas e na janela. Limpei a bagunça, enchi a chaleira corretamente e a coloquei no fogão. Em seguida, peguei uma tigela pequena para o lanche de Becca e uma faca na gaveta. Ainda distraída, quase cortei a ponta do dedo em vez da maçã.

Quando o cachorro e o grifo já tinham farejado cada planta e árvore no jardim, consegui cortar a fruta com segurança, colocar um pouco de manteiga de amendoim na tigela e fazer uma revigorante xícara de chá.

— Lave as mãos antes de se sentar — lembrei a Becca quando ela entrou. Não queria que o sangue e a sujeira da tarde entrassem na corrente sanguínea reativa da minha filha.

Nós cinco nos acomodamos ao redor do móvel marcado, mas de tamanho considerável, que tinha sido usado como talho quando a casa fora construída. Agora, era onde nos reuníamos para as refeições em família, em vez de na sala de jantar abafada. Tamsy estava na sua cadeirinha, inclinada para um lado com a expressão confusa e um sapato preso pela fivela pendendo do pé. Ardwinna se enroscava o mais perto possível de Becca, caso algum dedo coberto de manteiga de amendoim ou pedaço de maçã mordido chegasse até ela, enquanto Apollo se posicionava de forma a manter um olho castanho no corredor, atento ao retorno de Pip.

Meu filho e seu grifo estavam fortemente conectados pelo vínculo misterioso que se desenvolvia entre tecelões — bruxas e bruxos como Pip e eu, capazes de criar novos feitiços — e os companheiros mágicos que os apoiavam em sua jornada mágica. Meu familiar tinha sido um dragão de fogo, e eu ainda sentia uma pontada de saudade sempre que pensava em Corra, que eu libertara do serviço após me ajudar a salvar a vida de Matthew.

Becca não tinha uma criatura ao seu lado. Não sabíamos bem quando — ou se — uma apareceria. A magia da nossa filha não estava progredindo tão depressa como a de Pip, e Matthew e eu estávamos tranquilos com isso. Os instintos vampíricos de Becca eram aguçados, e suas habilidades de caça, excelentes.

Ainda assim, eu precisava prestar mais atenção ao desenvolvimento dela como bruxa naquele verão. Tinha estado tão ocupada nos últimos anos com minhas responsabilidades em Yale que quase não havia praticado magia.

Ao se sentar, Becca avaliou meu estado emocional e pareceu concluir que estava melhor, pois se dedicou ao lanche sem mencionar Yale, Brenda ou o corvo na calçada da frente. Eu folheava a correspondência entregue. Eram principalmente contas que precisavam ser pagas antes de partirmos.

Entre um item e outro, eu lançava olhares demorados para o anel no dedo de Becca. Agora que não tinha mais sujeira nem sangue, eu conseguia ver suas intrincadas gravuras. Era feito de osso, embora eu não soubesse identificar o tipo. O fio preto tecido entrelaçado aos furos dava textura e cor ao anel e reforçava o traço delicado. Também havia magia entrelaçada nele, e eu queria a oportunidade de explorá-la mais a fundo.

– Posso ver seu anel? – perguntei.

– Claro. – Becca o puxou, mas ele não se moveu. Ela colocou o dedo na boca e sugou-o antes que eu pudesse impedi-la, e então puxou o anel novamente. – Está preso.

– Deixe-me tentar – pedi, chamando-a para perto. Ela estendeu o dedo em minha direção. A ponta brilhava e reluzia.

– Olha, mamãe! – Becca pulou, empolgada. – Meu dedo está pegando fogo igual ao seu quando você faz magia!

– Estou vendo – respondi calmamente, embora meu coração tivesse mergulhado em um ritmo sinistro. Toquei o anel, esperando descobrir seus segredos, e a luz na ponta do dedo de Becca diminuiu. A magia estava presa dentro do objeto, assim como o anel estava preso no dedo de Becca.

– Posso esperar o papai e o Pip na biblioteca? – perguntou Becca, impaciente com minha preocupação. O papel colorido, os potes de canetinhas, lápis e todas as coisas que ela usava em seus projetos de artesanato estavam lá, e ela preferia brincar com eles do que ficar na cozinha comigo.

– Claro que pode – falei, soltando o dedo dela. – Você vai desenhar o que viu em Yale para mostrar ao papai e ao Pip quando eles chegarem em casa?

Becca pegou Tamsy e balançou a cabeça.

– Vou desenhar o corvo, para não esquecer dele nem da mensagem dele.

Becca era uma criança excepcionalmente resiliente, mas a morte do corvo havia causado um impacto profundo nela.

– Tudo bem, querida. – Mantive a voz leve. – Te vejo lá daqui a pouco.

Becca saiu saltitando em direção à biblioteca e eu tomei um gole do chá, encarando-o como se ele pudesse me dizer o que fazer com a horda de corvos, seu comportamento estranho, a reação ainda mais estranha de Becca e o anel que não saía.

Será que a magia de Becca estava finalmente despertando? Eu teria dois tecelões adolescentes em alguns anos, e não apenas um? Matthew com certeza teria perguntas semelhantes quando descobrisse o pássaro morto do lado de fora. Por enquanto, eu não tinha respostas para ele – ou para mim mesma.

Voltei à correspondência com um suspiro. Contas. Panfletos de vendas. Mais contas. Logo as joguei em uma cadeira vazia para serem recicladas. Minhas mãos pararam quando tocaram um envelope grosso com selos italianos.

Esta não era correspondência indesejada. Era uma carta da Congregação, o conselho governante que supervisionava os assuntos das criaturas em um mundo humano frequentemente hostil.

Com o envelope grosso entre os dedos, lembrei do meu escritório em Veneza e do trabalho que havia feito para integrar demônios, bruxas e vampiros na Congregação, desafiando o *status quo* ao quebrar a tradição de que um membro da família estendida de Matthew presidisse suas reuniões. Hoje, minha amiga Agatha Wilson lidera o conselho de nove membros – uma demônio que trouxe muitas soluções criativas para problemas perenes da Congregação. O ocupante da cadeira De Clermont depois de mim também rompera a tradição. O vampiro Fernando Gonçalves – companheiro do reverenciado e há muito falecido Hugh de Clermont – representava a família, em vez de Matthew ou seu irmão mais velho, Baldwin.

Virei o envelope, esperando ver um emblema de cera preta, prata e laranja com o selo oficial da Congregação, um triângulo flamejante com um sol, uma estrela e uma lua dentro. No entanto, este selo era todo em prata, com um olho no centro.

O olho que tudo vê era o emblema pessoal de Sidonie von Borcke, uma das três bruxas da Congregação. Ela tinha sido a tormenta da minha existência mesmo antes de Baldwin me nomear representante da família De Clermont na Congregação. Enquanto estive no conselho governante, Sidonie fizera da minha frustração sua missão pessoal, tentando me sabotar a cada passo.

Preparada para notícias ruins, parti a cera e abri o envelope. Um aroma de rosas e cedro escapuliu do selo rompido. Retirei o distinto papel com bordas em estilo mármore feito por um *maestro marmorizzatore* em uma loja onde a Congregação comprava seu papel desde a década de 1860. A carta começava assim:

> *Prezados professora Bishop e professor Clairmont,*
>
> *Conforme sabem, avaliamos os talentos e as habilidades de todas as crianças que têm uma herança familiar de alta magia. Como ambos os pais da professora Bishop vêm de tal linhagem, sentimos que há certa urgência em prosseguir com a avaliação de seus filhos o mais rápido possível.*

Sidonie estava enganada. Minha mãe, Rebecca, havia se aventurado na alta magia sombria por um tempo na adolescência e na juventude. Ela encontrara meu inimigo e seu rival, Peter Knox, em algum evento da Congregação para aspirantes da alta magia. Mas meu pai, Stephen Proctor, era notável por seus talentos mágicos medianos. Ele era um tecelão, como eu, incapaz de trabalhar com feitiços de outras bruxas. A tia Sarah me contou que papai não tinha interesse na arte, muito menos em suas práticas avançadas. Quanto à sua linhagem, a chefe do coven Madison, Vivian Harrison, não acreditava que os Proctor tivessem produzido alguma bruxa com real talento em gerações.

> *Entraremos em contato com vocês em agosto para marcar uma avaliação no início do outono, antes que Rebecca Bishop-Clairmont e Philip Bishop-Clairmont completem sete anos em novembro.*
>
> *Atenciosamente, Sidonie von Borcke*

Eu estremeci, apesar do calor. A memória fragmentada da avaliação de Peter Knox ainda tinha o poder de me desestabilizar. Ele viera a Cambridge quando eu tinha sete anos, e meus pais – que sem dúvida receberam uma carta como a que eu segurava – haviam me enfeitiçado antes de sua chegada, atando meu poder em nós e removendo minhas memórias de magia infantil para me proteger do interesse da Congregação. Foi só depois de encontrar o Livro da Vida e conhecer Matthew que o encantamento dos meus pais foi se desfazendo e minhas memórias daqueles dias sombrios começaram a voltar, juntamente com minha magia.

Mas a curiosidade de Knox devia ter sido despertada apesar das medidas desesperadas dos meus pais, e a Congregação, alertada para algo estranho em nossa casa. Algumas semanas depois, minha mãe e meu pai foram para a Nigéria a fim de conduzir pesquisas sobre magia ritual, tirando seu foco de mim. Eles morreram lá, em circunstâncias misteriosas que ainda não compreendo, embora o papel de Peter Knox e seus aliados seja evidente. Após suas mortes, tive que descobrir a extensão do meu poder sem apoio ou orientação deles.

– Não – falei ferozmente. – De jeito nenhum.

A Congregação não iria investigar as habilidades mágicas dos gêmeos para usá-los como Peter Knox havia tentado fazer comigo e falhado. As bruxas em Veneza não teriam conhecimento do potencial dos meus filhos. Eu mesma iria até a Congregação e trataria disso com Sidonie e as outras bruxas.

Virei minha bolsa, despejando em cima da mesa da cozinha minha carteira e tudo o que havia recolhido do escritório, espalhando a correspondência doméstica recém-separada e desfazendo meu trabalho anterior. Como de costume, meu celular tinha ido parar lá no fundo. Agora, estava no topo da pequena montanha de cartas do campus que eu ainda não havia analisado.

Matthew era o primeiro número da discagem rápida. Com mais força do que o necessário, pressionei o botão na tela para nos conectar.

– Oi! – A voz dele era calorosa, e eu imediatamente me senti apoiada na determinação de proteger Becca e Pip de Sidonie e seus comparsas da Congregação. – Já está em casa?

– Sim. E preciso que você venha para casa também – falei. – Eles estão atrás das crianças.

– Quem? – perguntou Matthew, seu tom agora afiado como uma lâmina.

– A Congregação. Recebemos uma carta – falei. – Eles querem testar os talentos mágicos das crianças. Você vai ter que levar Becca e Pip para o Old Lodge enquanto eu vou para Veneza e resolvo isso.

– Calma, Diana. – Matthew estava tentando me acalmar, mas a urgência da situação me dominava, e suas palavras tinham pouco efeito.

– Se deixarmos Sidonie testar as crianças, as bruxas da Congregação certamente descobrirão que Pip é um tecelão! – exclamei. – E talvez descubram se os gêmeos também têm ira do sangue.

Ira do sangue era o flagelo dos vampiros, uma condição genética herdada resultante da mistura entre sangues de demônio, humano e vampiro.

Manifestava-se como raiva incontrolável, violência e sede de sangue. Matthew tinha sido contaminado, assim como seu bisneto, Jack. Ele se recusara a realizar testes nas crianças para ver se elas também tinham herdado sua mutação genética.

– Não consigo enfeitiçar a Becca e o Pip – continuei, com o coração partido e minha voz seguindo o mesmo caminho. – Não consigo, Matthew. Achei que conseguiria, se necessário, mas agora...

– Estou a caminho – disse ele, as chaves tilintando enquanto juntava suas coisas no laboratório.

A ligação terminou.

No silêncio que se seguiu à chamada, eu me dei conta da distância entre mim e Becca dentro da casa. Precisando encurtá-la, peguei o conteúdo da bolsa nos braços. Organizar a correspondência do campus seria tão fácil na biblioteca quanto na cozinha.

A impressionante biblioteca de Marcus era coberta de painéis de madeira e servia como nossa sala de estar, um lugar tranquilo escondido dos olhares da rua, nos fundos da casa. As janelas davam para o jardim, as paredes eram forradas de livros, e havia uma lareira aconchegante e uma mesa comprida, como as da Biblioteca Sterling.

Becca tirou os olhos de seu desenho e abriu mãos protetoras sobre a obra.

– Não olhe, mamãe. Ainda não terminei.

– Não vou olhar – falei, despejando meus pertences na outra extremidade da mesa. – Prometo.

Embora estivesse tentada a espiar a criação de Becca, mergulhei nas pilhas de papel, procurando minha agenda a fim de começar os preparativos para Veneza. Matthew me dissera para esperar, mas não havia mal em verificar datas e imaginar como poderíamos ajustar nosso cronograma de verão.

Encontrei a agenda fina e a tirei da pilha. Sob ela, estava uma carta endereçada a mim no Departamento de História de Yale. A identidade do remetente fora gravada em azul-marinho no canto superior esquerdo: *Professora G. E. Proctor, Ravenswood, Ipswich, Massachusetts.*

Fiquei olhando para o endereço do remetente sem conseguir acreditar no que via. Professora? Proctor? Ravenswood? Ipswich? Sarah havia me assegurado que todos os meus parentes Proctor mais próximos estavam mortos. Mas o carimbo indicava que tinha sido enviada três dias antes.

Até onde eu sabia, fantasmas não tinham acesso ao serviço postal dos Estados Unidos.

Peguei a carta e deslizei o dedo sob a aba, rasgando-a com precisão no topo, o que liberou o cheiro de terra molhada e enxofre que eu havia notado lá fora com os corvos. O cartão grosso dentro do envelope trazia uma inscrição formal: *Do gabinete de G. E. Proctor.* Abaixo, estavam três linhas escritas em uma caligrafia rebuscada, que não é mais ensinada nas escolas.

Está na hora de voltar para casa, Diana.
Sua tia-avó,
Gwyneth Proctor

Era a mesma mensagem que o corvo entregara a Becca.

Não podia ser coincidência que ambas as mensagens tivessem vindo de duas fontes diferentes no mesmo dia em que chegara a carta ameaçadora da Congregação. Será que essa minha tia-avó misteriosa tinha enviado os corvos caso seu convite se perdesse no correio? O convite para Ipswich teria algo a ver com a Congregação?

– Professora Gwyneth Proctor. – Tracei o nome dela com o dedo. Eu sabia muito pouco sobre a família do meu pai e fiquei surpresa ao descobrir que havia mulheres acadêmicas entre eles.

Conferi se havia mais alguma coisa no envelope. Inclinei-o e uma carta de baralho escorregou para fora. Alguém havia desenhado nela um hexafólio, a marca apotropaica mais popular usada para proteger humanos de bruxas e magia. Parecia uma simples flor de seis pétalas. Ainda se podia ver o minúsculo furo onde se apoiara a ponta de um compasso.

Peguei a carta, e os cordões de tecelão em minha mão esquerda brilharam em resposta. Os tecelões costumavam ter um conjunto de cordões coloridos que os ajudavam a criar novos feitiços, ligados aos poderes tecidos no universo. Eu havia absorvido os meus, assim como o misterioso Livro da Vida, e eles se tornaram parte do meu corpo e da minha magia. Tinham ficado adormecidos por anos, mas os eventos de hoje os haviam despertado.

Quando virei a carta, vi a xilogravura de um homem vestido com roupas escuras e sapatos robustos com fivelas, andando por um caminho escuro cercado por grama baixa. Nuvens se acumulavam acima de sua cabeça, e uma das mãos estava estendida, como se apontando a direção. A imagem havia sido recortada de algum folheto ou livro e colada na carta.

Casa, sussurrou meu sexto sentido de bruxa enquanto eu olhava para a mão estendida do homem.

Outro pedaço de papel escorregou do envelope e caiu no meu colo. Era pequeno e fino como um lenço de papel, dobrado cuidadosamente ao meio. A dobra no papel estava macia e gasta, como se tivesse sido aberta e fechada muitas vezes.

Vi um desenho a lápis de duas mãos entrelaçadas, com a sombra de um corvo sobre elas. Uma das mãos pertencia a uma criança. A outra era de um adulto e usava um anel cheio de detalhes.

Meu anel. Ele havia sido um presente de Philippe de Clermont para a mãe de Matthew, Ysabeau. Ela, por sua vez, o deu para mim, e eu o usava desde então. Olhei para a minha mão esquerda e comparei a joia rara com o desenho a lápis. As semelhanças entre os dois eram inconfundíveis, com pequenas mãos segurando um diamante incrustado em forma de coração no centro do anel. Examinei o papel, procurando mais pistas sobre quem o desenhara e quando. No verso, estava escrito *Rebecca e Diana*, junto com as iniciais MFP e a data de 1972.

Era impossível que um desenho feito décadas atrás, antes de eu nascer, pudesse retratar algo que havia acontecido naquela tarde com tantos detalhes.

Os cordões de tecelão em minha mão esquerda despertaram, estendendo-se a partir das pontas dos dedos, passando pela palma da mão até meu pulso, em fios de branco, ouro, prata e preto. Uma figura circular apareceu ao redor do pulso, tecida a partir das cordas: um ouroboros, a serpente com a cauda na boca. Era o símbolo da família De Clermont, assim como uma representação do décimo nó de criação e destruição que tão poucos tecelões tinham o poder de atar. Aquelas eram as cores da alta magia sombria. Olhei para a minha mão direita, onde as cores da arte – marrom, amarelo, azul, vermelho e verde – costumavam surgir quando meu poder era incitado.

Não havia vestígio delas. A carta e o desenho que Gwyneth Proctor enviara capturaram apenas a atenção das cordas da alta magia, que eu raramente usava.

Tirei do bolso a carta amassada de Sidonie e a segurei ao lado do bilhete simples da minha tia-avó. Em uma das mãos, eu segurava a perspectiva de perigo e ameaça à minha família. Na outra, sentia um fio fino de esperança e possibilidade.

Olhei para o desenho feito em 1972 da mão da minha filha segurando a minha, com a sombra das asas de um corvo caindo como uma bênção onde nossos corpos se encontravam. Senti uma pontada intensa de desejo por algo que eu não conseguia nomear e por um lugar do qual nunca tinha ouvido falar, onde uma tia-avó chamada Gwyneth Proctor me aguardava.

Movi os dedos, e o ouroboros em meu pulso pareceu deslocar-se ligeiramente sob minha pele, enquanto as cores cintilantes da alta magia brilhavam no ar ao meu redor.

Eu não iria para a Inglaterra ou Veneza. Ainda não. Primeiro, iria para casa. Para Ravenswood.

Capítulo 2

Acomodei-me em uma das poltronas junto à lareira, com os pés sobre o protetor de latão que a cercava, enquanto analisava outra vez o desenho a lápis – preciso até o último detalhe – que retratava os eventos daquela tarde. O cartão envelhecido, o bilhete de Gwyneth e a missiva oficial da Congregação repousavam em uma pilha no meu colo.

– Quem desenhou isso? – Becca se aproximara para olhar por cima do meu ombro, silenciosa como uma pantera e curiosa como um gato.

– Não sei – respondi, abrindo espaço para ela no meu colo. Becca subiu e se acomodou no buraco entre meus braços. – Acho que deve ser de um dos parentes do vovô Stephen.

Becca esticou os dedos para alcançar o desenho, e eu deixei que observasse mais de perto. Ela segurou as bordas com cuidado. Phoebe havia ensinado os gêmeos a tratar objetos valiosos com respeito, e, por mais que o entusiasmo de Pip ainda pudesse apresentar perigo para uma peça de porcelana, Becca era uma excelente aluna.

– Esse é o seu anel – disse ela –, aquele que a vovó Ysabeau te deu.

Assenti, com a bochecha deslizando pelo seu cabelo liso.

– Vou desenhar o que aconteceu em seguida – falou Becca, pulando e voltando para a mesa e seus materiais de desenho.

Voltei a observar a carta. Pelo papel grosso e áspero que outrora fora branco, que passou a ter um tom suave de marfim tingido de âmbar, era bastante antiga. A roupa do andarilho era do século XVII, e a pena em seu chapéu indicava que a imagem datava do reinado de Carlos I ou Carlos II, assim como os punhos e o colar adornados com rendas. A cola que mantinha a imagem presa ao cartão estava quebradiça e amarelada. O item parecia ter sido feito em casa, como se alguém, por volta de 1629 a 1685, tivesse resolvido fazer um projeto de artesanato utilizando tesouras, um pote de cola e uma pilha antiga de cartas de baralho e panfletos.

Quanto ao significado da carta em si, eu não tinha certeza. Seria aquela uma imagem única, algo destinado a ser guardado em uma caixa de documentos ou entre as páginas de um livro, colocada em papel cartão para maior durabilidade? O hexafólio significava que a curiosa carta era algum tipo de talismã mágico? Ou fazia parte de um baralho maior?

Eu me vi desejando seguir o andarilho solitário até seu destino desconhecido, como se as respostas pudessem ser encontradas no final da estrada. Embora sua rota não estivesse sinalizada, meus pés coçavam para pisar nas pegadas deixadas por suas solas pesadas e acompanhar seu progresso passo a passo.

Vá para casa, o andarilho parecia dizer, instigando-me a aceitar o convite de Gwyneth. *Há respostas lá.*

Analisei o cartão como se fosse um dos meus manuscritos alquímicos, buscando algo que pudesse ter passado despercebido. Notei uma letra desbotada e depois outra. Havia também um número desbotado na margem superior. Peguei meu celular e tirei uma foto, depois mexi nas configurações até que uma versão negativa do cartão surgiu na pequena tela. Era um truque que eu tinha aprendido nos arquivos e muitas vezes me poupava de perder tempo com a luz ultravioleta que revelava escritos desbotados ou apagados.

Felizmente, o truque funcionou. Com a ajuda de ampliação e mais alguns ajustes, consegui ler as antigas inscrições. Em uma caligrafia elegante datada dos anos 1700, estavam as palavras *O Caminho Sombrio* e o número *47*.

Intrigada, recostei-me nas almofadas macias da cadeira. Baralhos comuns têm cinquenta e duas cartas, mas nenhuma intitulada O Caminho Sombrio, e os números normalmente só vão até dez. Baralhos de tarô têm setenta e oito cartas, mas apenas as primeiras vinte e duas cartas de arcano maior são numeradas sequencialmente. Um baralho de tarô não teria o número *47*.

Antes que eu pudesse continuar meu raciocínio, a campainha tocou. Em seguida, a porta bateu.

Pip havia chegado. Quer a casa estivesse vazia ou cheia, quer ele estivesse com uma chave ou não, Pip não conseguia resistir a girar a manivela da campainha de Marcus, que emitia um som metálico capaz de acordar os mortos. Um murmúrio de vozes se seguiu, depois o latido agudo de Ardwinna e o riso de Apollo enquanto os animais corriam para encontrar os recém-chegados.

– Oi, mamãe! – gritou Pip. – Chegamos!

– Papai! – A voz de Becca foi alta e penetrante quando saiu da mesa para seguir o cachorro e o grifo. – Você viu o corvo morto?

– Sim, raio de lua. Onde está sua mãe? – disse Matthew de algum lugar no meio da casa.

– Na biblioteca. – Foi a vez de Becca gritar. – Mamãe! O papai chegou. Pip também. E o tio Chris e a tia Miriam!

– Ei, Diana! – disse Chris. – Queria dar àquelas bruxas da Congregação algo *realmente* assustador com que se preocupar: um padrinho irritado!

– Onde está? – perguntou Matthew da porta da biblioteca. Seu cabelo, escuro como a asa de um corvo, como o de Becca, erguia-se em tufos despenteados, e suas sobrancelhas estavam perigosamente baixas sobre os olhos cinza-esverdeados.

Peguei a carta da Congregação da mesa ao lado e a estendi para ele.

Matthew se ajoelhou ao lado da minha cadeira, procurando sinais de angústia no meu rosto.

– Vamos resolver isso, *mon coeur* – falou, levando minha mão aos lábios e pressionando-a contra sua pele fria. – Você não vai precisar enfeitiçar as crianças. Podemos ir para Sept-Tours, e não ao Old Lodge. Ninguém vai nos incomodar lá, e Baldwin e Fernando terão algo a dizer à Congregação sobre o destino dos nossos filhos. Estaremos seguros.

Meus pais achavam que eu estaria segura em Madison com Sarah, e funcionou – por um tempo.

Eu queria mais do que segurança temporária para Becca e Pip.

– O que aconteceu com aquele corvo? – perguntou Chris, alguns passos atrás de Matthew.

Pip passou correndo por ele para me dar um beijo. Becca estava no encalço do irmão, indo em direção à mesa da biblioteca.

– Ela estava me trazendo uma mensagem, tio Chris, e aí bateu na calçada. Olha! – Becca acenou com o desenho a lápis de Gwyneth Proctor e com seu próprio desenho de um corvo achatado delineado por vermelho vivo. – Mamãe disse que foi um acidente, mas não tenho certeza. Eu deveria ter perguntado ao amigo dela.

— Espera. — Chris fez uma expressão surpresa digna de um Oscar. — Você recebeu uma mensagem de um pássaro? Por acaso está matriculada em uma escola de magia e bruxaria agora?

— Aquilo era uma coruja, tio Chris — respondeu Becca. — Essa mensagem veio de um corvo.

Mas a mensagem não foi a única coisa que os corvos trouxeram para New Haven. Eles trouxeram um anel para Becca também. Fiquei surpresa ao ver que não estava mais no dedo dela, considerando como tinha ficado apertado mais cedo. Onde tinha ido parar?

— Você estava esperando uma mensagem dos mortos, Diana? — perguntou Miriam, entrando na sala em seu ritmo habitual e despreocupado. Ela era uma vampira ancestral capaz de grande velocidade, mas tinha aversão à pressa. — É isso que os corvos geralmente trazem.

— Não — murmurei —, mas recebi uma de qualquer maneira.

Minhas palavras discretas captaram a total atenção dos adultos.

— Recebemos várias mensagens hoje — expliquei. — Uma de Veneza, uma do corvo e uma dos Proctor.

— Dos Proctor? — O rosto de Matthew ficou inexpressivo enquanto ele processava essa revelação. — Pensei que todos os seus parentes mais próximos estivessem mortos...

— Eu também. — Sarah havia repetido isso diversas vezes.

— Três mensagens — disse Miriam, pensativa. — Todas mágicas. Isso não pode ser coincidência.

— Minha tia Hortense jurava que coisas ruins vêm em trios — comentou Chris com a voz sombria.

— Assim como as leis de Newton — falei, querendo acabar com essa conversa supersticiosa o mais rápido possível.

— Porcos também — acrescentou Pip, apresentando evidências de sua própria área de especialização. — E ursos. E galinhas francesas.

— E mosqueteiros — complementou Becca, com um pedaço de papel em cada mão. Ela correu em direção ao pai.

— Cuidado, Becca! — gritei, com medo de que ela pudesse danificar o delicado desenho. Levantei-me, e a carta antiga de baralho caiu no chão junto com o bilhete de Gwyneth.

Os olhos de Matthew se fixaram nos itens caídos.

— O que são essas coisas?

— Uma mensagem da minha tia-avó Gwyneth Proctor. Ela quer que eu volte para casa. — Minha voz estava firme enquanto fazia o surpreendente anúncio.

Os olhos de Matthew encontraram os meus, brilhantes e sombrios como uma tempestade. Peguei as cartas e as entreguei ao meu marido.

— Casa? — repetiu Chris. — Você está em casa.

— A casa de Gwyneth. Em Ipswich — informei, sem desviar o olhar de Matthew enquanto ele examinava a mensagem da minha tia-avó, embora minha voz tenha vacilado na palavra "casa". — Um lugar chamado Ravenswood.

— E a Congregação? — perguntou Chris, franzindo o cenho. — Você não deveria ir para Veneza?

— E quanto à Inglaterra? — gritou Pip, horrorizado com a possibilidade de uma mudança em seus planos de verão cuidadosamente elaborados.

— E eu? — exigiu Becca. — Os corvos disseram que eu precisava ir para casa também.

— Nada está decidido — falei, tranquila, embora estivesse bastante decidida a ir para Massachusetts. — Vamos conversar sobre isso depois do jantar. Não sei quanto aos outros, mas eu estou com fome. Quem quer uma taça de vinho?

Os gêmeos, distraídos pela perspectiva de uma refeição quente, encarregaram-se de Tamsy e dos animais e os conduziram até a cozinha. Chris e Miriam permaneceram na biblioteca, assim como Matthew.

— Ipswich? — As sobrancelhas de Matthew se ergueram. — Você vai para o norte de Boston por causa de um bilhete de seis palavras de uma tia-avó que você nunca conheceu?

Mas era mais do que isso, e ele sabia.

— Depois do jantar — prometi. — Podemos conversar sobre isso *depois* do jantar.

Quando todos estávamos reunidos na cozinha, cada um assumiu suas responsabilidades habituais no jantar de sexta-feira à noite. Era uma tradição para nós, nos reunirmos no final da semana para fazer uma refeição em família. Enquanto Matthew preparava a comida, o restante alimentava os animais, limpava a mesa, ligava o som para ouvir uma das playlists de Chris e arrumava seis lugares com todos os pratos, talheres, guardanapos e copos necessários para atender a uma multidão faminta. Becca colocou Tamsy em sua cadeira, e a boneca observou o turbilhão de atividade ao seu redor com o ar de superioridade de uma aristocrata assistindo aos criados trabalhando.

Ao redor do pescoço da boneca, suspenso pelas contas de coral com as quais ela tinha chegado até nós, estava o anel de osso que havia desaparecido. Rezando para que ninguém fizesse perguntas sobre essa nova adição ao guarda-roupa de Tamsy, servi uma boa dose de vinho para cada um dos adultos e tomei um gole para acalmar os nervos.

Logo, o cheiro reconfortante de *cassoulet* encheu a cozinha. Matthew vinha preparando grandes panelas de comida francesa uma ou duas vezes por semana durante todo o semestre, alimentando a mim e às crianças com uma concha de cada vez. *Ratatouille*, *potée auvergnate*, carne bovina e frango cozidos no vinho – cada um deles delicioso e diferente. Chris começou a chamar Matthew de *chef Julia Child* e chegou a um dos nossos jantares de sexta-feira com um avental amarrotado e um bloco de manteiga em vez de sua habitual contribuição de vinho e flores.

Terminamos sem incidentes a deliciosa criação de Matthew – que Pip costumava chamar de "ensopado de peido" – e duas garrafas de vinho tinto, exceto por algumas discussões triviais sobre o tamanho das porções, a quantidade de mostarda francesa que Pip queria colocar no prato, o desejo de Becca por uma dose do sangue que ela ainda gostava de beber em ocasiões especiais e um ruído muito alto de gases vindo da direção dos gêmeos. Becca e Pip mantiveram um fluxo constante de conversa descontraída e compartilharam notícias importantes do bairro, como a chegada de gatinhos na casa da esquina, e tudo o que nós, adultos, tivemos que fazer foi seguir o exemplo deles. Matthew bebeu uma garrafa inteira de vinho da Borgonha sozinho.

Quando servi o café e trouxe sorvete como sobremesa, meu marido estava lançando olhares incisivos e especulativos na minha direção, sua paciência já esgotada. Assim que as tigelas e as xícaras minúsculas estavam vazias, tentei apressar as crianças para a cama para que não discutíssemos na frente delas. Algo me dizia que Matthew não ia ser receptivo ao plano que eu havia improvisado durante o jantar.

– Ainda não posso ir para a cama, mamãe – protestou Becca, levando sua tigela vazia para a lava-louças. – Preciso cuidar do corvo primeiro.

– Seu pai vai fazer isso – falei, certificando-me de que Ardwinna tivesse água fresca e uma das pias estivesse parcialmente cheia para que Apollo pudesse tomar seu banho.

– Não! – O grito agudo de Becca foi alimentado pelo excesso de açúcar. – Eu tenho que fazer isso, mamãe. Prometi ao amigo do corvo que a enterraria.

Coloquei as mãos na cintura, tentando avaliar o nível de comprometimento da minha filha com esse absurdo.

— E sua *maman* sabe que nossa palavra é um juramento solene — disse Matthew, levantando-se da cadeira e balançando a filha de pernas compridas no ar antes de colocá-la no chão, leve como uma pluma. — Vamos fazer isso direito, *oui*?

— *Oui* — disse Becca solenemente.

— Posso ir também? — Pip perguntou à irmã. — Cuthbert também? — O coelho azul surrado com as longas orelhas já estava agarrado ao seu cotovelo.

Becca ponderou sobre o pedido do irmão.

— Acho que tudo bem.

— Importa-se se eu for também? Nunca fui ao velório de corvo antes — disse Chris.

— O velório já aconteceu, tio Chris. Os outros corvos cuidaram disso. Vai ser só o enterro — explicou Becca. — Corvos não têm mãos. Eles precisam da minha ajuda com a pá.

— Ah. — Chris olhou para Matthew e para mim com as sobrancelhas erguidas. — Entendi.

— E eu? — perguntou Miriam, embora já soubesse a resposta, pois Becca nunca recusava nada à vampira ancestral. Como Phoebe, Miriam era um exemplo a ser seguido por Becca e uma de suas confidentes.

— Você vem, mamãe? — Becca parou na porta dos fundos. — Você estava lá no funeral, então tudo bem se for muito difícil para você se despedir novamente.

— Acho que vou ficar aqui e arrumar a cozinha — falei, pensando em tudo que precisaria ser feito se eu fosse para Ravenswood no dia seguinte. — Vão em frente. Mas é direto para a cama depois.

— Sim, mamãe — responderam os gêmeos em uníssono.

Enquanto lavava os itens que não iam na lava-louça, mantive os olhos nos acontecimentos lá fora. Na casinha do jardim, Matthew e Becca encontraram uma pá adequada para remover os restos do corvo da calçada.

Miriam se juntou a Becca para ver onde o pássaro deveria ser enterrado, e, depois de muito debate, decidiram por um local sob a sombra da majestosa árvore que dava para a janela da biblioteca. Era um dos poucos espécimes que haviam sobrevivido à praga da doença do olmo holandês, e meus vizinhos diziam que, em caso de incêndio, eu deveria deixar a casa queimar e salvar a árvore.

Miriam e Chris cavaram um buraco para o pássaro enquanto Matthew, Becca e Pip iam ao jardim da frente buscar o corpo. Quando os três retornaram, Becca liderou o cortejo fúnebre, segurando cuidadosamente a pá com o corvo à sua frente. Pip, encarregado de Cuthbert e Tamsy, seguiu no papel de principal enlutado. Matthew encerrava a procissão, com as mãos postas diante do peito em um gesto de oração.

Notando que o ritual em andamento envolvia outra criatura alada, Apollo bicou a maçaneta da porta. Eu o deixei sair junto com Ardwinna e fiquei ao lado da porta aberta, observando Becca parar sob os galhos da árvore.

– *Bye, bye, blackbird*. Adeus – disse Rebecca com tristeza ao lado da cova rasa. Ela inclinou a pá e o pássaro caiu no buraco, o corpo rígido e as penas brilhando. – Vou te visitar quando voltarmos. Bons sonhos.

Nossa filha organizara um memorial tocante em minutos, usando uma combinação de uma de suas músicas favoritas, uma promessa e algumas palavras do nosso ritual noturno familiar. Meus olhos se encheram de lágrimas com a empatia de Becca pelo pássaro morto e sua determinação em dar ao animal uma despedida adequada.

– *Pack up all my cares and woe.* – Chris cantou com sua voz grave, acompanhando o clima da cerimônia e um trecho da mesma música que Becca havia incluído em sua despedida. – *Here I go, wingin' low. Bye, bye, blackbird.*

– *Where somebody waits for me, Sugar's sweet, so is she.* – Miriam se juntou, seu soprano surgindo acima dos tons ressonantes de Chris. – *Bye, bye, blackbird.*

– *Make my bed and light the light, I'll arrive late tonight.* – Matthew adicionou sua voz ao coro nos versos seguintes, fornecendo uma nota de barítono. Ele pousou a mão levemente sobre a cabeça inclinada de Becca. – *Blackbird, bye, bye.*

Sequei uma lágrima. No silêncio que se seguiu, alguns dos primeiros vaga-lumes piscavam no jardim, como se também quisessem contribuir com a ocasião.

– Aqui, Becca. – Pip entregou Tamsy à irmã para oferecer apoio emocional.

Becca enterrou o rosto no cabelo vermelho da boneca, seus soluços audíveis no silêncio.

Chris e Miriam jogaram terra sobre o corvo enquanto os outros observavam. Assim que o pássaro estava coberto em seu túmulo, todos esperaram Becca sinalizar que era hora de ir.

— Está tudo bem agora. — Becca respirou fundo e acenou para o pequeno montículo de terra recém-revirada. — Adeus, pássaro preto. Te vejo em breve.

Eu me afastei enquanto o grupo de sepultamento entrava na casa, inesperadamente comovida pela cena pungente de um corvo sendo enterrado.

—Meu plano faz todo sentido — disse a Matthew, depois de colocar as crianças na cama, ler as histórias de ninar obrigatórias e retornar à biblioteca para me juntar a Miriam e Chris. — Você leva as crianças para a Inglaterra, ou Sept--Tours, se preferir. Eu vou para Ravenswood encontrar Gwyneth Proctor. Ela deve saber a razão de os corvos virem. Depois, irei diretamente a Veneza dizer à Congregação que deixe nossos filhos em paz. E vou te encontrar no Old Lodge assim que puder.

Chris deixou de lado o copo de bourbon e me olhou com descrença. Miriam fez uma pausa em seus esforços de tirar a rolha de uma garrafa de Vouvray. O casal trocou olhares e, em seguida, verbalizou sua oposição a esse plano absurdo. Matthew cruzou os braços, apoiou-se na lareira da biblioteca e me dirigiu o mais recente de uma série de olhares desconfortáveis.

— O que exatamente aconteceu aqui hoje para fazer você repensar nossos planos de verão? — perguntou Matthew. — Sem mencionar abandonar sua proposta de pesquisa e a contagem regressiva para a viagem que você começou em abril?

— Vamos ver. — Coloquei minha taça de vinho na mesa com um baque surdo. — Um bando de corvos desceu sobre a casa, um deles morreu, Becca falou com outro, recebemos uma carta da Congregação e eu recebi um desenho e um cartão de uma ramificação da minha árvore genealógica que eu achava que tinha desaparecido! Você pode dizer que não estou sendo razoável, mas acredito que uma mudança nos planos de férias pode ser necessária!

— Você quer dizer uma horda de corvos — disse Miriam. — Está claro que é um presságio. Onde está a imagem?

Matthew foi pegá-la, e Miriam a tirou de suas mãos.

— Que tipo de presságio? — perguntei, preocupada. Miriam tinha nascido na época em que consultar augúrios era parte da vida cotidiana. Pássaros mortos não podiam significar nada de bom, mas um presságio estava em um nível totalmente diferente.

— O tipo que vem envolto em uma profecia. — Miriam apontou para a data no desenho. — Diz 1972, quase meio século atrás. Mas os corvos só vieram hoje.

— Diz *Rebecca e Diana* no verso — informei. — Eu teria pensado que era uma imagem minha e da mamãe, exceto pelo anel de Ysabeau.

— Então é uma dupla profecia — comentou Miriam. — Você só nasceu em 1976. Alguém com as iniciais MFP previu tudo: seu nascimento, o de Becca, Matthew e os corvos também.

— Quem quer que tenha sido, suponho que P signifique Proctor — falei. — Um parente próximo de Gwyneth, talvez?

— Como é possível que você saiba tão pouco sobre a família do seu pai? — perguntou Miriam, incrédula. — Nunca teve curiosidade?

Essa pergunta também me incomodava, e minha voz ganhou um tom defensivo.

— Os Proctor nunca fizeram parte da minha vida. Nunca passamos feriados com eles antes da morte dos meus pais... nem depois. Não me lembro de haver nenhum Proctor no velório dos meus pais — respondi. — Papai jamais mencionou a família, então acho que nunca questionei a ausência deles. Sarah disse que os únicos Proctor que restavam eram primos muito distantes.

— As famílias nem sempre são confiáveis quando se trata de sua própria história — disse Matthew. — Talvez essa não seja a primeira vez que algum parente do seu pai tenha tentado entrar em contato com você. Outras tentativas podem ter sido ignoradas.

— Tenho certeza de que nem Gwyneth, nem qualquer outro Proctor tentou me contatar. — Pensar de outra forma significaria que Sarah e Emily tinham escondido outro grande segredo de mim enquanto eu crescia.

Embora eu parecesse confiante, uma memória martelava às margens de uma lacuna deixada pelo feitiço dos meus pais. Será que Em mencionou os Proctor alguma vez? Antes que eu pudesse prosseguir com esse pensamento esquivo, Matthew falou:

— Quando, exatamente, Rebecca falou com o corvo? — Seu olhar não era gentil, mas penetrante.

— Depois que o mundo ficou cinza e o outro corvo caiu na calçada — respondi, fornecendo detalhes adicionais do encontro. — Quando o pássaro sangrou, a cor voltou ao mundo. Todos os corvos se acomodaram nas árvores, menos o que entregou a mensagem a Becca. Acho que ele era o líder.

Jamais vira nossa filha conversar com pássaros antes, mas ela tinha tantos amigos imaginários que posso não ter notado. A visão daquele único corvo, saltitando em direção a ela, acendeu outra faísca de curiosidade. Por que Becca havia sido capaz de se comunicar com o pássaro, e eu não?

– Então a magia já estava em ação quando Rebecca fez seu voto. – Matthew praguejou e se sentou ao meu lado.

– Que tipo de magia? – perguntou Miriam.

– Não tenho certeza. – Minha mão esquerda formigava e eu a enfiei sob a coxa. – Mas os corvos estavam envolvidos nela. Eles cantaram uma canção extremamente lúgubre depois que Becca conversou com o líder. Diferente de tudo que já ouvi antes. Todo o grupo...

– Horda – corrigiu Miriam. – Ou bando, se preferir.

– O bando se comportou como se um membro da família tivesse morrido – acrescentei. – Becca disse que o corvo que conversou com ela era amigo do pássaro morto.

– Você já viu esse tipo de comportamento em suas pesquisas, Matthew? – perguntou Miriam.

Meu marido havia pesquisado lobos, não pássaros. Confusa, esperei por sua resposta.

– Os corvos formam pares de acasalamento, assim como vampiros e lobos – respondeu Matthew. – Eles sofrem quando seu par morre, e o grupo social muitas vezes participa do luto. Na Noruega, testemunhei o uivo de lobos junto com o lamento dos corvos quando um membro do grupo deles morreu.

Franzi a testa.

– Você faz parecer que corvos e lobos têm algum tipo de relação.

– Eles trabalham juntos na natureza – disse Matthew, assentindo. – Brincam juntos, ajudam uns aos outros a localizar presas e até compartilham as caças. É um exemplo incomum de cooperação entre espécies.

– Falando nisso – disse Chris –, vamos precisar desse espírito de equipe para enfrentar a Congregação. Eles virão testar Becca e Pip, corvo morto ou não. Talvez devêssemos focar nisso, e não em um presságio assustador!

– E se as duas coisas estiverem relacionadas? – perguntei. Mesmo um humano como Chris precisava ver que o conjunto dos eventos da tarde era muito maior do que a soma de suas partes.

– Talvez estejam – admitiu ele –, mas, neste momento, acho que deveríamos dar um voto maior de confiança aos vampiros, bruxas e humanos nesta sala.

E gostaria de algum crédito como profeta também. Eu sabia que algo assim ia acontecer, embora nenhum de vocês tenha me ouvido.

Miriam balançou a cabeça em sinal de advertência, mas Chris continuou:

— Não podemos deixar que ninguém, especialmente a Congregação, faça alguma descoberta a respeito de Becca e Pip sobre a qual ainda não tenhamos conhecimento ou chegado a um acordo — continuou ele, tornando-se mais contundente a cada palavra. — Já passou da hora de realizarmos testes genéticos neles e entendermos quais poderes e habilidades os gêmeos podem ter herdado antes que outra pessoa faça isso.

— Já tivemos essa discussão, Chris. — A voz de Matthew era baixa, mas a veia escura em sua têmpora pulsava perigosamente. — Diana e eu queremos que Rebecca e Philip desenvolvam seus talentos e habilidades de forma natural, sem que descobertas laboratoriais moldem nossas ideias sobre o que eles podem se tornar.

Chris ergueu as mãos, exasperado.

— Você pode não ter notado, Matthew, mas há muitos humanos inteligentes e observadores em New Haven. Eles sabem que você e Diana são diferentes, mesmo que não consigam articular como. Pip cresceu dois centímetros e meio no último mês, e Becca está quase dominando trigonometria. Não há como trancar os gêmeos na mansão da família Addams até completarem dezoito anos, esperando que ninguém perceba seu desenvolvimento avançado.

Chris não apenas assistia a muita televisão; ele também não gostava da casa de Marcus.

— Pip e Rebecca vão à escola — mencionei, defensiva com a ideia de que os gêmeos estavam confinados em casa.

— Você acha que Maria Montessori vai fazer com que eles pareçam pessoas comuns? — Chris riu com desdém.

— Na verdade, é uma escola Waldorf — falei, cerrando os dentes. — Achamos que o foco em desenvolver a curiosidade e canalizar a imaginação era mais adequado para Becca e Pip.

— Pip tem um *grifo* de estimação, D — disse Chris. — E Becca está se tornando uma combinação de Alan Turing e dr. Dolittle. Não acho que você precise se preocupar com a imaginação deles.

— Com todo o respeito, Christopher — interveio Matthew —, isso não é da sua conta.

– Com todo o respeito, Matthew, isso é besteira – retrucou Chris, a voz se elevando. – Miriam e eu somos padrinhos deles.

Além de metade da família. Além disso, Chris e Miriam haviam jurado proteger e defender as crianças. Eles tinham o direito de opinar quando se tratava de garantir o melhor futuro possível para elas.

– Não vamos testar as crianças agora. – O tom de Matthew era um aviso para não abusarem da sorte. – Quando eles tiverem dezoito anos, poderão decidir por si mesmos se, e quando, querem ser objetos de pesquisa.

– E a Congregação concordou com o seu cronograma? – perguntou Miriam, certeira. – Porque concordo com o Chris nesse ponto. Já passou da hora de sabermos a verdade.

Matthew bebeu um gole de vinho em vez de responder.

Meu olhar desviou para o antigo armário de bar onde havíamos organizado algumas fotos de família. A imagem de Ysabeau e Philippe durante os tempos alegres nas Olimpíadas de Paris de 1924 dividia o espaço com uma foto do casamento dos meus pais. Meus avós maternos apareciam ao fundo, radiantes de alegria. Havia um instantâneo maravilhoso em que Phoebe jogava seu buquê de casamento para uma multidão reunida no jardim de Freyja, com um Marcus sorridente ao lado. Também havia várias fotos de Sarah e Em, e outra de Jack e Fernando, cercados de sorrisos, em uma praia em Portugal. Os gêmeos estavam lá também, capturados nos momentos ativos e felizes da primeira infância: o primeiro passeio de triciclo de Pip, uma visita a uma fazenda para conhecer os animais, Becca e eu brincando, Matthew lendo para eles uma história de ninar.

Meu pai era o único representante da família Proctor naquelas cenas. Ele nunca explicou por que seus pais não estavam em nenhuma das fotos de casamento, e depois presumi que deviam estar mortos na época em que ele e minha mãe se casaram. Quando tive maturidade o suficiente para fazer perguntas, meu pai já tinha morrido. Minha tia-avó Gwyneth provavelmente sabia onde me encontrar há algum tempo, mas não havia feito contato até agora. Um plano complexo estava se desenrolando, e, embora Gwyneth talvez não fosse sua arquiteta, era de alguma forma essencial para seu funcionamento.

– Gwyneth Proctor é a chave para tudo isso – falei, meio para mim mesma. – É a mensagem dela que importa. Ela sabia que os corvos vinham para cá. Deve saber sobre a Congregação também. Minha tia-avó tem mais a revelar, ou não teria me convidado para ir até Ravenswood.

– Um parente Proctor seria uma bênção, geneticamente falando – observou Chris, inclinado para a frente em excitação. – O sangue dela poderia responder a muitas perguntas sobre o DNA das crianças.

– Agora não, Chris – advertiu Miriam, colocando uma das mãos em seu joelho. No entanto, ele continuou:

– E isso lançaria luz sobre as áreas cinzentas no genoma de Diana que nós ainda não entendemos. – O entusiasmo de Chris aumentou com a perspectiva de ainda mais descobertas genéticas. – Gwyneth pode não ser a única Proctor em Ipswich. Deve haver mais. Posso ir com você?

A ideia de chegar a Ravenswood com um balde de swabs bucais e Chris Roberts a tiracolo era demais.

– Ninguém vai comigo – afirmei. – Gwyneth *me* convidou para Ravenswood. O que quer que tenha a dizer, é um assunto familiar. Ela não vai querer compartilhá-lo com outras pessoas por perto.

– *Nós* vamos para Ipswich com você – declarou Matthew, sombrio.

Chris levantou o braço para dar um *high five* em Matthew.

– Não vocês – corrigiu Matthew, sério, frustrando as esperanças de Chris. – Rebecca, Philip e eu iremos. Essa suposta parente pode estar tentando te atrair para uma armadilha.

Suposta parente? Armadilha?

– Não existe uma vasta conspiração de criaturas se passando por membros da minha família – falei, respondendo ao primeiro dos comentários absurdos de Matthew. – Gwyneth Proctor deve estar na casa dos noventa anos. Duvido que esteja espalhando um saco de migalhas entre Connecticut e Massachusetts a fim de me atrair para alguma trama maligna.

A expressão de Matthew me dizia que ele não duvidava de nada que Gwyneth Proctor pudesse fazer. Eu reprimi uma resposta frustrada.

– Você tem que colocar os gêmeos em primeiro lugar, Matthew – falei com convicção, aumentando o tom de voz. – Se você não for para a Inglaterra sem mim, isso significa ficar aqui, em New Haven. Os gêmeos não devem chegar nem perto de Ravenswood até que a gente saiba mais.

– Ela está certa, Matthew. – Miriam foi uma aliada inesperada, mas bem-vinda.

– Não vou demorar – afirmei com suavidade. – Alguns dias, no máximo.

– Tudo bem – disse Matthew, relutante. – Vou ficar com as crianças enquanto você interroga Gwyneth Proctor.

Matthew estava fazendo parecer uma operação militar, não uma reunião de família.

– Mas você precisa prometer que vai embora imediatamente se sentir que algo está errado e que vai manter contato enquanto estiver lá. Vamos decidir o que fazer sobre a Congregação e nossos planos de verão quando você voltar.

Está na hora de voltar para casa. O convite estranho de Gwyneth sussurrava na minha mente.

Eu não sabia aonde o caminho para Ipswich me levaria ou o que encontraria ao chegar. Mas estava ansiosa para seguir o misterioso andarilho com seu chapéu emplumado e sapatos de fivela.

– Não vou demorar – repeti para tranquilizá-lo. – Só até segunda ou terça-feira, no máximo. Eu pro...

Matthew me silenciou com um olhar.

– Não faça promessas que talvez não possa cumprir, *ma lionne*.

Naquela noite, sob a escuridão da lua, fiz promessas com meu corpo que Matthew não quis – ou conseguiu – silenciar. A cada toque suave e a cada pressão dos meus lábios em sua pele, eu prometia mais.

Mais intimidade, livre de segredos guardados por tempo demais.

Mais confiança, livre do medo que tornava a vida impossível.

Mais amor, de forma inimaginável, para preencher os dias que ainda passaríamos juntos.

Matthew respondeu às minhas promessas com suas próprias.

De que nem mesmo segredos profundamente escondidos ameaçariam nosso amor.

De que nada era impossível, desde que enfrentássemos o desafio juntos.

De que nada nos impediria de viver cada momento ao máximo.

A noite sem luar nos envolveu em veludo quando enfim ficamos saciados e em paz. Eu me acomodei nos braços de Matthew, estendida ao longo de seu corpo. Os contornos familiares do meu marido eram reconfortantes em sua frieza; eu já estava acostumada à temperatura do corpo de um vampiro.

– Não vou demorar – murmurei mais uma vez, pressionando outro beijo nos músculos sobre seu coração.

Matthew não disse uma palavra, mas me abraçou mais forte enquanto eu caía em um sono repleto de sonhos.

Capítulo 3

A placa na Rota 1 que passou depressa pela minha janela indicava que eu estava a onze quilômetros de Ipswich e a apenas doze quilômetros de Salém. As sombras lançadas pelos enforcamentos que um dia balançavam em Gallows Hill eram longas, e eu sentia seu frio.

Não era a primeira vez que eu ia a Ipswich. Minha mãe havia insistido para que parássemos lá a caminho das férias de verão no Maine e comêssemos mariscos fritos no lendário Caixa de Mariscos da cidade. Papai tinha ficado estranhamente irritado e rabugento durante o trajeto de Cambridge, pois preferia chegar ao pequeno chalé em East Boothbay o mais rápido possível, com o mínimo de interrupções para sorvete e antiguidades. Eu fiquei sentada do lado de fora, em uma mesa de piquenique, tomando uma raspadinha enquanto eles pegavam a comida. As vozes elevadas dos meus pais flutuavam em direção ao estacionamento, queimando meu rosto de constrangimento com a ideia de que todos podiam ouvi-los discutir.

Não conseguia me lembrar sobre o que estavam brigando, ainda que agora suspeitasse ter algo a ver com nossa proximidade com a família do papai.

Fiz a curva da Rota 1 e peguei a antiga estrada de Topsfield para Ipswich, deixando para trás a terra dos shoppings, pizzarias e franquias de donuts. Conforme o trânsito se reduzia a um fluxo esparso, e casas antigas e espaçadas com gramados verdes substituíam as placas de neon do comércio que iluminavam os bairros residenciais ao norte de Boston, um silêncio tranquilo dominou a viagem. Passar pelas casas do século XVIII, com suas pinturas impecáveis e cercas de madeira, era como voltar no tempo.

Dirigi para o centro de Ipswich ao longo da Market Street, uma das principais vias da cidade, e estacionei o Range Rover em uma vaga em frente a um café movimentado chamado A Cabra Sedenta.

Do lado de fora, sob uma placa oscilante com a imagem de uma cabra vestida com roupas do século XVII inclinando a cabeça para beber de um cálice, as mesas estavam cheias de uma ampla gama de pessoas: mães jovens saboreando *lattes*, os filhos em carrinhos ao lado delas; velhos marinheiros em macacões e bonés desgastados segurando copos de papel cheios de café fumegante; e pessoas com laptops clicando em e-mails enquanto tomavam *mochas*. O Cabra Sedenta era nitidamente o point da comunidade local.

Era também o lugar perfeito para pedir informações sobre o caminho para Ravenswood. Embora eu tivesse inserido o CEP de Gwyneth e a palavra "Ravenswood" no sistema de navegação ao sair de New Haven, as direções só haviam me levado ao centro da cidade. Sem o nome da rua e o número, eu teria que contar com o conhecimento local para encontrar minha tia-avó.

Desliguei o carro e peguei minha bolsa no banco do passageiro. Estava desesperada por um chá quente para restaurar minha coragem antes de encontrar Gwyneth Proctor pela primeira vez.

Quando meus pés tocaram a calçada, um formigamento sutil preencheu o ar como se mil bruxas estivessem soprando beijos. Meus olhos varreram a multidão, procurando em vão por uma bruxa entre os carrinhos e bonés de beisebol, mas não consegui localizar a fonte daquele aviso de que havia bruxas por perto.

Com os sentidos em alerta, entrei no café. Era um espaço acolhedor com teto de vigas elevadas. O branco reluzente das vigas descia até encontrar um painel vermelho na altura das cadeiras, e o trabalho de artistas locais cobria as paredes.

A atmosfera acolhedora esfriou quando senti o olhar incisivo de uma bruxa. Depois outro.

Atrás do balcão da cafeteria, estavam duas delas. Uma tinha cabelo preto bagunçado preso em um coque e um piercing no nariz. Seus braços eram cobertos com tatuagens: uma lua nova, uma pena de coruja, uma mariposa, uma carta de tarô, sem mencionar as que estavam escondidas sob a manga da camiseta preta. O nome *Ann* fora bordado no avental junto com uma representação vívida da carta da Sacerdotisa do baralho de tarô Rider-Waite. A outra bruxa tinha um ar mais frio e ameaçador. O nome bordado em seu avental era *Meg*, e a Rainha de Ouros estava na parte da frente. Meg usava um broche que dizia COMITÊ DE MEMBROS DO COVEN.

Nem mesmo o humano mais tolo poderia ignorar que elas eram bruxas. Uma das máquinas de café industrial italiana que Matthew adorava comprovava isso. Embora não fosse um caldeirão, era preta e estava em um lugar de destaque. De vez em quando, soltava uma nuvem de vapor. Uma placa colada nela dizia SEM CAPPUCCINOS DURANTE A LUA BALSÂMICA DEVIDO A OSCILAÇÕES DE ENERGIA. DIRIJA SUAS RECLAMAÇÕES AO COVEN DE TOPSFIELD.

– Podemos ajudar? – O tom de Ann era direto, seu poder cuidadosamente controlado e regulado. Não era selvagem como o poder das bruxas elementares em Rede, Londres, ou delicado e preciso como o de uma tecelã que criava novos feitiços. A imagem que me vinha à mente era a de uma patinadora mágica altamente treinada, disposta a gravar símbolos despretensiosos no gelo para depois explodir em giros quádruplos sem esforço.

Dei um sorriso radiante.

– Um chá quente com leite, sem açúcar. Pra viagem. – Fiquei aliviada que meu pedido não estivesse restrito pelo ciclo lunar, já que não tinha ideia de em qual fase a lua estava no momento.

– Nossa especialidade é o chá Poção das Bruxas. Não está no menu, mas é o favorito da cidade. – Os lábios de Meg se curvaram em um sorriso sarcástico, a força do olhar se intensificando. Ela tinha olhos estranhos, salpicados com diferentes matizes: verde como vidro e marrom como casca de árvore, uma mistura de água e terra.

– Não tem olho de tritão? – perguntei, tranquila, procurando pela carteira na minha bolsa da Biblioteca Bodleiana.

– Somente como *sorbet*. – Foi a rápida resposta de Ann.

– Um café da manhã no estilo inglês seria ótimo – falei, me recusando a morder a isca. Essas duas podiam gostar de se exibir como bruxas para os turistas vindos de Salém, mas eu não iria encorajá-las.

– Mais alguma coisa? – perguntou Meg, seus olhos semicerrados e desconfiados.

– Está tudo bem, Meg? – Uma mulher pequena com cabelo preto coberto por uma camada de branco e um chapéu para proteger a pele do sol entrou no café, seu poder e magia a seguindo como a cauda do vestido da Cinderela no baile. A bruxa nos observava por trás de óculos redondos cor-de-rosa.

— Apenas uma visita inesperada — respondeu Ann, dando uma leve ênfase na penúltima palavra. O que ela queria dizer era *bruxa*. O coven de Ipswich exigia passaportes mágicos para criaturas como eu?

— Está tudo sob controle, comadre Wu. — Meg se irritou com a intromissão indesejada.

Comadre era uma forma de tratamento antiquada que eu não via ser usada na comunidade de bruxas desde os tempos em que vivi na Londres elizabetana.

— Ah, eu acho que não — disse comadre Wu com suavidade, soltando um fluxo de ar com toque de vidro marinho que brilhava e tilintava à luz. Chegou até mim em fios curiosos que coçavam meus ouvidos e deslizavam pelas minhas narinas. — Muito pelo contrário.

Quantas bruxas havia na cidade? Eu estava ali havia menos de dez minutos e já tinha encontrado três.

— Oláaa! — O que parecia um salgueiro alto e esguio em forma de bruxa entrou inesperadamente pela porta, adicionando mais uma criatura à minha contagem.

Ela usava um chapéu de lona cor-de-rosa com um grifo estampado e o tipo de bermuda xadrez que minha mãe usava no início dos anos 1980, quando o estilo *preppy* estava na moda. Um rabo de cavalo bagunçado tentava conter seu cabelo loiro e grisalho, amarrado sob a aba do chapéu. Um broche a proclamava MESTRE DE CERIMÔNIAS DO COVEN. À medida que se aproximava, eu via que sua energia e agilidade, em conjunto com seus traços delicados, faziam com que ela parecesse muito mais jovem do que indicavam as linhas finas ao redor dos olhos.

— Bem-vinda de volta, priminha!

Olhei ao redor para ver a quem a bruxa estava saudando. Após uma pausa desconfortável, percebi que estava se referindo a mim.

— Oi. — Acenei de leve.

A bruxa me abraçou, derrubando o próprio chapéu de tanto entusiasmo. Ela sussurrou ao meu ouvido:

— Sou Julie Eastey. Só entra no jogo e vou te tirar daqui.

Eastey era um nome de peso naquela parte de Massachusetts, assim como Bishop e Proctor. Quatro vítimas da histeria de Salém eram membros dessa antiga família do condado de Essex. Se Julie fosse de fato minha prima, então a lista de parentes envolvidos nos eventos sombrios da época dos enforcamentos aumentaria exponencialmente.

— Que bom te encontrar aqui. — Julie me puxou para me olhar melhor. Ela sorriu com orgulho, mas uma advertência brilhou em seus olhos claros de um azul-turquesa. — A tia Gwynie está te esperando. Ela me mandou vir te buscar para que você não se perdesse.

— Gwyneth não disse que estava esperando visitas na última reunião. — Havia um tom reflexivo na voz de comadre Wu.

Eu tinha certeza de que comadre Wu não estava se referindo à associação de pais e mestres ou ao clube de jardinagem.

— Estamos no verão, Katrina. Você sabe como é — disse Julie com um gesto desdenhoso. — Ipswich está cheia de turistas. Mas não hoje! Deve ser o dia de desconto para pagãos. Vejo que já conheceu Meg e Ann.

Dois pares de olhos bruxos fixaram a atenção em minhas costas. Eu me virei e vi que a saída estava bloqueada por uma mulher na casa dos quarenta anos, vestindo um terno azul-marinho e uma blusa branca impecável. Ela carregava a mesma bolsa com aba e fecho de latão que minha mãe costumava usar para ir a Harvard todos os dias, e com o mesmo couro bege também. Ao seu lado, vi uma bruxa idosa e corpulenta, com cabelos brancos encaracolados tingidos de cor-de-rosa para combinar com seu cardigã.

— Ah, olha, Hitty Braybrooke e Betty Prince chegaram — anunciou Julie com alegria, embora seus olhos tivessem diminuído um pouco. — Dia movimentado aqui no Cabra Sedenta.

— Você chamou? — Hitty perguntou a Ann.

Alguém havia acionado um botão de alarme invisível para notificar a comunidade que havia uma bruxa estranha na cidade.

Betty me observou com evidente curiosidade.

— Essa é... uma *Bishop*?

— Minha prima, Diana Bishop, sim. — Julie me puxou para perto. O aperto firme que ela me deu foi o suficiente para me fazer estremecer. — Veio visitar a Gwynie.

— Essa irregularidade processual é perturbadora — observou Hitty. — Gwyneth devia ter nos notificado para que pudéssemos tomar as devidas precauções. Vou abordar isso em nossa próxima reunião. — Embora não usasse um broche de identificação como Meg e Julie, suspeitei de que Hitty fosse a parlamentar do coven, a bruxa azarada responsável por regras e regulamentos.

— Precauções? — Julie riu. — Pela deusa, não estamos em 1692, Hitty. Dê um tempo a Diana.

Os sinos da cidade soaram, indicando que era uma hora.

– Já é uma hora?! – exclamou Julie. – Precisamos ir para Ravenswood. Gwynie tira um cochilo às três, e ela vai querer colocar a conversa em dia primeiro.

Eu me virei em direção à porta.

– Não se esqueça do seu chá. – Meg estendeu um copo de papel com o logotipo característico de cabra.

Hesitei, tentada a ir embora sem ele. Meg sorriu, devagar e satisfeita como um gato.

– Obrigada. – Eu me aproximei, peguei o chá de sua mão e segui diretamente até a porta. – Pronta quando você estiver, Julie.

– Mais pronta que nunca! – respondeu ela. – Gwynie está morrendo de vontade de fofocar.

Ann piscou diante desse anúncio.

– Prevejo que será um verão interessante – falou comadre Wu, dirigindo-se aos clientes do café, humanos e bruxas, que assistiam ao desenrolar do nosso drama.

– E você nunca erra! – disse Julie por cima do ombro enquanto me pegava pelo cotovelo e me conduzia depressa para longe de Hitty e Betty. – Katrina é nossa especialista em adivinhação e profecia, Diana. Ela sempre sabe o que o futuro reserva.

– Tenho certeza de que nos encontraremos novamente. – Os olhos de comadre Wu estavam enevoados de possibilidades. – Adeus por ora, Diana Bishop.

Chegamos à calçada e respirei fundo o ar sem magia. O poder no Cabra Sedenta estava sufocante, e o frescor salgado foi bem-vindo.

– Continue andando. – O comportamento agradável de Julie mudou assim que ela saiu do café. – Precisamos dar o fora antes que Meg comece a percorrer a árvore telefônica do coven. Caso contrário, vai ter alguém para nos parar em todas os cruzamentos. Qual é o seu carro?

Apontei para o grande Range Rover preto.

– Claro. – Julie balançou a cabeça. – Vampiros. Tão consumistas e sem nenhuma consideração pelo meio ambiente.

Abri a boca para defender a escolha de Matthew.

– Me segue. Estou na picape azul. – Julie apontou para o outro lado da rua, onde um Ford vintage azul-pastel estava estacionado lateralmente em uma vaga destinada a motocicletas.

Julie esperou que eu fechasse a porta do carro antes de atravessar o trânsito que começava a aumentar. Em sua picape, ela fez um retorno incrivelmente rápido sem colidir com o tráfego que vinha na direção oposta e parou o veículo ao meu lado.

– Mantenha-se perto – falou pela janela aberta. – É melhor a gente não se separar.

Eu havia saído de um romance de fantasia e caído em um thriller de espionagem completo, com perseguição de carro e tudo. A manobra de retorno de Julie foi uma amostra de seu estilo de condução, que era errático e confiante na mesma medida. Após quase atropelar um ciclista e ter uma breve conversa com um policial da delegacia de Ipswich, ela reduziu a velocidade e se manteve dentro da faixa.

Isso me deu a chance de observar as mudanças enquanto deixávamos o denso centro de Ipswich e virávamos na East Street em direção ao antigo porto. O lugar havia sido um movimentado centro econômico da área. Mas, naquele momento, abrigava uma marina tranquila para embarcações de lazer. Casas do século XVII surgiam em intervalos regulares entre edifícios mais imponentes do século XVIII. Ipswich claramente se orgulhava de sua história, e placas de madeira branca com letras pretas identificavam cada casa, a pessoa que havia morado nela primeiro e a data em que fora construída. Eu as seguia de volta no tempo. 1671. 1701. 1687. Como aquelas casas tinham sobrevivido à pressão do desenvolvimento?

A picape de Julie sacolejava enquanto a estrada se curvava a nordeste. Havíamos chegado a uma longa faixa de terra que se estendia até a água. Senti outro arrepio do passado, ouvi uma janela abrir e minha mãe rir enquanto inspirava o ar do oceano. Uma música tocava no rádio, e mamãe estava me ensinando a letra.

Quase saí da estrada com o repentino lampejo de memória. E, ainda assim, tinha certeza de nunca ter passado por nenhum lugar de Ipswich além do Caixa de Mariscos.

Julie acenou pela janela para me avisar que estávamos perto do nosso destino. Avistei uma placa desgastada indicando Ravenswood e reduzi a velocidade. Saímos da estrada asfaltada de duas faixas e entramos em uma estrada de terra.

Alguém havia despejado cascalho para preencher os buracos profundos deixados pelos congelamentos severos do inverno e pelas chuvas da primavera. As antigas árvores se projetavam, criando um luminoso túnel verde que deixava tudo com um brilho sobrenatural.

Abri a janela, inalando o aroma de grama, pântano e esterco, a fragrância de terra misturada a uma leve pitada de sal. Nenhuma música tocava alto nas casas próximas, nem o barulho, comum em New Haven, de portas batendo e gritos de estudantes. Havia apenas o zumbido dos insetos e o canto ruidoso dos pássaros que voavam sobre nós.

Um homem caminhava na vala ao lado da estrada. Sua calça curta e larga estava presa abaixo dos joelhos, e ele segurava um par de sapatos robustos na mão. A longa camisa branca, com as mangas enroladas, alcançava a parte superior de suas coxas. Era feita de um tecido áspero, assim como a calça. Um chapéu desgastado com aba larga e uma pena de peru presa na faixa cobria seu rosto, de modo que eu não consegui distinguir suas feições. Ainda assim, ele parecia familiar.

O andarilho da carta.

Eu já havia passado por ele e olhei pelo espelho retrovisor para dar uma segunda olhada.

Ele desaparecera.

Desacelerei, procurando por ele entre as árvores, mas não havia nada além de troncos ásperos e vegetação densa. Julie buzinou, impaciente, e pisei no acelerador.

Depois de atravessar lentamente as ondulações e elevações como navios cargueiros sobrecarregados, chegamos ao primeiro desvio na estrada. Uma placa apontando para a direita dizia FAZENDA POMAR. As únicas características visíveis da casa eram as duas chaminés que ancoravam o telhado inclinado.

Julie passou pelo desvio para a fazenda e continuou subindo uma estrada de terra quase imperceptível. Outra placa rudimentar pregada em um poste indicava que havíamos chegado na Casa Velha.

Tentei avistar uma casa através das sebes espessas salpicadas com bolinhas brancas, mas uma velha castanheira bloqueava minha visão. Ela se erguia como uma sentinela, rígida e reta na elevação, com galhos estendidos e folhas distintamente ovais. Sua casca áspera e cinza parecia feita de penas, com as extremidades voltadas para cima do tronco em delicadas dobras. Amentilhos dourados caíam dos galhos, seu denso aroma preenchendo o carro.

Mas as panículas peludas não eram os únicos enfeites dessa árvore. A castanheira estava ornamentada com objetos e pedaços de papel. Eles estavam amarrados ao tronco com fitas desbotadas e cordas desgastadas, e pendiam dos galhos em cabides de arame e pedaços de corda velha. Pernas e cabeças de boneca balançavam sinistramente com a brisa. Um sapato gasto batia contra o tronco, um toque abafado para anunciar que alguém havia chegado.

Uma árvore de bruxa. Minha mãe escrevera um artigo sobre elas certa vez. As pessoas deixavam mensagens e oferendas nos galhos, na esperança de que a bruxa que morava nas proximidades as transmitisse aos ancestrais e outros intercessores.

Mesmo dentro da robusta estrutura do carro, eu sentia a magia cintilando ao redor da árvore adornada que era tanto protetora quanto convidativa. Visitantes eram bem-vindos para deixar suas oferendas e orações ali, mas a árvore impediria qualquer um de avançar mais – a menos que fosse bem-vindo em Ravenswood.

À frente, Julie havia parado sua picape. Ela buzinou de novo para chamar minha atenção e acenou com o chapéu pela janela para garantir que eu soubesse que ainda não havíamos alcançado nosso objetivo. Sua cabeça loira apareceu.

– Você pode visitar a árvore depois! – gritou ela. – Vamos lá!

À medida que meu veículo pesado passava pela elevação, uma casa de tábuas cor de prímula surgia logo abaixo, situada na margem do pântano salgado com um amplo horizonte de mar azul além dela. Parecia ter sido construída no final do século XVII, com formato simples de chalé e uma única chaminé central. Ao contrário das casas da mesma época pelas quais passei em Ipswich, não havia uma estrada movimentada a poucos centímetros da porta da frente ou um posto de gasolina nas proximidades. Aquela casa era uma sobrevivente rara, perfeitamente preservada em seu ambiente original de bosque profundo e prados à beira d'água.

Olhei mais de perto depois de desligar a ignição e acionar o freio de mão. As tábuas eram estreitas, confirmando sua idade, e camadas de tinta e intempéries haviam criado curvaturas e bolhas, dando à casa a aparência enrugada de uma velha. De lado, a Casa Velha parecia ter três andares. Uma única janela no sótão estava situada no alto, enquanto duas janelas, colocadas a alturas ligeiramente diferentes, marcavam o segundo andar como se a casa estivesse piscando. O térreo tinha mais duas janelas e uma porta com beiral para proteger quem entrava ou saía de ser afogado por uma cortina de chuva ou empalado por um pingente de gelo.

    Julie estacionou no espaço onde o telhado acentuadamente inclinado quase encontrava o chão, deixando apenas cerca de um metro de parede entre os tufos de grama verde e as beiradas. Embora aquele pudesse ser o lugar onde a estrada da cidade terminava, certamente não era a frente da casa de ângulos estranhos e porta pequena. As duas janelas escondidas sob os beirais baixos eram mais largas do que altas e me lembraram dos olhares desconfiados que recebi das bruxas no café. A casa velha estava me observando por debaixo da sua sobrancelha – e com tanta desconfiança quanto Meg e Ann haviam demonstrado.

    Casa, sussurravam as folhas de castanheira.

    Casa, zumbiam as abelhas.

    Casa, grasnou um corvo do seu poleiro no beiral do telhado.

    Casa, ecoou meu coração.

    Eu pertencia àquele lugar onde nunca estivera, e um senso de adequação se assentou sobre mim enquanto Ravenswood exercia sua atração, como a lua sobre as marés. Saboreei a sensação, absorvendo um pouco mais de sua magia a cada respiro.

    Uma mulher idosa e esbelta, com cabelo grisalho bem-cortado preso com uma faixa de veludo, saiu pela porta lateral, a camisa listrada azul e branca e a calça de algodão cinza parecendo saídas de uma revista de moda. Calçava um velho par de sapatos manchados de sal. Tinha uma semelhança sutil, mas inconfundível com meu pai, especialmente ao redor dos olhos e na linha do cabelo que emoldurava sua testa.

    Soltei o cinto de segurança e abri a porta, colocando um pé hesitante no chão.

    – Saia daí, Diana. – Gwyneth deu alguns passos e então parou, falando em tom sarcástico. – Tenho oitenta e sete anos e estou velha demais para subir colinas.

    Desci do carro. Quando meus pés tocaram o chão, as solas fincaram raízes profundas no solo. Eu me balancei no lugar, assustada com a mudança no meu centro de gravidade.

    – Fique firme. – Julie segurou meu cotovelo. – Vai ficar tudo bem. Só precisa ancorar sua magia. Quem quer chá?

Eu estivera tão concentrada em seguir Julie e observar os marcos locais que não tinha dado um único gole no chá do Cabra Sedenta. Meu estômago fez um ruído.

– A chaleira está no fogo. – Gwyneth protegeu os olhos do sol. – Chegue mais perto, minha querida. Não mordo.

Risadas suaves seguiram a piada de Gwyneth.

– *Tens alguma lembrança de antes de vires para cá?* – minha mãe sussurrou a fala da peça *A Tempestade*, de Shakespeare.

– Mãe?

Eu tinha visto a forma espectral do meu pai e da minha avó, Joanna Bishop. Até mesmo vislumbres de Bridget Bishop, minha antepassada que havia sido enforcada em Salém. Mas a única vez que vi minha mãe foi depois que a bruxa Satu Järvinen me jogou em uma masmorra. Nunca tive certeza se era o fantasma dela que me visitava ou apenas um truque da minha mente apavorada que me fazia pensar que mamãe estava lá.

Procurei por ela nas árvores, no prado e no pântano. Por fim, avistei-a na borda da floresta densa. Da mesma forma que o homem na estrada, seus contornos eram nítidos, assim como sua conhecida camiseta vermelha da Plimoth Plantation, de gola listrada e mangas azul-marinho, com a lista de passageiros do *Mayflower* impressa na frente. Aquilo não era um fantasma etéreo. Era minha mãe, com seus antigos mocassins.

– Mãe! – Meus pés deslizaram morro abaixo, e outra memória forte surgiu, cortando meu coração. Eu já havia descido aquela colina antes, de mãos dadas com ela. Estávamos rindo enquanto corríamos em direção a...

Colidi com Gwyneth, que, apesar de sua fragilidade, conseguiu me bloquear antes que eu alcançasse o matagal de árvores. Ela me abraçou forte enquanto minha mãe desaparecia nas sombras. Assim como as bruxas da cidade, o poder da minha tia era forte e cuidadosamente controlado, mas não estava escondido. Nem estava disfarçado em feitiços de amor ou bordado em almofadas cheias de lavanda para ajudar a dormir. A escuridão tocava suas bordas.

– Ainda não, Diana. – Os olhos de Gwyneth eram um tom mais verde que o brilhante azul-turquesa de Julie, mas tinham a mesma palidez translúcida. – Aquele é o Bosque dos Corvos, e a fonte do poder de um Proctor. Você precisa se acostumar ao lugar, e o lugar a você, antes de se atirar nas árvores.

– Minha mãe... – Eu lutava para me libertar, mas o aperto da minha tia-avó era surpreendentemente forte.

— Está esperando por você aqui há algum tempo, assim como eu — respondeu Gwyneth, com a voz baixa e envolvente. — Ela não vai a lugar algum. Mas você não está pronta para encontrá-la ainda. Seja paciente.

Respirei fundo, inalando o aroma de canela, espinheiro e pedra britada de Gwyneth. Misturava-se ao toque salgado do ar do pântano e evocava imagens de fogueiras crepitantes e praias rochosas e varridas pelo vento. O aroma era ao mesmo tempo aterrador e reconfortante.

— Melhor assim — disse Gwyneth, me soltando. — Quanto a ancorar sua magia, você terá que perdoar Ravenswood por recebê-la de forma tão entusiasmada. Assim como sua mãe e eu, ela estava esperando por você.

— Vocês vão vir? — Julie havia chegado à porta da Casa Velha e nos observava com os olhos semicerrados.

— Espera — falei, fincando meus pés. Havia uma pergunta que minha tia-avó precisava responder antes que eu prosseguisse. — Por que você não entrou em contato comigo antes? Por que agora?

— Os oráculos disseram que era hora de fazer contato — respondeu Gwyneth. — Ainda bem, pois os corvos levantaram voo dois dias depois. Eu esperava que o correio dos Estados Unidos entregasse minha mensagem antes da chegada de um bando de pássaros.

— Entregou — falei. — Mas só abri sua mensagem depois.

— Que pena — disse Gwyneth, com tristeza. — Sua filha estava com você quando eles apareceram, como minha irmã Morgana previu?

MFP se referia a Morgana Proctor, outra tia-avó desconhecida.

— Sim, estava. — Minhas palavras foram abruptas. Não estava pronta para falar sobre Becca e Pip e o que minha viagem a Ravenswood poderia significar para eles. A cada momento que passava, eu estava mais convencida de que minha situação atual tinha tanto a ver com o passado do meu pai quanto com o meu presente ou o futuro das crianças.

Gwyneth percebeu meu tom e sua resposta foi igualmente direta e objetiva.

— Há coisas que você precisa saber, Diana. Sobre os Proctor. Sobre você mesma.

A expectativa pairava no ar de Ravenswood.

– Entre. Tome um pouco de chá. Vamos dar um passo de cada vez. – Os olhos de Gwyneth estavam cálidos e cheios de compaixão. – Depois de quarenta anos de silêncio, o barulho dos Proctor deve ser ensurdecedor.

Dei um passo, depois outro, pelo caminho sombrio que se desenrolava diante de mim.

Capítulo 4

O mecanismo de mola da antiga porta de tela da Casa Velha rangeu ao se fechar atrás de mim. Sair da forte luz solar e adentrar o interior fresco me deixou temporariamente cega, embora nem Julie, nem Gwyneth parecessem afetadas. Ambas se moviam com confiança e rapidez, e ouvi o tilintar de louças e talheres.

Quando meus olhos se ajustaram à penumbra, percebi que estávamos em uma sala comprida e estreita. Havia uma porta no extremo oposto, também com uma tela, que criava uma corrente de ar e deixava entrar o aroma da glicínia que inebriava o lado de fora. O chão irregular sob meus pés era feito de grandes placas de granito. Tentaram manter o piso nivelado, mas o tempo e a umidade haviam rearranjado as pedras. Alguns armários estavam pregados à parede, e uma fileira de prateleiras abertas cercava a sala em três lados. O zumbido de um antigo refrigerador que não usava energia elétrica (era velho demais para ser considerado uma geladeira) e um bloco de açougueiro sugeriam que aquela pequena área da sala maior funcionava como a cozinha de Gwyneth. Mas onde minha tia cozinhava?

Esse mistério foi resolvido pela grande lareira na qual o granito dava lugar a tábuas largas de abeto laranja com quarenta e cinco centímetros. Gwyneth estava vivendo na casa como seus antepassados, cozinhando em fogo aberto. Lá, o piso de madeira estava quase tão afundado e curvado quanto o piso de pedra da cozinha, e o desgaste causado por centenas de pés e de pernas de móveis havia esculpido pequenas cavidades nas tábuas robustas.

Julie levantou os olhos do celular, que estava apoiado em uma pilha de pratos. Seus dedos corriam pela tela desde que tínhamos entrado nas partes mais frescas da casa.

— Junior está de prontidão. Grace e Tracy estão fora de alcance — relatou Julie. — Elas devem estar no barco. DeMarco ouviu as notícias. Já estão dizendo que uma Bishop voltou para a cidade no *Seagull*. — Ela parecia agitada.

— Assim como Ravenswood, Ipswich não gosta de segredos — disse Gwyneth calmamente. — Toda bruxa em Beverly, Danvers, Salém e Topsfield saberá da chegada de Diana até amanhã de manhã. Não há nada a fazer, Julie.

— Eu sabia que devíamos ter colocado um vigia na saída da Rota 1 — resmungou Julie.

— Não concordaram. Deixa pra lá. — Gwyneth apontou para o fundo da sala com as facas que segurava em uma das mãos. — Depois de você.

Passei pela ampla lareira com grelhas e caldeirões de ferro, e o forno de assar pão embutido na parede. O forte aroma de fermento e farinha preenchia o ar, e o vapor marinho que escapava da panela coberta fazia minha boca salivar.

Mais duas portas se abriram no fundo da sala. Uma levava à extensão que eu tinha visto se projetar da casa, e a outra oferecia um vislumbre de um salão pouco mobiliado com retratos do século XIX de um homem e uma mulher sérios vestidos inteiramente de preto, e de alguns vasos de cerâmica coloridos que se destacavam contra a pintura leitosa das paredes.

Alguém havia riscado símbolos na moldura da porta — hexafólios, margaridas e cruzes rudimentares, alguns sobrepostos em padrões complicados. Embora as marcas tivessem sido pintadas e repintadas várias vezes, as cicatrizes na madeira eram visíveis.

— Marcas apotropaicas — falei. Eram comuns em casas antigas, e colocadas nas laterais de celeiros Amish para afastar o mal.

— Olhos aguçados. — Tia Gwyneth assentiu com aprovação.

Passei os dedos pela madeira marcada. Símbolos e sigilos ganharam vida sob meu toque, cada um iluminado por um instante enquanto os feitiços desbotados ganhavam vida. Tracei com o dedo um hexafólio cheio de detalhes, e ele emitiu faíscas escuras, estalando com poder como se o feitiço tivesse sido lançado ontem. Nem tia Gwyneth, nem Julie piscaram diante dessa manifestação mágica que teria feito tia Sarah correr para o grimório dos Bishop e buscar os poderes restauradores que encontrava em uma garrafa de uísque.

— Essas proteções são diferentes de tudo que já vi. — Meus dedos se afastaram da superfície marcada, e a magia antiga se acalmou.

– A maioria das marcas de bruxas são entalhadas por humanos para manter a magia do lado de fora – explicou tia Gwyneth. – Estas foram feitas pelas bruxas Proctor para manter a magia aqui dentro.

– Se eu não tomar um chá e comer um muffin de mirtilo nos próximos dois minutos, não me responsabilizo pelas consequências. – Julie se enfiou entre nós e se espremeu para dentro da sala.

– Julie é conhecida por sua impaciência – disse Gwyneth secamente. – É um traço da família Proctor.

Eu não achava que o pai que conheci o havia herdado, mas tinha uma boa dose desse traço em mim, e a fome só o acentuava. Segui Julie até a sala, sendo observada o tempo todo pelo casal na parede.

– Seus avós, de seis gerações atrás – informou Gwyneth, acompanhando meu olhar.

A historiadora em mim queria saber os nomes deles, quando nasceram, quem foram seus filhos e como morreram. Julie percebeu para onde a conversa poderia se encaminhar e interrompeu imediatamente.

– Se começarmos a estudar a árvore genealógica, tia Gwynie, será Yule antes que eu consiga meu muffin. – Ela estava inclinada sobre um bule marrom de chá colocado em um suporte acima das brasas da lareira. Ela levantou a tampa e mexeu o conteúdo. O aroma maltado do chá invadiu a sala. Julie pegou uma caneca de um dos ganchos cravados na lareira. – Aqui, Diana. Espero que goste de chá forte.

– É de Ceilão, e muito bom – disse tia Gwyneth. – Compro de uma bruxa em Chicago que faz misturas personalizadas.

Ignorando os retratos pela promessa de cafeína, peguei a caneca das mãos de Julie.

– Como você gosta do seu chá? – perguntou Gwyneth.

– Como nós gostamos, eu imagino. – Julie entregou uma caneca. – Forte, com leite, sem açúcar.

Essa era realmente a minha receita preferida.

– A jarra de leite está na mesa – informou Julie, servindo-se de uma xícara do chá revigorante. Ela se sentou em uma das cadeiras de encosto reto ao redor de uma admirável mesa de carvalho. Sem cerimônia, pegou um muffin de mirtilo e colocou metade na boca. Julie soltou um gemido de satisfação. – Você ainda faz os melhores muffins, Gwyn – disse entre mordidas.

Meu estômago roncou de novo. Eu tinha comido uma rosquinha em algum lugar entre Hartford e Worcester, mas já estava faminta. Não havia apenas muffins na mesa: Gwyneth também tinha preparado sanduíches, pequenos triângulos de pão branco recheados com ovos, maionese e ervas.

– Sente-se, Diana. Fique à vontade. – Gwyneth se acomodou na cadeira mais imponente e, ao que parecia, mais desconfortável.

Sentei-me e me forcei a contar até cinco antes de me lançar na travessa de sanduíches. Estava mastigando um e colocando leite no meu chá quando Gwyneth deslizou uma faca em minha direção. Confusa, perguntei-me se era um costume da família Proctor mexer o chá com facas em vez de colheres.

– Para os muffins. – Gwyneth apontou para minha caneca. O chá estava girando e rodopiando sem qualquer instrumento ou auxílio. – Usamos feitiços para mexer o chá nesta casa. Isso economiza louça.

Enquanto Julie e eu devorávamos a comida, Gwyneth me observava por cima de sua caneca. Era branca, estampada com um leão azul e ostentava as palavras TURMA DE 52. A caneca de Julie tinha um cavalo alado vermelho e TURMA DE 78. Olhei para a minha própria caneca. Havia nela um selo azul-celeste, e as palavras FACULDADE MOUNT HOLYOKE em uma escrita gótica.

– Você é ex-aluna?

– Claro. Julie também. A maioria das mulheres Proctor foi para o seminário de Miss Lyon, ou Mount Holyoke, se preferir – respondeu tia Gwyneth. – Dizem que Mary Lyon teve a ideia de criar uma faculdade para mulheres quando estava aqui, trabalhando como assistente da diretora do Seminário Feminino de Ipswich.

– A família ficou profundamente desapontada quando Stephen aceitou o cargo em Wellesley – disse Julie, com tristeza.

– Qual era a sua área de estudo? – perguntei à minha tia-avó.

– Geologia. Tally e Morgana adoravam colecionar conchas na praia, mas eram sempre as pedras que capturavam minha atenção.

– Tally – falei, saboreando o nome na minha língua. Era exótico e familiar ao mesmo tempo.

– Seu avô e meu irmão mais velho: Taliesin Proctor. Nossa mãe estava passando por uma fase druídica. – Tia Gwyneth suspirou. – Usava túnicas, tocava harpa e tudo mais. Ela acreditava ser uma sacerdotisa celta reencarnada. Todos recebemos nomes das lendas arthurianas. Eu fiquei com dois: Gwyneth e Elaine.

Meu respeito por Gwyneth aumentou. Cientistas mulheres eram raras, mesmo agora. Eu sabia que ela era professora, mas, se minha tia foi uma estudante de doutorado em ciências na década de 1950, ela era cheia de coragem e determinação.

– Você chegou a fazer doutorado na área? – perguntei.

– Sim, pela Johns Hopkins – respondeu Gwyneth. – Foi um dos primeiros programas a admitir mulheres para estudos avançados. Depois que recebi meu diploma, voltei para Mount Holyoke para educar a próxima geração. Passei toda a minha carreira lá. Quando me aposentei, meus alunos disseram que eu havia passado tanto tempo na faculdade quanto os dinossauros no Clapp Hall.

Julie riu atrás da xícara de chá.

– Talvez até mais.

– Você deve sentir falta – falei, comparando o ritmo incessante de um campus de artes liberais com a vida tranquila nas margens do rio Ipswich.

– Às vezes. Especialmente em outubro, quando o céu é azul como os olhos de Mary Lyon e as folhas estão em seu auge do esplendor. Ainda recebo ligações da secretária do departamento me informando que é Mountain Day – admitiu Gwyneth, com um tom nostálgico na voz. – Antigamente, eu costumava levar os alunos em trilhas até o Mount Tom e o Mount Holyoke.

Uma onda de tristeza por tudo o que eu havia perdido por não conhecer Gwyneth – incluindo não ter outro modelo acadêmico na família com quem contar para conselhos e perspectivas – ameaçou me dominar.

– Por que você não me procurou mais cedo, Gwyneth? – lamentei. – Você não queria... antes?

– Todos nós queríamos – disse Gwyneth com firmeza. – Mas Stephen estava determinado, não queria que você soubesse da nossa existência, e seus avós morreram antes de você nascer. Sarah ficou com a guarda exclusiva depois que Stephen e Rebecca foram assassinados. Até onde ela sabia, você era uma Bishop, para todos os efeitos. Os advogados nos disseram que tínhamos poucos direitos legais para contestar, mesmo que você também tivesse nosso sangue.

– Se papai não queria que eu conhecesse vocês, então por que minha mãe está aqui? – Minhas perguntas estavam atropelando as respostas de Gwyneth, ansiosas para serem ouvidas.

– Rebecca se sentia em casa em Ravenswood. Ela sempre quis voltar, mas Stephen não permitia. Porém, sua mãe era criativa e... persistente.

– Então eu já estive aqui antes – falei, lembrando a sensação de correr pela grama aquecida em direção à casa. – Não com papai... mas com minha mãe.

– Só uma vez. – O arrependimento de Gwyneth estava gravado em seu rosto em linhas dolorosas. – Esperávamos que fosse o suficiente para causar uma impressão, mas quando não ouvimos mais notícias suas...

– Eu tinha sete anos! – Agora que eu havia despejado algumas das minhas perguntas, minha raiva explodiu. – O que você esperava que eu fizesse? Sequestrasse um ônibus para seguir meu instinto?

– Esperava exatamente o que você fez: vivesse sua vida, crescesse e tomasse suas próprias decisões – respondeu Gwyneth. – O tempo estava ao nosso favor. Stephen e Sarah sabiam que estavam lutando uma batalha perdida. Rebecca também. Ela entendia que só era possível renegar e suprimir a alta magia por certo tempo. A sombra sempre nos encontra, no final.

– Você faz parecer que meus pais estavam em guerra por causa da magia. – Meu estômago se contraiu com as implicações daquilo.

– Não em guerra, mas em um estado incômodo de tensão – disse tia Gwyneth. – Stephen se recusava a deixar sua mãe praticar o ramo mais alto e sombrio da magia, e ela também não podia ensinar a você os princípios básicos. Foi uma condição do casamento deles.

O amor do meu pai por minha mãe não poderia ter sido condicional. Não era possível. O que Gwyneth estava dizendo ia contra tudo o que eu acreditava sobre meus pais.

– O relacionamento deles foi construído sobre uma base de regras estabelecidas por Stephen – continuou Gwyneth, e seu tom de voz era desaprovador. Ela as enumerou uma por uma. – Nada de alta magia, apenas os trabalhos mais simples da arte. Nada de contato com os Proctor. Nenhum envolvimento com a Congregação. Nenhuma participação em covens locais. Nada de intimidade, a menos que Rebecca prometesse que encantaria qualquer criança que mostrasse inclinação para seguir o Caminho das Trevas. Foi um verdadeiro acordo pré-nupcial.

Eu tinha feito uma promessa semelhante ao irmão de Matthew, Baldwin – só que meu juramento envolvia encantar qualquer um de nossos filhos que manifestasse ira do sangue, não alta magia.

– Papai nunca faria uma coisa dessas. – Eu estava atônita diante das últimas revelações.

Mas algo que Sarah me disse uma vez me fez parar e reconsiderar: *Parece que Rebecca perdeu o interesse pela alta magia depois que conheceu seu pai.* Talvez mamãe não tivesse perdido o interesse, mas tivesse sido forçada a abrir mão desses aspectos da magia...

— Seu pai não acreditava em negociação. Era do jeito dele ou nada – falou Gwyneth. – Rebecca amava tanto Stephen que concordou com suas exigências. Ela teria sido uma bruxa formidável, talvez até lendária, se ele a tivesse deixado aprimorar seus talentos. Rebecca acreditava no tempo e no amor para amolecer a postura dele. O tempo acabou. O amor dela por ele, não.

O silêncio na casa era absoluto. Nenhuma tábua do piso rangia. A lenha na lareira parou de crepitar. Não havia sequer o suave tique-taque de um relógio para interromper a quietude.

— Você ainda não respondeu minha pergunta, Gwyneth – falei. – Por que decidiu ir contra os desejos do meu pai agora?

— Porque, quando você fez sete anos e a Congregação enviou alguém para examiná-la, duas pessoas que eu amava morreram. – Gwyneth foi direto ao ponto, a voz com traços de cansaço. – Os oráculos me disseram que seus filhos estavam prestes a alcançar esse marco na vida de uma bruxa. Não vou ficar de braços cruzados e deixar a tragédia atingir os Proctor novamente. Não enquanto houver ar e sangue em meu corpo.

— Há quanto tempo essas avaliações de crianças têm ocorrido? – Sempre pensei que Peter Knox tivesse ido a nossa casa principalmente por causa de sua obsessão pela minha mãe e, por extensão, por mim, não para cumprir um cronograma definido de avaliações de magia.

— Os testes padronizados da Congregação são relativamente novos – respondeu Gwyneth. – Antes da década de 1880, cabia às famílias e aos covens locais enviarem notícias se um jovem apresentasse talento para alta magia. Os testes antigos eram diretos e apenas exigiam o preenchimento de um formulário que a Congregação enviava para bruxas apontadas por seu potencial mágico notável.

Eu nunca entendi exatamente o que Knox estava procurando quando sondou minha mente naquela tarde em Cambridge tanto tempo atrás. Matthew e eu pensamos que poderia ter sido minha capacidade de tecer novos feitiços. Será que ele estava procurando evidências de uma propensão para a alta magia em vez disso?

— Mas as guerras mundiais dificultaram a aplicação de qualquer tipo de iniciativa global pela Congregação – continuou Gwyneth. – Foi só na década de 1960 que os testes foram retomados, com um novo formato e exames presenciais realizados por um membro da Congregação ou seu representante.

Uma sombra cruzou o rosto de Gwyneth. Foi passageira, mas um sentimento de escuridão permaneceu. Havia mais na história do que ela estava disposta a contar.

– Suspeito que você seja um assunto pendente, no que diz respeito à Congregação – disse Gwyneth.

– A Congregação sabe que sou diferente, se é isso que você quer dizer – respondi. – Eles sabem que sou uma criadora de novos feitiços, como meu pai... uma tecelã. Com certeza uma das bruxas teria notado se eu tivesse outros talentos também.

– Uma tecelã, é? – Os olhos azuis de Julie brilharam. – Aqui chamamos de entrelaçadoras, mas acho que é a mesma coisa.

– Talvez um dos representantes da Congregação tenha notado. – Gwyneth piscou para mim como uma coruja.

Peter Knox. Fechei os olhos diante da visão repentina dele, preso, de forma fatal, na minha armadilha mágica. Eu havia tirado a vida dele para salvar Matthew.

– Peter Knox foi o bruxo que a Congregação enviou para me examinar – falei. – Ele sabia que meus pais estavam escondendo algo. Sempre pensei que fosse o fato de eu ser uma tecelã, mas talvez o interesse de Knox também estivesse ligado ao estudo de alta magia da minha mãe.

– Talvez. Knox teria reconhecido que você também herdou o talento de sua mãe para a alta magia. Porém, não foi só a possibilidade de a Congregação examinar seus filhos que me levou a escrever para você – confessou Gwyneth. – Os oráculos me disseram que você havia alcançado um momento em sua jornada em que escolhas difíceis devem ser feitas.

Ela conjurou uma fita verde brilhante.

– A herança Proctor de seu pai e sua habilidade de criar novos feitiços.

Outra fita, desta vez azul, brotou do ar.

– Os Bishop e seu talento para a alta magia.

Gwyneth puxou mais uma fita mágica, essa preta como a noite.

– Seu casamento com Matthew de Clermont e os filhos nascidos da sua união. Esses são os três caminhos que trouxeram você aqui, a Ravenswood – declarou ela, sua voz ressoando com poder e profecia.

As fitas flutuavam com a brisa da janela aberta. Correntes de ar carregaram uma pena preta como um corvo para dentro da casa. Ela atravessou as extremidades das fitas, o ponto afiado no eixo oco da pena perfurando o tecido suave.

Seu peso arrastou as fitas para baixo, espalhando-as em três direções, com a pena no centro de uma brilhante encruzilhada.

No entanto, uma encruzilhada geralmente tem quatro caminhos, não três. Um dos caminhos estava faltando.

– Se Ravenswood está aqui – falei, tocando levemente a pena com a ponta do dedo – e estes são os três caminhos que me trouxeram até aqui, para onde vou agora?

– Você deve escolher seu próprio caminho – respondeu Gwyneth. – Não o caminho que Sarah escolheu para você, ou Stephen, ou mesmo o que você começou com seu marido. Este é um caminho que você deve percorrer sozinha.

Eu não gostava nada disso, e Matthew também não iria gostar. Eu tinha vindo a Ravenswood para descobrir como proteger meus filhos da Congregação, não para embarcar em uma aventura mágica. Tirei do bolso lateral da minha calça cargo a velha carta que Gwyneth me enviou e a coloquei na mesa onde a fita que faltava deveria estar.

– Eu vi esse homem andando na estrada de terra.

– Duvido que fosse esse homem – disse Gwyneth.

– Espera. – Julie olhou fixamente para a carta, seu rosto pálido. – Isso parece com as descrições de John Proctor. Diana viu John Proctor, Gwyneth. Na estrada de terra. No meio do dia.

– *O* John Proctor? – Se perguntassem o nome de um dos pobres condenados à execução em Salém em 1692, a maioria dos americanos se basearia na leitura de *As bruxas de Salém*, feita no ensino médio, e se lembraria dele. Eu sabia que meu pai era seu descendente, mas não tinha descoberto como.

– Nosso ancestral de muitas gerações – comentou Julie. – Por que eu não o vi? Eu o procuro todo Halloween, quando o véu entre os mundos está fino. Ele nunca aparece!

– Se era nosso antepassado, não acho que John tenha vindo visitar a família – falou Gwyneth – ou para responder às suas perguntas sobre o feitiço do relógio de sol.

– Se ao menos eu conseguisse descobrir a última parte, sei que funcionaria – disse Julie, frustrada.

Gwyneth fez uma pausa pensativa.

– Minhas cartas de oráculo estão no armário. Pode pegar para mim, Julie?

Algo me dizia que o baralho de oráculo de Gwyneth não ficava à venda no caixa da Bendita Bruxa, a loja da Sarah em Madison, onde itens tentavam os visitantes a realizar compras de impulso enquanto conferiam ervas, tisanas e vegetais orgânicos.

Julie se levantou depressa e logo voltou com uma bolsinha de veludo preto. Olhei para ela com curiosidade.

A bolsinha estava esfarrapada em alguns lugares, e alguém bordara um hexafólio usando pequenas contas. Gwyneth retirou dela um baralho de cartas. Era velho – mas não tão antigos quanto o que ela me enviou pelo correio.

– Essas pertenciam à minha avó, Elizabeth Proctor – explicou Gwyneth, embaralhando-as entre os dedos.

– Ela era professora, como a Gwynie – disse Julie. – Vovó Elizabeth era a chefe da educação mágica aqui em Ipswich.

– Silêncio, Julie. – Os olhos de Gwyneth estavam nebulosos, como os da comadre Wu no Cabra Sedenta. – Não consigo formular uma pergunta decente com você tagarelando.

Julie fez o gesto de trancar os lábios e jogar a chave por cima do ombro.

Esperamos em silêncio enquanto Gwyneth refletia sobre suas possíveis perguntas e embaralhava as cartas.

As cartas se tornaram desobedientes e voaram das mãos de Gwyneth para o ar. Respirei fundo, preparada para que caíssem sobre nossas cabeças. No entanto, após alguns segundos de suspensão, elas flutuaram e pousaram na mesa, viradas para cima, nove delas formando um desenho. O restante das cartas ficou agrupado ao lado, virado para baixo.

A maioria das bruxas dispunha suas cartas uma a uma. Mas as de Gwyneth se organizaram sozinhas.

Os Proctor tinham cartas de oráculo enfeitiçadas.

– Aah – murmurou Julie, observando as cartas. – A disposição dos Dois Caminhos. Se você ler as cartas no sentido horário, os oráculos vão ajudar a determinar um curso de ação lógico. Se você seguir no sentido anti-horário, a orientação vai revelar um caminho mais intuitivo.

Eu estava a favor da lógica naquele momento.

– Gwynie sempre usa a técnica anti-horária – continuou Julie, destruindo minhas esperanças. – Ela acredita que as respostas são mais confiáveis.

Ficamos em silêncio de novo para que Gwyneth pudesse prosseguir com o difícil trabalho de interpretar a mensagem das cartas.

– Você está sendo puxada para trás em todas as direções e lutando para seguir em frente ao mesmo tempo, Diana. – Gwyneth se recostou na cadeira entalhada. –

No momento, ainda é possível retornar à sua antiga vida e às estradas alegres e familiares que a trouxeram até aqui.

Imagens vívidas de New Haven e do Old Lodge, de um verão na Biblioteca Bodleiana e visitas à família, passaram pela minha mente como estrelas brilhantes. Mas Gwyneth estava certa: eu estava sempre dividida entre o que seria melhor para as crianças, os interesses de Matthew e meus próprios desejos.

– Ou? – perguntei em voz baixa.

– Você pode dar mais um passo, e então outro, até que a direção do seu próprio caminho fique clara – respondeu Gwyneth. – *Seu* caminho, Diana... não um traçado por outra pessoa.

Algo inegavelmente poderoso havia me chamado para Ravenswood, abrindo novos mundos que estiveram escondidos por tempo demais.

– Fique para o jantar. – O rosto de Gwyneth parecia cansado. Ela estava exausta com a agitação da tarde. – Prepararei um quarto para você na fazenda, caso prefira dormir em Ravenswood esta noite, em vez de no Lula & Âncora.

Como Gwyneth sabia que Matthew havia feito uma reserva para mim lá? Era a única pousada com um quarto vago de última hora no fim de semana.

– Muita inimizade entre os Proctor e os Perley – murmurou Julie. – Eu não dormiria lá, se fosse você.

Depois da minha recepção no Cabra Sedenta, estava tentada a cancelar a reserva e ficar em Boston – e isso foi antes de eu saber da rixa familiar entre os Proctor e os Perley. Hesitei e, então, assenti.

– Obrigada, Gwyneth. – Concordar em ficar em Ravenswood, mesmo que apenas por uma noite, parecia um compromisso monumental.

– É apenas um passo, uma refeição, uma noite – disse Gwyneth, passando a mão pela testa.

– Vou acomodar a Diana – falou Julie, pegando dois muffins para a viagem. – Você precisa descansar, Gwynie.

Tia Gwyneth concordou, um sinal de seu cansaço, pois eu tinha certeza de que minha tia não fazia o tipo que gostava de ser mimada e receber cuidados. Ela se dirigiu para outro cômodo, deixando as cartas espalhadas sobre a mesa. Com um estalo de desaprovação, Julie as reuniu e as devolveu à bolsinha.

– Se a gente não guardar as cartas de oráculo, elas podem se meter em todo tipo de encrenca – explicou. – Vamos lá te acomodar na fazenda. Você deve precisar de um descanso também.

Julie me guiou pela porta dos fundos – que, na verdade, era a porta da frente, uma elegante porta com luzes laterais e molduras esculpidas –, passando por um pequeno canteiro de vegetais cercado por quatro postes de ferro preto e uma grade de galinheiro. O cuidado era impecável, além de fileiras retas de mudas cuidadosamente marcadas para que fosse possível distinguir os brotos de cenoura dos de rabanete, não havia ervas daninhas à vista. A mesma ordem era evidente nos canteiros, cheios de íris e delfínios naquela época do ano. As peônias ainda tinham os botões fechados, mas floresceriam nas próximas semanas.

– Meu tio Tally, seu avô, adorava o início do verão aqui no pântano – disse Julie. – Ele dizia que era como ver a carne crescer nos ossos de Ravenswood, quando as árvores brotavam folhas e os vegetais germinavam.

– Meu pai cresceu aqui? – perguntei.

– Em Ravenswood? Sim. Mas não na Casa Velha. Todos nós crescemos na casa grande.

Julie olhou com carinho para a espaçosa casa de campo branca que surgia de um pequeno pomar de maçãs logo após o jardim, as cortinas balançando nas janelas de cima, que estavam abertas.

– O encanamento da Fazenda Pomar é melhor. É necessário quando se tem adolescentes – continuou Julie. – A Casa Velha foi a primeira casa neste terreno e depende da magia para funcionar, em vez de eletricidade e esgoto.

Havia um grande celeiro escondido em uma cerca viva sem poda entre as duas casas. Suas portas deslizantes de madeira estavam firmemente fechadas, e toda a estrutura era coberta por magia; feitiços de alarme e trancas mágicas. Assim como as marcas das bruxas na casa, a magia era surpreendentemente robusta e detalhada. Franzi a testa diante do grande número de feitiços protetivos.

– É seguro para a tia Gwyneth ficar aqui sozinha? – perguntei a Julie.

– Ah, esses feitiços são só para afastar os adolescentes daqui – explicou. – Seja bruxo, demônio ou humano, os adolescentes completam dezesseis anos e se desafiam a tentar entrar no celeiro dos Proctor. É um rito de passagem em Ipswich.

O que eles acham que vão encontrar lá dentro?, me perguntei. *A Arca da Aliança? O Santo Graal?*

– Coisas maravilhosas – respondeu Julie, com um brilho nos olhos, *como se tivesse ouvido meus pensamentos*.

Minha prima abriu uma porta para o corredor entre a casa da fazenda propriamente dita e o celeiro anexo. Cestos e ferramentas de jardinagem, galochas e botas de hipismo, sacos de papel marrom dobrados para serem usados no mercado e lenha para o fogão indicavam que aquela era a artéria principal da casa.

Julie me levou a um cômodo pintado de um tom turquesa vibrante. A cor contrastava com os azuis mais suaves do enorme bule de porcelana Blue Willow repousando nas prateleiras de uma antiga estante galesa. Latas e saquinhos de chá estavam misturados entre pratos e xícaras. O mistério da minha bebida preferida estava resolvido; chá era uma preferência dos Proctor. Os Bishop amavam café.

A cozinha era composta por uma mesa redonda cujas bordas de madeira tinham ficado lisas após muitas limpezas. Um círculo de cadeiras, com alturas e estilos distintos rodeava a mesa, incluindo uma Windsor preta adornada com um emblema de universidade – Mount Holyoke, é claro. Uma grande pia de fazenda, um pequeno fogão, outro antigo refrigerador verde-menta e um velho armário para armazenar geleia com painéis de latão perfurado nas portas compunham o mobiliário do cômodo.

Examinei mais de perto os itens nas prateleiras da estante. Havia fotos de família entre o chá e a louça. Como filha única que cresceu com poucas imagens dos pais (algumas delas violentas e horríveis), aquelas eram tesouros inesperados. O rosto do meu pai – mais jovem do que o conheci, salpicado de sardas, os olhos semicerrados contra o sol enquanto olhava para a câmera – sorria de uma das molduras. Ele estava de pé ao lado de uma enorme rocha, o braço apoiado nos ombros de uma mulher sorridente que se parecia exatamente com...

– Uau. Você se parece com a Ruby – disse Julie. – Os garotos ficavam atrás dela no colégio igual abelhas em torno de uma flor. Sua avó não era bruxa, mas com certeza sabia lançar um feitiço com aquele corpo de ampulheta.

Vi outra foto de Ruby nas prateleiras, um retrato formal de casamento. O homem ao lado dela, em um terno branco com gravata preta, devia ser meu avô, Tally Proctor. Ruby estava em um elegante vestido de cetim, um modelo conhecido por quem já viu fotos do casamento de Wallis Simpson com o duque de Windsor. Um chapéu, em formato de auréola, inclinava-se de forma charmosa sobre o olho direito dela.

– Quando esta foto foi tirada? – perguntei, apontando para ela.

– Em 1939. Pelo que sabemos, Tally e Ruby eram o casal perfeito de Ipswich, e bastante elegantes – disse Julie. – Eles seguiam um código moral próprio e não ligavam para convenções.

— Eles parecem bastante tradicionais aqui — falei, notando o buquê de lírios brancos que Ruby carregava e a fila de damas de honra em vestidos elegantes segurando grandes cestas de flores. Não parecia um casamento de inverno, mas deve ter sido. Meu pai nasceu em outubro daquele ano.

— Bem, eles não eram. — A voz de Julie virou um sussurro confidente, como se alguém pudesse ouvir. — Mamãe me contou que toda Ipswich sabia que eles estavam fazendo sexo meses antes do casamento. Foi um enorme escândalo. Eles se casaram em maio. O buquê da sua avó teve que ser grande assim para esconder a barriga de grávida.

Taliesin Proctor e Ruby Addison. Embora eu nunca tivesse ouvido esses nomes antes, quando os sussurrei para mim mesma, eles soaram como o tilintar de taças de cristal em um brinde de casamento. Por que nunca tinha notado a completa ausência deles na minha vida?

— Dê uma olhada, encontre o que precisa. Colocamos você no quarto de Tally e Ruby. Você vai saber qual é. O jantar é às cinco em ponto — disse Julie, olhando para o relógio. — Não se atrase, ou a lagosta vai ficar dura igual bota velha.

A porta se abriu em suas dobradiças enferrujadas quando Julie partiu. Houve um estalo agudo quando se fechou.

Sozinha na Fazenda Pomar, eu me afundei na cadeira da Mount Holyoke e me perguntei para onde meu próximo passo me levaria.

Capítulo 5

Não levei muito tempo para descobrir que isso envolvia encontrar o banheiro. Caminhei pelo andar térreo procurando evidências da cobiçada tubulação da Fazenda Pomar. Encontrei não um, mas dois banheiros, em extremidades opostas do conjunto de quartos naquele andar.

Também localizei uma sala de estar com móveis robustos e formais, e uma única poltrona revestida com vinil, de aproximadamente 1965. Havia um pote de vidro cheio de penas na mesa ao lado e um alegre buquê de margaridas recém-cortadas na cornija da lareira. Elas davam um pouco de alegria ao ambiente marrom, conferindo vida ao lugar.

Depois da sala de estar, havia um cômodo preenchido por uma pesada mesa de carvalho, de aproximadamente 1940. Sua cadeira de escritório metálica e giratória, com assento e encosto de vinil verde acolchoado, parecia capaz de resistir a um bombardeio. Prateleiras circundavam o espaço, que abrigava uma ampla variedade de livros e revistas, além de um conjunto completo da *Encyclopaedia Britannica*. No passado, o cômodo fora domínio de Taliesin Proctor. Soube disso antes mesmo de ver a placa de metal polido com a inscrição TALIESIN PROCTOR, EDITOR, *JORNAL DE IPSWICH*.

Havia mais fotos da família ali, emolduradas em prata brilhante e palitos de picolé. Uma era um retrato glamuroso de Ruby. Outra mostrava meu pai por volta dos oito anos com uma garota da mesma idade. Ambos estavam com capas de chuva, botas e sorrisos largos. Também havia fotos profissionais de Taliesin, uma dele recebendo um prêmio de jornalismo e outra sentado a uma mesa de um escritório de jornal, fumando um cachimbo enquanto olhava uma página da última edição. Meu avô podia não ter sido um acadêmico como sua irmã Gwyneth, mas era um homem das letras, mesmo assim.

Encontrei uma foto de Tally e da irmã de Gwyneth, Morgana, tirada quando ela tinha uns vinte e poucos anos. A moça estava com um olhar sonhador e pensativo, sentada na varanda da Casa Velha com uma mulher idosa e séria que trajava um vestido vitoriano fora de moda havia décadas, considerando a cintura marcada de Morgana e suas saias volumosas até os joelhos. Na porta da Casa Velha, visível ao fundo, havia uma menina que talvez fosse Gwyneth adolescente.

Passei por outros cômodos no térreo, mas foi no andar de cima, onde encontrei cinco quartos dispostos ao redor do hall, que o mistério envolvendo meu pai e sua família se aprofundou. O quarto maior tinha uma cama feita, e toalhas macias esperavam no banheiro adjacente. Dois dos quartos eram ermos e vazios, quartos de hóspedes desprovidos de toques pessoais, com papéis de parede em tons primaveris. As camas não estavam feitas, mas toalhas e lençóis estavam à espera de possíveis visitas inesperadas.

No entanto, os últimos quartos eram outra história. Ainda carregavam os sinais de seus antigos ocupantes, literal e figurativamente. Letras de madeira pintadas em vermelho, amarelo e azul formavam S-T-E-P-H-E-N em uma das portas. Parei diante dela, a mão na maçaneta pesada. Estava relutante em girá-la, pois não precisava que a orientação dos oráculos de Gwyneth me dissesse que o que eu descobrisse ali dentro mudaria para sempre minha percepção sobre meu pai.

Girei a maçaneta e empurrei a porta, revelando uma cápsula do tempo de sua vida antes da faculdade. A colcha xadrez azul e vermelha estava esticada, o que nunca tinha sido o ponto forte do papai. Normalmente, ele saía da cama e deixava tudo amassado e desarrumado. Exceto por isso, haviam muitas evidências de que um menino ativo e curioso tinha chegado à idade adulta ali.

Peguei um brinquedo, a popular bola mágica que respondia perguntas, e o agitei. Quando virei a bola para ver a mensagem, estava escrito *Pergunte novamente mais tarde*.

Coloquei o brinquedo de volta e notei os outros: o cachorro de mola, a lousa mágica e o par de orelhas do Mickey bordadas com o nome do meu pai. Eram brinquedos icônicos de sua juventude. Assim como os livros de mistério dos Hardy Boys empilhados no chão. Ao contrário do vovô Tally, papai preferia manter seus livros em uma pilha desordenada, e não em uma coleção organizada. Seu escritório em Cambridge sempre fora um labirinto de livros empilhados e montes de papéis.

Em algum momento, meu pai foi apaixonado por miniaturas de aviões. Vários planavam pelo quarto, pendurados por linha de pesca azul-clara. Becca e Pip adoravam brincar com miniaturas e quebra-cabeças, seu sangue vampiro lhes conferindo mãos incomumente ágeis e habilidosas.

Fechei os olhos com força diante da imagem do meu pai – que, se ainda estivesse vivo, estaria na casa dos setenta e poucos anos – sentado no chão com os netos, montando um carro ou construindo algo elaborado com Legos. Os gêmeos estavam perdendo muito por não conhecerem o avô.

Abri as gavetas, que continham camisetas bagunçadas, e o armário, no qual restavam algumas camisas oxford impecáveis. Jeans, assim como os livros, estavam empilhados no chão embaixo dos cabides que Ruby, sem dúvida, comprara numa tentativa inútil de encorajar papai a cuidar melhor de suas roupas. Minha mãe tinha feito o mesmo, sem sucesso.

Um mural pendia acima de uma pequena mesa. Liguei a luminária metálica para ver o que havia ali. O espaço estava quase todo coberto com fotos, todas mostrando meu pai em diferentes idades, com a mesma garota que eu tinha visto na foto lá embaixo. Parecia que haviam sido tiradas no mesmo local, com a mesma vista do porto e do mar atrás, e a mesma rocha de granito sobre o ombro dele. Com cuidado, tirei uma das fotos e a levei até a janela que dava para o pântano, procurando pela pedra.

Foi fácil localizá-la por conta do tamanho e da posição. Virei a foto. No verso estava a data: Novembro de 1944. Meu pai tinha apenas cinco anos na época, e a Segunda Guerra Mundial ainda estava em curso na Europa, na África e no Pacífico.

Sempre me surpreendia perceber que meu pai vivera aqueles anos horríveis. Ele era mais velho que a mamãe, mas, na minha mente, os dois tinham a mesma idade. Talvez meu pai tivesse sido mais conservador no início do casamento do que depois, quando participou de protestos políticos e foi voluntário com os sem-teto em Boston.

Mas um simples conservadorismo não justificava a longa lista de condições que ele havia imposto a minha mãe e ao relacionamento deles. Voltei à mesa e examinei as fotos, acompanhando o crescimento do meu pai: primeiro mais alto, depois mais gordinho e então magro e forte. Seu cabelo também mudou:

curto no início, com um corte militar, e cada vez mais desgrenhado conforme ele entrava na adolescência.

Uma das fotos mais recentes era em cores. Mostrava meu pai com uma camiseta de Harvard. A garota em seus braços agora era uma mulher, sem penteado maria-chiquinha, mas com cabelo curto, calça cigarrete até o tornozelo e batom vermelho-escuro. Ela segurava uma caneca da faculdade Mount Holyoke com um grifo verde estampado. O sorriso largo do meu pai distraía o espectador, tirando o foco da preocupação evidente em sua testa. Seu abraço na companheira era apertado, como se quisesse protegê-la de algum perigo.

A semelhança da jovem com Ruby Addison era inegável.

Ela não era uma amiga de infância do meu pai; era sua irmã. Era impossível acreditar que meu pai tivesse uma irmã sobre quem eu nada sabia, e ainda assim...

Fui até o quarto ao lado, aquele com um quadro-negro que dizia *Quarto da Naomi PROIBIDO MENINOS!*. Dentro, o quarto era pintado de um roxo-escuro e tinha o equivalente feminino a todas as quinquilharias de infância do papai: uma casinha de bonecas bem-mobiliada que lembrava a Fazenda Pomar; um carrinho antigo para bonecas; livros da Nancy Drew e da Cherry Ames, em vez dos Hardy Boys. Naomi tinha sido uma atleta e, nas prateleiras, havia troféus de competições da escola de salto com vara e corrida com obstáculos. Ela também era fã de música. Uma guitarra repousava no canto, e na parede estava pendurado um anúncio desbotado para *The Biggest In Person Show of '56*, no Boston Garden. Um leve aroma de patchouli e incenso entre os itens de infância sugeria que, ao contrário de papai, Naomi havia ficado ali até a década de 1960.

A primeira gaveta da mesa branca de Naomi, adornada com adesivos do movimento Flower Power e símbolos da paz, continha mais um monte de fotografias. Folheei-as, meus dedos se movendo com a mesma rapidez que os de Gwyneth quando trabalhava com as cartas de oráculo.

Encontrei uma foto da mesma garota com o mesmo penteado da moda. Ela estava com meu avô em um lugar que eu conhecia bem: os claustros no coração do complexo da Congregação, na Isola della Stella. As fotos caíram de meus dedos enfraquecidos no chão. Todas aterrissaram viradas para baixo – exceto a do meu avô e Naomi em Veneza.

Fiquei tonta; o choque foi avassalador. Estendendo uma das mãos para me apoiar, segurei na borda da mesa.

No meu bolso, o telefone vibrou e tocou. Dei um pulo com o som, então fui até a cama coberta por um tecido xadrez lilás e branco para atender à ligação.

Era Matthew. Eu tinha enviado uma mensagem para ele quando parei para abastecer antes de seguir para Ipswich, então ele sabia que eu tinha chegado. Meu silêncio desde então deve ter sido difícil.

– Oi. – Minha voz tremia, e tentei me controlar.

– O que aconteceu? – A pergunta de Matthew foi rápida como o estalo de um chicote. – Você está em Ravenswood?

– Sim. – Limpei a garganta. – Conheci Gwyneth e uma prima chamada Julie.

Matthew suspirou de alívio.

– Graças a Deus. Estava preocupado que você tivesse sofrido um acidente.

Esse era o meu Matthew. Sempre preparado para o pior.

– Deveria ser eu a estar preocupada, não você. – Eu soava mais como eu mesma agora que a surpresa inicial da foto tirada em Veneza havia passado. – Como estão as crianças?

– Estão brincando no quintal – respondeu Matthew, com um tom inconfundível de orgulho na voz. – Rebecca expressou o desejo de ter uma casa na árvore para poder ficar de olho em mais pássaros.

– Ah. – Pensei na árvore de bruxa em Ravenswood. Seria um bom local para uma casa na árvore, embora talvez houvesse melhores opções na floresta em que eu estava proibida de entrar.

– Como está a pousada? – perguntou Matthew. – Confortável?

– Não estou na pousada. – Deixei-o digerir essa informação antes de continuar. – Gwyneth achou que seria melhor eu ficar aqui, na casa da fazenda. Ela mora em um pequeno chalé do outro lado do campo.

– Você ainda está em Ravenswood? – O tom de Matthew era grave e comedido, um sinal nítido de que estava lutando contra seu temperamento.

– Gwyneth me convidou para o jantar, e não quero voltar no escuro – falei. – Não se preocupe. Ainda pretendo voltar para casa amanhã.

Matthew fez um som evasivo.

– Gwyneth está respondendo às minhas perguntas – continuei, querendo acalmar os ânimos do meu marido –, mas ainda há muita coisa para descobrir.

Parece que a carta da Congregação não é apenas sobre o futuro dos gêmeos. O passado também está envolvido.

— Sempre está — disse Matthew em tom sombrio. Como vampiro, meu marido sabia disso melhor do que a maioria das pessoas.

— Papai tinha uma irmã, Matthew. Acho que eles eram gêmeos.

Meu olhar se dirigiu para a foto dela com Tally. Levantei-me para analisar novamente. Quando a virei, encontrei a data *Verão de 1957*, e *Círculo completo! Naomi está encantada. Até logo. Beijos, Tally.*

— O nome dela era Naomi. Ela e meu avô estiveram juntos em Isola della Stella no verão de 1957 — falei.

Ele ficou silêncio.

— Matthew? — chamei, preocupada que a ligação tivesse caído.

— Estou aqui.

— Tem mais. — Era difícil falar com o nó na garganta. — Meu pai fez minha mãe prometer que não praticaria alta magia. Tia Gwyneth chama isso de *acordo pré-nupcial* deles. Nenhuma prática de alta magia, nenhum envolvimento com a Congregação, nenhum repasse do conhecimento de alta magia para mim. Ele impôs *condições* ao relacionamento deles. — Minha voz havia se elevado, e eu estava à beira das lágrimas.

— Stephen não me pareceu o tipo de homem que fazia ultimatos. — Matthew e meu pai se conheceram em Londres, durante nossa viagem no tempo. Meu pai também tinha viajado para o passado em busca de pistas sobre o misterioso manuscrito Ashmole 782.

— E mamãe nunca me pareceu o tipo de mulher que cederia à pressão deles! — Não era só a imagem do meu pai que estava destruída, as lembranças da minha mãe também estavam em frangalhos.

— Criaturas fazem coisas inesperadas por aqueles que amam — disse Matthew. — Tem certeza de que quer passar a noite aí?

— Preciso descobrir mais sobre Naomi e se ela era irmã gêmea do meu pai. E por que ele escondeu a existência dela de mim! — Eu estava com raiva e frustrada. — Será que Naomi também praticava alta magia? Será que ela se recusou a desistir, e papai a excluiu de sua vida?

Minha mente tomou um rumo inquietante enquanto algo me incomodava. Eu estava deixando alguma coisa passar, algo que me ajudaria a enxergar o padrão em tudo aquilo.

— Talvez a distância entre meu pai e Naomi tenha algo a ver com a Congregação — falei, dando voz às minhas ideias desconexas. — Talvez o interesse da Congregação em Pip e Becca também esteja relacionado a isso.

Avistei um grande pote de barro cheio de penas escuras. Era uma variedade mais sombria do que as do pote de vidro que eu tinha visto lá embaixo.

— E os corvos — acrescentei.

— Talvez houvesse uma boa razão para Stephen não querer que você conhecesse os Proctor — ponderou Matthew, seu cérebro desconfiado em alerta máximo.

— Você está questionando os motivos de Gwyneth ao me chamar?

— Claro que estou — afirmou Matthew. — Corvos caindo do céu? Mensagens da Congregação? Irmãos gêmeos secretos?

Ele tinha razão.

— A única coisa que eu sei é que Gwyneth quer o melhor para mim e para a família — falei.

— Qual família? — rebateu Matthew incisivamente. — A nossa? Ou a dos Proctor?

Essa era uma pergunta que eu ainda não podia responder. Mas sabia quem poderia.

A perspectiva de jantar lagosta era uma razão boa o suficiente para voltar à Casa Velha, mas parecia pequena em comparação com a oportunidade de ter uma conversa franca com minha tia-avó.

— Gostaria de conversar com a Naomi.

Eu estava tão focada em respostas que esqueci as boas maneiras básicas quando ainda estava à soleira da porta da sala. Gwyneth ergueu as sobrancelhas e me encarou.

— Boa noite para você também, Diana. — Ela pegou uma taça de haste fina. — Está adiantada. Vinho?

— Como posso entrar em contato com ela? — perguntei.

— Eu não sei. — Gwyneth encheu minha taça com uma dose generosa. A dela estava mais comedida.

— Qual foi o último endereço dela do qual você teve conhecimento? — Com Baldwin e Jack, eu tinha certeza de que poderia encontrar o paradeiro atual de

Naomi, dado o acesso que tinham a todos os métodos legais e ilegais de rastreamento de pessoas ao redor do mundo.

– O Antigo Cemitério do Norte, em Ipswich. – Gwyneth me entregou a taça. – Ela está morta, Diana.

– Morta. – Eu me sentei com um baque.

– Seu pai nunca falou de Naomi, a irmã gêmea dele? – Gwyneth parecia tão devastada com essa possibilidade quanto eu.

Fiz que não com a cabeça.

– Papai me disse que era filho único.

Minha revelação despertou a raiva de Gwyneth.

– Não estou surpresa. Mas estou extremamente desapontada. Naomi não merece ser apagada como uma mácula na linhagem da família Proctor.

– Quando ela morreu? – O vinho balançou na taça quando a levantei para um gole reconfortante.

– Em 13 de agosto de 1964. – A data saiu com facilidade da língua de Gwyneth. Ela nunca havia esquecido os detalhes da morte da sobrinha.

– Eu nasci no mesmo dia. – Uma sensação inquietante percorreu meus ombros. O que meu pai devia ter pensado quando eu nasci na mesma data em que sua irmã morrera? Será que estava preocupado que eu fosse uma substituta enviada pela deusa para cumprir o destino interrompido de Naomi?

Fiz alguns cálculos mentais rápidos.

– Se Naomi morreu em 1964, isso significa que ela tinha só vinte e quatro anos. – O horror me invadiu. Como deve ser perder uma filha amada naquele momento crucial, quando seu futuro está cheio de possibilidades prestes a se realizarem? Quanto ao meu pai, a morte de sua irmã teria sido um golpe profundo. Perder um irmão já é traumático o suficiente. Para um gêmeo, é como perder uma parte de si mesmo.

– Seu pai estava nos primeiros anos da pós-graduação naquela época – disse Gwyneth – e ainda não tinha conhecido sua mãe.

– Ela sofreu um acidente? – Não havia outra razão para a mulher forte e saudável nas fotografias morrer tão jovem.

– Naomi tirou a própria vida, Diana. – Gwyneth colocou a taça de vinho na mesa com exagerada cautela, como se não confiasse em si mesma para completar o gesto simples sem causar uma catástrofe.

O acúmulo de choques daquela tarde começou a me afetar. Meus dedos e pés estavam dormentes, e eu tinha a sensação estranha de estar fora do meu corpo olhando de cima para o que acontecia abaixo, conectada, mas distante, como uma espectadora em uma peça de teatro.

— Naomi estava no programa de alta magia da Congregação, o mesmo para o qual os gêmeos serão testados em setembro. O mesmo programa para o qual *você* foi testada quando completou sete anos – disse Gwyneth.

Eu nunca tinha ouvido falar sobre qualquer "programa" para bruxas em Isola della Stella.

— Encontrei uma foto no quarto de Naomi, ela e Tally em 1957. Os dois estavam em Veneza, na sede da Congregação. — Eu me sentia envergonhada por bisbilhotar, mas Julie me dissera para investigar.

— Nos claustros fora da casa de culto. — Gwyneth assentiu. — Foi tirada durante os exercícios anuais de treinamento das bruxas, em julho. Tally era um dos instrutores. Normalmente, eles evitam envolver membros da família nas avaliações, mas estavam com falta de pessoal naquele ano e precisaram convocá-lo de última hora.

— Você conhece Isola della Stella — falei, com tom cortante. Apenas alguém que tenha estado na ilha saberia onde os claustros ficam em relação à câmara principal da Congregação.

— Eu estava na turma iniciante da Congregação de 1948, a primeira a se formar após o fim da guerra. Tirei um tempo para terminar meu curso de graduação e fui promovida a especialista no verão de 1952 – respondeu Gwyneth.

— Especialista? — Eu franzi a testa, não estava familiarizada com o termo naquele contexto.

— Existem três níveis de maestria em alta magia — explicou Gwyneth. — Aprendizes, que estão dando os primeiros passos no Caminho das Trevas. Iniciados, que foram testados na Encruzilhada e escolhidos para continuar no Caminho. O nível mais alto é reservado a especialistas, que passaram pelo Labirinto das bruxas e foram reconhecidos pela Congregação como praticantes habilidosos de alta magia.

— Não existe labirinto na ilha — falei, franzindo a testa.

— Quanto tempo você passou no recinto das bruxas? — perguntou Gwyneth, inclinando a cabeça.

Não muito. As bruxas estavam relutantes em admitir um membro da família De Clermont em seus sagrados salões, mesmo que eu não fosse uma vampira.

— Muitos membros da família Proctor foram testados em Isola della Stella. A avaliação de Tally ocorreu no verão de 1936 — disse Gwyneth, com expressão orgulhosa. — As bruxas daquela turma acabaram se mostrando extraordinariamente talentosas. Morgana estava na turma de 1939, mas a invasão da Polônia interrompeu o programa. Ela ficou satisfeita com os oráculos e não quis avançar para o nível de especialista após o fim da guerra.

O rosto de Gwyneth se encheu de pesar.

— Quanto a Naomi, ela passou pelos dois primeiros níveis de treinamento e recebeu o título de iniciada — continuou. — Naomi foi convidada a tentar o Labirinto, mas acabou se perdendo eventualmente. Ela ficou arrasada e envergonhada por não corresponder ao legado de Tally.

Eu conhecia o dilema peculiar enfrentado pelas filhas que desejam orgulhar seus pais. Era impossível não se sentir aquém das expectativas.

— Naomi não aguentou a pressão. Tomou um frasco inteiro de comprimidos, bebeu uma garrafa de tequila e saltou do campanário da capela. Stephen nunca superou — prosseguiu Gwyneth. — Ele culpou a família por permitir que Naomi entrasse no programa da Congregação apesar de ela não ser talentosa o bastante para a alta magia nem ter autoconfiança para enfrentar seus fracassos. Culpou a Congregação por não intervir ao primeiro sinal de problema, quando algo poderia ter sido feito para salvá-la. E culpou a alta magia por sua morte.

A antipatia do meu pai por essa vertente da magia fazia mais sentido agora, assim como a insistência da minha tia Sarah de que a alta magia era algo a ser temido.

Embora minha mãe e Em tivessem experimentado as artes mais sombrias, quando questionei seu interesse, Sarah o reduziu a uma fase de rebeldia adolescente, em vez de um caminho para mistérios maiores. Havia muito tempo eu suspeitava de que Sarah pudesse estar errada nesse ponto. Quando minhas mãos absorveram meus cordões de tecelã, logo após retornar do século XVI, e Sarah vira em meus dedos as cores da alta magia sombria, ela admitiu que o poder era tão maligno quanto a bruxa que o praticava. No entanto, continuou mantendo a convicção de que a alta magia era perigosa.

— Mamãe também era uma especialista. — Outra peça do quebra-cabeça de Ravenswood se encaixou. Ela havia sido atraída para Ravenswood porque era a base de sua alta magia. Sarah não queria que eu soubesse de sua existência devido às experiências da minha mãe, além das circunstâncias trágicas da morte de Em.

— Sim, ela era. — O olhar de Gwyneth suavizou. — E sua avó também. Joanna Bishop estava na turma de 1936, com Tally.

À medida que as coincidências se acumulavam, senti a mão da deusa em ação. Mas o padrão e o propósito de sua complicada tecelagem permaneciam além do meu alcance, embora alguns dos pontos tivessem ficado visíveis. Era evidente que os fios entre os Proctor, os Bishop e a Congregação estavam entrelaçados e emaranhados em um cordão sombrio de alta magia. Não surpreendia que as bruxas estivessem interessadas em avaliar os poderes dos gêmeos.

— Não há como impedir que Becca e Pip sejam examinados pela Congregação, não é? — Enterrei a cabeça nas mãos.

— Não — disse Gwyneth. — A verdade está do lado deles, afinal. Não há nada que Matthew Clairmont possa fazer, exceto declarar uma sangrenta guerra interespécies, a qual ele não vencerá.

Meus olhos encontraram os dela.

— Mas talvez você possa ajudar os gêmeos quando for a hora deles escolherem seus próprios caminhos. No momento, você é apenas uma fração da bruxa que nasceu para ser. — Gwyneth juntou as mãos e as repousou sobre a mesa.

Previ para onde seu argumento estava indo e balancei a cabeça.

— Se está sugerindo que eu siga o Caminho das Trevas e me torne uma especialista em alta magia, vai se decepcionar profundamente — falei. — Eu vi o que esse tipo de magia fez com Satu Järvinen e Peter Knox. Eles eram bruxos extremamente talentosos, especialistas até, e não conseguiram evitar se desviarem para o lado mais sombrio da alta magia. Emily Mather, a companheira de vida de Sarah, talvez ainda estivesse conosco se não tivesse retornado a isso. Papai perdeu a irmã para esse tipo de magia e fez tudo que pôde, exceto trancar minha mãe, para evitar que ela tivesse o mesmo destino. E meus pais morreram para me impedir de ser marcada como um possível recurso mágico para as bruxas explorarem. Sou uma bruxa habilidosa e uma tecelã treinada. Tenho poder suficiente, obrigada. Alta magia não é para mim, Gwyneth.

— Isso não é escolha sua — respondeu ela com a paciência de uma professora experiente. — A deusa presenteou você com esses talentos. Agora você está diante de uma decisão, Diana. Vai recusar a deusa e o Caminho das Trevas?

Hesitei. A deusa não gostava quando as bruxas rejeitavam suas ofertas.

— Vai deixar Pip ou Becca trilharem o Caminho das Trevas sozinhos? — Gwyneth guardou a pergunta mais espinhosa para o final.

Eu nunca abandonaria nenhum dos meus filhos. Minha expressão deixou isso bem evidente.

Minha tia se inclinou para a frente.

— Ou você, como muitos de seus antepassados, maternos e paternos, terá a coragem de enfrentar seus medos e reivindicar seu direito de nascimento?

— Eu não sei o suficiente sobre alta magia para decidir! — A verdade veio num rompante. — Não com o futuro das crianças em jogo.

— Ah, não. Isso é sobre *você*. — O dedo de Gwyneth apontou para o meu coração, a ponta brilhando como a de Becca em New Haven. — Essa é *sua* escolha, que você deve fazer sem considerar os medos ou desejos dos outros. Quando estiverem prontos, Becca e Pip tomarão as próprias decisões sobre a magia deles.

— Mas Sarah... — protestei, pensando na aversão forte da minha tia à alta magia.

— Sarah está ansiosa para dizer o que você não deve fazer — afirmou Gwyneth. — E se eu te ensinasse o que você *pode* fazer?

Gwyneth fazia parecer tão simples, como se minha vontade fosse tudo o que importava. Mas eu fazia parte de uma família grande e complicada, e o tempo para agir sozinha tinha ficado para trás. Ainda assim, a perspectiva de um conhecimento maior me atraía, tão sedutora quanto sempre fora, mesmo durante os anos em que tentei negar minha herança mágica.

— Como você faria isso? — perguntei, cautelosa.

— Com cuidado, assim como fiz com gerações de bruxas nos últimos cinquenta anos. — A voz de Gwyneth era mordaz.

— Eu preciso voltar para New Haven. — Mordi o canto do lábio. — Vamos para a Inglaterra nas férias de verão.

— Algumas horas a mais não farão muita diferença — retrucou Gwyneth. — Encontre-me no celeiro amanhã de manhã. Acho que você descobrirá que a alta magia não é tão aterrorizante nem tão sombria quanto seu pai e Sarah fizeram parecer.

D**epois do jantar, voltei para a casa de campo e compartilhei meus planos atualizados com Matthew. A conversa com Gwyneth revelou o buraco na minha vida no qual os Proctor e sua história deveriam estar. Como o espaço deixado pela peça que faltava de um quebra-cabeça, os contornos da ausência deles eram evidentes e inconfundíveis. Como historiadora, sabia que um buraco nítido assim nunca era acidental. Essas lacunas só apareciam quando algo havia sido deliberadamente retirado.

Neste caso, foi meu pai quem fez os cortes cirúrgicos na árvore genealógica dos Proctor. Talvez no dia seguinte eu compreendesse melhor por que ele recorreu a esses extremos para me manter afastada de Ravenswood e dos meus próprios parentes.

Capítulo 6

Acordei em uma fria manhã de final de primavera com céu azul brilhante e nuvens brancas e fofas cortando o sol. Levantei a gola do meu casaco de *fleece* e segui pelo caminho ladeado por canteiros entre a Fazenda Pomar e o celeiro.

Do ponto de vista da casa, a maior parte da estrutura retangular do celeiro estava escondida no emaranhado de arbustos ao redor, parecendo menor do que realmente era. A linha do telhado alto do celeiro também estava mascarada pelos ramos mais baixos dos antigos pinheiros e castanheiras que cresciam formando uma concha protetora ao redor da construção. Um muro de pedra em ruínas se escondia na cerca espinhosa atrás dele, criando uma barreira impenetrável de vinhas entrelaçadas, berberis com espinhos venenosos e ramos errantes de rosas silvestres. Não havia nada florescendo ainda, mas em breve a cerca seria adornada com pontinhos de branco, rosa, vermelho e roxo.

À medida que me aproximava do celeiro, tive a sensação estranha de ser observada, mas nenhum formigamento mágico indicava que fosse Gwyneth. Ao chegar mais perto das robustas portas de madeira da entrada, notei centenas de olhos brancos me encarando. Todos se balançavam em hastes vermelho-sangue, com pontos pretos formando pupilas. Eram frutas da erva-de-são-cristóvão, a planta venenosa que Sarah havia me avisado para nunca tocar ou comer, embora ela mantivesse uma única muda em seu jardim de bruxa e a usasse em quantidades mínimas para alguns de seus feitiços e remédios. Nunca tinha conhecido uma bruxa que cultivasse uma sebe de coisas tão perigosas. E as frutas geralmente não apareciam antes do final do verão. Os arbustos, assim como o celeiro, deviam estar cobertos com encantamentos.

Com cuidado, toquei o pesado puxador da porta deslizante do celeiro, esperando a resistência de proteções e trincos que eu havia sentido no dia anterior. Gwyneth devia tê-los removido em preparação para minha visita, pois não houve dificuldade agora. Deslizei a porta para o lado em trilhos bem lubrificados.

Fiquei maravilhada ao ver o interior do celeiro. Magia havia sido usada nas vigas e tábuas para que houvesse mais espaço interno do que a planta da construção indicava. O local estava cheio, como um ateliê mágico de objetos e suprimentos. As estantes continham mais volumes empoeirados do que a biblioteca de John Dee, em Mortlake, e Mary Sidney teria ficado encantada em trabalhar no laboratório localizado na parede dos fundos, onde dois fogões a carvão com frente de tijolos, com equipamentos de destilação reluzentes, flanqueavam um aquecedor a lenha.

Uma mesa de trabalho estava posicionada no meio da sala sobre um pentagrama pintado no chão – a estrela cercada por um círculo, com frequência incluída em filmes humanos de terror e livros de ficção sobre magia. Algumas cadeiras de balanço antigas e as cestas, garrafas e caixas que preenchiam os espaços entre os livros completavam a mobília. Estantes altas se estendiam até as vigas do telhado exposto. Delas, pendiam longas cordas com suportes para secar ervas. Uma faixa estreita de clerestórios logo acima das estantes deixava entrar a luz do sol.

Uma mulher idosa estava sentada em uma das cadeiras de balanço perto da lareira. Usava roupas escuras e simples, e uma manta azul e branca cobria suas pernas. O cabelo branco bagunçado tinha algumas mechas mais escuras, e uma delas, mais longa, se estendia sobre o ombro e serpenteava pelo colo.

Gwyneth não havia mencionado que alguém se juntaria a nós.

Confusa, acenei um olá.

– *Feliz encontro, filha* – disse a mulher, tragando o cachimbo que segurava firme nos dentes desgastados e manchados. – *Gwyneth está a caminho.*

– Bom dia – respondi. – Você é membro do coven de Ipswich?

A velha balançou e ofegou, encurvada de tanto rir. Ela continuava a fumar enquanto fazia isso, formando coroas de fumaça ao redor da cabeça.

– *Membro do coven* – repetiu a mulher estranha, ofegante. – *Por que eu precisaria de covens?*

– Então você é da família? – Só conhecia Gwyneth e Julie, mas tinha certeza de que dezenas de outros Proctor estavam à espreita.

— Você deveria ter esperado como eu pedi, vovó Dorcas – disse Gwyneth da entrada. — Aparecer assim, de repente, mataria de susto a maioria das pessoas.

— *Só assusto aqueles que me desejam mal* – respondeu vovó Dorcas. — *Nunca a família, Gwyneth.*

— Morgana perdeu três anos de vida quando você apareceu no encontro dela com Bobby Williams – retrucou Gwyneth, censurando-a.

Gwyneth tinha oitenta e sete anos. Ela dissera isso no dia anterior. Se aquela mulher era sua avó, então ela teria bem mais de cem. Mas Julie chamava a avó de Gwyneth de *vovó Elizabeth*, não *vovó Dorcas*. A menos que...

Não. Ela não poderia ser um fantasma. Fantasmas eram nebulosos e verdes, com contornos fracos, e desapareciam sempre que você lhes fazia uma pergunta. Aquela mulher estava cheia de cores, embora suaves. Seus contornos, como sua língua, eram nítidos. E ela não desapareceu quando a questionei.

— Você é um fantasma? – sussurrei.

— *Prefiro ser chamada de espectro.* – Vovó Dorcas soltou outra risada. — *Evidência espectral. É isso que alegaram ter contra mim em 1692.*

— Vovó Dorcas é sua antepassada direta, de onze gerações atrás – explicou Gwyneth. Ela estava carregando um pergaminho e acenou com ele para vovó Dorcas. — Eu ia mostrar a Diana a árvore genealógica antes de apresentá-la.

Fiquei de queixo caído. Onze gerações?

— *Bah.* – Vovó Dorcas tirou o cachimbo o suficiente para direcionar um jato de saliva para o fogão a lenha. — *Não temos tempo para frivolidades e bobagens de papel. Vamos ao que interessa.*

— Esta é minha sala de aula, Dorcas. – Gwyneth deixou de lado o uso de "vovó" para afirmar sua posição. — Eu te disse ontem à noite, você é bem-vinda para se juntar a nós, mas apenas se não interferir.

Vovó Dorcas respondeu soltando fumaça pelas narinas como um dragão de fogo.

— Assim está melhor – declarou Gwyneth. — Acho que um chá e uma limpeza são necessários.

Tia Gwyneth fez um gesto com a mão, e um zumbido quase inaudível preencheu o ar. As vassouras dançaram pelo assoalho, varrendo algumas cinzas que haviam caído do fogão. Um esfregão girava em frente à bancada de química. Água jorrou para uma pia seca próxima ao equipamento de destilação a partir de uma velha bomba suspensa no ar. Uma chama surgiu das brasas sob um suporte de três pernas no laboratório.

– Quanto mais velha eu fico, mais magia eu uso – disse Gwyneth com um suspiro. Ela foi até a pia e olhou para dentro. – A chaleira está cheia. Você se importa de pegá-la, Diana?

Passei por Dorcas e coloquei com cuidado a pesada chaleira sobre o tripé. Não queria derramar uma gota e apagar a chama. Mas não precisava me preocupar. Assim que a chaleira foi colocada no lugar, as chamas aumentaram para ferver a água.

– Deixe-me mostrar o lugar. – Gwyneth me puxou pelo cotovelo. – Acho que devemos começar aqui, do laboratório.

– De quem eram esses equipamentos? – Examinei as formas delicadas dos pelicanos e retortas, além dos pesados cadinhos e almofarizes dispostos ao redor do fogão. Não eram aparatos de um químico moderno, mas de um alquimista.

– Meus. – Os olhos de Gwyneth brilharam. – A Casa Bishop não tem uma sala de destilação?

– Tem – falei, pensando na sala pequena e apertada ao lado da cozinha. – Mas Sarah usa uma panela de barro e uma cafeteira para preparar as poções.

– Em Ravenswood fazemos do jeito antigo – respondeu Gwyneth. – Além disso, não achei uma panela de barro que fosse particularmente útil quando se trata de dissolução e conjunção. Não dá para ver as mudanças de cor.

Gwyneth estava falando sobre *alquimia* – não apenas sobre fazer poções de amor e chá de valeriana.

– Eu li seu trabalho, Diana – disse ela suavemente. – Deve ser um choque saber que a alquimia é parte da alta magia, apesar de seus argumentos contrários.

Meu primeiro livro apresentava evidências meticulosas de que a alquimia era uma forma primitiva de química moderna, e não o material de venenos mortais e elixires que prolongam a vida. Trabalhar ao lado de Mary Sidney em seu laboratório no castelo de Baynard confirmou essa visão. As palavras de Gwyneth estavam me forçando a reconsiderar.

– Poções, venenos, misturas medicinais, a pedra filosofal... Eu faço tudo isso. – Gwyneth gesticulou em direção às prateleiras ao lado, nas quais frascos de plantas secas e raízes estavam organizados em ordem alfabética, junto a potes de cerâmica decorados com rótulos em latim que identificavam seu conteúdo.

Óleo de escorpião, óleo de lobo, acônito, unguento de manjericão, mercúrio, água de raiz de malva... Gwyneth possuía uma variedade de substâncias preciosas que John Hester teria orgulho de exibir em sua loja em Paul's Wharf. Cheguei mais perto, intrigada.

– Você também vai se interessar pelos instrumentos científicos da família. – Gwyneth me levou até uma exibição de instrumentos de latão, marfim e madeira.

Aquela coleção teria sido familiar a qualquer matemático prático do século XVII: uma corrente de Gunter manchada, usada para medir distâncias; um goniômetro para medir ângulos horizontais na confecção de um mapa ou plano; uma bússola topográfica, que poderia ter sido usada para desenhar um mapa da costa de Massachusetts; um astrolábio da marinha para navegação em alto-mar e cálculo da altura das estrelas; um compasso para criar os arcos e círculos usados em marcas apotropaicas, como os hexafólios na porta da sala de conservação.

– Nosso John Proctor era um geômetra especializado, além de fazendeiro, e se interessava por todos os tipos de ciência – disse Gwyneth, com orgulho. – Sua paixão foi passada pelo sangue da família, através das minhas veias e das suas. O relógio de sol feito com latão está em exibição no museu de Salém, mas esses itens permaneceram na família, junto com seus livros.

Possuir um relógio de sol feito de latão na Nova Inglaterra puritana provavelmente teria sido suficiente para ser acusado de bruxaria em 1692.

– Foi John Proctor quem desenhou os primeiros sigilos de proteção para a Casa Velha – continuou Gwyneth. – Ele fez os esboços na cadeia de Boston e os passou aos Proctor do lado de fora para garantir que seu legado matemático continuasse após sua morte. Seus filhos ensinaram os próprios filhos a cifrar, criar sigilos e desenhar os símbolos geométricos que ainda usamos hoje em nossos feitiços e encantamentos.

– E foi realmente o fantasma de John Proctor que eu vi caminhando em direção a Ravenswood? – Agora que eu sabia que os fantasmas da família eram corpóreos e tinham cores vivas, a convicção de Julie de que eu tinha visto nosso antepassado parecia mais plausível.

– Eu não sei – admitiu Gwyneth. – Ele nunca apareceu para mim.

– *Eu acho que era John. Esse rapaz sempre foi um andarilho.* – Vovó Dorcas bateu o cachimbo contra a sola do sapato, mostrando um pedaço de meia de lã com vestígios de traça que já tivera dias melhores. Tabaco caiu no chão, alguns ainda acesos. Dorcas revirou as saias, encontrou seu estoque de folhas e encheu o cachimbo com rapidez. Em seguida, acendeu a ponta do dedo e tocou no conteúdo do cachimbo.

— Eu já te disse várias vezes para não fumar aqui – falou Gwyneth, estalando os dedos. A pá e a vassoura se prepararam e varreram os restos do último fumo de vovó Dorcas antes que incendiassem o celeiro.

— Quando você nasceu, vovó Dorcas? – Assim que as palavras saíram da minha boca, me arrependi. Minha antepassada recuou, indignada.

— *Há muito tempo, menina, quando não se perguntava a idade dos mais velhos. Naquela época, era comum que os aniversários fossem seguidos por sepultamentos. O mesmo ocorria com os casamentos!* – O acesso de raiva de vovó Dorcas diminuiu. – *Minha mãe me disse que nasci sob a lua minguante do inverno, quando a baía de Massachusetts estava cheia de varíola e dificuldades, quando o primeiro Carlos ainda tinha a cabeça no pescoço.*

— Antes de 1649, então?

Vovó Dorcas era realmente um fantasma muito antigo.

Ela deu de ombros.

— *Suponho que sim. Sei bem o dia em que morri... e não foi em setembro de 1692, quando o tribunal me matou no papel.*

— Dorcas... Hoare? – Quando eu tinha dez anos e Sarah estava tentando incutir em mim um senso de responsabilidade familiar, ela me fez memorizar todas as bruxas executadas na histeria de Salém. Quando eu tinha treze anos, minha tia fez uma lista de todas as bruxas acusadas que haviam sobrevivido. Dorcas Hoare estava entre elas. Ela confessou e apontou o dedo acusador para alguns de seus vizinhos, o que lhe garantiu perdão temporário. Não havia nenhum indício de que ela estivesse ligada aos Proctor.

— *Vovó Dorcas é o suficiente.* – Ela apalpou a mecha de cabelo sobre o ombro.

— Tudo isso teria sido muito mais fácil se você tivesse sido paciente, Dorcas. – Gwyneth pegou um bule e tirou folhas soltas de um frasco de apotecário que antes continha bergamota seca, mas agora estava sendo usado para armazenar Earl Grey. Ela segurou o bule sob o bico e mãos invisíveis inclinaram a chaleira, derramando a água quente que o encheu até a borda.

Observei com curiosidade, maravilhada com o fato de nada ter sido derramado. Como sabia quando parar?

— Feitiço de transbordamento. Muito útil quando você vive à beira de um pântano e mais barato do que seguro contra inundações. – Minha tia serviu o chá e depois adicionou um pouco de leite de um frasco de apotecário rotulado XAROPE DE MALVA. Eu peguei uma das xícaras, ansiosa para colocar o elixir restaurador em meu corpo. Gwyneth pareceu satisfeita por eu não estar esperando educadamente para ser servida.

– Esse feitiço de transbordamento poderia economizar galões de água – falei, após tomar um gole do chá. Estava excelente, assim como cada xícara que eu havia tomado até agora em Ravenswood. – Poderia economizar milhares de dólares para Yale, tendo em vista como os alunos e o corpo docente são distraídos. – Em todos os lugares que eu ia no campus, alguém havia deixado uma torneira aberta.

– Magia? Em Yale? – Gwyneth levantou as sobrancelhas. – Minha nossa, Diana. Uma coisa é o corpo docente lançar um feitiço em uma das Sete Irmãs; a deusa sabe que não seria a primeira nem a última vez. Mas não imagino que Elihu Yale ou Increase Mather aprovariam isso em seus corredores sagrados.

– O corpo docente pratica magia em Mount Holyoke? – Que estranho deve ser ensinar em uma pequena faculdade de artes liberais cercada por bruxas lançando feitiços.

– Certamente – disse Gwyneth. – Tivemos um verdadeiro problema com fantasmas, até que a turma de 1900 decidiu coletar todos os espectros e depositá-los no sótão do Wilder Hall como parte do presente de formatura. E existe um lugar na colina atrás dos Mandelles onde Emily Dickinson deixou fragmentos de magia e poesia, alguns deles muito bonitos. Sempre que chove forte, uma das bruxas do último ano de literatura inglesa sai e recolhe o que o vento traz à luz. Isso conta para o serviço dela no departamento e é muito mais agradável do que servir no comitê de revisão de currículo.

Nós duas estremecemos ao pensar na tarefa ingrata.

– Vamos dar uma olhada em um dos arquivos da família – sugeriu Gwyneth. – Isso vai ajudá-la a entender a alta magia da família Proctor e dar uma ideia da nossa história com a Congregação.

– E a árvore genealógica? – perguntei, tomando outro gole de chá enquanto a seguia até a mesa de trabalho.

Gwyneth riu.

– Sim, vamos dar uma olhada na história da família também. Você vem, vovó?

– *Não é necessário* – respondeu vovó Dorcas. – *Eu sou a história da família.*

– Faça como preferir – disse Gwyneth, dando de ombros.

– O que é aquilo? – Apontei para uma dúzia de pás de madeira entalhadas. Cada uma delas estava pendurada em um grosso prego cravado na parede.

Pareciam enormes espátulas de manteiga, exceto pelos pedaços de fita desbotada que pendiam de algumas das molduras.

— Teares de feitiços — respondeu Gwyneth. — É como tradicionalmente as famílias preservam o poder da magia por aqui. Não dependemos só de feitiços escritos. Eles...

— Se deterioram com o tempo. — Esse era o motivo pelo qual tecelões como eu eram tão essenciais em uma comunidade mágica e por que seu extermínio deliberado séculos atrás havia levado nossas comunidades no poder ao declínio. — A velha *gramarye* não tem mais a mesma importância de antes, e os feitiços se desgastam e se deformam.

— Exatamente. — Gwyneth franziu a testa. — Rebecca achava que você poderia se tornar uma atadora, como Stephen. Quem te ensinou a traduzir seus feitiços recém-atados em palavras? Não foi Sarah.

— Uma tecelã chamada comadre Alsop. — Sorri ao lembrar de estar na casa dela em Londres aprendendo a tecer magia. — Matthew e eu viajamos no tempo para a Londres de 1590 a fim de aprender mais sobre meus poderes. Felizmente, comadre Alsop ainda estava viva, uma das últimas de sua linhagem.

— E uma grande bruxa também — disse Gwyneth. — Estou surpresa por ela não ter notado sua predisposição para a alta magia.

— Talvez ela tenha notado. — Eu ainda não estava pronta para contar a Gwyneth sobre o décimo nó, que poderia ser usado para construir feitiços de criação... e destruição. Eu me perguntava se minha habilidade de atá-lo estava relacionada a minha herança junto à alta magia sombria.

Gwyneth me observou com atenção. Ela sabia que eu estava escondendo algo. Depois de um longo silêncio, ela voltou ao assunto em questão.

— Certo — disse minha tia, com firmeza. — Onde estão os arquivos da Congregação, vovó Alice?

Eu suspeitava que havia um sistema de recuperação encantado para acompanhar os feitiços que mexiam o chá e faziam o esfregão se mover. Só não esperava que isso envolvesse outro fantasma ancestral.

— Receio que o sistema de arquivamento da vovó Alice seja um tanto excêntrico — desculpou-se Gwyneth. — Se estiver procurando por algo, é melhor pedir a ajuda dela. Foi ela quem elaborou as classificações bizantinas. Isso poupa horas de busca infrutífera.

Uma escada veio deslizando em nossa direção. Quando chegou à mesa, uma mulher de meia-idade, com um busto impressionante e cabelos castanhos presos em um nó na nuca, desceu os degraus. Pelas suas roupas, vovó Alice era outra bisavó – do século XIX, não do XVII. Ela segurava um punhado de pastas com bordas marrons.

Vovó Alice jogou as pastas na mesa, olhando para Gwyneth com reprovação.

– *O esquema de organização do celeiro não é nem excêntrico, nem bizantino. Melvil Dewey baseou seu sistema em* O progresso do conhecimento, *de Francis Bacon. Ele aprovou todas as minhas modificações.*

– Modificações? Você destruiu a classificação de tecnologia por completo! – Gwyneth puxou as pastas para mais perto.

– *Magia é uma arte, uma ciência e, sim, acima de tudo, uma tecnologia* – retrucou vovó Alice, agitando suas saias cor de malva com irritação. Elas eram adornadas com uma trança preta, assim como o corpete. – *Podemos debater os méritos das minhas intervenções mais tarde. Sem dúvida, Diana trará uma perspectiva nova para nossa discussão, dado seu conhecimento das ideias de Bacon. Mas agora vocês têm preocupações mais urgentes.*

Vovó Alice subiu de volta pela escada com um ar altivo e desapareceu no terceiro degrau. Dorcas riu e tia Gwyneth suspirou.

– Aqui. Dê uma olhada nestes – disse Gwyneth, empurrando uma pasta em minha direção.

Abri a pasta frágil. Dentro, havia cartas da Congregação, a maioria escrita com pena e tinta no papel que ainda era usado em Isola della Stella. As cartas eram datadas da década de 1870 até o presente. Folheando, encontrei os nomes dos Proctor, dos Eastey, dos Dickinson e...

– Mather? – Levantei os olhos da carta datada de 1925, que informava a Jonathan Mather e sua esposa, Constance Proctor Mather, que os talentos mágicos de seu filho, Putnam Mather, seriam avaliados naquele verão. A parceira de Sarah, Emily Mather, era de Nova York, não de Massachusetts. Mesmo assim, a possibilidade de que uma das mulheres que me criaram pudesse ser parente dos Proctor me causou um arrepio nos braços e fez o cabelo na minha nuca se eriçar.

– A amiga de sua mãe, Emily, descende de Creasy, o filho de Cotton Mather – explicou Gwyneth, mais uma vez parecendo ler meus pensamentos, embora eu não sentisse nenhum toque intrusivo na mente.

— Reverendo *Cotton Mather*. — Vovó Dorcas cuspiu e cruzou os dedos no tradicional gesto de afastar o mal. — *Ele colocou as mãos em todos nós, sabe, procurando lugares onde o diabo deles pudesse se alimentar. O filho do ministro era exatamente igual, libertino e devasso.*

— E a mãe? — Meu terceiro olho de bruxa formigou em alerta.

— *Tituba.* — O olhar firme de Dorcas encontrou o meu.

— Impossível. Ela já era uma mulher idosa em 1692 — protestei.

— *Quem disse?* — desafiou Dorcas. — *Tituba ainda era uma menina quando o reverendo Parris a comprou em Barbados, e havia acabado de se tornar uma mulher quando chegou a Salém. Em 1692, ela já havia trabalhado para homens ricos por mais de uma década. Isso faz você envelhecer rápido.*

Eu sabia que a ideia de bruxa velha era um estereótipo humano, e que no século XVII se considerava trinta anos uma idade avançada, embora as pessoas pudessem viver por décadas a mais. Aqueles poucos que alcançavam a idade bíblica prometida de setenta anos eram considerados muito santos, muito sortudos ou os dois.

— *Quando o governador Phips encerrou os julgamentos, Tituba foi libertada da prisão, desde que Parris pagasse à colônia o que era devido pelos treze meses de abrigo e alimentação.* — Dorcas começou a bufar, agitada, balançando-se para a frente e para trás. — *Aquele diabo do Parris se recusou a pagar as despesas. Foi Lady Mary quem teve pena da pobre criatura e pagou pelas taxas. Depois, ela levou Tituba para Boston para servir em sua casa.*

— A esposa do governador? — Um padrão começava a surgir. — Ela também não foi acusada de ser bruxa?

Vovó Dorcas assentiu.

— Tituba esteve segura em Boston por um tempo — disse Gwyneth, continuando a história. — Quando Lady Mary morreu, o filho adotivo dos Phips ficou com ela. Segundo a versão dela, Cotton Mather a avistou um dia quando ela estava na rua, cuidando de assuntos da família. Ele a seguiu até a moradia dos Phips e depois voltou para a própria casa, temendo por sua vida. Acabou falando para a esposa e os filhos que havia uma bruxa com os Phips que lhe desejava mal e que ele tinha visto com os próprios olhos o sinal do diabo nela. Creasy Mather era um garoto curioso e rebelde, desesperado pela aprovação do pai. Decidiu que ele mesmo examinaria essa bruxa.

— *O exame se transformou em estupro* — falou Dorcas amargamente. — *Tituba estava no final dos anos férteis, e a gravidez colocou seu pobre corpo sob grande estresse. O mestre Phips a enviou para a fazenda da família no Maine, para o final da gestação. Ela deu à luz uma menina que chamou de Grace Mather.*

– Foi então que Tituba se envolveu na vida dos Proctor e dos Hoare – disse Gwyneth. – William Proctor fugiu para o Maine quando foi libertado da prisão, como outros que tinham sido afetados pela época dos enforcamentos. Vovó Dorcas estava lá também, junto com alguns de seus filhos. Logo havia uma pequena comunidade de páreas de Salém, unidos pela tragédia compartilhada.

– *As florestas do Maine estavam cheias de magia naquela época* – contou Dorcas. – *Minha Tabby usou os feitiços que pôde para curar o coração partido de Will, mas ele ansiava por Ravenswood.*

– William não viveu para ver o lugar novamente, mas sua esposa, Tabitha, honrou seu último desejo e voltou para cá com as filhas gêmeas, Margaret e Mary. – Gwyneth desenrolou o pergaminho que tinha levado para o celeiro.

Eu segurei um suspiro ao ver a árvore genealógica da família Proctor pela primeira vez. Ela focava principalmente a minha linhagem direta, então não incluía ramificações detalhadas para cada membro da família. Gwyneth direcionou minha atenção para o topo do pergaminho, onde os nomes DORCAS GALLEY, JOHN PROCTOR e TITUBA estavam dentro de caixas com bordas verdes. Ao lado de cada um, estava o nome do pai ou da mãe de seus filhos: William Hoare, Elizabeth Bassett e Creasy Mather.

– Tituba e Grace viajaram com eles. Tituba morreu durante a jornada, e Tabitha criou sua filha como se fosse dela – continuou Gwyneth. – A criança era talentosa, inteligente e rápida como o avô, Cotton Mather. Grace estava determinada a lembrar as pessoas do que havia acontecido com Tituba durante e após a época dos enforcamentos. Ela nunca deixou de usar o nome Mather, nem mesmo depois de se casar e ter os próprios filhos. A filha mais velha recebeu o nome de Tituba Mather, em homenagem à avó.

Abaixo dos três nomes no topo da árvore estavam os filhos dos quais minha parte da família descendia: TABITHA HOARE, WILLIAM PROCTOR, GRACE MATHER. Eu segui a linha de descendência até chegar a uma caixa na base da árvore, com contornos dourados e meu próprio nome dentro dela. Nas ramificações acima estavam meus pais, Rebecca Bishop e Stephen Proctor. Ao lado da caixa da minha mãe, havia mais duas: uma para Sarah e outra para sua amada Emily, descendente direta da escravizada Tituba.

Emily era duplamente parte da minha família, e meus olhos se encheram de lágrimas ao vê-la reconhecida com Sarah ao lado dos meus pais. Meus antepassados haviam criado a antepassada dela, assim como Emily havia me criado.

– Como pode ver, você sempre esteve conectada aos Proctor – falou Gwyneth, apertando meu braço como um lembrete de que eu ainda tinha família viva aqui, e não apenas fantasmas – e a Ravenswood.

Eu assenti, segurando as emoções agitadas pelas ramificações da minha árvore genealógica. Quando consegui controlá-las, Gwyneth continuou:

– O que fica evidente pelo histórico da família é que o talento dos Proctor para a alta magia veio da vovó Dorcas. John Proctor era um atador, um tecelão, como você chama, e havia outros com essa bênção em sua linhagem familiar. Ninguém entendia por que seus poderes se manifestavam de maneiras estranhas e indisciplinadas. Na época do John, as pessoas acreditavam que criar e lançar os próprios feitiços era sinal de orgulho e teimosia, sangue ruim ou alguma deformidade mágica no caráter de uma bruxa.

Do jeito que Gwyneth explicava, a atitude do século XVII em relação à tecelagem era um pouco como as visões dos vampiros sobre a ira do sangue: uma praga que precisa ser erradicada e contida.

– Além disso, John trabalhava com a geometria, construindo feitiços robustos em forma de sólidos platônicos, com nós complexos nos quais os planos se encontravam, capazes de resistir à devastação do tempo. Isso aumentava a aura de mistério que cercava sua magia. Ele passou esses feitiços para William, que se casou com Tabitha Hoare. – Gwyneth fez uma pausa para organizar os pensamentos. – Algo aconteceu quando o sangue dos Hoare e dos Proctor se misturou, unindo tecelões que criavam novos feitiços com bruxas que seguiam o Caminho das Trevas.

Minha tia apontou para duas caixas prateadas abaixo do nome do casal. Uma estava contornada de preto, a outra, de dourado.

– Gêmeas. – As duas meninas, Mary e Margaret, tinham o mesmo ano de nascimento.

Gwyneth assentiu.

– Desde então, houve gêmeos em todas as outras gerações de Proctor. Um dos gêmeos se tornava tecelão, o outro, especialista em alta magia. É como se a deusa não quisesse muito poder nas mãos de uma única bruxa, então ela dividiu a habilidade de criar feitiços e o talento para a alta magia entre os dois. E então veio você – disse Gwyneth, passando o dedo ao longo da página e tocando cada par de caixas prateadas no caminho. – Uma filha única, uma só bruxa.

Mas havia duas bruxas dentro de mim.

– Eu também era gêmea – confessei. – O embrião do meu irmão morreu no útero. O meu o absorveu, junto com seu DNA. Eles chamam isso de síndrome do gêmeo desaparecido. Eu sou uma quimera, Gwyneth.

Gwyneth soltou um suspiro lento de compreensão.

– Isso ajuda a explicar por que o primeiro trimestre de Rebecca foi tão difícil. Temíamos que ela pudesse sofrer um aborto.

– Mamãe realmente teve um aborto. No útero. – Apoiei a cabeça nas mãos. – Ao que parece, meu irmão deveria ser o viajante do tempo e o responsável por continuar a tradição dos Proctor de tecer novos feitiços.

E eu deveria ter sido a gêmea destinada à alta magia sombria. O chamado Caminho das Trevas vinha não apenas da minha mãe, mas também da minha herança Proctor.

– Se Rebecca tivesse dado à luz gêmeos, ela teria quebrado um padrão de séculos na linhagem dos Proctor – disse Gwyneth, entendendo o significado de eu ser uma quimera. – A deusa foi forçada a abandonar uma de suas regras: repetir um par de gêmeos em gerações sucessivas ou permitir que uma única bruxa possuísse dois poderes. Ela escolheu a segunda opção. A deusa escolheu você.

– Eu nunca quis ser escolhida – falei, a raiva aflorando. – Minha família já fez o suficiente a serviço da deusa. Meu pai, morto. Minha mãe, morta. Emily, morta.

– *E eu ainda não terminei com você.* – A voz assustadora da deusa ecoou pelo celeiro.

O queixo de Dorcas caiu, o cachimbo escorregando de seus lábios. Os olhos de Gwyneth se voltaram para o céu e, em seguida, fecharam-se suavemente. Ela assentiu.

– Assim deve ser. Quer você queira essas bênçãos ou não, Diana, isso é irrelevante. A deusa as concedeu a você com um propósito.

– *Sim* – confirmou Dorcas, me observando com olhos semicerrados. – *Não é de admirar que os oráculos tenham chamado você de volta. Além disso, nenhuma bruxa deve recusar o Caminho das Trevas da alta magia, não antes de dar seus primeiros passos.*

– E os seus gêmeos? – perguntou Gwyneth. – Eles demonstram talento para tecer ou para a alta magia?

– Pip tem um familiar – respondi –, um companheiro de tecelão. Quando era mais novo, brincava com os fios do tempo, mas ele não tem feito isso ultimamente. – Até agora, Pip parecia estar seguindo os passos do meu falecido irmão.

– Deve ter sido assustador. E Rebecca? – Gwyneth estava me cutucando para que eu admitisse algo que não conseguia dizer em voz alta.

– Becca conversa com corvos – respondi, secamente. – Eu não sei o suficiente sobre alta magia para saber o que isso prediz. Ela sempre foi mais vampira do que bruxa, e se parece mais com Matthew do que comigo. – No entanto, o que aconteceu com os corvos plantou uma semente de dúvida sobre qual dos pais Rebecca havia puxado de fato. Minha cabeça me dizia para voltar correndo para New Haven, mas meus instintos e coração insistiam que eu permanecesse em Ravenswood.

– Preciso saber tudo o que você puder me ensinar sobre alta magia – falei, decidida –, e rápido, antes que a Congregação tenha a chance de examinar Becca e Pip.

– Não existe nada apressado na alta magia – alertou Gwyneth. – Não é algo que você possa aprender em alguns dias. Alta magia exige paciência e treinamento diário. Você tem que seguir um currículo padrão, e isso leva anos.

Mas eu era uma das Proctor impacientes, e estava ficando sem tempo. Apertei os lábios, sem querer explodir em uma torrente de ressentimento e medo sobre o que já havia acontecido e o que poderia acontecer no futuro.

– Você precisa de uma pausa antes de continuarmos – disse Gwyneth, avaliando meu humor.

– Eu preciso entender o que vai acontecer quando as bruxas da Congregação examinarem meus filhos! – gritei.

– Sugiro que você dê um passeio – continuou ela, indiferente à minha forte reação. – O bosque é fresco em dias quentes como este.

– Pensei que não pudesse ir ao bosque.

— Ravenswood teve a chance de te conhecer. Agora você estará segura lá. — Gwyneth olhou para vovó Dorcas em busca de confirmação. Ela resmungou, concordando.

A aula estava encerrada.

Depois de dar alguns passos cuidadosos para fora do celeiro, corri pelo prado quente que zumbia com libélulas. Assim que entrei na floresta, o som se acalmou e fui envolvida pelo verde. Um pequeno bosque de pimenteiras e mirtilos cercava os troncos robustos de carvalhos, amieiros, pinheiros-brancos, cicutas e sorveiras. Aqui e ali, avistei trepadeiras, um trecho de samambaias, um aglomerado de flores em formato de estrelas e os ramos entrelaçados de uma rosa silvestre. Abaixei-me para pegar uma pena cinza e macia deixada por um dos habitantes aéreos da floresta.

Inspirei o ar fresco e, com ele, um pouco do poder estabilizador de Ravenswood. Ali, entre as árvores imponentes e os matagais densos, pulsava algo antigo e sagrado.

Caminhei em um ritmo mais lento por uma clareira que guardava os restos de uma fogueira e passei por casas nas árvores, todas improvisadas. Uma bandeira de pirata esfarrapada tremulava em uma das estruturas mais robustas.

Pouco a pouco, minha mente agitada encontrou paz, e meu coração pesado se levantou apesar dos fardos que lhe haviam sido colocados nesta manhã — o peso dos meus antepassados, a responsabilidade do novo conhecimento, o futuro imprevisível dos meus filhos.

— *Tens alguma lembrança de antes de vires para cá?* — A citação de Shakespeare sussurrou pela floresta mais uma vez.

— Mãe? — Eu me virei, procurando por ela entre as árvores.

— *Tens, Diana?*

Minha mãe sabia que não devia me fazer essa pergunta.

— Não! — gritei, liberando a dor e a raiva que ainda não estava preparada para enfrentar. — Você e o papai garantiram isso. Eu perdi a maior parte da minha infância graças a vocês!

Eu soluçava, as lágrimas escorrendo pelo rosto, chorando como minha versão de sete anos chorou quando foi informada que sua mãe e seu pai nunca voltariam. Limpei as lágrimas dos olhos turvos.

O fantasma da minha mãe estava diante de mim, a apenas alguns metros de distância.

– *Se você perdeu algo e não consegue encontrar, talvez esteja procurando no lugar errado.* – Mamãe me mandou um beijo.

Pisquei, surpresa com a sensação de seus lábios pressionando minhas bochechas. Quando abri os olhos de novo, ela havia desaparecido.

Meu coração era como uma mariposa presa em uma gaiola, batendo e se debatendo contra minhas costelas. Minha mãe estava tentando me dizer algo – algo importante. Fiz muito esforço, procurando por uma memória oculta que eu pudesse ter ignorado, mas não encontrei nada.

Refiz meus passos até a Casa Velha, determinada a aprender tudo o que pudesse sobre a alta magia sombria e seu lugar no passado, presente e futuro da minha família – levasse o tempo que fosse.

ÁRVORE GENEALÓGICA DA FAMÍLIA PROCTOR

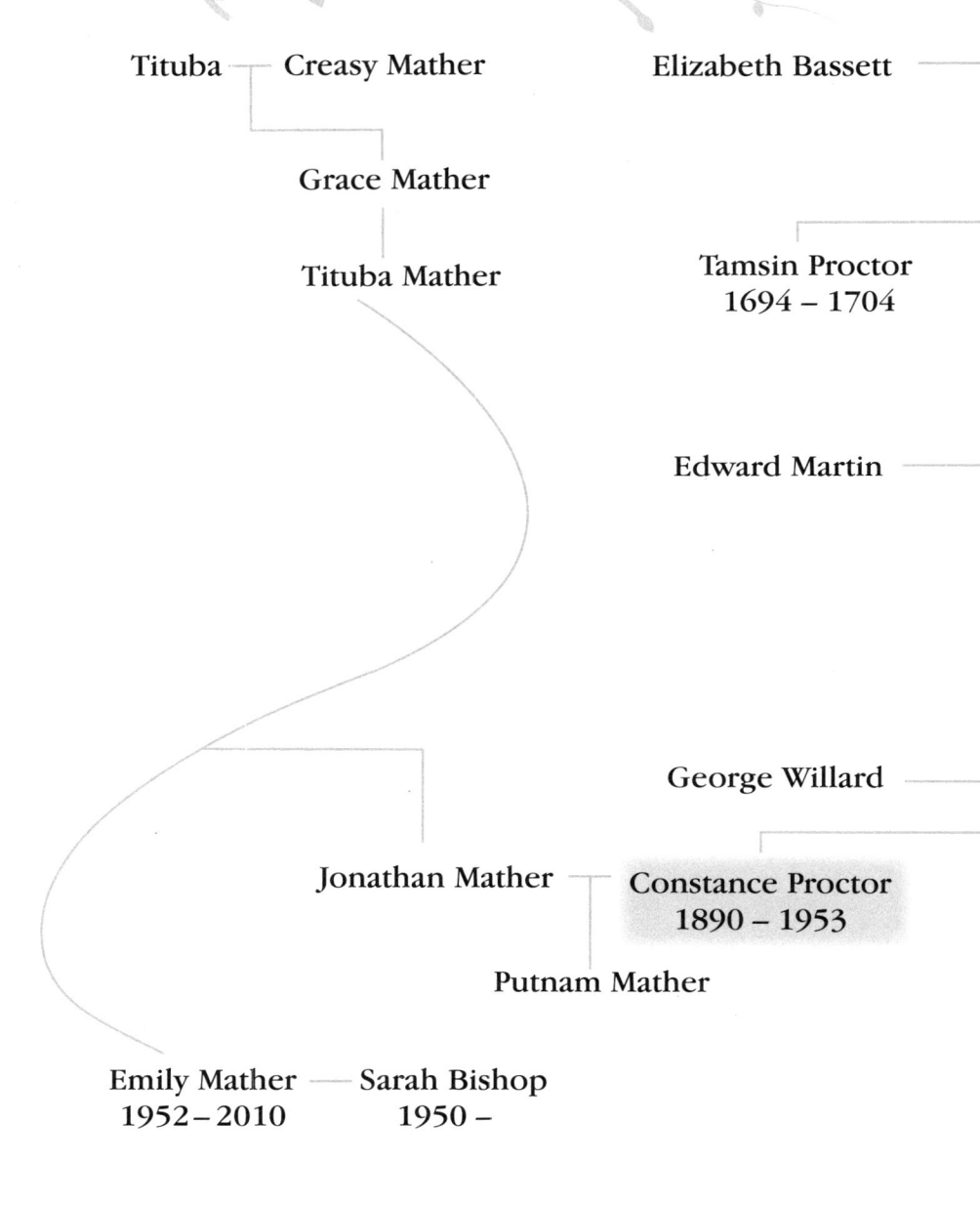

Tituba — Creasy Mather

Elizabeth Bassett

Grace Mather

Tituba Mather

Tamsin Proctor
1694 – 1704

Edward Martin

George Willard

Jonathan Mather — Constance Proctor
1890 – 1953

Putnam Mather

Emily Mather — Sarah Bishop
1952 – 2010   1950 –

```
John Proctor          Dorcas Galley —— William Hoare
1631 – 1692           1634 – 1711      1675 – 1756

        William Proctor —— Tabitha Hoare
        1675 – 1756        1673 – 1731

    James Alcock —— Margaret Proctor    Mary Proctor
    1707 – 1765     1703 – 1781         1703 – 1777

        James Proctor    Mercy Toothaker
        1740 – 1778      1742

Abigail Proctor        Dorcas Proctor
1774 – 1807            1774 – 1837

        John Proctor —— Lydia Good
        1806 – 1877     1805 – 1892

    Samuel Eastey —— Alice Proctor      Ann Proctor
    1833 – 1873      1834 – 1919        1834 – 1867

Elizabeth Proctor
1866 – 1938

        Damaris Proctor —— Gil Bradbury
        1890 – 1977

Ruby Addison —— Taliesin Proctor   Morgana Proctor   Gwyneth Proctor
1918 – 1975     1915 – 1970        1920 – 2005       1930 –

    Rebecca Bishop —— Stephen Proctor   Naomi Proctor
    1948 – 1983       1939 – 1983       1939 – 1964

        Diana Bishop —— Matthew de Clermont
        1976 –           500 – 537 –

    Rebecca Bishop-Clairmont    Philip Bishop-Clairmont
    2010 –                      2010 –
```

Capítulo 7

Naquela tarde, Gwyneth não perdeu tempo revisando o que já havíamos conversado. Ela tirou uma longa vareta de uma caixa na mesa. A ponta era afiada, e havia um nó na base. No meio, a madeira se curvava nitidamente para a esquerda.

– Isso é uma... – comecei, meus olhos se voltando para a caixa de varetas.

– Varinha. – Gwyneth a segurou para que eu pudesse admirá-la. – James Proctor a moldou a partir de um galho de carvalho da Floresta dos Corvos. Tem exatamente vinte e oito centímetros da base até a ponta, e a metade superior está curvada em um ângulo de onze graus. Perfeita para a alta magia.

Meu pior pesadelo ganhou vida. Ao contrário do ramo humilde da arte, a alta magia era cheia dos rituais e adereços conhecidos pelos fãs de televisão e cinema. Temi que bolas de cristal fossem as próximas.

– Como você sabe, a magia tem dois ramos: a arte e a magia elemental. – O tom de Gwyneth era direto e firme, com o ritmo e a cadência de uma professora experiente que sabe como capturar uma atenção dispersa e trazê-la de volta ao assunto. – Tanto a arte quanto a magia elemental têm expressões superiores, mais potentes. Para a magia elemental, é atar feitiços, o que você chama de tecelagem. Para a arte, é a alta magia, o que os ignorantes chamam de magia das trevas.

Gwyneth fez parecer que a magia das trevas era uma ilusão supersticiosa, não uma ameaça real. Mas eu já havia sentido o impacto dela e discordava. Franzi a testa.

– Todos os ramos da magia têm elementos de escuridão que podem ser explorados para ganho pessoal – disse Gwyneth, notando meu ceticismo. – Mas é culpa da bruxa, e não da magia. Deixe-me explicar.

Minha tia apontou a varinha para o centro da sala. Com um giro de seu pulso, uma tela se desenrolou das vigas. Perguntei-me que tipo de feitiço de ocultação havia sido usado para esconder sua presença, pois não era visível antes.

– Abracadabra! Um dos primeiros slides de PowerPoint do mundo. – Os lábios de Gwyneth se curvaram em um sorriso. – Isso deve ajudar você a entender a relação entre a Luz, a Escuridão e a Sombra que existe entre elas.

Alguém havia pintado O PODER DA ALTA MAGIA na tela com uma caligrafia rebuscada do século XIX. Abaixo do título, havia um diagrama de Venn com três círculos dispostos em linha horizontal, em vez da forma tradicional de pirâmide. Um deles era preto, o outro era branco e, no centro, um círculo cinza se sobrepunha a partes dos círculos preto e branco.

Gwyneth direcionou a ponta da varinha para o círculo cinza. Ele flutuou para fora da tela. Pisquei, tentando ajustar os olhos, como se aquilo fosse efeito de uma ilusão de ótica. Quando meus olhos se abriram, no entanto, o círculo cinza estava suspenso diante de mim. Não era mais bidimensional, havia se tornado uma esfera de névoa. Uma tempestade escura irrompia em um de seus hemisférios, seguida por uma faixa brilhante no outro. Redemoinhos de carvão serpenteavam através dela, veias mais escuras de poder pulsante.

– A alta magia reside aqui, nas profundezas da Sombra – disse Gwyneth.

Estendi a mão para tocar a esfera nebulosa, querendo conhecer melhor aquele cinza. Uma fração de segundo antes de meu dedo tocar a superfície dela, hesitei.

A alta magia é perigosa. A voz de Sarah ecoou em minhas memórias. *Fique longe dela, Diana.* Embora Sarah tivesse suavizado sua posição, eu não tinha dúvida de que ela se oporia a que eu explorasse a alta magia sombria com Gwyneth.

A esfera da Sombra ruiu e se desfez. Em seu lugar, surgiu um globo preto cintilante. Olhei para o diagrama de Venn, onde o círculo cinza plano estava de volta ao lugar, com apenas uma tela em branco onde o círculo preto havia estado.

Em sua forma tridimensional, o círculo não era mais meramente preto. Faíscas de um forte azul brilhavam em seu centro nebuloso. A escuridão parecia absorver a luz ao redor, tornando-se mais espessa e intensa.

– Você se entregou ao medo – disse Gwyneth. – O medo não tem lugar na alta magia. É a rachadura por onde a Escuridão entra na alma de uma bruxa. Uma vez que ela cria raízes, é difícil erradicá-la.

Como eu poderia não ter medo? Chegar tão perto da Escuridão pura ia contra tudo o que eu havia aprendido. Gwyneth teria que encontrar outra forma de me ensinar sobre alta magia. Caso se recusasse, eu voltaria para New Haven.

O globo preto inchou de satisfação.

– Agora você se entregou à raiva. – Gwyneth foi até o fogão e serviu duas xícaras de chá fresco. – Raiva e medo vivem na Sombra, e você deve enfrentar esses sentimentos todos os dias se quiser praticar alta magia.

Quem desejaria que o medo e a raiva fossem seus companheiros constantes? Eu queria que a vida fosse leve e esperançosa, cheia das risadas dos meus filhos e do amor de Matthew. Queria estar consumida pela paixão pelo meu trabalho e fazer a diferença pela educação.

– E se eu não quiser? – retruquei.

– Então a Escuridão vence – respondeu Gwyneth.

Insatisfeita, recorri a táticas que já usara contra adversários sombrios. Conjurei um punhado de fogo de bruxa e o lancei diretamente no globo turvo. A Escuridão havia escolhido a bruxa errada. Eu não permitiria que ela me vencesse.

Meu fogo de bruxa disparou em direção ao globo preto como um meteoro flamejante se aproximando de um sol escuro. As chamas brilharam em tons de laranja quando atingiram a superfície da esfera. Tornaram-se verdes como veneno quando a Escuridão se agarrou à sua Luz, criando um inchaço canceroso na superfície que chiava e disparava faíscas malignas no ar até que as chamas se apagassem.

– Você não deveria ter feito isso. – Gwyneth colocou uma xícara de chá na minha frente e levou a sua aos lábios. Ela estava se comportando como se estivéssemos em um chá da tarde, e não travando uma batalha existencial contra o mal.

A esfera escura cresceu outra vez, superando seu tamanho anterior. As bordas estavam irregulares, formando tentáculos que se estendiam para todas as direções. Minha boca se encheu de amargura.

– Não é possível atacar a Escuridão com a Luz – disse Gwyneth. – Tudo que você fez foi aumentar sua fome.

– Claro que é possível – rebati, espantando um tentáculo preto que se aproximava do meu chá. – Todo mundo sabe disso.

Esse princípio era central na trama de todos os livros que eu lia para os gêmeos à noite.

— A Luz não é uma arma, Diana. É um recurso. — Gwyneth posicionou a palma da mão como se estivesse segurando um filhote de pássaro. — Você deve segurá-la com cuidado, não a transformar em um míssil.

A Escuridão se aproximou.

Dei um passo para trás, tentando colocar distância entre mim e os tentáculos pretos.

A Escuridão continuava avançando em minha direção.

Talvez eu pudesse fugir e escapar para a luz do campo. Era um lugar inóspito para a Escuridão, entre o mar e o céu. Estava me dirigindo para a saída quando Gwyneth interrompeu meus planos de fuga.

— Pare. Imediatamente. — Ela apontou para a porta aberta do celeiro, que se fechou com um estrondo. — Você também não pode fugir da Escuridão, Diana. Se tentar, ela seguirá você para o mundo e contaminará tudo em que tocar.

— O que devo fazer? — Eu estava em pânico, a respiração acelerada.

— *Você deve se manter firme, filha.* — Vovó Dorcas saiu da cadeira de balanço. Colocou as mãos na cintura e marchou em direção à Escuridão, a mecha de cabelo balançando e as saias pretas e velhas esvoaçando ao redor dos tornozelos. — *Olhe-a nos olhos e não vacile. A Escuridão não é muito astuta, e você não deve permitir que ela passe pelas suas defesas.*

— Minhas defesas? — Eu ri, e o gosto amargo voltou. — Eu não tenho defesas, vovó Dorcas. Não conheço feitiços ou encantamentos para mudar a situação. Meus feitiços são fracos, no melhor dos casos.

— Pense nas pessoas que você ama, na satisfação que sente quando um de seus alunos alcança um novo nível de entendimento, na curiosidade que conduz sua pesquisa — disse Gwyneth, enumerando outras opções. — Aproveite esses sentimentos. Seja específica. Seus desejos secretos são suas verdadeiras armas, não um raio de fogo ou um feitiço.

Parecia simples, quase otimista demais.

— *Você vai descobrir que é diabolicamente difícil, minha menina, ver o lado positivo de manhã, à tarde e à noite.* — Dorcas caminhava de um lado para o outro em frente à Escuridão com as mãos entrelaçadas atrás das costas, dando-lhe um olhar mortal enquanto fazia isso. — *Me deixava furiosa.*

Fechei os olhos e me concentrei no sorriso torto de Matthew e na faísca em seus olhos quando me via chegar. Lembrei-me da noite em que nos conhecemos e da noite em que nossos filhos nasceram. Imaginei Becca e Pip brincando no quintal e lutando batalhas imaginárias com monstros e magos. Evoquei a sensação de deslumbramento que tive na Biblioteca Bodleiana quando abri a capa do Ashmole 782.

A esfera preta encolheu, assustada – embora eu não pudesse imaginar por quê.

– Do que *você* tem medo? – sussurrei para a Escuridão.

A Escuridão respondeu com um estalo e um chiado enquanto se desintegrava lentamente, apenas para reaparecer na tela onde deveria estar.

– Muito bem, Diana. – Gwyneth sorriu, satisfeita. – Muitas vezes, curiosidade e deslumbramento bastam para afastar a Escuridão. Esses sentimentos também residem na Sombra, onde esperança e tragédia podem ser encontradas na mesma medida. Na verdade, foi essa ambiguidade que aterrorizou seu pai.

– *Preto e branco, bem e mal, certo e errado.* – Dorcas estava agitada e continuava andando de um lado para o outro, embora por enquanto a Escuridão tivesse sido colocada de volta no seu lugar.

– É muito tentador escolher um lado, muito difícil se concentrar na ambiguidade da alta magia, estar presa nessa interseção, em uma eterna encruzilhada, precisando escolher o melhor caminho, sabendo que pode ser traiçoeiro e íngreme. – O tom de Gwyneth era sombrio. – Stephen não suportava a incerteza, nem ver Naomi cometer um erro, depois outro.

– *Você é uma filha da encruzilhada* – sussurrei, repetindo as palavras que Bridget Bishop me dissera anos atrás –, *uma filha do entremeio, uma bruxa à parte*. – Eu também tive uma escolha a fazer naquela época, uma escolha envolvendo Matthew e nossa futura vida juntos. E havia escolhido irrevogavelmente trilhar o caminho que o incluía, mesmo que todo o meu aprendizado sobre criaturas gritasse que aquilo era um erro. E nunca olhei para trás.

– *É um lugar perigoso para estar* – disse Dorcas.

– Mas uma bruxa não fica sem orientação no Caminho das Trevas – falou Gwyneth. – Não é mesmo, vovó Dorcas?

O espectro de Dorcas assentiu com a cabeça e procurou algo nas saias. Tirou um pacote de pano cheio de nós. Parecia conter sapos frenéticos, que faziam surgir no tecido pontos espinhosos enquanto tentavam escapar do aprisionamento.

Um zumbido fervoroso como o de uma abelha preencheu o bolso lateral da minha leggings. Eu havia colocado a carta O Caminho das Trevas ali, junto com meu celular, ao sair da casa da fazenda.

Vovó Dorcas colocou o pacote retangular à minha frente na mesa.

– *Estes agora pertencem a você.*

Toquei o embrulho rústico, e o conteúdo do pacote saltou para fora. Cartas dançaram no ar diante de mim, felizes por estarem livres. No meu bolso, o zumbido se intensificou e pareceu um enxame agitado.

– As cartas vão continuar fazendo isso até que você as reúna – avisou Gwyneth. – Oráculos são muito sensíveis, e se uma de suas cartas estiver faltando, eles não descansarão até que seja encontrada.

Coloquei a mão no bolso e O Caminho das Trevas saltou para se juntar às suas cartas irmãs. O girar e rodopiar delas se tornavam mais animados à medida que eram tomadas pela alegria do reencontro. Elas desaceleraram e caíram sobre a mesa, assim como as de Gwyneth na sala da Casa Velha. Quando pararam, seis cartas se estendiam sobre a superfície de madeira desgastada em uma linha vertical e ondulante, e as demais reuniram-se em uma pilha compacta.

– Ah. A disposição da carta O Caminho das Trevas. – Gwyneth sorriu com satisfação. – Eu sabia que havia uma razão para o oráculo do pássaro preto ter selecionado aquela carta específica para enviar a New Haven.

– *Era um presságio*. – Vovó Dorcas tocou a carta mais próxima de mim. – *O Livro. Você estava embarcando em uma jornada que lhe traria grande conhecimento e sucesso.*

Fiquei aliviada ao ouvir que os sinais em torno da minha viagem adiada para Oxford eram auspiciosos.

– *A Rainha das Corujas mudou tudo isso.* – As palavras de vovó Dorcas derrubaram minha animação. – *Você tem conhecimento, mas precisa de sabedoria. E de mudança.*

Gwyneth assentiu e fez uma anotação em um bloco de papel.

– Sabedoria feminina e uma iniciação nos mistérios elevados.

– Eu pensei que os oráculos só respondessem a uma pergunta – falei, ansiosa para encontrar uma razão para ignorar essa última mensagem.

– A vida de uma bruxa é cheia de perguntas – disse Gwyneth. – Quando você tocou nas cartas, algum pensamento questionador certamente passava pela sua cabeça. Muitas vezes, as perguntas que não fazemos em voz alta são as mais importantes e profundas.

– *E essa disposição só aparece quando uma bruxa está questionando seu próximo passo* – completou vovó Dorcas.

– Eu sei qual é o próximo passo – retruquei. – Vim a Ravenswood ver se Gwyneth sabia algo sobre a intenção da Congregação em examinar Becca e

Pip. Agora sei por que enviaram a carta: por causa da história dos gêmeos Proctor e da alta magia. Assim que puder, voltarei para minha família em New Haven.

– *Família! Você não consegue pensar claramente com todos eles gritando ao seu redor.* – Vovó Dorcas ergueu a carta que mostrava um grupo de pássaros reunidos em conversa. – *Muitas opiniões ofuscam seu caminho.*

Olhei para a próxima carta: O Esqueleto. Se era isso que me aguardava, preferia permanecer onde estava.

– *Você deve usar a intuição para encontrar seu caminho, filha* – aconselhou vovó Dorcas. – *Sinais aparentemente sem valor vão iluminar sua estrada. Há novas possibilidades à sua espera, mas apenas se você se unir à Sombra.*

– Sangue. – Gwyneth apontou para a quinta carta disposta. – Sempre significa algum sacrifício. Dorcas está certa, Diana. Não vai ser fácil, mas você deve parar de se agarrar à Luz e abraçar seu desejo pela Escuridão.

– *Empurrar e puxar. Aqui e ali* – murmurou vovó Dorcas. – *Sangue e Um Parlamento de Corujas na mesma leitura predizem disputa e conflito.*

O Caminho das Trevas foi a última carta disposta na mesa.

– *Depois que você der o primeiro passo no Caminho das Trevas, tudo vai ficar mais claro* – prometeu vovó Dorcas.

– Fascinante – disse Gwyneth. – O oráculo do pássaro preto nunca decepciona, vovó Dorcas.

– *A família da minha mãe sempre confiou nos pássaros para seus augúrios* – respondeu vovó Dorcas. – *Quando chegamos em Ipswich, havia corujas e corvos, abutres e garças, todos eles pretos, brancos ou cinzentos, as cores da Escuridão, da Luz e da Sombra. Era um sinal de que estávamos no caminho certo.*

Abrindo o baralho em leque, localizei A Rainha das Corujas, A Rainha dos Corvos, A Rainha das Garças e A Rainha dos Abutres.

– Vocês não poderiam consultar os pássaros diretamente? – falei, me perguntando por que as cartas eram necessárias, dado o número de espécies de aves naquela parte de Massachusetts.

– *Fiquei confinada naquela prisão fedorenta por treze meses* – retrucou vovó Dorcas –, *incapaz de caminhar por pântanos e florestas em busca de orientação. Quando saí, meu corpo estava debilitado e fiz as cartas que você tem em mãos para que os pássaros pudessem estar sempre comigo. A Rainha dos Abutres revelou muitos segredos que poderiam ter me causado mal. A Rainha das Corujas esteve ao meu lado quando precisei da sabedoria mais profunda. Quando fazia profecias e consultava os ancestrais, eu falava com a Rainha das Garças e a Rainha dos Corvos.*

Foram os corvos que levaram a mensagem para Becca.

– Você enviou os corvos para New Haven, vovó Dorcas?

– *Só a deusa tem esse poder* – disse ela. – *Eu enviei a carta, embora Gwynie tenha me ajudado a fazê-la chegar a você.*

Examinei o baralho. Embora houvesse um príncipe corvo, bem como uma rainha – além de príncipes de abutres, corujas e garças –, a maioria delas tinha pouco a ver com pássaros. Os cinco elementos, equipamentos mágicos, como caldeirões, e substâncias e processos alquímicos também estavam representados.

– O que todas elas significam? – Nunca tinha estudado tarô nem deixado Em ler cartas para mim, mesmo que ela ansiasse por fazê-lo.

– Só você pode saber ao certo – disse Gwyneth.

– Deve existir um manual. – Cada baralho na Bendita Bruxa, a loja de Sarah em Madison, acompanha um livreto que explica seus significados e disposições recomendadas.

– Não existe. – Gwyneth piscou, solene como os membros da carta Um Parlamento de Corujas. – Cada baralho de oráculo no celeiro foi feito por um de nossos ancestrais, de acordo com sua própria mitologia interior e talentos mágicos. A vovó Dorcas pode compartilhar os significados que as cartas tinham para ela, mas você terá que descobrir o que significam para você.

– *Para fazer isso, vai ter que se aventurar mais fundo na Sombra* – disse vovó Dorcas. – *Não tenho tempo para segurar sua mão, criança. Você deve fazer esse trabalho sozinha.*

– Se eu escolher o Caminho das Trevas da alta magia, serei capaz de manter a Escuridão longe dos meus filhos? – perguntei, direto ao ponto.

– Você não pode impedir que a Escuridão toque a vida dos outros. Cada um deve encontrar uma forma de fazer isso por si mesmo, não importa que tipo de criatura seja – respondeu Gwyneth, com um toque de arrependimento.

As cartas piscaram para mim. Eu teria coragem de enfrentar minha própria Sombra e seguir os passos da minha mãe? Conseguiria deixar um rastro para meus filhos seguirem, para que não se perdessem na escuridão como eu me perdi?

– *Veja o que as cartas dizem sobre a escolha que está diante de você* – sugeriu vovó Dorcas.

Reuni as cartas do oráculo do pássaro preto e as embaralhei outra vez, focando em qual caminho eu deveria seguir daqui em diante. Uma carta logo subiu do baralho, como se estivesse ansiosa pelo meu chamado: O Caminho das Trevas. Em seguida, outra, representando uma mulher chorando em uma encruzilhada com um castelo ao fundo: A Encruzilhada. Por fim, o canto da carta do Labirinto surgiu com suas voltas e reviravoltas e uma pequena figura parada no centro.

– Ora, Ora – disse vovó Dorcas.

– Estrelas e luas. – A boca de Gwyneth se abriu em espanto.

– *A deusa quer que você siga o Caminho das Trevas pelos três níveis da alta magia* – falou vovó Dorcas, soprando o cachimbo. – *Coisas ruins acontecem às bruxas que viram as costas para o Caminho das Trevas quando ele se abre diante delas.*

Eu estava mais preocupada com o que poderia acontecer se eu continuasse. As próximas palavras de Gwyneth me deram uma razão mais imediata para preocupação.

– Como o oráculo do pássaro preto revelou seus mistérios para você hoje, sou obrigada a notificar a presidente do coven de adivinhação e profecia.

Emiti um som de protesto. Minha tia levantou s mãos para me silenciar.

– É como tem que ser, Diana. E você não precisa temer Katrina – disse Gwyneth. – Comadre Wu é uma grande vidente, com o coração aberto, a mente curiosa e décadas de experiência. Ela treinou oráculos de todo o mundo.

Mas eu não tinha certeza se queria estar entre seus acólitos. Os espectros de Naomi, da minha mãe e de Em me assombravam, todas vítimas da alta magia.

– Você não é Naomi. – Os olhos azul-claros de Gwyneth se fixaram nos meus. – Nem é Rebecca Bishop. Você não é Dorcas nem Emily. Você é a mais nova de uma longa linhagem de oráculos Proctor, mas o seu caminho é só seu.

– As cartas são o oráculo, não eu. – Minha resposta foi rápida.

– Sem uma vidente para interpretá-las, o oráculo do pássaro preto não é nada além de um baralho de cartas – respondeu Gwyneth.

– *O oráculo do pássaro preto escolheu falar através de você, menina.* – Vovó Dorcas franziu as sobrancelhas em advertência. – *Ignore-o por sua conta e risco.*

Eu temia precisar ligar para Matthew de novo, mas, com a árvore genealógica dos Proctor e as cartas do oráculo de Dorcas, ainda não tinha terminado tudo o que precisava fazer em Ravenswood.

Quando contei a ele sobre o pergaminho iluminado que mostrava minha linha de ascendência, Matthew expressou interesse imediato.

– Gostaria de vê-lo – falou. – Antes de conhecermos o DNA e aprendermos a decifrar o genoma humano no laboratório, a transmissão das linhagens de sangue era preservada em documentos como esse.

– Não tenho certeza se você vai conseguir extrair muito mais informações dele – admiti. – Mas a árvore não foi a única relíquia dos Proctor que vi hoje. Conheci Dorcas Hoare.

– Quem é ela? – perguntou Matthew.

– Uma das bruxas acusadas de Salém – respondi.

– Você *viajou no tempo*? – Matthew estava furioso. – Como pôde? E se você se perdesse? E se...

– Vovó Dorcas é um fantasma – interrompi, tentando tranquilizá-lo. – Os fantasmas dos Proctor são diferentes. Eles são tridimensionais e menos borrados do que os fantasmas dos Bishop. E também estão abertos a perguntas. Quando a vi, pensei que a velha fosse uma andarilha que tinha vagado pela estrada da carruagem e entrado no celeiro.

– Vovó?

– Sou descendente direta dela – expliquei. – Tabitha Hoare se casou com William Proctor. Depois disso, gêmeos e tecelões apareceram regularmente na linhagem dos Proctor.

Assim como bruxas com talento para a alta magia sombria, sussurrou minha consciência. Afastei essas palavras.

– Então esse casamento foi o momento genético crucial – disse Matthew, pensativo. – Talvez eu devesse ir para Ipswich.

– Não é uma boa ideia, Matthew – falei, com firmeza. – Estou numa situação delicada com as bruxas daqui, e Gwyneth e eu só estamos começando a confiar uma na outra. Preciso ficar e descobrir mais sobre o oráculo do pássaro preto.

Matthew respirou fundo.

– Oráculo?

Contei a ele sobre as cartas da vovó Dorcas e a orientação que elas poderiam fornecer sobre eventos que ainda estavam por vir.

– Saber o que o futuro pode reservar para as crianças, para nós, pode ser importante – falei.

— Você tem algum motivo para acreditar que essas cartas do oráculo são precisas? — Matthew estava intrigado com a conexão entre os augúrios tradicionais, com os quais estivera familiarizado desde o princípio, e as cartas de Dorcas.

— Gwyneth e Dorcas têm certeza, e até que se prove o contrário... — Deixei minhas palavras ecoarem no silêncio.

Matthew suspirou.

— Não consigo deixar de sentir que você está indo para um lugar aonde não posso segui-la, *mon coeur*. Presságios, tradições familiares, lendas dos Proctor... Não há lugar para mim nisso.

Seu caminho é só seu. As palavras de Gwyneth ecoaram em meus ouvidos.

— Mas confio nos seus instintos — continuou. — Se você sente que ficar em Ravenswood é a decisão certa, então é claro que deve ficar onde está.

— Obrigada por entender — falei, aliviada por ter resolvido a questão. Por enquanto.

Estava pronta para me despedir, mas Matthew tinha mais a dizer.

— Diana?

— Sim?

Matthew hesitou.

— Você me contaria se houvesse motivo para preocupação — disse ele, enfim.

— Claro — falei prontamente. Não havia razão para Matthew se preocupar com o Caminho das Trevas da alta magia, não antes de eu dar meu primeiro passo.

Ele considerou minha resposta.

— Dê notícias amanhã e me diga como está. Vou fazer algumas pesquisas sobre Dorcas Hoare e seus descendentes, e ver o que consigo descobrir por conta própria.

Matthew não era útil para si mesmo ou para os outros se não estivesse caçando algo.

— Boa noite, *mon coeur* — disse ele, a voz rouca de saudade. — Vou esperar sua ligação.

Capítulo 8

Estacionei o carro em uma vaga em frente ao Cabra Sedenta. A placa de madeira balançava em um suporte de ferro, movendo-se com a brisa marítima. O leve rangido me levou de volta à Londres do século XVI e aos sons semelhantes da nossa rua em Blackfriars. Fiquei sentada por um instante, reunindo forças para entrar no café e encontrar comadre Wu. Embora Gwyneth tivesse me avisado que os turistas de verão começariam a chegar a qualquer momento, a rua estava tranquila e apenas um punhado de pessoas aproveitava o ar fresco e o sol. Olhei pelo para-brisa através das janelas do estabelecimento, tentando ver quem estava lá, mas os reflexos e a luz forte impossibilitaram.

Não havia escolha a não ser entrar e enfrentar os membros do coven de Ipswich que poderiam estar reunidos lá dentro.

Embora alguns clientes curiosos me lançassem olhares, os únicos rostos familiares estavam atrás do balcão, onde Ann e Meg se preparavam para o movimento do fim de tarde.

Meg me esperava no caixa quando me aproximei do balcão.

– Diana. O que vai querer? – Os olhos estranhos de Meg estavam um pouco menos inquietantes do que pareceram no primeiro encontro.

Dei uma olhada no menu.

– Como é o *oolong*?

– Suave – respondeu Meg, sucinta.

– Prefiro algo mais encorpado – respondi, procurando outra opção.

– Temos nossa própria mistura Cabra Sedenta – sugeriu Meg. – É maltada e combina bem com leite.

– Perfeito – falei.

O sino pendurado na porta tilintou, e comadre Wu entrou no café. Seus característicos óculos redondos de lentes coloridas (hoje com um tom âmbar) estavam pousados no nariz, e ela carregava uma cesta leve junto com um guarda-sol violeta.

– Seu chá está esperando, Katrina – disse Ann, acenando com a cabeça em direção a uma mesa reservada no canto.

– Vamos precisar de um bule maior, Ann – respondeu comadre Wu. – E outra xícara.

– Desculpe – disse Ann, apressando-se atrás de Meg. – Recebi a mensagem de que você estaria aqui exatamente às duas e dezenove, mas não sabia que esperava uma convidada.

– O éter nem sempre transmite essas sutilezas – disse comadre Wu.

Katrina estudou o copo de papel cheio de líquido preto que Meg colocou diante de mim, lendo o nome do chá na etiqueta. Comadre Wu estremeceu.

– Chá de *saquinho*? Em um copo de papel? – Comadre Wu estava incrédula. – Não é assim que se trata uma colega bruxa, Margaret Skelling!

– Presumi que ela quisesse pra viagem – respondeu Meg.

– Ela? – Comadre Wu ergueu as delicadas sobrancelhas. – O que você sempre diz nas reuniões do coven? *Ela quem?* Deixe essa mistura horrível onde está e venha comigo, Diana.

Os olhos de Meg se estreitaram, transformando-se em fendas especulativas.

– Pode trazer um bule fresco, Ann? – Comadre Wu fechou o guarda-sol e me conduziu até uma mesa reservada. – E uma xícara adequada para Diana.

Meus joelhos pareceram dobrar sob o peso da curiosidade das outras bruxas enquanto eu caminhava a curta distância até a mesa de comadre Wu, agradecida por não haver mais testemunhas quando minhas pernas tremeram. Comadre Wu se sentou do outro lado, me inspecionando como se eu também fosse um tipo de chá.

Ann trouxe o bule fresco, junto com um pouco de leite e um pote pegajoso de mel. Ela colocou uma xícara na minha frente. Comadre Wu preferia que o chá fosse servido à moda chinesa, em pequenas xícaras que você segurava com as duas mãos.

– Não vamos precisar disso – falou comadre Wu, afastando o leite e o mel como se fossem mosquitos irritantes. Ela esvaziou o pequeno bule de barro em nossas xícaras e o devolveu para Ann. – Não se adultera a perfeição da Deusa de Ferro.

— Mais alguma coisa? – perguntou Ann, que nitidamente desejava ficar por perto, esperando descobrir por que comadre Wu havia me convidado hoje.

— Temos tudo de que precisamos, Ann – respondeu comadre Wu. – Não deixe seu chá esfriar, Diana.

Ann obedientemente levou o mel e o leite. Tão obediente quanto ela, peguei minha xícara e coloquei-a sob o nariz, curiosa. Aromas florais e de nozes, quentes e levemente tostados, preencheram meu pulmão. Dei um gole cauteloso. Meus olhos se arregalaram de surpresa.

Comadre Wu sorriu, satisfeita.

— É muito bom, não é? Minha irmã o envia da China. Vem das montanhas de Fujian. Este aqui não é assado por tanto tempo como muitos que você encontra importados de Taiwan. Eu prefiro assim.

O chá era surpreendentemente saboroso e robusto. Dei outro gole.

Comadre Wu levantou a tampa de sua cesta e retirou uma bolsinha de cetim vermelho bordada com dragões dourados.

— A energia de Meg pode ser um pouco intensa para oráculos como você ou eu – comentou comadre Wu. – Minhas cartas acham isso perturbador, mas uma boa embaralhada ajuda a acalmá-las.

Engasguei com o chá.

— Eu não sou uma oráculo. Só tenho um baralho de cartas antigas.

Comadre Wu tirou seu baralho da bolsinha e moveu as cartas devagar entre os dedos. Eram mais longas e estreitas do que as cartas que vovó Dorcas me dera, com pinceladas vermelhas desbotadas que formavam um mistério de um lado e uma rede de linhas finas do outro, lembrando as rachaduras em uma peça antiga de porcelana.

— Como uma historiadora da magia, você sabe que oráculos podem ser pessoas e lugares, assim como coisas – disse comadre Wu.

— Sou historiadora da ciência – respondi depressa, corrigindo a bruxa.

— Humm. Por que não pega seu próprio baralho? – sugeriu ela, olhando para mim por cima das lentes âmbar. – Acho que o oráculo é mais cooperativo e tem maior clareza quando não estou dando ordens a ele.

— Eu deixei em casa – falei depressa –, para mantê-lo seguro. – A última coisa que eu queria era o oráculo do pássaro preto levantando voo como uma revoada de estorninhos e flutuando pelo Cabra Sedenta.

— Vai encontrá-lo naquela sua bolsa gigante. – Comadre Wu parou de embaralhar e virou a carta de cima. Ela sorriu, satisfeita. – Você deveria parar de carregar essa bolsa por aí. É péssimo para suas costas e ombros, e é a causa das suas dores de cabeça.

Ultimamente, a lista de fatores que contribuíam para minhas recorrentes dores de cabeça à noite era longa: política do departamento, prazos para financiamento de pesquisa, avaliações de estudantes de pós-graduação. Vir para Ipswich e conhecer os Proctor a aumentou ainda mais.

– Tenho certeza de que ele está na caixa de feitiços, na minha mesa de cabeceira, comadre Wu. – Eu o havia guardado antes de sair, girando a pequena chave na fechadura para mantê-lo no lugar.

– Pode me chamar de Katrina – disse comadre Wu em resposta, os olhos brilhando de diversão por trás das lentes coloridas. – Uso esse nome desde que cheguei a Ipswich, para evitar que as outras bruxas errem a pronúncia do meu nome verdadeiro. Siyu. – Ela fixou o olhar na minha bolsa.

Suspirei e levantei a bolsa da cadeira ao lado. Iria vasculhá-la só para mostrar a comadre Wu – ou melhor, Katrina – que ela estava errada.

Meus dedos tocaram uma borda macia, depois outra. As preciosas cartas do oráculo dos Proctor estavam espalhadas no fundo da bolsa, misturadas com as chaves do carro, alguns recibos velhos e o par de óculos de sol que pensei ter perdido na semana passada.

– Ah não! – Tirei-as depressa para ver se estavam danificadas.

Comadre Wu deslizou uma bolsinha de seda turquesa em minha direção. Essa também estava bordada com um dragão em tons brilhantes de verde e prata, e tinha uma fita fina no topo para amarrar.

– Obrigada, mas tenho uma caixa para elas em Ravenswood. – Não que meus esforços para mantê-las lá tenham sido bem-sucedidos.

– Você vai ver que as bolsinhas são mais úteis do que as caixas, e menos propensas a serem revistadas quando passar pela segurança do aeroporto – comentou Katrina.

A ideia das cartas caindo da minha bolsa enquanto eu procurava meu passaporte era alarmante. Balancei a cabeça.

– Prefiro não andar com elas por aí. Elas são tão antigas, um patrimônio de família – falei. Katrina tinha boas intenções, mas não podia imaginar o que as crianças colocavam na minha bolsa ao longo do dia.

– O oráculo do pássaro preto não vai aceitar ser deixado em casa – rebateu comadre Wu. – As cartas vão encontrar um jeito de estar com você, às vezes de forma inconveniente. É melhor mantê-las com você, e numa bolsinha apropriada, de agora em diante.

Peguei as últimas cartas da bolsa e as juntei em uma pilha organizada. Comadre Wu estava certa sobre o humor delas, assim como havia acertado sobre sua localização: elas estavam agitadas e descontentes. Com delicadeza, passei-as entre os dedos para acalmá-las.

Katrina virou uma de suas cartas. Daquela vez, a carta foi recebida com um som baixo de decepção, e ela voltou a embaralhá-las.

– Mais água quente? – Meg estava de volta com uma chaleira fumegante. – Sei como você gosta de uma segunda infusão.

– E de uma terceira, e de uma nona. – Katrina estreitou os olhos para ela. – Se eu precisar de mais alguma coisa, vou chamar. Se não chamar, apreciaria um pouco de paz e sossego.

Os olhos de Meg estavam fixos nas cartas que passavam entre minhas mãos.

– Que baralho é esse? – perguntou ela, inclinando-se para ver os detalhes. – Acho que nunca vi um igual. É um oráculo Bishop?

A Carta 17, O Cerco, saltou do baralho e deu uma chicotada no nariz de Meg.

– Dorcas Hoare e sua filha, Tabby, fizeram essas cartas – falei, pegando a carta com a imagem de um castelo cercado por canhões e explosões.

– O oráculo do pássaro preto. – Meg pareceu horrorizada, e com inveja. – Ele esteve perdido por gerações. Onde o encontrou?

– Ele me encontrou – falei, olhando para Katrina, que agora estava corada pelo esforço de conter o riso.

– É por isso que estou me reunindo com Diana agora – explicou Katrina. – Como presidente do comitê de adivinhação e profecia do coven, é minha responsabilidade registrar todos os baralhos de oráculo em uso atualmente. Lembra-se do que aconteceu em 2000?

A pele de Meg ficou esverdeada.

– Havia muitas cartas de oráculo fora da bolsinha e sendo manuseadas por bruxas sem experiência – contou Katrina, séria. – Elas brigaram e discutiram até termos uma versão mágica do bug do milênio, e não podemos deixar esse tipo de problema se repetir.

– Vou deixar vocês a sós, comadre Wu. – Com um último olhar para as cartas, Meg voltou ao balcão. Lá, começou uma longa conversa sussurrada com Ann.

Katrina murmurou algo em chinês.

— O que foi isso? — Eu suspeitava que era importante prestar muita atenção às palavras de Katrina, qualquer que fosse o idioma.

— Antes de embarcar em uma jornada de vingança, cave duas sepulturas. — A expressão de comadre Wu ficou azeda. — Sou sempre lembrada disso na presença de Meg. Sem um inimigo, ela não está totalmente viva. É uma pena. Seria uma grande bruxa se conseguisse abandonar a crença de que o baralho da deusa está contra ela.

Eu havia cedido ao impulso de vingança anos atrás, quando decidi lançar um feitiço em Satu Järvinen como retaliação por ter me torturado para descobrir os segredos da minha magia e por estar aliada a Peter Knox e Gerbert D'Aurillac. Mas minha motivação ia além da justiça; havia raiva também. Sem saber, meu feitiço fora manchado pela Escuridão. Talvez eu precisasse reconhecer isso antes de continuar com a alta magia. Se não o fizesse, a segunda sepultura que eu poderia cavar de forma inconsciente seria a minha própria. Ou a de Becca.

A presença de Meg no café e o interesse que ela demonstrou no oráculo do pássaro preto pareceram mais ameaçadores quando pensei na minha filha. Reuni as cartas, pronta para me desculpar e voltar à segurança de Ravenswood. Mas Katrina estava sintonizada com as mudanças de energia de uma forma que eu não estava. Ela percebeu minha inquietação, e também sua origem.

— Fique onde está — ordenou — e continue embaralhando as cartas. O oráculo precisa ser ancorado, não voar pelo condado de Essex no seu carro beberrão. Você precisa repensar isso também. Bruxas devem ter mais consciência e não abusar da Mãe Terra ao consumir seus recursos sem necessidade.

Era a segunda vez que uma bruxa me repreendia pela escolha de transporte de Matthew. Não conseguia imaginar o que elas pensariam dos jatos e helicópteros de Baldwin.

— Esta bruxa é casada com um vampiro superprotetor com um medo patológico de acidentes de carro — respondi.

Uma carta caiu das minhas mãos.

— O Bando de Abutres. — A boca de comadre Wu se contorceu em um sorriso sarcástico. — Seu marido precisa mudar de atitude.

Boa sorte com isso, pensei, devolvendo a carta ao baralho. Ele respondeu com uma tensão imediata e três cartas voaram com um estalo audível, como fatias de pão saltando de uma torradeira.

– O Caldeirão. Enxofre. Mercúrio. – Esses eram emblemas alquímicos e mais fáceis de interpretar. De acordo com o oráculo, Matthew *teria* que mudar. – O vaso da transformação. Espírito e alma. Julgamento e desejo.

– Como eu disse, os oráculos nem sempre respondem bem sob a pressão de perguntas diretas. Às vezes, é melhor deixar as mensagens fluírem para sua vida e sugerirem pequenas mudanças em vez de exigir que elas toquem uma trombeta para proclamar assuntos de enorme importância. – A boca de Katrina se alargou em um sorriso. – E é muito mais agradável do que puxar suas cartas para fora depois que o despertador toca pela manhã, em um ritual diário como escovar os dentes. Os oráculos gostam de um pouco de rebeldia.

Esse era um modo bastante diferente de usar as cartas se comparado com as consultas regulares recomendadas por vovó Dorcas e tia Gwyneth. Eu estava intrigada com a alternativa de Katrina e sua flexibilidade, que se adequava melhor ao meu temperamento – e cronograma.

– Tia Gwyneth disse que você poderia me ajudar a entender a conexão entre a alta magia e o oráculo do pássaro preto. – Mantive os dedos em movimento, embaralhando as cartas. – Sei que a alta magia reside na Sombra, ainda que toque também na Luz e na Escuridão. Mas onde as cartas se encaixam nisso?

Antes que Katrina pudesse responder, as cartas vibraram entre meus dedos e as bordas de duas delas saíram do baralho. Eu congelei, sem saber o que fazer a seguir.

– Quando a deusa aceita nossa chamada, costumamos atender no primeiro toque – disse Katrina com ironia. – Vá em frente. Sua resposta aguarda.

Com cuidado, retirei as duas cartas e as coloquei viradas para cima: carta 19, A Chave; e carta 22, O Espelho.

– Reformule sua pergunta – instruiu Katrina. – Depois, olhe para as cartas e me diga a primeira coisa que vier à mente.

Fechei os olhos para me concentrar.

– Onde as cartas se encaixam na prática da alta magia? – sussurrei.

Meu terceiro olho de bruxa se abriu.

– Elas são a chave para um conhecimento maior, bem como para mistérios mais profundos. As cartas abrem portas para novas possibilidades e fornecem soluções novas para problemas antigos. Elas me darão liberdade, mas carregarão consigo o peso da responsabilidade. As cartas ajudam a diferenciar a verdade e a ilusão. – Fiquei espantada com as palavras que saíram da minha boca.

– Eu não poderia ter dito melhor. – Katrina assentiu. – Gwyneth me disse que o oráculo do pássaro preto escolheu você por uma razão. É notável o seu potencial como vidente, Diana Bishop.

A bênção de Katrina caiu sobre mim com a calorosa suavidade de uma capa de penas de pato. Meus ombros, que haviam estado encolhidos como autodefesa, relaxaram, e meu queixo se ergueu com orgulho.

– E você vai me ajudar, Katrina? – perguntei, acrescentando depressa: – Se eu decidir seguir o Caminho das Trevas?

– Com prazer. – Comadre Wu reuniu suas cartas e as colocou na bolsinha antes de escondê-la sob a tampa de um cesto de junco. – Vamos nos encontrar aqui na próxima semana. O horário exato dependerá dos presságios e sinais. Quando eu souber o que eles recomendam, ligarei para você.

– E até lá? – perguntei, colocando o oráculo do pássaro preto na bolsinha que Katrina havia oferecido.

– Leve as cartas com você. Siga o conselho de Gwyneth, é claro, mas lembre-se de que as cartas ainda não te conhecem. Se sentir que estão agitadas, certifique-se de manuseá-las para que saibam que você está atenta.

– Certo. – Isso parecia viável. Matthew não se importaria se eu ficasse em Ravenswood um pouco mais.

Katrina e eu fomos embora do café juntas. Ao sairmos para a calçada, o olhar maligno de Meg perfurava minhas escápulas. Estremeci.

– O que foi? – perguntou Katrina.

– Meg Skelling não está feliz com nosso encontro – respondi. – Tenho a sensação de que ela pode causar problemas.

– Causar problemas é o *modus operandi* de Meg Skelling. – Katrina acenou com a mão de forma displicente, como se Meg fosse uma jarra de leite desnecessária. – Não deixe que a Escuridão dela te siga de volta para Ravenswood. Deixe-a aqui, onde pertence. – Ela apontou para a lixeira transbordando de copos de café usados e guardanapos pegajosos.

Eu ri.

– Vou tentar.

Quando voltei para o carro, uma pena de corvo estava presa na maçaneta da porta. Hesitei e depois a coloquei na bolsa. O oráculo do pássaro preto pulou de excitação.

Eu perguntaria às cartas o que a pena significava mais tarde, quando estivesse em casa.

* * *

Meus receios sobre a malícia de Meg se concretizaram dois dias depois, quando Ann Downing fez uma visita inesperada.

Tia Gwyneth e eu estávamos no celeiro, onde eu trabalhava com o oráculo do pássaro preto. Depois que embaralhei as cartas algumas vezes, elas se ergueram, agitadas e tremulantes. Quando se acomodaram sobre a mesa, seis delas estavam voltadas para mim, dispostas em um triângulo rudimentar.

– A disposição da Asa do Corvo – disse Gwyneth, olhando para as cartas. – Você precisará confirmar com a vovó Dorcas quando ela acordar, mas, pelo que me lembro, ela mostra o que o futuro reserva, de quais recursos você precisará e os desafios que vai encontrar ao longo do caminho. Uma disposição útil, embora nem sempre muito precisa.

Vovó Dorcas estava cochilando em sua cadeira de balanço, os roncos regulares e sonoros. Eu não teria sua ajuda tão cedo.

A coluna da minha tia se empertigou e ela olhou em direção à porta do celeiro. Estava parcialmente fechada, pois uma tempestade trazia temperaturas mais frescas para a área.

– Ann Downing está aqui. – Gwyneth estendeu a mão para me conter. – Fique onde está. Vou ver o que ela quer.

Gwyneth saiu e puxou a pesada porta para fechar a abertura. Deixou uma pequena fresta, e pude ouvir a conversa.

– Bom dia, Ann – disse Gwyneth. – O que traz você a Ravenswood?

– Nada de bom – respondeu ela, com um tom sombrio. – Diana Bishop está com você?

– Sim – confirmou Gwyneth. – Mas não vejo por que isso seria uma preocupação sua.

Ignorando as instruções da minha tia, saí do meu banco e forcei a porta a abrir.

– Procurando por mim? – falei, encontrando o olhar surpreso de Ann com uma determinação firme que teria orgulhado vovó Dorcas, se ela estivesse acordada para testemunhar.

– Deixe-me entrar, Gwyneth. – Ann estava esgotada. – Preciso de uma xícara de chá antes de dar as más notícias.

Gwyneth a conduziu para longe da mesa onde as cartas estavam espalhadas e a acomodou na cadeira de balanço em frente a vovó Dorcas. Minha tia se sentou ao lado de nossa avó, arrumando gentilmente o cobertor que havia escorregado dos joelhos da velha senhora.

Enchi a chaleira sem dificuldade. A magia automatizada no celeiro não exigia nenhum feitiço, o que era uma bênção, já que eu não teria podido usar a magia de outras bruxas e tinha medo de inundar o local. Quando a água ferveu, acomodei três xícaras, um pouco de leite e um pote de açúcar em uma bandeja e coloquei as folhas na chaleira. Despejei água fervente sobre elas. O chá precisava de alguns minutos para infundir, mas aí teríamos as más notícias de Ann.

– Então? – interpelou Gwyneth no momento em que coloquei a bandeja de chá em um banco próximo.

Mas Ann não estava com disposição para negociações.

– Chá primeiro.

Impaciente, eu monitorei a contagem regressiva de cinco minutos no meu relógio. Quando o alarme soou, entrei em ação.

– Açúcar, sem leite – instruiu ela, esfregando as mãos, ansiosa. – Que a deusa me abençoe, estou seca.

Coloquei uma quantidade generosa de açúcar em sua xícara e adicionei leite à de Gwyneth e à minha. Os feitiços de mistura entraram em ação enquanto eu entregava as bebidas às bruxas que esperavam.

– Obrigada, Diana. – Ann deu um grande gole do chá quente e, então, suspirou de satisfação.

– O que aconteceu na cidade, Ann? – Gwyneth segurou a xícara entre as mãos, como se precisasse mais ser reconfortada pelo calor do chá do que da bebida em si.

– Não queria que você ouvisse as notícias por terceiros – começou Ann, já em tom de desculpas. – Você sabe como a árvore telefônica logo começa a tocar.

A árvore telefônica do coven era a bênção – e a maldição – de toda bruxa. Rápida para responder a uma emergência, real ou imaginária, e as bruxas dependiam dela para fofocas, trocas de receitas e também para organizar o cuidado com as crianças.

– Meg pediu uma reunião do coven na próxima sexta-feira – revelou Ann de forma apressada. Ela deu mais um golinho no chá. – Não tive escolha, Gwyneth.

— Não costumamos nos reunir durante a lua cheia — comentou minha tia. — As emoções vão estar à flor da pele.

Ann suspirou.

— Eu sei. Mas Meg insistiu e, de acordo com Hitty Braybrooke, ela tem o direito de ser ouvida imediatamente.

Como eu suspeitava, Hitty era a parlamentar do coven. Toda reunião precisava de bruxas para mediar disputas e liderar os procedimentos. As reuniões do coven se transformariam depressa em sessões de reclamações sem alguém para um controle rígido sobre os procedimentos.

— Devemos torcer para que a harmonia e o equilíbrio prevaleçam — disse Ann. — As luas cheias são um bom momento para manifestar essas energias.

Gwyneth parecia cética.

— Qual é a queixa de Meg desta vez?

— Sou eu. E a minha guarda do oráculo do pássaro preto. — Eu havia sentido a malícia de Meg no Cabra Sedenta enquanto ela observava cada movimento meu e de Katrina.

— Diana está certa — confirmou Ann —, mas as preocupações de Meg também se estendem a você, Gwyneth. Ela a acusou de desrespeitar nossos protocolos no que diz respeito ao treinamento de aprendizes em alta magia. Todos os alunos, confirmou Hitty, devem ser apresentados aos membros do coven antes do início de qualquer aula.

— Essa regra só se aplica a estranhos — disse Gwyneth. — Diana é meu sangue, uma Proctor. O coven não interferiu quando os Green e os Vinson seguiram seu próprio curso de treinamento em alta magia, nem mesmo quando isso causou a queda da roda-gigante na Feira de Topsfield e soltou os cavalos do carrossel entre a multidão.

Ann fez uma careta ao lembrar.

— Meg alegou que Diana é, *sim*, uma estranha, e que a decisão dos Bishop de abandonar a comunidade e se mudar para o oeste prevalece sobre a linhagem Proctor — respondeu Ann. — Sinto muito, Gwyneth. Hitty decidiu a favor de Meg. Não há alternativa a não ser se reunir.

— Mesmo que seja o aniversário de trezentos e vinte e cinco anos do enforcamento de Bridget Bishop? — Gwyneth soltou um pequeno som de descrença, e seu rosto se contorceu em uma expressão de desgosto. — Um pouco exagerado, até para Meg.

O chá respingou sobre a borda da minha xícara.

— Desculpe. — Limpei a mão molhada na leggings.

— O verão é sempre difícil para nossas reuniões, pois lembramos a época dos enforcamentos. — Gwyneth estalou os dedos duas vezes. Ela me entregou o guardanapo que havia materializado. — Isso só vai piorar as coisas.

— Outras bruxas viajam nas férias de verão — explicou Ann, percebendo minha confusão. — Nós permanecemos no condado de Essex e recordamos os nomes daqueles que perderam a vida durante a histeria, não importa se morreram pela corda do carrasco, se foram esmagados até a morte ou se pereceram devido a negligência e desgosto. Começamos fazendo vigília por Bridget Bishop na véspera de sua execução e continuamos até chegarmos a Mabon, quando o último de nossos irmãos e irmãs foi assassinado.

Sarah costumava esquecer o aniversário da execução de Bridget até semanas depois. Então, ela acendia uma vela e a colocava na janela. O que Ann estava descrevendo era muito mais elaborado.

— Você parece surpresa — disse Ann.

— Eu estou — respondi. — Os Bishop não parecem muito populares nesta parte de Massachusetts.

Antes que Ann pudesse responder, minha tia falou:

— Bem, se Meg e o coven querem questionar meus métodos de ensino ou como os Proctor passam seu legado de uma geração para a próxima, podem fazer isso aqui. — A expressão de Gwyneth era severa.

— O que há de errado com a capela? — perguntou Ann, tomando cuidado para não usar um tom de acusação.

— Você sabe como os fantasmas ficam inquietos durante os aniversários — respondeu Gwyneth, balançando a cabeça. — Algumas das famílias antigas não conseguem manter os parentes em casa, e não quero que eles se agarrem a Diana.

— Já passei pela casa dos Redd — informou Ann, tentando tranquilizar minha tia. — Eles não vão deixar a porta do sótão aberta este ano.

— Eles não são os únicos, Ann. — Gwyneth balançou a cabeça de novo. — Diana não vai enfrentar o coven sob a lua cheia, na véspera da execução de Bridget, no local da antiga prisão. Diana estará em Ravenswood nessa noite, com sua família.

A sala ficou em silêncio, exceto pelo estalo e chiado da lenha na lareira.

— Muito bem, Gwyneth. Nos reuniremos aqui às oito horas — disse Ann por fim. — O sol se põe às...

— Oito e vinte — interrompeu Gwyneth. — Estou ansiosa para receber nossas irmãs e irmãos a essa hora.

Mais tarde naquela noite, liguei para Matthew. Eu não era a deusa, mas ele atendeu no primeiro toque.

— Diana. — As sílabas rolaram em sua boca e sobre sua língua como se ele estivesse saboreando o alívio de falar comigo outra vez.

— É bom ouvir sua voz. — Estar em Ravenswood sem Matthew e as crianças havia sido decisão minha, mas as noites eram especialmente solitárias.

— Você parece agitada — disse ele. Eu podia imaginar a expressão preocupada que acompanhava suas palavras.

— Não exatamente. — Como explicar o que estava acontecendo em Ipswich sem que Matthew viesse correndo me salvar? — Politicagem de coven, só isso.

— Ah. — Como veterano de diversos departamentos acadêmicos, Matthew estava bem familiarizado com o rancor que poderia perdurar em pequenas comunidades.

— Notaram minha presença em Ravenswood, e agora tenho que ser formalmente apresentada ao coven — falei, me aproximando ao máximo da verdade sem alarmá-lo desnecessariamente.

Não mencionei nada sobre Meg Skelling e suas acusações contra Gwyneth.

— Isso parece algo bíblico — murmurou Matthew.

Eu ri.

— Só um pouco. Elas marcaram a próxima sexta-feira para o evento.

— Nove de junho? — Matthew havia lido sobre Salém e os julgamentos das bruxas. — Esse é o dia anterior à execução de Bridget Bishop. Você vai ficar mais tempo com Gwyneth, então.

— Me desculpa, meu amor, mas não posso simplesmente sair e deixá-la sem responder ao convite do coven — expliquei. — Os aniversários são um grande evento aqui, e as emoções estão à flor da pele.

— Você quer que eu vá? — perguntou Matthew. — Rebecca e Philip ficariam bem com Chris e Miriam por alguns dias.

— Não seria prudente — falei depressa. — Não é qualquer aniversário das execuções, são trezentos e vinte e cinco anos. Normalmente, alguns membros do coven vão para Proctor's Ledge e deixam oferendas onde as forcas costumavam ficar, mas este aniversário está se tornando uma recordação especial devido à inauguração do novo memorial de Salém.

– Li sobre isso no jornal – disse Matthew, pensativo.

– O lugar só vai abrir oficialmente em dezenove de julho, mas as autoridades convidaram os covens da região para uma visita na próxima semana.

– Bridget merece que a família esteja presente – concordou Matthew. – Eu sei que você não quer que eu vá para a reunião do coven, mas devo ir para a cerimônia pública e levar as crianças?

Eu estava dividida. Parte do meu coração permanecia em New Haven, e eu sentia falta da minha própria família, apesar de toda a empolgação em torno dos Proctor.

– Não quero que o primeiro encontro deles com a família aconteça em um momento de tristeza e luto. – Isso realmente era verdade, e meus dedos relaxaram um pouco no telefone. – Sei que é mais uma mudança de planos, mas tenho aprendido um pouco mais sobre as cartas do oráculo e os corvos da Becca. Aliás, vovó Dorcas não os enviou. Ela disse que só a deusa poderia comandá-los.

– Não sei se isso torna as coisas melhores ou piores. – Matthew parecia ter mais experiência com os acordos astutos e convites engenhosos da deusa.

– Pelo menos sabemos que os Proctor não tiveram nada a ver com isso – falei, esperando que isso o agradasse.

– Se mudar de ideia sobre Proctor's Ledge, me avise. – Matthew estava decepcionado, acho que até magoado. Estava se esforçando para ser compreensivo, mas não era fácil para ele.

Quanto tempo iria levar para que os instintos protetores de Matthew tornassem isso impossível?

– Só vai levar mais um tempinho – prometi. – Por enquanto, é melhor que você fique longe. O coven está com dificuldade de aceitar uma Bishop entre eles. Não consigo imaginar o que fariam se um vampiro chegasse à cidade.

Depois que nos despedimos e encerramos a ligação, segurei o telefone por mais alguns momentos, como se pudesse manter minha conexão com Matthew.

– Mais nove dias – sussurrei, colocando o peso de toda a minha magia nas palavras para que tivessem o poder de um feitiço.

No meu bolso lateral, o oráculo do pássaro preto pulava e dançava. Tirei a bolsinha que comadre Wu me dera. Uma das cartas estava ameaçando rasgar o tecido.

A Encruzilhada.

Isso sugeria que eu havia dado mais um passo pelo Caminho das Trevas ao concordar em ficar em Ravenswood.

A Sombra se arrastou de debaixo da cama, ofuscando a luz da lua crescente e envolvendo-me em dúvidas.

Eu tinha feito a coisa certa? Meu dedo pairava sobre a tela do celular. Deveria ligar de volta para Matthew e contar sobre Meg Skelling?

– *Basta a cada dia o seu próprio mal* – falei, pronunciando a oração tradicional para proteger o sono de uma bruxa antes de apagar a luz.

Capítulo 9

Os dias entre a aparição de Ann em Ravenswood e a reunião do coven foram tensos e difíceis, não apenas para mim, mas para Gwyneth também.

Havia mais de cem bruxas na lista de membros do coven de Ipswich, mas Gwyneth duvidava que todas comparecessem. Julie, no entanto, previu que o espetáculo de uma Proctor acusada de má conduta atrairia bruxas como mel atrai moscas.

– Você está subestimando o nível de curiosidade que Diana despertou em Ipswich, além do ressentimento que algumas famílias têm quanto à influência dos Proctor nos assuntos da cidade – avisou Julie.

Apesar da previsão sombria de Julie, Gwyneth limitou estritamente o número de cadeiras a serem levadas para Ravenswood.

– Setenta e oito é meu limite absoluto, Julie. Seis vezes o número de bruxas normalmente presentes em uma reunião mensal do coven parece mais do que suficiente – declarou tia Gwyneth com firmeza, os nervos à flor da pele e cada vez mais ouriçados.

Pouco depois, uma van preta brilhante decorada com um marisco de olhos esbugalhados usando chapéu pontudo desceu a colina. As frases FRUTOS DO MAR DE IPSWICH e TÃO FRESCOS QUE PARECEM MÁGICA! estavam pintadas na lateral em branco e dourado. Duas mulheres com aproximadamente a minha idade saíram do veículo, uma loira com mechas castanhas presas em um coque solto e a outra de cabelo ruivo e sardas, com físico musculoso.

– Você deve ser Diana. Eu sou Tracy Eastey – disse a bruxa de coque. – Sobrinha da Julie.

Os olhos de Tracy não são do tom claro de verde-mar ou de azul a que eu estava acostumada a ver nas bruxas de Ipswich. Em vez disso, eram de um castanho luminoso, como uma garrafa de xerez em uma janela ensolarada, brilhando com vida e luz. A coloração sugeria ascendência irlandesa, mas aqueles olhos de outro mundo me diziam que havia muito sangue Proctor nela também.

– Sou Grace. – Os olhos verde-claros da outra bruxa, com um contorno azul, enrugaram-se nos cantos, as linhas finas se espalhando pelas bochechas, contando a história de uma vida passada ao mar. – Eu venho do ramo Mather da árvore genealógica da família Proctor.

– Aí estão vocês! – Julie avançou apressada, as listras laranja e brancas em seu short brilhando ao sol. –Trouxeram as cadeiras?

– Você nos pediu para trazer as cadeiras? Então trouxemos as cadeiras. – Tracy estendeu a mão para a parte de trás da van e puxou um prato de cupcakes, entregando-o a Julie. – Aqui. Segura.

– Tracy é famosa por seus doces... e pelos sanduíches de lagosta. – Grace abriu a porta do seu lado da van e retirou uma cuba cheia de gelo com uma variedade de mariscos e ostras. O gelo e os mariscos deviam estar pesados, mas Grace carregou tudo com facilidade, os braços firmes e atléticos. Vi a inscrição *Mount Holyoke College Turma de '86* impressa em vermelho na frente de sua camiseta branca, junto com a figura de um Pégaso sorridente em rosa e vermelho nas costas.

Que Deus ajude Becca se ela quiser frequentar minha *alma mater*, a Bates College, ou uma das faculdades ou universidades do pai dela. Um formigamento no meu bolso sugeria que as cartas do oráculo tinham sabedoria para compartilhar sobre o assunto, mas essa era uma mensagem da deusa e de seu oráculo que eu me recusava a aceitar.

Tracy estava ocupada na parte de trás da van e apareceu com cadeiras dobráveis penduradas nos ombros.

– Deixe-me ajudar. – Peguei algumas cadeiras e segui a procissão até o celeiro.

– Trouxemos mariscos, tia Gwynie! – anunciou Grace quando nos aproximamos.

– O jantar está resolvido – respondeu Gwyneth. Ela protegeu os olhos com as mãos para olhar melhor o prato que Julie carregava. – Esses cupcakes são de baunilha?

– Eu não ousaria trazer de chocolate pra você. – Tracy deu um beijo na bochecha de Gwyneth enquanto passava. – Coloquei um pouco de creme de amora no glacê.

– Delícia! – Gwyneth lambeu os lábios, ansiosa. – O chá está pronto. Vamos comer uns cupcakes antes de vocês trazerem o restante das coisas.

Não foi difícil concordar com o plano de Gwyneth: os cupcakes davam água na boca. Sentamos ao redor da mesa de trabalho, que hoje fazia o papel de balcão de refeitório e estação de embalagem de ervas secas. Gwyneth reuniu gravetos de verbasco e abriu espaço para Tracy e Grace. Eram um presente para Katrina, que os usava em suas adivinhações.

Nos deliciamos com os cupcakes e o chá. Grace tinha razão: as habilidades de confeitaria de Tracy eram mesmo muito boas. Os cupcakes eram molhadinhos, mas leves e não muito doces, permitindo que a baunilha e a amora fossem o destaque. Tia Gwyneth, como sempre, preparou um bule de chá divino. Escuro e forte, com notas de limão e menta.

– Minha própria mistura de Golden Tips vinda de Hunan: verbena-limão do jardim e hortelã fresca – explicou a Tracy quando ela perguntou sobre os ingredientes. – É o mais próximo que eu vou chegar de chá gelado.

– Eu não. Está tão quente que aceito todo o gelo que conseguir. – Julie conjurou uma pilha de cubos em sua caneca e, em seguida, despejou um pouco da infusão quente sobre eles.

Nós quatro conversamos amigavelmente. Perguntei sobre a família de Tracy, e Grace compartilhou fotos de suas duas filhas. Passei meu telefone para que elas pudessem ver os gêmeos com o pai, seus rostos pintados de azul e branco em um dos piqueniques de primavera de Yale. Quando o ambiente se tornou mais familiar, a conversa se voltou para questões mais urgentes.

– O que você vai fazer com os fantasmas quando o coven chegar? – perguntou Grace, dando mais uma mordida no cupcake.

– Mantê-los trancados onde devem ficar. – A atitude de Gwyneth em relação aos falecidos era draconiana. – Não somos como os Redd ou os Toothaker. Membros falecidos da família Proctor não andam por aí sem rumo, aparecendo e desaparecendo à vontade, assustando crianças, depois se lamentando e gemendo em cemitérios. É um desperdício de energia, sem mencionar uma fonte de atrito entre os vizinhos. – Gwyneth se virou para mim. – Nós os mantemos no sótão da Casa Velha, Diana, onde podem descansar e recarregar em paz.

Isso deve explicar por que os fantasmas que eu tinha visto em Ravenswood eram tão nítidos e coloridos, ao contrário das manchas borradas dos meus antepassados na Casa Bishop, que mal eram discerníveis.

— Eles estão enfiados em baús! — Julie não parecia aprovar a ideia de encarcerar os mortos, assim como eu. — Acho que isso é contra as Convenções de Genebra, Gwynie.

— São as convenções *Proctor* que prevalecem em Ravenswood. — Gwyneth me encarou. — Deixe-me adivinhar. Sarah deixa os fantasmas dos Bishop fazerem o que quiserem, quando quiserem.

— Ela definitivamente não tranca os parentes — admiti. — A abordagem de Sarah para lidar com fantasmas sempre foi livre.

— Minha mãe era igual, deixava os antepassados formarem grupos e assustarem o carteiro. — Gwyneth fungou, zombeteira. — Os mortos estão sempre conosco, mas acho mais de uma dúzia de falecidos um verdadeiro incômodo.

Deixei minha tia e primas discutirem as questões complicadas sobre aperitivos, assentos marcados e o que Gwyneth poderia fazer para os membros saírem sem problemas ao final da reunião. Suas palavras entravam por um ouvido e saíam pelo outro. Meus pensamentos estavam em outro lugar: meu próximo encontro com Katrina no Cabra Sedenta. Estava marcado para quinta-feira, véspera da reunião do coven.

Eu vinha trabalhando regularmente com as cartas do oráculo do pássaro preto, como Katrina havia sugerido, e tinha uma lista de perguntas que esperava que ela pudesse responder. Mas eu estava relutante em ir à cidade e ficar à vista de todos no café mais uma vez, especialmente depois das acusações que Meg tinha feito contra Gwyneth e eu. Fazer isso parecia uma receita para o desastre, mas Katrina havia insistido que eu não poderia me esconder em Ravenswood a semana toda.

— É muito melhor para Diana se encontrar com você bem debaixo do nariz de Meg — concordou Gwyneth quando Katrina ligou para Ravenswood a fim de organizar os detalhes.

— Acho que quinta-feira de manhã é seguro. — Katrina havia respondido. — A energia da lua cheia estará quase no auge, mas acho que Diana consegue lidar com isso, desde que nos encontremos no início do dia.

— Suponho que não vamos nos juntar ao resto do coven no cemitério da cidade depois da reunião — comentou Grace, trazendo minha atenção de volta ao presente. — Minha poeira de cemitério está acabando, e eu estava planejando passar algumas horas lá na noite de sexta-feira para repor o estoque.

— Eu odeio as políticas do coven — reclamou Julie, pegando outro cupcake. Ela tirou o papel rosa e deu uma mordida. — São tão mesquinhas.

Essa era uma das muitas razões pelas quais eu nunca havia pertencido a nenhum grupo oficial de bruxas.

– Podemos coletar poeira aqui na floresta – sugeriu Tracy. – Fazer à moda antiga e voltar à tradição Proctor.

– Você quer dizer agir por conta própria – disse Julie, visivelmente animada com a perspectiva. – Essa é uma excelente ideia. Podemos, Gwynie?

– Muitas bruxas foram enterradas nesse bosque – advertiu Gwyneth. – E não apenas as Proctor. A maioria das famílias antigas tem parentes enterrados aqui. O cemitério da cidade era proibido para bruxas naquela época.

– Thorndike Proctor abriu a floresta para enterros e prometeu mantê-la um espaço sagrado – explicou Julie. – É por isso que nunca cortamos as árvores e só coletamos ervas e plantas quando a lua permite.

Não é de admirar que a floresta estivesse cheia de poder. Ela armazenava não apenas a magia dos Proctor, mas a magia de outras bruxas também.

– Recebemos as famílias nas efemérides – disse Gwyneth. – Julho, agosto e setembro são meses movimentados em Ravenswood, cheios de rituais e cerimônias.

– Agora junho também será – falou Julie, terminando seu cupcake e limpando as migalhas das mãos. – Certo. Vamos pegar o restante das cadeiras. Depois começo a ligar pedindo voluntários para trazer aperitivos. Uma reunião do coven sem biscoitos perde toda a magia.

As lentes coloridas de Katrina estavam cor de lavanda quando nos encontramos no Cabra Sedenta, e ela usava um vestido regata de gola alta que ia até os joelhos e tinha botões na frente. Era feito de seda marfim e bordado com glicínias que lembravam as vinhas espalhadas pela varanda em Ravenswood. Seu cabelo preto exibia um brilho azulado quando ela virava a cabeça em direção à luz.

– Estou sendo paranoica em relação a Meg? – Soltei assim que nos sentamos com nossos chás.

– O que dizem as cartas? – Essa estava se tornando a resposta padrão de Katrina.

– Não muito – respondi, embaralhando as cartas entre os dedos como ela havia me ensinado. – No entanto, dão bastante detalhes sobre como posso apoiar Gwyneth e ajudá-la a se preparar para amanhã.

Eu tinha reabastecido a pilha de lenha ao lado do fogão quando a carta do Fogo apareceu na minha xícara de chá durante o café da manhã, e fui à cidade buscar mais sal quando as cartas avisaram que Gwyneth tinha ficado sem e ainda precisava proteger os parapeitos das janelas com uma pitada do material mágico.

– Talvez o oráculo não saiba. – Katrina virou uma de suas cartas e piscou. Ela nunca compartilhava a interpretação delas comigo, mas desta vez a carta foi recebida com um suspiro.

– De que serve um oráculo se ele não sabe o futuro? – perguntei, batendo minhas cartas na mesa com total frustração.

– Tratá-lo com grosseria não vai ajudar – disse Katrina, reunindo as próprias cartas. – Uma reunião do coven é um lugar no qual as mentes estão afiadas e perguntas inesperadas são feitas. Não me surpreende que o oráculo não consiga prever o que está por vir ou qual será a decisão final.

– O que Meg tem contra mim? – Eu me sentia uma vítima.

– Tente as cartas novamente – instruiu Katrina. – Pegue-as com delicadeza e pergunte, de forma respeitosa, se têm alguma percepção sobre o que está no *seu* caminho. Deixe Meg e o coven fora disso, e dê ao oráculo alguma margem para manobra.

Fiz como Katrina sugeriu, com movimentos gentis e respeitosos, ficando um tempo com as cartas aninhadas em minhas mãos para compensar o tratamento rude. Quando meus dedos começaram a embaralhá-las, estavam menos relutantes. Ainda desconfiadas, mas, ao longo dos minutos seguintes, relaxaram e achei que talvez estivessem dispostas a conversar comigo. Fechei os olhos e sussurrei a pergunta exatamente como Katrina havia formulado.

– Você tem alguma percepção sobre o que está no meu caminho?

Como costuma acontecer nas questões relacionadas à adivinhação e profecia, o conselho de Katrina tinha sido excelente. As cartas se moveram por conta própria, e eu as deixei cair na mesa. Elas continuaram a se mover e se rearranjar, depois fizeram uma pausa, apenas para se moverem e se embaralharem um pouco mais.

Quando pararam de se mexer, o oráculo havia disposto seis cartas diante de mim. Quatro delas estavam alinhadas verticalmente em linha reta. Em cada lado da carta do topo havia mais duas cartas. O efeito geral era o de uma flecha voando em direção ao seu alvo.

– Nunca vi essa disposição antes – falei. – Sabe o que significa?

Katrina balançou a cabeça.

— Você vai ter que ouvir sua intuição.

Graças ao tempo que tia Gwyneth e vovó Dorcas passaram estudando o baralho comigo, eu estava mais experiente com o oráculo do pássaro preto e a interpretação de suas mensagens. Sabia que era melhor começar com a carta mais próxima, que, sem dúvida, representava o consulente — no caso, eu — e então subir pela disposição formada.

Escuridão.

— Meus medos estão tomando conta de mim — falei, desanimada. A próxima carta não era melhor. — Sangue. — Sacrifício, saudade e vingança eram alguns dos significados associados a ela.

— O Parlamento das Corujas deve significar o coven — disse Katrina, apontando para a próxima carta –, embora eu não saiba dizer em qual contexto.

A carta diretamente acima daquela era A Encruzilhada. À esquerda, estava A Caixa, uma representação da caixa de Pandora liberando o caos no mundo. À direita, estava O Unicórnio, sentado de forma serena em um jardim.

— Caos ou calma. — Eu não precisava de um oráculo para me dizer que esses eram os dois possíveis resultados do encontro de sexta-feira.

— Deixe que Gwyneth e Dorcas ajudem você a explorar mais a fundo a mensagem das cartas. — Katrina guardou o próprio baralho. — E descanse um pouco. Amanhã será um longo dia.

N a véspera do enforcamento de Bridget Bishop, segui vovó Dorcas em direção ao celeiro.

— *Lembre-se do que eu disse, filha. O medo é natural, mas você não deve deixá-lo transparecer.*

Ela abriu caminho entre a multidão de bruxas que aguardavam, lançando um olhar ameaçador sobre a assembleia.

— *Mantenha a cabeça erguida* — continuou vovó Dorcas, ainda dando instruções em voz alta. — *Você é uma Proctor, e do meu sangue. Nunca deixe essas bruxas esquecerem disso. Não peça desculpas por quem ou o que você é.*

Gwyneth esperava na entrada com Betty Prince, a anciã do coven que conheci no Cabra Sedenta no primeiro dia. Esta noite, ela usava uma calça capri rosa-neon bordada com estrelas-do-mar, suéter e pérolas combinando. Seu cabelo branco tinha sido lavado e tingido, resultando em uma nuvem violeta.

Ela segurava uma prancheta coberta com adesivos de tigres em homenagem à mascote da universidade local.

– Vamos fazer a chamada. – Os olhos de Betty percorreram a folha de papel presa à prancheta desgastada. – Gwyneth Proctor, presente. Diana Bishop...

– Culpada. – Cobri a boca, horrorizada com a palavra inesperada que havia me escapado.

Betty me lançou um olhar de reprovação.

– Todas presentes e contabilizadas. Hora de entrar e se acomodar.

Ela conjurou um grande sino, que pairou no ar, a corda se derramando no chão aos seus pés. Betty a puxou, e o sino tocou uma melodia fúnebre.

A prima Julie apareceu com um megafone dos Boston Red Sox. Ela o levou aos lábios.

– Declaro aberta esta reunião! – gritou por cima do soar do sino.

Lá dentro, o clima era sombrio, com pequenas ondas de conversa indo e vindo em fluxos. Velas iluminavam o espaço, lançando sombras escuras nos cantos onde a luz não alcançava. As portas do celeiro permaneciam abertas para a música suave das corujas e garças, o som delicado da água contra as margens do pântano e o brilho da lua cheia. Dois círculos de cadeiras ocupavam o centro do celeiro. O círculo interno era reservado para as dirigentes do coven. O grande círculo externo era destinado ao restante dos membros. Como Julie tinha previsto, não havia mais lugares disponíveis.

Reconheci alguns rostos familiares na multidão: Ann Downing e Hitty Braybrooke; minhas primas, Tracy e Grace; e, claro, Meg Skelling. O restante da assembleia representava uma amostra da população da cidade: jovens e idosos, homens e mulheres (embora as mulheres estivessem em maior número), de ascendência europeia, latino-americana, africana e asiática. Um bruxo idoso dormia em sua cadeira de rodas. Se eu não soubesse o que estava acontecendo, acharia que membros idosos da Junior League, góticos e boêmios na faixa dos quarenta a cinquenta anos, jovens mães e millennials com piercings no nariz e celulares haviam se reunido por engano no mesmo lugar.

As dirigentes do coven usavam crachás de identificação semelhantes aos que eu tinha visto no Cabra Sedenta. As atribuições iam desde o comitê de membros (Meg) até o comitê de educação (Gwyneth), do comitê de adivinhação e profecia (Katrina) até o comitê de atividades para jovens bruxas. Os crachás também incluíam a parlamentarista do coven (Hitty), a mestre de feitiços, o historiador, a secretária (Betty), a mestre de cerimônias do coven e a tesoureira.

Quanto aos nomes nos crachás, eles representavam uma lista dos presentes nos julgamentos de Salém: Proctor, Jackson, Perkins, Varnum, Green, Skelling, Braybrooke, Wildes, Prince e Eastey.

Não havia lugares vazios, e eu estava prestes a me sentar na pilha de lenha com a vovó Dorcas quando Gwyneth me segurou pelo cotovelo.

– Venha, Diana – chamou. – Eles reservaram um lugar para você ao meu lado.

Seguimos até nossos lugares sem encarar os olhares curiosos ao redor. Assim que nos sentamos, Gwyneth olhou para as vigas do celeiro. Sua boca se contraiu em uma expressão de descontentamento, e segui seu olhar até a viga central, onde uma fileira de fantasmas se sentara para assistir a reunião. Suas roupas variavam do século XVII ao século XX. Uma jovem elegante, com cabelo curto e joelhos vermelhos, nos mandou um beijo.

– Minha mãe – sussurrou Gwyneth, sua expressão rígida. – Ela não só encontrou uma forma de escapar do sótão como também libertou todos os outros oráculos do pássaro preto da família. Olhe para eles, se exibindo e posando.

Olhei para Julie, que tinha um brilho travesso nos olhos e uma expressão inocente estampada no rosto. Gwyneth apertou os lábios, as bochechas coradas pela irritação reprimida.

– Declaro aberta esta reunião especial – declarou Ann, levantando-se. – Antes de passarmos para o primeiro item da pauta, vamos, como é de costume, marcar o início da época dos enforcamentos recordando nossa irmã, Bridget Bishop, cuja descendente está conosco esta noite.

Ann esperou os murmúrios e olhares afiados dos membros do coven se acalmarem.

– Na véspera do dia nove de junho, há trezentos e vinte e cinco anos, a comadre Bishop aguardava sua execução. Ela não foi a primeira pessoa acusada de bruxaria nesta área de Massachusetts nem a última – continuou Ann. – Sua morte dividiu a comunidade como um todo e gerou separação e desentendimento entre as bruxas, à medida que falsas acusações levavam centenas de inocentes à armadilha dos tribunais.

O olhar de Meg pousou em mim com um brilho frio e macabro, e logo se desviou.

– Vamos nos unir em um momento de silêncio para refletir sobre o passado, quando a Escuridão criou raízes nesta comunidade e perdemos o nosso caminho – concluiu Ann.

Os pássaros pararam de cantar, o murmúrio silenciou e a lua pendeu pesada no céu.

– Rogamos humildemente à deusa para que nos mantenha unidas e dedicadas ao seu caminho nos anos vindouros – disse Ann, quebrando o silêncio. – Seguiremos nosso calendário habitual de observâncias nos outros encontros de verão, lendo em voz alta os nomes de todos os acusados, presos, mortos e executados. Esta temporada sagrada de recordação culminará em nosso ritual de Mabon, marcando o fim da época dos enforcamentos.

As bruxas murmuraram feitiços para lembrar de reservar as datas.

– Para ganhar tempo, solicitei que os relatórios dos comitês fossem arquivados com a secretária, que os enviará por e-mail – falou Ann, acenando para Betty. – Se não houver objeções, passo a palavra à comadre Eastey.

Julie se levantou, lançando um olhar de desculpas para Ann.

– Desculpe – murmurou Julie. – Esqueci de fazer cópias das acusações de Meg.

Alguns gemidos ecoaram. Meg se empertigou na cadeira, visivelmente agitada com esse deslize.

– Outro exemplo da conspiração Proctor – sussurrou alguém no celeiro.

– A maioria de vocês já conhece as acusações, então não sei por que precisamos matar mais árvores – disparou Julie. – Não se preocupem. Eu lembrei do feitiço de manifestação de documentos da minha mãe. Ela usava sempre que se esquecia de assinar nossas permissões e boletins.

– É um bom feitiço – comentou Betty Prince, na esperança de acalmar os descontentes. – Julie me ensinou quando perdi o passaporte.

Houve outros depoimentos reiterando o valor do feitiço, prova de que o deslize havia sido perdoado, talvez até esquecido. Apenas Meg continuava irritada.

– Você e Harold fizeram um cruzeiro maravilhoso, se bem me lembro – comentou Julie, com um sorriso agradecido para Betty. Sem mais delongas, ela apontou a varinha para o ar e a agitou. Um turbilhão de papéis brancos caiu sobre o coven, as páginas pousando no colo das bruxas reunidas.

Menos sobre o meu. Eu não era membro do coven e, embora estivesse sendo acusada junto com Gwyneth, não havia sido incluída nessa entrega especial.

– Com licença, Julie. – Gwyneth levantou a mão. – Parece que Diana não recebeu uma cópia. Eu nunca estudei Direito, mas isso me parece inadequado.

O debate foi interrompido, e Julie, em vez de se sentir confusa, pareceu satisfeita.

– Me disseram que apenas membros do coven deveriam ter acesso às acusações – respondeu Julie, com a voz doce e uma expressão maliciosa.

– Ordem! – Hitty Braybrooke bateu o salto alto várias vezes, como se fosse um martelo. Ela tinha vindo direto do trabalho para a reunião, usando terno cinza e blusa cor-de-rosa. – A senhora de Ravenswood não recebeu a palavra da mestre de cerimônias antes de falar.

– Ah, por favor, Hitty – falou Julie, com as mãos nos quadris. – Desencana. Você não está presidindo o Tribunal Geral de Massachusetts esta noite.

– Se me permitem a intervenção – disse o historiador do coven, James Perkins, cujo colarinho abotoado e calça caqui sugeriam que ele talvez fosse um acadêmico –, não seguimos as Regras de Ordem de Robert desde 1972. Votamos contra elas por serem uma forma patriarcal de governança que privilegia homens brancos e elitizados e coloca vozes marginalizadas em desvantagem.

Houve murmúrios de concordância.

A reunião do coven de Ipswich estava se transformando em uma versão de pesadelo das reuniões mensais da Associação de Pais e Professores da escola progressista dos gêmeos, repleta de intromissões disfarçadas de respeito e ressentimentos não resolvidos encobertos por virtude.

A conversa agitada estourou novamente após as observações de James, e Julie ergueu seu megafone em aviso. O burburinho foi silenciado.

– Diana Bishop não é membro do coven – disse Meg, botando lenha na fogueira.

– Proponho que seja feita uma exceção neste caso – opinou uma voz hesitante. Segui-a até o velho na cadeira de rodas.

– Apoiado – disse um bruxo alto, os braços tatuados cruzados sobre a camiseta de Harvard, parado ao lado das prateleiras. – Se este coven segue a Constituição dos Estados Unidos em seus procedimentos, Diana tem o direito de saber as acusações de acordo com a Sexta Emenda.

– Obrigada, Junior. Todos a favor? – perguntou Julie.

Havia alguns contra, mas a maioria reunida concordou, mesmo que a contragosto.

– Os votos favoráveis venceram. – Betty anotou para a posteridade.

Uma única folha de papel caiu lentamente no meu colo.

– Acho que é hora de Meg fazer sua declaração formal. – Julie estava determinada a manter os procedimentos casuais e discretos, apesar das batidas enfáticas de Hitty. – Pode prosseguir, Meg.

Meg não teve pressa ao se levantar e ir até o meio do primeiro círculo. Estava saboreando seu momento no centro das atenções. Meu bolso vibrou e inchou enquanto as cartas do oráculo do pássaro preto prestavam atenção aos acontecimentos. Eu as acariciei pelo tecido, garantindo-lhes que tinha a situação sob controle.

– Acuso Gwyneth Proctor de abusar de sua posição como diretora deste coven e de ignorar o procedimento estabelecido em relação às bruxas que buscam o Caminho das Trevas. – Meg fez uma breve pausa para efeito dramático. – Além disso, acuso-a de divulgar o conhecimento do coven de Ipswich a Diana Bishop, que não é membro desta assembleia.

Meg apontou intencionalmente o dedo para mim. Houve suspiros de surpresa em todas as direções. Ser indicada assim por uma bruxa não era algo a ser ignorado, pois um dedo indicador apontado mostrava a direção para a qual sua magia seria direcionada. Todas as bruxas eram educadas desde cedo a não apontar o dedo, a menos que tivessem a intenção de usá-lo.

– Desde que esta estranha chegou a Ipswich, tem buscado conselhos e expertise sem o consentimento da liderança do coven. Gwyneth Proctor a ajudou e apoiou, colocando seus próprios interesses e os de sua família acima da comunidade. – O dedo de Meg ainda estava estendido, tremendo de raiva. – A comadre Proctor liderou conscientemente Diana Bishop no Caminho das Trevas; a parente de Bridget Bishop, cujas ações irresponsáveis e suas consequências fatais recordamos esta noite. Comadre Proctor o fez com a pressa injustificável e falta de discernimento, colocando em risco a própria vida e a de outros.

A Escuridão entrou no celeiro, alimentando-se de velhos medos e ciúmes, serpenteando pela sala, carregando a atmosfera com hostilidade e rancor.

– Uma *Bishop* retornou a Ipswich. – O olhar de Meg varreu o coven, demorando-se naqueles que estavam assentindo em concordância com ela. – Estão sentindo? Gwyneth Proctor permitiu que a Escuridão entrasse em Ravenswood e poluísse nossa comunidade.

A postura de Gwyneth enrijeceu, mas ela permaneceu em silêncio.

– Submeto humildemente essas acusações ao coven para completa consideração, comadre Eastey – declarou Meg, retornando ao seu assento. – Se estou certa ou errada, será decisão do coven, e eu acatarei. Assim seja.

– Assim seja – entoou o coven.

– Bem. Minha nossa. Foi uma abertura e tanto. – O olhar penetrante de Julie piscou para mim e Gwyneth antes de se voltar para o coven. – Mais alguém deseja falar?

A maioria das pessoas ergueu a mão.

– Certo. – Julie apertou a ponte do nariz e se recompôs. – Betty, você pode fazer uma lista? E, por favor, observe a regra dos três minutos para os comentários ou ficaremos aqui até o solstício de verão. O sino soará em aviso se alguém ultrapassar o limite.

– Comadre Varnum é a primeira, depois vem comadre Jackson. – O tratamento formal de Betty levou a reunião de volta no tempo, para Salém e 1692. – Depois, comadre Wildes.

Uma após a outra, as bruxas trouxeram à tona antigas queixas contra os Proctor em geral e Gwyneth em particular. Gwyneth havia se recusado a educar sua sobrinha, afirmou Hannah Varnum, simplesmente porque ela residia em New Hampshire. Por que fez uma exceção para Diana Bishop? Para Phoebe Wildes, a questão era a velocidade das lições de Gwyneth, e a jovem mãe de dois filhos trouxe à tona seu próprio progresso lento com a alta magia, que, alegou, era um resultado direto do julgamento injusto de Gwyneth sobre sua habilidade. Seus filhos sofreriam o mesmo destino nas mãos de comadre Proctor? Queixa por queixa, deslize por deslize, a reputação de Gwyneth foi colocada em xeque.

E as acusações descontentes contra Gwyneth não paravam; elas se estendiam também para gerações passadas dos Proctor. Histórias sobre os métodos tirânicos de instrução da vovó Alice e os rígidos costumes foram apresentadas como exemplos a serem seguidos, enquanto lendas sobre os frouxos requisitos da mãe de Gwyneth e como eles contribuíram para a ruína de Naomi vieram à tona.

– *Protesto!* – gritava vovó Dorcas em vão após cada acusação. – *Protesto!*

Aos olhos do coven, Gwyneth e eu já éramos culpadas. Apenas alguns membros abordaram o assunto de maneira imparcial: Katrina, James Perkins e Betty Prince. No entanto, suas perguntas incisivas eram preocupantes, apesar de serem feitas em tom de desculpas.

Katrina perguntou por que Gwyneth se sentiu compelida a desviar de suas próprias tradições.

Gwyneth estava sob algum tipo de feitiço de coação?, Betty Prince se perguntou.

Eu a havia ameaçado?, James exigiu saber de minha tia.

Gwyneth sentou-se em silêncio enquanto seus amigos e colegas desabafavam medos sobre o futuro e ressentimentos do passado. Depois que todos os membros do coven que queriam falar o fizeram, Gwyneth levantou a mão.

– Posso responder? – perguntou, em tom suave.

– Sim – respondeu Julie com um suspiro de alívio. – Dou a palavra à comadre Proctor.

Com voz firme, mas calma, Gwyneth falou sobre as acusações feitas contra ela.

– Minhas lições com Diana não se enquadram no meu papel como diretora de educação do coven. É meu direito, como um dos membros mais antigos da família Proctor, orientar as gerações sucessivas em seus estudos de alta magia como eu considerar apropriado, sem interferência, de acordo com as tradições do coven de Ipswich – declarou. – As lições de Diana ocorreram nas terras dos Proctor, como é costume sempre que uma família se encarrega do próprio programa de instrução, para limitar qualquer dano à comunidade.

Várias bruxas se remexeram em seus assentos, desconfortáveis. James Perkins assentiu vigorosamente.

– Verdade – disse ele. – Isso é verdade.

– Minha sobrinha, Diana, tem tanto sangue Proctor em suas veias quanto sangue Bishop – continuou Gwyneth. – Ela é, sem dúvida, um membro da família Proctor. Putnam Mather estava ciente do que acontecia em Ravenswood e foi completamente a favor disso.

Todos os olhares se voltaram para o homem idoso na cadeira de rodas. Ele parecia mais animado do que antes.

– De fato, Gwynie – falou Putnam. – Esse é um assunto da família Proctor. Ainda não sei por que nos reunimos esta noite. Eu preferiria estar na cama.

Grace, sentada ao lado de Putnam, sorriu para ele e deu um tapinha em sua mão.

– Assim como os Eastey – retomou ela, direcionando sua atenção para o outro lado da sala, onde uma versão um pouco mais velha de Julie estava sentada, com Tracy ao seu lado. – Além disso, notifiquei nossa presidente de adivinhação e profecia de que Diana havia sido escolhida pelo oráculo do pássaro preto, como exigem nossos estatutos.

A assembleia ficou pasma, e os sussurros recomeçaram.

— Comadre Wu se encontrou com minha sobrinha no café, como Ann e Meg bem sabem, e aprovou o uso das cartas por Diana. O treinamento da minha sobrinha em alta magia e a minha supervisão irão continuar, a não ser que o caminho dela ultrapasse os limites de Ravenswood.

Gwyneth havia usado as próprias tradições do coven de Ipswich contra eles, montando uma defesa inspiradora.

Preocupada com a mudança de clima na reunião, Meg alterou sua tática.

— Diana Bishop é casada com um vampiro! — berrou. — Realmente queremos que nossos segredos sejam conhecidos pela notória família De Clermont? Como podemos permitir que Matthew Clairmont compreenda as sutilezas da alta magia, considerando o que Ysabeau de Clermont fez com nosso povo?

Fechei os olhos e praguejei em silêncio. As bruxas de Ipswich conheciam o passado conturbado da minha sogra.

— Todos nesta sala fizeram algo de que se envergonham — interrompi, apelando diretamente para James em busca de apoio. — A História está cheia de erros e redenções, não está? Ysabeau seria a primeira a admitir que seus preconceitos e medos a dominaram em seus dias mais sombrios.

Uivos de protesto me acusaram de ser cúmplice de ações de séculos atrás simplesmente por oferecer um pouco de compaixão à minha sogra.

— Ordem! Ordem! — Hitty Braybrooke tentou controlar a assembleia, batendo o pé no chão.

As opiniões haviam mudado de novo, e não a favor de Gwyneth.

— E quanto aos filhos de Diana Bishop? Eles não são naturais, são de sangue misto de bruxa e vampiro. — Meg brilhava de triunfo. — Não podemos permitir que essa mulher Bishop transmita a compreensão da alta magia a eles também.

— Não importa quão vívidas sejam as fantasias de Meg ou a eventual determinação desta reunião, continuarei a compartilhar conhecimentos e tradições dos Proctor com a família. — A voz de Gwyneth ecoava pela sala. — O coven pode me destituir do cargo, me expulsar e me denunciar à Congregação, mas não serei coagida a me submeter.

— Você traiu este coven e tudo o que defendemos, Gwyneth — disparou Meg. — Você deu abrigo à Escuridão. Nada de bom virá disso.

Eu já estava farta. Sem pedir permissão a Julie, e embora eu fosse uma convidada e, portanto, não tivesse o direito de falar, enfrentei Meg diretamente.

– Você tem um problema comigo, Meg? – interpelei. – Por que não sai da proteção do círculo e vem até aqui? Tenho certeza de que podemos resolver isso. Eu e você.

O sorriso satisfeito de Meg me disse que ela estava esperando exatamente por esse tipo de explosão. Eu havia caído em sua armadilha.

– Muito bem – respondeu ela. – Eu desafio Diana Bishop a provar que é apta ao estudo da alta magia na Encruzilhada.

O silêncio que se seguiu foi mais inquietante do que todo o tumulto anterior.

– Um desafio foi lançado. Você aceita, Diana? – perguntou Ann.

A carta da Encruzilhada brilhava na minha memória. Meu bolso esquentou com satisfação. Meg não era a única cujas expectativas haviam sido atendidas naquela noite. O oráculo do pássaro preto também estava certo.

– Sim. – Eu não tinha ideia do que isso significava ou por que Gwyneth parecia tão alarmada com essa perspectiva, mas, assim como minha tia, eu não recuaria diante de Meg Skelling.

– Diana está pronta para um desafio como esse? – perguntou comadre Wu a Gwyneth, com um quê de preocupação na voz.

– Mais do que pronta – confirmou Gwyneth.

– Assim seja – disse Ann Downing com um suspiro.

– Assim seja – murmurou o coven em uníssono.

– Assim seja – falei, juntando minha voz ao coro.

Capítulo 10

—Acho que não tenho tempo suficiente para começar o seu curso de alta magia, Gwyneth. – Sentei-me ao lado da lareira na Casa Velha, segurando uma xícara de chá, atordoada pela reunião e seu resultado. – Eles me deram só uma semana para me preparar para a Encruzilhada. De acordo com o seu conteúdo programático, ainda estaremos cobrindo o básico de rituais e preparação de espaços cerimoniais e tintas mágicas.

– Ah, isso é só a introdução – falou Julie, consultando o documento de seis páginas. – Podemos pular isso, junto com previsões, oráculos e presságios, e até mesmo feitiçaria básica. Isso nos leva para a unidade três: "Feitiços de Proteção e Encantamentos Básicos."

– Isso seria útil para uma bruxa comum – falei, tentando controlar meu pânico –, mas sou uma tecelã. Só posso usar feitiços de outras bruxas como inspiração. Tenho que criar os meus. O currículo destina três semanas para bruxas aperfeiçoarem o uso de feitiços antigos. Eu só tenho uma.

O que me esperava se eu avançasse para o status de iniciada depois da Encruzilhada era ainda mais assustador... e atraente. Uma semana mantendo Luz e Escuridão em equilíbrio, seguida de aulas sobre o uso de varinhas, a magia de fechaduras e chaves, como criar venenos (e seus antídotos), conviver com os mortos e até mesmo uma unidade sobre mnemônica e leitura de mentes.

Eu havia testemunhado em silêncio como os Proctor praticavam o ramo mais elevado da arte. Não era com cerimônias complicadas ou uma hora diária lançando feitiços. Em vez disso, eles entrelaçavam a magia na vida cotidiana. Quando Gwyneth abriu as janelas para deixar entrar a brisa, borrifou sal nos peitoris. Quando cruzava uma soleira, seus lábios se moviam em uma bênção silenciosa. Toda manhã, quando preparava sua primeira xícara de chá, minha tia colocava um raminho de alecrim nas molduras antigas dos ancestrais. Gwyneth colecionava penas por onde passava, arranjando-as nos potes já lotados que podiam ser encontrados em todos os cômodos da Casa Velha e da Fazenda Pomar. Eu também havia começado a colecionar as penas que sempre pareciam surgir em meu caminho. Elas apareciam no Cabra Sedenta, nas minhas caminhadas regulares ao longo da costa e às vezes até mesmo dentro da casa da fazenda.

E havia as cartas do oráculo, os sigilos e os fantasmas, todos indicativos de que a bruxaria estava sempre acontecendo em Ravenswood. Gwyneth contava o tempo pelas fases da lua, e não pelo sol, suas horas alinhadas aos ritmos da deusa. Seus períodos mais ativos às vezes começavam pela manhã, outras vezes à tarde. Durante meus primeiros dias em Ravenswood, eu acordava depois da meia-noite e ela estava lá fora, caminhando pelo prado, olhando o mar.

A alta magia não era um truque que os Proctor usavam apenas no Halloween. Era um modo de vida.

Será que eu conseguiria manter uma rotina mágica assim, sintonizada com forças que não se preocupam com calendários universitários ou prazos estabelecidos por humanos? E se Matthew me desse um ultimato e exigisse que eu parasse de estudar alta magia, como meu pai havia feito com minha mãe?

– Não posso simplesmente mergulhar na alta magia sem contar ao Matthew o que aconteceu em Ravenswood – falei. – Tenho escondido coisas dele há semanas. Coisas pequenas. Mas isso... – Balancei a cabeça e não falei mais nada, refletindo sobre minhas opções.

Gwyneth esperou enquanto eu refletia sobre meu dilema. Por fim, opinou sobre a questão.

– Ligue para Matthew e convide-o para vir com as crianças a Ravenswood. Confie nele, Diana. Coloque tudo nas mãos da deusa para que seu caminho fique claro.

Eu ainda não estava convencida. Precisava falar com alguém, mas não podia ligar para Sarah em busca de conselhos. Ela havia acabado de voltar para Madison depois de passar um tempo com Agatha em Melbourne. Até onde ela sabia, estávamos no Old Lodge. Considerando as perguntas que eu tinha para ela e a raiva que senti após as revelações de Gwyneth, agora não era o momento de atualizá-la.

Em vez disso, liguei para Ysabeau. Era de manhã cedo na França, mas minha sogra, como a maioria dos vampiros, raramente dormia.

— O que suas bruxas estão aprontando agora? — perguntou Ysabeau.

Posso não ter contado a Sarah sobre os corvos de Becca e nossas mudanças nos planos do verão, mas Matthew havia mantido a mãe informada. Ysabeau nunca nos perdoaria se não compartilhássemos algo tão importante. Ela era uma avó protetora e muito envolvida na vida das crianças.

— Estou em apuros. — Não fazia sentido mentir ou ser educada. — O coven de Ipswich se reuniu hoje. Fui desafiada por outra bruxa e tenho que recuar e deixar Ravenswood ou ficar aqui e me comprometer formalmente com o estudo da alta magia.

— Ah. — Ysabeau ficou em silêncio por um instante. — E Matthew não sabe.

— Não. Sim. É complicado. — Eu estava relutante em expor a extensão das minhas meias-verdades, mas Ysabeau precisava entender meu dilema para dar conselhos. — Matthew acha que fiquei aqui para o aniversário da execução de Bridget Bishop, o que é verdade. O coven vai para Gallows Hill amanhã a fim de recordar a morte dela. Mas uma das bruxas acusou minha tia Gwyneth de desrespeitar as regras do coven. Ela disse que eu deveria ter sido apresentada ao grupo antes de iniciar um curso de estudo mágico. Eu nem mesmo dominei a teoria básica da alta magia ainda, mas uma reunião especial foi convocada, e eu não podia deixar minha tia enfrentar o tribunal sozinha.

— Você atraiu a atenção de um inimigo poderoso. — Ysabeau parecia encantada. — Qual é o nome dessa criatura?

— Meg Skelling — respondi. — A animosidade dela em relação a mim foi imediata.

— Você já enfrentou a bruxa. — Ysabeau fez um som de desprezo. — Ótimo. Ser *une carpette* não é da sua natureza, Diana. Se fosse, você não estaria com Matthew. Agora essa criatura Skelling sabe que você é uma adversária digna.

— Meg é poderosa, Ysabeau — confessei. Não me sentia nada digna. — E influente.

— Tão poderosa quanto você? — perguntou Ysabeau. — Sem modéstia, Diana. Quando confrontada com um adversário assim, é importante que você seja sincera sobre suas forças, bem como suas fraquezas.

Esse era o conselho de uma guerreira experiente que havia sobrevivido a desafios muito mais assustadores do que o que eu estava enfrentando.

— Não tenho certeza — admiti. — Mas Meg já percorreu o Caminho das Trevas e passou por uma série de testes até se tornar uma especialista em alta magia. Sua prática tem a bênção da Congregação. Eu sou apenas uma aprendiz.

– Então você não tem escolha a não ser estudar até equiparar suas habilidades com as dela – respondeu Ysabeau. – Sua tia está te ajudando nesse Caminho das Trevas?

– Minha tia-avó – respondi. – O irmão dela, Taliesin Proctor, era meu avô. A ligação ficou muda, e achei que tivesse caído.

– Ysabeau?

– Estou aqui.

Foi a mesma resposta que Matthew me deu quando mencionei o nome do meu avô pela primeira vez. Minha suspeita de que o caminho dele havia cruzado com o dos De Clermont aumentou.

Quando estava pronta, Ysabeau quebrou o silêncio.

– Tenente Taliesin Proctor me notificou que Philippe havia caído nas mãos dos nazistas – disse Ysabeau, com a voz calma. – A unidade americana estava operando nas montanhas da Linha Gótica, perto de San Marino. Nem ele, nem eu sabíamos que Philippe havia se colocado em perigo para salvar Janet.

Janet era uma descendente de Matthew, sua bisneta por meio de Benjamin Fuchs. Ela também era parte bruxa e parte vampira, embora não uma mistura equilibrada como os gêmeos. Os nazistas a haviam capturado na Romênia e levado para os campos de concentração.

Philippe conseguiu libertá-la de Ravensbrück, junto com vários outros prisioneiros, antes de ser capturado pelos nazistas. Considerando o que eu sabia sobre o estado mental de Ysabeau enquanto Philippe estivera nas mãos do inimigo, era um milagre que meu avô tivesse sobrevivido para se tornar editor do *Jornal de Ipswich*.

– Ele veio acompanhado de um soldado britânico para dar a notícia da captura de Philippe, o capitão Thomas Lloyd. Percebi imediatamente que os dois eram bruxos – continuou Ysabeau. – O que eu não sabia era que eles também eram das agências de inteligência americana e britânica. Eles me alertaram que Philippe talvez não sobrevivesse ao cativeiro nazista, sendo ele vampiro ou não.

Minha cabeça estava fervilhando de perguntas.

– O tenente Proctor se ofereceu para me ajudar a localizar Philippe e tirá-lo de trás das linhas inimigas. Mas eu recusei. – O tom de voz de Ysabeau ficou mais baixo, arrependido. – Ele era um bruxo e membro da Congregação. Como eu poderia confiar nele quando sua espécie havia contribuído para a captura de Philippe?

Eu tentava encaixar essas novas informações sobre minha família no quebra-cabeça da minha vida.

— Sempre me pergunto, quando estou sofrendo e não consigo encontrar paz, se o tenente Proctor poderia ter tido sucesso onde Matthew e Baldwin falharam. — A voz de Ysabeau parecia distante, carregada pelos frágeis fios da memória. — Nunca saberemos, mas sofro com essa decisão, especialmente depois que você e Matthew se uniram e as crianças nasceram.

A dimensão do que poderia ter sido, caso Ysabeau tivesse aceitado a oferta de vovô Tally, ameaçava me esmagar. Philippe ainda poderia estar vivo se Ysabeau tivesse sido capaz de confiar na ajuda sincera de um bruxo.

— Você deve ficar onde está, Diana. Em Ravenswood. — O tom de Ysabeau voltou à firmeza acolhedora de sempre. — Seja firme com Matthew quando contar a ele. Estudar alta magia é *sua* escolha. Ele pode fazer parte disso ou não. Essa é a escolha dele.

O conselho da vampira era muito semelhante ao que Gwyneth me oferecera durante minha estada em Ravenswood.

— E as crianças? — perguntei. — O que acontece com elas se Matthew não conseguir aceitar a alta magia em nossas vidas? — O ultimato do meu pai à minha mãe não me saía da cabeça.

Ysabeau fez um som de desdém.

— Matthew nunca conseguiria ficar longe de você por muito tempo, Diana. O instinto de acasalamento dele é muito forte. Quanto a Rebecca e Philip, ele não os privaria da presença da mãe. Philippe teria feito isso sem pensar duas vezes. Matthew? *Non*.

Mas eu ainda estava preocupada. Matthew brigaria comigo a cada passo se acreditasse que os gêmeos estavam em perigo.

— Ele deve ter contado sobre Becca e os corvos — falei. — Minha escolha vai afetar o futuro dela tanto quanto o meu.

— Matthew me contou sobre a mensagem do corvo, sim — confirmou Ysabeau. — Pobre Corônis, enterrada no seu quintal sob um olmo. Mas essa é uma história para outro dia.

Essa era a resposta de Ysabeau sempre que a conversa se aproximava demais de sua história antiga. Fiz uma nota mental para pesquisar a lenda de Corônis e entender melhor o passado da minha sogra.

— Quanto a Matthew, ele é um cavaleiro e precisa de uma missão — prosseguiu.

— Ele anda pesquisando sobre Salém — contei a ela.

— Isso não vai mantê-lo ocupado por muito tempo — respondeu Ysabeau. — Você precisa encontrar uma missão melhor para ele. Caso contrário, ele fará de você seu único foco e vai se tornar um problema. Sua deusa não terá mais paciência com você do que a minha quando hesitei e desperdicei o tempo dela.

— Que deusa é essa? — Eu já estava em terreno perigoso ao tentar descobrir os segredos de Ysabeau, mas arrisquei me aprofundar mais.

— Nêmesis.

Fiquei sem palavras diante da honra de receber uma informação tão importante.

— Achei que já tivesse adivinhado — disse Ysabeau, envolvida novamente no manto de seus mistérios. — Essa também é uma história para outro dia. Não se preocupe com Matthew. Preste atenção em Rebecca e Philip, pois eles terão que se ajustar ao seu novo poder e às suas novas prioridades. Esta é uma lição que deve ser aprendida o mais cedo possível nesta família. Cuide dos seus próprios desejos e necessidades. Todas as mulheres De Clermont devem fazer isso. Se deixássemos isso para os homens, estaríamos arruinadas.

Ysabeau encerrou nossa ligação com a mesma brusquidão com que havia começado. Os sigilos e hexafólios esculpidos nas portas da sala brilharam suavemente no escuro. Alguém havia ativado toda a magia na Casa Velha.

Senti o oráculo do pássaro preto aquecer meu bolso, lembrando-me de que eu tinha outras fontes para conselho ao alcance. Tirei as cartas e as embaralhei enquanto pensava em como contar as novidades para Matthew.

Elas se organizaram no mesmo padrão que eu tinha visto antes, durante minha visita. Desta vez, um fio cintilante azul conectava as cartas de fora, enquanto um fio âmbar fazia o mesmo com as de dentro. Outro fio azul corria verticalmente pela primeira, terceira, quinta, sétima e nona cartas. Um fio âmbar fornecia um eixo horizontal através das cartas dois, quatro, seis, oito e nove.

Gwyneth entrou discretamente na sala, atraída pela magia do oráculo.

— As cartas estão despertas — falou, acomodando seus ossos envelhecidos em uma das cadeiras de espaldar alto.

Gwyneth pegou os óculos da cabeça e os empoleirou no nariz.

— A disposição solar/contrária ao sol oferece duas leituras diferentes, dependendo se você se move no sentido horário, que costumávamos chamar de solar, ou no sentido anti-horário. E as cartas também podem ser lidas descendo pelo eixo vertical ou atravessando o eixo horizontal.

Os círculos também mostravam uma encruzilhada. Isso não podia ser acidental, dado o seu significado na progressão de uma bruxa ao nível de especialista.

– O que significa a carta central? – Era O Unicórnio, aninhado no coração de um labirinto, com uma lua crescente sobre ele e ramos de flores ao redor.

– É um símbolo – respondeu Gwyneth. – O Unicórnio representa você, de pé no centro, banhada em Sombra.

Eu não era nem curandeira, nem virgem, dois dos atributos tradicionais de um unicórnio, mas supus que o oráculo do pássaro preto soubesse o que estava fazendo. Atribuí um número a cada carta, começando no topo do círculo externo e seguindo pelo círculo interno, na ordem em que se organizaram. Reverti o curso e atribuí a elas outro número.

– Esta disposição costuma se apresentar apenas quando alguém enfrenta um impasse difícil – explicou Gwyneth. – A carta às doze horas representa o seu dilema, aquela às seis horas representa a sua primeira opção para resolvê-lo e a carta no topo do círculo interno representa a sua segunda opção. A carta na parte inferior do círculo interno indica qual opção serviria ao bem maior.

– Como eu escolho se devo ler as cartas no sentido solar ou contrário ao sol? – perguntei.

– Geralmente, as cartas indicam qual caminho seguir – disse Gwyneth.

O ar na sala estava carregado de expectativa. Nada aconteceu.

Gwyneth fez xícaras de chá, e esperamos mais um pouco.

Por fim, a carta de cima, a que representava meu dilema, se moveu para a esquerda e para baixo.

– Contrário ao sol então – comentou Gwyneth.

Não fiquei surpresa. Ravenswood era um lugar sem lógica, e minhas experiências aqui tinham sido tudo, menos lineares.

Agora que eu sabia que leria para a esquerda, podia tentar decifrar a mensagem do oráculo.

Meu dilema estava representado pelo Casamento Alquímico, aqui retratado como uma serpente e um dragão entrelaçados, um com asas e pés, e outro com escamas lisas.

– O duplo ouroboros – disse Gwyneth. – Esse não é o símbolo da família De Clermont?

– O ouroboros simples é usado por toda a família. Esta versão dupla é o emblema oficial dos Bishop-Clairmont, nossa família – expliquei. O neto de Matthew, Jack, o havia desenhado para nós. Ou assim eu pensava. Como isso foi parar em uma carta de oráculo do século XVII?

Passei para a próxima carta na disposição, O Príncipe dos Abutres. O pássaro estava empoleirado no galho de uma árvore morta, com vista para uma paisagem árida, o pescoço coberto de penas brancas e macias, e seu corpo, preto. O abutre segurava um pedaço de carniça gotejando sangue.

– O Príncipe dos Abutres representa o que está lançando Luz ou Escuridão sobre o seu dilema – Gwyneth me lembrou.

– Vasculhando os mortos? – Franzi a testa. – Isso significa que devo questionar os fantasmas?

– Talvez. Mas abutres não são apenas um símbolo da morte e da canibalização da sabedoria antiga. Eles também simbolizam o silêncio – informou Gwyneth.

Havia todos os tipos de silêncios na minha vida – os meus, os de Matthew, os segredos dos meus pais, as histórias não contadas de Ysabeau. Eles lançavam uma sombra profunda sobre tudo o que eu fazia.

Enquanto olhava para as cartas, percebi que A Caixa, A Chave e A Caveira da Morte simbolizavam grandes mistérios. A imagem do caos sendo liberado no mundo, na carta da Caixa, era uma das opções que eu enfrentava. A Chave, com suas mensagens duplas de abrir portas e esconder segredos, e tanto novas possibilidades como soluções para antigos problemas, parecia uma segunda escolha melhor. Mas os oráculos sugeriam que A Cabeça do Corvo levaria ao melhor resultado possível.

Recostei-me na cadeira, refletindo sobre a razão de o oráculo do pássaro preto ter escolhido A Cabeça do Corvo em vez de uma das outras cartas de corvo. A imagem era específica da alquimia, representando o *nigredo*, ou a fase de escurecimento da pedra filosofal. Os alquimistas o comparavam à morte, pois as substâncias no cadinho eram submetidas ao calor até serem reduzidas a cinzas, e então passavam por outros processos químicos para separar a substância carbonizada de seu espírito interior. Assim, A Cabeça do Corvo era também um símbolo de renascimento.

– O fim de uma fase de existência e o começo de outra – murmurei. – Desprender-se do que não é necessário para abrir espaço para algo novo.

Estudei as cartas que forneciam um eixo horizontal para a disposição: O Príncipe dos Abutres, O Príncipe das Garças, A Rainha das Corujas, Quintessência.

– Matthew, papai, mamãe e as crianças – falei, passando o dedo pelas cartas para confirmar que minha leitura estava correta. Elas formigaram e brilharam, a luz do fogo refletindo na superfície em centelhas de âmbar e azul.

E eu era O Unicórnio preso no labirinto dos desejos conflitantes deles. Minha confusão surgia das preocupações e prioridades daqueles que eu amava. Como poderia ser diferente, quando os Bishop e os Proctor estavam entrelaçados com os De Clermont, meus talentos mágicos e a ira do sangue de Matthew?

De alguma forma, Matthew e eu teríamos que nos esforçar mais para manter esses fios desembaraçados. Segredos e mentiras obstruíam minha garganta e faziam meus olhos lacrimejarem de frustração enquanto eu contemplava a diferença que faria se as pessoas importantes da minha vida tivessem escolhido um caminho diferente.

Se ao menos meu pai não tivesse feito minha mãe desistir da alta magia.

Se ao menos minha mãe o tivesse enfrentado.

Se ao menos Philippe não fosse um jogador de xadrez tão bom.

Se ao menos Ysabeau pudesse deixar de lado seus preconceitos e segredos.

Se ao menos eu pudesse me centrar, silenciar o murmúrio constante de culpa e responsabilidade e escolher...

– O que *você* quer fazer, Diana? – perguntou Gwyneth. – Não pense demais. Apenas diga a primeira coisa que lhe vier à mente.

– Eu quero vencer Meg na Encruzilhada – respondi, surpresa pela minha própria veemência. – E depois quero estudar alta magia até me tornar uma especialista, como meu avô e minha mãe antes de mim.

O eco das minhas palavras preencheu o ar. Os hexafólios e sigilos indicaram que eu havia proferido uma verdade poderosa, piscando em contentes pontos de luz. Os retratos dos ancestrais reagiram em seguida, acenando com as cabeças em pescoços rígidos. A vassoura descansando contra a lareira girou no ar e pairou sobre a mesa, como uma oferta para me levar em um voo selvagem pelas estrelas.

Pela primeira vez desde que eu chegara a Ravenswood, me senti conectada ao verdadeiro espírito do lugar. Ele podia estar encoberto pelo poder e carregar o peso do legado, mas em seu cerne residia a pura euforia de ser fiel a si mesmo.

Gwyneth estendeu a mão e segurou a minha.

– Nunca esqueça a sensação de estar alinhada com seu propósito. Ela vai guiá-la através da Sombra e iluminar seu caminho, não importa para onde ele a leve.

Agora ela estava me dizendo que meu marido e filhos pertenciam ao Caminho das Sombras comigo.

– Vou ligar para Matthew.

De volta à Fazenda Pomar, guardei minhas preciosas cartas de oráculo na caixa de feitiços entalhada que Gwyneth tinha me dado e me acomodei na poltrona do escritório do meu avô.

Então liguei para o meu marido.

– Está acordada até tarde – disse Matthew. – A reunião do coven deve ter durado mais do que você esperava.

Engoli em seco, incapaz de dizer as palavras pelas quais meu coração ansiava.

– Diana? – A voz de Matthew se encheu de preocupação.

– Você pode vir para Ipswich?

Matthew soltou o ar num suspiro de alívio.

– Graças a Deus! Estaremos aí em quatro horas.

A viagem de New Haven até Ipswich levava quase três horas sem trânsito, grifos, cachorros e crianças que precisavam de comida, bebida e paradas frequentes para ir ao banheiro. Não havia como ele chegar aqui tão rápido. Olhei para o relógio sobre a mesa. Já eram quase três da manhã. Matthew chegaria à região de Boston no horário do rush.

– Não precisa correr – protestei. – Você precisa fazer as malas e arrumar os gêmeos...

– Estamos prontos há mais de uma semana – disse Matthew gentilmente. – As malas estão no carro desde a última vez que você prolongou sua estadia.

– Ah. – Lembrei a mim mesma que os vampiros raramente dormem e, portanto, têm tempo extra para se preparar para todas as eventualidades.

– Você precisava de espaço e tempo – falou Matthew. – Eu entendi, embora fosse difícil ficar longe. Rebecca e Philip tiveram mais dificuldade para ver as coisas do seu ponto de vista.

O desenvolvimento da empatia era um foco na criação dos nossos filhos desde que eles começaram a andar (e a ter dentes), mas não era fácil para eles exercitar esse superpoder quando estavam magoados ou se sentindo sozinhos.

– Estamos com saudade. – A voz de Matthew ficou mais baixa. – Eu mais do que todos.

— Também estou com saudade – respondi. – Ravenswood, Ipswich, Salém... Estou tão sobrecarregada que não consigo pensar direito.

— Eu estava preocupado com você enfrentando a multidão em Gallows Hill sozinha – revelou Matthew. – Agora posso estar ao seu lado. Talvez as crianças possam ficar com Gwyneth?

— Não. – Fui firme. – Não podemos afastar as crianças de sua linhagem e seus legados.

Matthew ficou surpreso com minha resposta.

— Claro, *mon coeur*. Vamos conversar sobre isso quando eu chegar.

Ele estava planejando me pressionar para proteger as crianças.

— Não vou mudar de ideia, Matthew – afirmei, as lágrimas surgindo. – Eu *não* vou fazer com Becca e Pip o que fizeram comigo. Sem segredos. Sem mentiras. Isso tudo acaba aqui e agora. – Enxuguei uma lágrima. Minha magia das águas estava surgindo, como sempre acontecia quando eu experimentava emoções fortes. – Além disso, seria necessário mais magia do que eu possuo para impedir Gwyneth de participar de algo tão importante – continuei. – As crianças terão que vir conosco. Elas precisam aprender quem são e de onde vêm por nós, em vez de descobrir a verdade sozinhas.

A Escuridão estava se aproximando e não poderia ser mantida longe por muito mais tempo.

— Tudo bem – disse Matthew por fim. – Eu preferiria esperar, mas à luz da carta da Congregação... – Sua voz foi se transformando em silêncio.

— Está na hora – falei, completando as palavras que Matthew ainda não conseguia dizer. – Não se preocupe. Eles estarão cercados pelos Proctor.

Matthew não conhecia nem confiava nos Proctor – ainda. Ele estava acostumado a contar com os membros de sua própria família para apoio. Isso também precisava mudar.

— Dirija com cuidado – falei. – Por favor, *tente* obedecer o limite de velocidade.

— Não posso prometer nada – respondeu Matthew. – Nos vemos em breve, meu amor.

Segurei o telefone junto ao peito depois que ele desligou. Será que fiz a coisa certa? Eu queria que Matthew estivesse lá quando eu enfrentasse o desafio de Meg e escolhesse meu caminho. Quando descobrisse tudo o que isso envolvia, ele se recusaria a caminhar ao meu lado?

Eu estava exausta demais para pensar nisso agora, e restavam poucas horas de sono antes que Matthew e os gêmeos chegassem. Subi a escada, acendi a luz do quarto e tirei os sapatos.

Aninhada no centro do meu travesseiro, estava uma pena cinza e branca. As marcações horizontais se assemelhavam às de uma coruja-das-torres, mas as cores eram diferentes. O tamanho também. Essa pena era bem maior do que a da maioria das corujas.

Verifiquei as janelas, pensando que algum pássaro estranho devia ter entrado por uma tela solta. Estavam todas bem fechadas.

Minha pele se arrepiou ao ver aquela única pena longa com plumagem suave e tonalidade sombreada.

Talvez a Rainha das Corujas tivesse feito uma visita.

Peguei a pena do travesseiro e passei sua maciez contra a bochecha. Então apaguei a luz e me aconcheguei na cama, ainda segurando o presente da Rainha das Corujas.

PARTE DOIS

Capítulo 11

Na manhã seguinte, o barulho das portas dos carros e o coro de latidos e chilreios extasiados indicaram que Matthew e as crianças tinham chegado. Eu saí correndo da Casa Velha para encontrá-los.

– Está formigando! – Becca já havia saído do carro, pulando de um pé para o outro. Tamsy pendia dos seus braços, com os olhos arregalados de espanto. – Veja se você consegue sentir, Pip.

Pip desceu com mais cautela. Ficou de pé, hesitante, e então se abaixou para tocar a terra com as mãos.

Becca tirou os tênis cor de lavanda.

– É ainda melhor com os pés descalços!

Matthew abriu a porta traseira, e Ardwinna saiu com suas longas pernas, graciosa como uma bailarina. Ela deu uma boa sacudida e se dirigiu para os arbustos na lateral da propriedade, farejando para procurar alguma criatura escondida que pudesse perseguir.

Apollo esticou uma pata para fora e depois soltou a outra, lentamente. Com cuidado, colocou-as no chão, ficando metade dentro do carro e metade fora. Seus olhos se arregalaram de surpresa. Como uma criatura mágica, ele sentiu a mesma vibração que Becca. Deslizou até sair por completo do Range Rover, momento em que o feitiço de disfarce de Labrador evaporou, revelando o esplêndido grifo que havia por baixo. Minha pobre tecelagem não era páreo para o poder de Ravenswood.

Matthew fechou o porta-malas com um estalo. Ao encontrar seus olhos, o mundo se alinhou. Nos encontramos a meio caminho entre o carro e a casa, ambos ansiosos pelo consolo do contato físico.

– Não gosto de ficar longe de você – falei, enquanto ele me envolvia em seus braços.

– Nem eu, *ma lionne* – respondeu Matthew.

Nós nos abraçamos, meu coração batendo em um ritmo acelerado. A pulsação de Matthew estava igualmente forte, embora mais lenta, e a minha se acalmou para acompanhá-lo, deliciando-se com nossa conexão instantânea.

– Mamãe! – Pip trovejou em nossa direção, um sapato calçado e o outro esquecido perto do carro. Ele se atirou em mim sem se preocupar que eu não tinha sangue de vampiro para aguentar um reencontro tão animado.

– Calma, Philip. – Matthew segurou o impulso de Pip com uma das mãos firme. – *Maman* não pode te abraçar com os braços quebrados.

– Mamãe! – A explosão de energia que era Becca se lançou no abraço familiar. – Adorei este lugar. O chão está me dando as boas-vindas. Podemos ficar?

– Você é sempre bem-vinda em Ravenswood, Rebecca. – Gwyneth me seguiu para fora da casa, deixando espaço suficiente para a família se reunir antes de se juntar ao nosso reencontro. – Todos vocês são. Eu sou a tia Gwyneth.

– Obrigado por nos receber. – Matthew trouxe as crianças para mais perto. Foi um movimento instintivo, e os olhos de Gwyneth brilharam ao perceber isso. – É um prazer conhecer outro membro da família da Diana.

O tom do meu marido não combinava com suas palavras. Estava cauteloso, assim como seu abraço nos gêmeos. Gwyneth fingiu o contrário e se aproximou com a mão estendida.

– Matthew de Clermont. – Não haveria abraços efusivos entre minha tia e meu marido. – Meu irmão, Taliesin, conheceu sua mãe durante a guerra. Ela deixou uma impressão indelével nele.

Então Gwyneth *sabia* sobre as interações de Ysabeau com vovô Tally.

– Qual guerra? – A expressão de Matthew estava cuidadosamente neutra, mas seus olhos se estreitaram.

– A Segunda Guerra Mundial – respondeu Gwyneth, sem hesitar. – Ele estava no serviço de inteligência dos Aliados.

– Minha mãe nunca o mencionou. – Matthew absorveu a informação com a mesma serenidade de sempre, mas eu suspeitava de que aquela não era toda a verdade.

Com um sorriso alegre, Gwyneth se virou para as crianças.

– Você deve ser o Philip. – Ela gesticulou em direção ao grifo, que estava se espreguiçando sob a forte luz do sol. – Quem é seu amigo?

— Apollo — disse Pip com timidez. — E ele não é meu amigo. É meu familiar.

— Achei mesmo que fosse o caso. Está vendo aquela grande pedra perto do pântano? — Gwyneth cobriu os olhos com a mão e direcionou nossa atenção para o enorme bloco de granito que dominava a margem. — Foi lá que Bennu, a garça familiar de seu avô, apareceu pela primeira vez para ajudá-lo a aprender seus nós, para que ele pudesse fazer feitiços.

Pip arregalou os olhos.

— Sério?

— Sério. — Tia Gwyneth sorriu para seu tataraneto. — Você se parece com seu avô, sabia? Todas essas sardas.

Pip riu.

— Esta é a Tamsy. — Becca, sentindo-se excluída, ergueu sua boneca para a inspeção de Gwyneth. O anel de osso ao redor do pescoço da boneca brilhou à luz. — Ela também queria vir para casa.

Gwyneth respirou fundo.

— Imagino que sim. E onde Tamsy conseguiu esse anel, Rebecca? Parece muito antigo.

Rebecca deu de ombros.

— Estava no bico do corvo morto. Achei que ele gostaria que eu o guardasse.

Um leve zumbido no meu bolso sugeriu que eu poderia perguntar ao oráculo sobre a decisão de Becca.

Ardwinna foi a última a me cumprimentar. Ela havia terminado uma exploração completa da sebe e estava ofegante com toda a excitação dos novos cheiros e sons.

— Olá, querida. — Alisei seu pelo e cocei sua orelha até que sua perna traseira batesse de alegria. — Acho que tudo está de acordo com suas expectativas?

O vigoroso abanar do rabo confirmou.

— Onde estão meus modos! — Gwyneth bateu palmas. — Vocês fizeram uma longa viagem e devem estar com sede. Quem quer limonada? E também tenho muffins de mirtilo.

Becca assentiu com entusiasmo. Felizmente, sua dependência do sangue como principal fonte de alimento havia diminuído com o tempo, e ela estava menos exigente quanto ao que consumia.

— Sim, por favor — disse Pip.

Gwyneth acenou para os gêmeos em direção à casa.

— Vamos sair deste sol forte e alimentar e hidratar todos.

Ardwinna, que sabia o que significavam *alimentar* e *hidratar*, correu à frente de Gwyneth em direção à terra prometida da cozinha, com os gêmeos atrás dela. Apollo grudou-se ao lado de Gwyneth, tagarelando e soltando alguns resmungos ocasionais. Ele estendeu suas asas, as penas balançando ao vento.

– Sim, há muitos pássaros por aqui – respondeu Gwyneth ao grifo como se entendesse perfeitamente o que ele estava dizendo. – Acho que você não tem com o que se preocupar, Apollo. Tem asas e um bico. Com certeza, isso é tudo o que você precisa para se juntar aos voos deles, certo?

Matthew e eu permanecemos onde estávamos. Um brilho de poder despertado preencheu o espaço entre nós com partículas douradas que atraíram as libélulas e as abelhas que zumbiam sobre o prado.

Meu marido analisou meu rosto, acariciando minha bochecha e afastando um cacho rebelde dos meus olhos. Sua expressão de admiração me lembrou da primeira vez que ousamos nos tocar com amor, o inegável poder da nossa conexão.

– Parece que está me vendo pela primeira vez – falei, repousando a bochecha em sua mão.

– Talvez eu esteja – respondeu Matthew suavemente.

Beijei sua mão, e seus olhos fumegaram com desejo insaciado. Então pareceu se lembrar de onde estávamos. O momento passou, mas voltaríamos a ele mais tarde. Matthew pegou minha mão e caminhamos em direção à casa.

– Mal teremos tempo para um almoço rápido e um passeio relâmpago pela Casa Velha e a Fazenda Pomar antes de precisarmos ir para Salém – falei, sabendo quantas perguntas Matthew devia ter sobre minhas experiências em Ravenswood. – Nossa conversa pode esperar até depois da cerimônia?

– Parecia urgente ontem – ponderou, franzindo a testa. Ele suspeitava que havia algo errado.

– Você vai ver o porquê quando chegarmos em Gallows Hill. O condado de Essex não é como o condado de Madison. As bruxas aqui têm sua própria associação.

A expressão de Matthew se agravou, mas ele me deixou guiá-lo para dentro da Casa Velha para nos juntarmos a Gwyneth e aos gêmeos.

Eu sabia que era apenas um alívio temporário.

* * *

— Minha nossa. – Matthew observou os carros estacionados de forma desordenada perto da interseção da Bridge Street com a Boston Street, a uma curta caminhada de Proctor's Ledge. A área havia sido isolada para que as bruxas encontrassem um lugar para estacionar em um sábado movimentado de verão, quando Salém estava cheia de turistas comprando chapéus pretos e frascos de poções com óleos essenciais.

Eu suspirei.

– É demais. Eu sei.

Matthew estava familiarizado com a estreita relação entre bruxas e seus meios de transporte, fossem carro ou vassoura. Vampiros também eram assim, embora priorizassem a potência bruta acima de tudo, incluindo a economia de combustível e o meio ambiente. Mas nada poderia prepará-lo para a visão de cem carros estacionados dirigidos por bruxas de toda a Nova Inglaterra no aniversário dos enforcamentos de Salém.

Visitantes curiosos tiravam fotos dos veículos para compartilhar com as pessoas que tinham ficado em casa. As fotos sem dúvida mostrariam o SUV com uma bruxa voando presa ao suporte no teto. Os adesivos de para-choque dos quais Sarah tanto gostava estavam todos representados, bem como outros que eram exclusivos da área. SOMOS AS FILHAS DAS BRUXAS QUE VOCÊS NÃO ENFORCARAM!, declarava um exemplo popular. 1692 – ELES ESQUECERAM DE UMA!, lia-se em outro.

E não eram apenas os para-choques que carregavam mensagens. Um Fusca antigo estava coberto de símbolos pagãos e luas crescentes. Dezenove forcas decoravam a lateral de um furgão, uma para cada bruxa enforcada no verão de 1692. O proprietário não se esqueceu do pobre Giles Corey, esmagado até a morte sob uma tábua coberta de pedras quando se recusou a confessar. A parte traseira do veículo estava adornada com uma pintura da referida tábua de madeira, com o nome de Giles escrito em tinta vermelha. O outro lado do furgão era dedicado às cinco pobres almas que haviam morrido na prisão: Ann Foster, Sarah Osborne, Lydia Dustin, Roger Toothaker e Mercy Good, que nasceu na cadeia e morreu antes de sua mãe ser enforcada. Quatro grandes lápides e um pequeno marcador para Mercy eram testemunhas silenciosas de vidas vividas e tragicamente perdidas séculos atrás.

Avistei a van de frutos-do-mar de Grace entrando no estacionamento, com seu encantador marisco.

— A família chegou. — Endireitei a gola de Pip e me certifiquei de que Becca estivesse calçada. Desde sua chegada, ela tinha preferido ficar descalça. — A tia Gwyneth estará com duas primas da mamãe. Vamos caminhar até o memorial juntos e depois colocar as flores da tia Gwyneth embaixo da lápide da vovó Bridget.

— Estou com saudade do Apollo — disse Pip, abraçando Cuthbert, seu coelho de orelhas longas, para se consolar.

Deixamos os animais em casa, sob o olhar atento da vovó Dorcas. Ia ser difícil o suficiente gerenciar as crianças enquanto apoiávamos Gwyneth. Um grifo com uma habilidade tipo Houdini para se disfarçar e um cão de caça com dentes muito afiados teriam tornado isso impossível.

— Oi, tia Gwyneth! — Becca retirou Tamsy do cinto de segurança que ela havia feito com a coleira de Ardwinna. Infelizmente, não conseguimos deixar a boneca em Ravenswood. Nossa filha se afastou, ansiosa para conhecer mais bruxas Proctor.

— Quer ir com a Becca? — perguntei a Pip enquanto Matthew removia com cuidado, da parte traseira do Range Rover, um grande buquê colhido naquela manhã. A van de Grace estava cheia de cestos de caranguejo vazios, então ela trouxe Gwyneth e nós trouxemos as flores.

— Vou ficar com você. — Pip ainda estava se adaptando ao novo ambiente. Aquele comportamento grudento era bem diferente de sua maneira habitualmente leve de levar a vida.

Matthew observou Pip com preocupação, mas logo suas feições se suavizaram em um misto de gentileza e determinação.

— Você poderia me ajudar com este vaso, Philip, se tiver uma das mãos livre.

Ocupado com um trabalho importante, Pip começou a relaxar. Quando nos encontramos com os Proctor, ele estava até rindo de alguns dos enfeites de carros mais visivelmente bruxos.

— Você viu aquilo? — perguntou Grace, notando o interesse de Pip. Ela apontou para a torre d'água da cidade, que se destacava no topo de Gallows Hill. Estava pintada com o nome SALÉM e ornamentada com a silhueta de uma bruxa voando em direção ao céu em uma vassoura. Grace acenou com a cabeça para Matthew e lhe dirigiu um sorriso.

— Que besteira — disse Pip, rindo mais uma vez. — Todo mundo sabe que as bruxas não precisam de vassouras para voar, só de feitiços!

– Exatamente – concordou Grace. – Conte-me sobre seu coelho.

Pip largou Matthew depressa, agora que havia encontrado alguém que apreciava seu companheiro de pelúcia.

– Obrigada por trazer as flores, Matthew. – Tracy tomou a frente e segurou o cotovelo de Gwyneth, certificando-se de que nossa tia não tropeçasse na calçada quebrada. – Sou Tracy, prima da Diana. Bem-vindo a Salém.

– É impressionante. – A clássica e obscura resposta típica dos vampiros.

– Você ainda não viu nada! – disse Tracy. Ela levantou uma bolsa cheia de lanches e garrafas de água sobre o ombro. – Achei que Julie e as crianças poderiam precisar de petiscos e hidratação para manter equilibrado o nível de açúcar no sangue.

– Bem pensado – falei. Matthew poderia estar guardando sua opinião para si, mas eu estava empolgada por Tracy pensar nos gêmeos.

Caminhamos até a Pope Street. Logo avistamos um grupo de bruxas, o que indicava que estávamos perto do memorial.

Matthew hesitou.

– Pelo que andei lendo, Bridget Bishop era meio excluída pelas bruxas da região – murmurou Matthew. Ele deu uma olhada em Becca, que estava pulando ao lado de Gwyneth, e Pip, que estava enumerando para Grace os outros animais de estimação da família. Ela não parecia nada surpresa por um deles ser um grifo.

– Não se deixe enganar pela multidão – falei. – Estão aqui só para dar uma espiada no memorial. E em você.

– Eles chegaram! – Julie saiu do grupo com os braços estendidos e usando uma bermuda rosa-choque. Ela levantou um joelho. – Eu não sou um flamingo! Pode me chamar de tia Julie como todo mundo!

A alegria de Julie era contagiante. Até Matthew levantou um canto dos lábios enquanto ela se aproximava de nós como um avião.

– Meu Deus, Philip, você é muito alto para a sua idade – disse Julie a Pip, conquistando seu amor eterno. Ela selou um lugar em seu coração ao sacudir a orelha de Cuthbert. – Prazer em te conhecer também. E você deve ser Rebecca. – A mão de Julie tocou a cabeça de cabelos pretos de Becca, e Matthew ficou tenso ao meu lado. Ele tinha ouvido minha história sobre como Peter Knox havia tentado invadir minha mente com um toque semelhante. – Olha o que eu encontrei – continuou Julie, parecendo retirar uma pequena pena preta dos longos cabelos de Becca. – Ela me disse para te dar.

— Você fala com penas? — O rosto de Becca se iluminou. — Eu também falo. E com pássaros. E às vezes com as árvores, mas elas têm estado quietas ultimamente.

— Eu falo com o vento e lanço feitiços para manter em segurança os barcos dos pescadores durante as tempestades — respondeu Julie.

— *Christ Jesu* — murmurou Matthew. — *Filia mea custodiat*. — Recorrer ao catolicismo medieval era um sinal evidente de que ele estava estressado.

— Nenhum dos seus filhos está em perigo — disse Gwyneth suavemente. Ela não era católica, mas sabia latim. — Não com tantos Proctor aqui.

— Quem gostaria de conhecer Put-Put? Ele é ainda mais velho do que a tia Gwyneth. — Julie colocou as mãos na cintura e levantou as sobrancelhas como a fada Sininho.

— O que foi que disse? — disse Gwyneth com ironia, mas o sorriso de Julie só aumentou.

Julie conduziu os gêmeos como o Flautista de Hamelin. Havia algo irresistível em sua teia cintilante de magia e possibilidades.

— Não deveria ir com ela? — perguntou Matthew, segurando o pesado buquê com uma das mãos, como se também fosse uma pena.

— Todos nós vamos — afirmou Gwyneth. — Juntos. A lua está perto do nadir, e eles estarão esperando por Diana.

Fiquei surpresa.

— Quem sabia que eu vinha?

— Todos que estão ao alcance da árvore telefônica do coven, é claro — respondeu Tracy. — Vamos lá. Não vamos fazer as velhas esperarem.

Estávamos a poucos metros de distância quando os sussurros começaram. Em seguida, vieram os olhares curiosos. Havia alguns dedos apontados também. Pip e Becca, alheios a tudo, haviam feito amizade com o senhorzinho da reunião do coven. Ao lado dele, estava o jovem advogado que invocara a Constituição dos Estados Unidos em minha defesa.

Matthew observava cada olhar e comentário sarcástico.

— É ela — sussurrou uma bruxa para a do lado. — E aquele é o vampiro dela.

— Calma — murmurei. Era o conselho que Matthew sempre dava a Pip quando ele esquecia que era parte vampiro e agia apenas por instinto.

Meu marido, no entanto, era totalmente vampiro. Ele permanecia calmo, mas a pulsação da veia escura em sua têmpora e o modo como sua mandíbula estava tensa revelavam que estava alerta e agiria depressa se alguém fizesse um movimento agressivo.

— Você está bem, Gwyneth? — perguntou Matthew, sem tirar os olhos da multidão. Seu sentimento de proteção logo envolveu minha tia.

— Perfeitamente bem, Matthew — respondeu ela, tranquila. — Preocupe-se com as flores. O resto está sob controle.

Juntamo-nos ao restante da família.

— Maravilhas e magia! Você é alto, mesmo para um vampiro — disse o senhor na cadeira de rodas. — Chegue mais perto para eu poder ver você direito.

— Esse é Put-Put — Pip disse a Matthew, trocando o peso de um pé para o outro. — Ele também foi um soldado, igual ao *Grand-père*. Mas lutou em um navio. O tio Ike também, mas foi em uma guerra diferente, e ele era um marinheiro.

— Um marinheiro. — Ike era o advogado com a camiseta de Harvard. Ele tinha olhos verde-jade luminosos e maçãs do rosto salientes, e era tão alto e grande quanto Matthew. Estendeu a mão para meu marido.

— Isaac Mather. Neto de Put-Put. A maioria das pessoas me chama de Junior, mas eu prefiro Ike.

Os olhos de Matthew se arregalaram ligeiramente ao ouvir o conhecido sobrenome e voltaram ao normal enquanto ele apertava a mão de Ike. Os dois homens trocaram um olhar como aqueles que eu vira entre Matthew e Marcus, e Gallowglass e Fernando. Era o olhar que os soldados davam uns aos outros, um reconhecimento de que eram irmãos de armas, não importava de qual lado lutassem, que compartilhavam um código de honra em comum. Os ombros do meu marido relaxaram um pouco.

— Chegue mais perto, jovem — disse Put-Put, com impaciência. — Meu pescoço não funciona mais assim, e ainda não consigo ver você.

Matthew se inclinou.

— É uma honra conhecê-lo, senhor.

— Senhor. — Put-Put fez uma careta. Apontou para seu chapéu. Estava bordado com *USS Essex* e tinha um distintivo com três barras, três estrelas e uma águia branca. — Deixei o corpo de oficiais para Tally. Então meu filho foi para Annapolis, e eu fiquei abaixo dele. Quanto ao Junior, ele se alistou no Corpo de Fuzileiros Navais e partiu o coração da mãe.

O olhar orgulhoso de Put-Put indicava que ele tinha uma grande consideração por Ike, independentemente do que dissesse com seu humor seco da Nova Inglaterra.

— É capitão Junior para você, Mestre Chefe. — Ike sorriu para o idoso, que fez uma saudação firme. — Deixe-me pegar essas flores, Matthew. O que você estava pensando, tia Gwynie? Este vaso é tão grande que vai ser impossível ler o nome de Bridget Bishop na lápide.

Gwyneth havia saído cedo pela manhã, selecionando flores para o buquê: anêmonas brancas com seus miolos escuros, rosas vermelhas, bocas-de-leão brancas, íris roxas, calêndulas brilhantes, raminhos de azaleia do arbusto na parte externa da casa da fazenda e as folhas verde-acinzentadas e aveludadas de ambrósia.

Agora que as mãos de Matthew estavam livres, ele conseguiu segurar Becca em um braço e Pip no outro.

— E aqui está Ann com o restante do coven. Pontualidade perfeita como sempre! — disse Julie, com alegria.

Ela se posicionou atrás de Matthew, entrelaçando os braços com Tracy e Grace. As três bruxas sorriam, mas uma resolução firme brilhava em seus olhos. Os Proctor iam apresentar uma frente unida nos procedimentos de hoje, não importava quais bombas fossem lançadas em nossa direção.

Eu me virei para ver quem havia se juntado a Ann hoje. Os olhos estranhos de Meg Skelling encontraram os meus. Ela sibilou.

Matthew se empertigou, seus dentes expostos em um sorriso aterrorizante. Ike rapidamente passou as flores para Grace.

— Ei, tampinha — disse Ike a Pip. — Quer que eu te levante para ver melhor?

Pip ergueu os braços.

— Sim, por favor!

Com um movimento suave, Ike levantou Pip sobre os ombros. Foi uma exibição de força controlada. Matthew puxou Becca para mais perto.

— Venham aqui. — Put-Put fez sinal para os membros do coven de Ipswich se aproximarem de onde estávamos. — Precisamos mostrar às bruxas de Salém que estamos em maior número.

Ann hesitou.

— Eu avisei — disse Meg, a voz baixa e venenosa como uma cobra. — Eu avisei que Diana Bishop compartilharia nosso conhecimento sagrado com aquela criatura. — Ela fez um gesto em direção a Matthew.

Sem hesitar, mandei um fio preto em direção a ela. Ele envolveu os dedos de Meg. Apertei o laço e ela ofegou.

— Não mexa comigo — falei, com uma seriedade mortal. — Não hoje.

– Caramba. Você foi mais rápida que eu, Diana – comentou Julie, os olhos brilhando com diversão e poder.

– Se você consegue ser mais rápida que Julie em um feitiço, realmente é uma Proctor. – Os olhos de Grace se enrugaram nos cantos.

– Do que ela está falando? – murmurou Matthew, os lábios próximos ao meu ouvido. – Que conhecimento sagrado?

– Depois – respondi em voz baixa. – Ann. Você ainda não conheceu meu marido, Matthew Clairmont. Ann é a alta sacerdotisa do coven de Ipswich, Matthew.

O crachá de Ann afirmava sua posição, assim como os usados por Hitty Braybrooke, Betty Prince e... Meg. Katrina também estava lá, os óculos escuros de um cinza lúgubre para combinar com a ocasião, segurando um guarda-chuva preto.

Uma microfonia cortou o ar, capturando a atenção de todos.

– Bem-vindos a esta inauguração especial do memorial de Proctor's Ledge – disse uma autoridade municipal, interrompendo a crescente tensão entre os membros do coven de Ipswich. – Não esperávamos uma multidão tão grande. – A mulher riu, nervosa. – Mas estamos contentes que todos vocês possam estar aqui neste dia ensolarado.

– Ela faz parecer que o memorial dos mártires é uma nova unidade da Dunkin' Donuts – murmurou Tracy.

– E previsão do tempo não é seu ponto forte – falou Katrina, girando o guarda-chuva para bloquear a luz do sol. – Está vindo uma tempestade.

Todos olharam para cima, incrédulos. Não havia uma nuvem no céu, mas todos sabiam que era melhor não questionar a presidente de adivinhação e profecia quando se tratava de previsões. Desconsiderei minha própria intuição de que uma tempestade iminente era um mau presságio e voltei a atenção para a cerimônia, ignorando o olhar fixo de Meg.

– Aqui em Salém, todos sabemos que a data de hoje marca o aniversário de trezentos e vinte e cinco anos da primeira execução a ocorrer em Proctor's Ledge – continuou a oficial. – Embora o público geral seja recebido apenas em julho, achamos que era apropriado e respeitoso oferecer acesso VIP para esta comunidade especial.

Julie gemeu.

– Agora ela transformou isso em uma estreia de filme.

– E eu soube que um dos descendentes diretos de Bridget Bishop está conosco hoje? – perguntou a oficial municipal.

Pip e Becca levantaram as mãos.

– Três, na verdade – falei, me aproximando.

– É hora do show – comentou Ike, colocando Pip no chão e pegando o arranjo de Gwyneth das mãos de Grace. – Estou bem atrás de você, priminha.

Julie me chamara de *priminha* quando eu estava cercada por bruxas desconhecidas no Cabra Sedenta. Era uma expressão de carinho dos Proctor ou um aviso para as bruxas próximas se afastarem ou enfrentarem a ira coletiva da família?

Dei a Matthew um sorriso tranquilizador e me abaixei para beijar a testa de Becca.

– Posso ir também? – perguntou ela, com a expressão cheia de súplica.

Hesitei e olhei para Matthew. Todos os olhos estavam em nós, e muito dependia de que todos mantivessem a compostura. Ele assentiu e segurei a mão de Becca.

– Você quer ir com a gente? – perguntei a Pip.

– Não, quero que o papai me carregue, igual o tio Ike fez, para eu poder ver vocês daqui – respondeu ele.

– Bruxo sábio para alguém tão jovem. – Tracy entregou uma barra de granola para Pip como recompensa. – Aqui. Você não vai querer ficar tonto em grande altitude.

A multidão se abriu à nossa frente, ficando em silêncio enquanto passávamos. Não era por respeito, mas um sinal de como as bruxas estavam impressionadas por ter alguns Bishop caminhando livremente entre eles. No entanto, assim que virei as costas, trechos de acusações chegaram aos meus ouvidos. Ouvi as palavras *culpa* e *responsabilidade*, bem como a frase *Ela mereceu*.

Girei depressa, usando meu olhar de professora para revelar a identidade da bruxa que dissera aquelas palavras imperdoáveis. Ike se colocou entre Becca e a multidão. Ele estava pronto para bater em qualquer um que tocasse em minha filha, primeiro com o pesado vaso de cristal de Gwyneth e depois com as próprias mãos.

Não foi difícil identificar a responsável. Estava com as bochechas vermelhas e expressão desafiadora, mas eu conseguia sentir seu medo.

– Não. – Minha voz estava carregada com a promessa de magia iminente, e uma mecha de cabelo ruivo-dourado caiu na minha bochecha como um toque de fogo. Pelo que eu sabia, minha cabeça estava em chamas de tanta raiva.

Os olhos da bruxa se voltaram para o chão.

Covarde. Usei a fala silenciosa, certa de que a maioria das bruxas presentes me ouviria. Os suspiros me disseram que minha suposição estava correta.

Uma salva de palmas veio do grupo dos Proctor.

– Olha, mamãe – disse Becca, com os olhos arregalados. – Eles estão aplaudindo a vovó Bridget. Ela deve ser famosa nesta cidade.

Sorri e assenti, aproximando-a de Ike. Juntos, fomos até o muro curvado de pedra do memorial. Os nomes dos mártires estavam dispostos em uma terrível linha do tempo de execuções. A lápide de Bridget era a primeira, e a única em que se lia *10 de junho de 1692.*

– Pronta? – perguntou Ike.

Becca assentiu, pensando que a pergunta fosse para ela.

– Acho que sim – respondi, respirando fundo.

Ike acomodou o vaso cheio de flores coloridas na base da parede sob o nome de Bridget. Depois, recuou um passo para que Becca e eu pudéssemos nos aproximar.

Becca, que já tinha ido a outros memoriais e passava horas na capela De Clermont sempre que visitávamos Sept-Tours na esperança de ver o fantasma esquivo de Hugh de Clermont, não perdeu tempo e pegou uma única rosa vermelha do arranjo. Ela beijou suas pétalas aveludadas e tocou a flor no nome de Bridget antes de colocá-la aos pés do vaso.

– Muito bem – falei, com o coração cheio de orgulho pela noção de formalidade da minha filha.

Era a minha vez.

Apoiei as mãos contra a parede de pedra em comunhão silenciosa com minha antepassada, que havia enfrentado a forca sozinha. Como historiadora, não me surpreendi que os inimigos mais ferozes de Bridget em 1692 tivessem sido seus amigos. Isso acontecia o tempo todo, em todos os séculos e culturas. Mas estava irritada que tais lealdades pudessem ser abandonadas tão depressa. Uma lágrima caiu do meu olho no vaso de flores. Depois outra.

A mudança na pressão barométrica, combinada com minha raiva e dor, foi demais para a atmosfera. Os céus se abriram, com nuvens se agitando em uma tempestade repentina.

– Uau – disse Ike, piscando para afastar as gotas de chuva inesperadas.

Muitas das bruxas tinham guarda-chuvas com elas. Também haviam sentido a tempestade se aproximando e vieram para Proctor's Ledge preparadas. Katrina segurou a sombrinha para proteger Put-Put e Gwyneth da chuva.

– Uhul! – gritou Julie, puxando um chapéu de aba larga do bolso de trás e colocando-o na cabeça loira. – Há uma nova xerife na cidade, e seu nome é Bishop.

Surpresa com esse anúncio, soltei um raio no céu.

– Não vemos muitos relâmpagos aqui na costa – comentou Ike suavemente, pegando a mão de Becca. – Pode ser bom conjurar algo ainda mais inesperado, prima, tipo um raio aranha, só para o caso de haver algum meteorologista entre os turistas.

Balancei a mão acima da cabeça como se estivesse desviando as gotas de chuva, e um estrondoso trovão e uma rede prateada iluminaram a parte de baixo da nuvem mais escura. Peguei a outra mão de Becca e nós três corremos em direção a Matthew e ao restante da família.

Matthew me abraçou. Ele havia colocado Pip no chão ao primeiro sinal de relâmpago, para que nosso filho não se tornasse um condutor elétrico.

– Se você pretendia fazer chover, deveria ter me avisado para trazer um guarda-chuva – falou, pressionando os lábios contra minha orelha em um beijo.

– Você não era escoteiro? – perguntei, com os ombros tremendo na camisa branca que agora estava grudada em mim.

– Mais ou menos – respondeu ele, observando meu corpo com admiração.

– Eu era escoteira – disse Grace, entregando um grande guarda-chuva de golfe ao meu marido. – E nossa formação em Mount Holyoke nos ensinou a estar preparadas para qualquer crise.

– Obrigada, Grace – agradeceu Matthew, segurando o guarda-chuva sobre mim e as crianças.

– Meu Deus, eu preciso de café – comentou Ike, soltando o freio da cadeira de Put-Put. – Aposto que você também, vovô.

A expressão de Matthew se tornou feroz e faminta.

– Vamos parar no Cabra Sedenta no caminho – sugeriu Gwyneth. – Podemos levar as bebidas para casa e nos aquecer em frente à lareira com a vovó Dorcas.

A perspectiva de roupas secas foi suficiente para fazer todos se moverem em direção ao estacionamento.

Nossa rápida saída foi interrompida por Meg e alguns de seus comparsas. Eles se posicionaram no caminho, um poço de malícia que seria difícil de atravessar. No meio da multidão, a bruxa covarde que não tivera coragem de me enfrentar antes agora me encarava.

– Tss – sibilou Meg.

As outras bruxas começaram a cantar a estranha canção de Meg, até que o ar se encheu com o som sibilante.

– Voltem para o lugar de onde vieram – disse Meg, seus olhos estranhos piscando em verde e preto. – Não queremos a família Bishop ou vampiros aqui.

– Por que ela está brava? – perguntou Becca ao pai.

– Porque vocês não pertencem a este lugar. – Meg cuspiu no chão perto dos pés de Becca.

Julie estava cara a cara com Meg antes que Matthew pudesse se mover. Vampiros eram rápidos. Mas magia? Magia sempre foi mais rápida.

– Tudo bem, Meg. – Julie tinha um punhado de fogo em uma das mãos e uma lâmina curva na outra. – Ike me disse para nunca levar uma faca para um combate de fogo, então eu trouxe os dois.

Os olhos de Meg piscaram de surpresa. Julie era mais poderosa do que parecia.

– Grace. Ike. Coloquem todo mundo nos carros e vão pra casa – ordenou Julie em um tom que não permitia negociação. – Não queremos que Becca e Pip fiquem doentes no primeiro dia no condado de Essex. Não seria uma boa recepção, não é, Meg?

– Vão – falei para Matthew. – Vou ficar com Julie. – Minhas mãos estavam coçando para realizar mais magia.

– Agradeço a oferta, prima, mas Meg e eu precisamos conversar sobre algumas coisas. Nada com que precise se preocupar – declarou Julie. – Não queremos que você fique doente também. Não com a Encruzilhada daqui a uma semana.

– Que encruzilhada? – perguntou Matthew, seus instintos vampíricos em alerta.

– Vamos para casa – falei. – Para Ravenswood. Onde é o nosso lugar. – Lancei um olhar mortal para a fila de bruxas, desafiando-as a discordarem de mim.

Nenhuma delas o fez.

* * *

— Por que diabos você não me contou?! – explodiu Matthew.

Estávamos discutindo desde que as crianças tinham ido para a cama. Primeiro, os gêmeos haviam feito uma infinidade de perguntas enquanto tomavam suco de maçã quente em frente à lareira de Gwyneth. Minha tia respondeu o máximo que pôde enquanto eu permanecia o mais silenciosa e invisível possível.

Matthew estava furioso com suas próprias perguntas sem resposta e, depois de uma garrafa inteira de café, Gwyneth recorreu ao vinho tinto de um dos armários. Julie e Ike também tentaram amenizar a situação, mas seus esforços foram em vão.

A tarde agonizante que passamos com a família em Proctor's Ledge e a conversa truncada durante o jantar pareciam um piquenique agradável comparado ao que estava acontecendo agora, atrás da porta fechada do escritório do vovô Tally.

— Baixe a voz – falei. – Você sabe como a audição deles é sensível. Becca e Pip já enfrentaram o suficiente hoje.

Matthew quase quebrou a mesa de carvalho de Tally tentando conter a língua e a raiva.

— Você devia ter me contado assim que essa vendeta com Meg começou – disse Matthew. – Nunca teria permitido que você ficasse aqui sozinha se soubesse.

— Nunca teria permitido. – Eu estava incrédula. – Não preciso da sua permissão para viver minha vida, Matthew.

— Não é só a sua vida! – Ele me segurou pelos cotovelos. – É a *nossa* vida. Por que você não vê que a sua magia envolve todos nós?

— Você se casou com uma bruxa – retruquei. – Sabia no que estava se metendo.

— Achei que sim – rebateu ele. – Oráculos? Gêmeos proféticos? Alta magia? Caminhos das trevas que se encontram em uma encruzilhada?

Até agora, essas coisas nunca haviam sido parte da nossa vida. Os Proctor estavam, como eu temia, desafiando o controle de Matthew sobre seus preconceitos arraigados e sua profunda fé católica. Anos atrás, eu confessara que sentia a atração da alta magia sombria e que temia que ele não pudesse aceitá-la. Matthew me tranquilizou na época dizendo que havia escuridão nele também.

— O que aconteceu com amar minha escuridão? – perguntei.

— Eu disse que não podia odiar você por isso, porque eu lutava contra a minha própria escuridão todos os dias. — Os olhos de Matthew se abriram de forma ameaçadora, dando-lhe um aspecto perigoso e lupino. — Mas não odiar você e amar sua escuridão são duas coisas muito diferentes. Meu Deus, as crianças entendem isso e elas têm só seis anos!

— Os gêmeos tiveram o privilégio da sua excelente educação medieval — disparei em resposta. — Eu fui criada por bruxas comuns, não por alguém que estudou filosofia e teologia na Universidade de Paris com Pedro Abelardo e pode usar a lógica para passar um camelo pelo buraco de uma agulha.

Matthew piscou, surpreso com minha mordacidade.

— No que diz respeito à Escuridão, saberei mais sobre isso quando derrotar Meg na Encruzilhada — continuei.

— Se você perder... — rosnou Matthew.

— Eu nunca falhei em um teste na minha vida — respondi. — Só preciso atrasar Meg até ver o Caminho das Trevas.

— Eu sei mais sobre Escuridão do que você, Diana — afirmou Matthew. — Não quero que isso faça parte da sua vida ou da vida dos nossos filhos.

— A Escuridão *é* parte da vida! — bradei. — Só se torna um problema quando você finge que ela não existe.

— Eu nunca a ignorei, nem o poder dela — respondeu Matthew, cruzando os braços sobre o peito. — A Escuridão tem sido uma companheira próxima já faz algum tempo.

— Mentira. — Pressionei meu dedo contra o peito dele. — Você experimentou dor, trauma, pecado e sofrimento. E você internalizou tudo isso até se convencer de que é a própria Escuridão. Bem, eu enfrentei a Escuridão aqui em Ravenswood e, lamento dizer, você não é ela!

A mandíbula de Matthew se contraiu de raiva.

— Vá em frente. Coloca pra fora — falei, minha voz tão firme quanto uma das estantes de livros cuidadosamente arrumadas do meu avô. — Eu nunca tive medo de você, Matthew, nem das suas Sombras, nem da sua raiva. Mas você está apavorado, e isso o torna uma presa voluntária da Escuridão.

— Todos temem a Escuridão — declarou Matthew. — Pensar que você está imune a ela é uma arrogância imperdoável.

— A deusa perdoa tudo — falei. — E você nem precisa se flagelar para merecer.

Matthew recuou em choque. Normalmente, sua fé era um tabu quando brigávamos, mas a discussão de hoje estava longe de ser normal.

– Por que você precisa fazer isso? Está infeliz? – questionou Matthew. – Está faltando algo na sua vida, algo que eu não estou oferecendo e deveria?

– Não estamos falando de você, Matthew. – Peguei seus punhos cerrados nas minhas mãos. – Meu desejo pela alta magia é inato. Está no meu sangue, nos dois lados da minha família. E como a ira do sangue, não existe nada que possa me curar.

Minhas palavras atingiram um lugar doloroso, e Matthew desviou o olhar.

– Se você seguir o Caminho das Trevas na Encruzilhada, eu vou te seguir – garantiu Matthew. – E que Deus nos ajude. Que Deus ajude Rebecca e Philip. Eles vão perder os pais, assim como você perdeu os seus?

– Você me pediria para renunciar ao meu poder, *a mim mesma*, como meu pai exigiu da minha mãe? – bradei.

A porta de tela da casa estalou ao abrir e bateu com força ao fechar.

– O que foi isso? – perguntei a Matthew.

– Philip – respondeu. – Ele está falando com Apollo.

– Por que ele estava lá fora? – Eu tinha deixado Pip lá em cima, deitado na cama.

Encontramos Philip no vestíbulo tentando tirar as botas. Estava encharcado, tremendo e carregando um coelho murcho.

– O que aconteceu, Pip? – perguntei, puxando-o para perto de mim. Apollo se juntou a nós, envolvendo-nos em um abraço úmido e peludo. Ele piava com preocupação.

– Desculpa – disse Pip, antes de desabar em lágrimas.

Capítulo 12

—Shh, shh – murmurei, balançando-o em meus braços. – Está tudo bem. Está tudo bem.

– Não está nada! – Pip gritou através das lágrimas. – Vocês estavam gritando um com o outro. Não podem gritar em casa!

– Foi errado da nossa parte, Philip – disse Matthew, agachando-se diante dele. – Onde você estava?

– Becca disse que a gente devia fugir. – Pip soluçou. – Mas eu não consegui ir com ela. Minha barriga começou a doer, e fiquei com medo do escuro.

– Fugir para onde? – perguntei, o pânico aumentando. – Para o sótão? Para o celeiro? – As crianças tinham sido avisadas de que essas áreas eram estritamente proibidas, a menos que estivessem com Gwyneth.

– Para as árvores perto da casa da tia Gwyneth – respondeu Pip, fungando. – O Apollo também não gostou delas.

– Ela está na Floresta dos Corvos. – Soltei meu filho e enfiei os pés em um dos muitos pares de galochas guardadas ali ao mesmo tempo em que vestia uma capa de chuva amarela brilhante. Peguei uma lanterna. Ela emitia um brilho fraco, mas era melhor do que nada. – Preciso encontrá-la. Ardwinna!

Um trovão e um relâmpago enfatizaram o perigo que Becca estava correndo. A chuva, que tinha caído de forma constante, agora vinha em gotas que batiam no chão com um som agudo.

– Posso ficar aqui? – O rosto de Pip estava pálido com a perspectiva de voltar para a escuridão tempestuosa.

– Você pode ficar com a tia Gwyneth. – Eu já havia perdido uma criança. Não iria deixar a outra sozinha em casa.

Corri pelo jardim, pisoteando as flores preciosas de Gwyneth na minha pressa. Matthew pegou Pip e já estava batendo na porta da Casa Velha quando cheguei aos degraus de granito.

– Entre logo! – gritei sobre a chuva. – Ela deve estar dormindo.

Mas minha tia não estava dormindo. Gwyneth ainda estava totalmente vestida, embora sua expressão assustada sugerisse que fora acordada de um cochilo.

– Está tudo bem? – perguntou Gwyneth, abrindo a porta para nos deixar entrar.

– Becca sumiu. – Eu fiquei na chuva torrencial e engoli o nó de pavor que estava na minha garganta. – Precisamos encontrá-la antes que a tempestade piore.

– Sumiu onde? – Gwyneth franziu a testa.

– Na Floresta dos Corvos – respondi.

O rosto de Gwyneth ficou pálido de choque.

– Sozinha? Na lua cheia?

Outro estrondo de trovão e o lampejo de um relâmpago deram urgência às minhas palavras.

– Philip e Apollo podem ficar com você? – perguntou Matthew, deixando Pip na entrada estreita da Casa Velha.

– Eu não gostei da floresta, tia Gwyneth. – Lágrimas pesadas caíam dos olhos de Pip. – Agora a Becca está sozinha na chuva, e é tudo minha culpa.

– Você fez bem em não ir para a Floresta dos Corvos. – Gwyneth pegou o casaco de chuva pendurado em um gancho perto da porta. – Não sabemos o que a tempestade e a lua podem ter despertado.

– Eu não quero ir – protestou Pip.

– Nós dois vamos. Eu porque conheço a floresta, e você porque Becca é sua irmã gêmea. – Minha tia pegou a mão de Pip e se virou para o seu grifo familiar. – É sua responsabilidade cuidar do Pip. Entendido?

Apollo abanou a cauda, sério e com olhar de águia. Não havia mais conversa desnecessária.

Gwyneth agarrou sua varinha e o athame de lâmina afiada em uma cesta perto da porta. Pegou um lampião antigo e murmurou um feitiço para invocar o fogo de bruxa eterno. O lampião se encheu de um brilho muito mais intenso do que o produzido pela minha lanterna.

Juntos, partimos em direção ao escuro bosque de árvores no final do prado para procurar nossa filha desaparecida.

Com a lanterna e o lampião balançando, seguimos o caminho estreito que levava da Casa Velha para dentro das árvores. Um brilho verde-acinzentado e assustador nos envolvia, e trilhas etéreas de névoa rastejavam pelos matagais de mirtilos e amoreiras, estendendo seus dedos de névoa para dentro floresta.

– Becca! – gritei, esperando que minha voz passasse pelos troncos robustos dos abetos, carvalhos e pinheiros.

Pip uniu sua voz à minha enquanto Gwyneth balançava o lampião em arcos rasos, usando-o como um pêndulo que talvez indicasse a localização de Becca. As árvores se fechavam ao nosso redor enquanto pisoteávamos samambaias e empurrávamos os galhos dentados de erva doce costeira. Matthew tentava rastrear o cheiro de Becca, mantendo o olhar atento para galhos recentemente quebrados ou pegadas na terra úmida que pudessem indicar que nossa filha passara por ali.

– Encontre Becca – ordenei a Ardwinna. Ela estava familiarizada com esse comando e se aventurou na escuridão.

A névoa cinza que havíamos encontrado em delicadas videiras nas bordas da Floresta dos Corvos ficou mais densa, aderindo aos abetos e enrolando-se ao redor das antigas árvores de carvalho.

– Ainda estou com medo – Pip confidenciou a Apollo, que prontamente estendeu uma asa dourada para protegê-lo da escuridão.

– Alguma pista dela? – perguntei a Matthew, desesperada por alguma indicação de que estávamos no caminho certo.

– Senti um pouco do cheiro dela quando entramos na floresta, mas se dissipou. – Matthew se agachou para ficar mais próximo do chão da mata. Ele pressionou as mãos contra a camada de folhas caídas e agulhas de pinheiro que absorviam a umidade da chuva como uma esponja. – O chão está tão coberto de detritos que alguém leve como Rebecca não deve deixar pegadas.

Matthew se levantou, a boca formando uma linha grave. A postura rígida dos ombros e os músculos tensos nas coxas indicavam que ele estava pronto para correr em auxílio da filha.

Gwyneth retirou sua varinha torta do bolso da calça. Ela a ergueu e murmurou algumas palavras. A ponta da varinha lançou faíscas douradas e verdes como fogos de artifício.

– Posso pegar emprestado o seu familiar, Philip? – perguntou Gwyneth. – Vou te dar meu lampião mágico em troca. Ele vai servir como um farol, como o da baía, para que Apollo encontre o caminho de volta para você.

Pip assentiu, os olhos arregalados como os de uma coruja.

Apollo estendeu as asas e inclinou a cabeça, aguardando mais instruções.

– Você sabe o que fazer – murmurou Gwyneth para o grifo. – Voe e encontre o espírito da irmã do seu protegido.

O grito de resposta de Apollo cortou o ar enquanto ele subia, as penas douradas em plena exibição e as garras letais de suas patas de leão estendidas. O grifo subiu a uma altura que permitia aos seus olhos de águia verem mais longe, superando até mesmo os de Matthew.

Encorajado pela luz constante do lampião de Gwyneth, Pip renovou seus chamados pela irmã. Gwyneth, com os olhos fechados, deixou sua varinha indicar o caminho. Matthew continuou a examinar o chão, fazendo varreduras metódicas da área.

– Muito devagar – murmurei, sentindo a urgência aumentar à medida que nos aprofundávamos na Floresta dos Corvos. Sentia-me inútil, incapaz de fazer mais do que seguir Gwyneth e Matthew em sua busca.

Percebi que *havia* algo mais que eu poderia fazer, algo que não se entrelaçaria com a magia de Gwyneth ou perturbaria os poderes da floresta. Eu estava tão preocupada com a segurança de Becca que havia me esquecido de que Apollo não era o único membro da família que podia voar.

– A magia é mais rápida – lembrei a Matthew, entregando-lhe a lanterna. Ele me deu um pequeno sorriso, o qual se transformou em uma expressão preocupada quando percebeu que eu também ficaria fora de sua vista.

Não havia tempo para tranquilizá-lo. Becca estava na tempestade, brava com os pais e separada do irmão. Determinada a encontrá-la e consertar o estrago, invoquei o ar para me elevar ao céu. Apollo me viu voando em seu rastro e ampliou a área de busca em resposta.

Voando entre as casas na árvore, algumas novas e outras há muito abandonadas pelos filhos dos Proctor, passei por um alto sassafrás; minhas mãos tocaram as folhas e liberaram seu doce aroma. Vi manchas escuras em uma clareira onde fogo havia sido aceso e me perguntei que alta magia poderia ter sido realizada ali.

Um brilho fosforescente deslizou entre os troncos de duas árvores de carvalho, aproximadamente da altura de uma criança de seis anos.

– Becca! – gritei, seguindo o rastro fraco.

Ultrapassei a figura e desci, esperando ver o rosto da minha filha. Mas a figura, embora familiar, não era Becca.

– Mary Beth? – Era minha amiga imaginária da infância, com quem eu brincava na floresta perto da nossa casa em Cambridge. Eu havia esquecido que ela usava as longas saias e o chapéu franzido de outra época. A menina se parecia com Tamsy, com seu corpete justo, um avental amarrado na cintura e um lenço de linho preso ao redor do pescoço para aquecer e cobrir.

– *Que bagunça, esqueça a tristeza, preocupação mata até um gato* – sussurrou Mary Beth. – *Todos em festa, e desprezem o carrasco.*

Pisquei, surpresa com essa referência a Ben Jonson de uma menina que ainda não havia completado dez anos.

– *Mary Elizabeth Proctor!* – Vovó Dorcas havia se juntado à nossa busca, embora no momento estivesse menos avó e mais anjo vingador. Seu cabelo de elfo balançava para todos os lados, carregado de fadas. Fogo brilhava em seus olhos, em uma demonstração ominosa de poder. – *Se amolar sua sobrinha no impasse, vou te amaldiçoar em resposta.*

Outros dois fantasmas surgiram de uma pimenteira baixa. Uma era idêntica a Mary Beth – uma gêmea. A outra era mais velha e tinha semelhança suficiente com a dupla para sugerir que todas as três eram irmãs.

– *Peço desculpas.* – Mary fez uma reverência. Suas irmãs se juntaram a ela e, então, entrelaçaram os braços no mesmo gesto de solidariedade que eu tinha visto nas gerações posteriores dos Proctor, na cerimônia em Salém.

Gwyneth, Matthew e Pip chegaram, com o lampião mágico brilhando.

Matthew parou abruptamente ao ver os fantasmas reunidos ao meu redor.

– Fantasmas. – Ele sempre quis ver um. Na Floresta dos Proctor, onde o poder da família estava em seu auge, os mortos eram visíveis até para ele.

– *Diabretes de três faces!* – bradou vovó Dorcas. – *Que travessura é esta?*

O fantasma de Mary traçou um círculo com a ponta de seu sapato robusto, reunindo coragem para responder a vovó Dorcas.

– *Eu só queria vigiar a pequena Rebecca, como vigiava Diana. Mas Tamsin disse que eu não era boa o bastante. Tamsin disse que era tarefa dela.*

– Tamsin. – Virei para a irmã mais velha. – Tamsy?

Se o fantasma da neta de Dorcas havia habitado o corpo da boneca preciosa de Becca como um homúnculo, não havia como saber quais confidências ela havia compartilhado nem o que minha filha poderia estar fazendo neste lugar mágico.

– *Você me pediu para tomar cuidado com alguém assim, vovó.* – O queixo de Tamsin se ergueu, e ela enfrentou os olhos brilhantes e a expressão sombria de sua avó sem vacilar. – *Quando aprendi meus feitiços no seu colo, e você me ensinou a sabedoria dos pássaros e como ler seus sinais.*

A fúria nos olhos de vovó Dorcas diminuiu, mas não o suficiente para poupar sua neta de uma repreensão.

– *Diga-me onde ela está, Tamsin, ou as fadas a levarão ao Reino dos Elfos para que se arrependa de suas más ações.*

– *Rebecca não foi longe, vovó.* – A outra gêmea, Margaret, falou pela primeira vez. Ela apontou para um grupo escuro de árvores. – *Ela está em Outro Lugar.*

Matthew era um borrão enquanto ia na direção indicada por Margaret.

– *Ainda não terminei com vocês três* – avisou vovó Dorcas.

Segui Matthew, sem me preocupar em abafar o som enquanto pisava em samambaias e esmagava salsaparrilhas sob os pés, pisando diretamente sobre galhos para quebrá-los quando possível ou subindo neles quando eram grandes e cobertos de líquen. Tia Gwyneth e Pip seguiam pelo caminho que eu estava abrindo, avançando mais devagar e sendo vigiados por Apollo, que voava baixo acima deles.

À medida que me aproximava das árvores de Margaret, os troncos pareciam mais robustos e a copa das folhas mais densa do que à distância. Eu farejei. Um aroma inconfundível de magia desconhecida pairava no ar: amora, madressilva, jacinto e lírio-do-vale. Exótico e doce, havia notas mais escuras de pinho, sálvia, almíscar e cravo flutuando na mistura. Espreitei a escuridão à frente.

– *Às vezes, nós que habitamos esta selva, compelidas pela carência, saímos.* – As três irmãs Proctor saltaram à vista, impassíveis apesar do aviso de vovó Dorcas. – *Para a cidade ou vila próxima, curiosas para ouvir as novidades, elas nos encontram.*

Estava distorcido, mas era possível reconhecer o poema de John Milton.

– Elas estavam cantando essa música quando Becca decidiu entrar na floresta – disse Pip, com o queixo tremendo. – Eu não gosto dessas meninas.

Mary mostrou a língua e Margaret fez um gesto de desprezo para Pip. Tamsin se separou do grupo, flutuando através da névoa.

– *Veja este troféu de homem* – falou Tamsin, puxando suas mãos através da escuridão como se estivesse abrindo uma janela – *levantado por aquele curioso mecanismo, sua mão branca.*

Embora pronunciadas em voz baixa, as palavras de Tamsin tinham o tom de um feitiço. A névoa densa se afastou, revelando uma grande clareira cercada por carvalhos – árvores sagradas para a deusa e reverenciadas pelas bruxas. Becca estava no centro.

– Becca! – gritei, correndo em sua direção.

– Ela não consegue te ouvir, Diana – disse Gwyneth.

– *Ela está em Outro Lugar, como falei.* – Margaret suspirou. – *Eu não sou oráculo, como Mary. Ninguém presta muita atenção em mim.*

O dedo frio da premonição fez cócegas ao longo da minha espinha. *Outro Lugar* não era uma resposta evasiva a uma pergunta, como eu tinha pensado. Era um lugar real entre os mundos. E Becca estava presa nele.

Sombras se erguiam como línguas de chamas aos pés de Becca, e um bando de corvos voava sobre ela em ondas. Um único corvo se separou do grupo, com pés pretos nodosos e garras letais estendendo-se para ela. Becca gritou e caiu no chão em uma cambalhota antes de se levantar, os braços estendidos para se equilibrar. Outro corvo desceu, com o bico aberto, e bicou sua mão.

Matthew chegou à clareira antes de mim. Suas mãos pressionaram uma barreira invisível e ele xingou.

– Não consigo passar – falou, com os olhos selvagens pela necessidade de libertar a filha de seus algozes.

Coloquei minhas mãos ao lado das dele, tentando entender o feitiço ao redor da minha filha. Toda proteção tem uma fraqueza. Se eu conseguisse encontrar o ponto vulnerável, poderia romper a magia e libertá-la.

Gwyneth, percebendo minhas intenções, segurou firme meu braço.

– Você não tem o conhecimento nem a habilidade para quebrar o círculo de Becca. Tamsin o ensinou a ela, e é forte e puro, como só a magia de uma criança pode ser.

Um rápido olhar para Matthew me disse que eu não era a única criatura na floresta lutando contra seus demônios internos. Os olhos dele estavam vidrados, um sinal de que a ira do sangue estava prestes a transbordar conforme seu controle se desfazia lentamente.

– Estou aqui, raio de lua – disse Matthew, a voz falhando ao pronunciar seu apelido. – *Maman* e eu vamos resolver isso, eu prometo.

– O melhor para Becca seria vocês deixarem isso se desenrolar – aconselhou Gwyneth. – A floresta não vai permitir que ela se machuque, nem eu.

– Você já fez isso. – A expressão de Matthew era arrepiante. – Os Proctor reivindicaram Rebecca, com seus oráculos e sombras e magia sedutora. Mas ela também é uma De Clermont, e não a entregaremos tão facilmente à sua Escuridão.

Becca corria ao redor do círculo, desviando de dois corvos que estavam bicando sua cabeça e bagunçando seu cabelo.

– Os corvos, eles vão matá-la! – gritei, os olhos ardendo de lágrimas enquanto os pássaros grasnavam com prazer.

Matthew, que não era conhecido por deixar as coisas se desenrolarem por conta própria nem por aceitar conselhos de bruxas, decidiu seguir um caminho diferente. Seus músculos se contraíram quando ele se abaixou em posição de ataque.

– Rebecca!

O tom da voz de Matthew, ou a própria consciência de Becca de que seu pai estava por perto, a fez parar abruptamente. Ela o viu e sorriu.

– Pode entrar, papai – falou, acenando com a mão em convite.

Matthew passou sem esforço pela barreira antes impenetrável. Tentei segui-lo, mas o círculo se fechou. O pai era bem-vindo; eu, não.

– Eu nunca previ isso – murmurou Gwyneth.

– Eles vão ficar bem, mamãe? – Pip também havia sido excluído da presença da irmã.

– Claro que vão – falei, recorrendo às palavras vagas e tranquilizadoras de Ysabeau. Na verdade, eu não tinha ideia do que iria acontecer agora que Matthew, e sua Escuridão, haviam entrado na arena de Becca.

Os corvos irromperam em um coro ensurdecedor de estalos, gargalhadas e gritos guturais enquanto Matthew envolvia Becca com seus braços fortes. Sinetas tilintaram, preenchendo o ar com reverberações dolorosas. Pip colocou as mãos sobre os ouvidos sobrenaturalmente sensíveis.

Dentro do círculo, Becca falava com Matthew com grande animação, acenando com os braços e rindo.

Matthew se endireitou, uma expressão de deslumbramento cauteloso no rosto. O maior dos corvos mergulhou na cabeça de Matthew, grasnou e levantou voo outra vez.

Becca voltou a girar, os corvos seguindo seu rastro enquanto uma trilha de Sombras e luzes estelares se formava atrás dela. Matthew observava os pássaros se deslocarem, girando acima de Becca e bicando seus ombros.

– Por que ele não está fazendo nada? – gritei.

– Parece... – Gwyneth parou e reconsiderou. – Será que os corvos estão *brincando* com ela?

Matthew se virou, acompanhando os movimentos de Becca. Dois corvos agarraram o tecido de sua capa de chuva. Ela gritou de alegria quando eles a levantaram no ar antes de soltá-la. Eu reprimi um grito ao vê-la cair de volta ao chão.

– Não se preocupe, mamãe – disse Pip. – Becca pula da janela em casa o tempo todo.

Isso não era particularmente reconfortante, dada a altura dos quartos do segundo andar em New Haven. No entanto, Pip estava certo. Becca fez um rolamento ao atingir o chão e logo se levantou.

– Vamos lá, papai! – disse ela, sua voz quase inaudível por cima do grito dos pássaros.

Cauteloso, Matthew fez seu próprio rolamento, saltando para o ar antes de encolher a cabeça e rolar até ficar de pé. Ele se agachou, mas não era uma postura de combate. Ele parecia um filhote pronto para brincar.

Uma lembrança veio à tona, de um pássaro diferente, uma floresta diferente. Eu havia corrido atrás dele, mas ele voava à minha frente, fugidio e inalcançável. Eu ria, seguindo-o para as partes mais escuras da floresta na Casa Bishop.

– *Tens alguma lembrança de antes de vires para cá?* – Minha mãe observava com olhos flamejantes do outro lado da clareira. Uma enorme coruja cinza estava empoleirada em seu ombro, uma encruzilhada branca marcando o espaço entre os brilhantes olhos amarelos.

Algo – alguém – também me observava. A boneca de Becca estava encostada no tronco de um pinheiro ali perto, esquecida na ânsia da minha filha de estar com os corvos. Os olhos de Tamsy, imóveis, refletiam os traços cinzentos da Sombra que se agarravam às pernas de Becca.

Quando olhei de volta para a clareira, minha mãe havia desaparecido.

– Ela está ficando cansada – disse Gwyneth.

Mas Becca tinha reservas vampíricas de resistência que minha tia não conseguia prever. A brincadeira podia ter se abrandado, mas a magia ainda estava em ação, e minha filha queria fazer parte dela.

O maior dos corvos assobiou para Matthew, e sua cabeça se virou para o som. O vampiro começou a correr depressa ao redor da borda da clareira, convidando o pássaro a segui-lo.

O corvo mordeu a isca. Com um forte bater de asas, o pássaro pairou como se estivesse prestes a mergulhar. Matthew fez movimentos rápidos no ar acima de sua cabeça, como um lobo, as fortes mandíbulas se fechando. Os outros corvos pousaram ao redor de Becca, sacudindo os bicos como sabres e observando o impasse entre o pássaro e aquele estranho lobo com roupa de homem.

Matthew riu.

Em algum lugar na floresta, uma coruja piou de alegria.

O corvo mergulhou até a cintura de Matthew e bicou a parte de trás do meu marido com seu poderoso bico preto.

Matthew esfregou o traseiro e riu novamente. Então correu, seu corpo um borrão enquanto ele disparava ao redor da clareira.

Gwyneth estava certa. Os corvos estavam brincando com Becca, e com Matthew também.

A alegria dele com a brincadeira era tão grande quanto a da filha, talvez até maior. Enquanto corria e saltava, tentando alcançar o pássaro sem conseguir tocar em nenhuma pena, o corvo desviava com garras e bico.

Os outros pássaros permaneceram com Becca, balançando a cabeça para cima e para baixo enquanto ela girava ao som de uma música que só ela ouvia. Estava hipnotizada, outra criatura selvagem da floresta. O riso da nossa filha se juntava ao do pai, a nota mais aguda lembrando os sons de sino dos corvos voando.

Matthew inclinou a cabeça para trás e uivou. Ele saltou para o ar e deu uma cambalhota. Minha respiração falhou com seus movimentos graciosos.

Pela primeira vez desde que eu o conhecera, ele estava livre.

Eu me perguntei que magia especial minha filha havia criado.

Matthew se curvou, ofegante com o esforço. Os pés de Becca pararam e ela ficou de pé, reta como o pináculo da capela, os braços estendidos. Um corvo pousou em seu braço magro. Ele alçou voo, apenas para ser substituído por outro membro do bando, depois outro, em algo que parecia uma bênção ou um ritual de poder compartilhado.

Becca viu o irmão esperando fora do círculo mágico e o desfez.

– Pip! – Becca correu em direção a ele, os braços abertos como as asas de um corvo.

O irmão e eu fomos ao seu encontro. Enfiei meu nariz em seu cabelo e respirei o aroma familiar, agora adoçado com magia, abraçando-a tão forte que achei que minhas costelas se separariam para que eu pudesse segurá-la contra o coração.

– Você me assustou – sussurrei entre beijos.

Matthew se aproximou. Seu rosto estava avermelhado e a respiração seguia um ritmo mais rápido e quente.

– Que noite – disse tia Gwyneth, o rosto cansado devido ao esforço. Ela colocou a varinha no bolso do casaco com a mão trêmula. Não a soltara desde que havíamos entrado na escuridão da floresta. – Amanhã, quando nos recuperarmos, veremos o que podemos fazer para extrair o espírito de Tamsin Proctor da boneca de Becca, e eu trarei Becca e Pip de volta aqui para apresentá-los devidamente à Floresta dos Corvos. Mas, primeiro, todos nós vamos voltar para a cama. – Minha tia passou a mão cansada na testa.

Pip e Becca correram, conversando animados. Apollo voava acima dos dois como um anjo da guarda, e Gwyneth os seguiu com a luz de bruxa, mostrando o caminho de volta para casa.

A Escuridão se aproximou, zombando de mim com imagens de Matthew como eu jamais o vira antes.

– Como foi brincar com os corvos? – perguntei com delicadeza, enquanto nossos passos diminuíam e ficávamos para trás do restante do grupo.

Ele me beijou. Depois da última discussão, eu fiquei calada e fria. Mas Matthew foi persistente, sua língua provocando meus lábios até que eles se separassem com um suspiro suave que ele engoliu como se fosse água ou vinho.

Meus braços se prenderam ao redor do seu pescoço, e ele ergueu minha perna até que meu corpo estivesse pressionado contra as linhas duras do dele. Uma energia que Matthew mantinha cuidadosamente confinada havia sido liberada ali na Floresta dos Corvos.

– Foi assim – respondeu quando nossos lábios se separaram. – Faminto e selvagem, com um pouco de suavidade e perigo.

Olhei profundamente em seus olhos, sem palavras, admirada pela paixão que nunca falhava em preencher o espaço entre nós.

– Vamos para casa – disse Matthew, o polegar suave contra meu lábio inferior.

Ele pegou minha mão e caminhamos entre as árvores, a lua iluminando nossos passos e nosso caminho enquanto seguíamos o brilho do lampião de Gwyneth e o som feliz das vozes de nossos filhos.

Não importava o que o futuro reservava, por ora eu estava exatamente no meu lugar: em Ravenswood, com Matthew e nossos filhos, avançando em nosso caminho compartilhado.

Capítulo 13

Quando acordei na manhã seguinte, tensa depois da chuva fria da noite passada, a casa estava coberta pelo cheiro de café e fumaça de madeira. Sons abafados vinham da cozinha: panelas e frigideiras tilintando, trechos de conversa, o suave som de garras arranhando o chão. Mergulhei nas memórias da noite anterior. Levou apenas alguns momentos para que a importância do que havia acontecido na Floresta dos Corvos me tirasse da cama.

Espiei o quarto de Naomi. Não havia sinal de Becca ou Tamsy. Quanto a Pip, ele e Apollo ainda estavam roncando na velha cama do meu pai, com a asa do grifo aberta sobre seu protegido como um cobertor de penas. Normalmente, Apollo e Ardwinna dormiam juntos no andar de baixo, mas fizemos uma exceção naquela noite.

A conversa na cozinha foi ficando mais alta e mais clara a cada degrau que eu descia.

– Corvos e lobos são amigos, raio de lua – murmurou Matthew, o ruído da cafeteira e da água ao fundo enquanto fazia outra garrafa de café. Com base no aroma torrado que dominava a casa, não era a primeira. Com base no que aconteceu na noite passada, não seria a última.

Parei com a mão no corrimão. Matthew e Becca tinham sono leve e eram madrugadores. Parte da rotina de pai e filha era uma cerimônia diária de café que envolvia a velha cafeteira francesa de sifão de Marcus e qualquer café levemente torrado que Matthew conseguisse encontrar em uma cidade como New Haven, que preferia cafés gelados e espressos. O sifão lembrava um aparato químico, e dele Matthew extraiu uma infusão pura e delicada que fazia Becca se sentir mais crescida, sem causar um impacto no seu sistema digestivo sensível.

— Você já tinha brincado com corvos antes, papai? — perguntou Becca. O rangido das rodas no chão indicava que ela estava acomodando Tamsy no cadeirão de madeira lascado que ficava no canto.

— Já — respondeu Matthew. — Lembra que trabalhei na neve para aprender sobre lobos?

As histórias de Matthew sobre os lobos, com seus comportamentos de matilha e caça, eram uma parte importante da educação dos gêmeos sobre o que significava ser um vampiro.

— Aham — respondeu Becca.

— Eu vi corvos e lobos brincando lá, desviando e rolando no ar e no chão — explicou Matthew. — Eles eram amigos e compartilhavam refeições, e às vezes um corvo adotava um lobo. Eles passavam muito tempo juntos, e mesmo quando o lobo saía da família para formar sua própria matilha, o corvo ia com ele.

Era uma história que eu não tinha ouvido antes.

— Como melhores amigos! — disse Becca. — Como eu e Tamsy.

Era um momento oportuno para quebrar a bolha íntima entre pai e filha. Eu me preocupava que Becca achasse que sua amiga mais próxima era uma boneca ocupada pelo espírito de uma menina morta.

— Vocês dois acordaram cedo — falei de forma descontraída, dando um beijo em Becca. Ao me afastar, avistei algo mais preocupante do que a boneca.

Becca sempre usava a chave do baú Hadley de Tamsy em uma fita de cetim coral ao redor do pescoço. Naquela manhã, o anel do corvo também estava pendurado nela. A justaposição da fita coral, da chave de latão e do anel de ossos brancos e escuros me causou um choque, como se fossem sinais esperando para serem interpretados.

Meus dedos coçaram para consultar o oráculo do pássaro preto, mas eu deixara as cartas no escritório do vovô Tally, trancadas e protegidas em seu cofre de madeira. Katrina estava certa; eu precisava mantê-las comigo. Eu me perguntava como Matthew reagiria ao ver o baralho completo e entender seu significado. Eu pretendia mostrá-lo no dia anterior, mas os acontecimentos mudaram os planos.

Matthew estava ao fogão, mexendo mingau de aveia com uma colher de pau. Era uma manhã fria à beira-mar, e comida quente seria bem-vinda. Ele sorriu, e seus olhos se iluminaram como sempre acontecia quando eu chegava.

— É para mim? — perguntei, me esticando na ponta dos pés para um beijo. Matthew tinha gosto de café e Escuridão, os efeitos da floresta ainda com ele.

— Claro que é para você. — Lançou um olhar para a escada. — E para Philip, caso ele acorde e se junte a nós.

— Aproveite o silêncio enquanto pode. — Contendo um bocejo, vasculhei os chás armazenados nas prateleiras da velha estante. Queria English Breakfast? Pu-erh?

Matthew tinha se adiantado, como de costume.

— Já está pronto. — Apontou para uma chaleira envolvida em uma capa de crochê. Ele serviu o mingau em uma tigela, polvilhando com canela, nozes e mirtilos. — Venha pegar seu mingau, Rebecca.

Matthew preparou uma segunda tigela para mim, com bananas, nozes e açúcar mascavo. Ele conhecia as coberturas favoritas de todos, e cada um recebia uma tigela diferente. Embora o cheiro de café não despertasse Pip, a aveia provavelmente o faria.

— Sinto cheiro de café da manhã! — Pip desceu os degraus da escada correndo. — Bom dia, mamãe!

Abri os braços. Pip me derrubou com sua empolgação.

— Com cuidado. — Matthew franziu as sobrancelhas para o filho, preparando a terceira e última tigela do dia.

Pip deu dois passos moderados na direção de Matthew e, então, saltou para pegar seu café da manhã das mãos do pai. Sua generosa porção de mingau tinha uma grossa camada de creme e uma bela dose de açúcar com canela.

Pip inalou o aroma e suspirou com reverência.

— Obrigado, papai.

— Você pode comer um petisco, Tamsy. Então vamos nos vestir para nossa caminhada. — Becca colocou um único mirtilo e uma noz na bandeja à frente da boneca.

— Que caminhada? — Coloquei uma colher de mingau na boca.

— Pensei em fazer uma caminhada com as crianças. — Matthew serviu-se de uma nova xícara de café. — Olhei o cronograma de Gwyneth, e você tem um dia ocupado com feitiços pela frente. Também vai ser bom para Ardwinna e Apollo fazerem algum exercício depois da longa viagem de carro. Vamos nos aventurar por terras desconhecidas e fingir que Ravenswood é um mapa que devemos ler com muita atenção.

Matthew bagunçou o cabelo de Pip, e nosso filho riu.

— Foi isso que o avô de Tamsy fez quando veio para Ravenswood — disse Becca, traçando um fio de açúcar em sua tigela. — Era tudo novo e ele teve que limpar as árvores e cortar a madeira para construir a casa.

Minha colher de mingau parou a meio caminho dos lábios. Matthew e eu trocamos um olhar preocupado. Quando a aveia enfim entrou na minha boca, foi difícil engolir, minha garganta apertada de preocupação sobre o que Tamsy estava transmitindo a Becca agora que ela estava de volta a Ravenswood.

Conversamos tranquilamente enquanto os gêmeos terminavam a refeição. Becca não estava sofrendo efeitos adversos da brincadeira intensa de ontem, e Pip, que ficava bem com qualquer quantidade de sono, estava energizado e curioso com a ideia de explorar os limites da propriedade em busca de tesouros enterrados.

Quando os gêmeos subiram para se trocar, Matthew e eu arrumamos a cozinha. Havíamos aprendido nossa lição e mantivemos as vozes baixas e calmas.

– Estou preocupada com essa boneca – falei, abrindo a água com força na pia para abafar mais minhas palavras.

– Estou preocupado com Ravenswood – confessou Matthew, com uma expressão sombria. – Philip ainda está desconfiado do lugar, e com razão, e Rebecca já está profundamente apegada.

– Gwyneth vai se certificar de que as crianças não se machuquem – assegurei. – Ela está sintonizada com tudo o que acontece aqui.

– Sua tia não sabia que Rebecca e Philip tinham fugido – observou Matthew. – Nem que Rebecca tinha se embrenhado na floresta, embora eu suspeite que não houvesse nada que ela pudesse ter feito em relação a isso.

Pensei no anel ao redor do pescoço de Becca e na forma fácil como ela falava sobre o passado de Ravenswood.

– O poder de Becca está crescendo. – Eu não ia amenizar a situação. – Ela tem um talento para alta magia, Matthew, assim como eu, e mamãe, e a irmã do meu pai. A Congregação vai identificar que ela é adequada para o Caminho das Trevas assim que a testar. Não poderemos evitar isso também.

Matthew ficou de costas para a pia para poder me olhar nos olhos. Ele adotou a postura que costumava assumir quando confrontado com uma verdade desconfortável, com as pernas ligeiramente flexionadas e os braços cruzados sobre o peito.

– Muito bem. Mas Rebecca decidirá por conta própria se deseja estudar alta magia – avisou. – Nem você, nem seu DNA, nem a Congregação irão decidir por ela.

Fiquei ofendida por ele pensar que eu forçaria Becca.

— A alta magia pode ser uma parte inextricável da constituição de Rebecca, e eu não a impedirei de buscá-la – continuou Matthew. – Mas não a incentivarei a persegui-la. E você também não deveria.

Uma batida na porta de tela interrompeu nossa conversa.

— Entre, Gwyneth – disse Matthew, afastando-se do balcão.

Os olhos da minha tia estavam aguçados. Gwyneth tinha ouvido parte da nossa conversa sobre alta magia e não estava satisfeita.

— Prometi às crianças um passeio pela Floresta dos Corvos – disse ela. – É um bom momento?

— Obrigado, Gwyneth, mas estamos saindo para uma longa caminhada em direção ao rio – respondeu Matthew. – Rebecca e Philip precisam de muito exercício, especialmente quando estão estressados.

Não era a maneira ideal de começar o dia, com Matthew fazendo declarações e construindo defesas ao redor da Fazenda Pomar e das crianças. Mas ele estava em terras Proctor, não nas suas, e era Gwyneth quem mandava ali.

— Excelente! O acesso mais rápido para o rio é pela floresta. Vou mostrar o caminho.

Xeque. Lembrei-me do arrependimento da família De Clermont por Matthew ser um péssimo jogador de xadrez. Ao contrário de Philippe, podia ser fácil prever o próximo movimento do meu marido, principalmente se ele estivesse usando sua capa de Mestre do Universo.

— Parece ótimo – falei, dando um abraço e um beijo de gratidão em minha tia. – Você dormiu bem?

Becca e Pip ouviram a chegada de Gwyneth, assim como Ardwinna, que deu um latido agudo de boas-vindas e despencou escada abaixo. Ela foi seguida por uma bola de pelos e penas.

— Oi, tia Gwyneth! – Becca foi a próxima. – Vamos voltar para a floresta? Posso ir na frente?

Matthew podia até argumentar comigo, mas não poderia se opor à vontade coletiva de dois Nascidos Brilhantes, um cachorro, um grifo e minha tia. Seus planos para uma caminhada em família, explorando o terreno e procurando pequenos roedores e outras coisas comestíveis, evaporaram. Então ele aceitou o convite de Gwyneth, tranquilo.

— Vamos voltar para a floresta, mas esta é a casa da sua tia, Rebecca Arielle, e ela é quem vai mostrar o caminho – disse Matthew de forma severa.

— Tudo bem — respondeu Becca, colocando um chapéu na cabeça de Tamsy e calçando os pés da boneca.

— Podemos ir *agora*? — perguntou Pip, com seu chapéu de beisebol torto.

Depois de uma boa aplicação de repelente, seguimos em direção às árvores. Os mosquitos estavam atacando, e a pele sensível das crianças seria irresistível para os persistentes sugadores de sangue.

Seguimos o mesmo caminho que havíamos tomado para encontrar Becca na noite anterior. Tamsy veio conosco, e Pip saltitava ao lado de Apollo. Ardwinna, que conhecia bem as regras de grupo e estava ciente da posição de Gwyneth no nosso, permaneceu próxima à minha tia.

Sem a lente distorcida do pânico, consegui ver a Floresta dos Corvos com clareza e sentir melhor sua magia. Naquela manhã, ela não era um lugar de pesadelos, mas uma floresta encantada de conto de fadas, onde Escuridão e Luz estavam em perfeito equilíbrio e tudo era possível.

— Olha, Pip. Aquela é a casa na árvore que eu te falei. — Becca apontou para uma plataforma particularmente alta, com tábuas de madeira que circundavam o tronco de um robusto carvalho como um ninho de corvo no mastro de uma escuna. Alguém havia encostado uma escada precária contra a casca áspera. Era feita de galhos caídos amarrados com corda, os suportes torcidos. — E aqui é onde eu quero construir uma casinha para as fadas — continuou, agachando-se na base da árvore, onde o musgo era mais espesso. Ela fez um gesto para o irmão. — Vem ver, Pip. Você decide se é um bom lugar para uma casa.

Animado para compartilhar suas habilidades arquitetônicas com a irmã, Pip correu para o lugar da construção em potencial.

— Isso me traz lembranças felizes. — Os olhos da tia Gwyneth brilhavam com lágrimas não derramadas. — Nunca pensei que veria algum dos bisnetos de Tally aqui.

— Becca! — exclamou Pip em um sussurro alto. — Estou vendo uma fada.

— Onde? — A cabeça de Becca girou como a de uma coruja.

— Ali. — Pip apontou para um arbusto de amora que balançava. — Acho que ela está presa.

— Vamos salvá-la! — disparou Becca, ficando de pé.

Felizmente, a fada — se é que realmente havia uma — não foi encontrada, e retomamos nosso caminho pela floresta. Gwyneth estabeleceu as regras caso os gêmeos quisessem retornar, apresentando-as uma a uma para que Becca e Pip as lembrassem. Minha tia podia ter se aposentado do ensino, mas não perdera o talento para avaliar a quantidade de informação nova que uma criatura consegue absorver.

— A Floresta dos Corvos prefere que a gente fique nas trilhas — advertiu Gwyneth quando Becca se enredou em um arbusto de erva-de-são-cristóvão. As frutas de olhos esbugalhados agitaram-se em suas folhas, concordando. — Eu não cavaria a terra com esse galho, Pip — aconselhou minha tia. — Isso perturba as raízes das árvores e elas ficam irritadas.

Acima, os galhos de um carvalho se balançavam de um lado a outro. Eles se acalmaram assim que Pip colocou o galho no chão.

— Vocês vão encontrar o rio seguindo por aqui, Matthew — disse Gwyneth ao meu marido quando ele sentiu o cheiro do mar e avançou naquela direção. — Por ali, só tem pântano e charco.

Matthew, que estava tão ansioso para prosseguir quanto os filhos, parou de repente. Ele se virou.

Gwyneth apontou para uma placa antiga em forma de manivela que dizia: RIO POR AQUI. Mais uma vez frustrado, Matthew apertou os lábios em uma linha fina e avançou na nossa frente.

— Desculpe — murmurei para minha tia. — Ele gosta de estar no comando.

— Eu também — disse Gwyneth, com os olhos azuis brilhando.

O caminho para o rio serpenteava de um lado a outro, fazendo com que fôssemos para o norte, depois para o oeste, depois para o sul ao redor de um grupo de árvores, depois para o norte, para o leste, até que eu estava confusa e desisti de tentar lembrar como havíamos chegado ali.

— Só fiquem na trilha e vai dar tudo certo — dizia Gwyneth sempre que as crianças perguntavam se já estávamos chegando.

Quanto mais minha tia falava isso, mais eu suspeitava que havia um significado mais profundo em suas palavras.

Quando enfim chegamos a um trecho de terreno sólido onde o rio Ipswich encontrava o Neck Creek, olhamos para um labirinto complicado de estuários, pântanos salgados e riachos que iam da terra ao mar. As vias navegáveis estavam lotadas de todos os tipos de embarcações, desde barcos de moluscos até veleiros.

— Uau! — Pip pulava de empolgação. — Olha para eles!

— Sua tia Grace está lá fora — disse Gwyneth. — Você consegue ver um barco com bandeira de pirata?

As mulheres de Mount Holyoke também eram um pouco piratas. Isso fazia muito sentido com base nas ex-alunas que eu conhecera até então.

Embora todos nós procurássemos, não conseguimos encontrar a tal embarcação. Desapontadas, as crianças puderam se concentrar em outros desejos.

– Estou com fome – disse Pip.

– Estou com sede – reclamou Becca.

Gwyneth se virou para um pequeno grupo de casas perto de uma estrada.

– Parece a casa da Betty – falou. – Podemos fazer uma visita antes de voltarmos para Ravenswood. E também conheço outro caminho para casa.

Betty ficou contente por receber um grifo pela primeira vez e forneceu uma tigela de sementes para pássaros a Apollo. Ela deu limonada e biscoitos de lavanda para as crianças, enquanto Matthew e Ardwinna optaram por água fresca, e Gwyneth e eu tomamos xícaras de chá Earl Grey. Passamos uma hora agradável com a secretária do coven antes de Gwyneth nos levar para casa pelo caminho que passava pela entrada de Ravenswood.

Matthew estava ansioso para se afastar da minha tia e reabastecer sua paciência com algo mais forte do que os refrescos de Betty, mas Gwyneth tinha uma última carta na manga.

– Quem gostaria de ver o celeiro antes do meu cochilo? – perguntou ela a ninguém em particular. – É lá que sua mãe vai estudar alta magia.

As mãos das crianças se ergueram imediatamente. Os lábios de Matthew se apertaram. O vinho tinto e o café teriam que esperar.

– Vamos dar uma olhada. – Gwyneth fez um gesto para que as crianças se aproximassem das portas deslizantes. – Estão sentindo alguma coisa?

– Nem um formigamento – respondeu Pip, franzindo a testa. Ele colocou o dedo na porta para ter certeza. – Ai! Isso dói!

– Minha famosa magia das vespas. Ela impede que as pessoas fiquem mexendo onde não devem. – Minha tia fez uma careta que arrancou risadas dos gêmeos. – Certifique-se de ter permissão da sua mãe ou de mim se quiser entrar. Caso contrário, vai sentir como se tivesse pisado em um ninho de vespas. – O olhar de Gwyneth para Matthew o incluiu na advertência. – Pode me ajudar com a porta? – perguntou ao meu marido com um tom doce. – É muito pesada.

Gwyneth normalmente manuseava a porta com habilidade, e se isso não funcionasse, usava um feitiço explosivo, transmitido por bruxas finlandesas e trabalhadores de pedreiras de Cape Ann, que deixava portas em pedaços mas causava danos mínimos à estrutura e ao seu conteúdo. Ela estava tramando algo.

Matthew se aproximou, feliz por ajudar qualquer donzela em apuros, e entramos no celeiro.

– Uau. – Rebecca olhou ao redor com os olhos arregalados. – Tem mais coisas antigas aqui do que no quarto do *Grand-père* em Les Revenants.

Matthew abriu completamente a porta diante desse anúncio surpreendente, pois a vasta biblioteca pessoal de Philippe em nossa casa na França era considerada a oitava maravilha do mundo. Ela estava cheia de coisinhas não catalogadas que o patriarca da família De Clermont havia coletado ao longo de sua extensa vida.

O velho celeiro de Ravenswood não era tão grande nem tão imponente quanto a biblioteca de Les Revenants, mas ainda assim era impressionante. Sorri diante do espanto das crianças e da surpresa de Matthew enquanto eles examinavam as riquezas ali dentro.

Becca e Pip correram por todo lado, encontrando os teares de feitiços e a escada da biblioteca. Becca soltou um grito ao ver o laboratório alquímico. Pip olhou maravilhado para a enorme raiz de mandrágora em cima de um suporte de bolo, sob uma tampa de vidro. Matthew examinava os antigos instrumentos com um sorriso afetuoso no rosto, lembrando-se de nosso amigo Tom Harriot e seu amor por engenhocas mecânicas.

Matthew e as crianças estavam sendo enfeitiçados pela família Proctor, assim como eu.

– *Trovão e relâmpago!* – O cachimbo da vovó Dorcas caiu de seus lábios, espalhando tabaco em brasa por toda parte. Ela estava hipnotizada ao ver Matthew e os gêmeos. – *Bebês. E um vampiro. Eu os vi na floresta, Gwynie, mas nunca imaginei que você os deixaria entrar aqui.*

Pip parou abruptamente diante da vovó Dorcas e fez uma reverência cortês.

– Desculpe, *Madame*, eu não a vi. Sou Philip Bishop-Clairmont.

– *E um rapaz muito apresentável também* – comentou vovó Dorcas, desarmada pelos bons modos de Pip. Ela fez sinal para Becca se aproximar. – *Venha aqui, menina, e cumprimente sua velha avó. Não vou morder, como seu pai.*

– Morder não é educado – respondeu Becca, avançando cautelosamente em direção à cadeira de balanço. Como Pip, ela havia sido instruída no comportamento adequado de criaturas por seu pai e Ysabeau. A educação era importante na família De Clermont, mesmo que você estivesse apunhalando alguém pelas costas ou tramando a ruína de sua família.

– *Então, do que está com medo, pequena fada?* – Vovó Dorcas olhou para a neta.

Becca hesitou.

– *Que bagunça, esqueça a tristeza, preocupação mata até um gato.* – Vovó Dorcas apagou um pequeno fogo que fumegava em suas saias. – *Desembucha ou isso vai se transformar em um sapo maligno e te sufocar.*

– Peço desculpas, Madame – começou Becca –, mas *o que* você é?

Vovó Dorcas olhou para Becca de olhos arregalados. Então inclinou a cabeça para trás e explodiu em risadas.

– *Sou sua avó, é isso.* – Vovó Dorcas se engasgou de tanto rir.

– Você tem cheiro de fantasma – respondeu Becca, franzindo o nariz –, mas não *parece* um.

– Os fantasmas da família Proctor não são como os da família Bishop, querida – falei, colocando meu braço em volta dos ombros dela. Sem dúvida haveria muitas conversas metafísicas noturnas sobre a natureza dos fantasmas, por que alguns eram apenas fumaça verde e outros mais substanciais. Olhei para Matthew em busca de apoio.

Vi que meu marido não seria de nenhuma ajuda. Embora ele tivesse visto os fantasmas na noite anterior, estar tão perto de um novamente o havia deixado sem palavras. Ele ficou parado, atônito, segurando em uma das mãos o quadrante de cobre polido de John Proctor, encarando minha bisavó.

Matthew fez o sinal da cruz com a mão livre.

– *Um sanguessuga e, além de tudo, um papista!* – Vovó Dorcas inclinou a cabeça para vê-lo melhor, envolvendo-o na fumaça de seu cachimbo. – *Vamos lá, patife. Você sabe que quer.*

Matthew a tocou no ombro. Ele pressionou um pouco mais, enfiando o dedo comprido mais fundo até que a ponta desapareceu na carne de Dorcas. Ele pulou para trás.

– *Não seja um boboca* – disse vovó Dorcas. – *O que você esperava? Eu estou morta, homem. E é melhor você se acostumar com isso, porque não sou o único fantasma por aqui.*

Pip e Becca ouviram atentamente essa troca, guardando as palavras *papista*, *sanguessuga*, *patife* e *boboca* para uso futuro.

No geral, os primeiros encontros de Matthew com os Proctor, vivos e mortos, estavam indo melhor do que eu esperava. Gwyneth estava se revelando uma espécie de mestre de cerimônias. Eu conseguia detectar sua mão guiando tudo o que acontecia, enquanto ela fazia Matthew e as crianças se sentirem seguros em Ravenswood. As próximas palavras de Becca evidenciaram que ela estava pronta para deixar de ser uma hóspede e se tornar uma residente de verão.

– Podemos ficar com a tia Gwyneth, papai, até a gente conhecer *todos* os fantasmas? – perguntou ao pai. Ela sabia que não adiantava insistir. Em vez disso, recorreu à lógica e à razão. – Eu queria brincar com os corvos de novo e fingir que sou um lobo – continuou. – E tem muitos esquilos na floresta, até mais do que na Inglaterra. Poderíamos fazer um passeio noturno de caça e ficar em uma das casas na árvore.

Becca, que já mostrava sinais de inclinação escolástica, estava apresentando um excelente argumento a favor de sua proposta. Os esforços de Matthew para compartilhar sua educação medieval com os filhos, como o corvo na floresta, haviam voltado para assombrá-lo.

– Acho que Philip preferiria ir para a Inglaterra, raio de lua. E sua mãe também – argumentou Matthew.

Eu preferiria?

– Eu não ligo. Há florestas e campos aqui. – Pip deu de ombros. – E Ravenswood já tem casas nas árvores. Só precisamos consertá-las e deixá-las bonitas de novo. Apollo está feliz em ficar também. Ele quer conhecer as garças que vivem por lá. – Pip usou o tear mágico que havia retirado da parede para gesticular em direção ao pântano.

– Você quer dizer O Refúgio – disse Gwyneth. – É onde as garças costumam chocar os ovos. Podemos caminhar até lá na maré baixa.

– Tamsy estava certa, Pip – falou Becca. – A tia Gwyneth realmente sabe como encontrar as garças, e ela disse que a tia Julie vai nos levar lá no barco dela se a água estiver muito alta para caminhar.

Um toque de magia passou por mim, fraco, mas inconfundivelmente de Becca, com sua doçura de madressilva e núcleo de amora. Com Tamsy em seus braços, Becca não precisava de cartas de oráculo. Ela estava confiando no espírito de sua ancestral para ver o futuro. Pensei em Bridget Bishop e no boneco que as autoridades encontraram escondido em sua parede. Talvez o treinamento em alta magia começasse com bonecas e depois passasse para cartas de oráculo. Se fosse assim, então Becca estava no caminho certo.

– A tia Gwyneth sem dúvida tem seus próprios planos para o verão – disse Matthew. – Não queremos atrapalhá-la.

– Esse foi o verão que planejei – respondeu Gwyneth, esmagando a penúltima linha de defesa de Matthew. – Receber vocês na família e mostrar a magia de Ravenswood.

– E aprender a velejar – acrescentou Pip –, para que Apollo possa conhecer as garças.

Gwyneth riu.

– E velejar. E as garças. E piquenique na praia. E brincar com seus primos. E até mesmo ir para o acampamento de magia, se seus pais quiserem um pouco de paz e tranquilidade, o que merecem.

A perspectiva de um acampamento de magia foi recebida com enorme entusiasmo.

– Acalmem-se ou vou usar o feitiço de águas turbulentas da minha mãe em vocês dois. – Gwyneth balançou o dedo para dar ênfase. – Ela usou no seu avô Stephen e na tia Naomi. Eles também eram gêmeos e tão selvagens quanto gatos quando tinham a idade de vocês.

– O que o feitiço faz? – perguntou Pip, arregalando os olhos.

– Ele faz você ficar cansado por dias – respondeu Gwyneth. – Tudo o que vai querer fazer é cochilar, e acho que você não ia gostar nem um pouco disso. Poderia perder algo interessante.

Matthew lançou o que esperava ser seu trunfo.

– Sua mãe tem um trabalho importante a fazer na biblioteca – disse com firmeza, encerrando a discussão. Toda a família sabia que, se não recebesse regularmente os reforços da magia singular da Biblioteca Bodleiana, eu ficava insuportável.

– Mas eu tenho uma biblioteca novinha em folha bem aqui – falei, abrindo os braços –, esperando para ser explorada.

O rosto de Matthew escureceu como uma nuvem de tempestade passando pelo pântano.

– Tenho muito a aprender com tia Gwyneth – continuei. – Podemos ser todos estudantes juntos. Não seria divertido?

O aceno de cabeça dos gêmeos indicava que concordavam. O rabo de Ardwinna bateu no chão, votando para que ficássemos onde estávamos.

– O papai precisa aprender sobre a magia também. – O comentário de Becca não era uma pergunta. Era uma afirmação. – Ele é um vampiro, mas conhece muitas bruxas. Seria educado da parte dele entender melhor.

Pobre Matthew, tinha sido derrotado de novo.

– Acho que é uma excelente ideia – disse tia Gwyneth.

– A decisão é sua – Matthew falou para mim, ainda esperando que eu escolhesse outro caminho.

Pesei a familiaridade e a segurança contra a curiosidade e o desconhecido. Equilibrei a relutância de Matthew em desvendar os segredos escondidos na linhagem de nossos filhos contra o meu próprio horror à ideia de que Becca e Pip pudessem ser envolvidos pelo desejo de poder e controle da Congregação. Meus dedos coçavam para começar a fazer experimentos alquímicos e aprender maldições – sem mencionar a preparação de proteções adequadas para usar quando Meg me desafiasse na Encruzilhada.

– Vamos deixar a decisão para os gêmeos – falei, lembrando-o do que tinha me dito.

– Muito bem – disse Matthew, com uma expressão sombria de resignação. – Vamos ficar em Ravenswood. Por enquanto.

Houve gritos e exclamações de alegria de Pip, Becca e vovó Dorcas. Ardwinna latiu junto com os gritos animados. Apollo alçou voo, pousando em uma das vigas de carvalho.

– Três vieram por terra, e um pelo mar, e dois já estavam presentes, para todos abençoar! – Julie nos olhou sorridente da entrada do celeiro. Ela usava um de seus chapéus de aba larga, short branco até os joelhos e uma camisa vermelha como uma papoula. – Que barulheira toda é essa?

– Vamos ficar o verão *inteiro* – respondeu Becca, dançando ao redor de Julie. – Vamos para o acampamento de magia, e mamãe e papai vão para a escola de magia...

– Podemos velejar no seu barco? – Como o pai, Pip era persistente na busca de seus objetivos.

– Claro que podem! – Julie conjurou duas velas de estrelinhas e as deu para os gêmeos. – Isso significa que vocês estarão aqui para a festa do solstício de verão.

– Festa? – perguntou Matthew, ficando pálido.

– Todos os Proctor da costa norte se reúnem na véspera do solstício de verão para celebrar – explicou Julie, enquanto conjurava mais duas velas. Ela as ofereceu a Matthew. – Aqui. Pegue duas. Parece que está precisando de um pouco de brilho. – E não é só um jantar para adultos – continuou, enfiando mais velas brilhantes nos buracos de ventilação do próprio chapéu. Felizmente, as faíscas eram feitas de luz de bruxa, caso contrário, seu cabelo teria pegado fogo. – Todos os seus primos estarão lá também. Todo mundo traz um prato especial, e às vezes só temos sobremesas, mas ninguém se importa. Fazemos corridas de três pernas para ver quem consegue voar mais longe, e brincadeiras de ovo na colher para testar as habilidades de previsão, e a prima Rachel faz previsões que vão fazer seus olhos saltarem.

Parecia uma versão mágica da festa junina realizada na escola das crianças em New Haven. Exceto pelas previsões que fazem os olhos saltarem.

– Isso me lembra – disse Julie, entregando mais uma vela para Gwyneth. – Acho que devíamos nos reunir em Ravenswood este ano.

– De jeito nenhum! – exclamou Gwyneth.

– Faz anos desde que celebramos o solstício de verão aqui – insistiu Julie, com o lábio inferior formando um beicinho.

– Vocês, crianças, se mudaram e seguiram em frente – falou Gwyneth –, vagando pela Europa no verão em vez de ficar em casa. William tem feito um trabalho excelente organizando o piquenique anual.

– Pode ser – disse Julie. – Mas ninguém gosta dos ovos recheados dele, e ele não consegue acender um fogo de bruxa limpo, então o churrasco sempre solta muita fumaça. Além disso, o quintal dele é pequeno demais para uma competição decente de ovo na colher, e temos que entrar na van e dirigir cinco quilômetros só para procurar mariscos.

Becca e Pip ouviram cada palavra que Julie dizia, deslumbrados com a perspectiva das maravilhas que os aguardavam. Julie havia transformado uma reunião familiar em um parque temático mágico, cheio de atrações e comida pesada demais.

– Julie Proctor Eastey. – Tia Gwyneth estava horrorizada. – O que você fez?

– Tudo! – disse ela alegremente. – Não vai dar nenhum trabalho. Você não vai precisar levantar um dedo, exceto para colocar asas de fada e se juntar à festa.

Gwyneth não achou isso reconfortante, mas os gêmeos ficaram ainda mais entusiasmados.

– Posso usar asas? – perguntou Pip.

– Todo mundo usa – explicou Julie, enquanto as crianças a bombardeavam com mais perguntas. – Espere até ver tia Sally. Ela parece um zangão gigante, mas ainda consegue passar por cima das árvores quando voa.

— É tarde demais para mudar os planos — protestou Gwyneth, fracamente. — William já comprou o carvão.

Matthew, para quem a vingança era um prato que se come frio, sorriu satisfeito ao ver Gwyneth falhar em convencer Julie a mudar de ideia.

— Will vai entregar aqui amanhã. — Julie sorriu para a tia. — Eu te disse. Está tudo resolvido. Confie em mim, Gwynie. Eu sei como organizar uma festa.

Capítulo 14

Após alguns dias de clima úmido e instável, nuvens espessas se formaram em Ipswich, e a temperatura despencou novamente. Agora fazia parte da nossa rotina matinal nos reunirmos no celeiro depois do café da manhã para planejar o dia em família. As crianças retiravam lenha da pilha e a colocavam na lareira, trazendo um calor bem-vindo ao dia nublado. Gwyneth comandava o bule de chá, enquanto Matthew, que havia feito outra cafeteira sifão usando equipamentos de destilação, preparava uma nova jarra de sua bebida quente favorita. O zumbido alegre da vida familiar enchia o ar, e vovó Dorcas fumava contente seu cachimbo na cadeira de balanço, acariciando Ardwinna e depois Apollo, que se sentava a seus pés e a observava com olhos ternos.

– Pensei em subir no telhado e dar uma olhada naquele vazamento – disse Matthew, servindo uma xícara de café para vovó Dorcas. Ela não conseguia beber, mas adorava o cheiro, que a lembrava das noites de antigamente, passadas à beira da lareira na Taverna Faíscas, lendo a sorte dos clientes e negociando mercadorias roubadas.

– Isso seria ótimo. – Gwyneth suspirou de alívio e olhou para o balde de lenha amassado que ficava no canto para receber as goteiras. – Estou preocupada que, se tivermos mais chuva, os livros possam ser danificados.

Eu estava na mesa de trabalho central, embaralhando as cartas do oráculo do pássaro preto para ver se elas poderiam revelar algo sobre os planos de aula de Gwyneth para o dia.

– Acho que o oráculo ainda não acordou – comentou Gwyneth com um bocejo, trazendo-me um pouco de chá. – Paciência, Diana.

Matthew colocou a xícara de café ao lado do cotovelo de Dorcas, lançando um olhar cauteloso para mim. Quando mostrei as cartas para ele pela primeira vez, elas voaram em sua direção e flutuaram por todo o seu rosto e corpo, como borboletas atraídas pelo cheiro particularmente doce de budleia. Desde então, ele mantinha uma distância segura do baralho quando eu o segurava.

Não foi o caso de Becca, que havia terminado de alimentar o fogão e agora chegara para o meu lado. As cartas a fascinavam.

– Posso tentar, mamãe? – Os dedos de Becca se estenderam para o oráculo do pássaro preto. A carta O Enxofre voou do baralho e bateu de leve nos nós dos seus dedos.

– A vovó Dorcas deu as cartas para *mim*, querida – expliquei, olhando para o outro lado da sala para garantir que estava certa em mantê-las longe da minha filha.

– *Ela terá sua vez.* – Foi a resposta um tanto sinistra da vovó Dorcas.

– Um dia, alguém vai te dar o seu próprio baralho – falei, sem querer envolver as cartas na atração associada ao fruto proibido. – Talvez seja este, talvez seja um dos outros baralhos no celeiro.

– Neste verão? – perguntou Becca, ansiosa.

– Rebecca – resmungou Matthew.

– No momento certo – respondi com firmeza.

– Por que você não faz um baralho de cartas de oráculo para a Tamsy usar? – sugeriu Gwyneth, conduzindo nosso barco familiar para fora das águas turbulentas. – Você pode colocar seus desenhos especiais de um lado e escrever o significado do outro. – Ela colocou uma pilha de cartões em branco na mesa, junto com um pote de lápis de cor e giz de cera.

– Como o quê? – perguntou Becca, subindo em um banquinho próximo.

– Coisas que carregam um significado – respondeu Gwyneth. – Cores, livros, comidas, músicas. Qualquer coisa que você goste. Não tem certo ou errado.

Eu me perguntei se todos os baralhos dos Proctor tinham começado assim, com uma criança desenhando esperanças e medos e refinando-os ao longo da vida até que cantassem com poder e discernimento. Era uma boa forma de guiar uma jovem bruxa quanto à melhor maneira de usar sua intuição. Ao libertar Becca para fazer o que quisesse, Gwyneth havia removido quaisquer obstáculos que poderiam impedir minha filha de acessar seu sexto sentido de bruxa.

A expressão no rosto de Matthew sugeria que Gwyneth poderia ter nos tirado de águas turbulentas apenas para nos colocar na barriga da baleia. Minha tia havia ultrapassado um dos limites de Matthew, e seu plano para Becca parecia coerção aos olhos dele.

– Você gostaria de colorir com Becca? – Gwyneth perguntou a Pip, incluindo gentilmente o irmão no projeto para desviar a atenção de Matthew.

– Não – respondeu Pip, com os dedos presos em um novelo de barbante.

Gwyneth estava ensinando aos gêmeos brincadeiras com fios, como cama de gato e dois losangos. Eram boas para a destreza dos dedos, o que agradava Matthew. As brincadeiras também ensinavam a eles o básico do método Proctor para construir feitiços geometricamente, sem depender apenas de nós complicados. Eu também estava aprendendo esse método complexo de quatro dimensões como parte do currículo de Gwyneth, que abrangia feitiços de proteção e defesas básicas. Era diferente da tecelagem que comadre Alsop havia me ensinado em Londres, mas ajudava o fato de eu sempre ter visto feitiços em formas e cores, e não com palavras, como a maioria das bruxas.

– Você está pronto para aprender o Vassoura da Bruxa? – perguntou Gwyneth, libertando Pip da rede de barbante. – Ou gostaria de praticar no seu tear de feitiços?

– Tear de feitiços! – exclamou Pip, correndo em direção à parede onde os teares da família tinham lugar de destaque. Ele pegou seu favorito. Era menor que a maioria dos teares e marcado com as iniciais MP.

Você é esperta, Gwyneth. Os teares de feitiços haviam sido cuidadosamente dispostos para não exigirem demais das habilidades dos pequenos. À medida que crescessem, teriam acesso a teares mais refinados e complicados.

Observando Becca e Pip com sua tia-bisavó, fiquei impressionada com as semelhanças físicas entre Gwyneth e meu pai. Eles tinham as mesmas rugas ao redor dos olhos, a mesma expressão paciente, o mesmo sorriso contido que transmitia tanto travessura quanto alegria. O que meu pai teria pensado sobre os netos? Eu havia feito essa pergunta a mim mesma muitas vezes ao longo dos anos. Ver os gêmeos brincando com Gwyneth forneceu um tipo de resposta. Mesmo que meu pai não gostasse do que a irmã ensinava, ele teria ficado encantado com a forma como suas mentes funcionavam e estaria pronto para guiá-los em direção ao sucesso com a mão leve.

– Isso é inútil. – Continuei embaralhando as cartas, mas sem sucesso. – O oráculo do pássaro preto não está dormindo, ele foi fazer um cruzeiro nas Bahamas.

Ninguém deu atenção à minha reclamação ou demonstrou um pingo de empatia. Matthew prendeu um cinto de couro com uma bolsa que continha as ferramentas necessárias e subiu até as vigas, escalando as estantes e atravessando o telhado como um gato ágil.

– Muito bem – comentou Gwyneth, olhando por cima do ombro de Becca para a pena que desenhava. – Você encontrou isso na sua caminhada?

– Não, estava no curral da Penny hoje de manhã. – Becca examinou o desenho com um olhar crítico. – Só que não era preto, era verde-azulado-preto.

– Sobreponha as cores – disse Gwyneth, puxando um lápis verde e um azul e sombreando a pena. – Viu?

Becca ficou maravilhada com a transformação e ansiosa para tentar ela mesma. Logo estava absorvida em seu trabalho.

– Todo mundo parece estar acomodado. – Minha voz soava invejosa.

– Você precisa fazer algo mais ativo do que ficar remoendo suas cartas – observou Gwyneth. – Venha comigo.

Feliz por ser dispensada das minhas tarefas, guardei o oráculo do pássaro preto na bolsa.

– Para onde vamos?

– A mamãe e eu vamos para a Casa Velha terminar as lições de hoje – avisou Gwyneth. – A vovó Dorcas vai cuidar de vocês enquanto seu pai está atolado em martelos e pregos. Ela sabe muito sobre cartas de oráculo. Tenho certeza de que vai compartilhar seu conhecimento com vocês se pedirem com gentileza.

Vovó Dorcas balançou os dedos, o que desencadeou uma chuva de faíscas e pequenas bolhas que estouravam quando se rompiam.

– Tchau, Matthew! – gritei para as vigas. Dei um beijo no nariz de cada criança. – Divirtam-se, vocês dois. Aprendam coisas!

N a Casa Velha, Gwyneth abriu uma das portas no pequeno hall da entrada para revelar uma escada em espiral. Minha tia avançava lentamente pelos degraus irregulares, fazendo pausas a cada poucos passos para recuperar o fôlego. Ela xingava com frequência, deixando claro sua opinião sobre escadas, sótãos, a lua, a deusa e os espíritos de ancestrais obstinados.

Meus olhos marejavam com sua veemência – sem mencionar os detalhes – nas correções e retaliações que ela propunha.

– Para onde estamos indo? – perguntei de novo.

— Encontrar os fantasmas — respondeu Gwyneth. — Vou pular para a aula sobre conviver com os mortos.

Eu só deveria estudar isso depois de escolher meu caminho na Encruzilhada. Segui minha tia, tropeçando nos meus próprios pés de tão empolgada para aprender os métodos de Gwyneth para manter os ancestrais Proctor em tão boas condições.

Quando chegamos ao topo, Gwyneth retirou um molho de chaves do bolso e empurrou a porta fina para o sótão. Fiquei surpresa ao ver que estava destrancada, e então notei as pontas embaçadas de encantamentos quebrados pendurados na padieira.

— Nossos queridos falecidos fizeram isso na noite da reunião do coven — disse Gwyneth. — Nenhuma fechadura feita pelo homem impedirá esse grupo quando um Proctor estiver precisando.

Minha tia lançou uma luz de bruxa azul e a enviou pelo espaço escuro. Ela atingiu um antigo castiçal de metal, que absorveu a magia e lançou um brilho intenso por entre as vigas, revelando fileiras organizadas de baús e caixas dispostas como caixões em um cemitério.

— Você vai achar a maioria dos fantasmas pálidos, por causa da iluminação moderna — comentou Gwyneth. — Ela diminui a luminosidade deles.

Muitas das caixas, baús e cofres estavam bem fechados. Alguns tinham as tampas levantadas, e itens pessoais caíam por cima das tábuas de pinho danificadas, colocadas sobre as vigas para criar um piso precário. Vi toucas, coletes, xales, meias, *cartes de visite* do século XIX com fundo de papelão e pilhas de correspondências amarradas com fitas.

— Parece o fim de semana de boas-vindas em Amherst — disse Gwyneth, avaliando a bagunça. — Teremos que limpar isso antes de deixar mais fantasmas saírem. E certifique-se de colocar tudo de volta no baú certo. Os antigos são possessivos e conferem cada frigideira e fronha antes de poderem descansar em paz.

Eu havia encontrado alguns inventários domésticos em minhas viagens pelos arquivos do século XVII e estava familiarizada com as contas meticulosas feitas em uma época em que matérias-primas e objetos manufaturados eram preciosos e escassos. Peguei uma meia pendurada em um antigo gancho e a segurei para identificação.

— Minha mãe, Damaris Proctor. — Gwyneth apontou para um baú de vapor do tamanho de uma criança pequena. Estava coberto com etiquetas de portos da Europa e da África. Os cantos estavam lascados e amassados, e a superfície de couro gasta em muitos lugares expunha a estrutura de madeira e metal por baixo.

Dentro, o baú continha frascos de cristal para perfume e lenços bordados delicadamente, junto com um álbum de fotografias com a lombada rachada e a capa soltando. Um par espetacular de saltos cobertos de cetim com solas desgastadas provava que a vovó Damaris havia desfilado por muitas pistas de dança. Dobrei a meia de seda transparente e a coloquei em uma bolsa em forma de coração bordada com o nome *DeeDee*. A alcunha antiquada *Damaris* deve ter sido demais para uma jovem elegante da década de 1920.

Gwyneth progrediu mais rápido que eu, pois não era a primeira vez que organizava os pertences dos ancestrais. Meu trabalho foi desacelerado pelos encantos históricos irresistíveis do sótão. Eu queria saborear cada item em que tocava, ouvir sua história e descobrir por que o objeto era precioso para seu dono.

— E pensar que teremos que fazer isso de novo em menos de duas semanas — murmurou minha tia, jogando um brinquedo de madeira em um baú. — Odeio essas festas. Quem quer comer apenas sobremesas?

Eu estava tão desanimada quanto Gwyneth para a festa. Reuniões de assuntos do coven e celebrações rituais já eram ruins o suficiente. Festas eram muito piores, pois envolviam dezenas de bruxas, comida para satisfazer um batalhão e egos feridos após o evento.

Depois que Gwyneth e eu devolvemos os itens pessoais aos seus lugares e o sótão não parecia mais atingido por um furacão, deixamos os baús abertos para que os fantasmas fossem atraídos de volta pelo poder de seus pertences. Gwyneth virou uma ampulheta.

Esperamos por dez minutos enquanto a areia escorria de um compartimento para o outro, mas nenhum fantasma retornou.

— Teremos que usar um atrativo mais forte. — Gwyneth foi até um pequeno armário com pés em forma de pãozinho. Ao contrário do sótão, o armário estava bem protegido com encantamentos, maldições, sigilos e um grande cadeado de ferro. Minha tia desfez os feitiços e inseriu uma chave pesada no mecanismo. Talvez Gwyneth também adiantasse a aula sobre fechaduras e chaves. Ela abriu as portas e retirou uma pequena garrafa com um laço amarrado. O laço tinha uma etiqueta, com uma inscrição em caligrafia rebuscada, como uma das garrafas que Alice encontrou no País das Maravilhas.

– *Dezenove de outubro de 1834.* – Gwyneth leu do rótulo da garrafa. – *Primeiras geadas e últimas colheitas.* Isso deve atraí-los.

A garrafa me lembrou dos pequenos frascos de perfume que minha mãe gostava de manter na cômoda. Mamãe nunca conseguia se separar deles, mesmo quando o líquido havia acabado. Seus frascos vazios de Diorissimo ainda estavam em exibição no quarto dos meus pais em Madison.

Gwyneth segurou o frasco simples de vidro contra a luz de bruxa. Estava bem vedado, vazio, exceto por uma única rosa-mosqueta que se desfazia. Minha curiosidade deve ter ficado evidente.

– Sempre que um punhado de fantasmas escapa, é difícil colocá-los de volta em seus baús – explicou Gwyneth, passando-me a garrafa.

Fiquei surpresa com o peso dela. O pequeno recipiente era muito mais pesado do que deveria, dado seu tamanho.

– Eles gostam de uma boa fofoca, e há muito choro e lamento na hora de voltar – continuou. – É essencial ter um estoque grande de memórias felizes como este. Os mais velhos acham seu atrativo irresistível.

– É *possível* engarrafar felicidade? – Isso ia contra cada conselho que eu já havia recebido. Passei a preciosa garrafa de volta para minha tia.

– Não. Apenas a lembrança dela. – O tom de Gwyneth era de arrependimento.

Minha tia torceu a rolha da garrafa, quebrando o selo feito de cera e liberando um aroma de folhas caídas e cidra de maçã. Senti uma brisa fresca na pele e o sol quente no rosto. Era possível ouvir crianças brincando ao longe, suas vozes mais altas enquanto corriam pelo prado onde pilhas de capim dourado haviam sido cortadas e reunidas. Uma vaca mugiu, um sino soou. Um navio passou de vento em popa pelo Ninho. Protegi os olhos para vê-lo melhor, mas a minha mão não era minha.

Eu estava olhando para o mundo através de olhos diferentes, vendo o que alguém vira muito tempo atrás.

Gwyneth recolocou a rolha na garrafa e o aroma de folhas mofadas e maçãs desapareceu, levando consigo o precioso vislumbre do passado. Eu ansiava por mais, querendo permanecer naquela época feliz para sempre.

E não era a única. Trilhas de vapor esverdeado apareceram através do vidro quebrado da janela, passando pelos painéis e desfazendo-se em pequenos arco-íris angulares que se assemelhavam aos lançados por prismas colocados ao sol. Os arco-íris brilhavam contra as paredes inclinadas e ao longo das tábuas de pinho. Alguns encontraram com facilidade seu baú e se acomodaram nele com um suspiro. Lá, brilharam brevemente, depois escureceram.

Gwyneth estava pronta com sua varinha quando os fantasmas indesejados retornaram. Com delicadeza, fechou as tampas e os trancou, murmurando os feitiços que os manteriam seguros até o solstício de verão.

Observei com interesse minha tia trabalhar, fascinada pelo sucesso da garrafa de memórias felizes e intrigada pela forma como havia sido criada e usada. A garrafa tinha me proporcionado uma breve viagem ao passado — uma que não exigia traje especial para se adequar ao lugar e tempo do destino.

– Receio que não vamos alcançar a unidade de artes da memória neste verão – disse minha tia, percebendo minha atenção aguçada. – Esses assuntos são reservados para iniciados avançados que estão bem além da Encruzilhada e se aproximando do Labirinto. – Alguns baús ainda estavam abertos, e ela passou uma das mãos cansada pela testa.

– De quem são esses? – perguntei, baixando a voz no caso de ainda haver fantasmas por perto que pudessem ouvir.

– Naomi, Stephen e Julius Proctor, que se perdeu no mar. – Gwyneth apontou para uma caixa de cada vez. – Vovó Dorcas, que se recusa a ser realocada no momento, está se divertindo muito entre os vivos. Ela precisará repor sua energia em breve. Talvez Julie e Put-Put consigam convencê-la a entrar com uma garrafa aberta de uísque e um cigarro. E aquele pertence a Roger Toothaker, claro, que assombra a capela. Ele é apenas um parente por casamento e não acredita que mereça uma sentença de morte no sótão da Casa Velha.

Eu queria mergulhar em cada baú e retirar cada vestígio de suas vidas. O baú de acampamento amassado com as iniciais do meu pai e a mala roxa de Naomi eram especialmente tentadores.

– Talvez eu devesse... Não. – Gwyneth debateu algo consigo mesma. – Pode ser mais seguro se... – Minha tia se interrompeu novamente e depois assentiu. – Deveríamos deixar Tally sair para ajudar a manter tudo sob controle para o solstício de verão que se aproxima.

Finalmente eu iria conhecer meu avô paterno.

– Eu devia ter percebido que a presença de Tally seria necessária – continuou. – Todos aqueles anos no exército lhe ensinaram algumas coisas sobre disciplinar as tropas. Ele vai impedir que os outros fantasmas atrapalhem você na Encruzilhada, além de garantir que a festa não se transforme na fazenda assombrada de Haverhill.

— Vou enfrentar Meg aqui, em Ravenswood? — Seria uma vantagem considerável estar em casa, e fiquei surpresa que o coven tenha concordado com isso.

— Ann ligou tarde da noite ontem. Foi sugestão da Meg — disse Gwyneth, com a boca em uma linha rígida. — Ela está tramando alguma coisa. Ah, diabos, a Meg está *sempre* tramando algo. Talvez pense que os fantasmas da família não conseguirão se afastar da Encruzilhada. Talvez espere que os ossos ancestrais dos Proctor se levantem da terra e rejeitem você.

Era um pensamento horrível, dado o número de corpos enterrados lá.

— Mas Meg não tem ideia dos poderes disponíveis para um Proctor na Floresta dos Corvos — falou Gwyneth. — O feitiço dela vai sair pela culatra. Enquanto isso, teremos Tally por aí para garantir que nada esteja sendo tramado, espiritualmente falando.

— Tem certeza de que Meg não tem sangue Proctor nas veias? — perguntei à minha tia.

— Nem uma gota — garantiu Gwyneth. — Agora que sabemos que o desafio dela será aqui e não em alguma outra Encruzilhada, posso levar você ao local exato onde a encontrará e procurará seu caminho. Isso vai ajudar a acalmar seus nervos e dar uma ideia do lugar. Podemos ir assim que eu tirar Tally do baú.

Gwyneth atravessou cuidadosamente as tábuas até uma fileira de baús guardados sob o beiral. Alguns estavam nomeados, e encontrei facilmente o que pertencia ao tenente T. Proctor, do exército dos Estados Unidos. A tampa de metal estava amassada e não fechava direito.

— Ike teve que bater para fechá-lo da última vez — explicou Gwyneth. — Quando eu destrancar, você vai precisar forçar a tampa para abri-la. Aquele garoto a prendeu bem firme.

Gwyneth buscou em seu molho de chaves e encontrou a que se encaixava na fechadura. Empurrei a tampa de um lado e de outro, colocando toda a minha força para soltá-la. Até bati a tampa para cima e para baixo nas tábuas, como se fosse um enorme pote de picles, na esperança de romper a vedação.

A tampa se abriu com um estalo e com um sopro de ar que era verde, pálido e quase opaco. O fio verde foi ficando mais longo e transparente até encontrar um vidro quebrado, pelo qual se dissipou e ganhou o ar de Ravenswood.

— Aí vai o Tally — comentou Gwyneth, com um tom melancólico.

Eu também estava decepcionada. Esperava que meu avô quisesse aparecer para mim para que pudéssemos ser apresentados.

– Não leve para o lado pessoal, Diana – disse ela, avaliando minha reação. –Tally nunca foi de ficar por perto. E ele não deve ter ido muito longe.

– Posso olhar dentro? – Ainda estava segurando as bordas de metal da tampa.

– Acho que seu avô não se importaria – respondeu Gwyneth.

Cuidadosamente, levantei um pouco mais a tampa. Dobrado lá dentro estava o terno branco que ele tinha usado no casamento com Ruby. Havia também uma fivela de bronze do exército e um boné de guarnição feito de lã preso com duas barras e adornado com um cordão preto e dourado. Minha tia devia ter lançado alguns feitiços formidáveis contra traças no sótão, pois o boné estava notavelmente bem-conservado. Outro brilho preto e dourado chamou minha atenção.

Levantei um emblema com os fios cortados ainda balançando na borda. Não havia números de divisão ou outras marcas de identificação, apenas uma seta que se assemelhava à ponta de flecha dourada que Philippe de Clermont me dera. Eu sempre a usava em uma corrente ao redor do pescoço e tinha mania de mexer nela para me acalmar.

– O que é isso? – perguntei.

– É o distintivo da unidade militar do Tally – respondeu Gwyneth. – O Escritório de Serviços Estratégicos.

Eu sabia que Hitler contava com bruxas e seus poderes sobrenaturais, mas nunca imaginara que o exército dos Estados Unidos fizesse o mesmo.

– Tally nunca me contou sobre os dias que passou na unidade – disse Gwyneth. – Sei que esteve na Europa, diferente de Putnam, que estava no Pacífico Sul. Após o fim da guerra, Tally sempre foi evasivo quanto ao local para onde tinha sido designado e quando.

Retirei um pequeno círculo de botões de bronze do baú. Eles estavam amarrados com uma fita vermelha fina e tilintaram quando eu os segurei diante da luz de bruxa. Um dia, eles adornaram a frente do uniforme do vovô Tally. Assim como seu boné, estavam em estado impecável. Relutante, coloquei os botões de volta no baú.

– Me pergunto o que mais ele fez durante a guerra – falei, baixando a tampa.

– Seu avô foi um dos homens mais notáveis desse mundo – afirmou Gwyneth –, totalmente destemido e com um coração íntegro. Seja o que for que Tally tenha feito na guerra, foi feito com honra, você pode ter certeza.

Assenti, pensando em Philippe. Os dois eram parecidos, e eu sentia que teriam sido amigos se tivessem tido a chance.

– Vamos respirar um pouco de ar fresco – sugeriu Gwyneth, com a voz suave e compreensiva. – Acho que está na hora de você ver a Encruzilhada.

Entramos na Floresta dos Corvos por uma abertura estreita no topo da elevação perto da árvore de bruxa, em vez de seguir o caminho conhecido, saindo da Casa Velha. Parecia um lugar totalmente diferente sem os caminhos de cervos e casas na árvore que serviam como marcos na parte inferior da floresta. Ali, ela estava banhada em um crepúsculo eterno que lançava sombras estranhas em todas as direções.

– É por aqui que você vai entrar na Floresta dos Corvos na noite em que for encontrar Meg – informou Gwyneth. – Ann, Katrina e eu estaremos esperando por você aqui, e juntas iremos até a Encruzilhada.

– E onde Meg vai estar? – perguntei.

– Onde ela escolher – respondeu Gwyneth. – Alguns desafiantes encontram seu oponente fora da floresta, na tentativa de intimidá-los, mas não acho que seja o estilo da Meg.

Eu também não achava. Meg se esconderia na Sombra e então apareceria sem aviso.

A floresta abriu seu denso bosque para nos deixar passar e depois se fechou atrás de nós.

– A Floresta dos Corvos se tornou especialista em esconder os próprios segredos – explicou Gwyneth. – Ela só vai revelar o que você estiver pronta para ver e compreender.

– É por isso que o caminho para o rio estava tão aberto, e a trilha cheia de casas na árvore – falei. A floresta tinha oferecido apenas uma visão seletiva de si mesma para Matthew e as crianças.

Miragens de cemitérios e fantasmas de fogueiras havia muito extintas cintilaram diante de mim e desapareceram. À distância, vi as ruínas de uma torre, cujo topo havia desmoronado, revelando uma sala cheia de mulheres bordando tapeçarias em teares mágicos. Elas pareciam reais e tangíveis, mas, quando pisquei, desapareceram.

– Esta parte da floresta pertence à Sombra – avisou Gwyneth. – Nada é o que parece, e você deve aprender a diferenciar a verdade da fantasia.

Uma bruxa estava dentro de uma carruagem feita de um ovo gigantesco e oco, com os pés pressionando os pedais que mantinham as rodas girando.

— Aí vai uma das sombras — disse Gwyneth. — Elas não são fantasmas, mas manifestações da magia da Floresta dos Corvos, e podem ser uma ajuda ou um obstáculo. Recomendo que você as ignore até que se familiarize mais com seus modos.

Cruzamos uma clareira e passamos por um jardim encantado rodeado por uma cerca de erva-de-são-cristóvão. Embora pouca luz solar alcançasse as profundezas da Floresta dos Corvos, ela florescia com exuberância, e o ar estava impregnado com os aromas intoxicantes de flores, frutas e ervas que normalmente não compartilhavam a mesma estação.

— Como? — Foi a única palavra que consegui pronunciar, minha mente atordoada pelo forte cheiro de rosas, lilases e cravos.

— É meu jardim lunar — respondeu Gwyneth. — Ele floresce de acordo com as fases lunares, não com o progresso do sol. Na lua cheia, o jardim atinge o pico do ciclo de crescimento. Depois disso, as flores murcham lentamente e, então, produzem sementes sob a lua crescente. As sementes permanecem adormecidas, acumulando energia até que a lua volte a crescer.

Continuamos andando, e passamos por outra clareira e ao redor de uma área de cogumelos vermelhos com manchas brancas. Por fim, alcançamos paredes de pedras curvas cobertas de musgo e líquen.

— Isso é tudo o que resta do labirinto da família Proctor — disse Gwyneth, observando as colinas verdes. — Antes de as bruxas irem para Isola della Stella, muitas comunidades tinham labirintos. Nós treinávamos nossos parentes lá, testávamos uns aos outros e enviávamos relatórios para Veneza de vez em quando. Alguns estavam escondidos em jardins, ou marcados com troncos de árvores, ou até mesmo riscados no chão e varridos depois.

O labirinto Proctor devia ser impressionante quando foi construído. Ainda causava impacto, mesmo em seu estado decrépito.

Gwyneth me conduziu para além do labirinto, até os restos de uma árvore que teve a casca arrancada e polida até ficar brilhando, como o mastro de um navio alto. Sua circunferência tinha facilmente uns seis metros, e o topo plano era grande o suficiente para se ficar em pé.

— Que lugar é este? — perguntei, meus cordões de tecelagem animados sob a pele.

— A Encruzilhada – disse Gwyneth, sua voz ecoando no silêncio. – É onde você vai encontrar Meg. Aqui, você encontrará seu caminho através da Sombra.

— Não estou vendo nenhum caminho – falei, olhando para o chão escuro.

— Você precisa encontrá-lo. Já é difícil o suficiente para uma bruxa fazer isso sem alguém para atrapalhar.

— Então o desafio da Meg não é algo comum? – Minha suspeita de que Meg estava me atacando, e não a Gwyneth, foi confirmada. O ataque a minha tia havia sido simplesmente um dano colateral.

— Não, mas pode acontecer – admitiu Gwyneth. – Rancores e disputas antigas muitas vezes vêm à tona durante esses rituais marcantes, e os desafiantes se adiantam para distrair o oponente, para que não percebam os caminhos que a deusa prepara.

Achei que estaria jogando na defesa nesse desafio, mas aparentemente seria o contrário.

— A melhor chance de Meg derrotar você é pelo cansaço, para que você fique frustrada e desesperada – continuou Gwyneth. – Muitas bruxas se afastam da Encruzilhada depois de algumas horas de busca infrutífera. A maioria nunca retorna, embora sempre haja oportunidades para segundas e terceiras chances.

— Então estar na Encruzilhada não é garantia de que vou encontrar um caminho para a alta magia – falei lentamente, começando a entender a dificuldade da tarefa que eu havia estabelecido para mim mesma.

— Nem um pouco – confirmou Gwyneth. – A deusa sempre tem um truque na manga que não pode ser previsto.

— E se eu encontrar meu Caminho das Trevas? – perguntei. – O que Meg vai fazer?

— Ela vai tentar forçar você a ir em outra direção – respondeu Gwyneth. – Você não seria a primeira bruxa a confundir Escuridão com o Caminho das Trevas e acabar saindo da Encruzilhada e entrando no território dos pesadelos.

— Em Outro Lugar – murmurei.

Gwyneth assentiu.

Um homem estava sentado sob uma árvore, fumando um cigarro. Era alto, tinha ombros largos e cabelos dourados com toques de cobre. Eu me assustei, surpresa por não o ter notado antes.

— Vou deixar você explorar sozinha – informou Gwyneth, apertando minha mão. – Fique o tempo que quiser. Familiarize-se com o lugar. Os corvos vão garantir que você retorne para a Casa Velha.

– Tem um homem – falei, apontando para a floresta.

Mas agora não havia sinal dele.

– Leve o tempo que precisar – repetiu Gwyneth, soltando minha mão e se fundindo com a floresta.

Depois que minha tia foi embora, andei pela clareira, querendo me assegurar de que ninguém estava me observando. Satisfeita de estar realmente sozinha, passei as mãos pela superfície lisa do tronco. Sem sinais ou marcas apontando o caminho, era fácil pensar se tratar apenas de uma estranha relíquia de árvore. Encostei-me nela e deslizei para baixo até sentar na base, descansando contra o grosso tronco.

Respirei fundo, enchendo meus pulmões com o ar da floresta. A cada respiração, eu mudava. A floresta alterava minha percepção, tornando-me mais consciente da magia armazenada em cada planta e árvore. Meus ouvidos sintonizavam o voo dos pássaros e os sons feitos pelas pequenas criaturas que viviam ali. Os cordões de tecelã em meu pulso esquerdo formigavam ao encontrar a complexa rede de poder que se estendia por toda Ravenswood. Minha respiração sincronizava com o murmúrio das folhas das árvores e eu me sentia calma como nunca antes. Fechei os olhos para saborear a sensação.

– *Veja. Não há nada a temer.*

Meus olhos se abriram de súbito. O homem que eu tinha visto antes estava agachado diante de mim, com os antebraços descansando comodamente sobre os joelhos. Parecia-se com Tally, mas não tão jovem quanto na foto do casamento ou até mesmo na foto oficial em uniforme militar. Experiências dolorosas haviam marcado a pele ao redor de seus olhos e uma aura melancólica o rodeava.

– Vovô? – Prendi a respiração, preocupada que ele pudesse ser uma sombra da floresta, e não um fantasma de verdade.

Vovô Tally assentiu. Sua energia estava forte depois de meses passados no baú, e ele parecia tão sólido e real quanto eu.

– Obrigada – falei baixinho, emocionada. – Obrigada por tentar salvar Philippe.

Sombra cintilava em volta do meu avô enquanto ele sorria disfarçando as próprias lágrimas não derramadas.

– *Eu tinha que tentar* – disse vovô Tally. – *E continuei tentando, mesmo quando a Madame De Clermont me advertiu para manter distância.*

— Foi extraordinariamente corajoso de sua parte atravessar as linhas inimigas, para a França de Vichy, e rastrear Ysabeau de Clermont quando ela estava zangada e magoada – falei. – A maioria das bruxas e bruxos não teria ousado.

— *Era a coisa certa a fazer* – disse ele timidamente, como se a decisão tivesse sido simples. – *Eu prometi não ficar calado se suspeitasse que a alta magia estava sendo usada para propósitos malignos. Não podia quebrar minha promessa.*

— Gwyneth disse que você era corajoso.

— *Sem medo, você pode fazer o impossível* – respondeu Tally. – *É isso que a Sombra nos ensina.*

— A ambiguidade e a incerteza assustam a maioria das criaturas – falei, pensando em Matthew.

Tally esperou, sabendo que havia mais por vir.

— Meu marido foi criado em um mundo preto e branco, onde o bem e o mal eram nitidamente delineados. Ele morre de medo da Sombra – continuei.

— *Mas você, não.* – Vovô Tally foi direto ao ponto. – *Nem sua mãe.*

— Minha mãe tinha medo de perder meu pai – falei, amargurada. – Preferiu virar as costas para a alta magia e me afastar dos Proctor do que perdê-lo. Ela me ensinou um pouco de magia e me deixou sozinha em Madison, sem saber quem eu era ou o que eu poderia me tornar.

— *É isso o que você pensa, Diana Bishop?* – Minha mãe estava atrás de Tally, com as mãos na cintura. Ela vestia suas roupas favoritas de estilo masculino: um colete de *tweed* marrom de segunda mão com uma camisa branca que havia pegado do meu pai e calça larga, ajustada na cintura com um cinto.

Tally levantou e se afastou, deixando-me com minha mãe.

— Você escolheu virar as costas para a alta magia porque o papai ameaçou deixar você se não fizesse isso – acusei, segurando as lágrimas. – Como pôde desistir do seu poder por causa dele?

— *Eu não desisti do meu poder por causa do seu pai* – falou minha mãe. – *Eu desisti por você.*

Olhei para ela, incrédula.

— Por mim?

— *Eu queria ser mãe, sua mãe, mais do que qualquer outra coisa no mundo* – explicou ela. – *Nada mais importava para mim: nem os desejos do seu pai, nem um assento na mesa da Congregação, nem todo o poder do mundo.*

— Mas... por quê? – perguntei.

A risada da minha mãe foi tão saborosa quanto mel e tão quente quanto a luz do fogo. Seu conforto penetrou meus ossos, amenizando feridas antigas.

— *Porque eu sonhava com você à noite e sentia sua falta durante o dia, Diana* — disse ela. — *Antes mesmo de você nascer, eu sabia que faria qualquer coisa para segurá-la em meus braços. Eu descobri que a alta magia não era realmente o meu caminho de vida, era o seu. E eu queria que você a tivesse.*

— Primeiro, preciso encontrá-la — falei, olhando ao redor da Encruzilhada.

— *Você vai encontrar* — garantiu minha mãe. — *Mas só quando parar de procurar por ela.*

Naquela noite, deitada nos braços de Matthew, minhas pernas entrelaçadas às dele, contei sobre minha visita à Encruzilhada e a provável estratégia de Meg.

— Talvez seja melhor que Meg tente me desviar, em vez de me atacar. Eu não sou boa na defesa — confessei.

Matthew riu.

— Não, *ma lionne*, você não é. Você tem coragem demais.

— Vovô Tally era igual — falei, esperando que Matthew me contasse mais sobre meu avô, Ysabeau e a Segunda Guerra Mundial.

— Humm — murmurou ele, enquanto desenhava círculos imprecisos com o dedo ao redor das cicatrizes nas minhas costas.

Nós dois carregávamos as marcas de nossas batalhas do passado: as minhas com Satu Järvinen, as de Matthew com centenas de inimigos durante séculos de conflitos. Elas eram um lembrete constante de que a coragem, assim como os milagres, com frequência deixava cicatrizes.

— O que está pensando? — Apoiei-me em seu ombro.

— Que você precisa de um dos planos de batalha de Baldwin — respondeu Matthew. Baldwin era o mestre estrategista da família e responsável pela maioria das vitórias dos De Clermont, dentro e fora dos campos de batalha.

— Eu prefiro um dos seus — falei, sem querer que meu cunhado soubesse sobre minha provação iminente.

— Os meus não serviriam a você — disse Matthew. — Eu prefiro esperar até que meu inimigo revele sua fraqueza.

— Me ensina como fazer isso. — Tentei fazer cócegas em Matthew para convencê-lo.

Ele mal se moveu.

– Por favoooor. – Talvez insistir funcionasse.

Matthew bocejou.

Encostei meus dentes em seu ombro. Uma mordidinha geralmente chamava sua atenção.

Nada.

– Droga, Matthew, estou só pedindo ajuda! – falei, frustrada.

De repente, eu estava deitada de costas, com os braços presos ao meu lado e Matthew em cima de mim.

– Ser contrariada é a sua fraqueza – murmurou. – Impaciência também. Você quer o que quer, quando quer. Esse é o seu calcanhar de aquiles.

– O propósito inteiro da Meg é me contrariar – resmunguei. – Nunca vou encontrar meu caminho na Encruzilhada.

– Seria tão terrível assim? – Matthew procurou pistas em meu rosto.

– Eu quero conseguir – falei, sabendo que não era o que ele queria ouvir. – Tenho medo de que, do contrário, eu fique desejando o que poderia ter sido.

Matthew ouviu, com o rosto sério.

– Você já provou o fruto proibido, comeu da Árvore do Bem e do Mal. Você não vai se satisfazer sem isso.

– Não é o mal. – Empurrei seu peito com toda a força. – A alta magia não é o mal.

Matthew rolou para que eu ficasse por cima, com minhas pernas enlaçando seus quadris. Meus olhos brilharam em alerta, e as pontas do meu cabelo estavam em chamas.

– Do que você tem medo, Matthew? – perguntei.

– De que, se você conseguir, eu não goste de quem você vai se tornar. – Seus olhos impenetráveis encontraram os meus.

Eu me afastei, sem querer a verdade de Matthew, embora a tivesse exigido. Uma verdade escondida bem fundo na Sombra, que poderia prejudicar tudo o que compartilhamos e construímos juntos.

Como eu poderia enfrentar Meg depois de descobrir o medo de Matthew? A ponta de flecha que a deusa deu a Philippe estava quente na minha pele, um lembrete de que os planos dela para mim ainda não tinham terminado, e minha coragem retornou, trazida por uma onda de raiva.

– Você é um lobo, mas eu sou um leão – falei, meu tom feroz. – Eu não vou ser domada. E goste você de mim ou não, o leão escolhe um companheiro para a vida toda.

— Assim como o lobo — respondeu Matthew. — Quanto à sua batalha na Encruzilhada, você não precisa do meu conselho. O leão sobrevive por instinto e inteligência.

Lobos, assim como leões, também eram predadores alfa.

— Você não quer que eu seja sua rival, sua igual. — Eu tinha ouvido o que meu marido havia dito. Mais importante, ouvi o que ele não dissera.

— Não. — Os olhos de Matthew se encheram de tristeza. — Eu quero que você seja superior a mim, que recuse a Escuridão como eu não pude.

Eu me deitei ao lado dele, olhando para o teto. Bridget Bishop uma vez me disse que não havia caminho adiante que não incluísse Matthew. Eu me apeguei às suas palavras, repetindo-as como um feitiço, confiando nelas como uma profecia.

— Eu te amo, *mon coeur* — sussurrou Matthew. — Sempre vou te amar.

Alcancei sua mão através da Escuridão.

Meu caminho adiante pode não ser fácil, mas Matthew *estaria* nele.

Meus planos com ele ainda não tinham terminado.

Capítulo 15

Quando cheguei à árvore de bruxa, do lado de fora da Floresta dos Corvos, na noite do desafio de Meg, três bruxas me aguardavam, conforme prometido: Ann Downing, Katrina e tia Gwyneth.

Não havia sinal de Meg Skelling.

Ann usava uma capa preta com capuz para ressaltar a seriedade dos procedimentos da noite. A alta sacerdotisa não era a única bruxa vestida para a ocasião. Mary Sidney me ensinara a importância de estar devidamente trajada – *armada* foi o termo que usou – ao me preparar para conhecer a rainha da Inglaterra em 1591. Na ocasião, usei um de seus vestidos antigos, levei um esplêndido leque de penas de avestruz e usei uma gola de tufos engomados sobre os ombros. Para aquela noite, escolhi uma camisa branca impecável, com as mangas dobradas devido ao clima quente, e uma saia preta de linho que farfalhava em torno dos meus tornozelos quando eu andava. Por algum motivo, minha leggings preta de sempre, embora confortável, não parecia apropriada, então optei por algo com um aspecto mais bruxo. Coloquei os finos brincos de pérola de Ysabeau. Seria reconfortante ter comigo uma lembrança da formidável mãe de Matthew naquela noite. Depois coloquei um cinto colorido na cintura e prendi o cabelo no topo da cabeça em um nó frouxo que até Mary teria aprovado.

Matthew também aprovou. Eu temia que nossa conversa ao luar o tornasse distante, fragmentando nossa parceria no momento que eu mais precisava de seu apoio. Mas a sinceridade trouxe uma nova intimidade conforme nossas verdades eram conduzidas à Luz, a salvo dos terrores da Escuridão e da Sombra.

– Estarei à espera embaixo da castanheira quando você terminar. – Matthew havia me prometido mais cedo, antes de eu sair da Fazenda Pomar. Ele me beijou, de maneira suave e doce. Eu ainda sentia seu gosto na língua, levando uma parte dele comigo para a batalha também.

— Meg Skelling desafiou sua aptidão para o Caminho das Trevas da alta magia — disse Ann Downing sem rodeios. — Você aceita? Não há vergonha em recusar.

— Não mudei de ideia — falei, erguendo o queixo acima da gola levantada. — É a deusa quem decide se eu sigo o caminho da alta magia, não Meg.

— Muito bem. Mas não há regras em um desafio na Encruzilhada — alertou Ann. — Nenhuma magia é proibida. Tampouco há uma duração estabelecida. O confronto continua até que uma de vocês desista.

Nem Meg nem eu éramos do tipo que desiste. Poderíamos ficar ali por dias.

— Comadre Wu observará o desafio daqui — explicou Ann. — Se previr que há perigo para sua vida ou integridade física, ela irá interrompê-las imediatamente e decidirá os próximos passos.

— Lembre-se, Diana, de que a maioria de nós precisa de várias tentativas na Encruzilhada para encontrar seu caminho, mesmo sem outra bruxa tentando obscurecê-lo — disse Katrina. — Tentar uma vez e voltar para tentar de novo não é sinal de fracasso.

Assenti, ansiosa para começar.

Caminhamos em silêncio até a Encruzilhada. Quando chegamos, Ann deu o último aviso.

— Ninguém sabe as implicações do desafio de Meg ou quão traiçoeiro o Caminho das Trevas pode se tornar — falou a sacerdotisa. — Quando duas bruxas entram na Encruzilhada, a deusa se faz presente. Vocês não estarão apenas se enfrentando, testando suas mentes e varinhas, mas também estarão honrando a ela.

— Sabendo disso, você está pronta para começar? — perguntou tia Gwyneth.

Os riscos não poderiam ser maiores, e ainda assim eu me sentia calma. Já tinha passado por outros tribunais e sobrevivido a outros momentos tensos com a deusa.

— Estou pronta. — Minha varinha, um pequeno galho de sorveira com um pedaço pontudo de ágata na ponta, vibrava no bolso da saia. Ela estava sobre a carta do Caminho das Trevas do oráculo do pássaro preto, um talismã para o meu encontro com Meg.

— É aqui que nos despedimos — disse Ann, puxando a capa para mais perto do corpo. — Se precisar de ajuda, tudo o que precisa fazer é chamar.

Eu não chamaria ninguém. Minha expressão deve ter dito isso às três bruxas. Os olhos de Katrina brilharam com respeito.

Tia Gwyneth pressionou os lábios contra minha bochecha em uma última despedida.

– Nos vemos do outro lado – falei. Era uma das expressões favoritas do meu pai, e eu esperava que isso tranquilizasse minha tia.

– Sim, nos veremos – disse Gwyneth com um sorriso, uma lágrima ameaçando cair de seu olho. – Siga os passos da deusa, e ela a manterá segura.

Eu observei até que as três bruxas desaparecessem de vista. O silêncio caiu onde havia uma estaca cravada no coração da Floresta dos Corvos. Qualquer esperança de que surgisse uma placa com os dizeres CAMINHO DE DIANA, POR AQUI desapareceu. O tronco polido estava exatamente como da última vez que eu visitara o local: simples, reto e inútil.

Examinei o chão, procurando qualquer vestígio de trilha. E também me decepcionei. Gwyneth me disse que não havia como prever o que aconteceria na Encruzilhada. Ela não me avisou que uma das possibilidades era nada acontecer.

Fiquei parada, me perguntando o que fazer a seguir.

Depois de alguns momentos de indecisão silenciosa, puxei minha varinha e me concentrei na ponta de ágata até que ela brilhasse com uma luz azul-dourada sobrenatural. Esperava que o farol atraísse Meg para fora de seu esconderijo, assim como o perfume de memórias de Gwyneth havia atraído os fantasmas de volta ao sótão.

Estou aqui!, minha luz de bruxa gritava. *Apareça, apareça, onde quer que esteja.*

Nada.

A estaca se destacava contra o pano de fundo da floresta. Dei um passo em sua direção, depois outro, esperando um trovão, uma árvore caindo ou algum outro sinal de intervenção divina. Levantei bastante minha varinha, na esperança de que ela iluminasse meu caminho na floresta sombria.

Tudo o que consegui foi projetar longas sombras.

A luz é um recurso, não uma arma, lembrei a mim mesma, abaixando a varinha para que Luz, Escuridão e Sombra pudessem retornar ao seu delicado equilíbrio.

Minha respiração ficou mais profunda, como acontecera no dia em que eu conversara com o vovô Tally, movendo-se com as inalações e exalações da

Floresta dos Corvos e repondo meu poder. Embora uma sensação de encantamento se instalasse em meus ossos, não baixei a guarda.

Talvez eu precisasse pronunciar um dos feitiços que Gwyneth havia me ensinado a tecer para me proteger do perigo. Ainda não estava completamente satisfeita com ele. Quando minha tia disse para eu escolher um texto para o meu livro de feitiços, optei por um dos poemas completos da bruxa de Amherst, e não tinha certeza se eles eram adequados para essa finalidade.

– *Um Momento, Nosso passo incerto / Pela novidade da noite.* – Meus pés se moveram em direção à estaca no centro da Encruzilhada e meus olhos se fecharam. – *Então, ajustamos nossa Visão ao Escuro/ E enfrentamos a Estrada, erguidos.*

– Emily Dickinson? Você está totalmente despreparada, bruxa. – A voz condescendente de Meg reverberou pelo ar, atingindo meus ouvidos de todas as direções, de modo que eu não conseguia localizá-la.

As copas das árvores acima de mim chicotearam com um vento súbito, e um pássaro preto despencou do céu, caindo em direção à estaca na clareira, como o corvo que caíra na calçada em New Haven. A criatura era grande demais para ser natural ou mesmo sobrenatural. Meg devia tê-lo conjurado de algum lugar sombrio.

– Pare! – gritei, trançando um feitiço em rede para pegar o pássaro antes que ele se empalasse.

O pássaro cambaleou no ar, revelando que não era uma besta mágica, mas Meg Skelling, usando sua capa preta com capuz como asas.

Ela pousou com suavidade no topo do poste de madeira. Meg flexionou os joelhos e se envolveu no tecido, parecendo um abutre. O rosto estava oculto pelo capuz, as feições, obscurecidas pela Sombra.

Direcionei a varinha para Meg, intensificando minha luz de bruxa para poder vê-la com clareza. A luz não ajudou, então a apaguei.

– *Vejo-te melhor... no Escuro* – murmurei, tecendo depressa um feitiço de perspectiva para melhorar minha visão noturna, envolvendo-a imediatamente em um fragmento meio esquecido da poesia de Dickinson.

Meus olhos se ajustaram ainda mais ao ambiente tenebroso da Floresta dos Corvos, um jogo de escuridão sobre escuridão que achatava as árvores em silhuetas e transformava a vegetação rasteira em uma mancha de carvão.

– Se está procurando seu destino aqui, não vai encontrá-lo. – Meg estava cheia de si. – Você é uma Bishop por inteiro. Volte para Madison.

Uma mulher vestindo camisa amarelo-clara com uma gola redonda branca passou entre Meg e eu. Seu cabelo estava preso em um coque frouxo, e uma bicicleta Penny-farthing substituía seu torso e pernas. Asas cinzentas brotavam da roda maior, e, enquanto girava, elas batiam para cima e para baixo.

Eu estava alucinando. Fechei os olhos para bloquear a visão perturbadora e surreal. Quando os abri novamente, a mulher estava do outro lado da clareira, pedalando no ar ao redor do perímetro.

A mulher-bicicleta devia ser uma sombra da floresta. Talvez ela estivesse tentando me conduzir ao Caminho das Trevas. Embora Gwyneth tivesse me aconselhado a ficar longe das sombras, corri atrás dela para além da estaca na Encruzilhada.

— Ah, não vai ser tão fácil assim. — Meg direcionou sua varinha para os meus pés e o chão cedeu sob mim.

Lutei para me manter de pé, mas não consegui me segurar no solo que desmoronava. Agarrei uma raiz de árvore exposta para não ser enterrada viva. Já havia sido jogada em um poço do esquecimento antes e sobrevivi para contar a história. Mesmo que o solo abaixo estivesse cheio de ossos, de alguma forma eu sairia do buraco de Meg também.

A velha árvore balançou. Um rosto verde olhou de dentro de um buraco no tronco, com a expressão serena. Era outra sombra, envolta em mortalhas, como se tivesse sido colocada para o descanso final dentro da árvore.

Um fio prateado passou diante dos meus olhos, seguido por outro verde. Eu os peguei e logo fiz um nó com seis cruzamentos.

— Com um nó de seis, o feitiço se fixa de vez — murmurei, lançando o nó ao ar. Esperava que ele se prendesse a um dos galhos baixos do carvalho e eu conseguisse me içar para fora.

Mal terminei de lançar o feitiço, e uma mulher feita de chamas surgiu da Sombra e segurou minha mão erguida. Seu cabelo flutuava para cima, elevando-se com o calor de seu corpo em chamas de um vermelho e dourado brilhantes. Ela segurava um alambique de vidro na outra mão, e um pequeno pilão pendia de uma corrente ao redor do pescoço.

O cheiro acre de penas queimando irritava minhas narinas. Ficava mais forte, assim como a pressão da Escuridão que envolvia a criatura flamejante.

Meg lançou uma adaga prateada na direção da sombra.

— Um nó verde e prata? Acha que isso vai me deter? Que patético.

Antes que a adaga pudesse cortar meu feitiço, a sombra flamejante se interpôs entre a lâmina e o nó. A lâmina a partiu ao meio, e ela se tornou acinzentada, sua mão se desintegrando na minha. A escuridão invadiu o vazio onde deveria estar seu coração, crescendo como um parasita.

Horrorizada, coloquei todo o meu peso em uma raiz próxima e me arrastei para fora do buraco. Eu precisava restabelecer o equilíbrio de poder na clareira, ou nunca encontraria o caminho para sair da floresta – muito menos o meu caminho.

Juntei outros fragmentos dos poemas de Dickinson que havia lido, mas não memorizado completamente.

– *Venha a mim, agarre-se a mim* – gritei. – *Sombra, ouça o meu pedido. Vá dizer à ampulheta, a Escuridão está prestes a passar.*

Puxei os fios de Luz e Escuridão que conseguia ver no crepúsculo e os amarrei em uma corrente usando nós simples cruzados apenas duas vezes. Repeti as palavras do meu feitiço, sobrepondo as tramas até que uma fumaça espessa começou a rastejar pela clareira. A Sombra estava se unindo a mim.

– Então você tem mesmo algum talento – reconheceu Meg –, o suficiente para deter a Escuridão. Mas será que tem coragem de enfrentar a Luz?

Meg direcionou sua varinha para o céu noturno. A lua minguante pairava sobre nós, cercada por uma penumbra prateada e aquosa. Ela torceu a varinha como uma roca, enrolando um feixe de luar na ponta, e então o lançou de onde estava, iluminando um trecho do chão abaixo. Meg capturou outro, e mais outro. Logo, a Luz sobrepujaria a Sombra e lançaria a floresta no caos mais uma vez.

Chamar de volta a Escuridão restauraria seu equilíbrio, mas eu não tinha confiança para fazer isso. Faltava-me a habilidade e a experiência para vencer uma batalha mágica prolongada, e Meg tinha um arsenal maior de feitiços e contrafeitiços à sua disposição.

Pense e sobreviva, disse a mim mesma com firmeza, repetindo o sábio conselho de Philippe de Clermont.

Procurei entre as sombras que deslizavam pela clareira, buscando potenciais aliados. Uma sombra lendo um livro se aproximou. Ela puxava um pequeno carrinho com um aparelho de destilação feito de dois alambiques unidos. Fios finos e multicoloridos emergiam de pequenos orifícios na câmara superior do aparelho e serpenteavam pelo mundo.

Talvez a aparição da fiandeira fosse um sinal de que eu deveria remendar a sombra que havia passado de fogo a cinzas. Olhei ao redor da clareira e a avistei, caminhando em sentido anti-horário pelas árvores.

– Posso usar alguns dos seus fios? – perguntei à sombra leitora.

Ela desviou os olhos do texto e olhou para cima. Era como olhar no espelho. O rosto da sombra era o meu.

Sem responder, meu simulacro abaixou o olhar de volta para o livro, absorto nas palavras. Puxei de seu alambique um fio branco e depois outro cinza.

Arrastei-os até a sombra acinzentada que outrora fora tão flamejante e brilhante.

– Posso remendar você? – Mostrei os fios a ela.

Lágrimas carbonizadas cheias de gratidão escorreram por seu rosto.

Transformei minha varinha em uma grande agulha e passei os fios cinza e branco pelo buraco. Perfurei a carne escurecida da sombra, mas a pele era delicada e se desfez na Escuridão pulsante dentro de suas costelas.

Seria preciso tecer um remendo em vez disso. Estiquei depressa o fio em diagonal sobre a ferida, criando a base para segurar a trama.

Do seu posto na Encruzilhada, Meg praguejou, mas eu não tinha tempo para observar seu próximo movimento. O sofrimento da sombra era palpável.

Uma rajada de vento verde e venenoso rasgou as árvores, espalhando folhas pelo ar. Uma mariposa bateu as asas contra meu rosto. Outra pousou no meu ombro. Uma terceira se agarrou ao meu peito, suas antenas em movimento. Espantei-as, mas quando meus dedos as tocavam, uma mariposa se transformava em cinco. Logo fiquei envolta em um casulo de asas de veludo, incapaz de consertar o corpo rasgado da sombra.

– *Rainha Coruja, ensina-me a ver como você!* – Mais uma vez, me inspirei nas palavras sucintas e evocativas de Emily Dickinson. – *Altere a Escuridão e ajuste minha visão.*

Um grito selvagem cortou a noite, e as mariposas voaram assustadas. Diante de mim estava uma mulher com um manto feito de penas macias. Suas feições eram as de uma coruja, e ela segurava uma lua crescente de prata em uma das mãos e uma rede cheia de mariposas na outra.

Era a Rainha Coruja do oráculo do pássaro preto. As sombras na Encruzilhada não eram manifestações mágicas arbitrárias viajando entre mundos. Esses espíritos eram específicos para mim e para os poderes da alta magia que eu possuía.

– Você pode me mostrar o caminho? – perguntei à Rainha Coruja, eufórica diante da perspectiva de encontrar meu caminho para a alta magia e frustrar os planos de Meg.

– Este é o caminho – piou a Rainha Coruja. – *Silêncio ou segredos, sabedoria ou guerra. Qual é o seu destino? Qual é o seu viver?*

Meg gritou novamente em frustração. Ela ainda estava no topo do poste central, determinada a me impedir de encontrar meu caminho.

– Você nunca vai encontrar seu caminho aqui! – Meg segurava um globo de poder verde e vil em uma das mãos e um orbe escuro na outra. Ela combinou os dois em uma esfera crepitante de Escuridão e a lançou em minha direção.

Observei horrorizada enquanto a Rainha Coruja se preparava para absorver a maldade de Meg, destemida diante da ameaça que se aproximava. Seu manto se espessou e tremulou em preparação para o golpe.

Uma sombra já havia sido ferida pela magia de Meg. Eu não queria que a Rainha Coruja sofresse o mesmo destino.

– *Sombra, prenda a respiração!* – gritei.

Nuvens obscureceram a lua crescente na mão estendida da Rainha Coruja, diminuindo sua luz e fazendo a Escuridão dominar.

Outra sombra espectral apareceu, de um cinza-perolado contra a escuridão. Ela parecia refugiada de uma terrível guerra, o rosto magro e os olhos arregalados e vazios, como se não suportasse fechá-los por medo de que seus terrores a encontrassem. Os cabelos grisalhos se erguiam noite adentro, os fios rígidos parecendo galhos secos. Essa sombra tinha uma ferida aberta no peito. No espaço vazio onde deveriam estar as costelas, o coração e os pulmões, vi uma floresta que lembrava a Floresta dos Corvos.

Mas foi o círculo trançado ao redor de seu corpo que chamou minha atenção. Um dia, o círculo da sombra havia sido um anel fechado como o décimo nó, mas agora estava em frangalhos. A mulher tentava em vão juntar as pontas desfiadas e completá-lo.

– *Me ajude* – murmurou, e ela estendeu os braços para que as pontas do círculo roçassem meus dedos.

Ao toque dos fios puídos, meus braços se iluminaram com palavras e frases inscritas em preto, vermelho e dourado. O toque da sombra havia despertado o Livro da Vida dentro de mim. Eu havia absorvido o conteúdo do Ashmole 782 anos atrás, na Biblioteca Bodleiana, mas ele não se manifestava havia algum tempo.

Encarei os olhos assombrados da sombra e vi um fraco brilho de reconhecimento.

– Naomi?

A sombra era a casca murcha da irmã de meu pai, esvaziada pela Escuridão e pela alta magia. Mas Naomi não deveria ser uma sombra; ela estava morta e devia estar com os outros fantasmas da família, não presa no reino das sombras. Será que um tecelão havia lançado o décimo nó ao redor dela? Foi por isso que ela escolheu a morte – não por algum fracasso, mas porque outra bruxa havia planejado destruí-la?

Naomi estremeceu, seus olhos sombreando à medida que a Escuridão se aproximava, atraída por seu desespero.

– *Me ajude* – clamou ela em um sussurro, a boca se abrindo em um esforço para romper a barreira que a impedia de falar em voz alta. – *Estou em Outro Lugar.*

Meus pensamentos congelaram. Becca tinha estado em *Outro Lugar*.

Determinada a salvar Naomi do limbo eterno, perguntei-me o que aconteceria se eu reparasse o círculo danificado ao seu redor. Ela seria curada e libertada? Ou seria destruída e banida para uma realidade ainda mais sombria?

Eu só havia feito o décimo nó uma vez, para destruir Knox e salvar a vida de Matthew, mas estava pronta para fazê-lo novamente. Com delicadeza, peguei os fios pretos e pratas do décimo nó rompido e comecei o trabalho meticuloso de refazê-lo, recitando o ritual que comadre Alsop havia me ensinado.

Os tremores de Naomi se tornaram violentos, seu corpo se contorcendo. Ela já tinha sofrido o suficiente.

– Com o nó de um, o feitiço começa – falei calmamente, esperando que meu tom aliviasse a agitação de Naomi. – Com o nó de dois, o feitiço se torna real. Com o nó de três, o feitiço está livre. Com o nó de quatro, o poder é estocado.

Fiz nó após nó, um cruzamento, depois dois, três, quatro. Minha mão esquerda brilhava com poder, meus fios de tecelã em preto, prata, dourado e branco movendo-se sob a pele enquanto eu recorria à alta magia. Mas outra tonalidade apareceu em meu dedo indicador, uma linha de um roxo régio; simbolizava a justiça da deusa. Eu me senti confiante ao vê-la, e soube que estava fazendo a coisa certa. O aro ao redor de Naomi se fechava, e o Livro da Vida cintilava sob minha pele. A sombra que se parecia comigo, com seu livro e alambique, retornou, puxando fios pretos e prata do destilador e os entrelaçando em uma corda brilhante de Sombra. Ela me entregou a ponta.

– Com o nó de cinco, o feitiço prospera – falei, tecendo o fio da sombra em meu nó.

A cabeça de Naomi tombou para trás enquanto uma nova onda de dor a atingia. Eu sentia um frio intenso, ciente do desequilíbrio no bosque enquanto a Escuridão crescia. Tudo o que eu podia fazer para ajudar minha tia, no entanto, era continuar tecendo.

– Com o nó de seis, o feitiço se fixa de vez – proferi, fazendo o nó de seis cruzamentos. – Com o nó de sete, o feitiço vai despertar. Com o nó de oito, o feitiço vai esperar.

Meus dedos voavam, e continuei a puxar o fio forte e novo oferecido pela sombra alquimista para sustentar meus nós.

– Com o nó de nove, o feitiço é meu. – Esse era o nó potente de finais e mudanças de que Naomi tanto precisava.

Naomi me olhou com gratidão enquanto a dor lancinante deixava seu corpo e o veneno era absorvido pelo bosque. A energia ao meu redor também mudou, inclinando-se perigosamente para a completa Escuridão.

Restava um único nó. Ele traria alívio para Naomi ou destruição?

– Você tem certeza? – perguntei à irmã do meu pai.

Naomi assentiu e fechou os olhos com um suspiro.

– Com o nó de dez, isto começa de novo. – Juntei as duas extremidades do anel prateado e preto ao redor do corpo frágil de Naomi, esperando que isso lhe concedesse a bênção do fechamento e o renascimento espectral que a aguardava do outro lado.

Com um grito de alegria, a sombra de Naomi se desintegrou, caindo ao chão em uma nuvem de poeira prateada e cinza. Um corvo branco se levantou das cinzas, grasnando e chamando seus parentes. Corujas vieram testemunhar a transformação de Naomi, empoleirando-se nos galhos e piando com empolgação. Duas garças passaram sobre nós, projetando sombras estranhas e tortas. Um abutre pousou, silencioso como um juiz, observando a magia que eu havia criado.

Os corvos foram os últimos a chegar.

Eles cercaram a ave branca, suas asas pretas acariciando-a com toques leves. Eles giravam e rolavam no ar, acolhendo o espírito de Naomi de volta ao lar.

Meus olhos marejaram, e lágrimas caíram. A água das bruxas subiu dentro de mim, e eu a liberei para lavar o resíduo da magia das sombras que tinha usado para libertar minha tia do Outro Lugar.

Um caminho se abriu diante de mim, estendendo-se até um carvalho, no qual a enorme coruja cinza que eu vira antes com minha mãe estava empoleirada em um galho baixo. Seus olhos brilhavam, globos idênticos de Luz amarela envoltos em Sombra emplumada.

Penas forravam o caminho em direção ao magnífico pássaro. Abaixei-me para pegá-las e, a cada nova pena, o Livro da Vida brilhava mais sob minha pele, até que a linha entre sua história e a minha se tornou indistinta e senti a vontade da deusa iluminando meu caminho.

A coruja piscou, a luz de seus olhos se apagou.

Quando voltou a abri-los, deixei que me guiassem pelo Caminho das Trevas. Cheguei ao carvalho e cravei minhas unhas na casca, abaixando a testa em alívio.

— *Você escolheu seu caminho.* — A deusa saiu da sombra da árvore. Seu rosto era uma teia de rugas, e sulcos marcavam sua testa. As mãos que seguravam seu arco curvado eram retorcidas e cheias de nós. — *Seu propósito é usar todo o seu poder... Luz, Sombra e Escuridão... em benefício dos outros, assim como você os usou aqui. Alguns poderiam ter chamado a Escuridão para subjugar seu inimigo, ou a Luz para afastar a Sombra. Você provou que é adequada para o Caminho das Trevas e seus mistérios, filha.*

Eu não sabia se chorava de alegria ou de desespero diante desse novo pacto com a deusa.

— *Você tem coragem para continuar, feiticeira, mesmo sabendo que há espinhos e sarças adiante? Ou voltará para o caminho tranquilo e sem percalços de onde veio?*

Essa era minha última chance de voltar à vida que conhecia. Meus medos se dissiparam, e minha escolha ficou evidente.

— Eu vou em frente – falei.

— *Em troca de seu serviço no Caminho das Trevas, ofereço-lhe o presente da minha coruja, Cailleach, cuja sabedoria ajudará a guiá-la em seu caminho* – disse a deusa. — *Aceitará este presente ou o recusará como sua mãe fez?*

— Eu o aceito. — Era mais um compromisso entre mim e a deusa.

A coruja cinza inclinou a cabeça em sinal de reconhecimento.

— Cailleach – falei, saboreando o nome em minha língua, apreciando seu sabor de conhecimento amargo e doce mistério.

Cailleach alçou voo, pairando a poucos metros do chão, seguindo uma trilha tão sutil que só ela conseguia ver.

– *Você deve seguir o Caminho das Trevas um passo de cada vez* – advertiu a deusa. – *Não se apresse, ou perderá o rumo.*

Voltei os olhos para a coruja e, quando olhei de novo para a deusa, Meg estava em seu lugar. Eu tinha sido tão consumida pelas sombras que me esqueci de Meg e seu desafio.

– Eu cedo, Diana Bishop. – Os estranhos olhos de Meg brilhavam com uma emoção que eu não conseguia nomear. – Você encontrou seu caminho. Assim deve ser.

Um grito alegre ecoou pela floresta com a declaração de Meg. Logo, as três bruxas do coven se juntaram a nós na Encruzilhada, oferecendo garrafas térmicas de chá quente e cobertores para afastar o frio pós-desafio.

Peguei uma xícara do líquido fumegante de Gwyneth, agradecida pelo Livro da Vida não estar mais visível na minha pele e pelos meus fios de tecelã terem se misturado ao traçado das veias no meu pulso.

– Como é nosso costume – disse Ann –, os detalhes do que aconteceu aqui na Encruzilhada não devem ser ditos a nenhuma bruxa, mesmo que seja uma iniciada ou especialista nos mistérios da alta magia. Você concorda em obedecer a essa regra?

Analisei cuidadosamente as condições, especialmente as palavras *detalhes*, *ditos* e *bruxa*. Eu poderia compartilhar o que acontecera ali com Matthew. Um dia, também poderia contar aos meus filhos Nascidos Brilhantes.

– Eu concordo – falei, com toda a intenção de explorar as brechas na lei do coven.

Meg concordou, e Ann afastou minha oponente, deixando-me com minhas duas apoiadoras.

– Parabéns, Diana. – Katrina pegou minha mão e a apertou. – Estou animada por termos mais uma oráculo em nossa comunidade.

– Obrigada por tudo que me ensinou – falei.

– Estamos só começando – disse ela com uma risada, olhando para mim por cima dos óculos. – Espero você no Cabra Sedenta na segunda-feira de manhã. E não se esqueça de suas...

– Cartas – concluí.

Katrina partiu, e Gwyneth e eu ficamos sozinhas na clareira. Ela examinou a Encruzilhada, farejou o ar e me olhou atentamente antes de me entregar um pequeno caderno.

— Seu primeiro livro das sombras — disse Gwyneth. — Você mais do que o mereceu, com base na magia liberada aqui esta noite.

Segurei o livro, reconfortada por seu peso em minhas mãos.

— Você atravessou um importante rito de passagem. Tire um tempo para anotar tudo. Você vai querer lembrar disso no futuro.

Pensei nas sombras surreais que povoavam a floresta. Ouvi o agradecimento sussurrado de Naomi e vi a agonia que o precedera. Eu me lembrei dos feitiços de Meg e de como sua vitória parecia inevitável. O sabor do nome de Cailleach ainda estava em minha língua, e as palavras da deusa ecoavam em meus ouvidos.

— Não acredito que Meg cedeu. — Um dedo frio de premonição deslizou pela minha espinha, e eu estremeci.

— Nem eu — confessou Gwyneth, uma sombra passando por seu rosto. — Mas esta noite é para comemorar, não para se preocupar. Amanhã falaremos sobre a surpreendente decisão de Meg e faremos um plano para o restante das suas aulas de verão. Agora precisamos levar você para casa. Matthew está esperando.

Quando saímos da floresta, luzes de bruxa brilhavam em cada janela da Casa Velha e fumaça saía de suas chaminés. A Fazenda Pomar também estava iluminada, e o aroma de canela e chocolate preenchia o ar.

Matthew andava de um lado para o outro sob a árvore de bruxa, as mãos nos bolsos e o cabelo despenteado. Estava tão absorto que não detectou minha chegada. Tive a rara oportunidade de observar suas feições e seu caminhar antes que ele os rearranjasse em algo estoico e reconfortante, para o meu bem.

Pelo enrijecimento de seus ombros e a expressão de angústia no rosto, eu sabia que estava preocupado. Muito preocupado.

— Há quanto tempo está aqui fora? — perguntei suavemente, sem querer assustá-lo.

A cabeça de Matthew se ergueu em alívio. Ele deu dois longos passos e me envolveu em seus braços.

— Uma eternidade — murmurou, enterrando o rosto em meu cabelo.

Matthew me apertou forte antes de se afastar, segurando meu rosto entre as mãos. Seus olhos atentos examinaram cada centímetro meu, procurando por mudanças, temendo que eu tivesse me machucado.

— Ainda sou eu — falei, pressionando meus lábios contra a palma de sua mão.

Matthew me puxou para um beijo profundo, como se precisasse ter certeza, por dentro e por fora. Sua intensidade era vertiginosa, mas minha necessidade de segurança correspondia à dele, e coloquei meu coração e alma em nosso abraço.

— Encontrei meu caminho — anunciei. — Envolve alta magia.

— Eu sei. Consigo sentir a Escuridão. — Matthew afastou a mecha de cabelo que sempre caía sobre minha bochecha.

Estendi a mão.

— Vai trilhá-lo comigo, Matthew?

— Sim, *ma lionne*, gostando ou não de onde ele nos levará.

No entanto, naquela noite, nosso caminho era direto e curto. Voltamos para a casa da fazenda, onde Julie cuidava de nossos filhos adormecidos.

— Você conseguiu. — Julie me envolveu em um abraço, aliviada. Ela prometeu voltar no dia seguinte com cupcakes e champanhe para comemorar.

Fomos ver os gêmeos, nossas mãos entrelaçadas. Os dois estavam tranquilos, dormindo profundamente. Coloquei Cuthbert nos braços de Pip e tirei um par de fones dos ouvidos de Becca antes de fecharmos as portas e irmos para o nosso quarto.

Sem dizer uma palavra, Matthew alcançou os botões da minha camisa e me ajudou a tirar as roupas manchadas de magia. Marcas de Escuridão sujavam o tecido branco, e um fino pó de Sombra se agarrava às dobras da minha saia. A Luz havia queimado meu sapato, fazendo um buraco e exibindo meu dedo.

Ele lançou um olhar para o livro das sombras que eu tinha deixado cair no chão do quarto.

Mas eu não queria escrever sobre o que tinha testemunhado na floresta. Nem conseguia imaginar contar essa história, nem mesmo para Matthew.

Puxei-o para a cama e me deitei.

— Beba — disse a ele, arqueando meu corpo nu para que meu seio ficasse próximo de sua boca, minha veia escura e pulsando, ansiosa para revelar seus segredos.

Matthew mordeu, seus dentes abrindo a ferida que nunca cicatrizava totalmente, a que lhe dava acesso a tudo o que eu era, tudo o que eu pensava e tudo o que eu experimentava. Ele se prendeu à veia, sugando meu sangue para dentro de sua boca.

No primeiro gole, ele estremeceu. Eu o segurei firme, querendo que visse o máximo possível da Encruzilhada enquanto minhas memórias ainda estavam frescas e vívidas.

Matthew tomou outro gole, e mais um. Minha cabeça começou a girar, e perdi a conta de quantas vezes ele bebeu. Sombras passaram diante dos meus olhos, em bicicletas e carruagens de casca de ovo. Meus lábios se moviam, proferindo silenciosamente a ladainha da tecelã, enquanto eu traçava as cicatrizes nodosas nas costas de Matthew.

Minha pele se abriu ainda mais, a Luz escapando do meu corpo e entrando na boca de Matthew.

Eu era Escuridão. Eu era Luz. Eu era um oceano de Sombra, esperando para ser descoberto.

Matthew se afastou, maravilhado. Ele mordeu o próprio lábio e deu um beijo em meu seio, seu sangue curando minha carne, assim como minha magia havia curado o ferimento de Naomi.

– Eu entendo – murmurou Matthew entre beijos. – Eu entendo agora.

Virei-me para ele, me encolhendo como se ele fosse uma concha na qual eu pudesse encontrar refúgio.

Matthew começou a falar, mas eu estava exausta demais para ouvir. Tínhamos dias – anos – para falar sobre o que havia acontecido aquela noite e sobre o que deveríamos fazer no dia seguinte.

– Só me abrace – murmurei. – Não me solte.

– Nunca, *ma lionne* – prometeu Matthew. – Nunca.

Capítulo 16

Era a véspera do solstício de verão, e grupos de Proctor chegavam a Ravenswood desde o amanhecer, ansiosos para celebrar meu sucesso na Encruzilhada. Eles vinham em caminhonetes e veleiros, espremidos em SUVs cheios de crianças e animais, de carona ou em motos. Um até chegou a cavalo, galopando por Great Neck e atravessando o pântano para alcançar a rocha de Bennu.

Desde a Encruzilhada, Gwyneth e Julie haviam encontrado uma forma de garantir que os gêmeos se sentissem à vontade entre os muitos estranhos que logo chegariam a Ravenswood: colocaram Pip e Becca para distribuir crachás. Os gêmeos prenderam com orgulho as próprias identificações nas camisas e esperaram ao lado da árvore de bruxa para se apresentarem à família.

Quanto a Matthew, conhecer os Proctor era um desafio de outro nível. Ele já tinha se acostumado a me ver jogando cartas enquanto tomava meu chá matinal e desaparecendo no celeiro ou na floresta para as aulas com Gwyneth. Nós até começamos a integrar a alta magia em nossa vida cotidiana. Tudo isso parecia pequeno em comparação com o tsunami de bruxas esperado para hoje.

Os primeiros a chegar foram Julie e o marido, Richard, junto com sua irmã, Zee – uma das duas Susie que dirigiam o acampamento de magia. O apelido era como a família distinguia a Susie-Z de sua prima Susie-S – ou Essie, como era conhecida. Becca e Pip entraram em ação, apresentando à irmã de Julie um palito de picolé mergulhado em glitter com Z-E-E escrito em letras irregulares.

Às nove da manhã, um fluxo constante de familiares já enchia o prado onde ficava a Casa Velha. Enquanto Ike e Grace direcionavam os carros, Gwyneth cuidava para que a comida fosse colocada no longo cômodo que conectava a cozinha à sala de estar. Mesas cobertas com toalhas coloridas estavam repletas de bolos, frutas e pratos fumegantes de ovos frescos, linguiça e bacon, que eram reabastecidos tão rápido quanto eram esvaziados. Tike e Courtney Mather, os filhos adultos de Ike, cuidavam da lareira – ou, para ser mais exato, a encantavam. Enquanto seus olhos permaneciam fixos nos celulares, mãos invisíveis erguiam ovos, quebravam-nos em uma tigela, batiam-nos até se tornarem um líquido dourado espumoso e depois os mexiam em uma enorme frigideira de ferro fundido. Em outra frigideira, mais feitiços garantiam que o bacon fosse virado antes de queimar, e as linguiças giravam no momento exato em que ficavam douradas.

Eu observava sua rápida magia de cozinha, impressionada com a maneira como o irmão e a irmã haviam lançado dois feitiços interconectados para manter o café da manhã quente sempre disponível.

– Sempre pensei que os Proctor deveriam abrir uma lanchonete. – Julie passou por mim com guirlandas de relógios de bolso mágicos ao redor do pescoço, cada um ajustado para lembrá-la de algum detalhe da organização que manteria a festa funcionando sem problemas. – Mas nunca consegui resolver a parte da contabilidade. Como se declara um feitiço como funcionário?

– Você se preocupa demais – disse Zee, entregando a Julie um prato vazio do bufê abarrotado. Como Vivian, a chefe do clã Madison, Zee era contadora e tinha estudado literatura inglesa. E como Gwyneth e o restante das mulheres Proctor (incluindo Courtney Mather), formara-se na Mount Holyoke.

A filha de Zee, Tracy, chegou com duas caixas gigantescas de cupcakes e uma pequena prole. As crianças tinham aproximadamente a mesma idade dos gêmeos e pararam apenas tempo suficiente para devorar muffins de mirtilo e esvaziar copos de suco de laranja antes de correrem para brincar lá fora.

– Vou ajudar Pip com os crachás – anunciou um menino com grandes sardas e um crachá com o nome JAKE.

– Eu também! – disse sua irmã Abigail. Ela saiu correndo para o sol com um punhado de morangos e uma banana.

Rose era a mais velha dos filhos de Tracy e ficou para trás com Courtney e Tike. Ela se considerava sofisticada demais para andar com as outras crianças, mesmo que não tivesse mais de dez anos.

Mais crianças chegaram, e Julie reuniu o grupo barulhento em uma mesa montada sob a castanheira, onde estavam dispostos os materiais para fazer barquinhos de papel, vassouras de canela e comedouros para fadas feitos de pinhas. Essie assumiu o comando, e logo as crianças estavam concentradas em confeccionar os tradicionais itens do solstício de verão.

Logo perdi a noção de quem era quem e de onde se encaixavam nos ramos da árvore genealógica. Apertei bebês e me solidarizei com os jovens pais sobre as noites mal dormidas. Enchi copos infantis para os pequenos e servi chá e café para seus pais exaustos. Mesmo assim, carros e vans continuavam a chegar.

A única pausa na movimentação aconteceu quando a mãe de Ike, Lucy Nguyen, apareceu com Put-Put. Sendo o Proctor mais velho ainda vivo, Put-Put seria acomodado em uma das cadeiras da sala de estar, à sombra da varanda coberta de glicínias. Esse era o plano, segundo Julie, mas ela admitiu que Put-Put sofria de surdez seletiva e provavelmente acabaria do lado de fora, perto da churrasqueira, onde poderia beber cerveja e observar as crianças.

Todos se agitaram e fizeram festa quando Ike ajudou o avô a sair da van e se acomodar na cadeira que o aguardava. Depois de se ajeitar, Put-Put se estabeleceu como o chefe da família emitindo uma série de exigências.

– Onde está meu café? Também quero um donut de canela. E não esqueçam o creme! – Seus olhos azuis profundos vasculharam a multidão. – Onde está a filha do Stephen?

– Estou aqui. – Abaixei-me para beijá-lo na bochecha, mas Put-Put tinha outros planos. Ele segurou meu queixo com suas mãos nodosas e encostou os lábios no meu terceiro olho.

Normalmente, um beijo de bruxa não solicitado era como uma violação. Com Put-Put foi diferente, foi uma investigação sobre meu estado mental, para que ele pudesse ter certeza de que tudo estava como deveria depois de Proctor's Ledge e a Encruzilhada.

– Você é filha do Stephen, com certeza – disse Put-Put, depois de se afastar. – Mas tem o queixo dos Bishop, igualzinho ao de sua mãe.

Meu rosto ainda estava nas mãos de Put-Put. Elas eram pouco mais que pele e ossos, mas a força permanecia.

– Você sempre foi uma de nós, Diana – afirmou ele. – O que aconteceu na Encruzilhada foi para o clã, para a paz de espírito deles. Não para sua família. Nós sabíamos a verdade, não importava o seu caminho. Você é uma Proctor. Não se esqueça disso.

– Não vou esquecer – respondi. A aceitação completa de Put-Put, combinada com a sinceridade direta de um ianque, era um bálsamo para minha alma.

– Onde está o restante da sua matilha? – perguntou Put-Put, me soltando. – Gosto do seu marido, mesmo ele sendo um pouco nervoso.

Matthew estava na área da churrasqueira, parte de um círculo de homens que observavam Grace acender o carvão com uma combinação de fogo de bruxa e fluido de isqueiro. Embora os membros masculinos da família fossem três vezes mais numerosos e estivessem oferecendo conselhos não solicitados sobre como ela poderia fazer um trabalho melhor, Grace não tinha a menor intenção de deixá-los interferir. Apontei Matthew para Put-Put.

– Becca estava com Julie, da última vez que a vi – continuei, sem conseguir localizar minha filha na multidão crescente. – Só a deusa sabe onde Pip está.

– Estou aqui, mamãe! – Pip subiu correndo para a varanda com uma bandeja cheia de pinhas melecadas, seguido por um grifo, uma nuvem de moscas e várias crianças pequenas. Zee e Julie vinham logo atrás em um ritmo mais tranquilo, cada uma emitindo um fluxo de bolhas opalescentes pela boca e pelo nariz que pairavam sobre o desfile dos pequenos Proctor.

Rimos ao ver as duas irmãs, de braços dados, servindo como criadoras de bolhas animadas para encantar as crianças. Julie e Zee riam também, o que aumentava o tamanho das bolhas e a velocidade com que elas se espalhavam pelo ar.

– Vamos alimentar as fadas! – gritou Julie, acenando para nós. Seu chapéu de palha estava enfeitado com flores e fitas. – Quem quer ir com a gente?

Para todas as crianças, a linha entre magia e faz de conta era tênue e sempre mutável, mas isso valia ainda mais para crianças filhas de bruxas. As novas gerações dos Proctor, fascinadas pela perspectiva de ver fadas na floresta, aceitavam cada nova expressão de magia sem pestanejar. Seu mundo era encantado, cheio do extraordinário e do inesperado. Como minha vida poderia ter sido se eu tivesse crescido abraçando as tradições mágicas da família e o poder selvagem e lúdico em seu íntimo?

– Tudo bem, *mon coeur*? – murmurou Matthew em meu ouvido, fazendo cócegas na pele do meu pescoço. Ele havia percebido minhas emoções sombrias e veio ver se eu estava bem.

– Mais do que bem – respondi.

– Rebecca está no meio de um grupo de adolescentes – falou, em tom de reprovação. – Estão embaralhando cartas e lendo a sorte.

– Deixe a garota em paz – disse Put-Put a ele. – Melhor estar ao ar livre com seus primos do que explorando a floresta. Faça algo útil e me traga um café.

Era raro Matthew seguir o conselho de alguém, mas hoje era um dia especial e ele deixou Becca por conta própria enquanto ia buscar a bebida de Put-Put.

O piquenique de solstício de verão dos Proctor atingiu o auge depois da chegada de Put-Put. Gwyneth sentou-se sob uma das castanheiras, cercada por jovens bruxas e bruxos que tentavam lançar feitiços com teares mágicos. Os adolescentes permaneciam em pequenos grupos com seus baralhos de oráculo e cartas de tarô, oferecendo leituras grátis a qualquer adulto que passasse em busca de cerveja ou chás gelados. Tike deixou a lareira e foi esculpir varinhas para os universitários, que agora estavam na idade de começar a usar os cajados mágicos para aprimorar suas habilidades.

De mãos dadas, Matthew e eu nos aventuramos na multidão, trocando algumas palavras com os primos que eu já conhecia e parando para conversas mais longas com outros. Peguei um cachorro-quente do churrasco, onde Ike e vários outros homens trocavam histórias sobre futebol americano e beisebol enquanto Grace virava hambúrgueres e colocava salsichas chamuscadas nos pães.

– Posso ajudar? – perguntou Matthew, ansioso para auxiliar minha prima, suja de fumaça. Ele estava desesperado para fazer alguma coisa.

– De jeito nenhum – respondeu Grace. – Se eu deixar você tentar, todos vão querer também. Vá de barco até o Ninho e traga as amêijoas. Elas devem estar prontas.

Depois que as últimas amêijoas e lagostas foram trazidas de barco do Ninho e a enorme fogueira foi acesa, a atmosfera em Ravenswood passou de descontraída para algo mais poderoso. Centímetro a centímetro, o sol mergulhava abaixo no horizonte oeste e uma fina lua de bruxa surgia sobre a água. À medida que as sombras se alongavam, percebi que o dia mais longo do ano estava chegando ao fim. A luz cedia lugar à Escuridão no ciclo eterno de morte e renascimento que carregava todas as criaturas rumo ao futuro.

Pais cansados colocavam bebês e crianças pequenas em berços no celeiro, aconchegados com travesseiros dos sonhos e lanternas de vaga-lume para confortá-los caso acordassem em um lugar desconhecido. As crianças mais velhas persuadiram tia Gwyneth a fazer um tour pelo sótão, mas só depois de prometerem que não gritariam e acordariam os bebês – não importanto quais visões horripilantes pudessem encontrar.

Sentei-me com Tracy, uma tigela de marshmallows mágicos entre nós. Espetei um deles com um graveto e ele imediatamente borbulhou e dourou.

– Marshmallows tostados sem fogo. Você poderia ganhar uma fortuna com isso, sabia? – Esperei até que ficasse dourado e o coloquei na boca.

– Fique longe dos meus marshmallows – disse Tracy com uma risada, fazendo outro para si com as bordas ligeiramente queimadas. Ela suspirou, feliz com a iguaria chamuscada. – Do jeito que eu gosto.

– Então, o que acontece agora? – perguntei. Não havia sinal de Julie, e os Proctor vagavam pelo campo, capturando vaga-lumes. Matthew, apesar das veementes objeções de Grace, estava desmontando as grelhas.

– Acho que é hora de lançar os barcos – falou Tracy, apontando para a frota de barquinhos de papel que as crianças haviam feito. Eles aguardavam à margem do pântano, cada casco preenchido com flores e frutas vermelhas.

– Quando começa a magia de verdade? – perguntei em voz baixa.

– Toda magia é de verdade – respondeu Tracy, preparando outro marshmallow.

Mas havia mais no solstício de verão do que esses encantamentos leves. Feitiçarias mais sombrias também estavam em ação.

Os gritos animados das crianças alertaram os que estavam reunidos ao redor da fogueira de que Julie havia retornado, cercada por um grupo de pré-adolescentes e adolescentes carregando tochas que brilhavam com luz mágica. As personalidades individuais das jovens bruxas Proctor se destacavam com bandeiras de arco-íris e roupas pretas de estilo neogótico, em um desfile de solidariedade e segurança.

Ike empurrou Put-Put até a rocha de Bennu, de onde ele e Gwyneth poderiam assistir enquanto as crianças soltavam os barcos na água. Algumas já tinham idade para conjurar uma pequena chama tremeluzente no topo dos mastros de palitos de picolé. A maioria precisava de ajuda para acender as tochas, tocando seus palitos nos dos primos que haviam conseguido invocar as chamas.

– Que esses barcos sejam abençoados enquanto navegam rumo à Escuridão – disse Gwyneth, levantando as mãos e deixando o poder da deusa fluir através de si. – Eles carregam nossos sonhos e desejos para as longas noites à frente. Que a deusa nos conceda amor e sorte em troca.

As crianças entraram nos pântanos em busca das correntes que levariam suas oferendas ao mar. Os barquinhos se espalharam, seus mastros flamejantes brilhando. Matthew passou o braço ao meu redor enquanto observávamos Pip e Becca participarem de seu primeiro ritual de solstício de verão.

Sozinhos, em pares ou em grupos familiares, os Proctor voltaram para o calor da fogueira.

Enquanto as crianças se fartavam com marshmallows mágicos e chá de camomila misturado com lavanda, os adultos dominaram o entretenimento. Em vez de soltar fogos de artifício comprados à beira da estrada, Ike liderou uma equipe de bruxos e feiticeiros pirotécnicos para conjurar rodas de fogo que rolavam pelo campo. Suas chamas cuidadosamente criadas não representavam perigo para a vegetação ou os animais e, em vez do estrondo e explosão que acompanhavam a maioria das exibições humanas de fogos de artifício, essas soltavam o som delicado de sinos de bruxa.

Chá de camomila não era a única bebida disponível. O fluxo constante de cerveja era complementado com jarros de mel fermentado, o elixir mágico da antiguidade. Os Proctor mais cautelosos diluíam o forte hidromel com limonada ou o adicionavam à cerveja para fazer o tradicional *bragget*.

Alguém pediu música, e logo todos estavam de pé, dançando em volta da fogueira. Mãos nos puxaram, a mim e a Matthew, para os círculos de bruxas que giravam. Os dançarinos se dividiram em filas que se moviam em direções opostas, formando laços e nós. Os mais ousados correram pelo campo, saltando sobre as rodas de fogo e atravessando-as como bailarinos.

Os jogos e artesanatos do piquenique haviam sido divertidos, mas essas atividades noturnas mostravam a profundidade do talento da família para a alta magia. A Escuridão fazia cócegas sob o queixo das crianças, e a Sombra trançava fitas ao redor de seus tornozelos. Laços elementais de ar, fogo, terra e água se formavam entre as mãos das bruxas em uma associação voluntária mais forte do que qualquer encantamento coercitivo. À medida que o poder ao redor da fogueira aumentava, um sino soava à distância, ficando mais alto a cada badalada.

A multidão se aquietou, e os dançarinos pararam de girar. Do pântano, surgiu uma figura alta e masculina, vestida com folhas de carvalho douradas tão densas que era impossível ver quem ou o que estava por baixo. As crianças ficaram maravilhadas com a súbita aparição, e até os adolescentes ficaram impressionados o suficiente para tirar os olhos dos celulares e interromper as selfies.

– Quem é aquele? – sussurrei.

– O Rei Carvalho – respondeu Matthew, um leve arrepio erguendo os pelos de seus braços. – Antes da eletricidade, todos nós sentíamos a virada do ano quando a Luz enfraquecia. O Rei Carvalho era o guardião da Luz, e a chegada da Escuridão significava que ele havia perdido sua batalha contra o Rei Azevinho. O inverno voltaria para nos atormentar com doenças e fome.

O Rei Carvalho não fazia parte dos rituais de Litha do coven de Madison, que eram resolutamente matriarcais e focados nos poderes femininos da fertilidade.

– Quem vai ser o Rei Azevinho? – gritou Gwyneth.

– Sua vez, Lisa! – disse Tracy, empurrando uma prima para a frente.

– Put-Put não pode enfrentá-lo? – sugeriu Tike, tentando ser útil. – Ele é tão velho que o Rei Carvalho com certeza o venceria, e teríamos verão o ano todo.

Put-Put riu ofegante, satisfeito com a estratégia astuta de Tike.

– Eu vou! – A mãe de Ike, Lucy, se voluntariou para enfrentar o Rei Carvalho. – Gostaria de uma folga da neve e do gelo.

O Rei Carvalho circulava a fogueira, seus passos deliberados, enquanto a tensão aumentava. Os adolescentes empurraram um dos seus para o centro, mas o garoto logo voltou para a segurança da multidão. Outros balançaram a cabeça e cruzaram os braços, desafiando o Rei Carvalho a escolhê-los como adversários.

O Rei Carvalho parou e olhou para mim, evidente em sua especulação. A família murmurou "oooh" e cochichou. Esse era um desdobramento inesperado.

Ele estendeu um ramo de carvalho carregado de bolotas e folhas douradas. O Rei Carvalho havia feito sua escolha.

– Eu? – Eu já tinha vencido uma batalha neste verão. – Este ano, não.

– Você não pode recusar o Rei Carvalho – disse Grace. – Ele te escolheu, e você deve colocar sua Escuridão contra a Luz dele.

E se eu falhasse e as estações fossem afetadas? A mudança climática já era uma ameaça real. Eu não precisava acelerar o processo.

– O Rei Azevinho não deveria ser um homem? – falei, em um último e antifeminista esforço para evitar a responsabilidade. O grupo de Mount Holyoke (que era grande) uivou de indignação.

– As mulheres também podem ser reis – disse Gwyneth, com a certeza tranquila de alguém que conhecia o peso da liderança.

Resignada com meu destino, dei um passo em direção ao Rei Carvalho. Quando cheguei perto do bastão de carvalho dourado, o Rei tocou no meu ombro com a ponta brilhante do artefato.

A magia se espalhou do ponto em que pele e madeira se encontraram. Meu corpo floresceu em resposta. Folhas brilhantes de azevinho com espinhos afiados irromperam dos meus poros, adornadas com pequenas flores brancas e frutos vívidos. Uma coroa de ramos de azevinho envolveu minha cabeça, e fitas de hera se trançaram em meu cabelo. A coroa pinicava, mas não de forma desagradável. Na minha mão direita, brotou uma varinha branca, esculpida na madeira pálida da árvore de azevinho.

Procurei Becca e Pip, querendo ver a reação deles à minha transformação. A mudança repentina os teria assustado?

Os olhares dos gêmeos estavam cheios de admiração e orgulho.

– Aquela é a minha mãe! – disse Pip para Jake, cujos olhos estavam completamente arregalados.

– Uau – respondeu Jake. – Ela é irada!

Mesmo coberta de azevinho e hera como o Fantasma do Natal Presente, eu não era nem assustadora, nem indesejada para meus filhos, ou meus parentes. Os braços da minha família eram largos o suficiente para me acolher sem sufocar minha magia. Quando olhei para os rostos reunidos ao redor da fogueira – velhos e jovens, aqueles que agora me eram familiares e aqueles que havia conhecido pela primeira vez hoje –, tudo o que vi foi bondade e compreensão.

– Você está linda, *ma lionne*. – Matthew enfrentou as folhas de azevinho para dar um beijo na minha bochecha. – É seu trabalho vencer esta luta. Vá com tudo.

Para superar meu oponente, eu precisaria recorrer à Escuridão. Matthew percebeu a pergunta não dita em meus olhos e acenou com a cabeça. Se não fosse pelas afiadas folhas de azevinho, teria abraçado meu marido com força. Em vez disso, eu me virei em direção ao esplendor dourado do Rei Carvalho.

Com um floreio de seu ramo de carvalho e uma reverência, o Rei Carvalho me convidou a cruzar minha varinha com a dele. Quando o carvalho e o azevinho se tocaram, um lamento baixo ecoou pelo prado. A lamúria sobrenatural desvanecia em um eco de algo que ainda estava por vir.

O Rei Carvalho sacou sua varinha e a ponta explodiu em estrelas que voaram em todas as direções, sua Luz me empurrando de volta para as profundezas da Floresta dos Corvos.

Levantei a varinha de azevinho em resposta e convoquei as mariposas escuras que viviam nas Sombras. Elas vieram, atraídas pela ponta branca da varinha, abafando as estrelas do Rei Carvalho. Envolvi-me nas Sombras como um manto enquanto avançava em direção a ele.

Ele deu um passo para trás, depois outro. Nós circundamos a fogueira no sentido horário. O Rei Carvalho conjurou mais estrelas. Elas brilharam por um instante, mas eu chamei os corvos, que desceram e as engoliram com gritos guturais.

As Sombras se alongaram e se transformaram em Escuridão, seu rastro escuro apagando a Luz. Deixei um brilho de pérolas em pó atrás de mim, uma promessa luminosa do retorno da Luz.

Quando voltamos ao ponto de partida, a luz da fogueira estava se transformando em brasas e a Escuridão ofuscava as estrelas. O Rei Carvalho abaixou seu ramo no fogo, onde explodiu em uma chama espetacularmente multicolorida. Ele se curvou mais uma vez, cedendo à Escuridão, e se derreteu nas Sombras.

Eu voltei a ser eu mesma, sem brotos e frutos. Apenas a varinha de azevinho e a coroa permaneceram, junto com uma sensação de formigamento que me unia à Floresta dos Corvos e seu poder.

– Eles chegaram! – sussurrou alguém.

– Olha! Olha! – disse outra pessoa, sua voz tomada de admiração.

Os fantasmas dos Proctor saíram do sótão em massa para dar as boas-vindas ao retorno da Escuridão e se reuniram na Floresta dos Corvos. Eles surgiram das árvores e atravessaram o prado. A noite proporcionava um fundo sombrio que revelava cada detalhe, desde os ramos de flores nos vestidos de musselina até as finas costuras nas golas e punhos. Era um espetáculo maravilhoso, visto apenas uma noite no ano.

– Bom trabalho, Diana – falou Tracy, me dando um tapinha no ombro. – Às vezes, o Rei Azevinho não reúne escuridão suficiente para trazê-los à tona assim.

Lucy apontou.

– Olha ali o meu Ike! E veja, ali está Morgana, a irmã da Gwyneth!

Morgana e Gwyneth estavam de pé, com as mãos levantadas e as palmas se encostando, em um reencontro silencioso. A antiga oráculo do pássaro preto lançou um olhar em minha direção e inclinou a cabeça em agradecimento.

Infelizmente, não havia sinal de Naomi.

Uma mulher apareceu à margem da Floresta dos Corvos, seguindo os passos dos fantasmas. Seu cabelo e seus membros brilhavam com uma luz etérea, e uma lasca de lua crescente brilhava em sua testa. Sua capa era profunda como a meia-noite, e pequenas criaturas aladas rodopiavam e voavam ao redor de seus pés. Elas se enredavam nas dobras da capa e se libertavam com o forte bater de asas delicadas.

– Meu Deus, essa é... – começou Matthew, com os olhos arregalados.

– ... A Rainha das Fadas? – concluí. – Sim, acho que sim.

– Os comedouros para fadas funcionaram! – gritou Pip, trocando um *high--five* com a irmã.

Sob todo o brilho sobrenatural estava Julie Eastey. Vestida em seu poder e deslumbrante com o glamour que lançava, ela era uma visão de tirar o fôlego – tão impressionante que trouxe lágrimas aos olhos de muitos.

Nossa Rainha das Fadas ergueu a varinha e se dirigiu ao público com as mesmas palavras que gerações de Proctor haviam usado antes dela.

– *Se nós, Sombras, vos ofendemos* – começou Julie, seus olhos brilhando com beladona e magia –, / *Pensem apenas nisto, e tudo estará resolvido,* / *Que vocês apenas sonharam aqui* / *Enquanto estas visões surgiram.*

Com um giro gracioso do pulso, Julie recolheu parte da Escuridão ao redor e a direcionou para o coração da fogueira, criando um caldeirão preto de fogo crepitante. Suspiros de espanto ecoaram enquanto Julie mantinha a Escuridão e a Luz em perfeito equilíbrio. Foi uma apresentação única, e até os amigos de Matthew, em Londres, teriam sido obrigados a reconhecer o poder que a pena de Shakespeare deu àquele feitiço dos Proctor.

A poesia do bardo ganhou uma potência adicional com as alterações da família, transformando suas palavras em pura magia.

– *E, como sou uma bruxa honesta* – continuou Julie –, / *Se libertamos breu,* / *Agora, para escapar da luz do solstício de verão,* / *Logo tudo vamos consertar.* / *Deem-me as mãos, se formos amigos,* / *E a Sombra as emendas vai restaurar.*

Aplausos se intensificaram enquanto os rituais do solstício chegavam a um desfecho espetacular. Lançamos tochas de madeira no caldeirão que Julie havia conjurado, junto com pergaminhos de papel contendo feitiços, desejos e sonhos. Pedaços de magia estouraram como fogos de artifício e estrelas cadentes, abrindo caminhos no céu noturno.

Em meio à cacofonia de gritos e magia, ouvi o chamado baixo e doce da Escuridão. Meu sangue respondeu imediatamente. Virei-me para meu marido e pressionei meu corpo contra o dele. Nossos festejos poderiam continuar em particular.

Para nós, a magia daquela noite estava apenas começando.

Capítulo 17

Demorou dias para nos recuperarmos da celebração do solstício de verão dos Proctor. Logo Matthew e eu nos estabelecemos em nossa nova rotina na Fazenda Pomar, e as malas deixaram de estar prontas para uma partida rápida. Elas foram para o sótão, e a máquina de lavar entrou em ação para acompanhar as roupas molhadas que se acumulavam a uma velocidade assustadora no chão da lavanderia. Becca e Pip estavam eufóricos, correndo por Ipswich com seus primos e socializando com outras famílias mágicas. Deixar de lado os planos que havíamos feito para o verão – planos feitos muito antes de recebermos a carta da Congregação, a visita de corvos e um convite de Ravenswood – fez com que os meses restantes da estação brilhassem com novas possibilidades.

Para Becca e Pip, essas oportunidades se expandiam a cada hora, à medida que aprendiam a cavar para encontrar mariscos, supervisionavam a renovação que Matthew estava fazendo nas casas na árvore e tinham longas conversas com a vovó Dorcas sobre uma ampla gama de assuntos, incluindo cavaleiros sem cabeça e como usar punhados de alecrim e sálvia para repelir moscas verdes.

Julie apareceu na Fazenda Pomar no primeiro dia de julho enquanto ainda tomávamos café da manhã. Ela trouxe consigo novas perspectivas de diversão: formulários de inscrição para o acampamento de magia e um convite para os gêmeos.

– Onde está todo mundo? – Sua voz flutuou pela porta de tela, junto com o som de patas caninas empolgadas arranhando a varanda. – Que belo cão de guarda você é, Ardwinna. Aqui, coma um muffin. É de mirtilo. Cheio de antioxidantes.

Em algum lugar da árvore genealógica da família Eastey havia um demônio, talvez dois. Eu tinha certeza disso.

– Entre! – gritei, pegando um garfo e um prato. Matthew estava fazendo ovos mexidos naquela manhã, e eu tinha certeza de que minha prima iria querer um pouco.

Julie entrou na cozinha com passos firmes, o short dobrado acima dos joelhos e os tênis encharcados de umidade e lama, como se ela tivesse atravessado o pântano para chegar até ali. Apesar do caminho que parecia ter feito, ela ainda segurava uma travessa com muffins e cupcakes variados.

– Eu trouxe os termos de isenção do acampamento para vocês assinarem, e os formulários de inscrição também – falou, usando o feitiço da mãe para conjurar os papéis do nada. – Aqui. Devem estar secos. Aah, parecem deliciosos. São para mim? Tem ketchup?

Matthew entregara a ela um prato fumegante com ovos, salsicha e cogumelos fritos. Julie lhe deu um beijo na bochecha em troca e se acomodou à mesa da cozinha com os gêmeos e suas turmas.

– Estão animados para o acampamento? – perguntou aos gêmeos. Ela e Gwyneth tinham elogiado nossa decisão de deixar as crianças participarem das tardes organizadas em que jovens bruxos eram treinados na etiqueta mágica adequada e incentivados a ter empatia por humanos e outras criaturas.

Ambos assentiram entusiasmados, incapazes de falar por estarem comendo os muffins que pegaram da travessa.

– Uma família de demônios de Rhode Island está mandando os filhos para cá de novo. Eles se divertiram muito – informou Julie, enquanto devorava seu café da manhã. – Becca e Pip serão os primeiros campistas com sangue de vampiro. Não é demais?

Matthew pegou os termos de saúde e segurança. Sem dúvida ele iria verificar se não havia regras suspeitas que indicassem que a administração do acampamento tinha algum tipo de preconceito contra vampiros.

– Que tal um passeio de barco? – perguntou Julie a Becca e Pip. – O sol está brilhando, por enquanto, e as águas estão calmas.

Os gêmeos gritaram de alegria com a perspectiva de passar horas no mar com a adorada Julie.

– Num barco de verdade? – Becca estava pronta para qualquer coisa que envolvesse aventura.

– Existe outra maneira de velejar? – perguntou Julie, limpando do prato o restante dos ovos com um pedaço de pão. – O *Sorte Grande* está ancorado perto do Refúgio. Ele é grande demais para ficar mais próximo da costa, e eu deixei o bote a bordo.

O bote, apropriadamente, se chamava *Maré Baixa*.

– Teremos que andar até ele – avisou Julie –, se quiserem dar uma volta.

– Podemos? – perguntou Pip, pulando da cadeira. – Podemos, mamãe? Podemos, por fav...

– Philip Michael Addison. – Matthew não suportava pedidos insistentes, e o número de nomes que usava indicava o quanto achava que as crianças tinham passado do limite. Nesse caso, Matthew parou em três dos quatro nomes, o que significava que Pip estava em terreno muito instável.

Pip e Becca comprimiram os lábios para evitar qualquer coisa que seu pai pudesse interpretar como pressão indevida. No entanto, minha decisão já estava tomada. Ar fresco e uma nova perspectiva fariam bem a ambos. E a paz e tranquilidade que recairia sobre Ravenswood na ausência deles reforçaria minha sanidade.

– Claro que vocês podem velejar com a tia Julie – falei, após trocar um olhar com Matthew e receber um relutante aceno de concordância.

– Vamos ver o navio fantasma? – Pip tinha ouvido a história de Julie sobre o naufrágio do navio preso nas rochas no final da península e a perda de todas as vidas a bordo.

– Estamos na fase crescente da lua. Não é hora de ver fantasmas no convés! – exclamou Julie, acabando com as esperanças de Pip. – Eles se escondem embaixo do navio para evitar queimaduras da lua. Você terá que esperar até que a lua escureça de novo. É quando o capitão ergue as velas.

– Vão se trocar – falei, apontando para o andar de cima. Era muito cedo para conversas sobre marinheiros fantasmas e navios espectrais. – Não vão querer que a tia Julie perca a maré.

– Esperem! – Julie enfiou a mão na parte de trás do short e tirou duas camisetas úmidas. – Vistam isso.

As camisetas eram rosa-choque e tinham TRIPULAÇÃO estampado em letras pretas nas costas. Na frente, estava o nome do orgulho náutico de Julie.

Pip e Becca subiram a escada fazendo barulho e logo voltaram para a cozinha, explodindo como pequenas bombas com mais perguntas. Becca levava Tamsy, que estava vestida para uma aventura ao ar livre, com as saias presas para mostrar os tornozelos e um avental amarrado com firmeza na cintura para manter o vestido limpo. Seus pés estavam descalços, e Becca havia prendido um chapéu de aba larga sob o queixo. Ambas as crianças carregavam os tênis pendurados nos ombros, com os cadarços amarrados.

— Boa ideia, Tamsy — disse Julie, observando os gêmeos para garantir que estivessem adequadamente preparados para um dia na água. — Todos nós precisamos nos proteger do sol, especialmente aqueles com sangue de vampiro. Eu tenho protetor solar e dois bonés. — Julie colocou o próprio chapéu na cabeça, apertando a corda para que ele não voasse com o vento. Ela inspecionou os cadarços de Becca. — E precisamos treinar os nós enquanto estivermos fora. Se você amarrar as cordas do *Sorte Grande* desse jeito, vamos afundar.

Julie conjurou a cesta para o barco, a sacola preferida das bruxas de Ipswich. Dela, tirou dois bonés infantis, um rosa e um azul. Bordado em cada um deles estava o emblema do grifo da propriedade vizinha, a Crane.

— Olha, Apollo! — gritou Pip, balançando seu novo chapéu em direção ao familiar. — É você!

O grifo ajeitou as penas e bateu o rabo em aprovação.

— Nos vemos mais tarde, Diana — disse Julie. Ela colocou alguns dos cupcakes na cesta. — Obrigada pelo café da manhã, Matthew.

Os gêmeos correram direto para o pântano. Apollo usou suas asas para voar sobre a água rasa em direção aos mastros oscilantes do veleiro ancorado perto do Ninho.

— Esqueci o feitiço de disfarce dele. — Fiquei preocupada, pensando nos barcos de passeio que navegavam pela costa próxima.

— Não se preocupe — disse Julie. — As gaivotas daqui são incrivelmente grandes. Ele vai se misturar bem.

Gwyneth saiu da Casa Velha para ver a tripulação partir, rindo enquanto Becca e Pip atravessavam o pântano pela água. Julie os seguiu, equilibrando a cesta na cabeça para manter secos os cupcakes e os sanduíches de presunto.

Matthew e eu suspiramos aliviados e levamos Ardwinna para o celeiro. Ela havia decidido não sair no *Sorte Grande*, preferindo ficar ao lado da vovó Dorcas, onde seria acariciada e mimada.

Aceitei, agradecida, a terceira xícara de chá de Matthew e me acomodei na mesa de trabalho com o oráculo do pássaro preto, passando as cartas pelos dedos para receber a orientação do dia. Contudo, um olho estava em Gwyneth, que trabalhava em um óleo ritual personalizado, projetado para me ajudar a trabalhar com a Sombra em segurança. Ela estava curvada sobre um pequeno pote de ferro de três pernas que lembrava um caldeirão. Minha tia havia começado com um poderoso óleo de rosas feito no verão passado. A isso, ela já havia adicionado casca de bétula, gualtéria, nardo e uma infusão de eufrásia. Esses ingredientes estiveram fervendo em uma chama baixa de luz de bruxa nas últimas vinte e quatro horas.

– O que é isso? – perguntei, curiosa sobre o que Gwyneth estava acrescentando à poção.

– Artemísia. – Gwyneth usou um conta-gotas para adicionar um pouco mais à mistura. – Amanhã, misturaremos sangue de dragão e, depois, deixaremos descansar por três semanas.

Gwyneth reservou um grande pote de vidro para esse propósito. Um pouco de obsidiana, um pedaço de quartzo transparente, flores de lavanda, pétalas de rosa e um espelho compacto antigo repousavam no fundo do recipiente de vidro, prontos para adicionar sua magia à mistura.

Embaralhei o oráculo do pássaro preto mais algumas vezes, mas minha atenção continuava se desviando para o outro lado da mesa, onde Matthew estava sentado com uma pilha de papéis ao lado do cotovelo. Estavam marcados com quadrados e letras, como um dos quadrados mágicos de John Dee.

– O que é isso? – perguntei, pegando meu chá e me aproximando dele. Agora que estava mais perto, pude ver que as letras estavam em sequências estranhas e repetidas, como *EeCcDd* e *VvBbDd*.

– Quadros de Punnett – respondeu Matthew. – Achei que seria interessante rastrear os traços herdados entre os Proctor. Eles ajudam a mapear sua aparência ao longo das gerações, embora não sejam muito bons com múltiplas variáveis.

Matthew estava usando genética tradicional, as mesmas técnicas que meus ancestrais teriam usado, para entender os padrões recorrentes na magia da família.

– Não precisaríamos de testes genéticos para realmente entendê-los? – Essa era a questão espinhosa que mantinha Matthew e Chris em constante discordância.

– Nem sempre – respondeu Matthew. – Diana mencionou que você tem uma árvore genealógica, Gwyneth.

– Não posso abandonar meu caldeirão – disse Gwyneth com irritação, mexendo o conteúdo com uma colher de prata de cabo longo. – Diana sabe onde está. Ela pode pegar para você.

Revirei um suporte para guarda-chuvas da era vitoriana e logo encontrei a árvore genealógica. Quando a desenrolei sobre a mesa, prendendo as bordas curvas com meu baralho do oráculo e uma caneca cheia de lápis e canetas, os olhos de Matthew se arregalaram de surpresa. As caixas prateadas de pedigree dos Proctor destacavam-se dos nomes escritos em verde, azul ou marrom e as finas linhas pretas que os conectavam.

– As cores têm significados – falei, apoiando os cotovelos na mesa.

– Gêmeos – disse Matthew, reconhecendo imediatamente o significado das caixas prateadas.

– Um par a cada geração – observei. – Tão certo quanto o horário dos trens suíços.

– Gêmeos podem se repetir em famílias, mas não desse jeito. É muito regular – comentou ele, passando os dedos pelos cabelos, tentando estimular seu cérebro a trabalhar mais.

Matthew encontrou o nome de Gwyneth, escrito com uma tinta cor de chá forte. O de vovô Tally também, embora o nome da irmã deles, Morgana, estivesse em azul.

– A tinta marrom indica bruxas dotadas com alta magia, enquanto a tinta azul destaca aquelas com o poder da profecia? – perguntei à minha tia.

– Sim – confirmou ela, limpando as mãos no avental. – A tinta verde significa uma entrelaçadora, uma tecelã. Só a deusa sabe o que deveríamos usar para você, Diana. Algo colorido como o rabo daqueles pavorosos unicórnios de plástico?

Meu nome estava escrito com tinta preta, assim como os nomes dos gêmeos, como se nossas identidades mágicas ainda estivessem envoltas em Escuridão quando a árvore foi atualizada pela última vez.

– Vamos ter que marcar Pip com verde e Becca com azul – falei, pronta para fazer minha marca no velho pergaminho.

Matthew estendeu a mão para me deter, visivelmente irritado.

– Concordamos em não tomar decisões por Rebecca e Philip – falou. – É exatamente por isso que eu não quero que as crianças passem por testes genéticos ou que seus talentos mágicos sejam rotulados pela Congregação.

– Matthew está certo – concordou Gwyneth. – Eles achavam que eu era uma oráculo, como Morgana. Mas, quando entrei na puberdade, ficou claro que, embora eu tivesse a habilidade de usar as cartas para ver o futuro, era Morgana quem realmente tinha o dom. Teremos que esperar para ver o que a deusa reservou para os gêmeos.

Minha tia se juntou a nós à mesa, e estudamos a árvore genealógica juntos.

— O padrão explica por que você é uma quimera também — disse Matthew, olhando para a árvore.

— Gwyneth e eu pensamos o mesmo — concordei. — A deusa precisou quebrar uma de suas leis universais.

— Tornando-a assim uma bruxa duplamente poderosa e garantindo um lugar para Rebecca e Philip — constatou Matthew.

— Estou impressionada, Matthew — comentou Gwyneth. — Não pensei que você conseguiria extrair tanto da árvore genealógica.

— É um começo — respondeu ele, hesitante —, mas só mostra a linha de descendência direta de Diana e a incidência de oráculos, tecelãs e especialistas em alta magia. Veja Margaret Proctor. Ela deu à luz James Proctor em 1740, quando tinha trinta e sete anos. Ele pode ter sido seu último filho, mas duvido que tenha sido o primeiro.

Matthew estava certo. A árvore genealógica, embora extensa, representava apenas um esboço limitado da linhagem dos Proctor.

— Não há como incluir todos os Proctor em uma única árvore. Seria tão longa quanto a estrada de Boston a Washington, e tão larga quanto a ferrovia transcontinental. — Gwyneth foi até as prateleiras e voltou com um livro encadernado em couro. — Existem registros familiares mais detalhados aqui, no grimório dos Proctor.

Matthew abriu o volume e logo ficou absorto em seu esforço para entender a linhagem da família. Fiquei com inveja de que pudesse estudar o raro volume antes de mim. Logo ele começou a fazer seu próprio esboço genealógico, com todos os irmãos dos meus antepassados diretos, em um longo pedaço de papel pardo usado para embrulhar ervas e flores secas.

— Vou voltar para as minhas cartas — resmunguei.

— Humm — murmurou Matthew, sem levantar os olhos de suas anotações e esboços, ansioso para encontrar uma forma de mapear os padrões de magia que surgiam.

Eu estava me acomodando de novo quando um apito ensurdecedor cortou o ar.

— Quem será? — perguntou Gwyneth, irritada com mais uma interrupção.

— Está esperando algum dos garotos Mather? — perguntei enquanto Gwyneth passava, segurando sua colher de prata na frente do corpo como se fosse uma varinha.

Ardwinna inclinou a cabeça. Suas orelhas se ergueram e ela correu para a porta aberta do celeiro, latindo freneticamente.

– Ei! Onde você está, tampinha? – chamou uma voz familiar.

Não era um dos Mather.

– Au. – O latido foi abafado por quase cinquenta quilos de um cachorro extasiado.

– Também senti sua falta, Ardwinna.

– Eles estão no celeiro – disse um soprano inconfundível. – Desça, Ardwinna. Estou usando uma meia-calça nova.

– São o Chris e a Miriam – falei, chocada. – Colegas de Matthew de Yale.

– Quem os convidou? – Gwyneth ainda estava mal-humorada.

– Fui eu. – Matthew olhou para o relógio. – Desculpe, Gwyneth. Eles só deveriam chegar depois do jantar. Eu ia te contar no almoço.

– Parece que Ravenswood já aceitou você como membro da família Proctor, Matthew – disse ela, secamente. – Vou ter que revisar minhas proteções e ajustá-las.

Meu coração se encheu de alegria quando Chris e Miriam saíram da luz do sol e entraram no celeiro. Corri até Chris e o abracei apertado.

– Desculpe chegarmos cedo. Chris estava com medo de que Matthew mudasse de ideia. – Miriam se desculpou. – Você está com um cheiro diferente, Diana.

– Também é bom te ver, Miriam. – Dei um último abraço em Chris e o soltei. – Gwyneth, estes são Chris Roberts e Miriam Shephard. Esta é minha tia-avó, Gwyneth Proctor.

– A bruxa que enviou a carta do oráculo. – Miriam estendeu a mão. – Prazer em conhecê-la. Você teria um lugar onde eu possa colocar isto? – Ela levantou duas caixas de isopor marcadas com as palavras RISCO BIOLÓGICO.

Vovó Dorcas acordou de seu cochilo e gritou de horror.

– Oi, eu sou o Chris. – Meu amigo caminhou até ela com um sorriso amigável. – Você deve ser a avó da Diana.

– *Eu sou a tataratataratataravó.* – Vovó Dorcas ficou sem dedos para contar. – *Deixa pra lá. Quem deixou um humano entrar no celeiro?*

Chris enfiou as mãos nos bolsos e deu de ombros. Vovó Dorcas fixou o olhar em Miriam.

– *E mais uma sugadora de sangue.* – Ela mordeu o cachimbo com consternação. – *Quem é o próximo? O arcebispo de Canterbury?*

— Ela é um... — Miriam começou a perguntar, apontando.

— *Não aponte pra mim, sugadora de sangue!* — Vovó Dorcas tirou o cachimbo da boca e o apontou para Miriam. — *É muito, muito rude.*

— Um fantasma. Sim — disse Matthew apressadamente, colocando-se entre Miriam e minha avó. — Miriam não quis ofender, vovó Dorcas. Ela ficou deslumbrada com sua visão e maravilhada em ver um fantasma. Muitos vampiros secretamente desejam encontrar os mortos-vivos.

— *Hum.* — Vovó Dorcas acariciou a mecha de cabelo despenteada, encantada com a ideia de que alguém a achasse tão desejável depois de tantos anos. Uma minúscula criatura com asas de libélula caiu de seu cabelo, recurvada de tanto rir, e rolou pelas tábuas irregulares do chão.

— Aqui. Esse pequeno coitado se soltou. — Chris pegou a fada pelas asas e a ofereceu a Dorcas. — Uau. Então você é um fantasma. Que legal. Você já conheceu minha tia-avó Hortense? Mulher alta? Gosta de chapéus? Absolutamente aterrorizante? Morreu há uns dez anos?

— Cuidado! — alertou Gwyneth. — Fadas...

— Ai!

A fada havia cravado os dentes finos como agulhas no polegar de Chris. Ele tentou sacudi-la, mas a pequena criatura alada não tinha intenção de soltá-lo.

— ... mordem. — Fiz cócegas na fada, entre as asas, até que ela soltou a mordida. Vovó Dorcas a pegou e devolveu a criaturinha ao emaranhado de cabelos.

— Então — disse Chris, chupando o polegar. — Onde está minha primeira vítima?

Como de costume, Chris estava absolutamente impassível com a presença de magia, fantasmas, fadas e outras coisas maravilhosas. Ele era cientista e enfrentava mistérios maiores todos os dias. Ou pelo menos era o que afirmava. Eu iria esperar para ver o que ele ia pensar das sombras na floresta com seus membros mecânicos.

— Do que está falando? — perguntou Gwyneth.

— Matthew disse que precisava de ajuda para coletar amostras de DNA — respondeu Chris.

Eu me sentei em um banquinho. A chegada de Chris e Miriam havia sido uma surpresa; a aparente mudança de opinião de Matthew era nada menos que um milagre.

— Trouxemos cotonetes bucais, equipamento para coleta de sangue e um sequenciador — falou Miriam, olhando ao redor do celeiro. — Mas não vai caber neste galpão. Não há espaço suficiente para preparar e isolar amostras, e duvido que a eletricidade seja suficiente.

– Galpão? – As sobrancelhas de Gwyneth se levantaram. – Com todo respeito, Miriam, mas este é meu ateliê e laboratório alquímico. Não haverá nenhum *sequenciador* aqui, muito obrigada.

– Vá com calma, Miriam – disse Matthew à colega.

– É impossível ir mais devagar sem entrar em marcha à ré – retrucou Miriam. – Se eu soubesse que bastava um piquenique em família para você aceitar a ideia de analisar o DNA dos gêmeos, teria organizado o maior churrasco de Connecticut. – Ela estremeceu. – Coisas repugnantes.

– Por que não nos sentamos? – sugeri. Negociar uma trégua entre cinco estudiosos de pesquisa e um fantasma não seria fácil. – Vou fazer chá e...

– Uau! Essa é a árvore genealógica da Diana? – perguntou Chris a Matthew, fascinado pelo pergaminho na mesa de trabalho.

– É a árvore genealógica dos Proctor, sim – confirmou Gwyneth, em um tom tão duro quanto uma das camisas engomadas de Matthew. – Minha irmã a desenhou, e temos o cuidado de mantê-la atualizada ao longo dos anos.

– Eu comecei a expandi-la, adicionando pessoas além dos ancestrais diretos de Diana. – Matthew seguiu Chris até a mesa. – Pretendo visitar membros da família para registrar suas características mágicas, e as de seus pais e irmãos. Alguns podem concordar em dar uma amostra de DNA e então...

– Bingo – disse Chris, recolhendo os quadros de Punnett. – Meu Deus, Matthew. Eu não via um desses desde o ensino médio.

– Você não pode simplesmente andar pelo condado de Essex com um gravador e um monte de cotonetes bucais entrevistando os Proctor! – falou Gwyneth para Matthew. – Isso simplesmente não se faz!

– Telepatia. Cartomancia. Dança dos ossos. – Chris folheou os quadros de Matthew. – Essas pessoas são todas da sua família, Diana?

Assenti.

– E alguns deles ainda estão vivos?

Assenti novamente.

– Bom, bom. – Chris trocou um olhar com Miriam. – Parece que Matthew encontrou alguns dos elos perdidos da Diana.

– *Aqui dentro está parecendo Salém em dia de mercado* – reclamou a vovó Dorcas. – *Não consigo pensar com toda essa tagarelice.*

Vovó Dorcas estava certa. Eu bati a tampa da panela favorita de Gwyneth contra o fogão. O barulho ressoou como um címbalo.

Quando a sala se aquietou, eu falei:

– Todo mundo. Sentem-se. Agora. Vamos começar do início.

Foram necessárias três garrafas cheias de café, um bule de chá e uma dose de conhaque para Gwyneth até que Matthew conseguiu explicar sua nova decisão de entender a magia da família Proctor com a lógica do século XIX, ferramentas do século XXI e quatrocentos anos de arquivos familiares.

Miriam e Chris, explicou Matthew, voltariam para New Haven para analisar o DNA enquanto ele permaneceria em Ipswich, correlacionando os resultados com a tradição familiar.

– Quem vai te ajudar? – perguntou Miriam. – Você precisa de alguém para fazer anotações e gerenciar as amostras.

– Eu – declarou Gwyneth. – Sou a única pessoa que sabe onde mora a prima Gladys, e você com certeza vai querer entrevistá-la.

– E quanto a Diana? – Matthew franziu a testa. – Você já está sobrecarregada, Gwyneth.

– Diana precisa fazer um pouco mais de trabalho independente. Vai dar tudo certo – garantiu minha tia.

– *Vocês serão capazes de dizer se a filha de Thorndike Proctor era ilegítima?* – perguntou vovó Dorcas, cutucando Matthew nas costas para chamar sua atenção. – *Havia rumores, mas nunca provas.*

– Acho que não é possível determinar isso sem o corpo ou uma amostra do DNA da mãe dela, senhora. – Chris deu à vovó Dorcas o respeito devido a alguém de sua idade e importância, mesmo que ela estivesse morta.

– *Sua ciência não vale muito se sabe menos do que as fofocas de Ipswich. Ainda assim, se vocês precisarem do corpo....* – refletiu vovó Dorcas.

Antes que Dorcas oferecesse desenterrar a pobre mulher, eu intervim:

– Vamos falar sobre isso outro dia – disparei, impedindo Chris e Matthew de darem uma palestra introdutória sobre genética que fizesse sentido para alguém nascido no século XVII. Até agora, vovó Dorcas estava lidando com muitas analogias sobre criação de gado, mas a comparação já começava a se desgastar.

– Está ficando tarde, e os gêmeos logo estarão em casa – continuei, olhando para o relógio. – Qual é exatamente seu plano, Matthew?

— Coletar todas as amostras de DNA e reunir todas as histórias orais que eu puder — respondeu ele sem rodeios. — Depois, vou passar dia e noite tentando entender a linhagem dos Proctor e sua magia.

— E quanto a Pip e Becca? — perguntou Chris. — Quando vamos testá-los?

— Com todos esses novos dados, não há necessidade de analisar o DNA das crianças. — O tom de Matthew era claro e inequívoco.

Chris xingou, Miriam saiu para extravasar sua frustração em outro lugar e Gwyneth pareceu surpresa.

— Matthew está certo — falei, segurando sua mão. — Nós já temos meus dados genéticos. De Matthew e de Sarah também. As informações que ele coletar neste verão vão esclarecer algumas das minhas anomalias genéticas, mesmo que não resolvam todos os enigmas.

Chris prestava atenção.

— Nenhum de nós pode ver o futuro claramente, por mais que tentemos, e o DNA sozinho não tem como determinar o que o futuro reserva para Becca e Pip — continuei. — Mas eu realmente acredito que alguma combinação da minha história e da ciência de vocês pode fornecer pistas.

— Essa é uma atitude totalmente medieval, Diana — disse Miriam, pensativa. — Gostei.

Chris inclinou a cabeça.

— Você mudou, D.

— Eu vim para Ravenswood e deixei minha antiga pele para trás, troquei por outra mais adequada — respondi.

— Fico feliz que você tenha percebido que tamanho PP não combina com você. Aliás, não fica bem na maioria das pessoas — disse Chris com um sorriso. — Quando você tenta se encolher ou acreditar que um só tamanho serve para todos, você não é a única que fica desconfortável. Isso também nos deixa desconfortáveis. Especialmente Becca e Pip.

— Espere até vê-los, Chris. — Meus olhos se encheram de lágrimas de felicidade. — Eles estão tão livres aqui, podendo ser quem e o que são.

— Parece que todos têm muito a aprender com os Proctor, e não só geneticamente — comentou Chris.

Um barulho de remos e os gritos de garças sendo espantadas nos alertaram de que os gêmeos tinham voltado da excursão de barco. As portas do celeiro ainda estavam abertas, e tivemos uma visão clara da alegria das crianças enquanto corriam para se reunir com seus padrinhos.

– Tia Miriam! – gritou Becca.
– Tio Chris! – disse Pip.
– Olha ele aí! – falou Chris, adotando a posição de mãos nos joelhos de um jogador de futebol americano veterano. – Mostre do que é capaz, Pip.
Pip correu na direção de Chris, derrubando o padrinho no chão do celeiro.
– Cuidado! – avisei. Chris podia ser forte, mas ainda era humano.
O cumprimento de Miriam e Becca foi mais contido, mas não menos sincero.
– Oi – disse Miriam, levantando a mão.
– Oi – respondeu Becca, batendo na mão dela e depois girando duas vezes.
– Desculpa se te machuquei, tio Chris – falou Pip.
– Não me machucou, baixinho – garantiu Chris, esfregando o cotovelo. – Eu só tenho um ponto sensível aqui. Mas o que torna alguém forte?
– Seus pontos sensíveis – respondeu Pip.
Esse era um tema frequente entre Chris e os gêmeos – que vulnerabilidade era um superpoder, não um sinal de fraqueza.
– Como esse aqui? – Chris fez cócegas em Pip, debaixo dos braços. Pip se contorceu e riu. – E esse aqui? – Chris foi em direção à parte de trás dos joelhos de Pip, mas o sangue vampiro do meu filho veio à tona, e ele escapou das tentativas de Chris de pegá-lo, correndo para fora do celeiro. Chris ficou de pé num salto e correu atrás dele.
Quando Chris finalmente conseguiu pegar Pip, ele o jogou sobre o ombro como um saco de batatas, voltou pelo campo enquanto ele batia os braços e sacodia as pernas, Apollo logo atrás.
Tike, que estava carregando os remos do *Maré Baixa*, passou pelos dois com um sorriso indulgente. Julie vinha atrás com chapéus, coletes salva-vidas e, claro, sua cesta.
– Esse é o Chris! – gritou Pip. – Diga oi, Tike. Ele é muito legal. Tipo seu pai.
– Meu Deus, outro vampiro! – disse Julie, olhando para Miriam. – Quer algo para beber? Não sangue, obviamente, mas temos vinho e café.
– Estou bem, obrigada – respondeu Miriam. – Precisa de ajuda com tudo isso?
– Por favor – disse Julie, jogando os coletes salva-vidas sobre os ombros de Miriam. – Sou a Julie. Você deve ser amiga de Matthew.
– Miriam. Aquele que está se fazendo de bobo é o Chris. Trabalhamos com Matthew em Yale.

– Ah, legal. Talvez você possa dar algo para ele fazer. Se ele consertar mais alguma coisa nesta fazenda, vamos ter que vendê-la. Gwyneth não está acostumada com todas as máquinas funcionando ao mesmo tempo.

Uma van conhecida chegou à Casa Velha e desceu a colina.

– Seu pai chegou! – gritou Julie para Tike.

Meu primo saiu da van usando um boné camuflado com a letra H. Chris olhou para ele e ficou boquiaberto.

– Mather? – disse Chris, colocando Pip de volta no chão.

– Roberts? – gritou Ike. – É você?

Após um grito ensurdecedor e um rápido bater de pés, os dois homens correram um contra o outro, travando chifres como dois rinocerontes antes de se abraçarem.

– O que foi isso? – perguntei a Miriam.

– Ritual de amizade masculina – explicou ela, cansada. – Já vi mil versões disso. São inconfundíveis.

A ideia de amizade masculina de Matthew consistia em beber vinho demais, debater filosofia, jogar uma partida de xadrez e ficar se gabando de alguma coisa, mas talvez ele fosse diferente.

– Meu Deus, você não mudou nada! – disse Ike, batendo em Chris com o boné. – O mesmo adolescente briguento de dezessete anos que conheci no acampamento de futebol em Harvard no verão de 1992. Como você conhece a Diana?

– Somos colegas em Yale. – Chris passou as mãos pela cabeça, num gesto típico de timidez. – E você?

– Primos – respondeu Ike, dando-lhe outro tapinha. – Espere até Put-Put descobrir que você está aqui.

– Seu avô ainda está vivo? – Chris olhou para Ike, espantado. – Ele já era um ancião quando saí de Harvard.

– Ele vai a todos os jogos de futebol que o time joga em casa – revelou Ike com orgulho. – Minha mãe também ainda está conosco.

– Bons genes – comentou Miriam, pensativa.

– Essa é a Miriam – falou Chris, colocando o braço ao redor dela. Mesmo coberta pelos coletes salva-vidas, os ombros de Miriam eram estreitos o bastante para caber facilmente em seu abraço. – Não consigo viver sem ela.

Intrigado com o comentário, Ike estudou a vampira. Miriam lhe dirigiu um sorriso malicioso, e Ike riu em resposta.

– Vamos, tio Chris. – Pip o puxou pela mão. – Quero que você veja a casa na árvore. E depois quero levar a tia Miriam para a floresta. E depois...

– Calma, ferinha – disse Chris. – Me dê um minuto para desfazer as malas e pegar um lanche para a Miriam, certo?

– Posso pegar um lanche também? – perguntou Becca, o estômago emitindo um ronco audível.

– Você se importa se Chris e Miriam ficarem conosco esta noite, tia Gwyneth? – perguntei, ciente do caos que mais dois hóspedes poderiam causar por aqui.

– De jeito nenhum – respondeu ela, pensativa, seus olhos fixos em Matthew. – Eles também são da família.

Capítulo 18

Chris e Miriam estavam se preparando para partir rumo a New Haven na manhã seguinte, em meio ao caos do primeiro dia do acampamento de magia.

Matthew, que assumira o papel de cozinheiro, lavador de pratos e caseiro, estava sendo pressionado por Miriam para se concentrar exclusivamente na pesquisa da família. A coleta e análise do DNA dos Proctor era a prioridade para ela.

– Prometi a Gwyneth que consertaria a pia da cozinha – protestou Matthew.

– Julie me disse que a água não escorre direito desde 1982. Está na hora de chamar um encanador – disse Miriam de forma severa. – Quero que a linhagem dos Proctor seja atualizada regularmente. E, por favor, use o sistema de marcação que configurei em vez de deixar cada bruxa caracterizar suas próprias habilidades. Precisamos manter as categorias consistentes.

Como historiadora, eu me opus imediatamente.

– Mas é importante preservar os nomes tradicionais – contestei. – Pense no Livro da Vida. Você não pode simplesmente atualizar tudo para a nomenclatura moderna. Vai perder toda a sutileza!

– Estou com a Diana nessa. – Chris levantou os olhos da tigela de cereal. – Desculpa, querida.

– Eu também. – Matthew estava exausto após horas de negociações com sua gerente de laboratório. – Podemos categorizar depois. Por enquanto, vamos apenas coletar as informações.

Miriam suspirou.

– Apollo não quer usar a fantasia de cachorro para o acampamento, mamãe. Ele está escondido no armário e não quer sair – disse Pip, frustrado.

Deixei de lado minha xícara de chá.

— Eu vou cuidar do Apollo enquanto o papai prepara o seu café da manhã.

— Temos que correr, baixinho. Vamos ver o Put-Put e a Lucy antes de voltarmos para casa – falou Chris, comendo mais uma colherada do seu café da manhã cheio de marshmallows.

— Anda logo, mamãe! – gritou Pip. – Eu quero que o tio Chris veja as bandeiras do acampamento sendo hasteadas!

Apesar da relutância do Apollo e de alguns outros pequenos contratempos, chegamos à casa dos Eastey bem a tempo. Quando entramos, avistamos as velhas bandeiras e estandartes de todos os celeiros de Ipswich reunidos, se erguendo acima das copas das árvores, sua altura imponente possibilitada por uma série de feitiços de levitação e um controle cuidadoso do vento por parte de ambas as Susie. O prado isolado atrás da velha casa logo ficou parecendo Camelot, com bandeiras, emblemas, flâmulas e galhardetes tremulando ao vento para sinalizar o início do acampamento de magia.

Quando o Range Rover parou de vez, Becca e Pip correram com as lancheiras cheias de comida para o almoço e usando capas de chuva, caso o céu desabasse. Eles não nos lançaram um único olhar de despedida.

— Eles nem deram tchau – disse Chris, abatido. – Nossos bebês estão crescendo.

Matthew e eu ficamos com os outros pais, preocupados com o desenrolar do dia e se haveria lágrimas e dores de barriga mais tarde. Depois de convencermos uns aos outros de que nossos filhos estavam em boas mãos, nos despedimos dos amigos e voltamos para Ravenswood.

Julie estava nos esperando lá.

— Meu dedão está doendo, e todas as libélulas deixaram o prado – falou, empurrando em direção ao celeiro um carrinho de mão carregado de ferramentas e uma tina de fertilizante com o rótulo MIRE NA LUA. – Mais chuva está vindo. Se alguém não assumir o comando, a floresta vai se transformar em uma selva.

— Estive um pouquinho ocupada, Julie. – Minha tia, não acostumada com a agitação da vida com duas crianças de seis anos, exibia sinais de exaustão acumulada. Ela não tinha motivos para estar podando arbustos. Antes que eu pudesse dizer algo, Julie revelou seu plano.

— É por isso que Diana e eu cuidaremos de tudo – falou, endireitando o chapéu. – Vai ser como nos velhos tempos. Lembra quando Stephen, Naomi e eu entramos na Floresta dos Corvos para procurar sapos? Queríamos beijá-los e ver se eles se transformariam em príncipes e princesas.

Gwyneth hesitou, visivelmente dividida, depois balançou a cabeça.

– Não, Julie. Diana precisa ficar aqui e trabalhar nos feitiços dela.

Eu tinha tentado lançar um feitiço em um balde de água e só consegui derrubá-lo.

– Diana aprenderá muito sobre alta magia no jardim da lua – insistiu Julie. – Vou ensiná-la a colher uma erva-de-são-cristóvão madura sem espirrar seiva por toda parte, e também onde o musgo-almofadinha se esconde. Diana também precisa de ar fresco e exercício.

Minhas rotinas de vinte minutos de ioga no salão da frente não eram suficientes para satisfazer o desejo do meu corpo por movimentos meditativos, e meu humor e minha resistência estavam sentindo as consequências.

– Venho procurando um bote de remo de segunda mão para o aniversário da Diana – disse Matthew timidamente.

Sorri para meu marido, tocada por sua sensibilidade.

– Se Diana começar a remar, Matthew vai querer reformar o velho galpão de barcos – alertou Julie. – Vai precisar de seis bruxas, muita madeira e um barril de vinagre branco para trazê-lo de volta à vida.

– Por que não visitamos Gladys? – sugeriu Matthew, oferecendo uma saída para minha tia. – Tenho certeza de que ela ficará mais à vontade falando sobre as verrugas dela com você do que com um desconhecido.

Segundo Gwyneth, Gladys Proctor sofria da mesma pele áspera que acometera todas as suas ancestrais. Ela também conseguia levitar caminhões e transformar barcos comuns em aerobarcos, mas só o que a preocupava mesmo era seu desconforto dermatológico.

Gwyneth concordou após extrair promessas de que eu não deixaria o fogo apagar embaixo da sua tintura de ervas para o couro cabeludo, nem esqueceria de mexer na panela de *chili* que estava cozinhando nas brasas da lareira da sala. Também rascunhou uma lista de plantas e ervas que haviam acabado no solstício de verão e queria reabastecer.

Pediu visco, ulmária e serralha, além de bálsamo de abelha, dedaleira, verbena e artemísia. E também pediu calêndulas, rosas, todas as roseiras remanescentes nos arbustos (ela sublinhou isso duas vezes), alecrim e sálvia. Ela rabiscou *sorveira, sabugueiro, avelã* na margem lateral. Teríamos sorte se conseguíssemos cumprir seu pedido antes do pôr do sol.

— Temos muito trabalho pela frente — anunciou Julie, enquanto nos aproximávamos do jardim da lua que eu vira a caminho da Encruzilhada. Uma parede aparentemente sólida de amora e erva-de-são-cristóvão cercava o canteiro mágico de ervas e flores de Gwyneth. — Que bagunça. Vamos levar o resto da manhã só para abrir caminho pela erva-de-são-cristóvão.

Gritos de protesto surgiram da cerca viva, e as bagas brancas balançaram em seus caules vermelhos, mil olhos reprovadores voltados para nós. Os ramos de amora se contorciam em aflição.

— Vocês vão sobreviver — falou Julie para as bagas, com voz severa. — Isso é o que acontece se você deixa seu jardim de bruxa assumir o controle, Diana. Mantenha uma rotina regular e você nunca terá que discutir com uma cerca viva.

Julie me passou um podador com lâminas reluzentes. Eu o segurei com cuidado. Estalos de alarme e bagas explodindo me disseram que a cerca viva não estava satisfeita.

— Diana vai dar uma boa poda, e eu vou seguir com um acabamento — informou Julie, estalando as tesouras de poda de maneira tranquilizadora. — Ela será rápida e misericordiosa, prometo. Um corte afiado, Diana, depois outro. Nada de hesitar ao cortar os galhos, ou a seiva vai espirrar por toda parte e o jardim vai parecer uma cena de crime. Corte sessenta centímetros de tudo o que vê. Com firmeza.

Abri e fechei meu podador em um gesto que eu esperava demonstrar prontidão.

— Avante! — gritou Julie, levantando a tesoura de poda.

Cortei meu primeiro galho de erva-de-são-cristóvão, e um líquido vermelho-sangue pingou do caule partido. Fiz outro corte, depois mais outro, até perder a conta. Após ser chicoteada nas coxas por um espinhoso galho de amora, Julie murmurou feitiços calmantes para manter a cerca viva dócil. Depois de noventa minutos de trabalho árduo, nossos esforços revelaram a entrada para o jardim secreto de Gwyneth. Julie baixou as complexas proteções na cerca de madeira, e eu abri o portão para entrarmos em um lugar de encantamento cuidadosamente cultivado.

O jardim se expandia e se contraía ao meu redor enquanto eu dava os primeiros passos.

— *Entre, entre, entre* — sussurravam as folhas enquanto eu absorvia os aromas e cheiros.

– *Saia, saia, saia* – suspiravam os galhos à medida que a rara essência do jardim de bruxa ao luar retornava para mim na forma de energia mágica renovada.

Julie se abaixou para puxar uma planta com uma roseta de folhas brilhantes e algumas flores violetas desbotadas. Ela crescia na base de um dos postes do portão e, à medida que as grossas raízes da planta se soltaram da terra, vi que se assemelhavam a um corpo humano.

Mandrágora, o espécime mais famoso de qualquer jardim de bruxa.

Julie continuou puxando até que a raiz grossa e retorcida se transformou em longas e delicadas fibras. Ao final delas, havia uma pequena cenoura com uma folha brotando no topo.

– Gwyneth vai ter uma boa colheita nesta lunação – comentou Julie, examinando as raízes.

– De mandrágora? – perguntei.

– De mandrágora e cenouras – respondeu Julie. – O jardim da lua de Gwyneth atrai energia do sol, que é absorvida pela horta no prado, e vice-versa.

O jardim tinha uma luz de cultivo mágica e recarregável. Tão típico dos Proctor ser bruxa e prática em igual medida.

– Lembre-se de cortar as raízes delicadamente quando colher os vegetais na fazenda – alertou Julie. – Uma coisa é tirar uma cenoura da terra na Floresta dos Corvos, outra bem diferente é arrancar uma mandrágora à luz do sol. Elas fazem uma barulheira terrível. – Ela riu. – Eu me lembro de quando Naomi e Stephen competiam para ver quem fazia mais barulho ao puxar plantas encantadas da floresta para o prado, mas Tally pôs fim aos jogos deles. Vamos voltar ao trabalho. Vou colher da sorveira, do sabugueiro e da aveleira. Você começa pelas plantas.

Peguei uma laje de espuma com sulcos do carrinho de mão, os sulcos criados pelos joelhos de todos os outros Proctor que haviam trabalhado ali, e peguei o segundo par de podadores.

Quando cheguei em Ipswich, só conseguia identificar as plantas mágicas mais comuns, mas passei a reconhecer outras dezenas, tanto pela aparência quanto pelo aroma. Gwyneth sempre deixava um texto sobre botânica e um livro das sombras abertos na mesa de trabalho que compartilhávamos. Ao longo do dia, ela me oferecia um pote de ervas para cheirar ou uma panela de unguento para testar em uma picada de inseto ou em uma queimadura de sol. Era mais um exemplo de como a família entrelaçava a alta magia em todos os aspectos do dia a dia.

Depois que Julie e eu marcamos todos os itens da lista de Gwyneth, minha prima reuniu suprimentos para suas próprias necessidades mágicas. Eles eram muito mais sombrios do que aqueles que minha tia precisava para suas poções pós-solstício de verão. Julie se movia pelos canteiros com um fino par de tesouras de poda japonesas, colhendo açafrão e guaco, abrunheiro e espinheiro-marítimo, erva-da-lua e erva-das-feiticeiras, e as longas frondes de selo-de-salomão. Eram substâncias poderosas, e Julie as mantinha separadas das ervas e flores mais comuns por questão de segurança.

No início da tarde, a atividade física já havia feito sua mágica sobre meu estado de espírito. Meus músculos estavam com a sensação de peso que acompanhava um bom exercício, e o redemoinho na minha mente havia se acalmado. Julie tinha razão: enquanto eu pudesse cuidar do jardim, não precisaria de bote a remo. E se Matthew pegasse uma fita métrica sequer para consertar o misterioso galpão de barcos, Miriam voltaria de Yale sedenta por sangue.

Nos deliciamos com o almoço que Julie havia preparado para nós. Morangos suculentos, sanduíches de ovo e agrião e um saco de papel cheio das delicadas *madeleines* de Tracy, aromatizadas com laranja e limão, tudo fontes perfeitas de energia, e cantis com água fresca e gelada reidratavam nossos corpos.

Nosso trabalho revelou a estrutura do jardim, e Julie e eu levamos as últimas *madeleines* conosco enquanto passeávamos pelos canteiros e caminhos. Havia treze seções separadas divididas por trilhas de cascalho. Todas estavam dispostas em torno de um canteiro central coberto de musgo e ervas rasteiras. Ali, uma pequena macieira, decorada com flores brancas e frutas amadurecendo, erguia seus galhos retorcidos em direção ao céu.

Senti um arrepio, como se alguém nos observasse, e olhei ao redor para ver quem poderia ser. Sentada em um hamamélis, seu peso curvando um galho esguio coberto de flores amarelas, estava Cailleach.

A enorme coruja cinza estava em silêncio, seu único movimento era o piscar de seus olhos dourados brilhantes. A linha branca entre eles se destacava como um lampejo de luz na mata fresca.

– A deusa e seu séquito – disse Julie, admirada. – Essa não é uma coruja comum.

Minha prima não estava falando sobre o tamanho da ave, que era imensa, mas sobre as ondas de poder que emanavam dela, fazendo o ar ao redor brilhar e a brisa cantar.

– Essa é Cailleach – falei. – Nos conhecemos na Encruzilhada.

Julie, que conhecia as regras do coven, conteve sua curiosidade natural e não fez mais perguntas.

– Ka-lyahc. – A pronúncia de Julie não era perfeita, mas a coruja não protestou. Ela apenas girou a cabeça em direção à minha prima e, em seguida, voltou-se para mim.

– Devo chamá-la se precisar de ajuda – expliquei, tomando cuidado para não revelar demais.

– Ah. Cailleach é sua guia na alta magia – constatou Julie. – Todos que encontram seu caminho na Encruzilhada têm um. Eles não são como Bennu, a garça de Stephen, ou seu dragão, Corra, ou ainda Apollo, uma criatura que vem sem ser chamada para ensinar aos tecelões suas habilidades. Você precisa convocar seu guia se quiser ajuda.

– Eu não a chamei, e não estou precisando de ajuda agora – observei –, mas aí está ela.

– Talvez você precise e ainda não tenha notado. – Julie sabia mais sobre guias e guardiões espirituais do que eu. – Há uma Rainha Coruja e um Príncipe Coruja no baralho do oráculo do pássaro preto. Talvez Cailleach queira que você leia as cartas.

Eu havia consultado o oráculo do pássaro preto ao acordar, e não havia nenhum indício de um pedido de socorro na resposta – apenas muita alquimia, o que parecia apropriado, considerando o tempo que eu vinha passando no laboratório de Gwyneth ultimamente.

Cailleach se lançou de seu poleiro e voou baixo e rápido pelo jardim. Ela passou por nós num sussurro de magia e movimento que me deixou tonta e Julie, fascinada, flashes de prata iluminando os brilhantes olhos azul-turquesa da minha prima.

A coruja baixou as garras e pegou a raiz de mandrágora, até mesmo a cenoura pendurada, do carrinho de mão. Cailleach deu uma volta e largou sua carga diante de mim. Emaranhada nas raízes havia uma haste com folhas longas e dentadas e uma única flor de lavanda que exalava um perfume doce. Com seu trabalho concluído, Cailleach subiu aos galhos de um carvalho próximo.

Julie e eu espiamos o presente de Cailleach.

– Está tudo bem em casa? – perguntou Julie cautelosamente.

– Sim – respondi.

– Humm. – Ela estava desconfiada. – Tem certeza? Raiz de mandrágora e erva-dragão-verde são usadas na *ars veneris*.

– Magia do amor? – Ri, pensando em Matthew e no aumento de nossa intimidade pós-solstício de verão. – Isso é algo de que, felizmente, eu não preciso. Um bom feitiço, sim. Um feitiço de amor? Não.

– Com certeza foi uma mensagem para você – ponderou Julie. – Talvez o mais importante seja a própria Cailleach. Uma coruja cinza significa noite. Confiança. E equilíbrio, também, se me lembro corretamente das lendas sobre corujas.

Confusa, balancei a cabeça e dei de ombros.

– Eu pensaria nisso se fosse você – aconselhou Julie. – Não vai querer uma coruja em casa, empoleirada na cômoda e piando para você durante o café da manhã.

– Isso já aconteceu? – perguntei, preocupada.

– Ah, sim. Constance Proctor tinha uma pequena coruja chamada Minerva e, quando não a escutava, a criatura se instalava na gaveta de roupas íntimas dela.

– Entendido – falei, com as pernas bambas ao imaginar Cailleach fazendo o mesmo: ela não só não era uma pequena coruja, como tinha mais de sessenta centímetros de altura.

– Pegue seu correio-mágico e vamos voltar para o celeiro – disse Julie. – Meu joelho direito me diz que Gwynie e Matthew já estão de volta, e você, mais do que ninguém, sabe como os professores ficam irritados quando alguém chega atrasado na aula.

Mais tarde naquele mesmo dia, verifiquei o status da raiz de angélica que precisava descansar durante a noite para preparar um dos antídotos multiuso de Gwyneth. As maçãs-de-maio fervilhavam em fogo mágico sobre a mesa de destilação, e eu já havia reunido os ingredientes para um pó de conjuração que prometia fortalecer as fronteiras dos círculos sagrados. Poeira de tijolo vermelho, confere. Selo-de-salomão, confere. Raiz de batata-de-purga, confere. Verbena e milefólio também estavam prontos. Tudo o que eu precisaria amanhã era uma pequena quantidade da beladona seca que Gwyneth guardava em uma prateleira alta e bem protegida para que dedos curiosos não ingerissem o veneno mortal. Logo eu poderia trocar minhas roupas de trabalho sujas e me juntar ao restante da família para o jantar.

Eu gostava mais do aspecto alquímico da alta magia do que da complicada elaboração de feitiços necessária para maldições, proteções e encantamentos eficazes. Mesmo quando eu recorria fortemente aos poemas de Emily Dickinson para inspiração, minha *gramarye* ainda não era intuitiva e não combinava perfeitamente com meus nós. Para fortalecer meus feitiços, eu precisaria memorizar mais do trabalho da poeta, de modo que suas palavras e imagens estivessem tão entrelaçadas em meus pensamentos que elas surgiriam de maneira espontânea. Esse processo levaria tempo.

Mas ideias alquímicas e técnicas já faziam parte do meu subconsciente, e textos e imagens flutuavam livremente pela minha imaginação acadêmica. O tempo que passei no laboratório de Mary Sidney estava se mostrando inestimável sempre que lia instruções sobre como preparar uma poção mágica, pois eu sabia como vedar vasos de vidro para que suportassem altas temperaturas e como escolher entre uma esfera de vidro adequada ou um cadinho de barro grosseiro para trabalhar a magia da alquimia.

O livro das sombras de Mary Proctor me aguardava na bancada do laboratório. Foi nele que encontrei a receita do *Pó Vermelho de Tituba*, cuja preparação seria minha última tarefa do dia. Ela tinha sido passada dos Hoar aos Proctor, e a lenda que acompanhava o ritual dizia que Tituba a havia aperfeiçoado usando o conhecimento de seu próprio povo indígena, bem como as ervas e plantas disponíveis em Barbados e na Nova Inglaterra. Devido à natureza tóxica de algumas das substâncias, a receita era acompanhada por duas páginas cheias de advertências.

Levantei a capa do livro e o folheei em busca da receita. O livro das sombras, no entanto, abriu-se em uma receita com frequência consultada para *Libertar o Dragão Verde*. O primeiro ingrediente era raiz de mandrágora, e o resultado era um *veneficium*: uma poção usada para magia de amor.

Levei o livro de Mary até a bancada de trabalho, onde poderia estudá-lo mais de perto com a luz proveniente das janelas altas. Como a maioria das receitas do início da era moderna, era parte diário de viagem, parte manual de instruções e parte lista de compras, tudo misturado de forma um tanto confusa.

"*Para despertar as paixões selvagens e libertar a natureza indomável do seu amado, primeiro pegue uma raiz de mandrágora e a ferva em fogo baixo por cinco horas*", eu li. "*Deixe-a secar ao sol, corte uma fatia da espessura de um xelim de prata e regue com duas taças de vinho. Deixe em infusão ao luar junto com quatro talos de milefólio, duas sementes de papoula e uma pitada de raiz de dictamno. Coe com uma peneira e despeje o vinho em duas taças de prata."*

Virei a página.

"Ao longo de cinco horas, beba uma taça de vinho usando como recipiente as flores de campânulas. Descarte no fogo as flores utilizadas e, em seguida, prepare uma infusão de verbena. Deixe a outra taça de vinho em um lugar conveniente no qual seu amado possa encontrá-la, junto a uma única flor colhida da erva-dragão-verde que cresce na Floresta dos Corvos."

Passei o dedo pelo restante do texto para sentir a estrutura subjacente do feitiço de Mary Proctor. Era geométrica, como a maioria das magias lançadas pelos Proctor. Neste caso, o feitiço era construído com duas semiesferas interligadas.

"Na lua minguante, entre na floresta vestida de céu e convoque as mariposas como vestimenta. Deixe um rastro de flores de erva-dragão-verde atrás de você, cujo doce perfume atrairá seu amado para seguir seus desejos. Escolha seu leito nupcial com cuidado e guarde-o com acônito e flores de papoula. Faça tudo isso numa sexta-feira entre o Solstício de Verão e a Festa de Agosto, e você libertará o Dragão Verde, e ele se deitará com o Unicórnio e eles serão como um só."

Olhei para a raiz de mandrágora e o ramo de erva-dragão-verde que Cailleach havia me entregado. As cartas no meu bolso se mexeram, intrigadas com as artimanhas de amor de Mary Proctor. Pensei em Matthew, brincando com os corvos na floresta, e no Unicórnio no centro da complicada disposição de cartas que eu havia lançado semanas atrás. Ouvi a voz cansada do meu marido no café da manhã, e vi as finas linhas que se aprofundavam ao redor de seus olhos agora que ciência e magia estavam entrelaçadas em Ravenswood. Matthew não era o mesmo homem que eu vislumbrara naquela noite, livre e selvagem na Escuridão.

Talvez Julie estivesse certa.

Talvez a mensagem de Cailleach fosse um lembrete de que a filha de Matthew não era o único membro da família capaz de correr com lobos.

N a sexta-feira à noite, tirei os sapatos nos limites da Floresta dos Corvos. Nos meus preciosos momentos privados no celeiro, estudei a poção do amor de Mary e pesquisei seus conteúdos. Revirei textos alquímicos em busca das muitas interpretações do Dragão Verde e do Unicórnio. E me preparei para enredar meu marido em uma teia de magia que ele jamais esqueceria – e da qual talvez gostasse.

Posicionei uma taça de prata sobre uma pedra plana nas proximidades e deixei cair uma flor cor-de-rosa e alongada no líquido, para que seu doce perfume de damasco aromatizasse o vinho. Ao redor da haste da taça, amarrei uma etiqueta na qual escrevi *"Beba-me"*, com uma tinta encantada feita de frutos de beladona. Não precisei interferir na *gramarye* de Lewis Carroll. Desde que ele colocara as palavras no papel, todas as bruxas sabiam que até mesmo as criaturas mais resistentes eram atraídas a dar um gole.

Alguns metros mais adentro da floresta, tirei a blusa e o sutiã. Mais adiante, deslizei o short e a calcinha, ficando então vestida de céu. Me vi em um reflexo na água, impressionada com o cabelo acobreado selvagem e os olhos arregalados. Minhas pupilas estavam dilatadas sob a sutil influência do elixir de Mary, que eu havia transcrito no meu livro das sombras como *Poção do Amor nº 9*. Eu havia bebido minha fração ao longo do fim da tarde, mergulhando as campânulas no recipiente e tomando alguns goles de cada vez. À medida que o elixir entrava na minha corrente sanguínea, trazia consigo uma sensação de liberdade, lavando qualquer inibição.

Caminhei até o jardim da lua de Gwyneth, espalhando erva-dragão-verde atrás de mim enquanto vaga-lumes se reuniam ao meu lado. Criaturas noturnas – mariposas, morcegos e corujas – circulavam minha cabeça enquanto eu me alinhava com a Sombra, permitindo que Escuridão e Luz me atravessassem. As bênçãos e a força da presença da deusa preenchiam minhas veias com prata líquida, e a flecha dourada no meu coração emitia um brilho suave.

A deusa aprovava minhas ações nesta noite. Será que Matthew aprovaria também?

Levantei a tranca do portão, cambaleando enquanto os aromas poderosos do jardim da lua ameaçavam sobrecarregar meu corpo inebriado. Quando me firmei, entrei e peguei uma cesta de flores de papoula que havia sido deixada para mim desde o início da manhã. Caminhei pela circunferência interna do jardim, soltando as pétalas escarlates de papoula conforme avançava.

– *Pelo doce amargor e dor prazerosa, venho ao centro e sou atraída para o céu* – murmurei. – *O desejo me impele, enquanto o medo me freia... Que caminho direto ou tortuoso me dará paz e me libertará?*

As palavras poderosas não eram minhas nem de Emily Dickinson. Elas pertenciam ao místico do século XVI Giordano Bruno e foram tiradas de uma das passagens favoritas de Matthew de *Heroic Frenzies*, um tributo poético à paixão.

A essa altura, Matthew já teria recebido meu bilhete, convidando-o a me encontrar na floresta. Eu me perguntava se ele estava por perto e se podia me ouvir pronunciar as palavras de seu amigo.

Segui o caminho até o coração do jardim. Flores brancas desabrochavam sob o céu escuro: dama-da-noite, rosa branca, lírio e jasmim. Fios etéreos de Escuridão, Luz e Sombra emanavam do meu corpo. Entrelaçados neles estavam as cores cintilantes dos meus fios de tecelã, os associados à alta magia e os que pertenciam ao ofício. Estes provaram ser irresistíveis para as mariposas, que pousaram neles com asas tremulantes, agarrando-se a sua luz. Chamei mais dessas criaturas aveludadas, até elas formarem um manto que caía dos meus ombros e se arrastava atrás de mim.

Matthew estava perto, cada vez mais próximo. Uma onda de expectativa varreu meu corpo.

As palavras de Bruno haviam liberado a energia selvagem do lugar, e a cada passo o jardim da lua se tornava um espaço cada vez mais encantado, onde forças épicas e antigas agiam. Uma coruja cinza com óculos redondos estava sentada no toco de uma sorveira, hipnotizada pela luz de uma vela. Um rabo branco passou depressa por entre as espinheiras, seguido por um baque surdo de patas. Um corvo grasnou acima de mim, e segui gotas de sangue até um ninho cheio de ovos quebrados, escondido sob um abrunheiro aparado. Sapos saltitavam pelo acônito, e galhadas brilhavam entre os troncos esguios do sumagre de chifre-de-veado.

Eu havia escolhido o solo macio sob os ramos da macieira para nosso encontro. A árvore estava frutificando e florescendo ao mesmo tempo, seus ramos tortuosos tão retorcidos quanto os da árvore genealógica da família Proctor. Uma cobra estava enroscada em seu tronco, dormindo com a cabeça apoiada na cauda. Quando pisei na mancha perfumada de manjerona, camomila e musgo, papoulas brilhantes brotaram ao meu redor.

– A magia não é nada mais do que desejo tornado real – sussurrei para o céu noturno.

Respirei a Escuridão e exalei um farol de luz âmbar enquanto a Sombra se acomodava em meus ossos. Escalei o tronco da macieira, deixando meu manto esvoaçante descer em cascata. Uma maçã estava ao meu alcance. Torci-a do ramo e dei uma mordida, o sabor ácido e doce inundando minha boca com perigo e deleite.

Uma nova onda de Escuridão passou pela floresta, me alertando de que Matthew havia encontrado o cálice de vinho. Uma risada rouca me informou que ele tinha lido minha segunda mensagem.

Meus membros estavam líquidos de desejo. Eu ansiava pelo toque de Matthew, por sua selvageria.

Por sua Escuridão.

O ar suave brincava em minha pele, prenunciando o toque de Matthew, deslizando e escorregando sobre meu corpo com uma leveza enlouquecedora. Meu cérebro estava confuso, minha audição e visão incomumente aguçadas enquanto o elixir pulsava em minhas veias.

Não precisei esperar muito até Matthew aparecer, nu como eu sob a lua. Ele havia seguido meu rastro de roupas, o cálice de prata preso entre o polegar e o indicador. Seus olhos varreram meu corpo, demorando-se nos lugares que ele conhecia e compreendia tão bem.

– E a quem tenho o prazer de me dirigir? – murmurou ele. – Certamente não à virgem caçadora Diana. Alice? Eva? Acredito que sua prima já reivindicou o papel de Titânia.

– Que tal Lilith? – Deixei meu pé livre cair em direção à terra.

Os olhos de Matthew foram para o vale sombrio entre as minhas coxas, depois traçaram um caminho pelos meus quadris e seios até parar nos lábios. A tensão entre nós aumentou.

– Gostou da minha poção do amor? – Uma mariposa voou do meu manto e pousou no meu mamilo, vertiginosamente leve em comparação com o toque mais firme de Matthew. – Foi uma fórmula especial, feita só para você.

– Não precisava se preocupar com magia. – Matthew olhou para baixo, um sorriso sardônico nos lábios. – Eu fiquei excitado no momento em que encontrei o bilhete no balcão da cozinha pedindo que eu me juntasse a você na floresta.

A resposta no corpo de Matthew não passou despercebida. O desejo no meu peito se espalhou mais para baixo, e meus dedos o seguiram.

– A poção que você bebeu libertou a selvageria do Dragão Verde – retruquei, meus dedos brincando na região sensível entre minhas coxas.

As narinas de Matthew inflaram ao farejarem meu desejo.

– Venho bebericando a tarde toda. Com o seu metabolismo, não deve demorar para fazer efeito. – Meus olhos se estreitaram como um gato. – Você confia em mim, Matthew?

– Não totalmente – respondeu, sua respiração mais rápida que o normal.

– Ótimo. – Arrastei meus dedos do quadril até o joelho, deixando uma marca úmida na coxa. – Também não confio totalmente em você.

Matthew rosnou. O lobo estava despertando.

Deslizei do galho e aterrissei, suave como uma pena de coruja, liberando aromas de camomila e manjerona no ar.

Os dedos de Matthew se apertaram em torno da haste do cálice.

– Becca não é a única mulher da família que gosta de brincar com lobos. Ou fogo. – Aproximei-me até meus mamilos encostarem em seu peito. Mordi a pele acima do seu coração, soprando gentilmente as marcas vermelhas deixadas pelos meus dentes. Elas brilharam como luas em chamas. As marcas de dentes desapareceriam logo, mas os traços escuros do fogo de bruxa ficariam por algum tempo.

As pupilas de Matthew, já dilatadas pela poção do amor, ficaram ainda maiores.

– Ou Escuridão. – Passei um galho espinhoso pelo meu pulso, e gotas de sangue surgiram ao longo do fino arranhão. Levei-o à boca, sugando minha essência vital da ferida. – Quer um pouco? – perguntei, afastando o pulso da boca.

Os lábios de Matthew se apertaram, mas ele não disse nada.

– Você teve sua chance. – Estalei os dedos, e Cailleach mergulhou sobre Matthew com um grito de advertência.

Meu marido, que raramente era pego de surpresa, se abaixou para evitar uma colisão frontal com a coruja. Enquanto ele estava distraído, soltei a capa de mariposas e desci até o chão da floresta.

Então, corri.

Era algo que Matthew sempre me avisara para nunca fazer. Nunca beber seu sangue. Nunca correr dele. Nunca provocar o lobo.

Um rosnado preencheu a noite. Cailleach piou, e eu corri para dentro de um denso aglomerado de cicuta, na esperança de que o cheiro mascarasse minha presença. Nos últimos dias, eu havia feito mais do que apenas colher papoulas e pesquisar plantas e simbolismo alquímico; havia mergulhado fundo nos hábitos de caça dos lobos, usando o trabalho de um certo M. Clairmont.

Visão e olfato eram os maiores trunfos de um lobo, e eu suspeitava que o mesmo fosse verdade para vampiros.

Matthew surgiu à vista. Olhou para o matagal onde eu estava escondida, segurando a respiração. Sua atenção se afastou, e ele trotou na direção oposta.

Seguindo o exemplo dos corvos, voei na direção das costas nuas do meu marido. Sua audição perceberia meus passos, então flutuei sobre o chão, esperando que a magia me permitisse alcançá-lo antes do meu cheiro.

Funcionou. Meus dentes se cravaram em seu quadril, e ele uivou de fúria. Matthew havia explicado em um de seus artigos que era assim que os lobos abatiam suas presas: atacando a área vulnerável.

– Diana – rosnou Matthew. – Não...

– ... morda – completei suavemente.

Matthew investiu contra mim, e eu disparei para o céu, subindo acima das árvores. Estava além de seu alcance, não importava o quão alto ele subisse ou até onde suas longas pernas e força o levassem.

– Você vai se cansar antes de mim, *ma lionne* – disse Matthew com aquele ronronar rouco, metade advertência, metade convite.

– Eu sei – respondi, dando um salto mortal no ar, os cabelos acobreados caindo sobre as nádegas brancas. Eu estava bem perto, tentando provocá-lo. – Aprendi muito sobre lobos com um dos maiores especialistas do mundo. Eles gastam o mínimo de energia possível na perseguição, desgastando suas presas.

Matthew praguejou.

– Mas não sou fraca nem estou doente – continuei. – Se for me pegar, meu amor, terá que fazer mais do que brincar comigo. Deixe cair sua máscara de civilidade, Matthew. É como o feitiço de disfarce de Apollo: desconfortável e cada vez mais frágil.

– É uma máscara difícil de manter e conquistada a duras penas. – Matthew andava de um lado para o outro. – Então esse é o seu jogo? Você lançou um feitiço em mim que forçará minha Escuridão a entrar na sua Sombra?

– Você está sob um feitiço que você mesmo teceu, não eu. – Lágrimas caíram dos meus olhos, e lírios brancos floresceram onde elas tocaram o chão. – Bastou o sangue de Ysabeau para colocá-lo para dormir, como uma princesa em um conto de fadas.

Minhas lágrimas caíram no rosto erguido de Matthew. Ele inclinou a cabeça ainda mais para trás, capturando uma gota com a língua. Quando seus olhos encontraram os meus, eles brilhavam com uma intenção sombria.

— A Bela Adormecida foi libertada com um beijo — murmurou Matthew. — Me beije. Se tiver coragem.

Se eu quisesse provar que era a leoa para o lobo dele, precisaria aceitar o desafio.

Pousei na sua frente, fingindo uma atitude de indiferença, embora meu desejo fosse forte. A pulsação na base de sua garganta sugeria que Matthew também estava tomado pelo mesmo êxtase divino.

Bruno estava certo. A paixão era realmente o frenesi mais heroico.

Pressionei meus lábios contra o peito de Matthew, leve como uma borboleta. Fui até o ombro direito e os pressionei nos músculos tensos ali. Fiquei atrás dele, e a respiração de Matthew vacilou. Passei os dentes e a língua por sua coluna.

— Você confia em mim com sua selvageria, Matthew? — Acariciei suas costas, demorando-me nas linhas rígidas dos ombros e descendo em direção à parte inferior das costas, onde seus quadris bem definidos se arredondavam em um volume de carne. Encontrei a marca que deixara nele e passei meu polegar direito pela pele vermelha e sensível.

A respiração de Matthew hesitou, mas ele não se moveu.

— Deixe-me contar uma história. — Conjurei o acônito e a beladona em flores. — Era uma vez um príncipe chamado Matthew.

Era uma versão da história que minha mãe contava antes de eu dormir, aquela que me fornecera as fitas que eu poderia seguir para chegar até Matthew.

— Ele era alto e orgulhoso, justo e forte, sombriamente belo, um homem bom, de coração mole — continuei. — Mas lhe ensinaram a odiar sua Escuridão, e ele lançou um feitiço para nunca mais provar sua doçura. Quanto mais o ódio o mantinha sob sua influência, mais faminto o príncipe se tornava. Ele precisava da Escuridão para se sustentar. Sem ela, não era nada além de Sombra.

Sementes de acônito e beladona, erva-dragão-verde e mil-folhas flutuavam pelo jardim. Quando caíam no chão, as sementes floresciam em um tapete de flores azul-escuras, cor-de-rosa, brancas e amarelas.

— Um dia, uma bruxa encontrou o príncipe, perambulando sonâmbulo pela vida. Ele era um fantasma do seu verdadeiro eu. — Bebi o doce aroma do jardim da lua. — A bruxa também tinha Escuridão dentro de si e estava aprendendo a amá-la. O príncipe ainda tinha medo. Assim, a bruxa decidiu que faria tudo ao seu alcance para libertá-lo. — Encarei Matthew. — Mas ela não faria isso se escondendo da Escuridão. Ela seria difícil de manter e difícil de conquistar.

– É aqui que sua história termina? – perguntou Matthew, avançando em minha direção com uma languidez letal. – Aqui, no *hortus conclusus*?

Mantive minha posição, e ele entrelaçou os dedos em meu cabelo.

– O recanto da donzela. – Matthew me puxou para mais perto, sua mão envolvendo a parte de trás do meu pescoço. – O jardim dos prazeres terrenos.

Relaxei em seus dedos, deixando-o sustentar meu peso. Ele me segurou sem esforço, meu corpo suspenso como um arco dos dedos dos pés ao topo da cabeça.

– A casa do lendário unicórnio – continuou suavemente –, mantido cativo para o prazer do caçador.

Abri a boca para responder, mas seu beijo engoliu minhas palavras. Quando nos separamos, Matthew balançou a cabeça em advertência.

– É minha vez de contar uma história. Era uma vez uma linda bruxa – começou Matthew, mordiscando meus dedos para chamar minha atenção. Seus lábios desceram pela curva do meu pescoço, os dentes deixando uma trilha de dor contra minha pele, que logo desapareceu. – Ela governava uma terra mágica, cheia de maravilhas.

Agora, ele tinha minha total atenção.

– Dentre as maravilhas do seu reino, estava uma criatura que vivia de sangue e sonhos. – As mãos de Matthew apertavam minhas nádegas, massageando a pele enquanto ele trazia a curva do meu corpo para junto do seu. – Logo a bruxa aprendeu a caminhar entre as fantasias da criatura, seus pesadelos, os segredos de sua mente e de seu coração, até que ela se sentiu em casa. Ela falou para a criatura que nunca abandonaria esses lugares sombrios – continuou Matthew. – Dizia que eram dela, e cravou o estandarte de seu reino ali.

A cabeça de Matthew se abaixou, bem devagar, até que seus lábios encontraram meu seio. Meu corpo formigava com a poção do amor que corria por nossas veias.

Quando seus olhos encontraram os meus novamente, meus seios estavam corados, e os lábios de Matthew, rosados.

– Mas a criatura não seria tão facilmente dominada – prosseguiu. – A besta que o habitava era forte demais. Ela uivou de fúria, e a bruxa chorou de frustração.

– O que aconteceu depois? – perguntei enquanto Matthew descia a cabeça mais uma vez.

– Você é a bruxa. – Ele parou, sua respiração fria na minha pele. – Você me diz o que o futuro reserva.

Eu chutei, me libertando. Minhas mãos estavam fechadas, e bati contra o coração dele.

– Maldito seja seu controle. Por que não me deixa entrar? – gritei. – Por que não se liberta?

Matthew absorveu cada golpe, o impacto não causava nenhum hematoma. Seus olhos estavam assombrados por desejo e fome, junto com uma vulnerabilidade sombria e terrível.

Foi então que eu soube que a verdadeira natureza de Matthew não era a selvageria que eu tinha visto na floresta quando ele brincou com Becca e os corvos. Ele era essa criatura ferida, tão desesperadamente necessitada de amor que não conseguia suportar o sofrimento que poderia acompanhar essa alegria. Ele podia suportar a Escuridão e se alegrar na Luz, mas não conseguia sobreviver ao reino limiar da incerteza que se encontrava no meio.

– Medo e desejo – murmurei. – Ah, Matthew. Eu sou a personificação do seu maior terror e dos seus desejos mais profundos. Porque eu sou a Sombra, e nem sua Escuridão, nem a Luz do mundo têm domínio sobre mim.

– Você quer minha Escuridão? – Matthew pegou minhas mãos e as segurou entre as suas. Ele levantou meu pulso até sua boca. – Então você a terá, bruxa, quando eu decidir compartilhá-la. A Escuridão é o meu reino, e você não pode me controlar lá.

Seus dentes afiados perfuraram minha carne e eu ofeguei de dor. Matthew silenciou o som com um beijo feroz que me deixou sem fôlego, e eu senti o gosto do meu sangue em seus lábios.

Afundei os dentes em seu ombro em resposta, puxando a vitalidade de Matthew para a minha boca, sentindo o fogo frio de seu sangue de vampiro. Era espesso e sedutor, mas queimava minha garganta e deixava um gosto amargo tão intenso que trouxe lágrimas aos meus olhos.

Passei a ponta da língua pelos lábios, me deliciando com o sabor estranho e sedutor.

– Posso sentir o gosto da magia nas suas veias – falei, aninhando a cabeça em seu pescoço. – Você também a sente nas minhas?

A resposta de Matthew foi me carregar até o centro do jardim. Ele me deitou debaixo da macieira e se aninhou dentro de mim.

Meus músculos ficaram tensos, um esforço para me manter ali.

Matthew tinha outras ideias e soltou meu corpo.

Houve uma mordida suave lá embaixo, um deslizar delicioso de sua língua. *Que a Deusa me ajude*, pensei, tonta com a expectativa do prazer dos lábios suaves de Matthew e sua língua ágil.

Meu marido me surpreendeu mais uma vez, lambendo a pele macia e acetinada que cobria a cavidade entre meu púbis e minha coxa. Ele cravou os dentes em mim pela segunda vez, perto da artéria femoral. Vi estrelas enquanto ele bebia, tremendo enquanto ele fechava a ferida com uma gota do próprio sangue, meus dedos agarrando sua cabeça para impedir que o mundo girasse e saísse de controle.

Matthew afastou meus dedos e cruzou meus braços na altura dos pulsos. Ele os levantou acima da minha cabeça, prendendo-os no chão com uma das mãos. Os dedos da outra mergulharam em mim. Ele me beijou, seus dedos me acariciando por dentro e sua língua provocando minha boca.

Provei o sal e o ferro, o inconfundível elixir da vida. Gritei quando o prazer me alcançou.

Meu lobo, no entanto, não estava com pressa, e seus golpes gentis e beijos suaves me levaram ao êxtase enquanto eu buscava a libertação.

Quando não consegui mais suportar aquela agonia extraordinária, Matthew respondeu ao meu apelo, preenchendo o espaço que ele havia preparado para si. Meus olhos se arregalaram quando minha paixão foi liberada, o prazer intenso.

Eu me agarrei a ele com toda a força, não querendo que as ondas do meu clímax terminassem, rezando para que continuassem para sempre. Gritei em êxtase noite adentro, de maneira tão aguda e estridente quanto os corvos que assombravam a floresta.

Nossa dança foi tão atemporal quanto a batalha entre o Rei Carvalho e o Rei Azevinho. A Escuridão se transformou em Sombra, a Sombra se estendeu em Escuridão, até que fomos apanhados pela Luz da paixão mútua. Saciados, ficamos entrelaçados sob a macieira.

Os dedos de Matthew alisaram a pele da minha clavícula, mas ele não fez nenhum movimento para sorver a faixa azul da veia do meu coração. Nenhum de nós escondeu nada naquela noite, e não havia necessidade de garantias. Nossos corpos e nossas mentes estavam cheios do conhecimento sobre o que havia acontecido na Floresta dos Corvos.

– O amor de um pai por seu filho é muito simples – disse Matthew – e totalmente incondicional. Você confundiu sua pureza com liberdade, *mon coeur*.

Levantei a cabeça do encaixe de seu ombro, mas a expressão em seus olhos me impediu de responder.

– O que há entre nós, vampiro e bruxa, homem e mulher, é um amor de complexidade aterradora. – O sotaque de Matthew suavizou, aproximando-se do francês nativo. – Estamos os dois presos em seus emaranhados e nós, às vezes o caçador, às vezes a presa. E às vezes estamos tão perdidos na magia do amor que nem sabemos, nem nos importamos se somos predador ou presa.

– Lobos e corujas brincam assim na natureza? – perguntei, sonolenta de satisfação.

Matthew riu.

– Não, meu amor – disse ele, roçando os lábios nos meus. – Lobos e corujas têm respeito demais um pelo outro para fazer isso.

Capítulo 19

Eu deveria ter previsto que a bolha feliz na qual tínhamos flutuado durante o final de junho e o início de julho estava destinada a estourar. Mas as cartas do oráculo, nas quais eu havia passado a confiar para orientação diária, não me avisaram sobre a próxima visitante que chegaria a Ravenswood nem sobre como sua mensagem viraria nossas vidas de cabeça para baixo.

Matthew levou os gêmeos ao acampamento de magia em meio a uma forte tempestade de verão e voltou ao celeiro, onde eu estava com Gwyneth.

– O que há de errado com as cartas? – falei, tentando capturar uma que se sacudia no ar. O restante do baralho se movia inquieto sobre a mesa de trabalho, incapaz de se organizar em um padrão legível.

As proteções de Gwyneth soaram quando uma estranha tentou ultrapassar a árvore de bruxa. Meu coração disparou, e corri para reunir o oráculo do pássaro preto e guardá-lo de volta na bolsa, longe de olhos curiosos. As orelhas de Ardwinna se levantaram, e ela se pôs de pé, rosnando.

– Boa garota – disse Matthew, acariciando sua cabeça como recompensa antes de ir até a porta ver o que havia perturbado seu sono tranquilo.

– Nenhuma pessoa em sã consciência estaria andando por aí neste tempo. – A umidade era difícil para as articulações de Gwyneth, e a dor havia azedado seu humor. – Por cinza e osso, os ventos mudaram, e há um presságio sombrio no ar. Talvez seja por isso que as cartas estão se comportando mal.

Matthew abriu a porta do celeiro, revelando um carro parado no alto da colina. Estávamos juntos na entrada ao testemunhar uma mulher pequena sair do veículo, com os faróis ainda acesos e as palhetas do limpador do para-brisa se movendo para lá e para cá. Ela parecia a Mary Poppins, segurando uma bolsa de viagem em uma das mãos e um guarda-chuva preto na outra. Um casaco de algodão amassado com forro xadrez desbotado estava jogado sobre seus ombros para se proteger da pior parte da chuva.

– Janet. – Matthew era um borrão, os pés se cravando na ladeira escorregadia para se manter em pé na lama e no vento.

– É a neta do Matthew. Tem alguma coisa errada. – Coloquei as cartas do oráculo no bolso antes de pegar um guarda-chuva do velho barril de carvalho ao lado da porta. Corri para a chuva atrás de Matthew.

– Você está bem, Janet? – Matthew pegou a bolsa e tomou o cabo de bambu do guarda-chuva. Ele segurou o prático toldo preto sobre ela, oferecendo apoio com o braço para a descida íngreme.

– Não muito – respondeu ela, com o sotaque escocês forte e marcante.

Quando conheci Janet Gowdie pela primeira vez, ela estava vivendo sob a aparência de uma benfeitora idosa. Hoje, Janet usava um feitiço de disfarce para parecer uma mulher na casa dos quarenta anos, embora tivesse nascido em 1841. Estava vestida com um cardigã de *patchwork* de crochê e jeans, com um par de tamancos de borracha laranja que passavam a ideia de que tinha uma veia artística, não tinha medo de cores fortes e gostava de garimpar em brechós locais. Não era imediatamente evidente que havia uma bruxa de poder formidável dentro daquela roupa boêmia, com sangue de vampiro suficiente para viver por mais dois séculos.

Com Matthew e eu a seu lado, Ravenswood reconheceu Janet como família e baixou a guarda para que nós três pudéssemos descer a ladeira lamacenta.

– É um clima bom para patos, mas nada bom para outras criaturas. – Minha tia conduziu Janet para dentro do celeiro. – Sou Gwyneth Proctor. Você parece estar precisando de uma xícara de chá.

Minha tia não permitiria que a conversa continuasse até que Janet tirasse o casaco encharcado, calçasse um par de pantufas secas e se aconchegasse em uma cadeira de balanço perto do fogão a lenha. Matthew pairava sobre o ombro da neta, enquanto Gwyneth aliviava seus ossos doloridos em uma cadeira estilo Windsor bem acolchoada.

– Deus te abençoe, Gwyneth – disse Janet, tomando um gole profundo da bebida bem quente que minha tia havia fornecido. – Lapsang Souchong. Excelente escolha. Você por acaso não tem um pouco de uísque? Os últimos três dias foram infernais.

Matthew vasculhou a prateleira de bebidas no laboratório alquímico. Gwyneth as mantinha à mão para fazer as tinturas e os borrifos de aterramento que aplicava generosamente em si mesma antes de visitas da família. Ele despejou uma dose generosa de um puro malte de Islay na caneca da neta. A bebida resultante devia ter gosto de fogo de turfa, mas Janet pareceu satisfeita.

Depois de confirmar que Janet não estava sangrando, quebrada ou machucada de alguma forma, Matthew iniciou o assunto sobre o que a trouxe a Ravenswood.

– O que aconteceu? – perguntou ele suavemente.

– E como nos encontrou? Ysabeau disse que estávamos aqui? – perguntei.

– Não falei com a vovó. Houve uma garrulice em Veneza, e tudo virou um pandemônio. – Janet era uma fonte de tesouros negligenciados da língua. Eu não tinha ideia do que era uma garrulice, mas sua expressão azeda indicava que era o anúncio de algo ruim.

– Você sabe sobre a mensagem da Congregação. – Suspirei aliviada. – Não precisava ter vindo até aqui para nos avisar, Janet. Já recebemos.

– Não é essa garrulice – disse ela. – Estou falando sobre Meg Skelling.

– Meg? – Franzi a testa.

– Ela desafiou a aptidão de Diana para a alta magia na Encruzilhada – falou Gwyneth.

– Foi o que ela disse. – Janet tirou um pedaço de papel dobrado do bolso de seu cardigã e o alisou no colo antes de colocar os óculos e ler seu conteúdo. – *"Flashes brilhantes de vermelho e dourado apareceram por toda a pele branca de Diana Bishop, com uma vibração terrível e um poder inspirador."* Parece, pela carta de Meg, que Diana e seu livro estavam um pouco intensos naquela noite.

– *Toda a minha linhagem tem um certo brilho. E daí?* – Vovó Dorcas apareceu na cadeira de balanço vazia ao lado de Janet, com a sobrancelha levantada e uma mecha de cabelo rebelde. Sua presença repentina teria desestabilizado a maioria das criaturas, mas não Janet.

– Aí está você. Achei mesmo que tivesse sentido o cheiro de um fantasminha. – Janet fez um muxoxo com simpatia. – Vejo que os *fae* estão lhe fazendo companhia. Que horrível. Você deve estar cheia de mordidas.

Vovó Dorcas examinou Janet de cima a baixo.

– *E você é como os bebês, algo entre uma coisa e outra.* – Vovó Dorcas deu uma fungada em Janet. – *Mais humana do que eles, porém. Menos poderosa também.*

– Acertou em ambos os pontos – disse Janet, com calma. – Sou neta de Matthew, embora a três gerações de distância.

— Esta é a vovó Dorcas — falei, fazendo as apresentações. Tentei calcular nossa relação com os dedos. — Dez, não, onze gerações de distância.

— *Gowdie, você diz?* — murmurando, vovó Dorcas foi até o fogão a lenha. Fuçou as chamas com as mãos nuas, à procura de uma brasa para acender seu cachimbo.

— A Congregação está ciente de que Diana possui o Livro da Vida dentro de si. Por que isso é um problema agora? — perguntou Matthew.

Com base na centelha que brilhava nos olhos de Gwyneth, ela também sabia sobre o Livro da Vida. Os rumores viajavam depressa nas comunidades de bruxas, e a notícia da minha descoberta anterior parecia ter chegado de Veneza a Ipswich.

— É um problema porque Margaret Skelling afirma que Diana aprendeu os segredos do sangue a partir de suas páginas — respondeu Janet, de forma direta.

— A ramificação perdida da alta magia? — Gwyneth franziu a testa. — Diana não sabe nada sobre isso. Nenhuma bruxa sabe.

— Ao que parece, tudo indica o contrário. — Os olhos de Janet brilhavam de fúria. — Vamos ver. O que Meg disse? *Flashes brilhantes de vermelho e dourado...* Não, eu já li essa parte. Ah, *iluminando as palavras MAGIA DE SANGUE*. A pequena lambisgoia colocou em letras maiúsculas para que pudéssemos encontrá-la facilmente em meio ao restante do texto.

Nosso segredo estava exposto. Até agora, Matthew e eu tínhamos escondido o fato de que o Livro da Vida mencionava a magia de sangue em conexão com crianças de raça mista nascidas de vampiros de fúria sanguínea e bruxas tecelãs, embora outros já tivessem suspeitado disso — Gerbert D'Aurillac, Peter Knox e o filho de Matthew, Benjamin, principalmente.

— E pensar que deixei você entrar na Encruzilhada com esse segredo dentro de você! — bradou Gwyneth. — Não é de admirar que Meg tenha deixado você encontrar o caminho na floresta. Seus segredos eram um livro aberto para ela!

— E ela estava lendo com atenção — disse Janet. — Embora, para ser justa, a magia de sangue seja impossível para qualquer bruxa ignorar. Segundo Meg, a palavra apareceu bem na testa de Diana.

Vovó Dorcas estava ao meu lado. Ela passou os dedos pelo espaço entre minhas sobrancelhas, primeiro em uma direção, depois na outra, passando sobre o terceiro olho da bruxa. Minha pele formigou sob seu toque, e por um momento fui lembrada do padrão branco de penas no rosto de Cailleach.

— *A marca da Encruzilhada* — falou Dorcas, a voz profunda —, *deixada para trás quando uma bruxa lança um* maleficio *e toma o poder de sua irmã.*

— Mas Meg não tomou meu poder — protestei, confusa. — Só meus pais fizeram isso, quando me encantaram. Nem mesmo Satu Järvinen conseguiu me roubar, embora tenha tentado.

— Stephen não te encantou, minha querida. — Gwyneth estendeu a mão para mim. — Seu pai não tinha o treinamento ou a habilidade para realizar um feitiço tão complicado de alta magia. Somente uma especialista como Rebecca teria o conhecimento necessário.

— Isso não pode ser verdade — falei. — Eu encantei Satu.

— Então ela não ficou encantada por muito tempo — argumentou Gwyneth.

— Todas as bruxas da Congregação sabem alta magia? — Uma bola de chumbo se formou em meu estômago. Satu era uma tecelã, como eu. A menos que...

— Todas elas são especialistas — respondeu Gwyneth — e todas são graduadas no percurso de alta magia da Congregação. Somente as bruxas mais poderosas são selecionadas para desempenhar um papel no conselho governante.

A bola de chumbo em minha barriga cresceu. Enterrei a cabeça nas mãos e xinguei. Minha ignorância sobre alta magia havia me levado a cometer um erro terrível, que poderia ter consequências profundas para mim e para minha família.

— Satu era membro da Congregação quando deixou a marca de bruxa na minha testa. Ela é uma tecelã como eu — expliquei. — Não faço ideia de que tipo de *maleficio* ela lançou.

Gwyneth também xingou, e vovó Dorcas e Janet se juntaram a ela. Eu não conseguia suportar olhar para Matthew. Que confusão nós havíamos criado.

Um grito agudo e uma torrente de sussurros irromperam da emaranhada mecha de cabelos de vovó Dorcas. Ela se sentou de repente.

— *Eu me lembro de você agora, senhora Gowdie!* — Fumaça saiu da boca e do nariz de vovó Dorcas, e faíscas laranja escaparam de seu cachimbo. — *Foi você que nos visitou naquela noite na prisão. Mas você não tirou* minhas *memórias na véspera do Beltane. Devolva as memórias de Bridget para Diana, bruxa, ou eu vou te amaldiçoar até ficar careca, cega e cerúlea.*

— Não fui eu quem você viu em Salém, comadre Hoare. — Janet levantou as mãos em um gesto de apaziguamento. — Você conheceu minha mãe, Griselda Gowdie. Eu vim buscar as memórias dela daquela noite.

– As memórias de sua mãe? – Eu estava perplexa. – E quanto a Meg e a Congregação?

– Nada é simples nesta família. – Janet puxou mais um papel dobrado do outro bolso do cardigã e entregou a Matthew. Só a deusa sabia o que mais ela tinha guardado ali. – Vocês dois precisam ler isto.

Matthew examinou a página desgastada.

– É uma carta de Grissel Gowdie para a mãe, enviada de Salém na véspera do Beltane de 1692 para Agnes Gray, de Elgin.

"Véspera do Beltane. Walpurgisnacht. A noite em que as pessoas acendiam fogueiras para queimar bruxas – ou seus bonecos." Meu sangue ficou espesso de medo ao lembrar de ter cavalgado através das chamas para fugir da corte de Rudolf.

– Vovó Janet estava vivendo nas cavernas de Covesea naquela época – explicou Janet. – Minha mãe, Griselda, nasceu lá. Ela não viu o sol nos primeiros cinco anos de vida, apenas a luz refletida na água e o brilho da lua quando vovó Janet a deixava correr livre à noite. Elas passavam os dias tecendo feitiços e contando histórias antigas, e as horas da madrugada caçando tesouros e comida.

– Ela faz alusão a isso na carta – comentou Matthew. – *"Abençoada mãe, cheguei na colônia de Massachusetts no dia 13 de abril, conforme predito pelos sussurros dos ventos no dia em que nasci e pelas histórias que vovó Isobel e vovó Janet teceram em torno do lago das fadas. Agora você pode descansar, sabendo que o juramento que fez foi cumprido.*

Acusaram muitos dos nossos e os trancaram em uma prisão subterrânea fétida numa cidade chamada Salém. Lá, eles aguardam julgamento, junto com muitos inocentes que nada sabem sobre os nossos costumes. Um deles é uma criança pequena de menos de sete anos" – a voz de Matthew falhou ao mencionar a idade da criança – *"que está acorrentada longe de sua mãe, também cativa. Ambas estão desesperadas por causa disso, incapazes de dar e receber conforto."*

– Misericórdia. Misericórdia. – Vovó Dorcas gemia e se balançava, puxando sua mecha de cabelo. – *Já não existe misericórdia.*

Tentei acalmar os gritos da minha avó da melhor forma que pude, mas ela estava inconsolável. Matthew continuou com a carta de Grissel.

"Os presságios de nossa mãe se provam verdadeiros diariamente, e enfim vejo um padrão na trama da deusa." A voz de Matthew tinha a solene tranquilidade de uma oração. *"É exatamente como a prateada disse à vovó Isobel,*

que atou esse conhecimento no vento. Aquela que será a primeira enforcada foi trazida para este lugar no dia 18 de abril. Ela não está surpresa, nem seus amigos, nem sequer um viajante de verão inesperado que chegou aqui com algum propósito pessoal."

Matthew respirou fundo antes de continuar:

"Contudo, a prateada não revelou tudo para vovó Isobel. Preciso deixar o que aprendi para trás, com medo de que caia em mãos malignas", leu Matthew. *"Até lá, dou a vocês as palavras de outro oráculo: 'Porque em parte conhecemos, e em parte profetizamos.'"*

Era uma passagem da Bíblia, uma forma inteligente de codificar uma mensagem que seria aceitável para qualquer oficial puritano que a encontrasse. Suspeitei que Grissel tivesse feito o mesmo ao se referir à *prateada*, um nome tradicional para a deusa, e ao misterioso *viajante de verão*.

"Não sei se os ventos sopram a favor ou contra meu retorno, mas tentarei enviar esta carta para você por qualquer meio possível", leu Matthew, aproximando-se do fim da missiva. *"Até lá, guie-se pela lua e pelas estrelas, e permaneça próxima à terra de onde viemos e para onde todos iremos retornar. Escrita em Salém, na véspera do Beltane do ano de 1692, pela mão de sua dedicada filha, Griselda."*

Matthew virou a carta.

"Para Agnes Gray em Elgin, via capitão da Serpente Dourada, *Portsmouth."* Matthew cerrou os lábios.

– Eu sabia.

Peguei a carta de Matthew. O endereço estava lá, exatamente como ele disse. No canto superior direito, onde estaria o selo em uma carta moderna, vi um símbolo desbotado.

– Júpiter – falou Matthew. – O monograma do meu pai.

– Philippe estava de olho na histeria de Salém? – perguntei, desconcertada. Assim como a *Corça Dourada*, a *Serpente Dourada* só poderia pertencer a um homem. – O capitão do navio de Philippe era o viajante de verão de Grissel?

– Foi o que eu imaginei, e por isso estou procurando as memórias que Grissel deixou para trás – explicou Janet. – Só a deusa sabe onde ela poderia ter escondido para mantê-las seguras.

– Gwyneth e eu usamos uma garrafa de memórias como isca para capturar os fantasmas. – Fiquei de pé. – Talvez as memórias de Griselda estejam guardadas em um dos baús no sótão.

– Você já abordou o tema dos mnemônicos, Gwyneth? – perguntou Janet.

— A prática da memória? – Eu tinha aprendido um pouco sobre isso na pós-graduação com um medievalista obcecado por Ramon Llull. E Janet estava certa: o assunto não havia entrado no currículo de verão de Gwyneth.

— A *arte* da memória. – Gwyneth empurrou os óculos até a ponte do nariz. – É o ramo da alta magia que preserva nossa história para as gerações futuras. Rebecca era uma mnemônica particularmente habilidosa antes de abandonar a prática da alta magia. E não, Janet, nossas aulas ainda não abordaram essa parte do currículo.

— *Os segredos da pobre Bridget.* – Vovó Dorcas enxugou os olhos. – *Ela os compartilhou com a bruxa Gowdie, mas eles pertencem a você, Diana.*

— Apenas iniciados e especialistas estão autorizados a extrair memórias, assim como armazená-las, liberá-las e mantê-las – acrescentou Janet. – Há uma grande demanda por esse serviço nos dias de hoje, muito maior do que por magia de amor ou feitiços de proteção.

— Nunca ouvi falar de algo assim, e acho que Sarah também não sabe nada sobre mnemônica – falei.

— Todos nós sabemos – respondeu Janet, descartando minha afirmação. – Toda família tem uma ou duas garrafas guardadas no fundo de um armário ou enfiadas em uma caixa com estatuetas Hummel e colheres de chá que servem de suvenir. O problema é que, a menos que você cuide delas, os selos de cera se rompem, as memórias escapam e as pessoas pensam que a casa está mal-assombrada. Às vezes, as garrafas são deixadas para trás como lixo quando uma casa é vendida. É um pesadelo para os novos donos.

— Se as memórias de Grissel sobre Bridget não estão aqui, então existe apenas um lugar onde elas podem estar – falei.

— Na Casa Bishop – completou Matthew, concordando com a cabeça.

— Sempre me perguntei por que a casa insistiu em ir com eles quando deixaram o condado de Essex após o enforcamento de Bridget – admiti. O restante do imóvel foi construído ao redor da antiga casa de sal, que agora funcionava como o laboratório de Sarah. – Talvez ela esteja guardando as garrafas de Grissel para mantê-las seguras – sugeri.

— Vou até Madison descobrir – disse Janet, com uma determinação sombria.

— Eu vou com você – falei.

— Eu também – disse Gwyneth, com um semblante sombrio de satisfação. – Acho que é hora de Sarah Bishop e eu abaixarmos nossas varinhas.

* * *

Era meio da tarde no dia seguinte, e o zumbido constante de insetos, equipamentos agrícolas e cortadores de grama era a trilha sonora enquanto saíamos da Rota 20 e entrávamos na estrada que levava à Casa Bishop. Eu a avistei à distância, com suas tábuas recém-pintadas, a caixa de correio ainda inclinada, assim como a bandeira americana e a bandeira do progresso tremulando ao vento. Um banner de COEXISTIR pendia da cerca também. Sarah provavelmente havia ficado sem espaço para mensagens ativistas no carro.

O letreiro iluminado do banco em Madison registrava quase trinta e dois graus, o calor pegajoso como mel. As tempestades de verão de Ipswich seriam bem-vindas aqui no interior do estado de Nova York. A única fuga da atmosfera opressiva seria no cinema em Oneida ou o ar-condicionado do mercado em Hamilton. A Casa Bishop estaria um purgatório, mesmo com todas as janelas escancaradas.

Nós três estávamos tensas, o que dificultou a conversa durante a jornada em direção a oeste, saindo de Ipswich. Gwyneth encontrou uma estação de música clássica, o que deveria ter acalmado meus nervos à flor da pele, mas não funcionou. Janet estava sentada no banco de trás, tricotando, suas agulhas batendo no ritmo da música, ocasionalmente fazendo perguntas sobre as pequenas cidades pelas quais passávamos e os covens locais. Eu estava preocupada com meu reencontro com Sarah. Recentemente, ela havia mandado mensagens para saber como estávamos nos saindo no Old Lodge, e eu não tinha respondido. Talvez ela tivesse começado a se preocupar, pensando que houvesse algo errado.

– Nenhuma proteção decente em lugar algum – disse Gwyneth, em tom de censura, enquanto entrávamos na propriedade. Não estava mais esburacada; Matthew tinha garantido que a superfície fosse sólida o suficiente para suportar o peso do Range Rover, mas estava desprovida de qualquer tipo de proteção, mágica ou humana.

Espere até Gwyneth descobrir que a porta da frente não tinha tranca e que a porta de trás estava fechada com um cordão.

– Sarah não acredita em proteções – respondi, continuando a avançar lentamente. – Acha que deixam os humanos desconfortáveis e são ruins para os negócios.

A Bendita Bruxa, sua loja de alimentos orgânicos e suprimentos mágicos, era igualmente desprotegida, exceto por um sino na porta dos fundos que emitia um tilintar suave quando alguém a abria, e um aviso na janela da frente que dizia: GATO DE GUARDA EM SERVIÇO.

– Quando entrarmos, deixe que eu lido com minha tia – falei, dirigindo-me a Gwyneth. – Ela é problema meu, não seu.

– Será? – Gwyneth ergueu as sobrancelhas. – Sarah tem sido uma pedra no meu sapato desde antes de você nascer. Eu deveria ter resolvido as coisas entre nós há muito tempo.

– Ai! – gritei quando uma carta me espetou. – Gwyneth, você pode pegar as cartas do oráculo no meu bolso? Se elas continuarem me cutucando, vão acabar me fazendo sangrar.

Gwyneth enfiou a mão no bolso cargo da minha roupa de verão favorita e retirou a bolsinha. O baralho se contorceu e se mexeu como um bebê com cólica. Ela colocou as cartas problemáticas no porta-copos.

– Ainda inquieto, pelo visto – disse Gwyneth com um suspiro. – Eu sei exatamente como o oráculo do pássaro preto se sente.

Estacionei em frente à casa e desliguei a ignição. Janet foi rápida em saltar do veículo e ajudar Gwyneth a sair do banco do passageiro na frente. Fiquei onde estava e mandei uma mensagem para Matthew, informando que havíamos chegado em segurança. Então reuni minhas forças. Se tivéssemos sorte o suficiente para encontrar a garrafa de memórias de Grissel Gowdie, ela provavelmente seria explosiva.

Eu já havia me acalmado e estava pronta para sair do carro quando minha tia saiu de casa usando seu quimono favorito, o turquesa e dourado. Seu cabelo estava mal arrumado em um lenço, e ela usava um par de chinelos peludos que a faziam parecer o Pé Grande.

– Como você ainda não morreu, Gwyneth? – perguntou Sarah.

Todas as minhas resoluções de manter a calma e seguir em frente evaporaram em uma onda de indignação.

– Você sempre foi um pouco bestial, Sarah – observou Gwyneth calmamente, olhando minha tia de cima a baixo.

Sarah lançou duas cartas em sua direção.

– Pare de mandar seus malditos pássaros. Eu tenho cartas de tarô suficientes, muito obrigada. Da próxima vez que um dos seus corvos aparecer por aqui, vou atirar nele.

O oráculo do pássaro preto, junto com a bolsa, se lançou do porta-copos e se colou à janela.

Não era de admirar que as cartas estivessem tão agitadas e inquietas. Um dos corvos da família havia fugido com duas delas e as levado para Madison, para preparar Sarah para nossa chegada.

— Janet. Oi — disse Sarah, finalmente percebendo a presença da neta de Matthew. — Você está convidada a entrar, claro, mas ela, não.

— *Ah*, acho que você vai descobrir que somos um trio inseparável, querida Sarah — falou Janet, voltando ao banco de trás para pegar sua bolsa de tricô.

— Trio? — disse Sarah, espiando através do vidro escuro do carro.

— Oi, Sarah. — Saí do carro. As coisas estavam começando muito mal. Eu vi A Garrafa e A Rainha Coruja jogadas na sujeira da calçada. — Por favor, não jogue minhas cartas no chão. Elas não gostam, e eu também não.

Estendi a mão e as cartas desaparecidas voaram para a minha palma.

Sarah me olhou com espanto.

— Diana! Você devia estar na Inglaterra!

— Gwyneth não está morta, e eu não estou no Old Lodge — respondi secamente, jogando a bolsa sobre o ombro. — Quanto aos corvos, você não foi a única da família que recebeu uma visita deles neste verão. Becca também recebeu. Minhas mensagens importantes chegaram pelo correio normal: uma da Congregação e outra de Gwyneth.

Os olhos de Sarah se voltaram para Janet e depois retornaram para mim.

— Como eu tenho um histórico de alta magia tanto por parte de mãe quanto por parte de pai, Sidonie me informou que eles não esperariam até que os gêmeos completassem sete anos para os examinarem — falei, recapturando a atenção da minha tia. — Janet veio me avisar que a Congregação quer saber não apenas os segredos dos gêmeos, mas também sobre a magia de sangue contida no Livro da Vida. Ela também quer a garrafa de memórias da mãe dela de volta.

— Garrafa de memórias? — A voz de Sarah era um sussurro. — Como você sabe sobre...

— Como *eu* sei? — perguntei. — Da mesma forma que sei sobre os Proctor e o Caminho das Trevas. Gwyneth me convidou para Ravenswood, e eu fui. Como *você* pôde me manter afastada da minha própria família?

— Eu apenas garanti que os desejos de Rebecca e Stephen fossem atendidos, só isso — respondeu Sarah, a voz se elevando.

— Você parece ter tanta certeza — falou Gwyneth amargamente.

— Eu tenho! — disparou Sarah. — Stephen me disse o que eles haviam decidido. Ele disse...

— Posso imaginar o que Stephen disse. — A voz de Gwyneth era dura como aço. — Mas acho difícil acreditar que Rebecca tenha concordado com ele. Para mim, é ainda mais difícil entender por que você aceitou a palavra dele com tanta facilidade. Você é esperta, Sarah, como a maioria das mulheres Bishop. Você caiu direitinho na conversa de Stephen.

— Stephen *não* queria saber de você — insistiu Sarah. — Quanto a Diana, ambos queriam que ela fosse uma Bishop.

— Bem, agora ela é uma Proctor — afirmou Gwyneth. — Com alta magia e tudo.

— A magia sombria quase matou Rebecca. Ela matou Emily. — A dor duplicava a raiva na voz da minha tia. — Quantas bruxas precisam morrer para que vocês parem de brincar com forças que vão além do seu controle? Se algo acontecer com Diana ou as crianças, vou responsabilizar você, Gwyneth!

— Eu escolhi meu próprio caminho, Sarah — retruquei. — É meu legado e meu direito de nascimento.

— Não é, não. — O rosto de Sarah estava da cor de uma rosa-mosqueta.

— É, sim. Mamãe era uma das especialistas talentosas da Congregação — declarei. — Mas você já sabia disso.

Sarah pareceu desconcertada.

— Faz muito tempo que os Bishop não aprovam a alta magia.

— Bem, mamãe herdou seus talentos de alguém! — exclamei. — Ela não os invocou do nada em uma manhã de outubro. Quem foi? A vovó? Ou alguém mais antigo na árvore genealógica?

Uma sombra passou pelos olhos castanhos de Sarah. Logo foi substituída pelo seu habitual brilho taciturno. Em silêncio, minha tia cerrou os lábios e cruzou os braços.

— Típico. — Entrei na casa, deixando a porta de tela bater atrás de mim.

— Toda bruxa acha que pode praticar alta magia sem consequências — disse Sarah, me seguindo para dentro. — Emily e Rebecca descobriram a verdade e a abandonaram.

— Elas não abandonaram. — Eu tinha certeza disso. Tinha visto minha mãe usando um espelho mágico, e Emily havia morrido tentando entrar em contato com o espírito da minha mãe, em busca de orientação. — Minha mãe e Em sabiam que você desaprovava o ramo da alta magia, então esconderam de você. Assim como minha mãe escondeu do meu pai. — Janet e Gwyneth ainda estavam do lado de fora. — Por que vocês duas ainda estão aí? — perguntei, exasperada.

– A casa sumiu com a maçaneta, querida Diana – disse Janet, pedindo desculpas.

– Este lugar é muito malcomportado – falou Gwyneth, observando o teto da varanda como se estivesse infestado de ninhos de vespas. – Os Proctor jamais tolerariam esse tipo de absurdo.

Deixei minha tia e Janet entrarem e gritei no duto de aquecimento.

– Vovó Bridget! Vovó! Quero falar com você!

As portas da sala de estar se abriram com força. Dois fantasmas, despertados de seu sono, me olharam com olhos sonolentos. Seus contornos verdes e translúcidos eram surpreendentes depois dos espectros sólidos que assombravam Ravenswood.

– *Não precisa gritar* – disse minha avó, Joanna Bishop. – *Estamos sentadas bem aqui.*

– *Desde ontem* – acrescentou vovó Bridget. – *Quando os corvos de Dorcas vieram, eu soube que você chegaria em breve.*

Gwyneth avistou os fantasmas. Ela se virou para Sarah, mais furiosa do que eu jamais tinha visto.

– Isso é um ultraje! – bradou. – Esses fantasmas deveriam estar presos. Olhe, Janet. Seus espíritos estão completamente esgotados. Eu deveria denunciá-la à Congregação por maltratar seus anciãos, Sarah Bishop. Sua negligência os reduziu a borrões!

– Você não pode entrar na minha casa e me dar ordens, Gwyneth – bufou Sarah, faíscas voando de seus cachos em uma rara demonstração de raiva. Ela atravessou o hall de entrada, as sandálias batendo como um tambor de aviso. – Saia! Você não é bem-vinda aqui.

– Calma, calma, Sarah – disse Janet, tentando acalmar a situação. – Para ser justa, Bridget e Joanna estão mesmo em um estado lamentável.

A discussão sobre o cuidado e a manutenção dos fantasmas continuou, mas eu só tinha olhos e ouvidos para minhas ancestrais Bishop. Gwyneth estava certa, minha avó e Bridget estavam tão fracas que não resistiriam a muitas perguntas. Eu precisava escolher as palavras com cuidado.

– *Você foi esperta na Encruzilhada, filha?* – perguntou Bridget, arriscando uma pergunta por conta própria.

– Não tenho certeza – confessei, sabendo que seria imprudente mentir para uma bruxa como ela. – Mas você estava certa sobre os segredos enterrados lá.

– *Existem mais* – disse ela, mexendo nos laços de seu corpete.

– *Não se preocupe, Bridget.* – Minha avó estava se dirigindo à minha ancestral, mas olhava para mim. – *Diana tem trilhado o Caminho das Trevas desde que nasceu. Rebecca e eu falávamos sobre isso sempre que trabalhávamos juntas na sala de ervas.*

A sala de ervas agora era o domínio de Sarah, e um lugar que eu costumava associar ao fracasso e à solidão. Mas a sala me parecera mais acolhedora depois que Matthew e eu voltamos da nossa viagem no tempo. Foi lá que Sarah revelou um armário com o rádio-relógio encantado da minha mãe, que só tocava Fleetwood Mac, e um pedaço de sua resina de sangue de dragão. Não havia mais nada, exceto...

Frascos e garrafas vazias e empoeiradas.

– Obrigada, vovó – falei. Ela havia previsto minha pergunta e me dado a pista da resposta antes que eu pudesse formulá-la.

Fui direto para os fundos da casa.

– Aonde você vai? – perguntou Sarah.

– Eu já disse. Estamos aqui para procurar algo que pertence a Janet – respondi. – Assim que encontrarmos, iremos embora.

Sarah veio atrás de mim, as mangas de seu quimono esvoaçando.

Marchei pela cozinha e entrei nas profundezas frescas e escuras da antiga sala de ervas. Originalmente usada como cozinha de verão, ali havia fornos e uma grande lareira. No sótão, ficava o depósito, onde farinhas e grãos eram guardados durante os longos invernos nevados. O armário que guardava o rádio e a resina da mamãe havia sido embutido na alvenaria à esquerda da lareira antiga.

Não estava mais lá. Soltei um palavrão. A casa sempre reorganizava as coisas para atender a seus próprios propósitos arcanos.

No canto, avistei uma fina mecha de âmbar emaranhada com um nó de fio azul. A trama do tempo aprisionava coisas havia muito esquecidas em pequenos espaços como aquele.

Esperando que as mechas de âmbar e azul me levassem à localização atual do armário, inseri cuidadosamente meu dedo indicador no centro do nó. Ele se apertou em torno da minha lembrança do antigo depósito e também em torno do meu dedo.

Um arco azul girou pela sala. Segui seu caminho enquanto ele se movia em direção à lareira da sala de ervas. Mas o arco azul parou antes de alcançar o tijolo chamuscado. A ponta dançou ao redor da enorme ilha de cortar carne e atingiu o batente da porta.

O armário que estava faltando agora bloqueava a passagem para a cozinha.

Abri suas portas com força. O perfume da minha mãe, lírio-do-vale, escapou para a sala, junto com o agora familiar aroma petricor e sulfúrico que eu associava à alta magia.

As garrafas eram exatamente como eu me lembrava: potes sujos com tampas, alguns contendo pedaços de raízes secas e ervas, alguns grandes e outros pequenos. Uma garrafa estava envolta em ráfia e cera de vela. Outra tinha o formato distinto de uma garrafa de vinho Mateus. Atrás delas estavam garrafas mais antigas com selos de cera, além de outros recipientes de vidro e cerâmica. Quanto ao antigo rádio-relógio de minha mãe, ele não estava em lugar nenhum.

– O que é isto aqui na frente da porta? – perguntou Sarah. Ela tentou enfiar seu corpo volumoso pela pequena abertura.

– Saia da frente, Sarah. Deixe-me tentar. – Janet usou os vestígios de sua força vampírica para mover a borda do armário, permitindo que Sarah e Gwyneth passassem. As três bruxas se juntaram a mim diante do armário aberto.

– Olha, Gwyneth. Tem dezenas de garrafas de memórias aqui – falei, incrédula. – A quem todas elas pertencem?

Com muito cuidado, peguei uma das garrafas. Parecia vazia e tinha lados facetados, como um pote de condimentos. Havia um rótulo desbotado de molho, e estava vedada por uma rolha selada com grandes camadas de cera escura. Assim que a segurei, soube que continha memórias. Era pesada, muito mais pesada do que seu tamanho sugeria, assim como a felicidade de outono engarrafada que usamos para atrair os fantasmas.

Peguei uma caixa de papelão do chão. Ela armazenava um engradado de vinho espanhol, sem dúvida um presente de Fernando. Seria a maneira perfeita de transportar as garrafas de memórias com segurança para fora da Casa Bishop e levá-las de volta para Ravenswood, onde poderíamos examiná-las melhor. Usei os divisores de papelão para manter as garrafas seguras, encaixando várias delas em cada um dos doze compartimentos para que não batessem umas nas outras e se quebrassem.

– Você não pode levá-las. Elas não são suas. – Sarah agarrou a mesma garrafa que eu estava tirando da prateleira. Era, originalmente, uma garrafa de mostarda, ou talvez de geleia de morango. Agora estava vazia, exceto por algumas sementes marrons.

– Minha mãe deixou essas memórias para mim, assim como o rádio. – Fechei os dedos em torno da garrafa e segurei firme, puxando meu braço para trás para tirá-la das mãos de Sarah.

Meu cotovelo bateu dolorosamente contra a porta aberta do antigo armário, enviando ondas de choque pelo meu braço. Outra garrafa balançou perigosamente na beirada da prateleira.

Gwyneth correu para pegá-la, mas era tarde demais. Ela se espatifou no chão. Com a surpresa, Sarah e eu soltamos a outra garrafa. Ela também se quebrou em uma dúzia de pedaços aos nossos pés.

Quadrados brilhantes de papelão choveram do teto da despensa, com uma magia colorida e reluzente. Eram grandes demais para serem cartas de oráculo.

Mas eu não tive tempo de descobrir o que eram aqueles objetos voadores ou seu significado. As memórias que haviam sido libertadas das garrafas estavam me dominando, e desta vez não havia apenas uma série de recordações, mas duas; uma mistura caótica de sons, sentimentos e impressões.

Foi então que descobri que algumas das memórias eram minhas.

Garrafa de Memórias, válida até 1º de Junho de 1982
Eu não deveria estar no quarto da mamãe.

Garrafa de Memórias, válida até 24 de Abril de 1982
— Espere até seu pai voltar — disse mamãe, com as mãos nos quadris. — Você sabe que ele não gosta que você suba em árvores.

Tinha o cheiro da mamãe, como flores e pó.
Havia uma bandeja de vidro na cômoda, com um pó de maquiagem soltinho em cima.
Eu a peguei e um pó branco caiu sobre o vidro. Parecia neve.

— Por quê? — Eu estava no galho da macieira.
— Você vai ter que perguntar a ele. — Mamãe parecia zangada.
Lágrimas caíram, e logo eu não conseguia respirar por causa da congestão.

Havia muita neve hoje.
Tanta que eu não consegui ir à escola.
Mamãe foi à escola,
porque ela tinha botas e conseguia chegar lá pelas calçadas.
Papai e eu tivemos que ficar em casa,
porque os ônibus não estavam circulando e o metrô também havia fechado.

O chão estava muito, muito abaixo.
Eu tinha subido mais alto e mais rápido que deveria, e agora não conseguia descer.
— Não fique brava, mamãe. Eu sinto muito.

Balancei o pó mais uma vez, lançando flocos
no carpete e no ar.
Tinha cheiro de verão, mas parecia neve.
Eu ri.
— Neve de verão — sussurrei. — Floresça e sopre.
O pó dançava e girava.

— Não tão arrependida quanto vai ficar — disse
mamãe. — Você é impossível, Diana. Eu te deixei
sozinha por dois minutos.
Pareceu mais do que isso.
Mamãe foi ao jardim depois do almoço, e já estava na
era hora do lanche. Meu estômago vazio
roncava, e isso estava piorando
a tontura.

— Neve de verão — repeti, mais alto desta vez. — Neve de verão.
Flocos brancos sussurraram de volta para mim em uma língua que eu
não entendia.
Eles formaram uma nuvem acima da minha cabeça.
— Floresça e sopre. Floresça e sopre — cantei para a nuvem.
— Neve de verão, neve de verão, vem rápido e vai rápido.

— Desculpe — falei novamente, as lágrimas caindo.
— Desça — ordenou mamãe. — Vamos.
Pule.
— Não! — Era muito alto. Eu ia quebrar alguma coisa.

O vento assobiou pela sala, e as janelas se abriram de repente.
Eu ri, e a neve de inverno lá de fora se espalhou pela sala,
soprando pelo peitoril da janela e formando um pequeno monte ao longo do carpete.
Era limpa e branca, e cheirava como o jardim da tia Sarah no verão.
— Diana! — Meu pai estava na porta, os olhos arregalados.

— Eu não consigo. — Eu soluçava, meu medo aumentando.
— Eu não consigo.
— Você mesma subiu aí — disse mamãe. — Você
precisa descer.
— Eu não consigo! — gritei.
— Silêncio. Os vizinhos vão ouvir.
Mamãe olhou por cima da cerca, mas não havia
ninguém do lado de fora.
— Eu não estarei sempre aqui para resolver as coisas para você,
Diana.

– Olha! – falei, pegando um punhado de neve e fazendo uma bola com ela.

À medida que a neve esquentava, brotavam flores brancas que preenchiam minhas palmas.

– Eu vou te segurar – prometeu mamãe. – Você não vai se machucar.

– Estou com medo.

Minha mãe passou a mão pelos olhos.

– Eu também. Agora salte.

– Não.

– Vou contar até três. – Este era o último aviso da mamãe. – Um. Dois.

– Por favor, não me obrigue a fazer isso – implorei entre soluços.

– Três. – Minha mãe ergueu os braços.

– Pare com isso agora – disse papai, a voz áspera e zangada.

Assustada, deixei as flores caírem.

Elas se transformaram em estrelas ao atingirem o carpete, e...

Eu pulei. E caí para cima, para cima, para cima.

Capítulo 20

Um buraco escuro se abria no meu peito, uma ferida com a forma de uma janela com cortinas através da qual eu podia ver uma macieira com um balanço e pétalas brancas espalhadas sobre a grama verde.

Eu me encolhi para proteger meu corpo esfolado, puxando a pele em direção ao peito para me deixar menos vulnerável. Gritei de dor e choque, mesmo ao perceber que a janela, a macieira, o balanço e as pétalas que se pareciam com uma fina camada de neve deveriam estar todos ali.

Pensei na Encruzilhada e nas criaturas pálidas da floresta com abismos em vez de corações, e membros que só funcionavam com assistência mecânica. Eu era uma sombra agora, presa em Outro Lugar? Movi o braço para ver o que havia substituído minha mão – um batedor de ovos? um par de tesouras? – e uma onda de dor se seguiu, junto com mordidas e beliscões persistentes. As fadas da vovó Dorcas deviam ter pegado uma carona comigo para Outro Lugar.

– Fique quieta. – A voz era familiar, mas não pertencia à macieira. Pertencia a algum local diferente, onde as árvores eram mais altas, mais espessas, mais escuras, e corvos e corujas alçavam voo.

– Vou buscar uma vassoura.

Essa voz, com seu distinto sotaque escocês, era de um terceiro lugar, uma sala de pedra antiga com uma mesa redonda. Gallowglass? Mas não, era a voz de uma mulher, e busquei em minhas memórias o nome correto.

– Janet? – Permaneci encolhida em torno do abismo no centro do meu corpo. – Algo terrível aconteceu.

Onde estava Matthew? Ele era minha âncora, meu bálsamo curativo, a única pessoa que poderia consertar o que estava quebrado.

Mãos quentes repousaram em meus ombros.

– Você tem um caso grave de bloqueio de memórias, Diana. Dê a si mesma um minuto para se recuperar.

Na minha mente, vi um pântano com o mar além e a sombra de uma garça caindo sobre a longa faixa de grama de um prado.

– Tia Gwyneth? – sussurrei, aliviada.

– Estou aqui, Diana. – Suas mãos cheias de nós apertaram as minhas. – Parece pior do que realmente é. Você está deitada sobre alguns cacos de vidro, e Sarah vai te ajudar a se sentar.

Mãos ásperas seguraram meus ombros. O cheiro de erva-moura, hortelã e cravo me envolveu. *Sarah*. Eu reconheceria aquele cheiro e o toque de suas mãos calejadas em qualquer lugar.

– Devagar! – sibilou tia Gwyneth.

Eu ainda estava segurando as bordas da pele do meu peito quando Sarah me levantou e me colocou sentada. Eu não queria que ninguém visse minha ferida e mantive um ombro curvado ao redor dela, como uma defesa.

– Graças à deusa – disse Janet. – Não gostaria que Matthew soubesse que a esposa dele estava deitada em uma poça de cacos de vidro.

– As garrafas. – Eu tentei agarrar a memória que flutuava pela minha mente confusa, mas minhas mãos se encheram de cacos de vidro.

– Receio que não tenham conserto – lamentou Gwyneth, abrindo meus dedos para que os fragmentos caíssem no chão, revelando minhas mãos arranhadas e sangrando.

– Como vamos colocar minhas memórias de volta? – Eu não queria perder esses vislumbres preciosos da minha infância. A ideia de abandoná-los na sala de ervas, onde só poderia visitá-los ocasionalmente, era vertiginosa. Comecei a garimpar os restos, tentando juntar os pedaços.

– Suas memórias estão de volta, estão dentro de você agora – disse Gwyneth gentilmente –, onde deveriam estar.

Eu me lembrei do vazio horrível em Naomi e me encolhi ao toque da minha tia.

– Vou precisar de pontos – murmurei.

– Você tem alguns cortes superficiais, só isso – disse Sarah. – Vamos limpar e passar meu bálsamo curativo neles. Mas você vai precisar de uma camiseta nova.

Olhei para baixo, temendo o que veria. Mas meus dedos não estavam segurando a pele. Seguravam dobras de um tecido de algodão macio. Confusa, pressionei meu esterno, esperando que os dedos entrassem na cavidade torácica e tocassem o balanço pendurado na macieira. Em vez disso, encontraram osso. Não havia buraco escancarado em mim como eu pensara.

– Não vai fazer bem ficar deitada no chão em meio a esses cacos de vidro – esganiçou Janet. – Consegue se levantar?

Confirmei com a cabeça. Sarah segurou uma das minhas mãos e Janet, a outra, e juntas elas me ajudaram a levantar. Fiquei em pé com as pernas trêmulas. Um pedaço de vidro preso no meu cabelo tocou minha bochecha. Eu o removi com cuidado.

– Acho que todas precisamos de um pouco de chá – disse Gwyneth, assumindo o comando. – Sarah, você poderia fazer as honras? Janet, será que poderia varrer a bagunça? Sarah deve ter uma vassoura em algum lugar. Quanto a você, Diana, você vai ficar onde está até parar de tremer. O único antídoto para um bloqueio de memórias é tempo e descanso. A dor de cabeça geralmente desaparece em alguns dias, mas as pernas trêmulas e os sonhos estranhos podem durar semanas.

Sarah, que nunca teve um dia de conformidade passiva em sua vida, foi para a cozinha sem protestar para reunir suprimentos. Janet se ocupou com uma vassoura e uma pá. Eu não queria que nenhum pedaço das minhas memórias perdidas fosse para o lixo, então Janet concordou em colocar todos os fragmentos e cacos de vidro em uma lata de café vermelha e amarela. Ela juntou em uma pilha organizada os quadrados de papelão que eu me lembrava de estarem caindo do sótão, que se revelaram ser alguns dos velhos álbuns de música da mamãe e do papai.

Sarah voltou para a despensa com uma chaleira e canecas. Ligou a cafeteira e conectou o bule. Ela acreditava na eletricidade. Gwyneth, que desprezava a inovação em vez da tradição, parecia angustiada com a ideia de beber algo feito com a ajuda de uma invenção tão moderna.

Enquanto Sarah estava ocupada no fogão e Janet fazia outra ronda com a vassoura, eu analisei a variedade de garrafas e potes que restavam nas prateleiras do armário.

– Você acha que essas memórias são todas *minhas*? – perguntei baixinho. Os lugares sensíveis ao redor do meu coração, onde as memórias haviam voado, doeram em solidariedade.

– Só os pequenos frascos e potes na frente – disse Janet. – O restante está muito velho e empoeirado. A cera não é renovada há eras. Eu não ficaria surpresa se não restasse nenhuma memória.

– As suas, no entanto, foram perfeitamente preservadas, Diana. É um testemunho da habilidade de sua mãe que ela tenha sido capaz de capturar aqueles momentos com tantos detalhes – falou Gwyneth. – Morgana costumava pular e cair como você quando era criança. Deve ser uma característica herdada, como olhos azuis.

Os olhos de Janet estavam úmidos.

– Você fez um pequeno feitiço, tão doce, usando o que tinha à mão. *Neve de verão.*

Sarah me entregou uma caneca de chá. Estava fraco demais para o meu gosto, mas ela fez o melhor que pôde. Janet se juntou a Sarah com uma xícara de café, e Gwyneth decidiu tomar um pouco de água fria ao ver a etiqueta de papel do saquinho de chá. Bebemos em silêncio e, quando terminei a bebida fumegante, quase me senti eu mesma novamente.

Janet levou sua caneca para o armário e fez um inventário visual das prateleiras.

– Está vendo o frasco da Grissel? – perguntei.

– Nenhum está identificado – respondeu Janet.

– Não me surpreende – disse Gwyneth em voz baixa.

– Talvez o formato e o tamanho deles nos ajudem a encontrá-lo. – Revigorada pelo chá, tentei me levantar para ajudar Janet a procurar as memórias de sua mãe. A sala se inclinou de um lado a outro, como se eu estivesse no *Sorte Grande*. Agarrei-me à tábua de carne para me estabilizar.

– Dado seu atual equilíbrio, acho melhor você não manusear nada que possa quebrar. – Janet juntou a pilha de álbuns. – Em vez disso, dê uma olhada nisso aqui.

– Devem ser da mamãe – falei, pegando a cópia de *Rumours*, do Fleetwood Mac, que estava em cima.

Sarah ficou pálida. Felizmente, o rádio-relógio encantado não estava à vista, então seríamos poupadas de um loop sem fim das músicas favoritas da mamãe.

Vasculhei os álbuns, que incluíam todos os discos do Fleetwood Mac lançados entre o *White Album* e o *Mirage*, além de uma seleção de gravações anteriores, antes de Stevie Nicks (a ídola da minha mãe) se juntar ao grupo. Havia alguns outros artistas na seleção: Joni Mitchell, Creedence Clearwater Revival, Stevie Wonder, The Rolling Stones, Buffalo Springfield e Simon and Garfunkel. Eu já tinha cópias de alguns dos álbuns, entregues pela casa em uma outra ocasião.

— Os maiores sucessos das décadas de 1960, 1970 e 1980 — falei, repetindo uma frase usada pela estação de rádio de Hartford, que a equipe estava sempre tocando no escritório do meu departamento.

Virei a capa de *Rumours*. A frente tinha a imagem familiar de Mick Fleetwood e Stevie Nicks envolvidos em um balé místico, mas a parte de trás apresentava fotos mais casuais em preto e branco da banda se divertindo durante uma sessão de fotos. Fiz uma careta com o movimento do papelão.

— Está sem o disco — comentei, espiando dentro. Tirei o encarte de letras, coberto com mais fotos espontâneas da banda, além das letras das famosas canções de seu álbum de maior sucesso.

Alguém havia sublinhado trechos das letras em cores diferentes: preto, vermelho, azul e verde. O restante do encarte estava coberto com a letra minúscula da minha mãe.

Para libertar frascos de memória
Para aprimorar visões
Para caminhar por sonhos
Para prever o futuro
Para liberar o apego ao passado
Um feitiço de proteção para entrar na Sombra
Para fortalecer uma bruxa em qualquer trabalho de Sombra
Para equilibrar Escuridão e Luz
Magia do amor — comprovado por mim, Rebecca Bishop
Um feitiço para recitar antes de reunir Poeira de Cemitério
Um encanto para tornar qualquer trabalho mágico mais resistente a
    maldições e pragas
Antes de fazer uma oferenda à deusa

Anos atrás, a casa me apresentou um livro das sombras repleto dos primeiros feitiços e encantos da minha mãe, escritos em letras arredondadas e infantis. Estes eram mais sombrios e muito mais sofisticados. Ela teria se saído bem no curso de Gwyneth.

— Acho que encontrei o verdadeiro livro das sombras da mamãe. — Minha voz estava fraca. Os Proctor dependiam da geometria e da literatura jacobina, e eu usava os poemas de Emily Dickinson, mas foi Fleetwood Mac que inspirou a *gramarye* da minha mãe. Não havia muita diferença entre William

Shakespeare, Emily Dickinson e Stevie Nicks. Afinal, todos eram bardos, com magia em suas penas e canetas.

Mostrei a Gwyneth as letras anotadas.

— Ela o escondeu à vista de todos, nas palavras das suas músicas favoritas. Era isso que ela usava para atualizar feitiços antigos e mantê-los eficientes.

Gwyneth ofegou.

— Rebecca usava *música*?

— Parece que sim — respondi, passando os dedos pelos sublinhados em "I Don't Want to Know". Ela havia escrito *Um método poderoso para descobrir segredos antigos* ao lado de *Finalmente, baby / A verdade veio à tona*. — A mamãe pegou as músicas e montou as letras à sua maneira — falei, percebendo as alterações cuidadosas, o que adicionara e o que removera. — E era evidente que as letras da Stevie Nicks eram suas favoritas.

— Este dia já foi ruim o suficiente sem Stevie Nicks no meio. — Sarah tentou arrancar o encarte do álbum de mim, mas a magia da minha mãe não iria pelo mesmo caminho que as minhas memórias: reduzida a pedaços e espalhada pelo chão.

— Desta vez, não, Sarah. — Afastei do seu alcance a capa do álbum e as anotações do encarte. — Você estava disposta a me deixar ficar com a resina de sangue de dragão da mamãe e seu primeiro livro das sombras. Não tem por que não me deixar ficar com isto também.

Sarah se lançou em direção aos outros álbuns. Janet, com seu sangue vampírico, chegou antes dela.

— Se estes de fato constituem o livro das sombras mais maduro de Rebecca, sem dúvida pertencem a Diana — declarou Janet, com um sorriso doce no rosto e um tom afiado na voz. — Os feitiços da sua sobrinha podem ainda não ser adequados para o propósito, Sarah, mas os meus são notoriamente eficazes.

Janet me entregou os álbuns. Nenhum deles estava com o disco de vinil, apenas encartes e pedaços de papel cobertos com rabiscos da mamãe. Encontrar o livro das sombras da minha mãe em sua coleção de álbuns era um pouco como descobrir o Livro da Vida dentro do Ashmole 782: surpreendente e um tanto avassalador.

Nos meus primeiros dias em Ravenswood, Gwyneth mencionou como seria útil conhecer o processo de raciocínio mágico da minha mãe, quando eu encontrava dificuldades com minha *gramarye*. Levaria tempo para eu assimilar as pistas mágicas que minha mãe havia deixado para mim, mas estava ansiosa para começar.

– Levaremos isto para Ipswich. – Empilhei os álbuns de forma organizada. – Vamos encontrar as memórias de Grissel Gowdie para podermos ir para casa.

– Você está em casa. – Os olhos de Sarah se encheram de lágrimas. Duas manchas vermelhas brilhantes ardiam em suas bochechas, e sua boca estava fechada em uma linha inflexível. – E você não vai tirar nada daqui, e isso inclui a coleção de garrafas de memórias da sua avó.

– Você sabia o que eram essas coisas quando me mostrou o armário pela primeira vez! – bradei. – Todos esses anos, você sabia que esses frascos estavam aqui!

– Eu devia tê-los jogado fora anos atrás! – Sarah ficou mais agitada, a cor em seu rosto se intensificando com a culpa. – Ninguém tinha permissão para tocá-los. Foi por isso que minha mãe encantou aquele maldito armário, para que Rebecca e eu não mexêssemos neles quando estivéssemos sozinhas em casa.

– Você não pode simplesmente jogar fora a história da família! – gritei em resposta. – Isso pertence a mim, e aos gêmeos também.

– Tarde demais! – exclamou Sarah. – Mamãe destruiu alguns deles antes de morrer, e o resto provavelmente está vazio agora.

Um cheiro desagradável encheu o ar. Minha avó e Bridget Bishop passaram pelo velho armário e pela cozinha para se juntar a nós na sala de ervas.

– Joanna Bishop *nunca* destruiria uma garrafa de memórias – afirmou Gwyneth, apertando o nariz para bloquear o cheiro da mentira de Sarah. – Ela era uma bruxa boa demais para isso.

– Do que você tem medo que as garrafas de memórias revelem? – perguntei.

– Eu não tenho medo de nada! – rebateu Sarah. – Garrafas de memórias não são confiáveis. Deixe o passado morto e enterrado, onde ele pertence.

– O passado não está morto, e só é enterrado por criaturas que acreditam erroneamente que ele não é mais relevante – retruquei. – Passado, presente, futuro, estão todos misturados.

Meg Skelling e o coven de Ipswich me ensinaram isso.

– Vou levar as garrafas de memórias para Ravenswood, onde receberão o cuidado adequado para que Becca e Pip possam conhecer os Bishop que se foram – afirmei, categórica.

– Só por cima do meu cadáver – respondeu Sarah entre dentes.

– Vamos nos concentrar na garrafa da minha mãe – interveio Janet, tentando diminuir a tensão na sala. Ela retirou um frasco âmbar do armário, manuseando-o como se fosse uma granada sem pino, e o colocou delicadamente na caixa de vinho. – De qualquer forma, enquanto estamos aqui, podemos guardar o restante em segurança.

– Aqui. – Gwyneth entregou a Janet uma toalha de chá cor de laranja com a frase BEBAM, BRUXAS impressa em preto, um presente de Amiga Secreta que Sarah recebeu no último Samhain. – Use isto para forrar a caixa.

– Esta toalha é minha, Gwyneth! – exclamou Sarah. – Quanto a você, Diana, você é tão ruim quanto Rebecca. Não vai ficar satisfeita até ter levado tudo o que quer e eu não ter nada além de sobras.

Sarah começou a chorar.

– *Isso é o que acontece quando você se recusa a encarar a Sombra* – disse Bridget com tristeza. – *Sarah está sentada sobre um barril de pólvora de segredos.*

– *Ela tinha tanto medo de perder Diana depois que Rebecca morreu que não me deixou contar a verdade* – falou minha avó com um suspiro –, *mesmo sabendo que isso teria facilitado as coisas no final.*

– Que verdade? – Meu sexto sentido de bruxa me dizia que eu estava perto de descobrir a raiz de todas as meias-verdades e mentiras descaradas que Sarah havia acumulado ao longo dos anos.

– Se você contar, nunca vou te perdoar, mamãe! – exclamou Sarah.

– *Não está mais nas minhas mãos, Sarah* – disse vovó, triste. – *Os feitiços e amarras de Rebecca são complicados demais para qualquer um de nós desfazer. Só podemos deixar a magia dela seguir seu curso.*

– *Rebecca viu os presságios e leu os sinais, e sabia o que precisava ser feito.* – Bridget balançou a cabeça. – *Uma grande bruxa. Partiu cedo demais.*

– A perfeita, preciosa, precoce, profética Rebecca! – Uma vida inteira de ressentimento subiu à língua de Sarah. – Sempre fui a segunda melhor.

A Escuridão se aproximou em uma tempestade súbita, atraída para as janelas da Casa Bishop pela energia volátil de Sarah.

– Mas, no final, a alta magia a destruiu – disse Sarah em tom de triunfo. – Rebecca achava que era invencível. Ela estava errada.

– Sarah! – A intensidade do seu veneno me deixou sem fôlego.

– Stephen me avisou que Rebecca poderia seguir o mesmo caminho de Naomi. – As lágrimas de Sarah aumentaram.

Sarah também sabia sobre Naomi. Minha própria raiva cresceu, e a Escuridão preencheu a sala de ervas.

– O que está no sangue, sempre se manifesta na carne – sibilou ela.

– Se é assim, por que você não está no Caminho das Trevas também? – gritei de volta. – Nós temos o mesmo sangue!

– Errado. – A boca de Sarah se contorceu em uma expressão assustadora enquanto a Escuridão a envolvia.

Meu telefone tocou.

Matthew. Atendi a ligação.

– Aconteceu alguma coisa? – perguntei, o coração disparado de medo. – Pip e Becca estão machucados?

– Não, *mon coeur* – disse ele em voz baixa e calma. – Desculpe interromper, mas estive analisando seus últimos resultados de DNA.

– E? – Certamente isso poderia esperar.

– Você está em um lugar onde pode falar em particular? – Matthew parecia preocupado.

– Não mesmo – falei, meu olhar encontrou minha tia furiosa, passando pelos fantasmas, até chegar em Gwyneth e Janet.

– Sarah está aí? – perguntou Matthew.

– Sim – respondi.

– É melhor me colocar no viva-voz, então – disse ele, sua voz tensa.

– Pode falar – avisei, depois de apertar o botão.

– Como eu estava dizendo a Diana, analisei os resultados de DNA dela. Eu queria compará-los com os resultados preliminares de Gwyneth e com algumas das outras amostras que coletamos. Também os comparei com os testes que fizemos em Sarah anos atrás. Queria confirmar que estávamos identificando corretamente os marcadores maternos e paternos.

Matthew hesitou.

– Tenho certeza de que isso será um choque para você, Sarah – prosseguiu Matthew com cuidado –, mas você e Rebecca não tinham o mesmo pai.

– Isso não é novidade para mim – retrucou Sarah. – Rebecca me contou quando eu tinha catorze anos e ela queria se vingar de mim porque peguei o livro dela emprestado, o de cura com ervas. Ela era a bastarda de só a deusa sabe quem. Algum soldado com quem minha santa mãe teve um caso durante a guerra.

Minha mente girava com o fato de que eu não era neta de Joe Green, o simpático e amado chefe de polícia de Madison.

O medo me tocou com mãos frias. Minha avó teria tido um caso com Tally Proctor, fazendo de mim o fruto de uma união incestuosa?

— O nome dele era Thomas Lloyd, e não foi um caso, Sarah Estelle Bishop. — Minha avó estava mais nítida e aparente do que antes, a raiva alimentando seu espírito. — Eu o conheci quando tinha dezoito anos, e tivemos sete gloriosos anos juntos quando nos reencontramos depois da guerra.

— Você é cheia de segredos, Joanna — comentou Gwyneth, impressionada.

— Que a deusa nos abençoe — murmurou Janet, me olhando com cautela. Ela reconhecia o nome Thomas Lloyd.

Um suspiro audível do outro lado da linha me disse que Matthew também o reconhecia. *Ambos* os meus avôs tinham procurado Ysabeau em uma tentativa inútil de salvar Philippe, que havia sido capturado pelos nazistas enquanto tentava libertar Ravensbrück.

Eu estava segurando o fio solto de uma trama maior do que o interesse da Congregação em mim, nos gêmeos ou até mesmo em magias de sangue. A confusão na minha cabeça desapareceu e, em seu lugar, surgiu uma superfície branca e nítida, na qual peças coloridas e brilhantes tremulavam enquanto mudavam de posição. Eu não conseguia entender o padrão, não ainda. Ao mexerem-se em meu bolso, as cartas me lembraram que estavam disponíveis para consulta, mas eu as acariciei, indicando que suas revelações teriam que esperar.

Considerei as opções, mas havia apenas um caminho a seguir.

— Acho melhor você ligar para Baldwin — sugeri a Matthew.

A complexidade da trama que começava a se revelar me aterrorizava — e os Bishop, os Proctor e os De Clermont estavam todos envolvidos nela. Era vital que descobríssemos como. Baldwin era o líder do clã De Clermont. Ele precisava saber o que eu havia descoberto hoje.

Minha resposta pode não ter sido bem-vinda, mas não era inesperada.

— Vou ligar para ele agora — garantiu Matthew. — Quando você volta?

— Amanhã — respondi, decidindo guardar a história das minhas próprias garrafas de memórias e do livro das sombras da minha mãe até estarmos juntos.

O silêncio que se seguiu sugeria que Matthew estava desapontado.

— Aconteceu muita coisa, e todas nós precisamos de uma boa noite de sono antes de irmos para Ravenswood — expliquei.

E eu precisava esclarecer algumas coisas com minha avó. A caixa das cartas do oráculo do pássaro preto flutuou diante dos meus olhos. Minha curiosidade havia trazido caos para o nosso mundo, exatamente como a carta avisou que poderia acontecer.

— Talvez ir para Ravenswood tenha sido má ideia, afinal – falei, abaixando a voz.

— Tudo o que estamos enfrentando: sua alta magia, a verdadeira identidade de seu avô, os talentos dos gêmeos... tudo estava destinado a vir à tona. E agora veio – respondeu Matthew. – Nada mudou, *mon coeur*. Esta sempre foi a verdade, mesmo que não estivéssemos cientes. Agora enfrentaremos juntos.

Lágrimas brotaram em meus olhos. Eu as enxuguei depressa.

— Espero que ainda se sinta assim amanhã – falei, com uma risada trêmula.

— Com certeza. – A voz de Matthew era firme. – Pode me tirar do viva-voz?

Tirei, enxugando o nariz na manga. Quando Matthew falou de novo, foi só para os meus ouvidos.

— Eu nunca gostei ou amei você mais do que amo neste momento, Diana. – A voz dele ressoava repleta de verdade.

A dinâmica que mudava entre nós ameaçava trazer o mundo abaixo, e havia trazido todos os esqueletos dos armários da família, mas, ainda assim, o amor de Matthew por mim era inviolável.

Depois que Matthew desligou, respirações irregulares preencheram o quarto. A Escuridão do lado de fora das janelas fervia e se agitava.

— Espero que se sinta melhor, Sarah, depois de vomitar esses fragmentos de história antiga – disse Janet com amargura. – Não gosto de questionar a confiabilidade de uma irmã, mas você não me deixou escolha. Depois dessa demonstração de veneno, simplesmente preciso ter de volta as memórias da minha mãe.

Janet voltou ao armário e começou a organizar de maneira sistemática o conteúdo. Ela examinava cada garrafa antes de colocá-la na caixa a seus pés, fazendo previsões sobre o conteúdo com base no formato e na idade de cada uma.

— Comida de bebê. Isto pertence a Diana – murmurou Janet. – Composto vegetal de Lydia Pinkham para "curar fraquezas femininas". Isto é anterior à época de Joanna, e a memória deve ter sido engarrafada no final do século XIX.

Ela alcançou o fundo da prateleira para pegar outra garrafa e congelou.

— O quê? – perguntou Sarah, desconfiada. – O que você encontrou?

Janet retirou um frasco de vidro verde-leitoso do fundo do armário. Era pequeno o suficiente para caber em sua mão, com um gargalo longo e estreito e uma base tão fina que parecia que uma brisa poderia quebrá-lo em pedaços.

— Esta é uma garrafa antiga – comentou Gwyneth.

— Nunca a vi antes – disse Sarah, franzindo a testa.

– É do século XVII – falou Janet. – A vovó Janet tinha uma caixinha de joias cheia delas. Costumavam conter as memórias da vovó Isobel e eram seu maior tesouro.

Janet segurou o frasco entre as mãos como se estivesse sentindo as memórias dentro dele.

– Tem o toque da mamãe. Está pesado de tanto medo e fúria – falou. – Ela usou um feitiço forte para selar a garrafa, um que se manteve ao longo dos anos.

– E agora? – perguntou Sarah após uma pausa na conversa, enquanto todas nós tentávamos decidir o próximo passo. – Você não vai abrir? Não foi para isso que veio?

– Não – falei. – Não vamos abrir aqui.

Muita coisa já havia acontecido. Muitos segredos ainda pairavam no ar. Eu ainda não tinha me recuperado completamente de ver minhas próprias memórias e tinha medo de não conseguir absorver as de outra pessoa tão cedo, ainda mais se envolvessem minha ancestral que havia sido executada.

– Devemos abrir a garrafa em Ravenswood, na presença de Matthew – decidiu Janet. – Mamãe era parente dele também, e suas memórias pertencem tanto a ele quanto a mim.

– É seguro transportá-la? – perguntou Gwyneth. – Não gosto da aparência dessa rolha, e quase não tem mais cera no lacre.

– Deixe-me ver. – Janet murmurou algo em gaélico para a garrafa e então assentiu. – Podemos levá-la até Ravenswood e abri-la, mas nunca conseguiremos colocar as memórias de volta na garrafa. Talvez elas precisem ser realocadas. Você consegue, Gwyneth? Nunca fui boa nisso.

Minha tia-avó e a tataraneta de Matthew estavam falando uma língua que nem Sarah, nem eu conhecíamos. No entanto, Bridget e minha avó pareciam entendê-la, e ambas assentiram em aprovação ao plano.

– Claro que consigo – afirmou Gwyneth, acrescentando –, embora talvez precise da ajuda do historiador do coven.

– Vamos embalar o restante das garrafas de memórias, caso o armário decida se esconder novamente. Janet vai cuidar delas na sala de estar – falei. – Gwyneth pode descansar no quarto de hóspedes, e eu vou dormir no quarto dos meus pais.

– E eu? – perguntou Sarah, com os olhos vermelhos e as bochechas inchadas de tanto chorar.

– Sinceramente, Sarah? – Balancei a cabeça, exausta. – Eu já nem sei mais.

* * *

Quando finalmente subi a escada e fui para o quarto dos meus pais, deixei as garrafas de memórias encaixadas entre dois travesseiros bordados no desconfortável sofá da sala de estar, ao lado da bolsa lotada de agulhas e lã de Janet. Sarah estava trancada em seu quarto com um maço de cigarros e uma garrafa de uísque, fumando como uma chaminé e, vez ou outra, rompendo em lágrimas. Gwyneth roncava suavemente no quarto de hóspedes, segurando junto ao peito uma foto dos meus pais no dia do casamento deles.

Eu me sentei na beira da cama e tremi da cabeça aos pés, a exaustão e o choque chegando atrasados, em ondas. Lágrimas poderiam aliviar parte da pressão emocional que estava sentindo, mas eu me encontrava confusa demais para chorar. Tudo o que consegui fazer foi me abraçar e balançar para a frente e para trás na ponta do colchão, esperando me confortar o suficiente para enfrentar as escolhas que teriam de ser feitas nos próximos dias.

Embora fosse tarde, eu estava desesperada por orientação. Levei a mão ao bolso para pegar o oráculo do pássaro preto.

– *Quem era meu avô materno?* – refleti, movimentando as cartas entre as mãos. – *Quem era esse misterioso oficial britânico chamado Thomas Lloyd?*

O oráculo despertou de imediato, liberando uma enxurrada de cartas sobre a colcha branca bordada.

O Unicórnio. A Caixa. A Garrafa. O Labirinto. O Príncipe Corvo. A Rainha Coruja. O Espelho. A Chave. O Sol.

Significados concisos das cartas me vieram à mente, prova de que eu vinha fazendo minha lição de casa.

Eu. Caos. Garrafas de memórias. O Labirinto. O Príncipe Corvo: seria Thomas Lloyd? Minha mãe. Profecia. A resposta para um dilema. Esclarecimento.

Recolhi as cartas e fiz outra pergunta.

– *Como os De Clermont estavam envolvidos nos negócios bruxos da minha família?*

O Unicórnio. O Labirinto. O Sol. O Príncipe Corvo. A Chave. A Garrafa.

Eu. O Labirinto. Será que o Sol era Philippe? Thomas Lloyd. A resposta para um dilema. Uma garrafa de memórias.

Recolhi as cartas novamente, curiosa para saber por que o baralho continuava me apresentando as mesmas cartas, embora eu estivesse fazendo perguntas diferentes.

– *O que eu devo fazer a seguir?*
O Unicórnio. O Labirinto. A Rainha Coruja. A Garrafa.
Eu. O Labirinto. Mamãe. Uma garrafa de memórias.

– *Qual garrafa?* – eu me perguntei. Uma das que encontramos na despensa? Se sim, qual delas?

Inquieta, comecei a andar pelo quarto dos meus pais. Peguei outra foto deles como um casal jovem, buscando por pistas. Ela estava em cima da cômoda, junto com a escova e o espelho de mão prateados da minha avó.

Olhei para o espelho, mas não vi nada além do meu próprio reflexo.

Um frasco do perfume favorito da mamãe, Diorissimo, estava em uma bandeja, junto com a caixa de pó que eu tinha visto na garrafa de memórias que mamãe reuniu.

Se ao menos ela tivesse deixado as memórias onde estavam, talvez não estivéssemos nesse dilema agora.

Talvez você não tivesse conhecido Matthew, minha intuição sussurrou.

Suspirei, recém-consciente de que nem todas as minhas memórias tinham retornado quando o encantamento da minha mãe enfraqueceu. Algumas permaneciam vívidas, como seu perfume delicado de lírio-do-vale misturado com bergamota e lilás.

Havia apenas um vestígio pegajoso do perfume na elegante garrafa em formato de ânfora e um pouco de *eau de toilette* na garrafa com acabamento preto e branco. Mas eu sabia que o aroma, por mais fraco ou esmaecido que estivesse após todos aqueles anos, traria à tona a memória dela.

Puxei a rolha do frasco de perfume, esperando encontrar a impressão mais forte e verdadeira do Diorissimo.

Só não esperava as memórias que saíram do frasco junto com ele.

Frasco de Diorissimo, válido até 1982

Rebecca estava na cozinha, mantendo um feitiço de disfarce fortemente envolto ao seu redor para que Peter não percebesse sua presença.

— Ela nunca vai ser alguém na vida.

Pelo tom de voz, Rebecca via que Peter estava zangado.

— Vir aqui foi uma completa perda de tempo. — Peter esperava uma reação de Stephen, mas seu marido era controlado demais para dar isso a ele.

Rebecca sentiu uma pontada de satisfação. Peter não gostava de ser contrariado.

— Ai.

A voz de Diana era aguda e tinha um tom de pânico que magoava Rebecca, como se ela estivesse sendo esfolada viva.

— Isso dói — disse Diana, choramingando.

Foi preciso todo o autocontrole de Rebecca para ficar onde estava. Sua mente girava com feitiços silenciados, e qualquer um deles teria derrubado Knox.

Uma criança não deveria ser aterrorizada assim ao ser testada para a aptidão em alta magia.

Stephen sabia disso tão bem quanto ela, mas fingia desinteresse, permitindo que o bruxo invadisse os cômodos brilhantes na mente de sua filha e deixasse sua marca especial de Escuridão para trás.

Stephen tinha razão em proibi-la na sala. Se estivesse lá, Rebecca teria matado Peter Knox por aquele interesse lascivo em sua filha. Isso provaria que Peter estava certo ao suspeitar que nem tudo era o que parecia em sua família, e Diana estaria em perigo ainda maior.

— Sinto muito que você tenha vindo até aqui por nada — disse Stephen, sua voz baixa e calma. — Deixe-me acompanhá-lo até a saída.

— Sei que está escondendo algo, Proctor — falou Peter. — Não acredito que Rebecca tenha ficado presa no trabalho, para começar. Ela iria querer estar aqui. Acho que você a proibiu de presenciar o exame da própria filha, assim como a proibiu de seguir a alta magia.

Stephen não respondeu. Ele nunca se explicava para ninguém, nem mesmo para a esposa.

— Boa viagem, Peter — disse calmamente. — Direi a Rebecca que você perguntou por ela.

A porta da frente se fechou sem barulho.

O sangue fervente de Rebecca atingiu o ponto de ebulição.

– Tudo bem, meu amor? – perguntou Stephen a Diana, tentando soar como se nada estivesse errado, como se nada tivesse acontecido.

Incapaz de ficar passiva por mais um segundo, Rebecca irrompeu da cozinha e correu pelo corredor em direção à frente da casa e atravessou a porta, que se abriu magicamente diante dela.

– Rebecca! Não! – gritou Stephen, chamando-a.

Mas já era tarde demais.

Ninguém poderia detê-la agora.

Ela pulou os degraus da varanda e alcançou a calçada do tranquilo bairro de Cambridge.

– Peter! – A voz de Rebecca ecoou pela rua. As cabeças das crianças e de seus pais, que faziam exercícios no frescor da noite de verão, se viraram.

Ele parou. Embora a noite de Boston estivesse quente, Peter ainda usava um de seus pretensiosos casacos de *tweed*. Ele se virou e caminhou em sua direção, cada passo cheio de ameaça.

– Eu sabia que você estava lá, Rebecca – disse com um sorriso de desdém. – As tentativas do Proctor de esconder a verdade são risíveis, e suas habilidades de proteção estão enfraquecendo. Isso é o que acontece quando uma bruxa não é desafiada o suficiente.

Rebecca não podia dizer o que realmente queria: que o maior desafio que uma bruxa poderia enfrentar era lançar um feitiço de contenção sobre a própria filha, como ela havia feito, substituindo laços de amor por restrições coercitivas, tudo na tentativa de mantê-la segura de criaturas como ele.

– Você é um homem patético e inútil. – A voz de Rebecca estava cheia de veneno, as palavras saindo como um sibilo.

Peter riu.

– Calma, Rebecca.

Rebecca o atingiu com uma onda de Escuridão, mirando o ponto entre as suas sobrancelhas. Ela havia inventado o feitiço de cegueira do terceiro olho como parte de seu portfólio de candidata antes de atravessar o Labirinto, e ele era poderoso. Knox não seria capaz de lançar um feitiço ou fazer um encantamento por semanas, talvez meses. Seu feitiço inutilizaria o senso de direção mágica dele.

– Não mexa com a minha filha – avisou Rebecca, apontando o dedo para ele.

No entanto, com sua raiva, veio a Escuridão. Rebecca percebeu, tarde demais, que tinha dado a Peter exatamente o que ele queria.

Ele inalou sua Escuridão, saboreando-a como se fosse maná.

O estômago de Rebecca revirou de repulsa.

— Eu me lembro do cheiro do seu poder sombrio. Senti saudade — falou Peter. — Suas memórias não o retêm, sabe, não com toda sua complexidade e fogo.

— Que memórias? — perguntou ela, preocupada.

— Aquelas que as bruxas mantêm na Isola della Stella. Você sabe o que eu faço, tarde da noite, quando todos os outros já deixaram a ilha para ir atrás de prostitutas, adegas e festas? — Os olhos de Peter estavam cheios de desprezo... e desejo.

Rebecca balançou a cabeça, suspeitando — e temendo — a resposta dele.

— Eu retorno ao Labirinto e traço os caminhos onde nos encontramos antes do combate no palácio da memória. Você se lembra de como foi quando nossas magias colidiram? — Peter respirou fundo novamente, como se a Escuridão o alimentasse. — Nunca senti nada parecido. Nem você.

Rebecca engoliu a bile que as palavras dele evocaram.

— Stephen nunca soube despertar o seu melhor, Rebecca, não como eu fiz. Você nunca sente falta daquela sensação de completude, de propósito, de êxtase enquanto a Escuridão e a Luz passavam por você? Essa vida patética com sua filha sem perspectiva e seu marido sem talento realmente te satisfaz? — questionou Peter.

Rebecca não ousou responder.

Os lábios de Peter se curvaram em um sorriso.

— Mas não é só isso — continuou, em tom brando, seu rosto tão próximo que ela sentia o cheiro de beladona e acônito na respiração dele. Peter estava completamente drogado com um de seus elixires infernais. Isso o tornava perigoso, mesmo que ela o tivesse desarmado temporariamente.

— Depois de caminhar pelo Labirinto e rever cada passo da nossa batalha no Teatro da Escuridão, e dissecar como você me derrotou, eu subo até o museu, pego suas garrafas de memórias das prateleiras e as abro, uma por uma. Eu gosto de me demorar na sua mente, Rebecca.

A ideia de ele estar dentro dela, olhando para o mundo através de seus olhos, ouvindo seus desejos e medos mais íntimos, era repulsiva. Ele a perseguia por meio de suas memórias, acumulando informações para usar como arma contra ela, contra Stephen... contra Diana.

— Sua filha se parece com você em muitos aspectos — continuou Peter —, mas a mente dela carece do brilho e do fogo de uma verdadeira grande bruxa como você. É tudo meio entediante lá dentro, para ser honesto, igual ao pai dela.

Rebecca nunca deveria ter ouvido Stephen. Ela deveria ter mandado ele e Diana embora, e enfrentado Peter Knox, bruxa contra bruxo. Por causa da insistência teimosa de Stephen, aquele monstro carregaria esse conhecimento sobre Diana para o futuro de sua filha, um futuro que não teria a mãe dela presente.

— Eu planejo engarrafar minhas memórias do encontro com Diana quando voltar a Veneza — prosseguiu Peter. — Havia algo... Não consegui identificar, mas um dia vou descobrir. Até lá, você pode tentar dormir à noite sabendo que até pode estar deitada ao lado do seu marido, mas que sou eu o guardião dos seus maiores segredos, seus medos mais profundos e seus desejos mais sombrios. Não Stephen Proctor.

— Você é doente, Peter. E um péssimo perdedor. — A voz de Rebecca estava cheia de desprezo, mas não o suficiente para disfarçar por completo o trauma pela violação de sua privacidade. — Vou falar com a Congregação sobre seu abuso de poder e posição.

— Não, não vai. — A voz de Peter estava cheia de satisfação. — Eu sei demais, Rebecca. Sei demais sobre você. Demais sobre os Proctor. Demais sobre ele.

Knox olhou por cima do ombro de Rebecca. Stephen estava de pé na varanda, segurando a mão de Diana.

— Você vai voltar para dentro, mamãe? — A voz de Diana era penetrante e exigente, como só a de uma criança de sete anos poderia ser.

— Não brinque comigo — rosnou Peter, lançando um olhar incisivo para Rebecca. — Você não vai me derrotar. Não desta vez. Nunca mais.

Peter se virou e retomou a caminhada pela rua. Rebecca o observou até ele virar a esquina e sair de vista.

— Nós já vencemos. — Stephen estava atrás dela agora, e Diana com ele.

Rebecca pegou a filha, enterrando o rosto no cabelo sedoso da menina. Ela sempre cheirava a madressilva. Stephen dizia que era o xampu de ervas no frasco verde. Rebecca sabia que era mais do que isso.

Ela também sabia que não tinham vencido Peter Knox. Ele voltaria. Eles só haviam conseguido uma vitória fraca e temporária.

Rebecca temia que Diana tivesse que levantar a bandeira de sua mãe e continuar lutando uma guerra que ela não havia começado e que talvez nunca pudesse vencer.

PARTE TRÊS

Capítulo 21

A estranha visão de Baldwin de Clermont, líder de um notório clã de vampiros, sentado sob um guarda-sol listrado na sombra da árvore de bruxa nos cumprimentou quando chegamos na manhã seguinte a Ravenswood. Uma mesa sustentava seu computador, e um longo cabo de extensão laranja serpenteava entre ele e uma alta vela decorativa em verde e branco, adornada com um raio e um coelho. Fazia bem mais de trinta graus, mesmo à sombra, mas ainda assim o homem usava um terno. Que maravilhoso ser um vampiro agora que o calor do verão chegara.

Matthew estava jogando bola com Becca e Pip no pântano e logo notou nosso retorno, seguido pelas crianças e pelos animais. Eles subiram pela lama em direção ao prado.

— Baldwin está aqui — falou Sarah, de forma sombria.

Eu tinha avisado Matthew que Sarah voltaria a Ravenswood conosco e que a situação entre nós estava tensa. Eu não podia deixá-la sozinha na Casa Bishop depois de tudo que havia acontecido.

Não contei a ele sobre a descoberta de mais garrafas de memória na cômoda de mamãe, contidas em perfumes Dior. Sarah, Gwyneth e Janet também não tinham ideia do que eu havia encontrado na noite anterior.

— Que a diversão comece — disse Janet, com uma falsa alegria. Tendo passado muitos anos em reuniões da Congregação com meu cunhado, ela sabia que *diversão* e *Baldwin* raramente apareciam na mesma frase.

— Julie também está aqui — falei, observando a vela que alimentava o laptop de Baldwin.

— Por que diabos ele está sentado do lado de fora? — perguntou Gwyneth enquanto passávamos. Eu queria estacionar o mais perto possível da casa por causa dela; tinham sido dias exaustivos.

– Olá!!! – Julie apareceu pela porta dos fundos da Casa Velha com uma garrafa de vinho tinto, um pouco de limonada e um pote de café. Ela havia se precavido para acalmar tanto os vampiros mercuriais quanto as crianças Nascidas Brilhantes.

O que ela não havia feito era preparar chá. Decepcionada, parei o carro e coloquei em ponto morto.

– O chá está em infusão! – anunciou, como se tivesse lido minha mente. – Puxa vida! É Sarah Bishop. Não é à toa que todos vocês parecem exaustos. Venham para o celeiro beber alguma coisa.

– Julie. – Sarah a cumprimentou com um aceno frio. – Não pensava em você há eras.

– Não posso dizer o mesmo – respondeu Julie, o mel em seu tom desmentido pela raiva que brilhava em seus olhos. – Eu penso em você sempre que preciso refinar minhas maldições.

– Por que não deixou o irmão de Matthew entrar na casa, Julie? – perguntou Gwyneth. – Ele não deve estar confortável lá fora com esse calor.

– Eu tentei – respondeu ela. – Todos nós tentamos. Até o Pip. Mas os feitiços não se movem. Baldwin diz que não se importa e que trabalhar do lado de fora o faz lembrar dos dias no exército romano. Ele estava me contando sobre as Guerras Macedônicas.

Sarah foi a primeira a sair do carro, correndo para abraçar as crianças. Sempre o cavaleiro galante, Matthew ajudou Gwyneth a sair antes de contornar a traseira do veículo para abrir a porta de Janet e depois a minha.

– Estou tão feliz em te ver – falei enquanto Matthew me envolvia em seus braços. Quanto mais tempo ele passava em Ravenswood, mais absorvia os antigos e aconchegantes aromas de sal e fumaça de madeira. Tentei me afastar, mas meu vampiro me segurou firme.

– Ainda não – murmurou. – Ainda não. – Quando finalmente me soltou, os olhos de Matthew brilhavam de curiosidade.

– Pode tirar as caixas do porta-malas e levá-las para o celeiro? – perguntei, minha mão no seu braço em um gesto de paciência.

– Claro, *mon coeur*. – Matthew assentiu.

– Não esquece a caixa de sapatos – avisei, pensando nos frascos de perfume que estavam guardados lá dentro.

– Por favor, não sinta que precisa se apressar para liberar Baldwin – disse Matthew em voz baixa, levantando a caixa de frascos que Janet havia retirado do armário da despensa como se fosse leve como uma pluma. – É muito melhor deixá-lo ladrando ordens ao telefone e supervisionando sua vasta fortuna aqui fora.

Matthew não era a única criatura que não estava ansiosa para passar tempo com o filho mais velho de Philippe.

– Ele vai ficar muito tempo? – perguntou Sarah.

– Vai depender de Gwyneth – lembrei-a. – Mas Baldwin nunca fica em um lugar por mais de alguns dias. Eu não me preocuparia.

– É uma forma de evitar assassinato, eu acho – disse Sarah com desânimo.

Subi a colina e esperei pacientemente Baldwin terminar a ligação. Como sua irmã por juramento de sangue, eu devia um cumprimento adequado a ele. O dia todo transcorreria com mais tranquilidade se eu o tratasse com o respeito devido ao chefe da extensa família De Clermont, da qual o nosso ramo Bishop-Clairmont fazia parte. Além disso, não adiantava interromper Baldwin quando ele estava fechando um contrato ou conduzindo uma negociação. Ele era incansavelmente determinado e possuía um foco intenso, algo que beneficiou a mim e a Matthew em mais de uma ocasião. Logo sua atenção implacável estaria voltada para nós.

Baldwin levantou o olhar como se tivesse acabado de notar minha presença.

– Seus trinta minutos acabaram, Helmut – falou, olhando o relógio. – Você falhou em me convencer de que essa compra é promissora o suficiente para assumir tanto risco. A resposta é não.

Ouvi um balbuciar do outro lado da linha antes de Baldwin desligar.

– Irmã. – Ele me analisou da cabeça aos pés mais de uma vez, então se aproximou e me deu um beijo formal, depois outro, um em cada bochecha. Sua característica de predador lhe deu a oportunidade de avaliar meus batimentos cardíacos e meu cheiro. – Matthew disse que você era uma bruxa diferente agora, mas não vejo grande mudança. Você está, talvez, um pouco magra e estressada, mas, depois do relatório de Matthew, estava preparado para encontrá-la à beira da morte.

Baldwin era como uma abelha presa em um espaço confinado; ele não tinha outra escolha a não ser picar.

– Obrigada por vir, Baldwin – falei.

– Matthew mencionou que a família está envolvida em uma disputa entre você e a Congregação – prosseguiu, endireitando as mangas. – É claro que vim imediatamente.

— Vamos entrar e nos juntar aos outros? — sugeri, esmorecendo com a umidade e ansiosa para me juntar às crianças, que haviam seguido Julie, Sarah, Matthew e a limonada até o celeiro. Virei-me em direção à casa, onde Gwyneth estava de pé. — Essa é minha tia, Gwyneth Proctor. Ela é a proprietária de Ravenswood e generosamente permitiu que você fosse nosso convidado.

Seja legal, avisei Baldwin com um olhar severo enquanto descíamos para a Casa Velha.

— Eu não queria interromper sua conversa com Diana, mas estou feliz em lhe dar as boas-vindas oficialmente — disse Gwyneth, estendendo a mão. — Desculpe-me pelos feitiços de proteção. Eu os ajustei para Matthew e talvez tenha exagerado.

— É um prazer — respondeu Baldwin. — Acredito que um de seus parentes esteve na Congregação comigo. Taliesin Proctor.

— Meu irmão mais velho — falou Gwyneth.

— O Tenente Proctor foi um soldado corajoso e um bom homem. — Baldwin evitou o aperto de mão oferecido por Gwyneth em favor de uma saudação mais europeia, com dois beijos. Tendo avaliado minha tia-avó, Baldwin ofereceu o braço para que ela se apoiasse. — O mesmo vale para o amigo dele... Qual era mesmo seu nome? Aquele que morreu em Praga algum tempo depois da guerra.

— Acho que você quer dizer Thomas Lloyd — disse Gwyneth, com a voz firme e direta.

Baldwin percebeu a mudança no meu batimento cardíaco e no meu cheiro após a menção do meu avô. Ele olhou para mim, confuso.

— Vamos limitar nossa conversa sobre meus avôs e a guerra até eu me encontrar com os gêmeos e Julie os levar para outra aventura. Eles não precisam saber o que aconteceu... ainda — falei. Não havia sentido em enrolar ou acreditar que eu poderia esconder essa informação de Baldwin.

— Avôs? — Baldwin ergueu as sobrancelhas ruivas.

Eu o encarei sem hesitar. Baldwin viu as respostas para algumas de suas perguntas em meus olhos.

— Temos muito o que conversar — declarei.

— Ah. Entendi. — Baldwin mostrou os dentes em algo que alguns poderiam chamar de sorriso. Eu sabia o que era: uma promessa de que ele seguiria a trilha dessa nova informação até possuir cada migalha dela.

— Vamos nos juntar aos outros — sugeriu Gwyneth, suspendendo os feitiços de proteção restantes em Ravenswood para que Baldwin pudesse se mover livremente pela propriedade. – Pode levar um tempo para o lugar reconhecê-lo como um dos seus, receio. Você é um vampiro, e os espíritos do local podem julgar de forma precipitada aqueles que ainda não aceitaram.

– Fascinante – disse Baldwin, observando a propriedade com o olhar especulativo de um desenvolvedor imobiliário.

Matthew estava encostado na porta do celeiro quando chegamos. Ele se endireitou para deixar Gwyneth e Baldwin passarem.

– Está tudo bem, *ma lionne*? – perguntou devagar.

Meu marido, de orelhas de morcego, tinha ouvido cada palavra da conversa entre Baldwin e eu.

– Chá – falei com firmeza. – Antes de qualquer outra coisa, preciso de chá.

Quando o pandemônio da nossa chegada diminuiu a níveis administráveis, o sol do meio-dia brilhava através das janelas altas do celeiro, dourando os pontos de poeira que passavam pelas vigas. Depois que Pip e Becca informaram Sarah sobre tudo o que havia acontecido em Ravenswood nas últimas vinte e quatro horas, Julie levou os gêmeos para a cidade no *Sorte Grande*. Ela usou a desculpa de precisar buscar mariscos e ostras para o jantar, embora eu soubesse que, na verdade, ela queria ficar e ouvir nossas novidades.

Baldwin se apresentou formalmente a vovó Dorcas, sem perceber que era um fantasma até que ela desapareceu diante de seus olhos em protesto ao crescente número de vampiros que estavam perturbando sua vida após a morte.

As caixas de garrafas de memória que havíamos recuperado da Casa Bishop, junto a uma caixa de sapatos e uma caixa de papelão com o livro das sombras da minha mãe, estavam todas na mesa de trabalho. Retirei alguns dos recipientes para a apresentação: potes baixos, potes altos e uma garrafa oval achatada de formato distinto que um dia havia contido seu vinho favorito. Esse último exemplar estava não apenas selado com uma rolha, mas também adornado com estalactites brancas, cor-de-rosa e azuis de cera que haviam escorrido pelas laterais, evidência de que o conteúdo havia sido consumido ao longo de uma noite romântica em algum momento da década de 1970, quando o vinho Mateus era o auge da sofisticação.

Não toquei na caixa de sapatos, e Janet a observou com curiosidade. Gwyneth juntou-se a nós com dois tubos de ensaio e um rolo de feltro amarrado com cordas trançadas. Ela indicou que estava pronta com um aceno.

– Esta reunião é sua, Diana – disse Baldwin, olhando para o relógio. – Tenho uma ligação em uma hora. Vamos começar?

Matthew lançou olhares afiados para o irmão, irritado com seu tom cerimonioso, mas eu não me importava com a franqueza de Baldwin. Depois de Madison, era um alívio saber exatamente o meu papel.

– Gwyneth e eu levamos Janet a Madison para recuperar as memórias da mãe dela, Griselda, de 1692 – falei, indo ao cerne da questão. – Ela estava em Salém e visitou Bridget Bishop e algumas das outras bruxas acusadas na prisão.

– Seus relatórios são admiravelmente concisos, irmã – disse Baldwin, juntando os dedos. – Por favor, continue.

– Nós as trouxemos de volta a Ravenswood para que pudéssemos abri-las com segurança – falei.

– Eu queria que Matthew testemunhasse as memórias também. – Janet retirou uma pequena garrafa de seu esconderijo, enfiada numa bola de lã em sua bolsa de tricô.

– Que extraordinário. – Baldwin examinou a pequena garrafa. – Quantas memórias um frasquinho tão pequeno pode conter?

– Há apenas uma memória por garrafa, a menos que algo tenha dado bem errado – explicou Janet, carregando a relíquia ao redor da mesa e depositando-a em um suporte de livros improvisado que eu havia feito com dois teares mágicos apoiados entre dois grimórios. Não teria passado no crivo do Bibliotecário de Bodley, mas protegeria o precioso objeto de dedos desastrados.

– Você a segura perto da luz para ver a memória? – perguntou Baldwin, estreitando os olhos para a garrafa.

– Nada tão fácil – respondeu Gwyneth com pesar. – Pode me trazer o menor suporte da minha bancada, Diana? O que eu uso para segurar frascos de mercúrio. E uma garrafa de algas marinhas, por favor. Molhada, não seca.

Eu sabia exatamente de qual equipamento ela estava falando. Ele havia sido projetado para segurar uma garrafa estreita ou um pequeno tubo de ensaio. A alga marinha era fácil de encontrar entre as ervas e especiarias dispostas em ordem alfabética. Sarah, com a curiosidade despertada, observou enquanto Gwyneth retirava alguns raminhos úmidos da alga que crescia ao redor do pântano. Gwyneth murmurou um feitiço e as pequenas bagas verdes incharam como se estivessem sendo infladas com um pequeno par de foles invisíveis.

— Memórias só podem ser vistas se forem liberadas da pressão de seu confinamento. No entanto, não queremos quebrar o vidro quando fizermos isso. Há uma grande diferença entre memórias voláteis e pressurizadas escapando devido à negligência ou quebra e sua liberação sob condições controladas. – Gwyneth envolveu um pedaço de alga em torno da garrafa. – Se eu usar bastante disso como um acolchoado, acho que podemos evitar que o gargalo quebre.

— Deixe-me segurar isso – disse Sarah, usando a ponta do dedo mindinho para manter um fio de alga inflada no lugar. O entusiasmo da minha tia pelo estudo da magia estava superando o medo e a hostilidade de antes em relação aos Proctor e seus métodos.

— Obrigada, Sarah – agradeceu Gwyneth, aceitando a oferta de ajuda e o ramo de oliveira que veio com ela.

— Onde você aprendeu essas habilidades, Gwyneth? – perguntou Baldwin. – Elas parecem muito mais técnicas e precisas do que a maioria das magias.

— A alta magia é *techne*, Baldwin. Uma palavra grega maravilhosamente diferenciada, como você deve saber – respondeu Gwyneth. – Significa arte, assim como ofício, e habilidade, assim como técnica.

Com extrema delicadeza, ela acrescentou mais alga à abertura do suporte.

— Quanto à *techne* em si – continuou –, aprendi com minha mãe, que aprendeu com a mãe dela, e assim por diante até as brumas do tempo, onde apenas a memória pode nos levar, antes de existirem livros, telefones e fotografias.

Gwyneth deslizou o gargalo da garrafa envolto em alga marinha na abertura do suporte. Ela murmurou outro feitiço e a abertura se fechou suavemente ao redor do acolchoado de ar e alga enquanto todos nós prendíamos a respiração.

— É por isso que é melhor aprender alta magia com parentes próximos – disse Gwyneth a Baldwin. – O talento de cada bruxa para a alta magia é tão único quanto uma impressão digital, mas sempre reflete sua linhagem. Essa é a razão de os oráculos insistirem que eu chamasse Diana para casa. Ela precisava estar entre parentes Proctor para aprender a *techne* de seu povo.

— Entendi. – Baldwin compreendeu a posição de Gwyneth, e sua decisão. O legado da família De Clermont significava tudo para ele.

— O que vem a seguir? – perguntou Sarah, ansiosa para aprender mais. Como ela não era uma iniciada em alta magia, nem mamãe, nem vovó haviam explicado as complexidades das garrafas de memória para ela.

– A próxima etapa é criar uma câmara de memória. Não há como saber quão sombrias as memórias dentro da garrafa podem ser, então é importante trazer o máximo de Luz que conseguirmos para a câmara sem quebrar a integridade da Sombra que mantém as memórias unidas. – Gwyneth conjurou uma bolha perolada. Ela flutuou sobre a garrafa, esperando pelo próximo movimento.

– Estou prestes a aumentar a câmara. Esta é sua última chance de sair do celeiro antes que eu libere as memórias da garrafa – avisou Gwyneth. – Uma vez sob o feitiço da memória, você não se libertará até que as experiências de Griselda sejam contidas novamente de forma segura.

– O que é provável que vejamos? – Sarah parecia desconfortável. – Um enforcamento?

Estremeci com a ideia.

– Não há como saber com antecedência – respondeu Gwyneth. – É um pouco como um experimento. Mas Janet tem uma hipótese.

– Eu acho que a garrafa da mamãe contém memórias que ela reuniu em Salém antes de Bridget Bishop ser enforcada – explicou Janet.

– Vamos abri-la e ver. – Gwyneth soprou com delicadeza na bolha, que se expandiu até que todos nós estivéssemos dentro dela. Cercados por uma luz perolada, parecemos tão excepcionalmente pálidos quanto vampiros. A Luz desbotou os grossos cachos vermelhos de Sarah, deixando-os em um estranho tom de malva, e até os cabelos escuros de Matthew pareciam mais prateados.

Minha tia nos guiou pelos passos seguintes do complicado processo, suas habilidades de ensino à mostra.

– Primeiro, é preciso ter certeza de que sua câmara tem espaço suficiente para a memória respirar. Se criar uma esfera muito pequena, a memória que você experimentar será curta e abrupta, sem fluxo e contexto. Se a fizer muito grande, a memória será tão difusa e desfocada que você terá dificuldade de entender o que está acontecendo.

– Então é preciso considerar peso, idade, pressão e o número de espectadores. – Janet suspirou. – É tudo física, e eu nunca fui particularmente boa em exatas. É por isso que eu queria que Gwyneth fizesse as honras.

– Em seguida, deve-se derreter o selo de cera da garrafa com cuidado, usando uma luz das sombras em vez de uma luz de bruxa. – Gwyneth conjurou uma centelha cinza tremeluzente. – Uma chama fria é essencial. Não queremos queimar os acessórios originais da garrafa de memória, e às vezes há mensagens e outros itens enfiados no gargalo.

Eu tive muitas oportunidades de observar Gwyneth em ação naquele verão e fiquei impressionada com sua sensibilidade para a alta magia, mas suas luzes das sombras eram especialmente bonitas. Eram luminosas sem serem quentes, e brilhantes sem estarem cheias de Luz.

Minha tia envolveu um fio de luz das sombras azul-acinzentado ao redor da vedação de cera que ainda se agarrava à rolha. Com uma habilidade que qualquer *sommelier* invejaria, Gwyneth usou o fio de poder para separar, com cautela, a cera e a rolha do vidro. Com um toque delicado, ela a levantou.

Eu me preparei para o impacto.

Nada aconteceu.

– Onde está a memória? – sussurrou Matthew, olhando ao redor da sala como se ela pudesse estar escondida em um canto.

Gwyneth espiou o gargalo da garrafa.

– Ah. A mãe de Janet colocou um lacre secundário na garrafa por segurança – disse Gwyneth. – Parece uma trança de cabelo amarrada com um pedaço de linha vermelha. Uma sábia precaução.

– Ela era mesmo meticulosa – falou Janet.

– Algumas bruxas, como Meg, acreditam que as mechas de cabelo são uma segunda linha de defesa para evitar que memórias especialmente voláteis e vulneráveis explodam quando o selo de cera é rompido – explicou Gwyneth. – Outras acham que elas formam lacres à prova de violação. Se o cabelo tivesse caído do gargalo da garrafa para o bulbo, você saberia que alguém mexeu no conteúdo.

– Como colocar um fio ou uma linha de sal através de um limiar – falou Matthew.

– Exatamente – confirmou Gwyneth. – Se você puder pegar aquele rolo de ferramentas e me passar meu binóculo de teatro e o gancho de crochê extrafino, Matthew, eu ficaria grata.

Dentro do rolo, além dos binóculos e dos ganchos de crochê, havia agulhas de tricô, várias pinças, um espelho de cabo longo como o de um dentista e um pequeno bisturi.

– Eles parecem pertencer ao Sweeney Todd. – Sarah estremeceu. Ela preferiria ser picada por vespas do que examinar os dentes.

– Não tão macabro assim, Sarah, mas uma extração *é* necessária antes de prosseguirmos – disse Gwyneth, pegando os instrumentos de Matthew. – Todos prontos?

Olhamos uns para os outros, incertos. Quanto mais eu me aproximava de testemunhar momentos dos dias mais sombrios de Salém, menos certeza eu tinha de que isso era uma boa ideia.

– Assim que eu remover a mecha de cabelo, as memórias vão sair – lembrou Gwyneth, com o gancho de crochê posicionado sobre a abertura. – Elas vão preencher essa câmara de memória e, então, lentamente afundar sob o peso do passado. Eu as direcionarei de volta para a garrafa, ou para um tubo de ensaio se a garrafa não for mais viável, e as lacrarei mais uma vez.

– Prossiga – disse, Baldwin com o tom firme de um oficial comandante.

Gwyneth me deu um aceno silencioso, então inclinou a cabeça para indicar que estava prestes a remover a mecha de cabelo.

Quando me dei conta, eu havia caído no corpo de Griselda Gowdie.

Garrafa de Memórias de Griselda Gowdie, 30 de abril de 1692
Frasco de boticário de fabricação inglesa do final do século XVII

O fedor que emanava da masmorra fétida abaixo da prisão era de roubar o fôlego. Grissel cobria o nariz e a boca, seu olfato mais aguçado do que o dos prisioneiros ou de seus carcereiros humanos.

— Vocês realmente voltaram. — O soldado que os oficiais de Salém colocaram na entrada a encarou com um sorriso lascivo e limpou a boca com as costas da mão suja.

— Eu nunca quebro uma promessa — disse Grissel, levantando as saias para revelar o tornozelo e a garrafa de cerâmica, amarrada à panturrilha, com o rosto do diabo próximo à alça.

— Nos dê um beijo e a cerveja, então — falou o homem, fazendo sinal para que Grissel se aproximasse.

Grissel engoliu em seco e fez como ele pediu, acomodando-se como um ganso sobre o joelho dele e beijando-o na bochecha antes de lhe entregar a bebida e se afastar a uma distância segura.

Isso, Grissel sabia, era um pequeno preço a pagar quando se era uma mulher sozinha durante uma guerra. Outras seriam forçadas a entregar seus corpos para sobreviver, perdendo as almas para a Escuridão no processo. Grissel havia sido o brinquedo de soldados ingleses na Escócia, de soldados escoceses na Inglaterra e de marinheiros irlandeses num barco em algum lugar perto da Ilha de Man, onde se refugiara durante uma tempestade.

Na guerra que vinha se arrastando por mais de um século contra as velhas tradições e as criaturas que ainda as seguiam, as mulheres estavam pagando o preço mais alto: suas vidas.

Não importava a guerra, o diabo muitas vezes parecia assumir a forma de uma mulher.

A poção que Grissel colocou na cerveja do carcereiro era a garantia de que ele iria adormecer enquanto ela pegava suas chaves e descia a escada para oferecer o que pudesse aos irmãos e irmãs que ali estavam. Durante o dia, ela havia levado comida, bebida e cobertores para os pobres prisioneiros, além de dinheiro para subornos, mas eles tinham negado sua entrada. Ela não era da família, disse o ministro. Funcionários de Boston disseram que era muito perigoso para uma mulher cristã como ela estar entre os parentes do diabo.

Mas se as pobres almas mantidas em Salém, Ipswich e Boston eram os seguidores de Satanás, então Grissel também era.

Não levou muito tempo para que o sedativo funcionasse. Grissel fez a poção usando ervas que havia colhido nas profundezas da floresta, onde os residentes sussurravam que a bruxa Tituba havia dançado vestida de estrelas sob a lua. Eram ervas potentes e cheias de magia.

Quando os roncos do carcereiro abafaram todos os outros sons, Grissel levantou as chaves do cinto do homem. A filha de uma das mulheres presas ali embaixo lhe dissera qual chave procurar e avisou que ela emperrava na primeira volta.

Grissel trancou a porta atrás de si, ciente de que um transeunte perceberia a passagem aberta, mesmo que ignorasse o guarda adormecido. Ela conjurou uma luz de bruxa e se esgueirou pela escadaria.

A meia-luz brilhava nos rostos abaixo: velhos e jovens, cansados e magros de preocupação, ensanguentados e azulados de frio. Embora o ar de abril estivesse se aquecendo com a chegada de maio, ali era eternamente fevereiro, pois a única luz e ar vinham de aberturas da grade perto do teto.

— Eu sabia que você voltaria — disse uma mulher em um corpete esfarrapado. Um dia, ele havia sido vermelho, mas agora era um tom de marrom enferrujado de vômito, sujeira e manchas de sangue.

A mulher havia sido furada por um homem que enfiara um longo alfinete de latão em seu corpo repetidas vezes, nos lugares íntimos de seu sexo, na carne macia de suas narinas e na caverna delicada de sua boca para localizar os lugares insensíveis nos quais ele acreditava que o diabo havia amamentado.

Grissel conhecia os sinais, pois havia sido furada aos catorze anos. Ela esfregou as cicatrizes nos antebraços, onde o furador havia cravado a agulha de latão, antes de forçar suas pernas e lhe tirar a virgindade.

— Veja, Dorcas — disse a mulher à amiga, que estava acorrentada na parede. — Meus ossos não mentiram. A filha do corvo chegou.

— Você viu minha Tabby? — Dorcas se esforçou para se sentar. Seu cabelo havia sido raspado, assim como o de Bridget, para garantir que não houvesse duendes ou fadas escondidos nele. — Está com meu saquinho de encantos?

— Estou. — Grissel tirou o saquinho do bolso escondido nas saias.

Este tinha sido o preço de Tabby quando pedira ajuda à garota para invadir a prisão.

Um homem estava deitado no canto, com as costas contra a parede e as longas pernas esticadas à frente. As calças estavam rasgadas, e os pulsos, feridos pelas algemas que o prendiam.

— Você está tão calado quanto um abutre esta noite, John Proctor — falou Dorcas Hoare. — Não tem palavras de agradecimento para nossa irmã, que trouxe meu saquinho de encantos para eu aliviar nossos sofrimentos?

— Eu trouxe comida e cobertores também — informou Grissel, olhando ao redor da câmara.

Não havia sinal deles. Eles nunca haviam chegado até os cativos.

— Ela não é nossa irmã, comadre Hoare. — A voz de John Proctor era mais culta do que a fala campestre de Dorcas e Bridget. Era um homem de educação, e de livros. Grissel tinha bons motivos para não gostar de um homem assim. — Ela esteve entre sugadores de sangue. Não confio nela.

— Não temos ninguém mais em quem confiar, John — disse uma mulher mais velha. — Eu sou a comadre Nurse. Qual é o seu nome, criança?

Fazia muitos anos que ninguém chamava Grissel de *criança*. Sua mãe, Janet, nunca o fizera, preferindo viver com seus demônios nas cavernas de Covesea do que cuidar da filha.

— Griselda Gowdie — respondeu Grissel. — Minha mãe é Janet Gowdie, a *banshee* de Auldearn, e minha avó Isobel foi furada, enforcada e queimada enquanto ainda estava viva, muitos anos atrás em Nairn.

Grissel acenou com a cabeça para John Proctor.

— E o senhor está certo — continuou. — A vovó Isobel teve relações com um sugador de sangue, e minha mãe foi o resultado.

Arquejos de horror e sussurros de pavor encheram a cela úmida.

— Isso não é natural — murmurou uma mulher.

Bridget Bishop cantarolou e se inclinou, e uma garotinha se juntou a ela com um lamento sobrenatural.

— Silêncio. — A mulher que a consolava nas sombras era visível apenas em um flash de olhos escuros. — Silêncio, criança.

— Mamãe está aqui, Dorothy — disse um esqueleto vestindo saias ensanguentadas. — Ela não entende, Tituba.

— Nenhum de nós entende — falou John Proctor, amargo. — Quem pode entender isso, vizinho se voltando contra vizinho?

— É a hora da Escuridão — cantarolou Bridget. — A hora da Escuridão. Da morte, novos começos, de feitiços antigos, novas rimas. É a hora da Escuridão, Escuridão, Escuridão.

Era uma canção de sangue, e o terceiro olho de Grissel se abriu amplamente diante da profecia de Bridget. Sua *maman* havia lhe contado sobre noites longínquas em que as mulheres se reuniam para entoar canções de sangue para a deusa, para que ela pudesse ajudar suas famílias a sobreviveram com novas tramas e nós de vento. No entanto, Grissel nunca havia testemunhado uma dessas reuniões.

Dorcas Hoare se juntou à estranha canção de Bridget, acrescentando um novo verso ao cântico.

— É tempo de voar, tempo de voar — cantou Dorcas suavemente.

— É tempo de Escurecer, tempo de Escurecer — murmuraram as outras bruxas.

— Tragam-nos oráculos, videntes e anciãs — entoou Dorcas. — O que é carregado no sangue cortará no osso.

— É tempo de enforcamento, tempo de enforcamento — cantou Tituba, balançando a pequena Dorothy. — As crianças em perigo, seus parentes em pedra.

— O tempo de voar — cantaram alguns.

— O tempo de Escurecer — cantaram outros.

— O tempo de enforcamento — murmurou John Proctor. — Quando encontraremos nosso fim.

— Com abutres e garças, corvos e corujas. — Dorcas ousou elevar a voz, esperando que a deusa ouvisse seu clamor. — Chame seu poder, deixe seus lobos uivarem.

Tituba batucou o pé no chão, e Rebecca Nurse se juntou a ela.

— Guie-nos através da Escuridão e em direção à Luz — cantou John Proctor suavemente. — Proteja-nos, Sombra, para que possamos fazer o que é certo.

Sem aviso ou reflexão, um verso da canção de sangue brotou de suas veias para seus lábios, e Grissel o adicionou aos outros.

— O que nos acontecerá, qual futuro está próximo? — perguntou Grissel à deusa. — Quem de nós viverá, e quem morrerá?

Os prisioneiros se calaram. Eles esperaram por um sinal, uma bênção, um sussurro da presença da deusa.

Uma expressão de morte passou pelo rosto de Bridget Bishop, que havia iniciado a canção. Ela viajou sobre o rosto magro da mãe de Dorothy, e Rebecca Nurse, e John Proctor, tocando outros em seu caminho. Tituba, Dorcas Hoare e a criança Dorothy foram poupadas de seu sorriso zombeteiro, embora a criança tentasse agarrar sua mandíbula e uivasse ao falhar.

— Eu serei a primeira, então. Assim deve ser — disse Bridget, sua voz fraca de aceitação.

— E o que será de nós? — questionou Dorcas, balançando o punho para a Morte. — Depois que você levar nossos parentes e semelhantes, quem ensinará às suas donzelas os caminhos dos ancestrais? Quais mães cantarão sua canção de sangue nos anos que virão? Quem saberá observar os sinais nos voos das aves quando partirmos?

— A deusa falou, Dorcas — disse Bridget, resignada ao seu destino. — Assim deve ser.

— Não perdemos o suficiente: bebês, maridos, fazendas? — bradou Dorcas. — Ou será essa a retribuição da deusa pelo mal que causamos àqueles que estavam aqui antes de nós, quando tomamos seus bebês, seus maridos e suas terras sagradas? Por que este horror nos atingiu?

Após um longo silêncio, uma resposta veio da deusa através da voz oca de Bridget Bishop.

Com osso de garça e asa de coruja,
No silêncio do abutre, os corvos entoam uma canção só sua.

Tituba murmurou um feitiço em uma língua que Grissel nunca tinha ouvido antes, suas mãos tecendo uma bênção enquanto Bridget continuava.

Por ausência e desejo, sangue e temor,
A descoberta das bruxas os trará com fervor.
Quatro gotas de sangue em uma pedra sagrada
Prenunciaram este momento antes de sua chegada.
Três famílias em alegria e em luta se unirão,
E o oráculo do pássaro preto testemunharão.
Duas crianças, brilhantes como Lua e Sol,
Unirão Escuridão, Luz e Sombra em uma só.

— Assim deve ser — murmurou Tituba. — Assim deve ser.
Botas barulhentas desceram os degraus da escada.

— Dorcas Hoare! Identifique-se. — A voz do homem era dura, e escocesa, mas não vinha dos lagos e das montanhas familiares da casa de Grissel. Era tão selvagem quanto as charnecas e tão imponente quanto os penhascos à beira-mar.

Grissel se derreteu na Sombra, na esperança de não ser notada, temendo o que aquele soldado das Ilhas Ocidentais da Escócia poderia ter ouvido ou visto.

— Aqui. — Tituba ergueu Dorothy Good. — Ela está aqui, senhor. Esta é Dorcas. Leve-a deste lugar fétido antes que ela pereça.

O homem segurava uma lanterna acima da cabeça, revelando os cabelos cor de leão e os ombros de um urso. Seu rosto estava sério e marcado pela compaixão.

— Se eu pudesse, boa mulher — disse ele, suavemente. — Enterrei a irmã dela, Mercy, esta manhã e ouvi a criança chorar desde então. É por Dorcas Hoare que estou aqui agora.

— Não. O senhor está errado. O senhor veio por mim — falou Bridget, lutando para se levantar do chão sujo. — O senhor veio por Bridget Bishop. Eu sou a primeira a morrer, e não a comadre Hoare.

O rosto do homem ficou pálido como o de uma coruja.

— Ninguém morrerá esta noite — disse o escocês, recuperando a compostura. — O reverendo Mather só quer examinar a senhora Hoare, nada mais.

— Nada mais? — Tituba murmurou xingamentos ao homem de Deus, sem se importar com quem pudesse ouvir.

Grissel conhecia a devastação que um furador causava nos "exames", com suas agulhas e alfinetes. Ela saiu da segurança da Sombra, entrando na perigosa Luz.

— O senhor é o furador que eles pagaram para torturar essas criaturas? — perguntou, com o sotaque forte e feroz das Terras Altas. — O senhor vai ajudá-lo a furar uma mulher indefesa, seu brutamontes?

Olhos de gelo e mar penetraram nela, fazendo Grissel sentir como se tocassem sua alma. Ele não era um homem. O escocês era um sugador de sangue.

— Eu conheço a senhora? — perguntou ele.

— Não, a menos que a deusa tenha movido sua ilha para Inverness. — Grissel apontou os dedos na direção dele, para afastar seu olhar maligno. — Sugador de sangue.

O medo varreu a masmorra, azedo e forte.

— É assim que vamos morrer, então, Martha? — indagou um homem à esposa. — Pela mordida do sugador de sangue ou pela corda?

— Papa? — perguntou um jovem a John Proctor, com os olhos arregalados. — Ele veio nos pegar?

— Não venho pela vida de ninguém aqui. Se dependesse de mim, vocês estariam todos livres — respondeu o escocês. Ele fixou sua estranha atenção em Grissel. — Mas como não depende de mim, é melhor você me dar essas chaves e se afastar antes que o homem lá em cima se seque depois de mergulhar no poço. Ele vai começar a chamar a senhora de bruxa se não tomar cuidado.

— Talvez eu seja uma bruxa. — O queixo de Grissel se ergueu em desafio. — O que o senhor tem a dizer sobre isso?

— Eu digo que talvez a senhora seja, e talvez a bebida seja o ponto fraco dele. — O escocês passou uma das mãos enluvadas pelo rosto. — Eu sei qual história vai salvar sua vida, moça.

— Aqui. — Bridget enfiou a mão em seu corpete e puxou uma moeda de cobre. — Por Dorcas. Por seus sofrimentos. Poupe-a do mal do reverendo, eu imploro.

— Fique com sua moeda — disse o homem, sua grosseria retornando. — Ela não vai ser machucada enquanto eu estiver presente, a senhora tem minha palavra.

— Podemos saber seu nome, senhor, para que possamos lembrá-lo em nossas orações? — perguntou Rebecca Nurse.

— William. — Ele hesitou. — William Sorley.

Sorley. O lendário andarilho do verão, que viajava pelas águas da Escócia. Sua mãe falava sobre seu retorno e o que isso previa: um fim para a busca, um fim para seu esconderijo.

— Venha — disse Sorley, chamando Grissel para a frente. — Você está com a chave.

Os ossos de Grissel conheciam essa verdade, pois Sorley lhe dera informações que desvendavam muitos mistérios. Ela pressionou a argola de metal na mão do escocês, retirando rapidamente a sua.

Mas não foi rápida o suficiente para evitar o toque frio dos dedos do sugador de sangue ao redor de seu pulso, penetrando pelas luvas de couro.

— Leve isto, senhora — falou Sorley, pressionando um pequeno disco de prata em suas mãos. Ele estava marcado com uma encruzilhada, o sinal da bruxa de que uma escolha viria. — Era do meu pai. Ele sempre o carregou, para dar sorte.

— E a Sorte o salvou? — perguntou Grissel, fechando os dedos em torno da moeda e se afastando do aperto do estranho.

— Não. — Os olhos azuis de Sorley escureceram de dor. — Mas pode salvar a senhora ou os seus um dia. Por enquanto, a senhora deve ir embora deste lugar com urgência. Daqui a três dias, um homem de um olho só, com uma barba ruiva e uma perna manca, chamado Davy Hancock, a levará a um lugar chamado Filadélfia. Eles são quacre lá, e não como as criaturas aqui. Um barco estará esperando para levá-la de volta à Escócia.

Grissel já tinha visto o suficiente da colônia da Baía de Massachusetts e cumprido sua obrigação com sua avó Isobel e sua mãe. Não havia mais nada que ela pudesse fazer por aquelas pobres almas de Salém, a não ser testemunhar seu sofrimento.

— Lembre-se do que viu aqui, senhora – disse Sorley –, mas não confie a ninguém essas informações. Nem mesmo a Hancock, embora ele seja um sugador de sangue como eu e garanta sua segurança até em casa.

— Por que está nos ajudando? – perguntou Grissel, pois não era do feitio dos sugadores de sangue ajudar bruxas em tempos de necessidade.

— Vocês não são as únicas criaturas que observam sinais e presságios – respondeu Sorley.

Houve um estrondo e um gemido acima.

— Vá. Agora – instruiu Sorley. – E não esqueça o que disse. Três dias. Esteja pronta.

Grissel assentiu. Ela se lembraria do encontro com o tal Hancock.

Tudo o mais que aprendera em Salém, Grissel encontraria uma maneira de esquecer para que outras bruxas pudessem descobrir, conforme a deusa havia previsto.

— Assim deve ser – murmurou Grissel em despedida, antes de desaparecer como um espectro na noite.

Capítulo 22

Quando a memória se dissipou, a garrafa de Griselda Gowdie ainda estava intacta no suporte, sustentada por uma coroa de algas marinhas, com a rolha bem colocada e selada novamente com cera prateada e dourada. A pequena trança no gargalo foi a única coisa que Gwyneth não conseguiu devolver à garrafa. Estava em um dos tubos de ensaio, selada com uma tampa moderna e resistente.

– Você conseguiu, Gwyneth – disse Janet, maravilhada.

O restante de nós permaneceu em silêncio. Não importa quão espaçosa fosse a câmara de memória de Gwyneth, era impossível respirar plenamente após o que havíamos testemunhado. Vimos os eventos daqueles dias terríveis pelos olhos de Grissel, e eles nos mudaram para sempre.

Ainda assim, cada um de nós teve uma reação singular às memórias de Grissel e ao que elas revelaram, pois nenhuma pessoa enxerga as mesmas verdades nas memórias preservadas.

Reunida com uma parte perdida de sua mãe, Janet foi tomada pela tristeza e chorou baixinho.

Sarah havia testemunhado a reabilitação de sua ancestral, Bridget Bishop.

– Viu! – disse ela, triunfante. – Bridget não era egoísta como todos dizem!

– Gallowglass? – ofegou Matthew. – Aqui?

Eu partilhava de sua surpresa ao descobrir que o viajante de verão na carta de Grissel para Agnes Gray era seu sobrinho. Foi um dos poucos mistérios que as memórias de Grissel resolveram, embora revelassem enigmas ainda mais complicados.

Foi a velha moeda que capturou a atenção de Baldwin, a surpresa estampada em seu rosto.

— A moeda de Hugh?

— Eu nunca a teria enviado se soubesse. — Já em luto pela mãe, Janet foi tomada novamente pela culpa ao perceber o papel que havia desempenhado na captura de Philippe, e uma lágrima de sangue deslizou por seu rosto. Eu não sabia que uma Nascida Brilhante de terceira geração poderia derramar a tal lágrima vampírica; sempre pensei em Janet mais como bruxa do que como vampira.

— Sem arrependimentos, Janet. — Baldwin limpou a gota de sangue de sua bochecha. — Você a usou exatamente como Hugh gostaria que tivesse feito.

Vovó Dorcas, que estava fora da bolha perolada, pressionou o rosto angustiado contra a parede da câmara de memória, fazendo com que o relevo de seu nariz e queixo distorcesse a superfície lisa, querendo ficar mais próxima de seus parentes.

O que quer que Gwyneth tivesse visto e sentido estava bem escondido atrás de uma expressão cuidadosamente treinada para não revelar nada.

A profecia de Bridget Bishop dominava meus pensamentos, pois eu sabia, no sangue e nos ossos, que aquele era o verdadeiro motivo pelo qual Griselda Gowdie havia deixado suas memórias em Salém. Meus lábios se moviam enquanto eu repetia as palavras da profecia e a canção de sangue silenciosamente, tentando memorizá-las antes que desaparecessem.

— Silêncio, todos! — ordenou Matthew, notando minha intensa concentração. Ele pegou seu caderno de laboratório e o empurrou em minha direção, junto com sua caneta-tinteiro favorita.

— Escreva, *mon coeur* — murmurou ele. — Agora. Antes que esqueça.

Eu escrevi, registrando primeiro as palavras de Bridget antes de me voltar para o restante da memória de Grissel. A pressão que coloquei na ponta da caneta foi tamanha que criei um palimpsesto fantasmagórico nas folhas abaixo, com a tinta borrando e manchando até tingir meus dedos de azul. Preenchi página após página, desesperada para garantir que nenhum detalhe fosse perdido. Cheguei ao final da história, depois voltei ao início para ver se tinha deixado algo de fora.

— Deixe como está, Diana. — O toque suave de Gwyneth me trouxe de volta ao presente. — É raro um texto não se beneficiar de uma revisão, mas a descrição de uma memória é uma das exceções.

Relutante, fechei o caderno.

— É hora de deixar Salém para trás. — Gwyneth usou a ponta de sua varinha para fazer um buraco na câmara de memória, e ela se dissolveu em partículas cinzentas que rodopiaram no ar e desapareceram no trecho mais próximo de Sombra.

— *A deusa e seus cães.* — Dorcas ergueu a barra da saia para enxugar os olhos. — *Eu havia esquecido como era frio naquela cela. Coloque mais um tronco na fogueira, rapaz.*

Baldwin obedeceu imediatamente.

Manchas vermelhas, mais brilhantes do que as que eu vira no corpete de Bridget Bishop no cárcere, floresceram na manga de vovó Dorcas. Puxei os delicados linho e lã em direção ao cotovelo dela, revelando buracos vermelhos ao longo de seus antebraços. Ela não tinha sido poupada da agulha do torturador, afinal.

— Vovó Dorcas! Você está... sangrando — falei, com as pontas dos dedos tingidas de vermelho. As memórias de Grissel haviam aberto as antigas feridas do fantasma.

— *Isso não acontecia desde que Tabby teve os gêmeos* — respondeu vovó Dorcas, afastando-se de mim. — *Vão parar logo.*

Talvez até cicatrizassem, agora que vovó Dorcas sabia que as memórias daquela noite sombria nunca seriam esquecidas por aqueles que as testemunharam.

Baldwin voltou da pilha de lenha sem um fio de cabelo ou botão fora do lugar.

— Há outras garrafas como esta, Gwyneth?

— Algumas. No sótão da Casa Velha — respondeu ela, com poucas palavras.

— Eu trouxe para Ravenswood todas as garrafas que encontrei na Casa Bishop. — Evitei olhar para Sarah. — Também há mais garrafas de memórias em Veneza.

Expressões de descrença surgiram ao redor da mesa.

— O que te faz pensar isso? — perguntou Matthew.

Abri a caixa de sapatos e retirei uma garrafa aparentemente vazia de Diorissimo.

— O que vi aqui. Minha mãe guardava algumas de suas memórias no quarto dela — expliquei. — Abri esta acidentalmente na noite passada, sem perceber o que havia dentro. Não tinha lacre de cera ou mecha de cabelo para revelar seu verdadeiro propósito, então não posso mostrar o que continha. As memórias se foram.

— Rebecca era engenhosa — murmurou Gwyneth —, criando um novo tipo de lacre para garrafas de memórias. Ela era uma mnemonista muito talentosa.

— O que havia nela? — perguntou Sarah.

— Suas memórias do dia em que Peter Knox me examinou — respondi —, e da briga entre eles depois.

Eu jamais esqueceria o que vi naquela garrafa. O tom da minha voz alertou Matthew e Baldwin de que havia mais por vir. Matthew repousou a mão em meu ombro em sinal de apoio.

— Aquele desgraçado se gabou de ter visto as memórias dela na Isola della Stella, repetidas vezes. Isso a fez se sentir mal, só de pensar nele dentro de sua cabeça. Havia algo sádico, até pornográfico, no interesse de Knox.

— As bruxas possuem mais memórias além das de Rebecca — revelou Janet, suavemente.

— Você não deveria... — Gwyneth tentou impedi-la de continuar.

— Eu preciso — interrompeu Janet, com firmeza. — Vou perder meu lugar, e você será censurada por não me deter, mas depois de ver as memórias da minha mãe, isso pouco importa. — Janet respirou fundo.

— Quantas garrafas elas têm? — perguntou Baldwin.

— Perdemos a conta há séculos — respondeu Janet. — Cada vez que havia uma guerra, mudança de monarca, controvérsia religiosa ou fome, a Congregação mandava alguém para reunir todas as memórias que pudessem ser encontradas, as que sobreviveram ao que o corpo mortal de uma bruxa não suportara. Elas eram levadas de volta para Isola della Stella e guardadas. Hoje, são algumas das relíquias mais preciosas que as bruxas possuem.

— O que pretendiam fazer com elas? — quis saber Matthew.

— Não tenho certeza se alguém tinha um plano para elas, a princípio. Fomos perseguidas por séculos. Aldeias inteiras foram destruídas, e comunidades, perdidas. As memórias eram tudo o que nos restava, e estávamos determinadas a mantê-las — respondeu Janet. — A princípio, o esforço das bruxas era focado apenas na preservação. Agora, elas as abrem quando querem nomear um novo membro para a Congregação. Fizemos isso há pouco tempo, quando substituímos Satu Järvinen por Tinima Toussaint.

Peter Knox havia aberto as garrafas da minha mãe várias vezes. Será que ele também tinha violado a privacidade de outras bruxas?

– O palácio da memória em Isola della Stella contém uma garrafa para cada bruxa que percorreu o Labirinto e alcançou o nível de especialista desde a década de 1890 – explicou Gwyneth. – Parte de se tornar uma adepta exige que você deixe suas experiências únicas para trás, para que permaneçam sagradas e... secretas.

– O que quer que aconteça com uma bruxa no Labirinto, uma coisa eu sei com certeza: ele revela sua alma – comentou Janet. – Eu vi as especialistas saírem de suas provações irradiando poder, com os olhos cheios de um assombro terrível. Só depois que suas memórias são retiradas é que elas voltam a ter alguma aparência de normalidade.

– E as bruxas usam a coleção como um reservatório de talentos, de onde escolhem as melhores e mais brilhantes para ocupar um lugar na Congregação – ponderou Baldwin. – Você não se lembra do que aconteceu com você lá?

– Nenhuma de nós se lembra – revelou Janet. – Às vezes, um fragmento de memória desgastada surge na mente de uma especialista, mas nunca é suficiente para compreender completamente o que a cerimônia do Labirinto significou para nós.

– Meus avôs, minha avó, mamãe, a irmã do papai. – Eu listei a cantilena de nomes. – Todas as experiências deles, sejam quais forem, qualquer magia que tenham despertado, estão em uma prateleira em Veneza.

Os lábios de Matthew se abriram em horror.

– Há uma lacuna durante a Primeira Guerra Mundial, quando foi impossível para a Congregação receber novas garrafas – acrescentou Gwyneth, tentando acalmar a preocupação de Matthew. – Mas, após o Armistício, as bruxas renovaram o compromisso de desenvolver os talentos das bruxas mais dotadas. Foi visto como uma forma de evitar mais danos à nossa cultura e tradições.

– Por que as bruxas estão tão interessadas nas memórias do Labirinto? – perguntou Matthew finalmente, sua voz baixa e sombria.

– Para ter sucesso no Labirinto e se tornar uma especialista, uma bruxa deve enfrentar não apenas seus medos mais profundos, como faz na Encruzilhada, mas também seus maiores desejos – explicou Gwyneth. – Escuridão, Sombra ou Luz, o que uma bruxa experimenta no coração do labirinto revela suas forças e fraquezas, assim como todos os contornos do poder dela.

– O poder dela. – Matthew estava pensativo. Então ficou com os lábios acinzentados enquanto o sangue deixava seu rosto. – Elas têm praticado eugenia. As bruxas estão vasculhando as garrafas de memória, procurando não apenas sinais de talento, mas formas específicas e raras de magia.

Eugenia era a manipulação sanguínea sob outro nome, que mascarava o lado mais sombrio da empreitada científica. Defensores da eugenia, como Francis Galton, acreditavam que poderiam criar um ser humano melhor ao banir características consideradas indesejáveis ou incivilizadas, tais como diferenças raciais, diversidade sexual e deficiência.

– Você disse que essa ênfase nas garrafas de memória começou na década de 1890 e foi retomada nos anos 1920? – perguntou Matthew a Gwyneth.

Ela assentiu.

– A época perfeita – murmurou Matthew.

– Espere, Matthew. – Baldwin levantou a mão. – Criaturas se reproduzem, e foram reproduzidas, para melhorar sua linhagem desde tempos imemoriais, seja se casando com as filhas de homens altos porque a altura era uma vantagem em batalha, seja colocando o cavalo do vizinho para cruzar com sua égua porque ele era mais rápido e mais bonito do que o seu. Isso não significa necessariamente que o objetivo era alcançar algum nível ideal de pureza mágica no sangue de uma bruxa.

– Elas não são vampiros, Baldwin. – A expressão de Matthew era sombria. – O objetivo das bruxas não era maior pureza, era maior poder.

Janet concordou.

– As bruxas da Congregação estavam extremamente preocupadas com a diminuição do nosso poder em geral, em especial com o declínio da alta magia. Não é exagero ir da *alta magia* para *raças altamente superiores*.

Baldwin continuava cético.

– As bruxas sempre preservam registros familiares: grimórios, livros de feitiços, cartas de oráculo, mas a vovó Alice achava que podíamos fazer mais – disse Gwyneth. – Quando era bibliotecária da Congregação, ela fez um apelo mundial para que as bruxas reunissem também as memórias de suas famílias, de modo que pudessem ser preservadas em Veneza para as futuras gerações.

– Quando foi isso? – Matthew abriu seu caderno e destampou a caneta.

– De 1875 a 1890 – informou Gwyneth –, durante o primeiro movimento de eugenia.

– *Eu nunca previ que eles usariam meu trabalho para propósitos malignos!* – bradou vovó Alice enquanto deslizava pela escada da biblioteca.

— As bruxas esperavam aprender algo específico com essas memórias de família, Gwyneth? — A mão de Matthew se movia depressa pelas páginas do caderno enquanto registrava seus pensamentos.

— Pelo que vovó Alice falou, e lembrem-se, eu era uma criança e isso foi há muito tempo, elas estavam particularmente interessadas nos ritos. Foi o que levou ao Pacto de Revisão dos Ritos de 1919.

— Quais ritos? — Baldwin franziu a testa.

— A cerimônia do sino, livro e vela aos treze anos; a escolha de um caminho na Encruzilhada antes dos vinte e um; a caminhada no Labirinto, para as bruxas que mostram potencial para a alta magia — explicou Gwyneth. — Foi vovó Alice que defendeu a adição de um novo exame aos sete anos para crianças com histórico familiar de alta magia, para ver se havia indícios precoces de que se manifestariam mais tarde.

— Um teste que as bruxas da Congregação vão aplicar em Rebecca e Philip em poucas semanas — praguejou Matthew. — As bruxas podem depender das garrafas do Labirinto para selecionar seus representantes, mas testar crianças deve estar ligado ao desejo de preparar a próxima geração de especialistas em alta magia.

— Meus filhos não serão preparados por ninguém — afirmei, cheia de raiva diante dessa possibilidade.

— E quanto a Gallowglass? — perguntou Sarah. — Talvez ele pudesse ajudar, se conseguíssemos encontrá-lo.

— E quanto à profecia de Bridget? — sugeriu Gwyneth. — Se nos concentrarmos nisso e decifrarmos o que significa, pode iluminar o caminho a seguir.

— E quanto às garrafas de memórias na Isola della Stella? — disparou Janet. — Não há como saber o que elas podem revelar!

Baldwin levantou a mão pedindo silêncio. O barulho das conversas cessou.

— O que será feito cabe a Matthew — disse Baldwin. — E a Diana, é claro. É responsabilidade deles resolver essa confusão antes que a família De Clermont seja publicamente implicada nisso.

Quando Baldwin reconheceu os parentes de Matthew como pertencentes ao clã De Clermont, deixou claro que qualquer problema que aflorasse de nosso ramo da família deveria ser resolvido por nós.

— Diana? — Matthew se virou para mim.

Considerei as evidências das más ações de Peter Knox e a menção de três famílias na profecia de Bridget Bishop.

— Precisamos recuperar da Isola della Stella todas as garrafas de memórias da família — falei. — *Três famílias em alegria e em luta se unirão, / E o oráculo do pássaro preto testemunharão.* Os Bishop. Os Proctor...

— Os De Clermont. — Uma faísca de fúria brilhou nos olhos de Baldwin.

— Os dedos naturalmente apontariam nessa direção — admiti.

O foco de Baldwin se voltou para outra parte da profecia.

— *Duas crianças, brilhantes como Lua e Sol, / Unirão Escuridão, Luz e Sombra em uma só* — praguejou Baldwin. — Precisamos reivindicar o que é nosso, pelo bem de Rebecca e Philip.

Ergui as mãos, onde os cordões de tecelã se entrelaçavam nas palmas e pulsos, criando um palimpsesto com minhas veias e as palavras do Livro da Vida.

— Podemos não entender o que a profecia significa, mas está evidente que os riscos não poderiam ser maiores.

Matthew assentiu, seus olhos sombrios.

— Mas... como vamos recuperar as memórias? — perguntou Janet. — Se eu remover uma única garrafa da Celestina, os alarmes serão ouvidos em Milão.

— Eu vou. — Isso não era apenas minha responsabilidade, mas algo que eu me sentia compelida a fazer por minha mãe.

— Não, Diana. Você teria que passar pelo Labirinto para alcançá-las — disse Gwyneth. — Na Isola della Stella, não existe segunda chance, e no momento você não tem o conhecimento ou a habilidade para enfrentar os desafios. Deve ser eu.

Minha tia-avó octogenária também não iria entrar na cova dos leões, não enquanto eu ainda tivesse fôlego. Eu estava prestes a dizer isso quando Baldwin falou.

— Matthew?

Meu marido ficou desconcertado com a deferência de Baldwin, mas logo recuperou a compostura e folheou o caderno de laboratório. O que a árvore genealógica e os quadrados de Punnett mendelianos tinham a ver com garrafas de memórias e roubá-las da Congregação, eu não conseguia imaginar.

— Nossas prioridades mudaram — disse ele, olhando as páginas. — Primeiro, estávamos preocupados com o exame dos gêmeos pela Congregação, depois com o teste de Diana na Encruzilhada, como se fossem questões isoladas. Mas ambos são ritos de passagem, assim como a cerimônia do Labirinto.

— *Quatro gotas de sangue em uma pedra sagrada* — murmurei. — Você acha que a profecia de Bridget pode se referir a outro ritual, conectado?

— Acho que precisamos descobrir — respondeu Matthew. — As garrafas em Isola della Stella talvez sejam nossa melhor chance de determinar se, e mais importante, como as peças desse quebra-cabeça se encaixam.

Baldwin me lançou um olhar de esguelha. Na família De Clermont, Matthew era conhecido por suas impulsivas, muitas vezes sangrentas, respostas às crises, e não por essa abordagem metódica.

O oráculo do pássaro preto saltitava e zumbia no meu bolso. Coloquei a mão e tirei a carta que saltou para os meus dedos. *A Rainha dos Abutres*, a carta do silêncio e dos segredos. Coloquei-a sobre a mesa para que todos vissem.

— Precisamos ligar para Ysabeau — falei.

— Ela deve se lembrar de algo útil sobre esse palácio da memória, talvez alguma peculiaridade de sua construção que nos ajude a invadir o reduto das bruxas. — Baldwin lançou um olhar ganancioso para a carta enquanto falava, sem dúvida imaginando se poderia usá-la para manipular o mercado de ações internacional.

Se dependesse de Baldwin, aquela disputa logo se transformaria em algo tão ambicioso e malfadado quanto o cerco de Damasco.

Matthew discou o número de Ysabeau, colocando no viva-voz.

— *Oui*? — A resposta foi imediata. Suspeitei que minha sogra estivesse esperando, havia semanas talvez, por aquela ligação.

— Olá, *maman* — disse Matthew.

— Quem vamos destruir hoje? — indagou Ysabeau. — Eles devem ter ameaçado Rebecca e Philip, ou Baldwin estaria em Berlim. Eu reconheceria seu batimento cardíaco de marcha fúnebre em qualquer lugar.

Dez passos à frente, como sempre.

— Não estamos em guerra, *maman*. Estamos reunindo informações e nos perguntamos se você sabe algo sobre um palácio da memória que as bruxas têm em Veneza. Deve fazer parte do complexo Celestina — respondeu Matthew, referindo-se aos edifícios que abrigavam a Congregação na Isola della Stella.

— Isso tem algo a ver com o tenente Proctor e o capitão Lloyd? — A pergunta direta de Ysabeau provocou o silêncio atônito de Matthew.

A Rainha dos Abutres parecia piscar para mim da mesa, exalando satisfação enquanto observava seu monte de carniça. A semelhança com Ysabeau era inconfundível. Decidi me juntar a ele.

— Matthew tem analisado algumas novas evidências de DNA, e eu estive na Casa Bishop com o fantasma da minha avó. Parece que meus *dois* avós visitaram você para discutir a situação de Philippe. — Esperava que esses novos detalhes fossem suficientes para interromper o duelo verbal tão apreciado pelos De Clermont. — Descobrimos que a mãe de Janet, Griselda, esteve na prisão de Salém em 1692 para cuidar dos meus antepassados. Gallowglass estava lá também.

— Eric estava em Salém em 1692? — perguntou Ysabeau, passando pela revelação sobre Thomas Lloyd e Taliesin Proctor como se fosse notícia velha. — Que extraordinário. Achei que ele estivesse em Goa naquela época, com Fernando. Vou ter que anotar isso no meu *aide-mémoire*.

A versão de Ysabeau das garrafas de memória tomava a forma de volumes esguios de compromissos, estojos cheios de cartões de visita e convites de baile com fitas e pequenos lápis ainda presos para que uma mulher pudesse anotar a quem havia prometido a próxima valsa.

— Estamos preocupados, *maman*, porque Griselda preservou memórias que tinha de Salém em uma garrafa mágica — continuou Matthew, na vã tentativa de redirecionar o foco para as amplas lembranças de sua mãe.

— Apenas uma? — Ysabeau fez um som de desdém. — *N'importe quoi*. Imagino que vocês tenham essa garrafa?

— Sim, mas Janet nos disse que há mais garrafas em Isola della Stella que contêm memórias das famílias Bishop e Proctor — respondeu Matthew, apertando o nariz como se isso pudesse lhe trazer mais paciência.

— Ah — disse Ysabeau. — Baldwin está com medo de que a Congregação descubra que a família De Clermont está ligada a Diana há mais tempo do que eles suspeitavam.

Isso também não era novidade para minha sogra.

— Você não parece surpresa, Ysabeau. — A expressão de Baldwin não mudou, mas seus olhos brilhavam com uma perigosa combinação de frustração e raiva.

— Não era minha história para contar — foi a resposta formal de Ysabeau. — Certamente, você não precisa da *minha* ajuda para encontrar essa adega cheia de garrafas antigas, Baldwin. Você e Matthew passaram muito mais tempo em Celestina bebendo o vinho de Philippe do que eu.

— O palácio de memórias das bruxas, *maman* — insistiu Matthew, rangendo as palavras entre os dentes. — Pense. Por favor. Qualquer mínima informação sobre como ele foi construído, ou quando, pode nos ajudar.

– Palácio de memórias. Hmm. *Mais, non*. Você não pode estar se referindo àquela tolice vulgar que as bruxas construíram no jardim aquático delas... – O tom de Ysabeau transmitia um arrepio audível. – Foi construído com tanta pressa que pensei que já tivesse afundado na lagoa. As bruxas queriam exibir suas antiguidades: ossos antigos, um crocodilo empalhado, tabernáculos e ânforas, e bugigangas que consideravam relíquias sagradas, como os frasquinhos de Matthew, contendo sangue de santos. Não sei por que se incomodaram, pois poucas criaturas tinham permissão para vê-las.

– *Você* já as viu? – Matthew passou os dedos pelos cabelos, frustrado.

– Para visitar esse lugar sagrado era preciso ser convidado. – A resposta de Ysabeau era uma clássica não resposta. Quando foi que Ysabeau já se importou com convites?

– Precisa tornar isso tão difícil, *maman*? Sinto como se estivesse arrancando dentes.

– Não faço ideia do que quer dizer – respondeu Ysabeau. – Fico feliz em contar o que quiser saber, Matthew. Acontece que fui lá várias vezes com Roberto Rio, o demônio que fez as plantas. A construção estava em andamento durante os Problemas das bruxas, e o lugar ficava desprotegido com frequência. Restavam tão poucas bruxas, sabe...

Eu me contorci, incapaz de encarar Sarah e Gwyneth. Estava acostumada com as observações desdenhosas de Ysabeau sobre bruxas, mas seu preconceito casual era, ainda assim, doloroso.

– Quanto a essas garrafas, nunca vi nenhuma lá. Olhei para ver se elas poderiam ter alguns *flaçons de souvenirs oubliés* escondidos que agradariam a Gerbert.

Deixe para os vampiros a tarefa de inventar um nome mais elegante do que *garrafas de memórias*.

– Ele trancou sua coleção em um baú, como aquele em que guardava a cabeça de Meridiana. – Ysabeau continuou a deixar migalhas para nós, esta relacionada à poderosa bruxa que havia sido uma oráculo de grande reputação. – Philippe possuía três *flaçons* também, todos muito antigos. Ele os considerava grandes tesouros, mas os jogou no Egeu em um ataque de fúria por algo que Gallowglass disse.

Se Gerbert e Philippe demonstraram interesse em garrafas de memórias, então estávamos no caminho certo.

— Eu vou para Veneza — falei, meu banco rangendo no chão enquanto me afastava da mesa.

— Vou com você — disse Matthew.

— Eu levo vocês até Boston — ofereceu Sarah.

— Ninguém vai a lugar nenhum. — Baldwin fez uma careta.

— O quê? — Eu estava furiosa. — Você viu as memórias na garrafa de Grissel! E ouviu o que Peter Knox fez com as memórias da minha mãe! Não temos tempo a perder.

— Diana está certa — concordou Janet. — Sidonie e Tinima têm muito o que fazer nos arquivos da Congregação ultimamente. Rima me disse que elas têm rastreado referências antigas a uniões ilícitas entre vampiros e bruxas, anotando cada poder estranho e ocorrência esquisita que as acompanhava.

Eu não conhecia a haitiana Tinima Toussaint, a mais nova membro da Congregação. Ela trouxe outra perspectiva para as deliberações da Congregação e destacou as questões que ameaçavam as práticas e os praticantes de magia indígena. As habilidades de lançamento de feitiços da sacerdotisa eram lendárias, e ela tinha profundo conhecimento sobre magia africana.

— É apenas uma questão de tempo até que as duas encontrem algo — previu Janet. — Se a pista estiver nas crônicas dos Cruzados de Jerusalém, nas confissões da minha avó Isobel sobre seu filho com o diabo ou nos relatos das mortes horríveis de vampiros em Nova Orleans, certamente haverá algo que despertará o interesse delas. Sidonie irá revirar o palácio da memória se achar que isso lhe dará vantagem sobre Diana e os De Clermont.

— Mas ela não vai fazer isso hoje — disse Baldwin. — Nem amanhã.

— Obviamente, a velocidade é uma vantagem. Por que esperar até que nos alcancem? — perguntei.

A mão de Baldwin encontrou a mesa, palma para baixo, em um golpe selvagem.

— Porque você é minha general, Diana, e não vou vencer esta guerra colocando você na linha de frente! — exclamou Baldwin. Era um lembrete contundente de que Matthew e eu podíamos ter formado nosso próprio ramo, mas ainda estávamos sujeitos ao criador do clã maior.

— General? — falei, entorpecida. Ysabeau era a general do exército De Clermont, não eu.

— Pensei que isso era uma operação de coleta de inteligência, não uma guerra — disse Sarah.

— Nesta família, Sarah, muitas vezes é difícil separar as duas coisas — comentou Ysabeau.

Matthew, que raramente tomava partido quando Baldwin e eu estávamos envolvidos em uma discussão, fez isso nesse momento.

— Baldwin está certo, *ma lionne* — falou. — Devemos agir com cautela. Seja qual for a natureza e a duração da conexão entre nossas três famílias, as digitais do meu pai estão por toda parte. Philippe adorava brinquedos intrincados e jogos complicados que dependiam de estratégia, memória e risco. O que poderia ser mais intrincado e complicado do que uma família?

— Concordo, irmão. Philippe colocou algo em movimento, embora só os deuses saibam quando, por que ou como, algo que ainda está para se desenrolar — disse Baldwin —, um mecanismo para trazer um resultado desejado que permanecerá um mistério até que a última trombeta soe.

— *Deus ex machina* — murmurei. Deus a partir de uma máquina. Era a melhor descrição de Philippe que já havia escutado. Toquei a ponta de flecha dourada e senti a mão da deusa. *Quatro gotas de sangue em uma pedra sagrada...*

Foi então que percebi que Philippe não poderia ter agido sozinho. Ele deve ter tido a ajuda da deusa. Fiquei pensando se ele também contara com a assistência da minha mãe.

— Já estivemos presos nas teias de Philippe antes — disse Ysabeau. — *Plus ça change, plus c'est la même chose.* Nada novo sob o sol.

Ysabeau dera um novo significado para um dos ditados favoritos de seu companheiro: *finais, começos, mudanças.*

— Não precisam se preocupar, crianças. — A voz dela se transformou em um sussurro conspiratório. — Eu tenho um plano para recuperar as garrafas.

Apreensão generalizada seguiu esse anúncio. Ysabeau continuou:

— Diana deve me encontrar amanhã na Ca' Chiaramonte — ordenou —, antes do pôr do sol, quando o tráfego de gôndolas estará no auge.

Nos oito anos em que a conhecia, Ysabeau raramente viajara em algo que não fosse uma limusine. Veneza poderia muito bem ser uma incógnita. Nossa apreensão se transformou em espanto.

— Como... — iniciou Matthew.

— Por que... — começou Baldwin.

Mas Ysabeau não estava disposta a ser interrompida.

— Confio que vocês serão capazes de trazer Diana e Janet aqui em uma de suas máquinas voadoras infernais, Baldwin. É a festa do Redentore e recebi meu convite anual para retornar a Veneza e comemorar o fim da terrível epidemia da peste em 1576. Vou participar das cerimônias na igreja que comissionamos ao Signor Palladio para que a cidade pudesse prantear seus mortos.

– Um convite de quem? – quis saber Matthew.

– Do doge – respondeu Ysabeau. – Ele ficou encantado por eu ter aceitado. Não havia um doge em Veneza desde 1797.

– Domenico. – Matthew balançou a cabeça. – Essa é uma péssima ideia, *maman*. Ele vai saber que você está tramando algo.

– Essa é a minha intenção – admitiu Ysabeau.

Baldwin estava horrorizado.

– Não vou enviar minha irmã para o caos de um festival veneziano enquanto você fica desfilando com Domenico Michele por aí! Precisamos reunir informações, em segredo, antes de fazermos qualquer coisa que possa causar especulações.

– Besteira – disse Ysabeau. – Philippe nunca chamou mais atenção do que quando estava envolvido em algo traiçoeiro. Se seu pai queria saber os planos de um inimigo, ele organizava um banquete e enviava uma das filhas para o acampamento deles como isca. Você deveria agir mais como seu criador nesse aspecto, Baldwin.

– Eu precisaria notificar os outros clãs de vampiros – protestou ele. – Você não pode simplesmente aparecer e...

– Marthe informou Fernando sobre nossa chegada. – Ysabeau não aceitaria oposição. – *Ça suffit*. Já basta.

– E Santoro? – perguntou Matthew. O mordomo veneziano da família se parecia com uma mãe galinha e não gostava de caos.

– Deixe que seja uma surpresa – respondeu Ysabeau.

– Qual é o seu plano, Ysabeau, além de aumentar os fogos de artifício da cidade? – Se olhares pudessem matar, o celular de Matthew teria sido reduzido a uma carcaça de eletrônicos fritos e vidro derretido, com base na expressão de Baldwin.

– Eu nunca compartilharia algo tão importante quanto meus planos com você, Baldwin. – Ysabeau ronronou como um gato enrolado diante do fogo. – Lembra-se de Jerusalém?

Baldwin empalideceu.

– O palácio da memória também tem uma torre, se não me engano. – Ysabeau deixou suas palavras caírem sobre o filho de Philippe como os fragmentos de vidro de uma garrafa de memórias quebrada. – Tudo o que você precisa saber é que eu serei o *canard* desta vez, enquanto Diana e Janet vão para Isola della Stella e se infiltram em Celestina.

– *Canard* como em pato? – Olhei para Matthew em busca de esclarecimento.

– Ela quer dizer isca – explicou ele.

Ysabeau ficou em silêncio, esperando que Matthew e Baldwin absorvessem suas palavras e aceitassem a determinação firme por trás delas.

– Pode funcionar – disse Matthew, claramente dividido. – Mas o risco...

– Se a Congregação tivesse as memórias de Philippe ou de Hugh, o que você faria para recuperá-las? – perguntei a Matthew.

– Qualquer coisa. – A resposta de Matthew foi rápida como um estalo.

– Exatamente. Eu preciso fazer isso, Matthew. – Minha voz era suave, mas firme.

– Excelente. Eu sabia que você veria a beleza do meu plano, Diana. Vejo você amanhã, e Janet também. – Ysabeau riu. – É como nos velhos tempos. A intriga! O perigo. Como senti falta de vencer Philippe em seus próprios jogos!

—Gwyneth vai ficar furiosa se descobrir. – Segurei firme a mão de Matthew enquanto passávamos pela árvore de bruxa e entrávamos na Floresta dos Corvos.

– É sensato ir sem ela? – Em Matthew, a preocupação e a curiosidade disputavam o controle.

– Sensato? – Neguei com a cabeça. – Mas necessário.

Concentrei-me em deixar meus instintos me guiarem e permitir que meus pés os seguissem. O oráculo do pássaro preto estava no meu bolso, outra precaução contra desastres. As cartas me avisariam se eu me afastasse demais para dentro da Escuridão.

Os montes e as elevações cobertos de musgo que restavam do labirinto da família Proctor brilhavam com uma magia perene na escuridão da floresta.

– Só precisamos encontrar a entrada – disse a Matthew. Seria difícil, dado o estado de ruína do labirinto, mas eu queria evitar escalar suas paredes desmoronadas, se possível.

– Posso sentir o poder dele – revelou Matthew, em tom de admiração.

Ele caminhou pelo contorno irregular, observando os escombros com o olhar experiente de um pedreiro. Leu os alicerces e o ângulo em que as pedras caíram devido às pressões do tempo e do clima.

– Aqui. Não, as pedras ausentes estão apenas enterradas sob o acúmulo de folhas e agulhas de pinheiro – explicou Matthew quando avistou uma abertura na parede.

Houve mais alguns alarmes falsos antes de Matthew localizar as bordas limpas da entrada original do labirinto.

– A entrada é aqui – falou, me chamando para a frente. – E a saída também.

– Não há outra saída? – Eu não gostava da ideia de ter que refazer meus passos.

Matthew balançou a cabeça.

– Não em um labirinto. O objetivo de caminhar nele é avançar para o interior e alcançar a elucidação antes de voltar para o mundo pelo mesmo caminho por onde veio. É um exercício espiritual, *mon coeur*, que já realizei muitas vezes.

– Então fico feliz que você esteja vindo comigo. – Eu pediria mais detalhes a Matthew sobre suas jornadas interiores mais tarde. O tempo estava passando e, com ele, a oportunidade de me preparar melhor para Veneza.

– Este labirinto foi construído por bruxas. Talvez ele me rejeite – avisou Matthew.

– Não se forem como eu – falei, dando-lhe um beijo suave de boa sorte. – Vamos logo, antes que a gente mude de ideia.

Matthew concordou, a contragosto, que a melhor maneira de garantir o sucesso em Isola della Stella era ensaiar o que poderia acontecer quando eu chegasse. Eu queria fazer uma simulação no labirinto aqui, na Floresta dos Corvos. Isso me daria uma noção do que o espaço ritual do Labirinto em Isola della Stella poderia exigir de mim, caso eu fosse forçada a atravessá-lo para encontrar as garrafas de memória.

Apertei a mão de Matthew, e ele apertou a minha com mais força em resposta.

– Sinto como se estivéssemos prestes a viajar no tempo – murmurou Matthew –, e não de um jeito bom.

Tínhamos ficado assim na Casa Bishop, de mãos dadas, enfrentando um futuro incerto, antes de darmos nosso salto predestinado para o passado.

– Não sou mais a bruxa que eu era naquela época – falei, tentando confortá-lo.

– É disso que tenho medo. – Matthew olhou para mim. – Tudo bem, *ma lionne*. Mostre o caminho.

Nossos primeiros passos no labirinto foram sem incidentes.

— Isso parece apenas uma caminhada comum na floresta — sussurrei. — Não sinto nada mágico.

O dedo de Matthew pressionou meus lábios em um aviso silencioso.

— Philippe sempre me disse que os deuses esperam um mero mortal superestimar seu poder. Só então atacam, um pouco como lobos caçando a presa.

Assenti, guardando minha reação para mim mesma.

Alguns passos depois, senti o primeiro arrepio de algo que não era deste mundo.

Mais três passos, e os muros do labirinto pareciam estar crescendo.

— Matthew, eles estão... — Comecei, com minha atenção fixa nos muros que brotavam. Ainda estavam cobertos de líquen e musgo, mas não mais na altura dos joelhos e quadris.

— Erguendo-se do chão? — O sentimento de Matthew sobre a mudança era muito menos orgânico e gentil do que o meu. Ele parecia sombrio. — Sim.

Em breve, não seríamos capazes de ver as árvores do outro lado dos muros.

— Talvez eu devesse chamar Cailleach — falei, inquieta.

— Seu guia para alta magia? — Matthew tocou o muro próximo, que agora estava à altura de seu ombro. — Isso não vai atrair a atenção da deusa?

— Acho que isso nós já temos. Gostaria de ter seguido nossa outra opção — admiti, minha ansiedade aumentando à medida que as paredes se fechavam — e aberto uma das outras garrafas de memórias da mamãe.

Um frasco de perfume de vidro, pesado com memórias comprimidas, apareceu na minha mão livre. Fiquei boquiaberta.

— *Cuidado com o que deseja* — sussurraram as árvores.

Levantei-o diante de Matthew.

Ele praguejou.

— Você não devia ter trazido isso com você, Diana.

— Eu não trouxe — protestei. — Eu só estava pensando que poderia ter sido melhor ter ficado em casa e aberto os frascos da mamãe como você sugeriu e...

Eu me calei. Gwyneth havia mencionado algo sobre o labirinto e os desejos mais profundos de uma bruxa...

– Gostaria que a lua estivesse mais brilhante – falei.

As nuvens se abriram, revelando o globo prateado.

– Gostaria que minha mãe estivesse aqui – sussurrei.

Mamãe espiou na próxima curva do labirinto.

– Desejo manter meus filhos a salvo de todo o mal! – gritei para o céu.

Uma adaga se cravou aos meus pés, com a ponta para baixo.

– Quero lançar um feitiço decente – clamei.

Um nó cintilante de seis cruzamentos flutuou pela minha mente, e a *gramarye* que o garantiria fez cócegas na minha língua.

Depois de enfrentar Meg na Encruzilhada e encontrar os espectros, eu havia imaginado o Labirinto em Isola della Stella como um lugar aterrorizante, de horrores inimagináveis.

– Eu estava errada. Um labirinto é um lugar de sonhos, não de pesadelos! – Virei-me para Matthew, exultante com o poder e as possibilidades. – Experimente. Faça um pedido!

Matthew hesitou. Balançou a cabeça.

– E quanto a Lucas? Ou Hugh? Você não gostaria que eles estivessem vivos?

Matthew ficou lívido.

– Não diga essas coisas, Diana.

Mas minhas palavras já haviam causado danos, pois que escolha Matthew tinha a não ser ouvir o que eu disse, levar a sério e sentir o anseio em sua alma?

Papa?

Ele se virou num instante. Um garoto magro estava atrás de nós, com o cabelo tão curto que era possível ver seu couro cabeludo. Ele vestia uma camisa de linho manchada e não usava sapatos.

Matthieu?

A cabeça de Matthew se virou. Um homem de aparência comum, mas com um sorriso extraordinário, passou pela minha mãe.

Ele riu.

– *Salut, mon frère.*

– Hugh? – sussurrou Matthew.

A magia do labirinto era mais potente do que eu suspeitava, capaz de conjurar os desejos mais profundos de Matthew apenas porque ele *pensou* neles.

Não percebi a Escuridão envolvendo a empunhadura da adaga. Também não vi a Sombra se aproximar atrás do irmão de Matthew, pronta para engoli-lo.

Tudo que consegui ver foi a expressão arrasada do meu marido ao se deparar com quem amou, falhou e perdeu.

Vovó Dorcas havia me avisado que a Escuridão era astuta. Gwyneth era enfática quando dizia que eu ainda não estava pronta para os perigos de um labirinto. Ambas estavam corretas.

– Cailleach! – chamei para a lua. – Me ajude!

Mas eu havia superestimado meu próprio poder em um dos espaços mais sagrados da deusa. Cailleach não viria em meu auxílio.

Eu não podia invocar a Luz, pois isso apenas aumentaria a fome da Escuridão. Tudo o que eu podia fazer era envolver Matthew e a mim em Sombra, e sair do labirinto o mais rápido possível.

Sussurrei na noite, convidando a Sombra a me encontrar e as mariposas a nos envolverem com suas asas de veludo. Puxei nuvens sobrenaturais por cima de nossas cabeças, formando um escudo, e convoquei os espíritos dos meus ancestrais para se erguerem do chão em um exército de ossos.

Matthew fez um som sobrenatural de dor enquanto eu o arrastava para longe de Lucas, forçando-o a deixar seu filho mais uma vez, e eu era a causa disso.

– *Papa!* – gritou Lucas. – *J'ai peur du noir!*

Matthew se soltou do meu aperto com um grito gutural, determinado a salvar o filho desta vez.

Uma parede de Sombra o interrompeu. Das profundezas dela emergiu um homem vestido em couro caqui e marrom, com cabelo loiro e sardas como Pip, com a desenvoltura esguia de um atleta.

– Vovô. – Eu nunca tinha me sentido tão aliviada ao ver alguém em toda a minha vida.

– *Calma, Matthew* – disse Tally, usando todo o poder que ainda possuía para impedi-lo de abandonar a Luz e voar para a Escuridão.

Meu avô se virou para mim, furioso.

– *Você quase o perdeu para o Outro Lugar, Diana. Vampiros não são bem-vindos em nenhum dos labirintos da deusa, e você também não. Não ainda.*

– Eu sei – falei, lágrimas escorrendo pelo rosto. – Eu só queria...

– Não! – gritou Matthew. – Deus me ajude. Por favor. Pare.

– Sinto muito, meu amor. Eu só queria... – argumentei.

– *Não diga mais nada, Diana* – disse Tally, suas palavras graves e ameaçadoras. Seus olhos brilhavam através da Sombra com a intensidade de um espião se esgueirando entre os mundos.

Fiquei em silêncio, minha respiração irregular enquanto o perigo imediato para Matthew diminuía.

— *Foi assim que Naomi se meteu em problemas, querendo correr antes de saber andar, acreditando que os talentos dados pela deusa sempre a salvariam* — afirmou Tally, sustentando o peso de Matthew. — *Philippe também acreditava na grandiosidade de seu poder. Essa é uma das razões pelas quais ele não sobreviveu.*

O corpo largo de Matthew tremeu como o de uma criança aterrorizada à menção de seu pai. Ele gemeu.

— *A deusa pode ter te dado a força para enfrentar qualquer desafio, embora, se o fez, você pode muito bem amaldiçoá-la por isso no final* — continuou Tally. — *Mas seu marido? Seus filhos? Pense neles antes de decidir fazer as coisas do seu jeito sem se importar com as regras que foram estabelecidas para te proteger.*

Eu assenti. Novas lágrimas surgiram, mas as contive. Não era o momento de desmoronar ou ceder à autopiedade.

— *Leve seu marido de volta para casa e descanse um pouco* — ordenou Tally, tão severo quanto teria sido com um de seus subordinados durante a guerra. — *Ele vai se recuperar. Vampiros geralmente se recuperam.*

— Vou levar. Eu prometo. — Desta vez, eu seguiria seu conselho à risca.

— *Você vai precisar de coração e mente lúcidos em Veneza. Não pode se dar ao luxo de um único erro.* — O tom do meu avô sugeria que ele tinha experiência pessoal nesse campo. — *Não com tantas vidas em jogo.*

Ele passou o braço de Matthew ao redor dos meus ombros, e eu cambaleei sob o peso que meu avô havia suportado com tanta facilidade.

— Vamos para casa, meu amor — falei. — Não é longe.

Matthew estava ferido no coração e na alma, mas não no corpo, e o sangue de vampiro era inútil para curar os ferimentos que ele havia sofrido no labirinto dos Proctor. Eu teria que me redimir pelo que havia acontecido ali, embora apenas a deusa soubesse como eu poderia fazer isso.

E se a magia do labirinto tivesse mudado o que Matthew sentia por mim? E se ele nunca me perdoasse? Gostaria que eu pudesse...

— *Cuidado com o que deseja, Diana.* — A voz de Tally sussurrou pelas árvores.

Virei a cabeça e o vi em uma névoa de Sombra. Ele mantinha a Escuridão afastada para que ela não nos impedisse de alcançar a Luz de casa e da família.

Com um leve inclinar da cabeça e um toque de dedos no chapéu, vovô Tally se dissolveu na escuridão.

— Durante a guerra, chamávamos seu avô de Espectro – contou Matthew, a voz hesitante. Ele também vira Tally desaparecer. – Estava aqui num minuto, desaparecia no outro.

— Ah, Matthew – falei, segurando-o firme. – Eu nunca quis...

— Eu sei – disse ele.

Havia algo em sua voz que eu nunca tinha ouvido antes. Isso me assustou mais do que a própria Escuridão.

Desespero.

— Eu te amo – falei, ansiosa por sua reafirmação e esperando a resposta habitual de Matthew.

— Vamos para casa – foi sua resposta esgotada.

Capítulo 23

Eu estava balançando no cais de Ca' Chiaramonte, com seus postes pretos e brancos com o topo prateado. Procurava na bolsa o dinheiro para pagar o condutor do *motoscafo* quando as enormes portas da frente do *palazzo* se entreabriram e Santoro surgiu, com meu cunhado Fernando atrás dele.

– Diana – disse Fernando, sua voz forte um bálsamo para meus nervos desgastados pela mudança de fuso horário. – Janet. Que bela noite para sua chegada.

– Ela está aqui! Ela está aqui! – Os braços de Santoro se agitavam no ar.

Nem Janet, nem eu éramos o motivo para a agitação do mordomo.

– Nenhuma cama arrumada com os lençóis favoritos dela. Nenhuma roupa passada esperando no guarda-roupa. Nenhuma flor no *piano nobile*, como ela gosta. – Santoro desatou em um balbucio ininteligível de italiano, grego e árabe.

Os vampiros eram famosos por sua compostura, especialmente aqueles que trabalhavam para os De Clermont. A causa de sua aflição emergiu no brilhante sol veneziano.

– Minha chegada inesperada pode ter sido demais para o pobre Santoro – admitiu Ysabeau, com uma espada de esgrima na mão. Ela fez uma pausa para ajustar os óculos escuros Dior, proporcionando aos turistas passantes a oportunidade de admirar seu colete acolchoado de esgrima bordado com abelhas pretas e calça preta justa enfiada em botas que iam até a coxa.

Alain Le Merle, o ex-escudeiro de Philippe e ainda venerado criado da família De Clermont, deslizou ao redor dela para ajudar Santoro com nossas malas.

– Janet – disse Ysabeau, beijando as duas bochechas da neta. – Como foi o voo?

— Impecável e um pouco frio. O que era de esperar, na verdade, quando se voa no jato do Baldwin. — Janet observou a roupa e os acessórios de Ysabeau. — Você está ótima, *grand-mère*. O visual mosqueteiro francês combina com você.

— Se estou bem, é graças à beleza agridoce de Veneza — respondeu Ysabeau, descartando a insinuação de que as roupas fazem o vampiro.

— Permita-me, *serena* Diana — disse Santoro, pegando a bolsa da Biblioteca Bodleiana que estava na minha mão. — Você e *donna* Gianetta devem entrar agora com *ser* Fernando e *donna* Ysabeau. Os turistas...

— Acho que Ysabeau já terminou — interrompeu Fernando, as covinhas surgindo. — Ela chamou a atenção dos curiosos e causou burburinho entre os vampiros. Que pena termos desperdiçado o tempo de Santoro enviando uma mensagem a Domenico. Poderíamos ter esperado que a fofoca chegasse até ele.

As responsabilidades de Fernando na Congregação tinham-no transformado. Seus olhos estavam menos assombrados, e ele carregava consigo um renovado senso de propósito.

— Não existe lugar melhor para ser notada do que Ca' Chiaramonte — declarou Ysabeau, brandindo a espada.

— E, assim, a notícia da chegada de Diana estará por todo o Vêneto ao amanhecer — acrescentou Fernando. Ele ofereceu o braço a Janet. — Uma bebida?

— Uísque seria divino — disse ela, aceitando a oferta. — E me chame de Gianetta de agora em diante. Acho que gostei.

Ysabeau e eu seguimos, deixando Santoro e Alain discutindo sobre qual mala seria a próxima a entrar no *palazzo*.

— Você está muito quieta — murmurou Ysabeau, me conduzindo pela proa da gôndola dos De Clermont, que estava no hall de entrada e coberta por pilhas de trapos manchados e potes de verniz. Ela brilharia e refletiria a luz como as águas da lagoa quando Santoro e Alain terminassem.

— Noite difícil — falei, sem querer preocupar minha sogra. Matthew estava abatido e distante quando Ike nos buscou para irmos ao aeroporto, e as crianças perceberam. Houve lágrimas e pedidos para que eu ficasse. Eu estava exausta, ansiosa e me sentindo culpada.

Marthe e Victoire, as companheiras de confiança de Ysabeau, nos esperavam ao pé da grande escadaria, prontas para nos levar ao *piano nobile*.

Cumprimentei as duas, e elas me lançaram olhares desconfiados. Elas também sabiam que algo estava errado.

Na sala cheia de luz, com ampla vista para o canal e as movimentadas vias aquáticas venezianas, com as grandes casas que as margeavam, reconheci a inscrição esculpida na faixa decorativa sob a lareira: *O que me nutre, me destrói.* Esse era o lema de Matthew muito antes de ser o de Kit Marlowe. Hoje, me fez pensar em Naomi, na minha mãe e na alta magia que, mesmo agora, emergia pelas minhas veias. Será que também me destruiria?

– Sente-se, Diana. Tome um pouco de *prosecco*. Ou chá, se preferir. – Ysabeau segurava um cálice de prata grande o suficiente para ter adornado a mesa de um doge. – Você não apressará seu destino ficando de pé para saudá-lo.

Victoire desapareceu para buscar uma nova garrafa de champanhe, e eu enfiei as mãos nos bolsos da calça de linho para evitar que fossem vistas tremendo. As cartas se mexeram em resposta, deslocando-se sob o tecido fino.

Marthe e Ysabeau se inclinaram para a frente, fascinadas pelo movimento.

– O oráculo do pássaro preto – disse, quase que me desculpando. – Ele pia quando quer chamar minha atenção.

Era para ser uma piada, e eu sorri. Ninguém mais o fez.

– Conseguiu a minha – murmurou Ysabeau.

Tirei a bolsinha de seda e me sentei na cadeira Savonarola perto da lareira. Hesitei antes de abri-la, incerta de como as cartas se comportariam em um lugar estranho, cercadas por tantos vampiros. Mas o oráculo do pássaro preto estava tão ansioso para ver e ser visto quanto Ysabeau. Com um puxão no cordão de seda, ele alçou voo.

– Pássaros – disse Marthe, maravilhada com a visão das cartas esvoaçantes.

Como sempre, ela estava certa. Como eu não havia notado a semelhança antes?

Ysabeau estendeu um punho régio, como se estivesse em uma caçada com o imperador Rudolf. Duas cartas pousaram nas costas de sua mão.

A Rainha dos Abutres. A Chave.

Outra carta pousou na cabeça de Marthe. Respiração. Ela riu com a cócega da carta em seu cabelo, e outra repousou em seu joelho. Terra.

Um murmúrio de cartas rodeou Fernando. Elas mergulharam rumo ao seu coração, então voaram por uma curta distância e mergulharam novamente, como beija-flores em busca do néctar de uma flor. Fernando arfou. E então riu.

Eu estava acostumada com as risadas de Fernando, seus sorrisos calorosos e indulgentes sempre que Jack ou os gêmeos estavam por perto. Mas essa risada era nova para mim, leve e plena, forte e profunda.

As cartas do oráculo do pássaro preto alçaram voo de volta para mim, exceto por duas que continuaram a zumbir e vibrar ao redor de Fernando: A Fênix e Espírito. Quando haviam absorvido o suficiente da alegria de Fernando e retornaram à minha palma estendida, guardei as cartas do oráculo na bolsa para mantê-las seguras.

– Elas sempre fazem isso? – perguntou Ysabeau, corada de excitação.

– Voar? Sim – respondi. – Mas não como agora. Acho que estavam identificando vocês, para que eu pudesse reconhecê-los se A Fênix, ou Terra, ou A Rainha dos Abutres aparecessem; porém, para ser honesta, Ysabeau, sempre imaginei você como a Rainha dos Abutres.

– Fico lisonjeada – comentou Ysabeau, radiante com o elogio duvidoso. – Os abutres se alimentam do que os outros deixam para trás acreditando erroneamente que não tem valor.

Marthe se levantou, respondendo a um sinal silencioso de sua senhora, e despejou uma cesta cheia de papéis sobre a mesa brilhante colocada no recanto da janela, onde a luz era mais forte.

– Deusa do céu – murmurou Janet. – São plantas baixas?

– Algumas, sim – respondeu Ysabeau, deslizando em direção à mesa. – Eu as tirei do lixo em Isola della Stella. A maioria das criaturas não aprecia a importância dessas coisas, mas eu adoro um bom mapa. Sempre há coisas esquecidas a serem encontradas ali, para aqueles que desejam se lembrar.

– Não deveriam estar nos arquivos da Congregação? – perguntou Fernando enquanto seguíamos Ysabeau em direção à área iluminada.

– Talvez. – Ysabeau gesticulou, pouco preocupada com algo tão insignificante como a custódia legal.

Mapas, diagramas e quadros se desenrolaram pela mesa em todas as direções, encontrando as bordas e se estendendo até o chão, um tesouro de conhecimento sobre o desenvolvimento da sede da Congregação em Veneza.

Victoire voltou com uma bandeja de taças cheias de um líquido dourado e borbulhante. Ela distribuiu um para Janet e outro para Fernando. Eu precisava manter a mente lúcida, então recusei.

– Parece que você sabe onde estão enterrados todos os corpos em Isola della Stella, vovó Ysabeau – disse Janet, olhando para a mesa com espanto.

– Cadáveres? Eles estão no cemitério da peste, perto do antigo ancoradouro – respondeu Ysabeau de pronto, remexendo entre papéis e pergaminhos.

Ela desenrolou uma planta de 1483 que mostrava as mudanças feitas no mosteiro da ilha para transformá-lo em Celestina, a base de operações da Congregação. Reconheci anotações feitas por Matthew e a escrita firme de Philippe. A câmara central de reuniões e os claustros eram inconfundíveis, e outras alas de salas eram designadas para demônios, vampiros, bruxas e seus criados particulares. Era fácil esquecer que as vastas e quase desocupadas construções já haviam abrigado uma multidão de bruxas, demônios, vampiros e até alguns humanos.

– Esse é o Labirinto? – perguntei a Janet, apontando para um pequeno e sinuoso caminho cercado por construções fora da área marcada como *Casa delle Streghe*.

– Não, esse é apenas nosso pequeno labirinto – respondeu ela. – O verdadeiro Labirinto é muito maior. E foi construído depois.

– A planta baixa vai ser útil caso você precise fugir depressa de Celestina, mas não vai ajudar a encontrar um caminho para o palácio da memória. Para isso, precisamos de outro mapa. – Ysabeau voltou a mexer em seus papéis. – Aqui está o conceito inicial para a Isola della Stella que Philippe elaborou com o *signor* Lombardo antes de Matthew e seus homens iniciarem a construção.

A representação aérea mostrava pomares, jardins, um estaleiro para reparos de barcos, um local para pequenas embarcações descarregarem e o cemitério mencionado anteriormente.

Ao lado da Casa delle Streghe, havia pátios e jardins cercados por muros que levavam até a margem da lagoa, um caminho chamado *il Sentiero Oscuro* – o Caminho das Trevas – e outro, *Lo Stregozzo*, ou A Procissão das Bruxas. Meu terceiro olho piscou de curiosidade sobre a história e os propósitos desses espaços.

Notei mais uma coisa. Flutuando nas águas rasas da lagoa, perto da Isola della Stella, havia outra pequena ilha. Os canais de Veneza eram salpicados com esses pequenos afloramentos, alguns tão pequenos que nem uma única ovelha poderia pastar neles.

– *Il Memoriale delle Streghe* – falei, lendo a nota lateral. – O Memorial das Bruxas. Esse é o palácio da memória?

– Essa é a Isola Piccolo. – Janet apontou para um ponto na água entre o pequeno pedaço de terra e a Isola della Stella. – O palácio da memória está aqui.

– Está agora – disse Ysabeau. – Deveria estar na Isola Piccolo, e consiste apenas de uma torre de três andares com uma única sala em cada andar. Então

Roberto Rio veio para Veneza, com suas visões e filosofias estranhas, e as bruxas abandonaram o primeiro local e optaram por algo mais ambicioso.

Ysabeau puxou o esboço de uma estrutura elaborada, repleta de detalhes arquitetônicos ornamentados.

– A planta de Roberto era muito feia, mas as bruxas gostaram – comentou Ysabeau, me entregando o desenho. Era feito a lápis, com um sombreamento delicado que dava profundidade e dimensão. – Philippe fez com que as bruxas o encantassem para que nenhum de nós precisasse vê-la.

Roberto Rio. Olhei para o desenho, sem acreditar no que via.

– Você quer dizer Robert Fludd! – exclamei. – O demônio inglês dedicado às artes da memória.

– Já ouviu falar dele, Diana? – As sobrancelhas delicadas de Ysabeau se ergueram. – *Incroyable*, pois ele era uma criatura notavelmente esquecível. Philippe impediu Roberto de arruinar a câmara de reuniões com seus afrescos bizarros, mas só precisou encorajar as bruxas a empregá-lo.

– *Incroyable*, de fato – murmurei, estudando a fachada do palácio da memória das bruxas. Fludd havia empregado uma perspectiva inclinada para dar um panorama do memorial das bruxas na lagoa, e a elevação ficaria dentro da arquitetura que já existia em Celestina, e contra o pano de fundo de Veneza. O palácio da memória de Fludd em Isola della Stella se assemelhava a um que ele havia incluído em sua enorme enciclopédia com o igualmente monumental título *Utriusque Cosmi historia*, ou *A história metafísica, física e técnica dos dois mundos, a saber, o maior e o menor*. Não é de admirar que Philippe tenha exigido o uso de um feitiço de disfarce antes de permitir que fosse construído.

Eu sabia que Fludd havia viajado pela Europa e pela Itália no final do século XVII, e sempre suspeitei que ele fosse um demônio, mas nunca imaginei que a jornada estivesse ligada à Congregação. Depois de entender essa conexão, Fludd enfim fazia sentido historicamente. O demônio era carismático, briguento e teimoso, com uma criatividade que beirava o absurdo – uma clássica expressão do poder dos demônios. Seus contemporâneos não sabiam como lidar com ele, e os séculos seguintes nem sempre foram gentis com sua reputação intelectual.

Ysabeau vasculhou os papéis sobre a mesa mais uma vez.

– Foi Roberto quem propôs mover os tesouros mais valiosos das bruxas para cá, para aliviar um pouco a sobrecarga de seus depósitos – prosseguiu. – Ele garantiu a Philippe que a construção seria simples, exigindo apenas estacas cravadas na lama para sustentar uma plataforma de pedra sobre a qual o edifício poderia ser erigido.

Minha sogra fez parecer uma proposição fácil. Em nossas visitas aos palácios que haviam sido reforçados por esse método, incluindo Ca' Chiaramonte, Matthew me convenceu de que era algo tremendamente complicado, para não mencionar perigoso.

— Já o Labirinto envolveu um problema muito mais difícil — continuou Ysabeau. — Não havia espaço suficiente em Isola della Stella para plantar um que atendesse à escala do *petite folie* de Roberto e satisfizesse as necessidades peculiares das bruxas ao mesmo tempo.

Fernando tossiu, achando engraçada a ideia de que a monstruosidade de três andares de Fludd pudesse ser chamada de *pequeno*, embora a parte sobre o delírio, *folie*, fosse uma descrição precisa.

— Antes, as bruxas só queriam alcançar o centro do Labirinto e voltar para seus aposentos — explicou Ysabeau, com uma careta de decepção. — Depois que viram os designs de Roberto, elas desejaram passar pelo Labirinto e entrar no delírio do outro lado. Isso exigia não apenas uma entrada, mas uma saída separada, o que não existe em um labirinto.

Fechei os olhos para evitar as lembranças da noite anterior no labirinto dos Proctor.

— Você parece saber mais sobre as bruxas do que eu, Ysabeau. — Janet fez um comentário afiado.

Ysabeau ignorou o comentário.

— Mas nem sempre foi assim com os labirintos. Roberto e eu discutimos como ele poderia resolver esse impasse. *Et voilà!*

Minha sogra ergueu uma folha de papel. Nela, em sua inconfundível caligrafia, estava uma anotação em italiano: *Aqui está o labirinto babilônico*. Acompanhando a nota, havia o esboço de um labirinto complexo com uma entrada e uma saída do lado oposto.

— O Labirinto não é tão complicado assim — disse Janet após olhar o esboço.

— Como poderia ser, se os caminhos são feitos de água? — respondeu Ysabeau. — Ainda assim, foi um começo.

— Água? — Olhei de Ysabeau para Janet, esperando que alguém explicasse.

— O Labirinto em Isola della Stella, assim como o palácio da memória, foram construídos na lagoa — disse Janet.

— Como se atravessa? — Não conseguia imaginar um labirinto flutuante ou um barco que pudesse navegar pelas suas voltas e reviravoltas.

— Remando. — Ysabeau me lançou um sorriso radiante.

— Em uma pequena *mascareta* do tamanho de uma casca de ovo, não em um enorme barco Viking — acrescentou Janet.

— Mas isso não importa. — O sorriso de Ysabeau aumentou. — Você não passará pelo Labirinto, mas ao largo dele.

— Isso é impossível, vovó — protestou Janet. — O palácio da memória tem paredes intransponíveis e não tem janelas. Não há como entrar nele, exceto pela porta da frente, e a única maneira de chegar até ela é através do Labirinto.

— Então por que eles construíram isso? — O dedo delicado de Ysabeau, com sua primorosa manicure francesa, apontou para um lugar no mapa em que uma pequena praça se encostava à lateral da construção.

Nós nos inclinamos sobre a planta.

— Aquilo é um... terraço? — Fernando estreitou os olhos, examinando o detalhe mais de perto.

— Fica de frente para Veneza. Talvez seja uma plataforma para ver as celebrações da cidade, como o Redentore? — sugeriu Janet.

— É uma área de desembarque para um barco. Não uma *mascareta,* mas algo maior — disse Ysabeau, com a expressão triunfante. — Veja. Há quatro postes redondos nos cantos.

Pareciam apenas pontos para mim.

— As bruxas não conseguiam levar tudo da antiga torre para o novo palácio através do Labirinto — explicou Ysabeau. — Uma única bruxa remar a *mascareta* é uma coisa, mas transportar objetos e caixas pesados é algo bem diferente.

— Não precisaríamos remover o feitiço de camuflagem do palácio da memória para localizar o desembarque do lado de fora? — perguntei. — Alguém certamente vai capturar isso em uma selfie, e então Baldwin terá uma crise ainda maior para resolver.

— Depois que a queima de fogos começar, ficará uma escuridão completa que vai além de São Marcos e Giudecca — informou Fernando. — Duvido que algo apareça em uma foto a essa distância. Para chegar à Isola della Stella antes do anoitecer, você precisaria deixar o tráfego do festival na bacia de São Marcos até o final da tarde...

— E passar pelas docas até as nove horas — acrescentou Ysabeau.

– Pode funcionar – disse Fernando, cauteloso.

– Mas ainda teremos que chegar ao terraço, subir os degraus e entrar – apontou Janet.

– Ninguém em sã consciência construiria um ancoradouro sem uma forma fácil de descarregar, nem mesmo Robert Fludd – falei.

– *Exactement*. Finalmente você entendeu. – Ysabeau levantou as mãos, aliviada. – Amanhã de manhã, todos os olhos estarão no Ca' Chiaramonte, que será decorado com flores do telhado até o desembarque, assim como acontecia quando Philippe estava vivo. Vamos enfeitar a gôndola também, e vou visitar alguns amigos ao longo do Grande Canal. Mais tarde, encontrarei Domenico em sua barca e juntos iremos até a ponte flutuante para nossa *passeggiata* em Giudecca. Você pode escapar no dia seguinte, quando irei colocar flores para o pobre *maestro* Titian e beber à memória de *donna* Veronica. Talvez eu consiga convencer Domenico a enxugar as lágrimas tempo o suficiente para ler algo de seus versos.

Com o acervo de mapas de Ysabeau, o conhecimento em primeira mão de Janet sobre a Isola della Stella e as conexões venezianas de Fernando, logo montamos um plano para desembarcar em Isola della Stella e entrar em Celestina sem sermos detectados. De lá, pegaríamos uma *mascareta* do estaleiro e contornaríamos as muralhas externas do Labirinto até onde esperávamos que o ancoradouro de carga desativado ainda estivesse.

– Sinceramente, ele pode nem existir mais – confessou Janet. – Eu nunca o notei, mas também nunca procurei.

– Janet está certa. Mas, mesmo que o ancoradouro não exista mais, deve haver alguma entrada lateral ou traseira para o palácio de Fludd – afirmei.

– A única coisa que não discutimos é o que fazer com Domenico. – Fernando despejou uma generosa quantidade de vinho amarone em sua taça. Ele havia trocado o espumante por algo mais encorpado. – Ele é esquivo e tão falso quanto Janus.

– Deixe Domenico comigo. Ele pode até suspeitar das minhas motivações e se perguntar a razão da presença de Diana aqui, mas não vai descobrir por que viemos a Veneza até depois de invadirmos o palácio da memória. – Os olhos de Ysabeau brilharam de excitação.

Nossa suposta operação de inteligência havia se transformado em um assalto.

* * *

Pegamos o barco de entrega que usaríamos em nossa empreitada criminosa no Canal de Santa Chiara, no extremo de Dorsoduro, perto das estações de trem. Santoro pilotou a embarcação pelo tráfego com a agilidade de um salmão nadando contra a correnteza, desviando dos barcos que levavam passageiros para as festividades na bacia de São Marcos. Contornamos o extremo oeste de Giudecca, percorrendo a costa sul até passarmos pela igreja de mármore branco com cúpula conhecida como Il Redentore. As gôndolas ainda não haviam se alinhado para formar a ponte flutuante temporária que se estenderia da ilha principal até Giudecca, embora Ysabeau estivesse a caminho a qualquer momento.

Deixamos Ysabeau no salão do *piano nobile*, vestindo Dior dos pés à cabeça. Havia rumores de que ela poderia agradar os moradores usando Dolce & Gabbana ou algum outro estilista italiano, mas Ysabeau queria se destacar no mar de preto e vermelho preferido da elite veneziana. Ela havia escolhido um elegante vestido bege de crochê para sua tarde de navegação. Uma confecção de tule até o tornozelo, com uma combinação de cetim, aguardava em uma sacola próxima à sua cadeira. A saia era bordada com emblemas de tarô, uma homenagem ao oráculo do pássaro preto, explicou Victoire, e Ysabeau planejava vestir o conjunto na igreja antes do início da queima de fogos.

Santoro navegou de Giudecca até a ilha vizinha de San Giorgio Maggiore, onde outro edifício palladiano com cúpula – este, uma abadia beneditina – marcava o limite entre a bacia, o Grande Canal e a maior lagoa veneziana. Eram apenas quatro horas, mas o tráfego já tornava o trabalho de Santoro impossível. Avançávamos lentamente enquanto todos os estilos imagináveis de barcos, desde gôndolas a *pupparini*, entravam na área a fim de lançar âncora para seus piqueniques noturnos e a queima de fogos que se seguiria.

Quando enfim alcançamos as partes mais distantes da lagoa, suspirei aliviada.

– Acho que não fomos vistos. – Janet havia mantido uma vigilância constante em busca de membros da Congregação, enquanto eu escaneava os canais em busca de um pressentimento, um formigamento ou um calafrio que indicasse que um demônio, bruxa ou vampiro rastreava nossa rota.

– Você não devia se preocupar tanto, *donna* Gianetta – repreendeu Santoro. – *Donna* Ysabeau é uma distração muito eficaz, e ela não era vista em Veneza havia algum tempo. Toda criatura na cidade estará hipnotizada pela visão milagrosa de *La Serenissima* finalmente retornando ao lar.

Não sabíamos se a ausência de tráfego fora da cidade era causada pela presença magnética de Ysabeau ou pelo fluxo natural de uma sexta-feira festiva, mas logo chegamos à Isola della Stella. Santoro desligou o motor e lançou âncora bem do lado de fora das proteções mágicas da ilha.

Faltavam horas para o pôr do sol. Só então poderíamos colocar nosso plano em ação.

– Agora, esperamos – disse Janet, puxando o chapéu sobre os olhos para protegê-los da luz intensa que brilhava sobre a água.

Capítulo 24

Foi só às nove horas que o crepúsculo escureceu o céu o suficiente para que Santoro pudesse ligar o motor mais uma vez e avançar devagar em direção à Isola della Stella. Eu já havia feito essa jornada muitas vezes e sabia, por experiência, que não havia sinal visível do palácio da memória de Fludd ou de um labirinto flutuante na lagoa. As bruxas certamente mantinham poderosos feitiços de ocultação, além das outras defesas que protegiam a ilha de curiosos e visitantes indesejados.

Eram essas proteções complicadas que representariam nosso primeiro desafio real. Janet e eu esperávamos que a magia reconhecesse Santoro como um visitante regular, mesmo que estivesse pilotando uma embarcação bem menos luxuosa que de costume, e liberasse a passagem para duas visitantes, uma ex-membra da Congregação que também era uma De Clermont, e a outra, uma representante atual. Só saberíamos com certeza ao cruzarmos as águas rasas que cercavam a Isola della Stella.

As proteções se flexionaram e se deslocaram quando a proa do barco de entrega cruzou um dos marcadores de canal invisíveis da ilha. As barreiras ficaram divididas entre uma sensação de familiaridade e a suspeita de que algo não estava certo.

– Segurem firme. – Janet fechou os olhos e murmurou um feitiço em gaélico. – Não entrem em pânico. Qualquer sinal de pânico irá disparar o alarme.

Janet repetiu o feitiço, e as proteções se abriram com um suspiro.

– Conseguimos – disse ela, aliviada.

– Bom trabalho – falei, admirando sua habilidade.

Santoro entrou em uma baía coberta e marcada com um hexafólio. Não era por onde eu costumava chegar, pois os De Clermont usavam a entrada dos vampiros ali perto. Ele nivelou o barco de entrega com a plataforma flutuante, e eu saltei sobre a superfície ondulante.

Verifiquei meu relógio. Já eram quase nove e meia, e a queima de fogos começaria em breve.

– Precisamos ir embora no máximo às quatro horas, *serena* – Santoro me lembrou.

As noites de verão em Veneza eram curtas, e o céu a leste começaria a clarear nesse horário.

– Seis horas são mais do que suficientes – disse Janet, com uma confiança que eu não sentia.

Ajudei-a a desembarcar, tremendo no ar frio. Se fôssemos pegas...

– Não ceda ao medo, Diana – advertiu Janet. – A Escuridão já está interessada em nós. Fique na Sombra.

Isso significava aceitar o resultado incerto de nossa missão em Isola della Stella em vez de me preocupar com o que poderia dar errado. Assenti e me concentrei em nosso próximo desafio: entrar no recinto das bruxas. Ajustei melhor meu boné de Yale Crew e fechei o zíper do casaco de lã escura.

Janet conjurou uma fraca luz de sombra. Era o suficiente para enxergar, mas não chamaria atenção se algum membro da Congregação ou sua equipe a visse. A ilha estava cheia de assombrações e penumbra, e o leve brilho de Sombra de Janet seria ignorado sem hesitação.

Ela caminhou decidida até a porta de Celestina. Não havia maçaneta nem fechadura. Os vampiros empregavam um porteiro chamado Jacopo para verificar os nomes na lista de visitantes esperados, mas as bruxas contavam com a magia. O portal não se abriria a menos que estivéssemos ali em uma visita oficial da Congregação. A mera familiaridade não seria suficiente para que Janet ou eu passássemos por aquele ponto de segurança.

– Janet Gowdie e Diana Bishop, da Universidade de Yale – anunciou Janet de forma clara, colocando a mão na moldura entalhada da porta. – Para visitar os arquivos e consultar o *Codex Incantamenti* para determinar se a professora Bishop pode entender seu conteúdo.

A porta se entreabriu, e a luz das tochas do outro lado iluminou o local.

– Coloque sua mão naquela lua ali – instruiu Janet, inclinando a cabeça em direção a um crescente entalhado.

Fiz como ela mandou. Sensações elétricas pulsaram pela minha palma enquanto os feitiços da porta realizavam uma varredura de entrada que faria

Miriam, cujo sistema de segurança do laboratório estava sempre quebrando, morrer de inveja.

As proteções puxaram e analisaram, avaliando nosso pedido. Por fim, abriram a porta.

– *Bem-vindas, irmãs* – murmurou uma voz fantasmagórica. – *Os arquivos esperam por vocês.*

Até aquela noite, eu só havia estado nas salas formais onde as bruxas ocasionalmente recebiam membros da Congregação, nunca naquela parte da Casa delle Streghe. Os corredores escuros que Janet e eu percorremos eram cobertos por pinturas vívidas de temas míticos e mágicos, e as vigas entalhadas estavam densamente inscritas com feitiços, maldições e sigilos.

A Sombra se agarrava a Janet e a mim, espalhando-se à medida que avançávamos mais fundo no centro do complexo, evitando as vias principais para pegar passagens antigas, outrora usadas por criados, e salas cheias de móveis deteriorados e quinquilharias.

– Controle seus pensamentos – disse Janet, tirando uma varinha da bolsa de tricô e afastando uma mecha de Escuridão. – Essas malditas proteções são melhores que um antidepressivo para forçar você a adotar uma visão positiva.

As portas dos arquivos das bruxas se abriram para nos receber. Dentro, as prateleiras estavam abarrotadas de objetos curiosos e manuscritos, e armários de apotecário ocupavam o lugar dos catálogos de cartões típicos de uma biblioteca comum.

– Precisamos ao menos abrir o *Codex Incantamenti* – falou Janet, me guiando para dentro. – Se não o fizermos, vamos despertar a curiosidade das proteções, e isso é a última coisa de que precisamos. Felizmente, ele é tão enorme que sempre está em exibição em um suporte.

Janet me conduziu até uma mesa de carvalho entalhada que parecia ter sido feita para acomodar o gigantesco volume encadernado. A pesada capa do códex estava adornada com relevos, e estendi o braço para tocá-los. Janet segurou minha mão.

– Você não vai tocar nos livros – disse Janet. – Não depois do que aconteceu com o Livro da Vida. Deixe que eu faço isso.

Ela levantou a capa, folheou rapidamente as páginas do códex de maneira desinteressada e fechou o volume com um estrondo.

– Pronto. Cumprimos as exigências das proteções. Que tal uma xícara de chá? – sugeriu Janet, me conduzindo para uma sala adjacente.

A sala comunal das bruxas parecia com todas as salas de uso comum que eu já tinha visto em Oxford, com as paredes impregnadas de tradição, assim como os aromas de chá, vinho, livros antigos e tabaco.

Janet olhou para um relógio de baquelite ao lado de uma chaleira.

– Prefere ar fresco?

Ela anunciava cada passo da nossa jornada pelos aposentos das bruxas.

– Espero que as proteções fiquem entediadas com tanta conversa inofensiva e voltem a dormir – murmurou, me levando por um corredor que serpenteava pelos aposentos pessoais designados para os três membros da Congregação. Eu vi cozinhas, laboratórios, destilarias e depósitos, todos abarrotados de itens pessoais deixados por gerações de bruxas. Antes, havia funcionários para manter tudo arrumado e organizado, e alguns quartos ainda tinham vestígios de sua presença, com as molduras estreitas de camas de ferro com colchões amassados, cabides de roupas frágeis, bacias e jarros de cerâmica simples, e cobertores de lã puídos.

– Aí estão os sinos – disse Janet quando o campanário bateu dez horas. Um estrondo se seguiu. – E a queima de fogos.

Janet deixou a varinha flutuar por uma mistura de Sombra e Escuridão. Uma porta saída diretamente de uma história infantil apareceu no fim do corredor. Era arqueada, com armações de ferro simples e uma abertura na parte inferior grande o suficiente para passar um gato perseguindo um rato. Ao contrário das substanciais placas de madeira e metal que guardavam a sala de reuniões da Congregação, aquela porta antiga parecia prestes a cair das dobradiças ao menor toque.

Mas as coisas nem sempre eram o que pareciam quando havia magia envolvida, e eu sabia disso por causa do feitiço diário de disfarce de Apollo. O que parecia ser uma porta de madeira precária, com rachaduras e fendas, poderia ser um feitiço superficial colocado sobre algo muito mais impenetrável.

Janet tocou a porta e ela se abriu com facilidade, provando que algumas coisas eram *exatamente* como pareciam. Um gato preto passou por nós em um lampejo, sibilando de indignação.

– Um dos gatos da Sidonie – comentou Janet. – Vai correndo contar para a dona.

– Sidonie está *aqui*? – perguntei, meu coração se apertando em um nó.

– Não, como essa gata infernal logo descobrirá. – Janet afastou as teias de Escuridão que estavam tecidas no topo do arco. – Vá na frente.

Um flash brilhante de vermelho, seguido por verde e dourado, explodiu no céu noturno. À distância, avistei o brilho da água entre paredes escuras e o brilho de um campanário coroado por uma figura alada equilibrada sobre uma ampulheta que segurava uma foice. O palácio da memória das bruxas podia estar encoberto da vista exterior, mas era totalmente visível de seu recinto, mesmo que o resto de Celestina estivesse protegido daquela visão.

Estudei com espanto o palácio da memória de Fludd, desde sua fundação de pedra flutuante até os pináculos da torre. Sempre o havia considerado algo imaginário. Vê-lo construído de madeira e pedra era quase tão surreal quanto as sombras da Floresta dos Corvos.

– É inacreditável pra cacete – murmurei, usando uma das frases favoritas do Chris.

– Realmente é uma ofensa à vista – concordou Janet. – Todo o resto em Celestina é gótico e reconfortante, mas aquela monstruosidade barroca ataca os olhos como uma corneta ataca os ouvidos quando anuncia a alvorada.

Seguimos pela rota que Ysabeau havia traçado no mapa em Ca' Chiaramonte e passamos para o antigo jardim dos monges. Os canteiros de ervas e flores estavam bem-cuidados. Com certeza, as bruxas ainda tinham criados, pois nem mesmo a magia poderia manter um jardim tão extenso com parreiras cuidadosamente podadas e etiquetas que indicavam o que estava plantado e onde.

Para além dos jardins ficava o pomar, como o mapa de Ysabeau havia prometido. A maioria das árvores estava cheia de folhas, flores e frutos, assim como o jardim de Gwyneth na Floresta dos Corvos. As árvores estavam protegidas do pior dos elementos por um muro de tijolos, criando um microclima que amadureceria seus frutos com mais uniformidade.

Profundamente conscientes do tempo, Janet e eu passamos por outra porta e por entre as árvores ao longo de uma trilha de terra que levaria ao *squero*, onde a Congregação ainda empregava mestres construtores de barcos e especialistas *squerarioli* para cuidar das embarcações. Assim que chegamos ao local em que cavaletes e picadeiros aguardavam barcos necessitando de reparos, os contornos indistintos dos limites do Labirinto começaram a ganhar foco. Vi a ponte arqueada que atravessava a curta distância dos jardins formais das bruxas até a margem inclinada na qual uma bruxa subiria em uma *mascareta* à espera, para navegar pelos estreitos e tortuosos canais do Labirinto.

– Tem um barco ali – disse Janet, apontando para a *mascareta* curta e redonda que estava de cabeça para baixo, como uma casca de noz vazia. – Espero que esteja em condições de navegar na lagoa.

Nós a carregamos até a água e a viramos.

– Quer que eu reme? – perguntei, garantindo que meu boné estivesse bem ajustado e o rabo de cavalo, puxado para fora do espaço na parte de trás, como se eu estivesse prestes a participar de uma corrida.

– Você já remou com um só remo, em pé? – Janet piscou para mim.

– Tem razão – falei, pegando o remo próximo a mim e o entregando à neta de Matthew, que embarcou. Assim que Janet se acomodou, empurrei a *mascareta* para a água ao mesmo tempo que saltei da margem para a embarcação de fundo largo.

Ela inclinou sob meu peso, mas Janet usou o remo para manter a estabilidade antes de se afastar do leito lamacento.

– Estou ficando velha demais para esse tipo de brincadeira – reclamou Janet. – Está na hora de me aposentar.

Circum-navegar as paredes externas do Labirinto exigia que Janet deixasse a margem e entrasse na lagoa. Caso contrário, correríamos o risco de virar o barco devido ao seu calado raso ou de colidir com as paredes, levadas pelas correntes fortes e pela brisa firme que aumentava ao cair da noite.

Isso significava passar pelos feitiços uma segunda vez. Eles trepidavam de surpresa, desacostumados ao tráfego de barcos. Prendi a respiração, esperando que os feitiços relaxassem por conta própria. Janet soltou um exuberante fluxo de gaélico enquanto continuava a guiar a *mascareta* em um grande arco que seguia de volta em direção ao palácio da memória.

Foi só então que percebi que o palácio da memória já não era mais visível. Ele havia desaparecido atrás dos feitiços de proteção junto com o Labirinto. Tudo o que víamos do nosso ponto de vista era o *squero* abandonado e a parede coberta de vinhas do jardim das bruxas.

– Como você se sai em navegação estimada? – perguntei a Janet, pensando em como encontraríamos o caminho de volta ao palácio sem marcos para nos guiar.

– Eu nasci em Inverness – respondeu ela em voz baixa. – Estou acostumada à pouca visibilidade.

No entanto, os feitiços eram mais do que uma névoa baixa. Eram uma miragem de Sombra e Luz refletida que desorientaria até mesmo o marinheiro mais experiente.

Janet cumpriu o que prometeu e navegou sem errar em direção a uma estátua decapitada que estava meio enterrada na terra macia da margem. Passamos pelos feitiços de proteção novamente. Eles estavam bem acordados agora e rastreavam nossos estranhos movimentos com curiosidade.

Perplexos, mas obedientes, os encantamentos se abriram e o palácio da memória brilhou diante de nós mais uma vez.

— Passamos. — Janet suspirou aliviada.

Olhei para as paredes pálidas da construção de Fludd, procurando o desembarque de Ysabeau.

— Ali!

Um cais inclinado e precário estava preso a um único poste apodrecido. Ninguém desembarcava ali havia décadas, e não estava claro se conseguiríamos fazê-lo em segurança agora.

— Isso parece uma armadilha mortal — comentou Janet, enquanto a última queima de fogos do festival enchia o céu de luz. Em breve, estaria completamente escuro, exceto pelas lâmpadas nas proas das embarcações levando para casa as poucas almas prudentes que não desejavam ficar em Veneza e se embriagar até a inconsciência.

Avistei o contorno de uma porta fechada por tijolos onde o cais permanecia tenuemente preso ao seu anexo. A entrada de carga estava obstruída. Teríamos percorrido todo o caminho em vão?

Janet usou o remo para alcançar um canto solto e puxou a *mascareta* para posicioná-la entre o que restava do cais e as fundações do palácio.

— E agora? — falei, pensando no feitiço explosivo finlandês de Gwyneth. Talvez pudéssemos fazer um buraco na parede. Com sorte, quem ouvisse acharia que eram apenas mais fogos de artifício.

Janet murmurou algumas palavras e cutucou os tijolos com sua varinha, destruindo a ilusão lançada sobre a porta.

— Impressionante — murmurei.

— Aff, esse feitiço já teve dias melhores — falou modestamente, descansando no banco estreito que se estendia pelas bordas da *mascareta*. — Dava para ver a tranca através dos tijolos.

Havia chegado o momento de eu entrar no palácio da memória. Tínhamos concordado em Ca' Chiaramonte que Janet não entraria, pois a magia dele poderia reconhecê-la e perguntar seu propósito. Ela não conseguiria dizer a verdade nem conseguiria mentir.

— Lembre-se: se o palácio fizer uma pergunta, você deve respondê-la o mais honestamente possível — alertou Janet. — Mantenha a resposta curta e direta, é assim que você fica do lado certo das proteções que ainda restam.

Sarah era uma especialista em meias-verdades, mas eu, não.

– Só a deusa sabe o que a Sombra e a Escuridão irão jogar sobre você lá dentro, sem contar os deslumbramentos e as ilusões que a Luz produzirá para te distrair – continuou Janet. – Quando você encontrar suas garrafas de memórias, não ande sem rumo ou se demore. Se fizer isso, poderá se perder para sempre. A magia do palácio da memória muda de forma perigosa.

– Obrigada, Janet. – Abri a boca para dizer algo mais, mas a Escuridão estava esperando para atacar, e a Luz arrancou as palavras dos meus lábios antes que eu pudesse pronunciá-las.

– Não há de quê – respondeu ela, com a pele ao redor dos olhos enrugada de preocupação. – Ouça seus instintos, Diana, e não duvide deles; é assim que a deusa fala com você.

Saí da *mascareta* e fui para a parte do cais que ainda estava sustentada pelo poste. Ele afundou alguns centímetros, encharcando meus tênis, e então voltou a flutuar. Alcancei a tranca de ferro na porta, mas ela não era usada havia eras e o mecanismo estava duro com sal e sujeira. Coloquei o ombro na madeira e empurrei com toda a força. A porta se abriu relutante, arrastando-se pelo chão do outro lado.

A magia me envolveu quando entrei no palácio da memória, soprando para me cumprimentar e passando pela porta aberta. Sua força fez com que ela se fechasse com um estrondo, e me perguntei se poderia ser aberta por dentro.

Mas era tarde demais para me preocupar com isso agora. Lancei uma luz de sombra tremulante para me orientar no espaço cavernoso. Com ela na palma da mão, levantei-a, na esperança de ver os cantos da sala. A escuridão logo absorveu seu brilho fraco, mas a iluminação durou o suficiente para eu perceber que estava em uma arcada de madeira com aberturas retangulares, como janelas sem vidro. Isso me lembrou das arquibancadas de tênis em Hampton Court, onde os espectadores podiam assistir à partida de uma posição protegida.

Conjurei outra luz de sombra e procurei nos painéis até encontrar um fecho simples. Ele se abriu com um estalo, liberando uma seção do compartimento para que eu pudesse passar para o chão de mármore preto da sala. Aquela não era uma quadra de tênis. As linhas e os padrões no mármore eram mágicos: um pentagrama cercado por anéis concêntricos, com um círculo elemental em cada ponta da estrela.

Meus olhos se ajustaram à ausência da Luz e varri a sala em busca de mais pistas sobre seu propósito. O teto era tão escuro quanto as quatro paredes e o chão, e uma lua crescente prateada brilhava sobre ele, lançando a única luz no espaço sem janelas. Um friso prateado com a inscrição THEATRUM TENEBRARUM serpenteava repetidas vezes pelo cômodo.

O Teatro da Escuridão.

Foi ali que minha mãe enfrentara Peter Knox em um duelo mágico, em condições tão sombrias que ela não teria visto a varinha diante de seu rosto.

Janet tinha avisado para não me demorar e, com relutância, deixei o *Theatrum Tenebrarum* para trás e encontrei a entrada de um corredor iluminado por tochas, largo o suficiente para que quatro bruxas caminhassem lado a lado. Um toque de fogo de bruxa teria iluminado o caminho, mas eu não podia arriscar ser detectada.

A Escuridão ainda estava presente no corredor, mas era mantida sob controle por camadas de magia e contramagia, inscritas e reinscritas por centenas de bruxas para manter os feitiços mortais. Mas os nós soltos dos encantamentos não tinham sido amarrados novamente com os fios brilhantes que uma tecelã como eu usaria. Aqueles eram tecidos de Escuridão, Sombra e Luz, a essência da alta magia.

Passei por outras salas e corri por outros corredores: uma sala repleta de prateleiras, cada uma cheia de livros; uma sala de jantar com a mesa posta para um banquete e treze cadeiras ao redor; uma sala que parecia um teatro, sem atores ou plateia.

Cheguei à cozinha do palácio, onde um homem em uma jaqueta escura e calções até o joelho estava sentado perto do fogo, de costas para mim. Ele mexia um caldeirão cheio de algo escuro e perfumado. Um pássaro preto com bico de ébano afiado e pescoço grosso emplumado estava empoleirado em seu ombro. O corvo inclinou a cabeça para me encarar.

O homem sentiu meu olhar e se virou.

John Proctor. Eu o reconheci da estrada de carruagens e da garrafa de memórias de Grissel Gowdie. Por que ele estava no palácio da memória das bruxas?

– Não há nada para você aqui – falou. – Lareira e caldeirão nunca serão um lar para bruxas e bruxos como nós. Você deve subir mais alto para encontrar o que procura.

O corvo alçou voo do ombro de John, me conduzindo a outra parte do palácio. Segui o pássaro até um espaço no qual a luz era de um cinza perolado e oscilante, e não escura e densa. Olhei para o alto e não fiquei surpresa ao ver nas paredes a inscrição THEATRUM UMBRARUM – o Teatro das Sombras.

Havia uma cadeira esculpida no centro da sala. Uma pele de urso preto, com cabeça e tudo, estava jogada sobre o encosto e o assento, de modo que qualquer um que ousasse sentar-se nela seria abraçado pelas patas da criatura. Ao lado, um balde com uma concha de prata e um cálice incrustado de pedras preciosas. Diferente do Teatro da Escuridão, o Teatro das Sombras parecia um espaço ritualístico.

– *A curiosidade salvou a bruxa* – crocitou o corvo, circulando acima de mim. – *Você deve mirar alto.* – O pássaro preto voou em uma rajada de asas escuras.

Olhei para cima e vi outro labirinto suspenso, este feito de ar e Sombra em vez de madeira e água. Por alguma maravilha de arquitetura e magia, o labirinto suspenso conseguia ser ao mesmo tempo diáfano e sólido, com a abóbada celestial visível acima dele.

Por entre suas nuvens oscilantes, avistei um brilho, depois um lampejo. Estreitei os olhos na tentativa de enxergar com mais clareza.

Vidro. *Garrafas de memórias.*

Havia uma escada em espiral atrás da cadeira coberta pela pele de urso. Só quando coloquei o pé no primeiro nível percebi que os degraus lembravam uma hélice dupla, com duas escadas separadas se entrelaçando ao redor de um eixo central.

À medida que eu subia, o labirinto se tornava mais tangível. Quando cheguei ao topo da escada, o patamar estava sólido sob meus pés e me vi no ponto central do palácio, onde as memórias das bruxas eram guardadas.

Placas apontavam para *oriens, occidens, septentrio* e *meridies*: os quatro pontos cardeais. Entrei pelo arco leste e adentrei uma biblioteca absurda, com prateleiras curvas e corredores sinuosos. Centenas de garrafas lotavam as prateleiras, junto com caixas de pequenos rótulos quebradiços usados para indicar quando uma garrafa tinha sido removida, e alguns objetos estranhos de origem e propósito desconhecidos: um crânio de pássaro, uma besta usando uma varinha como flecha, um gorro de seda esfarelado com borla dourada. Tudo estava coberto por uma espessa camada de poeira.

Examinei os rótulos nas garrafas mais próximas. *Ema Howat. Ana Novak. Maja Krajnc.* Eram nomes do leste europeu, possivelmente de vizinhos próximos de Veneza, como Eslovênia e Croácia. Algumas garrafas pareciam pertencer a bruxas mais próximas de Veneza, como a que estava rotulada com o nome *Zorzi Vascotto.*

Curiosamente, cada rótulo tinha não só um nome, mas um código de seis dígitos. 197402. 196813. 195101. 195904. Será que os quatro primeiros dígitos eram uma data? Se sim, o que significavam os últimos dois números?

— Ah, vovó Alice — murmurei. Ela ficaria horrorizada com a desorganização. Se os números fossem datas, deveriam estar arranjados em ordem crescente ou decrescente. Se não fossem datas, as garrafas deveriam estar organizadas de forma alfabética.

Não havia tempo para organizar o caos, pois eu estava na parte errada do palácio da memória. As garrafas contendo as memórias dos Proctor e dos Bishop estariam na seção *occidens*, reservada para as bruxas que viviam a oeste de Veneza.

Atravessei o patamar novamente. Na parte ocidental do palácio, as prateleiras se estendiam até onde a vista alcançava em uma direção, depois se curvavam nas Sombras. Não havia poeira, e os marcadores que indicavam os locais para devolver as garrafas estavam frescos e nítidos. Puxei um deles. *Sidonie Von Borcke, 24 de junho de 2017*. Minha nêmesis estivera ali apenas algumas semanas antes, mexendo em memórias que não pertenciam a ela.

As garrafas nas prateleiras mais próximas da entrada estavam rotuladas: 201701, 201705, 201713. As próximas estavam marcadas como 201603, 201607, 201608, 201611.

Minha suspeita se confirmou: os quatro primeiros dígitos designavam um ano, provavelmente quando as memórias foram coletadas daquela classe específica de especialistas em potencial. Os dois últimos dígitos deviam ser um sistema secundário de organização.

A menção de Matthew sobre eugenia ecoou em meus pensamentos, lembrando-me de que a Congregação não estava apenas interessada em armazenar as memórias das bruxas, mas em avaliá-las também.

— Classificações. — Minha boca se contorceu de desgosto. Depois que as bruxas removiam as memórias dos recém-certificados especialistas, elas eram revisadas e classificadas de acordo com suas habilidades e poder. Os temores de Matthew eram justificados.

Essas memórias tinham sido coletadas recentemente, então as da minha mãe não estariam entre elas. Me afastei e avancei na biblioteca de garrafas em busca delas.

Percorri as prateleiras milenares e cheguei aos anos 1990. Havia o dobro de garrafas ali, mas não tive tempo de me perguntar o por quê. Corri pelo corredor seguinte, procurando os anos 1960. Passei do ponto e me vi entre as memórias de bruxas que estiveram ali antes da Segunda Guerra Mundial.

1932, 1933, 1934.

1935.

Respirei fundo, tentando acalmar meu coração acelerado.

Thomas Lloyd, 193601
Joanna Bishop, 193602
Taliesin Proctor, 193603
Nina Garnier, 193608
Janette Gardener, 193609
Viola Cantini, 193613

Se os dois últimos dígitos fossem um sistema de classificação, então três de meus avós haviam recebido as melhores notas em seus exames no Labirinto.

Eu não tinha flores para oferecer às suas memórias, como fiz em Proctor's Ledge. Tampouco podia colocar as memórias no coração, onde pertenciam. Tudo o que eu podia fazer era recuperá-las.

Puxei uma sacola dobrada da cintura da minha leggings preta. Uma a uma, removi as garrafas dos meus avós, me movimentando da forma mais rápida e certeira possível.

O corredor virava para a esquerda e espiei a esquina. Outro conjunto de prateleiras se estendia ao longe. O passado me chamava para explorar mais, mas virei as costas para ele e mirei adiante.

Dessa vez, usei meus instintos para encontrar as outras garrafas da família.

Gwyneth Proctor, 194802.

Ajeitei as memórias da tia Gwyneth na sacola ao lado das de seu irmão. Quanto mais memórias da família eu recuperava, mais alto meu poder cantava.

Janet Gowdie, 194903.
Naomi Proctor, 195713.

Coloquei as garrafas, e o peso da sacola começou a puxar as alças.

Cheguei aos anos 1960, e meus dedos começaram a formigar.

Isaac Mather, 196503.

Procurei mais e encontrei o que buscava na prateleira inferior.

Rebecca Bishop, 196901.

Mamãe tinha sido a melhor de sua turma, assim como seu pai antes dela.

Eu me abaixei para colocar suas memórias na sacola e notei outra garrafa ao lado, com seu nome e uma data escrita da forma tradicional. Era *5 de agosto de 1976*, apenas oito dias antes de eu nascer. Peguei essa garrafa também, retirando o marcador da prateleira. Agarrei-o antes que ele passasse pelas nuvens e caísse no andar de baixo.

Havia um nome, uma data e uma descrição do item retirado, exatamente como em um requerimento de material da Biblioteca Bodleiana.

Bishop, Rebecca. Garrafa de Memórias 3, 28 de agosto de 1983.

Fogo e gelo encheram minhas veias. Algum abutre havia retirado as memórias da minha mãe no dia em que ela morreu.

– Peter Knox – falei, verbalizando meu pior medo.

Era ainda mais horrível saber que outra pessoa tinha a custódia delas agora. Procurei o nome da bruxa que tinha as memórias da minha mãe, esperando ver as iniciais de Sidonie.

Tinima Toussaint, 26 de maio de 2017.

Não havia sido Sidonie quem pegou a garrafa, mas a nova recruta da Congregação. Ela fizera isso no dia em que os corvos tinham ido a New Haven para levar sua mensagem a Becca.

Meus olhos se voltaram para as prateleiras à esquerda, nas quais encontrei outras garrafas que pertenciam a mim e à minha família.

Emily Mather, 197405.

Julie Eastey, 197606.

Será que outra bruxa estava espionando Em ou Julie? Furiosa com a possibilidade, coloquei essas garrafas na sacola também.

Não cabiam mais itens na minha bolsa. O gosto de assuntos inacabados e desejos não realizados amargou minha boca. Ficaria lá até recuperar cada pedaço da minha família daquele lugar.

Eu estava saindo da seção *occidens* do palácio das memórias quando uma última garrafa chamou minha atenção.

Margaret Skelling, 200804.

Hesitei. Minha intenção era recuperar apenas o que pertencia à minha família.

– *Pegue-a* – sussurrou a Escuridão. – *Ela merece, depois de ter entregado você e Gwyneth à Congregação.*

– *Isso não te pertence* – murmurou a Luz. Fiz um acordo faustiano e coloquei a garrafa no bolso.

– Sinto muito, mãe. Queria que fosse a sua – falei.

O chão sob mim deixou de ser sólido e virou vapor, e eu caí – subindo, subindo, subindo.

Fui lançada para o céu escuro. Em vez de constelações, a Escuridão era preenchida por uma galáxia giratória de folhas, libélulas, sapos e penas. Uma escada girava ao redor do centro do redemoinho, seguida por uma vassoura, um anel dourado e até uma casinha de bonecas, como se eu tivesse sido transportada para o Kansas e logo fosse me encontrar em Oz.

Segurei a sacola com as garrafas de memórias junto ao corpo, temendo que elas fossem sugadas para aquele estranho universo.

– Procurando por isso? – Uma bruxa alta e esguia estava sentada de pernas cruzadas no centro da galáxia escura, segurando uma garrafa de memórias. Vestia branco e tinha a cabeça envolta em um lenço. – Eu estava esperando por você, Diana Bishop.

– Isso pertence a mim. – O ar estava denso com poder, e eu lutava para nadar através dele.

– Não de acordo com o rótulo. – As maçãs do rosto salientes de Tinima projetavam suas feições finas na sombra até que seu rosto se assemelhasse à cabeça da Morte. – Você deve ser uma daquelas bruxas que pensam que toda a magia do mundo é sua por direito.

– E você deve ser Tinima. – Eu pairava perto dela, com cuidado para manter a mente vazia e não desejar ou querer nada, nem informação, nem a morte súbita e dolorosa da bruxa, nem mesmo o retorno das últimas memórias da minha mãe.

Mas não fui cuidadosa o suficiente.

– Estou vendo que esta não é sua primeira vez explorando um labirinto. – Os olhos de Tinima se estreitaram. – Alguém tem andado por onde não devia. Apenas uma verdadeira filha da Sombra poderia ter chegado tão longe sem ser desafiada. Um pouco de conhecimento pode ser uma coisa perigosa, Diana.

– Você sabia que eu estava vindo para Isola della Stella – falei –, assim como sabia quando os corvos iam para New Haven.

– Os espíritos têm estado inquietos – respondeu Tinima –, e as chamas das velas, cheias de sussurros.

Eu havia deixado o oráculo do pássaro preto em Ca' Chiaramonte, graças à deusa. Com sorte, madame Toussaint ainda não estaria ciente de que eu também tinha um jeito de prever o futuro.

— Fogos de artifício nunca foram meu veneno favorito — disse Tinima —, então permaneci em Isola della Stella para ver você pessoalmente.

— Aqui estou — falei, com um dar de ombros que aprendi com Ysabeau.

— Humm. — Tinima me observava de perto, avaliando minhas reações. — Sidonie está obcecada por você, o que me diz que você tem poder. Janet mal menciona seu nome, o que confirma que você é uma bruxa de grande habilidade. Ela não confia em mim e eu não confio nela, sabe, então guardamos nossos segredos a sete chaves.

Decisão sábia, pensei.

— E nenhuma delas sabe com quem, ou com o que, está lidando quando se trata de você — murmurou Tinima, seus olhos me penetrando com um formigamento que beirava a dor, sondando minhas forças e registrando minhas fraquezas. — Fico feliz por ter a oportunidade de julgá-la pessoalmente. Você não decepciona, Diana, mesmo que esteja se metendo em algo bem além de suas capacidades.

Eu não podia argumentar contra isso. Mas aprendia rápido e em breve estaria junto aos melhores.

— A garrafa. — Estendi a mão.

Tinima riu.

— Se quer, vai ter que chegar mais perto.

Eu não queria me aproximar de Tinima Toussaint. Desejava estar de volta em terra firme.

Pisquei e me encontrei na cadeira que vira antes, a cabeça da pele de urso olhando por cima do meu ombro.

Tinima agora me observava da sombra da escada, seu vestido de renda branca se misturando ao rendilhado de pedra. Sua expressão havia mudado, e a cautela obscurecia suas feições.

Eu me levantei. Se Tinima estava determinada a um duelo mágico, eu precisava estar pronta. Mais importante: precisava proteger as garrafas de memórias que havia recuperado.

— Se vai me desafiar, deixe-me colocar as garrafas no chão primeiro — falei. — Ah. Eu não tenho uma varinha. Terá que ser combate corpo a corpo, se estiver de acordo.

A cautela desapareceu quando a expressão de Tinima se transformou em indignação, seus olhos fumegando.

— Como se atreve a sugerir que eu tiraria vantagem de uma *novata*.

As brasas nos olhos de Tinima explodiram em chamas. Com uma força que não era deste mundo, ela lançou para o ar a garrafa que estava segurando.

– Não! – gritei, enquanto as preciosas memórias da minha mãe se juntavam ao círculo e às conchas, às folhas, à escada, às penas e às libélulas, rodopiando em torno do buraco negro naquela estranha galáxia no centro do palácio. A garrafa flamejante desapareceu como uma estrela brilhante na Escuridão, ardendo intensamente antes de se extinguir.

– Como você pôde?! – vociferei, com lágrimas escorrendo pelo rosto.

– Vá! – rugiu Tinima. – Leve suas garrafas e não volte aqui até que a Sombra chame você de volta para casa.

Recuei um passo, depois outro, atônita que Tinima, assim como Meg, estivesse me deixando ir.

A bruxa ergueu a mão em despedida, seus olhos ainda brilhando intensamente.

– Nos encontraremos de novo, Diana Bishop – prometeu ela. – Antes do que você imagina. Então acertaremos as contas.

Capítulo 25

As consequências da nossa operação de inteligência, ou melhor, do nosso assalto, foram tão sérias quanto eu temia.

Fui formalmente repreendida por chegar à Isola della Stella sem aviso e por entrar no território das bruxas sem permissão. A Congregação enviou uma cópia do Código de Conduta das Bruxas sobre a Maneira Apropriada de Abordar os Membros (um título digno de Robert Fludd) para Ca' Chiaramonte depois do café da manhã. As bruxas foram prolixas no documento, que ultrapassava dez páginas. Como eu não tinha o menor desejo de voltar à Isola della Stella, ou de ver Tinima outra vez, joguei os papéis fora.

Depois, em uma reunião de emergência imediatamente após o fim do festival do Redentore, as bruxas da Congregação obrigaram Baldwin e Fernando a darem garantias sobre meu paradeiro e promessas de que eu estaria disponível para questionamentos, se solicitada.

Por fim, as bruxas expulsaram Janet sumariamente. Ela recebeu a notícia no domingo à tarde, pouco antes de deixar Veneza, e confessou que estava cansada das brigas constantes e da energia necessária para se manter um passo à frente de Sidonie.

— É um alívio, na verdade. A vovó me convidou para ficar com ela em Sept-Tours pelo tempo que eu quiser — revelou quando a acompanhei, junto a Ysabeau, Marthe, Alain, Victoire e uma coleção inteira de malas Louis Vuitton, até Santa Lucia, onde o grupo embarcaria no Orient Express *en route* para Lyon.

— Janet e eu faremos o possível para não nos metermos em encrenca — disse Ysabeau quando nos despedimos. — Ao contrário de Baldwin e Fernando, não fazemos promessas.

O desdém gravado nas feições delicadas de Ysabeau indicava o que ela pensava daqueles membros da família De Clermont que haviam cedido às exigências da Congregação.

Ysabeau foi a única criatura a sair do fim de semana em Veneza não apenas ilesa, mas revigorada. A matriarca dos De Clermont foi a sensação da Festa del Redentore de 2017; uma conta numa rede social exaltara o retorno da elegância clássica francesa, comparando o impacto de Ysabeau ao de Catherine Deneuve em 1967. Enquanto cruzava a estação com um ousado terno preto da Balmain, os braços cheios de buquês dados por admiradores, o momento foi capturado em fotos rapidamente postadas na internet.

Mais tarde, eu me acomodei no assento do jato de Baldwin, sentindo-me confusa. Eu havia queimado qualquer ponte precária existente com a Congregação como membro da família De Clermont. As bruxas não perdoariam tão cedo minha incursão no palácio de memórias e nunca se esqueceriam completamente dela. A animosidade de Sidonie havia se intensificado, junto com sua curiosidade. Sem Janet na Congregação, Matthew e eu havíamos perdido uma aliada crucial. Quanto a Tinima Toussaint, eu ainda não sabia o que pensar sobre sua decisão de me deixar ficar com as memórias roubadas ou sobre o ato aparentemente impulsivo de destruir o frasco com as memórias da minha mãe. Coloquei uma das mãos de forma protetora sobre a bolsa na qual cada frasco da família estava agora envolto em um lenço Hermès vintage da coleção de Ysabeau.

Matthew me esperava quando desembarquei no aeródromo privado a noroeste de Boston. Nós nos abraçamos em silêncio, aliviados por estarmos juntos de novo, mas também com certa estranheza após o que havia acontecido apenas alguns dias antes, no labirinto dos Proctor. Em Ravenswood, fiquei encantada ao descobrir que Sarah e Gwyneth não haviam se estrangulado. Apollo e Ardwinna me cumprimentaram brevemente e com entusiasmo, e logo desmaiaram sob a castanheira por causa do calor e da excitação. Os gêmeos estavam um pouco bronzeados, saudáveis como touros e ansiosos para me contar tudo o que havia acontecido em seu mundo nas últimas setenta e duas horas. Depois dos reencontros, quando as crianças estavam no rio com Ike, compartilhei o que aconteceu em Veneza com o restante da minha curiosa família.

– Não acredito que você conseguiu sair de Isola della Stella com tantos frascos! – disse Gwyneth, depois de ver minha pesada bolsa.

— Não acredito que você não quebrou nenhum — acrescentou Sarah.

Pedi a Matthew para assumir a delicada tarefa de desempacotá-la. Ele os retirou das embalagens, identificando cada um até que um brilhante conjunto de frascos de vidro veneziano, alguns redondos, outros longos, alguns simples e outros com cores elaboradas e tampas facetadas, cintilou sob o sol de verão de Ipswich.

— As bruxas devem ter uma parceria com os sopradores de vidro de Murano e Burano — comentou Matthew, enquanto colocava o último dos frascos de memórias na mesa.

— Qual é o meu? — perguntou Gwyneth, com a voz hesitante.

Procurei o frasco dourado e preto de Gwyneth, assim como o verde que pertencia a Tally. Coloquei-os na frente da minha tia, reunindo os irmãos. Ela os tocou com reverência, suas mãos se movendo possessivamente sobre as bases arredondadas, as carícias tranquilizadoras indicando que agora tudo estava bem.

— Parece que os frascos mais antigos que você encontrou são de 1936 — observou Matthew, examinando os rótulos para ter certeza. — Até onde vai o arquivo de memórias?

— Não tive tempo de descobrir — expliquei. — Madame Toussaint me pegou saqueando as prateleiras e tive que sair o mais rápido possível.

Matthew me conhecia bem o suficiente para suspeitar que esse relato frio não era a história completa. Levaria um tempo para eu encontrar as palavras certas para descrever o que tinha acontecido e formular as perguntas que ainda permaneciam.

Desviei a atenção de Matthew esboçando uma planta baixa do palácio, incluindo a escada dupla em espiral que levava à biblioteca flutuante cheia de frascos de memória. Diverti Sarah com histórias das peripécias de Ysabeau em Veneza e mostrei algumas das fotos que apareceram nas redes sociais, nenhuma das quais mostrava o rosto da minha sogra em detalhes. Contei a Gwyneth sobre meu surpreendente encontro com Tinima Toussaint, a mais nova membro da Congregação.

Enquanto eu contava minhas histórias e tomava chá, os olhos de Matthew nunca se afastavam de mim. Eu temia encará-los, pois não sabia o que poderia ver ali. Amor? Afeição? Nada? As duas coisas?

O barulho de passos e o som de coletes salva-vidas molhados batendo do lado de fora do celeiro anunciaram o retorno das crianças de sua pescaria.

– Olha! – Pip entrou correndo com uma linha com peixes. – Pegamos o jantar!

Matthew e eu admiramos devidamente os troféus escorregadios.

– O que tem dentro disso? – perguntou Becca, largando a vara de pescar ao ver o que eu havia trazido de Veneza.

– São experiências e memórias de pessoas que viveram muito tempo atrás – falei, puxando-a para os meus braços para que ela não derrubasse nenhum frasco por conta de sua curiosidade.

Ike entrou no celeiro com o equipamento de pesca.

– Uau. São todas garrafas de memórias?

– São – respondi, abrindo espaço para ele ao meu lado. – Obrigada por ter levado as crianças para passear hoje.

– Sem problemas, prima. Nos divertimos muito – respondeu ele.

– Tenho uma coisa pra você – sussurrei.

– Um suvenir? – Ike pareceu contente. – Você trouxe uma camisa do Juventus pra mim?

Eu ri. Não era à toa que ele e Chris se davam tão bem. Os dois adoravam esportes.

– Infelizmente, eu estava do outro lado do país. – Encontrei o frasco longo e claro com uma dupla hélice âmbar enroscada no vidro. Virei-o para que o rótulo ficasse voltado para Ike. – Isso pertence a você e sua mãe.

Ele pegou o frasco com a delicadeza de quem segura um passarinho.

– Essas são as memórias do meu pai? – perguntou, de olhos arregalados.

Fiquei sabendo, no piquenique do solstício de verão, que Ike nunca conhecera o pai, exceto por fotos e pelas histórias que Lucy e o restante da família Proctor contavam para manter vivo em suas lembranças o soldado morto em batalha. Eu só podia imaginar o que aquelas memórias significavam para uma criança que nunca tinha ouvido a voz do pai ou sentido seus braços ao redor de si.

– Precisa de um abraço, tio Ike? – Pip observava meu primo com uma intensidade vampírica.

– Preciso, sim, amigão. – Ike deu a Pip um abraço envolvente, do tipo que os pais dão aos filhos, ainda segurando a garrafa de memórias entre os dedos.

– Eu não sabia que seu pai era um especialista – disse Matthew com delicadeza.

– Não falamos muito sobre isso – respondeu Ike, soltando Pip. – Put-Put me contou que papai foi examinado em Isola della Stella no verão de 1965, mas era uma época esquisita e ele escolheu a Marinha em vez da Congregação. 196503. São dígitos demais para um código postal e de menos para um número de serviço. O que significa?

– O ano, seguido pela classificação do seu pai – expliquei. – A lista de convites da Congregação era seletiva, não mais do que treze bruxos eram convidados para a Isola della Stella para serem testados.

– Terceiro de treze. – Ike balançou a cabeça. – Esse é meu pai. Sempre acima da média. E nem ele, nem nenhum dos seus colegas que voltou sabiam o que acontecia por lá?

– Não, a menos que se tornassem membros da Congregação – falei. – Com uma cadeira vem o acesso ao palácio da memória e todos os segredos lá dentro. Você pode acessar as memórias de quem quiser: inimigos, amigos, famílias...

– Não é à toa que bruxos ambiciosos competem para ser selecionados – disse Gwyneth. – Imagine ter tanto poder sobre seus semelhantes.

– Quem cuida do bem-estar dos outros especialistas e dos candidatos que foram eliminados, como Naomi? – perguntou Ike com uma expressão sombria.

– Ninguém – respondi. – As garrafas deles foram relegadas a uma prateleira e esquecidas, a menos que algum bruxo da Congregação achasse que poderiam ser úteis.

– Tem pessoas pequenininhas dentro dos frascos? – perguntou Becca durante a pausa que se seguiu na conversa.

– Não, raio de lua. Só memórias – respondeu Matthew. – Esses frascos são como os que *maman* trouxe da casa da vovó Sarah. Lembra como eram pesados?

Becca e Pip assentiram.

– Eles eram quentes – acrescentou Pip.

– E tinham brilhos dentro. – O tom de Becca se tornou didático. – Se virmos um frasco vazio que seja pesado, quente e brilhante, e estiver bem fechado, precisamos avisar à mamãe ou à tia Gwyneth.

Eu não havia notado um brilho cálido nos frascos, mas eu não era Nascida Brilhante e não tinha a percepção aguçada dos meus filhos.

– Isso mesmo, Rebecca – disse Matthew, lançando um sorriso orgulhoso para a filha.

– Quem resgatou tudo isso da reciclagem? – perguntou Pip, olhando desconfiado para todos os frascos. – Eles devem ter uma casa grande.

Matthew abafou um sorriso. As crianças, como muitas de sua geração, eram fervorosas defensoras do meio ambiente e sabiam mais sobre aterros sanitários e energia limpa do que eu sabia sobre plástico e poços de petróleo na idade delas.

— A Congregação. — Eu queria ser honesta com as crianças, dado o exame que se aproximava.

Pip fez uma careta. As crianças não eram fãs da Congregação. Ela tinha ocupado muito do meu tempo, e agora as privava de ver Fernando com a frequência que gostariam.

— Eles colocaram os pensamentos das pessoas em potes, como os picles da Marthe, e depois guardaram? — Becca franziu o nariz de desgosto. — Eu não iria gostar disso. E não ia querer que as memórias do tio Baldwin fossem guardadas em um frasco também. Ele conta as melhores histórias, e elas sempre começam com "Eu me lembro de quando".

— O que você vai fazer com eles? — Ike me perguntou baixinho.

— Eu ia perguntar isso também — disse Sarah, surpresa por estar alinhada com um membro da família Proctor. — Vai tirar todas as rolhas? Ou vai apenas guardá-las em outro armário para serem esquecidas?

— Com certeza não vamos abri-las agora. — Como historiadora, eu estava preocupada que liberar as memórias pudesse danificá-las de maneiras imprevisíveis. Elas estavam melhor onde estavam.

Gwyneth pareceu aliviada.

— Podemos abrir amanhã? — perguntou Pip.

— Nem hoje, nem amanhã — respondi firmemente.

Não até eu ter a oportunidade de conversar com Matthew em particular.

Esperei alguns dias antes de abordar o assunto de Veneza com Matthew. Eu esperava que ele estivesse cheio de perguntas sobre o que eu vira e como Tinima se comportara, mas a distância que havia crescido entre nós desde que o levei ao labirinto dos Proctor permanecia. Meus pensamentos continuavam voltando àquela noite na floresta e ao sofrimento que eu havia causado.

Certo dia, quando a ida para o acampamento correu bem, as crianças estavam felizes, o tempo estava bom e Gwyneth tinha uma reunião do clube local de jardinagem, decidi que era hora de fazer as pazes com meu marido. Nem mesmo Sarah ficara em Ravenswood, pois a palestrante convidada no clube de

Gwyneth era uma bruxa herbalista de Vermont que gerenciava uma empresa de catálogos de sementes e estava abordando o tema "Trocas de sementes: preservando plantas e legumes históricos enquanto fortalecemos comunidades", um assunto de muito interesse dela.

No fim da manhã, só restávamos eu e Matthew na propriedade. Eu estava na cozinha, fazendo anotações rápidas no meu livro das sombras sobre o último projeto alquímico de Gwyneth. Matthew estava no escritório de Tally, ligando para Grace a fim de reservar algumas lagostas para o jantar. Ele já tinha ligado para Ike para avaliar a melhor maneira de colocar algas no pote de lagosta e recebido sua atualização diária do laboratório com Miriam. Matthew não poderia me evitar para sempre. Mais cedo ou mais tarde, ele teria que retornar à cozinha.

Quando retornou, eu ataquei.

– Estava pensando se você gostaria de ver uma das garrafas de memórias da minha mãe comigo – falei, mantendo o tom casual e o nariz enterrado no meu livro das sombras.

Os ombros de Matthew ficaram tensos. Ele se virou da cafeteira.

– Acha sensato fazer isso sem a Gwyneth aqui?

– Não são as memórias da Congregação, é uma garrafa que encontrei na Casa Bishop. Gwyneth examinou e disse que está em boas condições, que não deveria ser um problema – assegurei. Desde que voltei de Veneza, as aulas de Gwyneth tinham se concentrado no cuidado e na manutenção das garrafas de memórias.

– Não quer esperar a Sarah? – perguntou Matthew. – Rebecca era irmã dela. Pode haver alguma memória de família na garrafa.

Eu deslizei a garrafa de vinho Mateus coberto de cera em sua direção.

– Tenho quase certeza de que é de um dos encontros dos meus pais.

Matthew abriu a boca.

– Duvido que veremos algo censurado – falei, descartando seu próximo argumento. Engoli um suspiro de frustração. – Se não quiser me acompanhar, é só recusar. Eu vou ao celeiro e faço isso sozinha.

Matthew sentou-se à minha frente na velha mesa da cozinha, que sem dúvida já havia testemunhado dezenas de conversas difíceis entre casais.

– Não quero fazer parte das suas tentativas de praticar alta magia – falou.

Eu não estava *tentando* praticar alta magia, eu a estava dominando, ainda que de forma hesitante e incrementada. Guardei minha resposta afiada. Ficar na defensiva não iria melhorar as coisas entre nós.

— Eu sei — falei, e era verdade. — É sua escolha. Mas espero que entenda que vou continuar oferecendo.

Matthew deu de ombros.

— Levar você para o labirinto na floresta foi errado — admiti. — Não vou cometer esse erro de novo. Ainda estou aprendendo e vou cometer outros erros, mas não esse.

— Você acha que ir lá sozinha teria sido certo? — A raiva de Matthew aflorou. — Meu Deus, Diana. Nenhum de nós tinha qualquer motivo para estar lá.

— Eu discordo.

Matthew jogou as mãos para o alto em sinal de frustração e se recostou na cadeira.

— Eu aprendi lições importantes no labirinto naquela noite, lições que salvaram minha vida — falei, minha própria raiva começando a fervilhar. Eu estava tentando ouvir as preocupações de Matthew. Ele estava ouvindo as minhas? — Eu subestimei o quão vulnerável você estaria. Admito isso. Mas depois do que vivi em Veneza, faria de novo. Sem você.

— Agora que você tem um ponto de apoio na alta magia, *sua* vulnerabilidade não é mais motivo suficiente para se afastar de algo que você não entende? — Matthew se inclinou em minha direção. — Esse é o problema com a alta magia, Diana. Ela dá a falsa impressão de que você é uma divindade e que é invencível.

— Eu conheço minhas limitações melhor do que você — retruquei. — Meus pontos fortes e fracos também. A cada dia que trilho o Caminho das Trevas, descubro mais sobre mim mesma, e isso está mudando quem eu sou, Matthew.

Matthew inspirou fundo, a respiração entrecortada. Eu estava dando voz aos seus medos mais profundos, e era difícil para ele ouvi-los.

— Faço o meu melhor para compartilhar o que aprendo, para que você não sinta que está me perdendo — continuei. — Mas, às vezes, palavras não são suficientes. Às vezes, eu preciso que você viva isso comigo em vez de apenas *através* de mim, como se eu já fosse uma garrafa de memórias em uma prateleira.

A emoção intensa nos olhos de Matthew me dizia que ele estava me ouvindo agora.

— O relacionamento dos meus pais é um mistério para mim — confessei. — Não entendo como eles fizeram a relação funcionar sem que minha mãe pudesse praticar alta magia. Pensei que talvez observar um dos encontros deles pudesse ajudar. Deve haver algum motivo pelo qual minha mãe fez questão de guardar essa noite em particular.

Matthew ponderou as alternativas, e seu rosto refletia medo, desejo, raiva e até irritação. Eu não fazia ideia de qual seria sua decisão final, até ele tomá-la.

– Tudo bem, *mon coeur* – falou. – Onde quer fazer isso?

– Aqui, na cozinha – respondi com calma, embora por dentro eu estivesse pulando de alegria por ele ter concordado.

– Tem espaço suficiente? – Matthew olhou ao redor do ambiente apertado.

– De sobra – garanti, conjurando uma luz de bruxa para cortar o selo de cera. – Está pronto?

Matthew se assustou.

– Agora?

Assenti. Se eu desse tempo para ele reconsiderar, Matthew encontraria um milhão de razões para não participar.

Eu só podia dar a ele uma razão para participar.

– Eu te amo, Matthew – disse. – Obrigada por fazer isso. Vamos fazer as coisas darem certo. Eu prometo.

Antes que ele pudesse me alertar para não fazer uma promessa que eu talvez não pudesse cumprir, conjurei a câmara protetora que impediria as memórias da minha mãe de evaporarem. O selo já estava aberto, e as bordas da rolha estavam acima do gargalo da garrafa. Não precisei puxar para desalojar o pedaço de cortiça. A força das memórias da minha mãe a lançou em direção ao teto. A rolha retornou à mesa com um baque.

Foi minha última visão antes que o passado encontrasse o presente, e o cheiro inconfundível do perfume Diorissimo da minha mãe preenchesse o ar.

Garrafa de Memórias de Rebecca Bishop, Dezembro de 1975

Rebecca colocou a última das bolas de bruxa na árvore de Yule. Elas cintilavam nas luzes coloridas penduradas nos galhos de pinheiro, iluminando a sala e brilhando através da neve que caía, para ajudar a guiar Stephen de volta para casa.

Ela colocou a mão na barriga e abafou um arroto enquanto inspecionava a sala para garantir que tudo estivesse perfeito. A prova final que Stephen estava supervisionando terminaria às cinco horas. Ele chegaria a qualquer momento, depois de pegar o metrô e um ônibus. Era uma longa viagem, muito mais longa do que sua caminhada de quinze minutos, e, em dias de inverno como aquele, Rebecca gostava de tornar a noite especial.

A lareira estava acesa e, com um pouco de ajuda mágica, a chaminé funcionava corretamente, sem fumaça. Logo, o ambiente estaria preenchido com o aroma de tabaco, embora Rebecca soubesse que teria que ser firme quanto a isso. A garrafa de vinho Mateus estava pronta, junto com duas taças e uma tigela de amendoins salgados. Ela não conseguia suportar a ideia das habituais batatas chips.

O som de botas batendo na escada da frente a avisou de que Stephen havia chegado. Seu coração se encheu de alegria, como sempre acontecia quando se reencontravam, mesmo após um breve tempo separados. Era ridículo, é claro, que a simples visão de um homem pudesse afetá-la tão profundamente. Ela tinha aprendido a controlar suas expressões na presença das colegas e amigas, todas elas militando pelos direitos das mulheres. Rebecca também era uma delas, só que estava perdidamente apaixonada pelo homem com quem havia se casado.

— Uau. — Stephen entrou, fechando a porta para evitar que a neve entrasse na casa. — Alguém se empenhou.

— Só entrei no clima festivo, só isso — disse Rebecca, indo até ele para um beijo. — Como foi a prova?

Stephen suspirou.

— Eles estão tão exaustos que é difícil dizer. Dois deles estão sobrevivendo apenas de toranjas, passas e café nos últimos cinco dias. Nem preciso dizer que não estou esperando muito dos resultados.

Stephen largou a maleta de couro marrom desgastada, recheada com os cadernos que deveriam impedir os alunos de colar nos exames, junto com o cachecol que Emily tinha tricotado para ele no último Yule e o casaco de lã escura. Tudo cheirava a tabaco, café e hortelã. Os alunos de Stephen não eram os únicos sobrevivendo à base de uma dieta inadequada durante aquela época agitada do ano.

— Como foi seu dia? — perguntou Stephen, dando-lhe um segundo beijo. Sua pele gelada estava voltando à temperatura ambiente, e a neve presa em seu cabelo castanho já havia derretido.

— Agitado. — Rebecca pegou a mão dele e o conduziu até o cobertor que tinha estendido perto da lareira para o piquenique antes do jantar. — Demorei uma eternidade para encontrar uma árvore do tamanho certo, e depois não consegui achar as bolas de bruxa. Fui à loja de ferragens trocar algumas lâmpadas dos piscas-piscas antes de a neve começar a cair.

Magia teria sido mais rápido, é claro, e a luz mágica nunca mais queimaria, mas Rebecca sabia que não deveria encantar algo que seria usado todos os dias pelas próximas três semanas. Stephen sentiria o cheiro da magia e não aprovaria. Atualmente, ela reservava seus feitiços para momentos privados e motivos importantes.

— Como as lâmpadas queimam se as luzes estão desligadas e guardadas no sótão? — Stephen se sentou no chão com um gemido. — Meu Deus, está frio lá fora.

Rebecca lhe entregou uma taça de vinho e pegou outra para si. Os dois brindaram.

— A nós, e aos anos que virão — disse ele.

— A nós, e às memórias que deixaremos para trás — respondeu Rebecca. Era o brinde usual deles, mas tinha um significado especial naquela noite.

Stephen se recostou na cadeira ali perto e abriu os braços para envolvê-la. Uma onda de alegria ficou presa na garganta de Rebecca enquanto ela se aconchegava no braço dele.

— Humm. — Stephen cheirou o cabelo dela. — Para a sobremesa você fez torta de maçã com cranberry?

— Sim. — Rebecca riu. — Era para ser uma surpresa.

— É difícil disfarçar tanto açúcar mascavo e raspas de laranja — comentou Stephen, dando outro beijo embaixo da orelha dela. — Você conseguiu ir ao médico hoje, como queria?

— Aham... — Rebecca explodiu de alegria e empolgação. — Eu não sou alérgica a batatas. E não estou com gastroenterite.

— Graças a Deus — disse ele, pegando os amendoins.

— Estou grávida.

Stephen ficou boquiaberto de surpresa. Eles vinham tentando engravidar havia anos, mas sem sucesso. Rebecca queria um filho há tanto tempo, e havia desistido de tantas coisas por aquela promessa — pela criança que crescia dentro dela e que seria uma menina, ela sabia.

— Espero que você não se importe de receber seu presente de Yule antecipado — falou.

— Me importar?! — Stephen gritou de alegria. — Qual a previsão de nascimento?

— Meados de agosto. — Rebecca riu de novo, sua empolgação misturada com um toque de apreensão. — Não é a melhor época. Vou estar do tamanho do Monte Monadnock no final do semestre e sentada em um balde de gelo quando o calor de julho chegar.

— Vamos comprar um ar-condicionado! — Stephen resistia à compra havia anos, achando as máquinas feias e um desperdício de energia. Agora que havia um bebê a caminho, pensava diferente. Ele descansou as mãos sobre a barriga de Rebecca com expressão de admiração. — Vamos ter um bebê.

— Sim. — Rebecca colocou as mãos sobre as dele. — Um bebê de cabelos loiros e olhos azuis.

Assim como o sexo do bebê, Rebecca já conseguia visualizar a criança que ela se tornaria.

— Jamais quero esquecer esta noite — disse Stephen, depois de beijá-la novamente. E mais uma vez. — Está tudo perfeito... Seguro e quente perto da lareira, frio e neve lá fora, e só nós dois...

— Nós três — corrigiu Rebecca.

— Nós três.

Stephen parou de novo, se esforçando para se acostumar com o fato de que agora eles eram mais do que um casal. Eram uma família.

Quanto às memórias daquela noite, Rebecca já tinha planos para elas: colocá-las na garrafa de vinho Mateus (assim que Stephen a esvaziasse) e compartilhá-las com a filha um dia, para que ela sempre soubesse o quanto era desejada e amada.

O batimento cardíaco de Stephen sob a bochecha dela era constante e tranquilo.

— Eles me disseram que o coração do bebê já está batendo. — Rebecca se aninhou mais perto, sentindo-se melancólica por ainda não conseguir ouvi-lo.

Os próximos nove meses não passariam rápido o suficiente. Depois disso, Rebecca queria que o tempo se movesse devagar para que ela não perdesse um único momento enquanto a vida de sua filha se desdobrava como um caminho cintilante, como a estrada de tijolos amarelos em O mágico de Oz. Rebecca a veria dar os primeiros passos, choraria com o primeiro machucado, a levaria à escola e a assistiria atravessar o palco para se formar na faculdade.

O caminho imaginário de sua filha ficava oculto depois disso, e uma silhueta escura de um homem aparecia, alto e de ombros largos, obscurecendo a estrada à frente. Mas a Sombra nunca a assustara. Rebecca descobriria por que a Escuridão cercava aquele homem que aguardava no futuro de sua filha. Ela também garantiria que ele fosse digno dela.

— Eu gostaria de chamá-la de Diana — falou, torcendo um pedaço do suéter áspero de lã de Stephen entre os dedos.

— Estou surpreso que você não queira usar um nome da família, como Joanna — respondeu ele. — Além disso, o bebê pode ser um menino. Que nome você gostaria de dar a ele?

A criança seria uma menina. Sobre isso, Rebecca não tinha dúvidas. Para agradar a Stephen, ela disse o primeiro nome de menino que veio à mente.

— Gabriel. Gabe, o apelido.

Lá na frente, no caminho brilhante de Diana, a cabeça do homem se virou.

— Um arcanjo? Esse é um nome estranho para uma bruxa dar ao filho — falou Stephen, com uma de suas risadas profundas. — Você tem escutado muita música de Natal?

— É um nome forte — respondeu Rebecca.

Diana e seu anjo sombrio precisariam dessa força. A mão de Rebecca descansava de forma protetora sobre a barriga. Por enquanto, tudo o que Diana precisava era de Rebecca.

Pela primeira vez na vida, Rebecca sentiu que era suficiente.

— Eu te amo, pequenina — murmurou Rebecca. — Por todos os anos que virão e por todas as memórias que eu deixar para trás.

Capítulo 26

Matthew deixou um rastro de água pelo chão do quarto ao sair do banho em busca de suas roupas, enxugando o cabelo e secando a umidade que grudava em sua pele. Eu não escondia o quanto estava aproveitando a cena enquanto o observava se vestir.

– Hum. – Suspirei feliz ao ver seus músculos flexionados e o tronco contorcido. – Eu gosto muito mais desse novo despertador do que daquele com sinos.

Matthew encontrou meu olhar e riu.

– Bajuladora.

– Faz parte do trabalho de uma esposa – falei.

– Quais são seus planos para hoje? – perguntou Matthew, puxando uma camiseta cinza sobre os cabelos escuros.

– Não vou fazer *nada* – falei, balançando os dedos dos pés de ansiedade. Tinha sido um verão agitado e estressante. Gwyneth ainda estava colocando meus feitiços à prova, e as mensagens de volta às aulas apareciam na tela do meu computador com notificações inquietantes de obrigações que estavam por vir. – Descansar. Comer. Brincar com as crianças, se é que elas algum dia voltarão para casa, claro.

Pip estava em uma noite de observação das estrelas. Becca passara a noite com a prima Abigail, que tinha uma boneca histórica da mesma série que a Tamsy e uma coleção igualmente impressionante de acessórios da época. As crianças já estavam nostálgicas pelo "Melhor verão de todos", mesmo que ainda tivessem semanas de diversão. Becca e Pip estavam determinados a aproveitar ao máximo os mariscos, os primos e os passeios de barco que ainda restavam nas férias.

Afastei a perspectiva iminente dos exames que a Congregação faria nos gêmeos em setembro. Eu também queria aproveitar ao máximo as semanas que restavam até lá.

– E você? – perguntei, me apoiando para ter uma visão melhor das costas de Matthew.

– Miriam enviou alguns relatórios novos. – Uma das longas pernas de Matthew entrou na calça jeans, depois a outra. Ele a puxou para cima, ajustando-a nos quadris.

– E? – Novas informações sobre o DNA dos Proctor estavam chegando regularmente agora que Matthew havia coletado amostras de metade do condado de Essex e entrevistado todos que permitiam a entrada de um vampiro em suas casas.

– E eu ainda não olhei nada – brincou Matthew. Ele subiu na cama e se jogou de costas para que eu pudesse me aconchegar em seu ombro. – A impaciência realmente é um traço dos Proctor. Vou ter que procurar o gene que controla isso.

Depois de uma brincadeira satisfatória e uma busca corporal completa pelo código genético que causava a impaciência, eu estava completamente acordada e pronta para o café da manhã. Matthew e eu levamos nossas bebidas matinais para a varanda. Eu me balancei na cadeira, observando o brilho do sol sobre a água, enquanto ele tomava café e lia as últimas notícias de Yale no computador.

– Combinar DNA e história familiar está dando resultados – falou. – Sabíamos que você tinha marcadores genéticos para habilidades mágicas específicas quando testamos seu DNA em Oxford, mas essas identificações eram baseadas em padrões gerais. Era como saber que uma linha específica de código genético faz seus olhos serem azuis. Agora que temos o DNA dos Proctor para analisar, conseguimos determinar quais de seus ancestrais podem ter transmitido esse traço mágico para você.

Saber que sua avó também tinha olhos azuis era bom. Saber que ela era uma especialista em raios mágicos? Essa era uma informação inestimável.

– Alguma sorte em descobrir a identidade do primeiro viajante no tempo da família? – perguntei, feliz que o chá estivesse dissipando quaisquer resquícios de sonolência do meu cérebro. Sem ele, eu não tinha certeza se conseguiria seguir as complexas divagações da mente de Matthew enquanto ele estava envolvido em sua pesquisa.

– Ainda não – respondeu –, mas é cedo. Há muitos Proctor que eram propensos ao que os registros descrevem como "andarilhos". Isso pode ser uma indicação de viajantes no tempo, membros da família conhecidos por desaparecer por algumas horas e depois voltar sem explicar onde estiveram.

– Vovó Dorcas disse que John Proctor era um andarilho. – Eu ri. – Achei que isso significasse que ele gostava de fazer caminhadas.

Matthew sorriu. Eu estava encantada com sua atual felicidade. Desde que tínhamos aberto a garrafa de memórias da minha mãe e ele ouvira a voz dela dizer seu nome, ele estava aproveitando a estadia em Ravenswood tanto quanto eu e as crianças, das manhãs cheias de pássaros até o suave sussurro da água pelo pântano à noite.

– Gwyneth não tem o gene da viagem no tempo – falou. – É possível que Tally o tivesse, mas ele é um sujeito tão misterioso que é difícil saber se sua reputação de "aqui hoje, sabe-se lá onde amanhã" era devido à carreira como espião ou aos seus talentos mágicos.

– E Morgana?

– Gwyneth diz que não. Ela nunca teve filhos, então não posso ter certeza – respondeu Matthew. – As histórias que ouvi sobre a mãe deles, Damaris Proctor, sugerem que ela era uma viajante no tempo. Sua bisavó gostava de dar pequenos, mas inestimáveis bronzes romanos aos amigos em ocasiões especiais.

– Não conte a Phoebe – falei, rindo. – Temos um lindo dia sem dramas pela frente. Vamos aproveitá-lo.

Naquela época, eu não sabia que estava desafiando o destino. Nem o oráculo do pássaro preto me deu qualquer motivo para suspeitar do que estava por vir. Mas no momento em que o caminhão dos correios apareceu na Casa Velha naquela tarde, senti uma inquietação.

Gwyneth e Sarah tinham voltado do clube de jardinagem quando ele chegou. A chegada do correio era o ponto alto do dia de Gwyneth, e sempre havia mensagens de amigos distantes, além de catálogos e edições impressas de vários jornais locais. Gwyneth gostava de tomar o chá da tarde enquanto lia as correspondências. Naquele dia, ela pegou as mensagens da caixa de correio, folheou-as e congelou.

Eu me preparei para receber a convocação de Veneza exigindo que eu comparecesse e explicasse o que havia acontecido em Isola della Stella durante a festa do Redentore. Por que tinha que ser hoje, no melhor de todos os dias de verão?

– A Congregação – falei, indo ao encontro de Gwyneth no meio do caminho.

– Não é a Congregação – disse ela, levantando um envelope. – Apenas as bruxas.

Peguei a carta de suas mãos e a virei, esperando ver a marca do selo pessoal já conhecido de Sidonie. Em vez disso, vi a lua crescente das bruxas pressionada em cera verde e preta.

– Talvez Sidonie esteja com medo de perder prestígio com os vampiros e demônios se eles descobrirem como uma bruxa inexperiente invadiu as câmaras deles – sugeriu Gwyneth.

– Inexperiente? – Levantei as sobrancelhas.

– Quando se trata de alta magia, você ainda está engatinhando, Diana Bishop – respondeu Gwyneth, colocando-me no meu lugar. – Talvez Tinima tenha sugerido que lidem com o assunto internamente. Ela tem a reputação de ser uma excelente política.

Rompi o selo de cera e deslizei a mensagem das bruxas para fora do envelope.

Prezada professora Bishop, começava a carta. Li o restante da mensagem em voz alta.

– *Seguindo as acusações feitas por Margaret Skelling, do Coven de Ipswich (fundado em 1634), anteriormente parte do Coven da Colônia da Baía de Massachusetts (fundado em 1629), estamos agendando uma avaliação obrigatória de seus talentos para a alta magia, de acordo com as seguintes diretrizes (ver anexo).*

Uma cópia das "Regras e regulamentos relativos ao teste obrigatório de todas as crianças nascidas em famílias de alta magia ou que demonstrem tendências à alta magia", outro título verborrágico que teria deixado Robert Fludd orgulhoso, ainda estava presa dentro do envelope. Eu a sacudi para fora antes de continuar.

– *Iniciamos uma investigação sobre o motivo de seu talento para alta magia, demonstrado na noite de 14 de julho de 2017 e testemunhado por nossa integrante Tinima Toussaint, não ter sido identificado antes deste verão, e estamos ansiosas para saber como conseguiu ocultar esses talentos enquanto atuava como representante dos De Clermont para este órgão gestor.*

A resposta era bastante simples: foi tudo graças à obsessão de Peter Knox pela minha mãe. Continuei.

– *Para agilizar o processo e torná-lo o mais eficiente possível, iremos examiná--la, assim como seus filhos, Philip Bishop-Clairmont e Rebecca Bishop-Clairmont, em um único dia. Propomos ir até New Haven em uma data de sua escolha, que não interfira em suas obrigações de ensino ou no calendário escolar das crianças, de preferência no mês de agosto. Por favor, informe sua data de preferência. Permanecemos à disposição, atenciosamente* etc.

– Acho que eu devia ter previsto isso – falei –, com ou sem oráculo do pássaro preto.

Voltamos ao celeiro para dar a notícia a Sarah e Matthew.

– A Congregação virá para New Haven antes do esperado – anunciei, levantando a mais recente entrega especial do verão. – Querem testar minha aptidão para a alta magia, assim como as habilidades das crianças.

– Ridículo – disse Sarah, servindo-se de uma nova xícara de café. Ela bateu a jarra de volta no suporte do aquecedor. – Que perda de tempo. Você invadiu a sede deles e saiu de lá com um saco de garrafas de memórias! Claro que você tem talento para a alta magia.

– É apenas uma formalidade, Sarah – falei, tentando tranquilizá-la (e a mim mesma) de que não havia nada com que se preocupar. – E é bem melhor do que enfrentar um tribunal da Congregação.

– Pode ser – respondeu Sarah, ainda incrédula.

– Eu só queria que não tivéssemos que esperar até voltarmos para New Haven – resmunguei, meu humor piorando. – Agora que Janet foi expulsa da Congregação, imagino que será Sidonie ou Tinima quem fará as honras. – Estremeci ao pensar nas duas bruxas passeando pelo Memorial Quad.

– Teria sido Sidonie ou Tinima de qualquer forma – respondeu Gwyneth. – Bruxas não têm mais permissão para avaliar membros da própria família. Muita inflação de notas.

– Se não as quer em New Haven, diga para virem aqui – sugeriu Sarah –, para Ravenswood.

Não era a casa dela, nem a minha, mas a sugestão foi intrigante. Olhei para Matthew, querendo ver sua reação.

– Isso seria permitido, Gwyneth? – perguntou ele.

– Precisaríamos da aprovação dos membros do coven – respondeu ela, com tom cauteloso.

– É improvável que consigamos isso, não com Meg Skelling agitando as coisas – falei.

— Tenho minhas dúvidas — ponderou Gwyneth. — Uma data depois do Sabá de Lammas poderia funcionar. Julie deveria escolher qual. Ela tem um talento especial para escolher dias auspiciosos para casamentos.

Em maio, eu nunca teria imaginado que estaria ansiosa para adiantar a data do exame dos gêmeos, que seria em setembro, mas muita coisa havia acontecido desde então.

— Vamos ver o que as cartas dizem — sugeriu Gwyneth, levantando-se com um brilho determinado nos olhos. — Acho que é hora de um concurso dos Proctor.

—Você nunca participou de um concurso! — Grace estava espantada.

— Não desde a terceira série, quando ganhei o concurso da Escola Primária de Madison — respondi, empilhando biscoitos em um prato.

— Não esse tipo de concurso. — Grace riu. — Num concurso dos Proctor, a família se reúne para pedir orientação aos oráculos. Depois, comparamos anotações e decidimos quais feitiços precisamos lançar para manifestar o melhor resultado.

— Quer dizer que os Proctor estão em sinal de alerta máximo — explicou Ike, com um de seus largos sorrisos.

— Será que tudo isso é mesmo necessário? — Eu passaria no teste das bruxas com louvor, e não havia como prever ou impedir o que a bruxa da Congregação faria para avaliar os gêmeos.

— Necessário? Não. Mas os Proctor gostam de se preparar para o sucesso — respondeu Ike.

— Além disso, faz muito tempo que não temos um concurso em família — acrescentou Julie, esfregando as mãos de tanta animação. Ela fez uma rápida contagem. — Somos oito, incluindo Sarah.

— Eu? — Os olhos de Sarah se arregalaram. — Eu não sou uma oráculo.

— Tem algum baralho de tarô com você? — Put-Put segurava um envelope de couro, macio e flexível.

Sarah assentiu.

— Sempre.

— Então serve — disse ele. — Onde está Matthew, Gwynie? Precisamos de mais café.

Matthew apareceu com uma nova garrafa.

— Aí está você — falou Put-Put. — Você pode ser o nono. A deusa prefere números ímpares em um concurso.

— Eu não sou um oráculo nem mesmo um bruxo, Putnam — protestou Matthew.

— Não, mas você gerou um bruxo e uma bruxa — disse Put-Put. — Pegue um baralho de cartas para ele, Junior. Sente-se e aprenda algumas coisas, Matthew.

Matthew fez o que ele pediu enquanto o restante do grupo pegava os baralhos em bolsos, bolsas e pochetes. Ike colocou na frente de Matthew um velho baralho de cartas que havia sido usado como oráculo nas trincheiras da Primeira Guerra Mundial e ainda cheirava a explosivos.

— Vamos embaralhar — falou Put-Put. — Depois, vamos deixar os oráculos fazerem seu trabalho e então podemos comer um sanduíche.

Nós movíamos as cartas pelos dedos. A destreza de Matthew ao manuseá-las revelava uma de suas vidas passadas como jogador. A sala logo ficou em silêncio, exceto pelo som das cartas sendo embaralhadas.

Put-Put foi o primeiro a soltá-las sobre a mesa, onde formaram o serpenteante Caminho das Trevas.

Matthew foi o próximo, colocando três cartas viradas para cima à sua frente, em uma disposição de passado-presente-futuro. Ele não era um bruxo, mas tinha me observado manusear o oráculo do pássaro preto e aprendido alguns dos conceitos básicos. Sarah, sentada ao lado dele, dispôs seu tarô na tradicional cruz celta.

Os outros oráculos precisaram de mais tempo para proferir suas mensagens. Quando todas as cartas finalmente estavam na mesa, dois arranjos apareceram mais de uma vez: o Caminho das Trevas e a espiral complicada do Labirinto.

Quanto às minhas próprias cartas, elas se posicionaram em uma disposição idêntica à de Matthew, lançando luz sobre o passado, presente e futuro.

Olhei para as imagens diante de mim: *O Esqueleto. O Sal. O Voo das Garças.* Mudança. Fortes barreiras. Astúcia e paciência.

Os Proctor examinaram a mesa, procurando sincronicidades e padrões. Cartas saltavam no ar à medida que opções eram consideradas e descartadas, reorganizando-se para elucidar novas possibilidades.

No final, o plano que elaboramos tinha a virtude de ser transparente e tão simples que uma criança poderia executá-lo.

Tudo o que eu precisava fazer era colocar minhas cartas na mesa diante do coven de Ipswich, junto com uma única garrafa de memórias.

* * *

Ann, Meg e Katrina chegaram a Ravenswood mais tarde naquele dia para ouvir nosso pedido de mudança de local. Gwyneth e eu nos encontramos com as representantes do coven na Casa Velha, e nos sentamos sob o dossel das folhas de glicínia. A floração já havia passado, mas ela fornecia uma sombra agradável naquele dia quente. Gwyneth preparou o chá de Katrina da maneira que ela gostava, assim como um rotundo bule cheio de seu chá *oolong* favorito.

– Obrigada por virem tão prontamente – falei, quando todas já estavam com uma xícara ou caneca na mão. – Preciso da ajuda de vocês.

Ann parecia surpresa; Meg, desconfiada.

– É para isso que serve um coven – disse Katrina, cujas lentes hoje estavam com um tom amarelo-claro. – Em que está pensando, Diana?

– As bruxas da Congregação querem me examinar para conferir se eu tenho talento para alta magia – respondi. – Elas querem testar os gêmeos no mesmo dia. Eles farão sete anos neste outono.

– O teste de aptidão para alta magia é feito em crianças, não em adultos. – Ann franziu a testa. – Além disso, elas já sabem que você escolheu o Caminho das Trevas na Encruzilhada.

– Parece que a Congregação quer seguir o livro de feitiços à risca no caso de Diana – comentou Gwyneth.

– Eu não os culpo – murmurou Meg.

– Nem eu.

Minha aquiescência imediata a surpreendeu.

– Houve tantos procedimentos irregulares, sem mencionar meu antigo status como representante dos vampiros na Congregação, que eles querem garantir que tudo seja feito corretamente – falei.

Gwyneth entregou a carta da Congregação para Ann, que a leu depressa.

– Meg! – Ann ficou chocada com a referência da carta a uma de suas bruxas. – Você quebrou seu voto de confidencialidade e compartilhou detalhes sobre a Encruzilhada com outras bruxas!

– Ela fez o que achou melhor, Ann – falei, querendo evitar mais menções à magia de sangue. – Visto que as bruxas mencionam o coven na mensagem, eu estava pensando se vocês estariam dispostas a solicitar uma mudança de local e data para que as crianças e eu pudéssemos ser examinadas aqui, em Ravenswood.

Ann olhou para Katrina.

– O que você acha?

Katrina espalhou um punhado de ossos sobre a mesa e estudou o arranjo.

– Há mais nesse pedido do que uma simples assinatura em um formulário.

– Sempre há com minha família. – Suspirei. Não havia uma forma fácil de contar às bruxas o que acontecera em Isola della Stella, então simplesmente soltei a verdade. – Eu invadi Celestina e retirei itens do palácio de memórias das bruxas.

– Você fez *o quê*?! – exclamou Ann.

– Garrafas de memórias? – perguntou Katrina, intrigada.

– Sim, todas elas cheias com as lembranças de potenciais especialistas quando foram examinados em Isola della Stella – falei. – Não acho que a Congregação tenha o direito de ficar com elas.

Peguei a bolha de vidro soprado com o nome e número de Meg.

– Estas são suas.

Os olhos normalmente semicerrados de Meg se arregalaram.

– Vi na estante quando estava saindo – expliquei. – Já havia pegado o máximo de garrafas possível que pertenciam à minha própria família. Espero que não se importe que eu tenha pegado a sua também.

– Você abriu? – perguntou Meg, desconfiada do meu presente.

Neguei com a cabeça.

– Pensei em abrir. Mas elas pertencem a você, assim como minhas memórias da Encruzilhada pertencem a mim.

As bochechas de Meg ficaram vermelhas. Seus dedos alcançaram a garrafa, roçando os meus.

– Quantas garrafas as bruxas guardam em Isola della Stella? – perguntou Ann.

– Centenas – falei. – Milhares? Não sei ao certo. Somente as poucas bruxas escolhidas que sentam à mesa da Congregação têm a chance de vê-las. Acho que isso também está errado.

– Concordo com você – disse Ann, com a voz irritada. – Meg? Katrina?

– Concordo – respondeu Katrina prontamente.

Meg demorou um pouco mais para decidir. Finalmente, ela assentiu.

Ann parecia aliviada.

– Deixe-me passar pela Hitty primeiro, mas, se ela me der o sinal verde, eu gostaria de submeter isso aos membros em breve.

– Quão breve? – perguntou Gwyneth.

– Se Hitty não vetar, acho que ela me deixará realizar uma votação através da árvore telefônica. Uma vez que souberem dos detalhes, não tenho dúvida de que os membros decidirão que é do nosso interesse coletivo que o exame ocorra aqui, em Ipswich, onde o coven de origem de Diana pode estar disponível para apoio, se necessário.

– Coven de origem? – repeti, confusa. – Eu sou uma visitante.

– É mesmo? – perguntou Gwyneth.

Essa era outra decisão que eu precisava tomar sozinha, sem pedir a opinião de Matthew.

– Não – falei suavemente. – Eu não sou uma visitante. Mas também não sou membro do coven de Ipswich.

– Você será, se quiser que eu escreva esta carta para a Congregação – disse Ann bruscamente.

Capítulo 27

Julie escolheu o dia 13 de agosto como o melhor dia para o exame. Era mais tarde do que eu esperava, e meu aniversário.

– Ainda acho que não deveria ter que fazer um teste no meu aniversário – falei, abrindo o cartão que ela me deu para celebrar a ocasião. Era o aniversário de Naomi também, e eu não podia deixar de pensar em sua experiência no Caminho das Trevas.

– O que poderia ser melhor? – respondeu Julie, satisfeita com esse sinal óbvio da deusa. – Todo mundo precisa de um bolo e fogos de artifício depois de terminar o TAM.

O Teste de Aptidão Mágica, segundo descobri, era um marco muito mais emocionante para as crianças bruxas do que uma visita da fada do dente. Nem todos, no entanto, compartilhavam essa visão. Matthew estivera de mau humor a manhã inteira, resmungando a cada pequena provocação ou indício de grosseria.

– Meu dedão está doendo e sonhei com um abutre essa noite – disse Sarah, marchando para a cozinha em busca de café. – Ele sobrevoava Ravenswood, sibilando. Acho que é um mau presságio.

Eu já tinha consultado o oráculo do pássaro preto naquela manhã e levantei a carta da Quintessência para que Sarah pudesse ver.

– O quinto elemento. Nenhum abutre à vista.

Pip estava brincando com sua colher de mingau, tão insatisfeito quanto Sarah com nossos planos para o dia.

– Não é justo. Por que eu tenho que fazer um teste? Por que não podemos ser como as outras crianças? Por que vocês dois têm que ser *professores*?

— Não vai demorar muito — garanti, mesmo sem ter ideia de quanto tempo duraria a provação dos gêmeos. As memórias da minha mãe sobre meu exame pesavam no meu coração, e minha ansiedade aumentava.

— Tamsy disse a mesma coisa, Pip — contou Becca ao irmão, repartindo alguns dos seus mirtilos para a boneca.

— Como *ela* sabe? — perguntou Pip, olhando feio para a companheira da irmã.

— Tamsy lê as cartas todas as manhãs, igual à mamãe — respondeu Becca. — Hoje a carta era uma nuvem fofinha em um céu azul com um grande sol amarelo. Sabe como os dias ensolarados são sempre melhores e passam mais rápido do que quando chove?

— Ahh. — Pip parecia impressionado. — O 'Nando vem?

— Não — falei, com uma risada. — Uma bruxa vem, mas não sei quem. É surpresa.

Sem a perspectiva de seu tio 'Nando aparecer, as crianças correram para o celeiro para brincar com a vovó Dorcas e os teares de feitiços. Voltei aos meus próprios receios sobre quem estaria supervisionando o exame: Tinima ou Sidonie.

Matthew me trouxe uma caneca de chá e meu mingau. Ele procurava em meu rosto pistas sobre como eu estava. Coloquei a palma da mão em sua bochecha.

— Eu só quero que isso acabe — falei.

— Logo, *mon coeur* — respondeu Matthew.

Havia uma última coisa que eu queria fazer antes da chegada da representante das bruxas. Perguntei a Gwyneth se ela se juntaria a mim na Floresta dos Corvos.

Minha tia concordou sem questionar. Sarah teria me bombardeado com perguntas, mas Gwyneth estava contente em colocar o braço no meu cotovelo e me deixar guiá-la para o frescor verde da floresta.

Chegamos à Encruzilhada. Parecia uma vida inteira desde que Meg havia lançado o desafio.

— Você pode me ensinar como lançar um círculo para invocar um espírito? — perguntei a ela.

— Sim — respondeu Gwyneth. — Mas não significa que vou fazer isso. O que você está tramando, Diana?

Tirei uma garrafa de memórias do bolso.

– Quero devolver isto a Naomi. Sei que não devo contar detalhes do que aconteceu na Encruzilhada, mas encontrei a sombra dela aqui, quando enfrentei Meg, e ela tinha um buraco no meio do peito. – Pressionei a mão contra o peito, onde ficava a ferida da minha tia. – Eu pretendia curá-la, mas Naomi queria o fim de seu sofrimento. Fiz o décimo nó, o nó da criação e da destruição, e a libertei do Outro Lugar. Tinha esperanças de que ela voltasse como um fantasma, mas não a vi no solstício de verão.

Naomi se materializou das árvores, surgindo da cavidade escura de um velho carvalho, sem ajuda minha ou de Gwyneth. Ela não era mais a aparição assustadora que havia sido como sombra, mas também não estava tão bem delineada quanto a maioria dos fantasmas da família Proctor. As mãos de Naomi estavam cruzadas de forma protetora sobre um buraco escuro perto do coração, que ainda não estava completamente curado.

– Naomi? – sussurrou Gwyneth.

– *Oi, tia Gwyneth.* – Ela acenou. – *Quanto tempo.*

Por um instante, a alegria de Gwyneth foi forte o suficiente para afastar a Escuridão que ainda cercava sua sobrinha.

– Trouxe suas memórias de Veneza – disse à irmã do meu pai. – Onde devo colocá-las?

– *Onde pertencem* – respondeu Naomi, abrindo as mãos para que pudéssemos ver o lugar atrás de suas costelas que ainda esperava ser preenchido.

Com a ajuda de Gwyneth, libertei as memórias de Naomi. Por um segundo, a Escuridão ameaçou engolir o frágil fantasma e a perdemos de vista. No final, a Sombra venceu o equilíbrio, e Naomi emergiu mais sólida do que nunca.

– *Obrigada por me tornar inteira* – disse ela, com a voz falhando na última palavra. – *Eu havia perdido a esperança e não conseguia imaginar uma bruxa capaz de realizar tamanha magia.*

Levaria meses, talvez anos, para Naomi integrar completamente suas memórias. Elas estavam visíveis sob sua pele, girando e cintilando, assim como as palavras do Livro da Vida se moviam dentro de mim.

– Temos que ir – falei para Gwyneth, ciente da hora.

– *Não se esqueça de voltar* – disse Naomi, com um tom melancólico ao ver nossa partida.

* * *

Gwyneth e eu saímos da floresta com o coração mais leve. Então, vi quem me esperava no banco sob a árvore de bruxa, e a Luz se transformou em Escuridão.

– Olá, Diana.

– Satu. – Sufoquei meu instinto de gritar em alerta, sabendo que Matthew me ouviria, não importa o quão baixo eu falasse. – Por que está aqui?

– Estou aqui por sua causa, é claro – disse Satu, levantando-se. O cabelo platinado e a pele pálida brilhavam sob o sol de verão. – E por causa dos seus filhos.

Gwyneth estava certa. Satu não estava mais encantada. Minha tentativa havia sido ardorosa, mas faltara habilidade para manter as amarras em sua magia. E meus esforços para conter seus poderes deram terrivelmente errado. Eles talvez tivessem até aumentado, pois o ar entre nós parecia carregado.

Matthew saiu da casa, seus olhos fixos na colina.

– Pode encontrar as crianças? – pedi a Gwyneth, embora estivesse realmente falando com Matthew. – Acho que estão no celeiro com Sarah e vovó Dorcas.

– Se for o caso, não precisam de mim no momento – disse Gwyneth, com os olhos firmes. – Senhorita Järvinen. Que surpresa.

– É mesmo, srta. Proctor? – respondeu Satu. – Será que o dom da profecia foi tirado de você? Estou surpresa, sabendo da forte tradição de oráculos em sua família. Diana sempre teve um toque de oráculo. Eu soube disso na primeira vez que nos encontramos.

Um leve movimento do quarto dedo de Gwyneth sugeriu que ela tinha acionado algum tipo de alarme. Com sorte, isso alertaria o coven de que havia algo errado em Ravenswood.

– Nossa suma sacerdotisa só deve chegar em uma hora – disse Gwyneth.

– Meu voo foi antecipado – falou Satu, com um sorriso sarcástico. – Ventos favoráveis sobre o Atlântico.

Matthew tinha se juntado a nós, o que significava que as crianças estavam seguras no celeiro.

– Eu disse que não seria a Sidonie. – Olhei por cima do ombro, querendo fazer contato visual com Matthew. – Você me deve cinco dólares.

– A pobre Sidonie tem estado sob tanta pressão desde a partida abrupta de Janet e a inesperada vaga na Congregação – disse Satu, com voz sedosa. – Meu nome estava no topo da lista de substituições, e fiquei feliz em ajudar.

Eu devia ter procurado a garrafa de Satu em Veneza. Mas nunca me ocorrera que ela ainda pudesse representar uma ameaça, nem mesmo depois do aviso de Gwyneth.

Matthew colocou a mão na parte inferior das minhas costas, perto de onde Satu havia me marcado com o selo de sua família, como um lembrete de que eu estava manchada pela minha associação com vampiros. As cicatrizes eram um símbolo duradouro da frieza de Satu. Minha coragem, que estava vacilando, foi renovada.

– Já notifiquei a Congregação de que sua presença aqui é inaceitável, depois da sua violência contra Diana – informou Matthew. – Eles terão que enviar outra pessoa para examinar a ela e às crianças.

A risada de Satu foi brilhante e frágil como a garrafa de memórias de Griselda Gowdie.

– Isso é uma questão interna, Matthew. Os outros membros da Congregação não têm jurisdição sobre os assuntos das bruxas. – A expressão presunçosa de Satu deixava pouca dúvida de que Tinima e Sidonie estavam cientes do que ela fizera no passado e, mesmo assim, a enviaram.

– Está tudo bem – falei, colocando a mão no braço dele. – Ela não pode fazer nada comigo ou com as crianças.

– Isso mesmo, Diana. Ravenswood protege os seus. – Gwyneth fixou um olhar ferino na visitante. – Você está em terras Proctor, Satu. Existem forças aqui que estão além do alcance até da alta magia.

– Vou tomar cuidado – respondeu Satu, com um sorrisinho torto.

Um vento sibilante de protesto passou pelos meus ombros e quase derrubou Satu.

– Pois tenha ainda mais – avisou Gwyneth. – Essa é a última advertência que você vai receber.

– Nenhum mal acontecerá a Diana ou às crianças. Hoje. – Satu fez uma pausa longa o suficiente para dar às suas palavras um tom malicioso. – O dia de hoje se trata de cumprir protocolos para que não haja perguntas depois. Vamos começar?

– Siga-me – disse Gwyneth, direcionando Satu para a Casa Velha.

Peguei a mão de Matthew e o puxei na direção do celeiro, longe das ameaças veladas de Satu e em direção aos nossos filhos.

– Como seu oráculo não previu *isso*? – rosnou Matthew, furioso.

— Lidaremos com as falhas de inteligência depois — falei, segurando seu rosto com as mãos. — Agora, quero as crianças conosco e que o exame delas fique no passado.

Matthew inspirou profundamente, a respiração entrecortada, recuperando a compostura. Seus olhos estavam tempestuosos, mas ainda não totalmente pretos. Ele estava mantendo a ira do sangue sob controle, por enquanto. Ele assentiu com a cabeça.

Quando entramos no celeiro, Sarah estava pronta para lutar, não com magia, mas com o atiçador de fogo favorito da vovó Dorcas. Ela o deixou cair com um estrondo.

— É hora do seu teste — anunciou Sarah aos gêmeos, com um sorriso. — Quem quer segurar minha mão? Eu odeio testes. Era terrível neles.

— Eu também — gemeu Pip.

— Eu gosto de testes — disse Becca, entrelaçando a mão na minha. Algo quente e afiado me mordeu.

— Você está usando seu anel — falei, olhando para os dedos dela.

— Tamsy me disse que tenho que usá-lo de agora em diante — explicou Becca. — Ela falou que pertenceu a uma grande bruxa e que eu também serei uma grande bruxa um dia.

Obrigada, Tamsin Proctor, falei em silêncio. Pela primeira vez desde que o espírito da minha ancestral tomara posse do brinquedo da minha filha, eu estava grata. O anel de Tituba possuía parte de seu poder, e a ancestral de Emily estaria com Becca quando ela enfrentasse Satu.

No final, todos nós seguramos as mãos enquanto cruzávamos a vasta extensão de grama e canteiros de flores entre a Fazenda Pomar e a Casa Velha.

Quando chegamos à casa de Gwyneth, Sarah soltou a mão de Pip.

— Chegamos, pequeno. Sua mãe vai levar você e sua irmã para dentro. Não há espaço para seu pai e para mim na sala apertada da Gwyneth. Vamos esperar por vocês aqui fora.

Matthew ficou surpreso.

— Eu vou...

— Não, você não vai — disse Sarah, firme. — Todo mundo precisa se concentrar, certo? Não queremos distrair ninguém.

Agradeci à deusa pela intervenção incomum de Sarah. Em vez de aumentar a tensão, ela encontrou uma forma de lembrar Matthew de que ele tinha um papel importante a desempenhar nos procedimentos de hoje.

Relutante, Matthew assentiu.

– Quem quer ir primeiro? – perguntei aos gêmeos.

– EU! – Pip e Becca levantaram as mãos no ar e gritaram em uníssono.

– Damas primeiro – disse Pip, fazendo uma pequena reverência para a irmã.

– Não, Pip. – Becca pegou a mão do irmão. – Vamos fazer isso juntos.

Peguei a outra mão de Pip e lancei um último olhar para Matthew.

Matthew traçou uma cruz no ar entre nós.

– *Angele Dei, qui custos es mei* – murmurou. – *Me tibi commissum pietate superna; Hodie illumina, custodi, rege, et guberna.*

Pip e Becca reconheceram imediatamente a antiga oração ao anjo da guarda, assim como eu. Matthew a ensinara aos gêmeos assim que eles conseguiram falar, e os dois a repetiam sempre que se sentiam incertos ou angustiados.

– Amém – respondeu Pip.

– Te vejo do outro lado, papai – disse Becca, acrescentando a despedida favorita do meu pai à liturgia.

Satu e Gwyneth sentaram-se em silêncio na sala de estar. No entanto, o restante das bruxas presentes tinha muito a dizer.

– *Aquela bruxa desprezível não tem nada o que fazer aqui!* – disse vovó Dorcas, agitando uma frigideira. – *Criatura pálida. E suas habilidades são surpreendentemente rudimentares.*

– *Melhor defumá-la, vovó Dorcas, do que montar um ataque com utensílios de cozinha.* – Vovô Tally estava encostado na lareira, os olhos grudados em Satu com uma intenção mortal.

– *Essa bruxa do norte não é uma grande amante de livros* – disse vovó Alice com uma fungada. – *Não é de admirar que seus nós careçam de estrutura. Mal há* gramarye *suficiente para mantê-los juntos. Ela precisa se familiarizar com uma prosa mais disciplinada.*

Naomi também estava aqui.

– *A Escuridão sempre reconhece seus semelhantes* – falou, seus cabelos faiscando. – *Senti sua presença imediatamente.*

– Quem é ela? – sussurrou Becca, segurando minha mão enquanto entrávamos na sala de estar.

– Eu sou Satu Järvinen. Vim fazer alguns feitiços com vocês. – Satu sorriu em uma vã tentativa de parecer menos aterrorizante.

— Não você. — Becca franziu a testa. — Aquela senhora ali, com a garrafa brilhante onde deveria estar o coração.

— Aquela é sua tia Naomi — falei. — Irmã gêmea do vovô Stephen.

— O vovô era gêmeo? Que legal — disse Pip, sua ansiedade em relação aos testes temporariamente aliviada. Mas logo voltou. — Que tipo de feitiços?

— De todo tipo — falou Satu.

Com sorte, isso não incluiria viajar no tempo, voar ou qualquer outro uso da magia que pudesse fazer Pip desaparecer e não ser visto ou ouvido novamente.

— Meus feitiços nem sempre funcionam como deveriam — confessou ele, desanimado com suas perspectivas futuras.

— Que maravilhoso para você. Vamos ver se conseguimos descobrir por quê. — Satu apontou para um vaso que mantinha as últimas rosas do verão. As flores estavam murchas e com manchas marrons. — Veja se consegue fazer uma daquelas flores murchas voltar à vida, Philip.

Pip fez uma expressão concentrada. Um brilho suave apareceu ao seu redor, como costumava acontecer quando ele estava focado em lançar um feitiço. Ele murmurou algumas palavras.

As flores desapareceram.

— Para onde elas foram? — perguntou-se Becca, procurando pelo vaso.

Pip deu de ombros, suas bochechas coradas de vergonha.

— Acho que estão no prado. — Apontei pela janela para onde rosas solitárias estavam brotando da grama como dentes-de-leão. Pip não apenas trouxe as flores de volta à vida, mas também ao solo.

— Menino esperto. — Satu fez uma anotação em seu diário de capa de couro. — Você tem muita magia da terra em você, Philip. Está tão quente hoje. Você pode conjurar uma brisa suave para nos refrescar?

— Suave — enfatizei, pensando no estado das tábuas.

Mais confiante agora, Pip murmurou algo incompreensível e agitou a mão no ar.

Um sopro de vento passou pela chaminé da sala de estar, junto com um Apollo coberto de fuligem. Ele ficou de pé sobre instáveis patas de leão e cuspiu um monte de cinzas.

A visão de um grifo escurecido não incomodou Satu.

— Parece que sua chaminé precisa de uma boa limpeza, srta. Proctor — observou Satu. — O ar também, pelo que vejo. Que tal tentarmos...

— Nada de fogo — falei, firme. — A casa é um tesouro nacional.

Satu franziu a testa com minha interrupção.

— Sim, fogo. Você pode acender a vela na lareira, Philip?

— Claro! — respondeu Pip, tropeçando em seu familiar para chegar à lareira. Ele assoprou a vela mais próxima.

As toras de bétula ornamentais na lareira irromperam em chamas crepitantes.

— Oops! — exclamou, dando um sorriso torto para Gwyneth. — Desculpe, tia Gwyneth.

— Você manteve o fogo na lareira desta vez — falou minha tia, sorrindo para ele. — Bom trabalho, Pip.

— E fogo. — Satu fez outra anotação.

— Como a mamãe — respondeu Pip. — Ela consegue atirar uma flecha de fogo.

— Sim, eu sei — murmurou Satu. — Você pode esvaziar a água do copo na mesa sem tocá-lo?

Fechei os olhos e rezei para que Pip não causasse um tsunami que exigisse evacuações na costa.

Pip ficou em frente à mesa e se concentrou no copo de água. Ele se levantou da superfície, balançou um pouco no ar e, em seguida, derramou o conteúdo sobre a violeta africana que estava em um caminho de mesa. O copo pousou de volta com um baque.

Becca aplaudiu.

— Você conseguiu, Pip!

Abri os braços para dar um abraço em meu filho.

— Você foi magnífico — falei para ele, alisando a mecha de cabelo loiro que tinha caído em seus olhos.

— Só mais um teste, Philip — disse Satu. — Fique aqui na minha frente.

Pip obedeceu, embora mantivesse uma distância prudente daquela estranha bruxa.

— Gostaria que fechasse os olhos — pediu Satu. — Qual é a primeira coisa que você vê?

— Um gato cinza. — Pip havia pedido um gato durante todo o verão e pretendia chamá-lo de Spike, em homenagem ao personagem favorito de Chris em *Buffy, a caça-vampiros*.

– Pode convidar o gato para se juntar a você, Pip? – perguntou Satu, com os olhos brilhando de curiosidade.

– Isso é mesmo necessário, Satu? – Eu apontei para Apollo. – Você já viu o familiar dele.

– Não interfira novamente ou terei de pedir que saia – avisou Satu. Ela faria isso, com certeza.

Pip se concentrou, fechando os olhos com força. Abriu um deles.

– Spike está aqui?

– Ainda não – disse Satu. – Peça a ele com educação.

Pip apertou os lábios e baixou as pálpebras.

Nada.

Pip bateu o pé impaciente, e as tábuas do chão tremeram com o impacto.

– Venha aqui agora, Spike!

– Spike não deve estar disponível – falou Satu. – Obrigado por tentar, Philip.

A expressão de Pip se encheu de decepção. Ele abriu os olhos e se virou para mim.

– Eu fiz alguma coisa errada?

– De maneira nenhuma – falei.

– Você é um bruxo muito talentoso, Philip. – Satu fez mais algumas anotações em seu livro. Meus dedos coçavam para arrancá-lo dela, para que eu pudesse ver o que estava escrito.

Ele sorriu e se virou para a irmã.

– Sua vez, Becca.

– É só isso? – Eu estava atordoada de espanto. Onde estava a dor? As ameaças? A sensação de violação? A avaliação de Satu não era nada parecida com o que eu me lembrava do encontro com Peter Knox ou as memórias da minha mãe. Ela estava brava com meu pai por ter permitido que Peter seguisse com seus métodos não ortodoxos, mas eu não entendia o quão diferente tinha sido a minha experiência.

– O que estava esperando? – perguntou Satu, genuinamente curiosa.

Reprimi minhas memórias fragmentadas da visita de Knox a Cambridge, sem desejar que Satu ou as crianças vissem meu desconforto.

Becca me lançou um olhar nervoso, sugerindo que ela havia, como sempre, percebido meu turbilhão emocional.

— Você vai ficar bem — falei, colocando um sorriso largo no rosto.

— Não é difícil, Becca — disse Pip, segurando a mão da irmã. — *Coragem*.

Com o apoio do irmão, Becca deu os poucos passos que a separavam de Satu. Vovó Dorcas caminhou ao lado dela, mastigando seu cachimbo.

— Eu gostaria que você... — começou Satu.

— Fizesse uma flor murcha florescer — disse Becca, pronta para fazer mágica.

— Não — falou Satu, com firmeza. — Você deve ouvir atentamente às minhas instruções, Rebecca. Quero que encha aquele copo vazio na mesa.

O queixo de Rebecca se levantou.

— Água, leite ou limonada?

Gwyneth engasgou com uma risada.

— *Tome essa, sua cabeça de pudim!* — Vovó Dorcas brandiu a frigideira.

— Escolha da bruxa — respondeu Satu, com um tom ácido.

Becca apontou o dedo com o anel para o copo e ele se encheu lentamente de limonada, de cima para baixo em vez de baixo para cima. Foi feito de maneira impecável, bem controlada e muito travessa.

Uma expressão de espanto atravessou o rosto de Satu e logo desapareceu.

— Muito bem, Rebecca. — Satu apontou para as velas. — Consegue acendê-las?

Becca caminhou até a lareira e soprou suavemente em um pavio. Ele se acendeu com uma chama dourada. Ela olhou por cima do ombro para Satu, astuta como um gato, antes de girar e acender todas as velas na sala.

— Segura a onda, querida — eu a alertei. Rebecca era muito jovem para ter inimigos, especialmente como Satu.

— Que tal a rosa nesta imagem? — Satu apontou para a flor rosa nos dedos da minha antepassada. — Consegue fazê-la murchar e encolher? É como fazê-la florescer, mas ao contrário.

Eu abri a boca para protestar. Fazer as coisas morrerem não era um talento que eu queria que meus filhos tivessem.

— Tudo bem. — Becca apontou o dedo indicador e caminhou em direção à pintura.

Nada.

— Está tudo bem — disse Satu depressa, pronta para seguir em frente. — Você tem bastante fogo e água dentro de você, Rebecca.

Mas Becca era uma criança competitiva. Seu irmão a estava superando na magia. Ela fez uma careta de desgosto.

— Por favor, traga uma brisa do jardim — pediu Satu, dando a Becca uma nova tarefa.

Becca tentou, agitando os braços como um moinho de vento, mas o ar na sala não se movia. Sempre soubemos que a magia de Becca não era tão diversificada quanto a de Pip, mesmo antes de Apollo aparecer e nos mostrar que nosso filho se tornaria um tecelão.

Becca saiu batendo pé e se afundou em uma cadeira perto da porta, os lábios fazendo biquinho.

— Você ainda tem mais um teste — disse Satu, chamando-a de volta.

Becca retornou com relutância mal disfarçada.

— Os anos de adolescência dela serão um pesadelo — murmurou Gwyneth.

— Esse teste é idiota — resmungou Becca.

— Feche os olhos, Becca. — A voz de Satu era hipnótica. — Mantenha-os fechados. Diga-me o que você vê.

— Um corvo — disse Becca prontamente —, mas não o que morreu na calçada.

Gwyneth e eu trocamos olhares preocupados.

— Consegue convidar o corvo para se juntar a você aqui? — insistiu Satu.

— O nome dele é Fiachra — disse Becca.

Meu avô endireitou a postura.

— Eu gostaria de conhecer Fiachra — falou Satu.

— Eu também. — Gwyneth estava de pé, as pernas trêmulas.

Um pássaro preto com olhos e pescoço prateados passou zunindo pela janela, batendo as asas contra o vidro. Ele desceu até o peitoril. A janela estava entreaberta, mas não o suficiente para o corvo entrar.

— Posso abrir a janela? — perguntou Becca a Gwyneth.

— Claro — respondeu Gwyneth, sua voz hesitante.

Becca abriu a janela para que Fiachra pudesse pular para dentro. Do lado de fora, Matthew e Sarah estavam observando o pássaro incomum.

— Tem certeza de que há espaço para um corvo em New Haven, além de um cão de caça e um grifo? — perguntou Sarah ao meu marido.

Becca acenou.

— Oi, tia Sarah! Olha, papai. Este é o Fiachra. Ele é o pássaro que foi para New Haven e falou comigo depois que a amiga dele morreu.

Não havia penas prateadas no corvo que eu vira em New Haven. Era como se o pássaro tivesse recebido um colar de ofício, uma marca da deusa como a cruz entre os olhos de Cailleach.

– Fiachra? – sussurrou Gwyneth. – É você?

Fiachra virou os brilhantes olhos prateados na direção da minha tia. Ele inclinou a cabeça e grasnou em reconhecimento. Depois deu alguns passos e então alçou voo, pousando na mão estendida de Gwyneth.

– É bom te ver, velho amigo. – Os olhos de Gwyneth se encheram de lágrimas. – Que maravilhoso você ter vindo quando Becca chamou.

Fiachra grasnou e gorjeou, balançando a cabeça na direção do vovô Tally.

– Ele fez isso mesmo? – Gwyneth sorriu para o irmão.

Fiachra abriu as asas e voltou para Rebecca e Pip, sendo observado de perto por um curioso Apollo.

– Apollo não se importa de você voar também – assegurou Becca a Fiachra. – Mamãe voa às vezes. Vocês ainda podem ser amigos.

Fiachra soltou um estranho piado. Ele andou para a frente e para trás no peitoril da janela, indeciso. Por fim, o corvo voou para dentro da sala e pousou no topo da cabeça de Apollo. Ele bicou um pouco de fuligem que estava presa nas penas entre os olhos do grifo.

– *Está vendo, vovó Dorcas. O legado dos Proctor está seguro com Rebecca* – disse vovô Tally, com um brilho nos olhos.

– *Hum* – respondeu vovó Dorcas. – *Essa travessa está determinada a aprontar. É melhor não a mimar, ou a Escuridão pode vir atrás dela.*

A Escuridão não teria chance contra Becca.

Satu devolveu a caneta ao elástico do caderno.

– Acho que já é suficiente para o meu relatório. Assim que eu o enviar, você receberá uma cópia.

– Você não vai testar Diana também? – perguntou Gwyneth.

– Eu sei que tipo de bruxa ela é – disse Satu, guardando o caderno na bolsa. – Ela é estranha e Sombria. Como eu.

Uma sensação de perigo iminente formigou na minha nuca. Satu estava tramando algo.

– Tinima já escreveu um relatório extenso sobre as habilidades de Diana – falou Satu. – Foi um envio de última hora, e já era tarde demais para notificar você sobre a nossa mudança de planos. Sinto muito se causamos preocupação desnecessária.

Cerrei as mãos em punhos apertados para me impedir de testar um dos meus feitiços recém-aperfeiçoados.

— Mas nos veremos no próximo verão, Diana. Em Veneza. — Satu tirou outra correspondência da Congregação de sua bolsa. — Aqui está a notificação oficial de que você foi selecionada para se juntar aos potenciais especialistas da turma de 2018, além de instruções sobre como certificar as habilidades que precisa adquirir antes de junho. Tenho certeza de que sua tia ou o coven de Ipswich poderão atestar isso usando o formulário anexo.

— O quê? — Eu não previ isso também.

— Você não achou que iríamos deixar você percorrer outro labirinto, agora que viu o da Isola della Stella, achou? — A voz de Satu jorrava desdém.

Matthew já tinha visto o suficiente. Ele entrou na sala e ficou ao lado do vovô Tally, na mesma pose vigilante: braços cruzados, membros imóveis e os olhos em todo lugar.

— Parabéns, Diana. É uma grande honra ser convidada a Celestina para seu próximo exame — continuou Satu. — Obrigada pela sua hospitalidade, srta. Proctor.

Satu se dirigiu à porta. Eu a fechei com força antes que ela pudesse sair, prendendo-a dentro da Casa Velha.

— É professora Proctor — falei, enfurecida. — Vou te acompanhar até a saída, Satu. Por aqui.

— Como desejar — disse Satu, inclinando a cabeça.

Eu a conduzi pela cozinha, atravessando as irregulares pedras de granito, e para fora, em direção ao sol.

— Vá embora — Apontei para o topo da colina. — E não volte a Ravenswood nem chegue a cem quilômetros dos meus filhos novamente. Entendido?

— Você não me dá ordens, Diana — respondeu Satu, com delicadeza. — Eu é que dou ordens a você. Lembra?

— Ah, eu lembro — falei. — Isso mudou.

Senti a pressão de ancestrais e familiares reunidos às minhas costas, e o poder de Ravenswood sob meus pés.

Satu sorriu.

— Veremos.

Ela subiu a colina sem pressa, avançando gradualmente em direção à árvore de bruxa onde eu a vira antes.

Furiosa, eu a segui.

– Fique com Pip e Becca – disse a Matthew, que tinha se juntado a mim do lado de fora.

Ouvi o som de um motor de carro e voei para o topo da colina. Parei o carro com um deslizamento de pedras conjuradas a partir do cascalho solto da estrada de terra.

– Ainda não acabou, Satu – declarei, pousando no capô do Volvo.

Satu desligou a ignição e saiu do carro.

– Ah, eu estou só começando – respondeu ela.

– Eu não sou a mesma bruxa – avisei. – Você não vai me derrotar tão fácil como da outra vez.

Satu virou as palmas na minha direção. Elas estavam brilhantes com cordas de tecelã, as cores se estendendo até as pontas dos dedos.

Oferguei. Ela havia encontrado outro tecelão, um capaz de treiná-la na arte de criar novos feitiços. Eu suspeitava de que ela fosse uma tecelã. Ali estava a prova.

– Eu também não sou a mesma bruxa – disse ela. – E você não é tão especial quanto pensou. Existem outras como nós.

Talvez, mas eu duvidava de que elas tivessem a experiência da comadre Alsop. E Satu talvez não tivesse a habilidade de tecer o décimo nó como eu tinha.

– Quanto à alta magia, você não se compara à sua filha – continuou Satu. – Rebecca vai te superar em pouco tempo. As bruxas terão grandes planos para ela assim que virem meu relatório.

A temperatura caiu de repente, e eu estremeci. Eu temia que isso pudesse ser verdade desde que Rebecca dançara com os corvos na floresta.

– Você vai saber em breve o que aguarda sua filha – prosseguiu Satu, com os olhos brilhando de malícia. – Mas o que as bruxas farão quando descobrirem sobre Philip, eu me pergunto? O que vão achar de sua herança única?

A terra se moveu sob meus pés, assim como as tábuas do chão da sala de estar quando Pip bateu o pé.

Satu sorriu, maliciosa. Ela puxou um fio amarelo, depois um verde, achatando a duna rochosa e limpando o caminho à frente.

– Até ano que vem – falou enquanto entrava no carro.

Eu observei o veículo seguir pela estrada, afastando-se de Ravenswood e das crianças.

A escuridão corroía como um veneno em meu estômago, alimentando-se do medo provocado pelas palavras de Satu.

Eu a combati com a Luz da verdade. Eu era uma tecelã treinada capaz de atar o décimo nó. Eu era uma iniciada na alta magia. Eu era a mãe de gêmeos talentosos e a esposa de um homem extraordinário. Eu era mais do que a soma dos meus ancestrais Bishop e Proctor. Eu era mais do que alguém à altura de Satu.

– *Que bagunça, esqueça a tristeza, preocupação mata até um gato, todos em festa e o carrasco.* – O fantasma de Mary Proctor apontou com os dedos em V na direção por onde Satu havia partido. Ela cuspiu na estrada para completar. – *Toma isso, sua babaca careca.*

Ficamos em silêncio enquanto a poeira levantada pelas rodas do carro assentava.

– *Eles estão procurando por você* – disse Mary, segurando a bolsa que continha o oráculo do pássaro preto. Ele estava pulando de agitação. Eu não o queria comigo durante o exame das bruxas, caso despertasse a curiosidade delas, e o deixei em segurança na fazenda.

– Obrigada – falei, pegando as cartas da mão do fantasma.

Quando meus dedos tocaram a bolsa, os fios de tecelã na minha mão esquerda brilharam com as cores da alta magia sombria. Uma única carta se esgueirou para fora e caiu no chão, com a face para cima.

Sangue.

– *Quatro gotas de sangue em uma pedra sagrada, / Prenunciaram este momento antes de sua chegada. / Três famílias em alegria e em luta se unirão, / E o oráculo do pássaro preto testemunharão. / Duas crianças, brilhantes como Lua e Sol* – falei, o poder de Ravenswood fluindo através das minhas veias e imbuindo as palavras de Bridget Bishop com a força de todas as bruxas que vieram antes de mim. – *Unirão Escuridão, Luz e Sombra em uma só.*

Nada nem ninguém impediria Pip e Becca de escolherem seus próprios caminhos. Eu me certificaria disso.

Tracei meu próprio símbolo sagrado no ar para selar meu juramento. Não era a cruz de Matthew, mas o simples círculo do décimo nó, o ouroboros, um começo sem fim, o poderoso sinal de criação e destruição.

Ele brilhava diante de mim, preto e prateado como as penas de Fiachra.

– Assim deve ser – falei, enquanto o vento levava o décimo nó para Outro Lugar. – Assim deve ser.

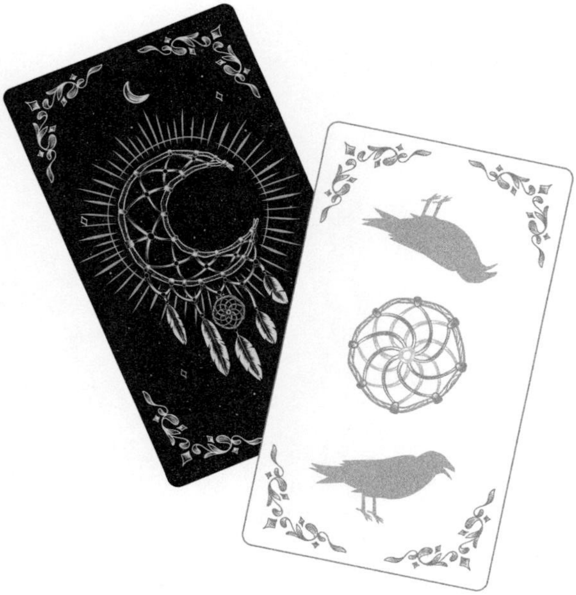

Agradecimentos

Sou profundamente grata a todas as pessoas que me ajudaram nas despedidas, começos e mudanças dos últimos anos: minha esposa, Karen, antes de tudo; minhas famílias Harkness, Halttunen, Kagan, Hurley, Pagnotta e Martin; meus amigos; o Círculo da Luz, que me apoiou e me deu um lugar confortável para pousar em meio às incertezas da vida (vocês sabem quem são!); meus médicos, enfermeiros e todos que cuidaram do meu corpo e da minha alma.

Às minhas amigas escritoras Brigid Coady, Liz Fenwick e Tonya Hurley, dou infinitos agradecimentos por me apoiarem enquanto eu lentamente voltava à vida por meio das palavras nestas páginas.

Minhas equipes espetaculares da Park & Fine Literary Management, Emerge Business Management Los Angeles e Ballantine, que me guiaram pelos desafios e oportunidades associados a um novo caminho rumo ao futuro. Sou muito grata por todo o seu apoio.

Não se passa um dia sem que eu não dependa da presença constante de Annie, Bridget, Cat, Clarisa, Jill e Sascha. Como elas sabem, é preciso uma aldeia, muitos aperitivos e ainda mais yoga para dar à luz um livro.

Duas mulheres extraordinárias, Grace Nicklas Warne e Tracy Hurley Martin, perderam suas vidas para o câncer e não viveram para ver este livro publicado. Sinto falta delas todos os dias e confio que não se importam em ser uma parte permanente do meu mundo mágico.

Impressão e Acabamento:
GRÁFICA GRAFILAR